LE CINQUIÈME CŒUR

DU MÊME AUTEUR

Aux Éditions Robert Laffont

L'Abominable, 2019
Collines noires, 2013
Flashback, 2012
Drood, 2011
Terreur, 2008
Olympos, 2006
Ilium, 2004
L'Éveil d'Endymion, 1998
Endymion, 1996
La Chute d'Hypérion, 1992
Hypérion, 1991

DAN SIMMONS

LE CINQUIÈME CŒUR

roman

Traduit de l'anglais (États-Unis) par Cécile Arnaud

Robert
Laffont

Titre original : THE FIFTH HEART

Traduction française : Éditions Robert Laffont, S.A.S., Paris, 2020
ISBN 978-2-221-21869-3
(édition originale : ISBN 978-0-316-19882-0, Little, Brown and Company, a division of Hachette Book Group, Inc.)
Dépôt légal : octobre 2020 – N° d'édition : 58757/01
Éditions Robert Laffont – 92, avenue de France 75013 Paris

Ce livre est dédié à Richard Curtis,
mon précieux agent et cher ami,
fan comme moi de base-ball
et de M. Henry James

Première partie

1

Au cours du pluvieux mois de mars 1893, pour des raisons que personne ne comprend (en premier lieu parce que personne en dehors de nous ne connaît cette histoire), l'auteur américain Henry James, alors installé à Londres, décida de passer le jour de son anniversaire à Paris et, ce 15 avril, de s'y donner la mort en se jetant de nuit dans la Seine.

Si je peux affirmer que James était très déprimé ce printemps, je ne saurais vous dire précisément pourquoi. Bien sûr, il avait perdu sa sœur un an plus tôt, emportée par un cancer de sein le 6 mars 1892, à Londres, mais Alice, une invalide professionnelle depuis des décennies, avait accueilli de bonne grâce le diagnostic de cancer. La mort, avait-elle dit à son frère, était l'événement qu'elle avait toujours attendu avec le plus grand enthousiasme. Henry semblait l'avoir soutenue dans sa volonté d'en finir, du moins d'après ses lettres à sa famille et ses amis, et avait même évoqué la beauté de la défunte sur son lit de mort.

Peut-être cette dépression méconnue chez James fut-elle aggravée par les mauvaises ventes de ses œuvres au cours des années précédentes : ses deux romans de 1886, *Les Bostoniennes* et *La Princesse Casamassima*, tous deux influencés par la lente agonie d'Alice et la relation de celle-ci avec Katharine Loring, dans ce que l'on appelait un « mariage de Boston », avaient été des échecs commerciaux, tant en Amérique qu'en Angleterre. De sorte qu'en 1890 James s'était tourné vers l'écriture théâtrale dans sa quête de richesse. Bien que son premier mélodrame, *L'Américain*, n'eût connu qu'un modeste succès, et encore seulement en province et non à Londres, il s'était convaincu que le théâtre serait sa poule aux œufs d'or. Mais dès le début de 1893, il commença à sentir qu'il se leurrait lui-même avec cet espoir illusoire. Tout comme Hollywood allait conduire nombre d'écrivains à leur perte au cours du siècle suivant, le théâtre anglais, dans les années 1890, attirait des hommes de lettres qui – tel Henry James – n'avaient aucune idée de la façon d'écrire un spectacle à succès pour un public populaire.

Ses biographes comprendraient mieux cette soudaine et profonde dépression si, plutôt qu'en mars 1893, elle s'était manifestée en 1895, quand sa première grande pièce londonienne, *Guy Domville*, lui avait valu des huées et des railleries lorsqu'il avait eu l'imprudence de monter sur scène pour saluer le public. Contrairement aux messieurs et aux dames étincelants à qui il avait envoyé des billets gratuits, la plupart des spectateurs qui avaient payé leur place n'avaient jamais lu un roman de Henry James et ignoraient même qu'il en avait écrit, aussi avaient-ils jugé la pièce pour ce qu'elle était. Et *Guy Domville* était une très mauvaise pièce.

Un an après la période qui nous intéresse, en 1894, nous savons qu'il dut combattre une terrible dépression, teintée de culpabilité sincère, après le suicide de son amie Fenimore Woolson, qui s'était jetée par une haute fenêtre à Venise (peut-être, murmurèrent certains, parce que Henry James n'était pas venu séjourner près d'elle ou avec elle comme il l'avait promis).

Vers la fin de l'année 1909, un James vieillissant sombra dans la dépression la plus sévère qu'il eût connue jusque-là – si grave que son frère aîné William (pourtant malade du cœur) traversa l'Atlantique pour aller littéralement lui tenir la main à Londres. À cette époque, Henry James se lamentait sur les « ventes désastreuses » et les maigres profits de « l'édition de New York » de ses œuvres, un projet épuisant auquel il avait consacré cinq ans de sa vie, réécrivant ses longs romans et rédigeant une copieuse introduction pour chacun.

Cependant, cette ultime dépression survint seize ans après cette date de mars 1893. Nous ne disposons pas d'indices réels expliquant son terrible état dépressif ce printemps et ignorons pourquoi il décida soudain qu'un suicide à Paris était la seule issue possible.

La sévère attaque de goutte dont il souffrit pendant le froid hiver anglais de 1892-1893, le privant de sa promenade quotidienne et aggravant son embonpoint, n'y fut peut-être pas étrangère. Ni le simple fait qu'il allait avoir cinquante ans au mois d'avril : un tournant décisif, qui avait ébranlé des hommes plus solides que le sensible Henry James.

Nous ne le saurons jamais.

Ce que nous savons, c'est que la réalité de sa dépression – et son projet de se noyer dans la Seine le jour de son anniversaire – constituent le point de départ de cette histoire. À la mi-mars 1893, Henry James (il avait laissé tomber le « Jr » après la mort de son père, en 1882) écrivit donc à sa famille et ses amis pour leur annoncer qu'il *abandonnait le temps d'un bref congé les devoirs quotidiens de la rédaction littéraire pour aller célébrer le printemps et son propre demi-siècle sous le soleil de Paris,* avant de rejoindre son frère William et sa famille à Florence plus tard en avril. James n'avait aucunement l'intention d'aller à Florence.

Emportant dans une tabatière les cendres de sa sœur Alice qu'il avait dérobées, James quitta ses appartements de De Vere Gardens après y avoir mis bon ordre et brûlé quelques lettres de Mlle Woolson et de certains jeunes amis. Il prit le train puis le bateau pour Cherbourg et arriva dans la Ville lumière le lendemain soir, un jour plus sombre, humide et froid qu'il n'en avait connu en ce mois de mars glacial à Londres.

Il descendit à l'hôtel Westminster, rue de la Paix, où il avait déjà séjourné un mois et écrit plusieurs nouvelles, dont sa préférée, « L'élève ». « Descendre » n'était cependant pas le mot juste. Il n'avait pas l'intention de passer ici les quelques semaines le séparant de son anniversaire : le Westminster était bien au-dessus de ses moyens du moment. Il ne défit même pas sa malle. Il ne comptait pas rester une seconde nuit dans cet endroit ni, décida-t-il sur un coup de tête, où que ce soit sur terre.

Après une journée pluvieuse et glacée, passée à marcher dans le jardin des Tuileries, et un dîner sinistre et solitaire (compte tenu de sa résolution, il n'avait pas cherché à contacter ses amis parisiens, ni celles de ses connaissances qui auraient pu être de passage dans cette ville), Henry James but un dernier verre de vin, enfila son pardessus en laine, s'assura que sa tabatière était toujours dans sa poche et, martelant les pavés mouillés de la pointe en bronze de son parapluie fermé, il partit sous la bruine et dans l'obscurité pour la destination finale qu'il s'était choisie près du Pont-Neuf.

Même à son allure de gentleman replet, le trajet prenait moins de dix minutes.

Cette grande figure du monde des lettres ne laissa aucun mot derrière lui.

2

L'endroit choisi par James pour mettre fin à ses jours se situait sur l'île de la Cité, à cinquante mètres du Pont-Neuf, large et illuminé, mais il faisait sombre en bas sur la berge, et plus sombre encore sur le promontoire, léché par les eaux froides et obscures de la Seine qui tourbillonnaient contre la pierre couverte de mousse noire. Même en plein jour, le lieu était peu fréquenté. Des prostituées y venaient parfois la nuit, mais pas par un soir glacial et bruineux de mars comme celui-là. Ce soir-là, elles avaient préféré rester à proximité de leurs hôtels de Pigalle ou chasser le client dans les ruelles bordant le boulevard Saint-Germain bien éclairé.

Quand James, se guidant avec la pointe de son parapluie, eut rejoint le promontoire qu'il avait repéré à la lumière du jour – il était exactement tel que dans ses souvenirs de précédents séjours à Paris –, il ne vit plus son chemin. De l'autre côté de la Seine, la pluie dessinait des halos moqueurs autour de lointains réverbères. Les péniches et taxis fluviaux étaient peu nombreux ce soir-là. James descendit à tâtons les dernières marches jusqu'à l'étroite esplanade et continua d'avancer en se servant de son parapluie comme un aveugle de sa canne. Très loin au-dessus de lui, du moins lui semblait-il, les bruits d'ordinaire distincts des roues des voitures et des sabots des chevaux étaient étouffés et rendus plus distants, presque irréels, par la pluie qui redoublait et les profondes ornières des chaussées.

James sentait, entendait et humait le fleuve tout proche plus qu'il ne le voyait dans le noir quasi complet. Seul le vide que rencontra soudain la pointe de son parapluie là où aurait dû se trouver un pavé le fit s'arrêter, au bord de ce qu'il savait être le bout du promontoire courbe. Aucun escalier ne descendait jusqu'au fleuve : il n'y avait qu'un à-pic d'environ deux mètres jusqu'aux eaux noires et agitées. Ici la Seine coulait vite ; elle était profonde et traîtresse. Il suffisait à James de faire un pas en avant pour disparaître dans le néant.

Il sortit la petite tabatière de sa poche intérieure et passa ses doigts dessus. Le geste lui rappela un entrefilet lu dans le *Times* l'année précédente, disant que les Esquimaux de l'Arctique ne faisaient pas d'œuvres d'art visuelles, mais sculptaient certaines pierres lisses qu'ils pouvaient admirer au toucher durant la longue nuit polaire. Cette pensée le fit sourire. Il avait le sentiment d'avoir passé suffisamment de mois de sa vie dans la nuit polaire.

Lorsqu'il avait volé quelques pincées des cendres de sa sœur l'année précédente – Katharine Loring attendait derrière la porte, au crématorium où elle était venue chercher l'urne qu'elle remporterait en Amérique, au cimetière de Cambridge où se trouvait la concession des James –, il avait eu l'intention sincère d'aller les répandre à l'endroit où sa jeune sœur avait été la plus heureuse. Mais les mois passant, il avait pris conscience que cette mission était aussi idiote qu'impossible. *Où* ? Il se souvenait du fragile bonheur d'Alice quand, beaucoup plus jeunes, ils avaient voyagé en Suisse avec leur tante Kate, une femme aussi pointilleuse que le fossoyeur de *Hamlet*. Les névroses hystériques dont souffrait déjà Alice s'étaient un peu apaisées durant ces quelques semaines loin du reste de sa famille et de son foyer américain. La première idée de James, pour son cinquantième anniversaire, avait donc été de se rendre à Genève et de disperser les cendres d'Alice là où ils avaient ri et rivalisé d'esprit, tandis que la pauvre tante Kate ne comprenait rien à leur ironie, ni à leurs jeux de mots ; où ils s'étaient promenés dans les jardins et en bordure du lac, en se moquant gentiment l'un de l'autre et de leur tante.

James avait fini par renoncer à l'idée de Genève. Durant ce voyage, Alice avait seulement fait semblant d'être « guérie » de ses maux, tout comme il avait fait semblant d'être complice de son fragile entrain.

La pointe de terre près de Newport, alors ? Là où elle avait construit sa petite maison et vécu, en apparence heureuse et en bonne santé, pendant presque un an ?

Non. Cela correspondait au début de sa relation avec Mlle Loring et, les mois passant, après la mort d'Alice, il avait songé avec une aigreur grandissante que Mlle Katharine P. Loring avait déjà assez profité de sa sœur, dans tous les sens du terme. Pas Newport, donc.

En définitive, il n'avait pu penser à aucun endroit où Alice avait été véritablement heureuse et où il aurait pu répandre ces quelques pitoyables cendres. Peut-être avait-elle entrevu le bonheur, sans jamais véritablement le saisir, durant ces mois et ces années à Newport puis à Cambridge, avant ce qu'elle appelait le « terrible été » 1878, où son frère aîné, William, avait épousé Alice Gibbens. Pendant longtemps, ses frères – Henry, Bob, Wilkie et même William –, leur père ainsi qu'un défilé incessant de visiteurs avaient entretenu la plaisanterie selon laquelle William l'épouserait *elle* – Alice James. La jeune femme avait toujours fait comme si cette plaisanterie récurrente l'agaçait, mais Henry James soupçonnait à présent qu'elle avait commencé à croire à ce mariage avec William et avait été anéantie lorsqu'il en avait épousé une autre. Une autre, cruelle ironie, portant le même prénom qu'elle.

Comme elle l'avait dit une fois à Henry, c'était pendant cet été du mariage de William qu'elle « s'était enfoncée dans les profondeurs de la mer et que les vagues sombres s'étaient refermées sur elle ».

De sorte que cette nuit, cette ultime nuit, James décida qu'il se contenterait de serrer dans sa main cette tabatière contenant les vestiges de la timide existence d'Alice, quand il ferait ce pas en avant pour tomber dans l'eau noire et dans l'oubli. Pour y parvenir, il le savait, il devrait brider son imagination d'écrivain : ne pas se demander, dans la seconde qu'il lui faudrait pour franchir ce pas, si le fleuve serait glacial ou si, au moment où les eaux sales de la Seine commenceraient à remplir ses poumons, son instinct de survie le ferait se débattre, tenter de nager jusqu'à la paroi moussue et glissante du promontoire.

Non, il ne devrait penser à rien, sinon à laisser sa douleur derrière lui. Faire le vide dans son esprit – toujours la chose la plus difficile pour lui.

James avança un pied…

Et s'aperçut soudain que la forme sombre qu'il avait prise pour un réverbère était en réalité la silhouette d'un homme se tenant à moins d'un mètre de lui. Alors qu'il distinguait le contour vague du chapeau mou très enfoncé et le profil aquilin à moitié caché par le col remonté d'une cape de voyageur, James entendit la légère respiration de l'homme.

* * *

Ravalant une exclamation, James recula gauchement de deux pas.

« *Pardonnez-moi, monsieur, je ne vous avais pas vu**[1], réussit-il à dire.

1. Tous les mots ou phrases en italique suivis d'un astérisque sont en français dans le texte (toutes les notes sont de la traductrice).

— Vous êtes anglais », déclara la haute silhouette.

L'inconnu avait un accent scandinave. Suédois ? Norvégien ? James n'aurait su le déterminer.

« Oui. »

James se tourna pour repartir vers les marches et quitter cet endroit.

À cet instant, un rare bateau-mouche – rare pour la saison – passa, et la lumière des lanternes de tribord éclaira soudain le visage de l'homme.

« Monsieur Holmes », dit James de manière presque involontaire.

Dans sa surprise, il recula encore, son talon droit se retrouva dans le vide, et il aurait fini dans l'eau si le grand homme n'avait pas tendu le bras à la vitesse de l'éclair. De longs doigts saisirent le devant de son manteau avec une force surprenante et, d'un seul mouvement, l'inconnu ramena Henry James en sécurité sur le promontoire.

Retour à la vie.

« Comment m'avez-vous appelé ? » l'interrogea l'homme, tenant toujours fermement le manteau.

L'accent scandinave avait disparu : l'intonation était de la pure aristocratie anglaise.

« Je suis désolé, bégaya James. J'ai dû me tromper. Veuillez m'excuser d'avoir troublé votre solitude. »

À cette seconde, Henry James non seulement connaissait l'identité de l'homme de haute taille – malgré les cheveux plus noirs que lors de leur précédente rencontre quatre ans plus tôt, plus fournis aussi, et bizarrement dressés en pointes et non plus lissés en arrière, et malgré l'épaisse moustache, absente la dernière fois, ainsi qu'un nez remodelé avec du latex de comédien ou une autre résine –, mais il savait aussi que l'individu avait été sur le point de se jeter dans la Seine quand il était arrivé dans l'obscurité, s'annonçant par le martèlement de son tape-à-terre.

S'il se sentait idiot en cet instant, Henry James était un homme à qui rien n'échappait. Une fois qu'il avait vu un visage et appris le nom de son propriétaire, il ne les oubliait pas.

Il tenta de s'écarter, mais les doigts puissants agrippaient toujours son manteau.

« Quel nom m'avez-vous donné ? » demanda l'homme.

Sa voix était aussi froide que le fer en hiver.

« Je vous ai pris pour quelqu'un que j'ai déjà rencontré, un certain Sherlock Holmes, murmura James, à présent seulement désireux de s'en aller, de retrouver le confort de son lit et de son hôtel de la rue de la Paix.

— Où nous sommes-nous rencontrés ? insista l'homme. Qui êtes-vous ? »

James ne répondit qu'à la deuxième question.

« Je m'appelle Henry James. »

Dans sa soudaine panique, il faillit ajouter le « Jr » qu'il avait pourtant abandonné depuis longtemps.

« James, dit M. Sherlock Holmes. Le jeune frère du grand psychologue William James. Vous êtes l'écrivain américain qui vit la plupart du temps à Londres. »

En plus de l'intense gêne d'être ainsi tenu et touché par un autre homme, Henry éprouva un ressentiment plus vif encore d'être identifié comme le jeune frère du « grand » William James. Son aîné n'était même pas connu, en dehors des petits cercles étroits de Harvard, avant de publier ses *Principes de psychologie* trois ans plus tôt. Pour des raisons échappant largement à Henry, l'ouvrage avait valu à William une renommée mondiale chez les intellectuels et autres analystes de l'esprit humain.

« Je vous prie de bien vouloir me lâcher sur-le-champ », ordonna-t-il du ton le plus ferme qu'il put.

Dans son indignation, il en oubliait que Holmes – il était certain qu'il s'agissait de Sherlock Holmes – venait de lui sauver la vie. À moins que ce sauvetage ne constituât une autre raison d'en vouloir à cet Anglais au nez aquilin.

« Dites-moi quand nous nous sommes rencontrés et j'obéirai, répondit Holmes sans lâcher sa prise. Mon nom est Jan Sigerson. Je suis un explorateur norvégien d'une certaine notoriété.

— Mille excuses, alors, *sir*, dit James, qui n'en pensait pas un mot. Je me suis manifestement trompé. Pendant une seconde, dans l'obscurité, je vous ai pris pour un gentleman que j'ai rencontré il y a quatre ans lors d'un thé de charité à Chelsea. La réception était donnée par une Américaine de ma connaissance, Mme T. P. O'Connor. J'y suis arrivé avec lady Wolseley et d'autres écrivains et artistes de théâtre – M. Aubrey Beardsley, M. Walter Besant… Pearl Craigie, Marie Corelli, M. Arthur Conan Doyle, Bernard Shaw, Genevieve Ward. À cette occasion, j'ai été présenté à un invité du nom de Sherlock Holmes qui passait le week-end chez Mme O'Connor. Je me rends compte à présent qu'il n'y a pas… de réelle ressemblance. »

Holmes le lâcha.

« Oui, je m'en souviens maintenant. J'ai brièvement séjourné dans la résidence de campagne de Mme O'Connor le temps de résoudre une série de vols de bijoux. C'étaient les domestiques, bien sûr, comme toujours. »

James rajusta le devant de son manteau, remit sa cravate droite, planta fermement le bout de son parapluie par terre et résolut de quitter Holmes sans plus un mot.

Remontant les marches sombres, il s'aperçut avec étonnement que l'autre marchait à côté de lui.

« C'est incroyable, vraiment, dit le grand Anglais avec ce léger accent du Yorkshire que James avait entendu au thé de Mme O'Connor, en 1889. J'utilise ce déguisement de Sigerson depuis deux ans, et j'ai croisé – en plein jour ! – des personnes que je connais depuis des années sans qu'elles me reconnaissent. À Delhi, sur une place peu animée et pendant plus de dix minutes, je me suis tenu à côté de l'inspecteur-chef Singh, un homme avec qui j'avais passé deux mois à résoudre une délicate affaire de meurtre à Lahore, et ce professionnel aguerri ne m'a pas adressé un regard. Ici même, à Paris, j'ai croisé de vieilles connaissances anglaises, et j'ai demandé mon chemin à mon vieil ami Henri Lozé, l'ancien préfet de police de Paris, avec qui j'ai travaillé sur une dizaine d'enquêtes. Lozé se trouvait avec son successeur, Louis Lépine, avec qui j'ai aussi entretenu d'étroites relations professionnelles. Aucun des deux ne m'a reconnu. Mais vous, oui. Dans le noir. Sous la pluie. Alors que vous n'aviez en tête que le suicide.

— Je ne vous permets pas ! » s'écria James en s'arrêtant, outré par le culot de Holmes.

Ils avaient rejoint la rue. La pluie s'était un peu calmée, mais les nombreux réverbères conservaient leurs halos.

« Votre secret est en sécurité avec moi, monsieur James », l'assura Holmes.

Il essayait d'allumer sa pipe malgré l'humidité. Quand l'allumette finit par s'enflammer, James eut confirmation qu'il s'agissait bien du « détective privé consultant » qu'il avait rencontré au thé de Mme O'Connor quatre ans plus tôt.

« Voyez-vous, poursuivit-il, parlant entre des bouffées de pipe, j'étais là pour la même raison que vous. »

James ne sut que répondre à cela. Il tourna les talons et partit vers l'ouest. Holmes le rattrapa en deux enjambées.

« Nous devons trouver un endroit où dîner malgré l'heure tardive, monsieur James.

— Je préfère être seul, monsieur Holmes. Monsieur Sigerson. Qui que vous prétendiez être ce soir.

— Il faut pourtant que nous parlions », insista Holmes.

Il ne semblait pas en colère, ni troublé d'avoir été reconnu. Ni frustré que son propre suicide dans la Seine ait été compromis par l'arrivée de l'écrivain. Il paraissait seulement fasciné que James l'ait percé à jour malgré le déguisement.

« Nous n'avons absolument rien à nous dire », répliqua James.

Il tenta de marcher plus vite, mais sa corpulence lui donna surtout l'air idiot, d'autant que l'Anglais maintenait l'allure sans effort.

« Nous pourrions discuter de la raison pour laquelle vous vouliez mettre fin à vos jours en serrant si fort dans votre main la tabatière contenant les cendres de votre sœur Alice. »

James s'arrêta net. Au bout d'un moment, il déclara : « Vous… ne… pouvez… pas… savoir… une… chose… pareille.

— Et pourtant si, répondit Holmes, tirant toujours sur sa pipe. Et si vous vous attablez avec moi devant une collation et un bon vin, je vous expliquerai comment je le sais et pourquoi je sais que vous n'accomplirez jamais la sinistre besogne que vous vous étiez assignée ce soir, monsieur James. Et je connais justement un café agréable et bien éclairé où nous serons à l'aise pour parler. »

Holmes prit James par le coude, et, bras dessus, bras dessous, ils remontèrent l'avenue de l'Opéra. Henry James était trop choqué, étonné – et curieux – pour résister.

3

Malgré la promesse de Holmes de les emmener dans un endroit « bien éclairé », James s'attendait à un obscur troquet isolé, donnant sur une ruelle sombre. Au lieu de quoi Holmes le conduisit au Café de la Paix, à l'intersection du boulevard des Capucines et de la place de l'Opéra, dans le IXe arrondissement, tout près de l'hôtel de l'écrivain.

Le Café de la Paix était l'un des plus vastes, des plus scintillants et superbes établissements de Paris, qu'égalait seulement, par la flamboyance de son décor et le nombre de ses miroirs, l'opéra de Charles Garnier, situé sur la même place. Le restaurant avait ouvert en 1862 pour accueillir les clients du Grand Hôtel de la Paix et était devenu célèbre pendant l'Exposition universelle de 1867. Ç'avait été l'un des premiers bâtiments publics parisiens éclairé à l'électricité, mais comme si les centaines de milliers d'ampoules électriques ne suffisaient pas, des lanternes à prisme envoyaient en plus des faisceaux lumineux sur les grands miroirs. Henry James avait toujours évité cet endroit, ne serait-ce que parce qu'on était sûr, en y dînant, de tomber sur des amis et connaissances. C'était du moins ce qui se racontait à Paris, tant le café était couru. Et Henry James préférait choisir les lieux et les moments où il « tomberait » sur de vieux amis et connaissances.

Holmes ne sembla pas dérangé par la foule, le vacarme des conversations, ni les dizaines de visages curieux qui se levèrent à leur entrée. James entendit le faux explorateur norvégien demander sa « table habituelle » au maître d'hôtel – dans un français fluide et bien accentué –, et on les guida jusqu'à une petite table ronde un peu à l'écart de l'agitation.

« Vous venez suffisamment souvent ici pour avoir une “table habituelle” ? » demanda James quand ils furent seuls. Ou aussi seuls qu'ils puissent l'être compte tenu du bruit et du tohu-bohu.

« J'ai dîné ici au moins trois fois par semaine depuis mon arrivée à Paris il y a deux mois, répondit Holmes. J'y ai vu des dizaines de personnes que je connais, des policiers avec qui j'ai collaboré dans mes activités de détective et d'anciens clients. Aucun n'a prêté attention à mon déguisement de Jan Sigerson, ni ne l'a percé à jour. »

Avant que James ait pu répondre, le garçon se présenta à leur table, et Holmes eut l'outrecuidance de commander très vite pour eux deux. Il choisit un très bon champagne et, peut-être en raison de l'heure tardive, le grand menu d'après-spectacle comprenant du potage, du civet de lièvre, un plateau de fromages affinés, un assortiment de figues, abricots et pruneaux en marmelade au thé de Ceylan et une mousse au chocolat pour finir.

James n'avait pas d'appétit. Son estomac délicat était dérangé après les chocs de la dernière heure. En plus il n'aimait pas le lièvre – surtout en civet, avec la lourde sauce farineuse servie par-dessus. Les fruits ne le tentaient pas du tout ce soir et, pour en avoir abusé quand il était petit garçon, il détestait la mousse au chocolat.

Il ne dit rien.

Il brûlait de découvrir comment Holmes – ce sorcier au rabais – avait deviné que les cendres d'Alice se trouvaient dans la tabatière, mais plutôt mourir que d'aborder le sujet dans cet endroit public. Même s'il était vrai qu'entre les conversations et les rires des dîneurs et la position de leur table, personne n'aurait pu les entendre. Mais la question n'était pas là.

Tandis qu'il sirotait le très bon champagne, Holmes demanda : « Avez-vous lu mon avis de décès dans le *Times*, il y a presque deux ans ?

— Des amis m'en ont parlé.

— Moi, je l'ai lu. Le journal datait de trois semaines – j'étais à Istanbul à l'époque –, mais je l'ai lu. De même que l'interview de ce pauvre Watson décrivant ma mort dans les chutes du Reichenbach, au cours d'une bagarre avec le “Napoléon du crime”, le Pr James Moriarty. »

Henry James aurait préféré rester silencieux, mais il savait qu'on attendait de lui qu'il remplisse son rôle d'interlocuteur.

« Comment avez-vous survécu à cette terrible chute, monsieur Holmes ? »

Holmes rit et balaya des miettes sur sa moustache noire hérissée.

« Il n'y a pas eu de chute. Pas de bagarre. Pas de “Napoléon du crime”.

— Pas de Pr James Moriarty ? »

Holmes pouffa, puis se tapota les lèvres et la moustache avec la serviette blanche en lin.

« Aucun, j'en ai peur. Inventé de toutes pièces pour servir mon objectif… celui de disparaître, en l'occurrence.

— Mais Watson a raconté au *Times* de Londres que ce Pr Moriarty était l'auteur d'un livre, *La Dynamique d'un astéroïde*, insista James.

— Également inventé par moi, reprit Holmes avec un sourire suffisant. Ce livre n'existe pas. Je l'ai cité à Watson uniquement pour qu'il puisse plus tard donner à la presse – et à son inévitable récit des événements, publié il y a peu dans sa nouvelle "Le dernier problème" – de la… comment dites-vous, vous les écrivains ?… de la vraisemblance. Oui, c'est le mot, de la vraisemblance.

— Mais ce détail ayant été mentionné dans les différents comptes rendus de votre mort, à Moriarty et vous, les gens ne risquent-ils pas de chercher cet ouvrage, *La Dynamique d'un astéroïde*, ne serait-ce que par simple curiosité ? S'il n'existe pas, toute votre histoire des chutes du Reichenbach s'effondre. »

Holmes balaya l'argument avec un rire et un geste de la main.

« Oh, j'ai indiqué à Watson, qui l'a à son tour indiqué à la presse, qu'il s'agissait d'un livre illisible portant sur des mathématiques complexes – "un ouvrage culminant à de tels sommets irrespirables de pures mathématiques qu'aucun rédacteur de la presse scientifique n'était apte à en donner une critique" : tels ont été mes propos exacts. De quoi décourager toute curiosité. Je me rappelle aussi avoir dit à Watson que le célèbre ouvrage de Moriarty – célèbre uniquement dans les cercles de mathématiciens – avait été tiré à un si faible nombre d'exemplaires qu'il était sans doute introuvable aujourd'hui.

— Donc, vous avez sciemment menti à votre ami à propos de ce… ce "Napoléon du crime"… dans le seul but de voir le Dr Watson répéter vos inventions à la presse ? martela James, espérant que la froideur de son ton n'échapperait pas à Holmes.

— Oh, oui, dit Holmes avec un léger sourire. Absolument. »

James resta silencieux un instant.

« Et si le Dr Watson était appelé à témoigner sous serment…, reprit-il. Dans le cadre d'une enquête concernant votre décès, peut-être ?

— S'il avait dû y avoir une telle enquête, elle serait finie depuis longtemps. Presque deux années se sont écoulées depuis cette histoire.

— Tout de même…

— Watson ne se serait pas parjuré avec un tel témoignage, l'interrompit Holmes, montrant une très légère irritation, parce qu'il croyait sincèrement que Moriarty était le Napoléon du crime. Tout comme il croit que je suis mort avec Moriarty dans les chutes du Reichenbach en Suisse. »

James cligna plusieurs fois des paupières, malgré ses efforts pour demeurer impassible.

« Vous n'éprouvez aucun remords d'avoir menti à votre meilleur ami ? La presse a annoncé le décès de l'épouse du Dr Watson depuis votre... disparition. Il y a donc tout lieu de penser qu'en ce moment même, le pauvre homme pleure la mort de sa femme et celle de son meilleur ami. »

Holmes se resservit de fruits.

« J'ai fait plus que mentir, monsieur James. J'ai lancé Watson dans une vaine quête – à la poursuite du mythique Moriarty, vous comprenez – à travers l'Angleterre et l'Europe, jusqu'aux légendaires chutes d'eau où ni le corps du Pr Moriarty ni le mien ne referont jamais surface.

— C'était monstrueux.

— C'était nécessaire. Je devais disparaître complètement, voyez-vous. Disparaître sans laisser de traces et d'une manière qui persuaderait la multitude – ou du moins cette petite partie de la multitude qui s'est intéressée à mes modestes aventures – que j'étais mort. La nouvelle de mon décès a-t-elle fait beaucoup pleurer, à Londres ? »

James cilla encore, sûr que c'était de l'humour. Du moins, jusqu'à ce qu'il voie l'expression sérieuse sur le visage grimé de Sherlock Holmes.

« Oui, répondit-il. Enfin, d'après les bruits qui ont couru. »

Holmes attendit. Au bout d'un instant, il reprit : « Le récit qu'a fait Watson de l'histoire du Reichenbach est paru dans le *Strand* il y a seulement trois mois, en décembre 1892, mais je suis curieux de connaître les réactions aux articles sortis il y a deux ans. »

James réprima un soupir.

« Je ne lis pas le *Strand*, mais j'ai entendu dire qu'à l'annonce de votre mort puis de nouveau cet hiver après la parution du "Dernier problème" du Dr Watson, des jeunes gens à Londres se sont mis à porter des brassards noirs. »

Il était vrai que James n'aurait jamais lu les histoires à l'eau de rose, les articles de vulgarisation scientifique et les potins publiés dans le *Strand*, mais ses jeunes amis, Edmund Gosse et Jonathan Sturges, en étaient friands. Et tous deux avaient porté des brassards noirs pendant des mois en souvenir de Holmes. James avait trouvé ça ridicule.

Sherlock Holmes souriait en terminant sa mousse au chocolat.

Henry James, craignant toujours qu'ils en reviennent au contenu de sa tabatière s'il laissait Holmes diriger la conversation, demanda : « Pourquoi organiser une telle supercherie, monsieur ? Pourquoi trahir votre bon ami le Dr Watson ainsi que des milliers de fidèles lecteurs, s'il n'existait pas de vaste complot criminel – pas de Napoléon du crime ? Quel pouvait être votre mobile ? De la pure perversité ? »

Holmes reposa sa cuillère et regarda l'écrivain en face.

« J'aurais aimé que ce soit aussi simple, monsieur James. Non, j'ai décidé que je devais mettre en scène ma propre mort et disparaître complètement, après avoir découvert au cours de mes ratiocinations – via les processus inductifs et déductifs qui ont fait de moi le détective privé le plus célèbre du monde – un fait si terrible qu'il a non seulement changé ma vie de manière irrévocable, mais m'a conduit là où vous m'avez trouvé ce soir près du Pont-Neuf, prêt à y mettre un terme.

— Quel simple fait pourrait… », commença Henry James, avant de refermer la bouche. Il serait fort impoli et présomptueux de poser la question.

Holmes esquissa un sourire crispé.

« J'ai découvert, dit-il en se penchant plus près, que je n'étais pas une personne réelle. Je suis… comment un homme de lettres comme vous l'exprimerait-il, monsieur James ? Je suis, j'en ai acquis la preuve irréfutable, une construction littéraire. La création d'un écrivaillon aux doigts tachés d'encre. Rien qu'un personnage de fiction. »

4

Henry James savait désormais sans l'ombre d'un doute qu'il avait affaire à un fou. Quelque chose avait poussé ce Sherlock Holmes – si c'était bien le Sherlock Holmes qu'il avait rencontré quatre ans plus tôt à la garden-party de Mme O'Connor – jusqu'aux franges effilochées de la raison et au-delà.

Cependant, la vérité, aussi diabolique soit-elle, n'en était pas moins simple : le délire de Holmes, qui se prenait pour un personnage de fiction, fascinait Henry James, et il désirait en savoir davantage. Il lui semblait que ça ferait une trame merveilleuse pour une nouvelle – impliquant, pourquoi pas, un écrivain célèbre qui en serait aussi venu à croire qu'il était l'un de ses propres personnages.

Holmes avait commandé du cognac – un mauvais choix, de l'avis de James, après le champagne et un dîner tardif – que les deux hommes sirotaient, tandis que l'écrivain réfléchissait à la manière de poser ses questions. Soudain, une grande agitation s'empara de la terrasse couverte du café, de l'autre côté de la piste de danse. Des dizaines de gens s'étaient levés ; des hommes s'inclinaient ; quelques-uns applaudirent.

« C'est le roi de Bohême », dit Holmes.

Henry James se demanda s'il devait ménager le fou assis en face de lui, puis décida de n'en rien faire.

« Il n'existe pas de roi de Bohême, monsieur Holmes. C'est le prince de Galles. Il paraît qu'il dîne ici de temps en temps. »

Holmes, sans un regard de plus au groupe princier de l'autre côté de la salle comble, reprit une gorgée de cognac.

« Vous n'avez vraiment lu aucune des chroniques de Watson me concernant dans le *Strand*, n'est-ce pas, monsieur James ? » Avant que James ait pu répondre, Holmes poursuivit : « L'une des premières nouvelles de nos aventures qu'il a publiées – à supposer que John Watson soit bien le chroniqueur, ou l'auteur, de ces aventures – s'intitulait “Un scandale en Bohême” et racontait une affaire d'extorsion : une ancienne prima donna de l'Opéra impérial de Varsovie utilisait une photo compromettante pour faire chanter un membre très en vue d'une certaine famille royale. Watson, par souci de discrétion, a inventé le “prince de Bohême” dans une tentative maladroite de dissimuler la véritable identité du gentleman, qui était, bien sûr, notre propre prince de Galles. C'était la seconde fois où j'aidais le prince à se sortir d'un mauvais pas. La première fois, je lui avais évité un possible scandale lié à une dette de jeu. » Holmes sourit par-dessus le rebord de son verre de cognac. « Il n'existe pas non plus “d'Opéra impérial de Varsovie”. Watson faisait là de son mieux pour dissimuler l'Opéra de Paris.

— Vous traitez les efforts de discrétion du Dr Watson avec un étonnant manque de discrétion, murmura James.

— Je suis mort, dit Sherlock Holmes. Un homme mort n'a que faire de la discrétion. »

James jeta un coup d'œil vers l'endroit où se trouvait le prince de Galles, au centre d'un cercle de dandys qui riaient et flagornaient.

« Puisque je n'ai ni lu ni entendu parler du récit… de la chronique… de votre aventure, je peux seulement présumer que vous avez récupéré la photographie incriminante dont usait l'aventurière pour faire chanter le prince.

— En effet… et de la plus rusée des manières », précisa Holmes en éclatant de rire. Personne ne parut y prêter attention dans le vacarme du restaurant. « Puis la femme me l'a de nouveau volée, laissant à la place un portrait d'elle encadré.

— En d'autres termes, vous avez échoué.

— Complètement. Lamentablement. » Holmes prit une nouvelle gorgée de cognac. « J'ai été tenu en échec par très peu d'hommes au cours de ma carrière, monsieur James. Jamais auparavant, ni depuis par… une femme. »

Le dernier mot avait été prononcé sur un ton de profond mépris.

« Tout cela a-t-il un quelconque rapport avec votre récente révélation selon laquelle vous n'êtes pas une personne réelle, monsieur Holmes ? »

Son interlocuteur se frotta le menton.

« Je devrais sans doute vous demander de m'appeler "Sigerson", mais ce soir je m'en moque. Non, monsieur James, la vieille affaire du prince de Galles et de son ancienne maîtresse – qu'elle pourrisse en paix – n'a rien à voir avec les raisons qui me font penser que je ne suis pas, comme vous l'avez dit tout à l'heure, "réel". Voudriez-vous connaître ces raisons ? »

James hésita une seconde seulement.

« Oui », répondit-il.

* * *

Holmes reposa son verre vide et croisa ses longs doigts sur la nappe.

« Comme beaucoup de choses dans la vie, tout a commencé par de simples conversations domestiques. Ceux qui ont lu les chroniques du Dr Watson dans le *Strand* savent – grâce à certaines informations biographiques qu'il a fournies – qu'en 1880, le bon docteur a été transféré du 5e régiment des fusiliers du Northumberland, alors en mission en Inde, au 66e régiment d'infanterie du Berkshire. Le 27 juillet de la même année, il a été grièvement blessé pendant la bataille de Maiwand. Il a passé plusieurs semaines entre la vie et la mort : il avait reçu une balle de djezaïl, le long et lourd mousquet si souvent utilisé par les rebelles en Afghanistan, et le plomb avait fait de sérieux dégâts internes. Mais Watson a survécu, malgré la chaleur, les mouches et des soins médicaux rudimentaires. Au mois d'octobre 1881, il a été renvoyé en Angleterre sur le navire de transport de troupes *Orontes*.

— Je ne vois pas en quoi cela prouve ou infirme…, commença Henry James.

— Patience, coupa Holmes, levant un long doigt pour intimer le silence à l'écrivain. La balle de djezaïl l'avait atteint à l'épaule. Plusieurs fois, aux bains turcs, ou le jour où nous avons dû nous dévêtir pour traverser à la nage une rivière, au cours d'une de mes… aventures… j'ai vu l'horrible cicatrice en forme de toile d'araignée. Mais Watson n'avait pas d'autres blessures de guerre. »

Henry James attendit. Un serveur passa, et Holmes commanda deux cafés turcs.

« Il y a cinq ans, reprit Holmes, en 1888, ce n'était cependant plus d'une blessure à l'épaule qu'il se plaignait, même par écrit, mais *à la jambe*.

— Ce pauvre homme ne pouvait-il pas avoir deux blessures ? Il a peut-être reçu la seconde à Londres, au cours d'une de vos aventures.

— Une seconde balle de djezaïl afghan ? Tirée sur Watson *à Londres* ? À mon insu ? Cela paraîtrait très improbable, monsieur James. De plus, Watson n'a jamais été blessé, par balle ou autre, durant la moindre de nos aventures qu'il a racontées. Enfin... ce que je trouve des plus intéressants... la blessure originelle à l'épaule que j'avais vue, un terrible entrelacs de cicatrices autour d'une entrée livide de balle, a purement et simplement disparu dès lors que Watson a commencé à évoquer, de vive voix et par écrit, sa blessure *à la jambe*.

— Tout à fait étrange », dit James.

Il se demanda ce qu'il conviendrait de faire si ce Holmes-Sigerson, presque certainement un patient échappé d'un asile d'aliénés, devenait soudain violent.

« Et puis, il y a la question des épouses du Dr Watson », reprit Holmes.

James se contenta de hausser un sourcil.

« Il en a trop, précisa Holmes.

— Le Dr Watson était bigame ?

— Non, non », répondit Holmes en riant une nouvelle fois. Leur café arriva. Il était beaucoup trop amer au goût de James, mais le fou sembla l'apprécier. « Elles apparaissent et disparaissent, comme si leur existence dépendait avant tout du besoin fictionnel de l'auteur de faire habiter ou non Watson avec moi dans nos appartements du 221 b Baker Street. Et leurs noms ne cessent de changer, presque au hasard, monsieur James. À un moment, c'est une Constance. À un autre, une Mary. Puis une femme sans nom. Puis encore une Mary.

— Les épouses ont tendance à mourir, fit remarquer James.

— C'est vrai, Dieu merci, railla Holmes en hochant la tête. Mais dans la réalité, ça n'arrive pas sans préavis. Il y a une maladie, ou sinon une période de deuil observée ensuite par le veuf. Watson, béni soit-il, se réinstalle simplement chez moi, et nos aventures reprennent. Entre ces mythiques épouses. »

Henry James s'éclaircit la gorge, mais ne sut quoi dire.

« Il y a aussi l'étrange question de notre lieu de résidence, poursuivit Holmes, pas découragé par l'ennui manifeste de son interlocuteur. J'ai vécu – Watson et moi avons vécu – au 221 b Baker Street presque depuis notre rencontre en janvier 1881.

— En quoi est-ce un problème ?

— Quand j'ai commencé à avoir des doutes, puis qu'ils se sont multipliés au cours de l'hiver et du printemps 1890-1891, je me suis rendu au bureau cadastral, où j'ai consulté les cartes les plus récentes de notre quartier. En

1891, soit dix ans après notre installation au 221 b, les bâtiments et habitations de Baker Street s'arrêtaient au numéro 85.

— Incroyable, marmonna James.

— Mais surtout…, poursuivit Holmes comme s'il n'avait pas entendu, c'est le caractère nébuleux, le manque de détails quotidiens, le *vide*… des périodes entre les enquêtes qui me font douter de mon existence hors des pages de fiction. C'est comme si je n'étais vivant… réel… qu'au moment où je traite une affaire.

— Votre… comment dirais-je… votre tendance à user de certaines drogues ne pourrait-elle pas expliquer cela ? »

Holmes rit et reposa bruyamment sa tasse dans sa soucoupe.

« Vous lisez donc mes aventures dans le *Strand* !

— Pas du tout, mais comme je l'ai déjà mentionné, certains de mes jeunes amis le font. Je me souviens de les avoir entendus commenter vos fréquentes injections de… de cocaïne, c'est bien ça ? »

James se rappelait très bien la fascination d'Edmund Gosse pour la dépendance de Holmes à cette drogue. Il avait alors soupçonné Gosse d'avoir lui-même tenté l'expérience.

« Rien qu'une solution à soixante-dix pour cent, précisa Holmes en riant. Assez insipide selon les critères d'un consommateur d'opium. Et depuis ma mort, le 24 avril 1891, j'ai réussi à me guérir de cette faiblesse.

— Très bien. Comment vous y êtes-vous pris ?

— En la remplaçant par l'injection d'une substance beaucoup plus inoffensive du nom de morphine. Ces dernières semaines, j'ai découvert un substitut encore plus miraculeux et anodin, distillé par notre ami allemand qui a créé l'aspirine, M. Bayer en personne ; une drogue sans accoutumance et sans effets secondaires, que Bayer et ceux qui l'utilisent ont baptisée en référence à ses qualités héroïques.

— Oui ? demanda James.

— Elle s'appelle héroïne, et il me tarde d'en trouver de plus grandes quantités… et à un prix inférieur… en Amérique, quand vous et moi irons là-bas la semaine prochaine. La morphine s'est vendue en abondance dans les rues aux États-Unis – bien plus qu'en Angleterre –, puisque des dizaines, ou des centaines de milliers de soldats ont continué d'en prendre après la guerre de Sécession il y a trente ans. À présent, cette héroïque héroïne, si elle n'est pas encore distribuée sur le marché, se répand de plus en plus. »

James regardait son vis-à-vis, les yeux écarquillés.

« Nous allons en Amérique ? *Nous* ?

— Nous partons à Marseille demain matin de bonne heure, et de là embarquerons sur un vapeur appareillant pour l'Amérique, confirma Holmes. Il y a là-bas, à Washington, un crime vieux de sept ans que j'ai le devoir de résoudre, et il est de votre intérêt – intérêt *impérieux*, mon cher James – de m'accompagner. Ma conscience m'interdirait de vous laisser à Paris dans cet état mélancolique et peut-être encore suicidaire. Par ailleurs... ça vous plaira ! Il y a du neuf ! L'affaire nous appelle aussi sûrement et inévitablement que votre prochaine nouvelle ou prochain livre appelle votre âme de créateur et votre plume d'écrivain. »

Holmes fit signe au serveur d'apporter l'addition et la régla, pendant que James restait assis là, les yeux toujours écarquillés et la bouche disgracieusement ouverte.

5

Pendant les dix jours suivants, alors qu'il traversait l'Atlantique, de Marseille à New York, puis prenait le train pour Washington, Henry James eut l'impression d'être dans un rêve. Non, pas tant dans un rêve – ses rêves étaient le plus souvent précis, colorés et saisissants – que dans un brouillard. Un brouillard délicieux et dangereux, exempt de toute décision à prendre.

Ils embarquèrent sur un vieux paquebot français du nom de *Paris*. James croyait se souvenir d'avoir déjà navigué à son bord douze ans plus tôt, la dernière fois qu'il était allé en Amérique, lorsqu'il s'était hâté de rentrer à Cambridge au chevet de son père mourant. Sherlock Holmes avait refusé de prendre un bateau à vapeur anglais plus moderne, puisque ça aurait signifié une escale quelque part en Angleterre – le *Paris* ne faisait qu'une brève halte à Dublin –, or il ne comptait pas remettre un pied en Angleterre tant qu'il n'était pas « pleinement satisfait », selon ses mots. « Satisfait » de quoi, cela ne fut pas précisé à ce moment-là, mais James devina que c'était lié à la question de l'existence réelle ou fictionnelle du détective privé.

Ils avaient eu plusieurs conversations stupéfiantes – des révélations, à la vérité – pendant les dix jours ayant précédé leur arrivée à New York.

La première s'était tenue devant son hôtel de la rue de la Paix après leur dîner tardif le soir de leur rencontre.

« Il est évidemment absurde de penser que je puisse – ou veuille – aller en Amérique maintenant, avait déclaré James, tenant son parapluie à deux mains comme une arme.

— Mais vous le devez, avait répondu Holmes d'un ton calme. Mon affaire en dépend.

— Votre “affaire” ? Je croyais que vous aviez abandonné vos activités de détective au moment où vous aviez mis en scène votre mort.

— Pas le moins du monde. Même sous les traits de Jan Sigerson, j'ai mené quelques enquêtes en Turquie, en Inde et ailleurs, mais c'était pour le compte de mon frère Mycroft, pour Whitehall et pour l'Angleterre. Aujourd'hui, il se trouve que je dois de nouveau m'occuper d'une affaire privée. Résoudre un mystère probablement sans lien avec la politique. »

James tenait toujours le parapluie fermé en travers de sa poitrine, comme un fusil. La pluie avait cessé.

« Laissez-moi deviner, dit-il. En l'absence du Dr Watson, vous avez besoin que je fasse la chronique de vos aventures. Que je sois votre Boswell. »

Sherlock rit si fort que le son se réverbéra sur les immeubles de pierre alentour.

« Non, non, pas du tout, monsieur James. Je ne crois pas que le rôle de Boswell vous siérait de manière générale, et encore moins pour consigner par écrit les détails d'une intrigue policière. »

À ces mots, la colonne vertébrale de James se raidit légèrement. Il s'estimait capable d'écrire n'importe quel genre d'histoire – tant que ni le sujet, ni le style n'étaient indignes de lui. Et il avait rédigé quelques fables dans ce style-là pour se faire un peu d'argent quand il était jeune.

« Ce que je veux dire, poursuivit Holmes, c'est que si je n'ai pas eu le plaisir de lire vos romans ou vos nouvelles, monsieur James, nombre de mes connaissances plus portées sur la littérature l'ont eu, dont Watson lui-même. Et d'après ce qu'ils me racontent, le récit que vous feriez de nos aventures les plus haletantes en Amérique aurait pour personnage principal une belle jeune femme, entourée de quelques lords et ladies, des dialogues obscurs y succéderaient à de vagues descriptions, et il ne s'y passerait rien de plus excitant qu'un *faux pas** verbal ou un retard pour le thé. »

James se demanda s'il devait se sentir offensé – et le montrer –, puis décida qu'il ne l'était pas. Somme toute, il était amusé.

« Dans ce cas, je ne vois pas quel besoin vous pourriez avoir de ma présence pour cette balade chimérique que vous semblez sur le point d'entreprendre.

— Ah, mais si, monsieur James. J'ai besoin de vous pour m'ouvrir des portes, me fournir des informations, éclairer pour moi le contexte américain, garantir – comment dire ? – ma couverture et me tenir compagnie. Voulez-vous en savoir davantage sur les raisons de tout cela ? »

James ne répondit pas. Ses pensées s'étaient déjà détournées du suicide dans la Seine pour s'orienter vers le lit douillet de sa chambre d'hôtel, dont le séparaient quelques dizaines de mètres et un trajet en ascenseur.

« En mars 1891, il y a presque deux ans, poursuivit Holmes, apparemment indifférent à l'évident manque de curiosité de James, j'ai reçu la visite d'un client potentiel dans ma garçonnière du 221 b Baker Street. Le gentleman en détresse était américain et l'objet de sa présence un meurtre. Il répondait au nom d'Edward Hooper. Il m'a montré trois mille dollars, qu'il était prêt à me payer si je l'accompagnais en Amérique et résolvais le mystère de la mort de sa sœur. Je n'ai accepté qu'un dollar – mon avance –, mais il m'a fallu ces deux ans pour commencer à me pencher sur ce… mystère.

— Je ne connais pas et n'ai jamais entendu parler de…, commença James, avant de s'interrompre brusquement.

— Je crois que vous connaissiez la sœur de M. Edward Hooper, Marian Hooper Adams.

— Clover, murmura James, si doucement qu'il s'entendit à peine prononcer les deux syllabes. Clover Adams. Quand elle était jeune fille, tout le monde l'appelait "Clover", trèfle. Ça lui allait bien.

— Vous l'avez bien connue, alors, insista Holmes.

— Je suis un ami de Henry Adams depuis… de très nombreuses années. » James aurait voulu se forcer à ne pas parler de tout ça, mais ce soir-là, il semblait la proie d'un étrange besoin de trahir des confidences qu'en temps normal, il aurait protégées de sa vie. « J'étais également proche de Clover Adams – aussi proche qu'il était possible de l'être de cette femme intelligente, mais imprévisible et souvent mélancolique. J'ai séjourné chez eux lors de mon dernier voyage en Amérique, au début des années 1880.

— Donc, vous connaissez les détails de sa mort. »

Il y avait une étrange lueur dans l'œil du détective privé, pensa James, mais ç'aurait aussi bien pu être un reflet de la lumière des becs de gaz qui illuminaient encore cette partie de la rue de la Paix.

« De son *suicide*, dit James d'un ton plus tranchant qu'il ne l'avait sans doute voulu. Il y a six… non… sept ans et demi. C'est de l'histoire ancienne pour tout le monde, sauf pour ses intimes, comme son mari, Henry, et ses plus proches amis ; dont je suis.

— Le 6 décembre 1885, précisa doucement Holmes. La date participe du mystère qui m'a été présenté par son frère, M. Edward Hooper. »

James s'apprêta à dire qu'il n'avait jamais eu le plaisir de rencontrer Edward mais, à la place, il lâcha des mots secs comme des coups de trique.

« C'était un *suicide*, monsieur Holmes. Tout le monde s'est accordé là-dessus. Son mari, Henry. Notre ami commun et le voisin des Adams, M. John Hay. Le médecin. La police. Les journaux. Tout le monde est convenu qu'elle s'était donné la mort. Elle était d'une nature mélancolique, comme la savent ceux qui l'ont connue et aimée. Il y avait une tendance à la neurasthénie – et même à l'autodestruction – dans sa famille. Le décès de son père, un peu plus tôt dans l'année, l'avait plongée dans un abîme de chagrin. Elle était très proche de lui, voyez-vous, et rien de ce que Henry Adams ou quiconque avait pu faire dans les mois suivant la disparition de M. Hooper n'avait pu la tirer des griffes du désespoir qui étreignait cette pauvre Clover. »

James s'arrêta. L'effort demandé par cette petite tirade et son intensité le laissèrent presque haletant. Il se sentait idiot d'en avoir tant dit.

Holmes fourra la main dans une poche intérieure de sa veste en tweed et en sortit une petite carte blanche. Malgré son esprit de résistance, James desserra une des mains qui tenaient le parapluie et la prit. Ça ressemblait à une carte de visite de dame, bien qu'elle fût blanche et non pas colorée comme c'était la mode en Angleterre et aux États-Unis, et un subtil rectangle blanc en gaufrage apparaissait à l'intérieur du rectangle de la carte elle-même. En haut du bristol se trouvaient cinq cœurs gaufrés. Quatre avaient hâtivement été coloriés en bleu, au crayon ou au pastel. Le cinquième cœur était blanc.

Henry James sut tout de suite ce que les cœurs représentaient. Il n'avait en revanche aucune idée de la signification du cœur laissé vierge, ou de l'unique phrase dactylographiée sur la carte.

`Elle a été assassinée.`

« Lorsqu'il m'a rendu visite pour me demander mon aide il y a deux ans, Edward Hooper, le frère de Clover, m'a dit qu'il avait reçu une carte comme celle-ci tous les 6 décembre – date anniversaire de la mort de sa sœur – depuis son étrange décès en 1885, précisa Holmes. Et je remarque, monsieur James, que vous avez instantanément reconnu la signification des cinq cœurs gaufrés. D'après M. Hooper, les quatre membres survivants des Cinq Cœurs avaient eux aussi reçu une carte semblable tous les ans. Dont, il en était certain, M. Henry Adams, bien que ce dernier ne l'eût jamais mentionné aux autres.

— Ned Hooper n'était pas l'un des Cinq Cœurs », corrigea James, l'air hébété.

Holmes hocha la tête.

« Non. Et il pensait être le seul, hors de ce groupe, à recevoir cette carte une fois par an, mais, évidemment, il ne pouvait pas en être sûr.

— Clover Adams s'est donné la mort, affirma James une fois encore. Ça ne concerne personne d'autre que son mari, or Henry Adams ne parle jamais de cette époque ou de cet événement. Il a lui-même failli mourir de chagrin après… le geste de Clover.

— Qu'en est-il alors des soupçons de son frère ? demanda Holmes.

— Ils sont déplacés. Ces… cartes, si elles sont ou ont vraiment été envoyées, trahissent seulement un sens de l'humour pervers et malade. Comme je vous l'ai dit, la famille Hooper est sujette à la mélancolie – ainsi, peut-être, qu'à un sentiment de persécution, qui n'est pas si rare. Je n'ai jamais rencontré M. Edward Hooper – que Clover appelait toujours "Ned" –, mais je suis persuadé qu'il se trompe.

— M. Edward Hooper est mort, déclara Sherlock Holmes.

— Mort ? »

Cette simple syllabe fut presque étouffée par le bruit de fond des voitures et des piétons dans la joyeuse rue de la Paix la nuit.

« Il a essayé d'attenter à ses jours en décembre dernier – le lendemain de l'anniversaire du soi-disant suicide de sa sœur – en se jetant du quatrième étage de sa maison de Beacon Street, à Boston. Bien que grièvement blessé, il a survécu et a été emmené dans un asile. Il semblait en bonne voie de guérison, aussi bien mentalement que physiquement, quand il a été atteint d'une pneumonie il y a deux semaines. La maladie l'a emporté.

— C'est terrible, marmonna James. Affreux. Henry ne m'en a pas informé. Comment se fait-il que vous, monsieur Holmes, qui prétendez avoir passé ces deux dernières années dans les confins de l'Empire, soyez au courant de ces récents événements qui se sont produits en Amérique, alors que j'en ignore tout ?

— Tout Anglais qui se respecte n'est jamais très loin derrière le *Times* », dit Sherlock Holmes.

James haussa un sourcil, peu sensible à la plaisanterie dans ce contexte.

« Je n'ai jamais cessé de lire mon journal londonien même quand, comme en Inde, il datait de plusieurs semaines, expliqua Holmes. Ici, à Paris, il est presque du jour. Et on y trouve aussi un large choix de journaux américains

– dont celui de Boston rapportant la tentative de suicide d'Edward Hooper, puis son décès pour cause de pneumonie. »

James prit une inspiration laborieuse et jeta un coup d'œil vers les lumières attirantes de son hôtel.

Holmes fit un demi-pas vers lui pour s'assurer de son attention pleine et entière.

« Vous comprenez pourquoi je dois tenir la promesse que j'ai faite à M. Hooper de me charger de l'affaire de la mort de sa sœur.

— Il n'y a pas d'"affaire". Uniquement un tragique suicide vieux de sept ans. L'"affaire", comme vous l'appelez de manière si mélodramatique, est close.

— Vous rappelez-vous la cause de la mort de Mme Adams ? » s'enquit Holmes.

Henry James savait qu'il aurait dû tourner les talons, rentrer à son hôtel et ne plus jamais parler à ce fou, mais il ne fit pas un mouvement. Quand il ne put plus supporter le silence, il dit : « Un dimanche, au comble de la mélancolie, alors qu'elle s'était trouvée un moment seule, Clover a ingurgité une solution chimique, qui faisait partie de son matériel de développement photographique. Le liquide contenait du poison. La mort a été instantanée.

— L'ingestion de ce poison, du cyanure de potassium, provoque une mort assez rapide, mais rarement instantanée, expliqua Holmes d'un ton posé, comme s'ils discutaient de l'horaire des chemins de fer. Elle aurait fini asphyxiée, mais après un long moment d'agonie. »

James leva sa main libre, comme pour se protéger de ces mots et des images qu'ils évoquaient.

« Qui a retrouvé son corps ? insista Holmes.

— Son mari… Henry… J'en suis sûr », répondit James, bégayant presque.

Il se sentit soudain en pleine confusion. Une partie de lui regrettait de ne pas avoir été seul pour accomplir ce qu'il avait prévu sur le quai de la Seine.

« Oui. D'après le rapport de police, c'est Henry Adams qui l'a découverte "plongée dans le coma, par terre devant la cheminée", acquiesça Holmes. Le dimanche 6 décembre, au cours de la matinée. Est-ce que ce moment de la journée et de la semaine a une signification pour vous, monsieur James ?

— Non, aucune. Quoique… tous les dimanches matin, pendant des années, Clover s'était réservé une heure pour écrire à son père, surtout quand il était malade. »

Holmes ne répondit pas. Il se rapprocha encore d'un demi-pas puis murmura : « Henry Adams avait dit à des amis qu'il ne laissait jamais sa femme seule à cette heure-là, le dimanche, parce qu'il craignait justement que sa mélancolie ne prenne le pas sur sa raison. Pourtant, ce dimanche 6 décembre, il y a sept ans, elle était seule. Au moins pendant un certain temps.

— Je crois que Henry était parti chez le dentiste à cause d'une dent qui... *êtes-vous en train de m'interroger, monsieur Holmes ?*

— Pas le moins du monde, monsieur James. Je vous explique pourquoi votre présence durant cette enquête est de la plus haute importance.

— Je ne trahirai pas un ami.

— Bien sûr que non. Mais ne serait-ce pas une double trahison, envers votre ami Henry Adams et feu votre amie Clover Adams, s'il s'agissait d'un meurtre et que personne ne prenait la peine d'enquêter ?

— Ce... n'était... pas... un... meurtre, martela James pour ce qu'il se jura être la dernière fois. Clover était l'une des premières photographes américaines de son temps – et j'irai jusqu'à dire la plus éminente. Son travail était éthéré. Comme d'un autre monde. Et cela s'ajoutait à sa nature profondément mélancolique. Ce jour d'hiver, cette tendance a dû la submerger, et elle a ingurgité des produits chimiques qui se trouvaient à portée de main dans son laboratoire photographique.

— Et qui lui a donné ces produits de développement photographiques ? demanda Holmes.

— Je suppose qu'elle les a achetés elle-même, répliqua James. Si c'est encore une allusion à la possible culpabilité de mon bon et honnête ami Henry Adams... »

Holmes leva une main gantée.

« Pas du tout. Je sais, au contraire, que c'est une personne extérieure qui a fourni ces produits à Mme Adams. Le cousin d'une "amie", une certaine Rebecca Lorne, dont Mme Adams avait fait la connaissance un peu par hasard à Washington. Cette Mlle Lorne se trouvait là à attendre... d'après les rapports de police et les articles de journaux que m'a remis M. Hooper il y a deux ans... quand Henry Adams est rentré de chez le dentiste. Mlle Lorne a expliqué à Adams qu'elle était passée voir Mme Adams et demandé si cette dernière recevait. M. Adams a répondu qu'il allait monter s'en enquérir auprès de sa femme, et c'est à ce moment-là qu'il a découvert son corps par terre.

— Une fois encore, vous semblez insinuer… », commença James, affichant son air le plus ombrageux.

D'ordinaire, même une version atténuée de cette expression réussissait à réduire au silence un interlocuteur présomptueux ou indiscret. Cela n'eut aucun effet sur Holmes.

« Je n'insinue rien. Je vous explique seulement pourquoi vous et moi allons attraper le train express pour Marseille à six heures quinze demain matin et embarquer sur un bateau à vapeur pour New York demain soir.

— Rien, monsieur Holmes, aucune incitation, aucune force coercitive, aucune forme de chantage ou autre méthode de persuasion existant dans ce monde ou dans un autre ne me fera partir avec vous à Marseille demain, et encore moins en Amérique », décréta Henry James.

6

Les deux hommes étaient seuls dans un compartiment de première classe du train express à destination de Marseille, ce qui procura un certain réconfort à Henry James. Pendant les trois premières heures du voyage, aucun d'eux ne parla. James faisait semblant de lire un roman, tandis que Holmes était caché derrière le *Times*.

Soudain, sans prévenir et sans préambule, il abaissa son journal et dit : « Vous aviez aussi une barbe, à l'époque. »

James leva les yeux et le dévisagea.

« Pardon ? »

Il finirait par s'habituer aux brusques changements de sujet de Sherlock Holmes et aux remarques inopinées qu'il lançait parfois sans lien avec la situation, mais pas ce jour-là. Pas encore.

« Il y a quatre ans, expliqua Holmes, lorsque je vous ai été présenté, à la garden-party chez Mme T. P. O'Connor. Vous portiez déjà la barbe. »

James garda le silence. Il la portait depuis la guerre de Sécession.

« C'est en partie grâce à elle que je vous ai reconnu dans le noir, au bord de la Seine », ajouta Holmes, avant de se replonger dans son journal.

Voyant un moyen d'agacer son agaçant compagnon, James prit enfin la parole.

« J'aurais pensé que le détective privé le plus célèbre du monde se fierait à d'autres détails physionomiques qu'une simple barbe pour reconnaître quelqu'un. »

Holmes rit.

« Bien sûr ! Je m'intéresse à la physiognomonie, pas seulement à la pilosité faciale. Je suis, par exemple, un expert en matière d'oreilles.

— Vous ne vous souveniez même pas que nous avions été présentés, dit James, ignorant l'allusion ridicule aux oreilles.

— C'est faux ! s'esclaffa Holmes. Je me souviens qu'à l'époque, en apprenant qu'un Américain du nom de James serait à la garden-party, j'avais espéré qu'il s'agissait de votre frère, le psychologue, avec qui je souhaitais discuter de plusieurs choses.

— En 1888, William n'avait pas encore publié ses *Principes de psychologie*, répliqua James. C'était un inconnu. Comment auriez-vous pu vouloir lui parler ? Votre mémoire vous joue des tours, monsieur Holmes.

— Détrompez-vous. Des amis en Amérique – amis qui partageaient, à certains égards, ma vocation particulière – m'avaient envoyé des copies des différents articles de psychologie de votre frère, des années avant la sortie de son ouvrage. Mais la principale raison de ma distraction lors de notre rencontre chez Mme O'Connor, monsieur James, c'est qu'à cet instant précis, j'observais mon suspect – le voleur de bijoux – en pleine action. Nous l'avons pris la main dans le sac, comme aurait dit Watson.

— Un simple domestique, vous l'avez mentionné hier soir », commenta James en baissant les yeux vers les caractères impénétrables du roman posé sur ses genoux.

Il était trop perturbé pour lire, ce qui était exceptionnel chez lui.

« Un simple domestique, mais vivant dans l'intimité de votre lady Wolseley », précisa Holmes.

James faillit en lâcher son livre.

« L'un des domestiques de lord et lady Wolseley, coupable d'un vol de bijoux ? Impossible ! Absurde !

— Pas du tout. Lord Wolseley m'a embauché pour faire la lumière sur une série de délits dont étaient victimes ses amis propriétaires de jolies résidences de campagne, mais il n'aurait pas dû se donner la peine de s'adresser à moi. N'importe quel agent de police moyennement compétent aurait pu résoudre cette affaire. Il ne m'a fallu que quelques heures pour savoir qui c'était – ou du moins réduire la liste des coupables possibles. Voyez-vous, les vols avaient commencé dans différentes grandes maisons anglaises d'Irlande. Dans toutes, en fait, sauf celles de lord Wolseley et de quelques aristocrates anglais là-bas qui avaient perdu les faveurs de lord et lady Wolseley. »

Henry James voulut protester une fois encore – pour d'obscures raisons personnelles ainsi que logiques –, mais il ne trouva pas les mots.

« Le principal voleur était un dénommé Germond, poursuivit Holmes. Robert Jacob Germond. Un caporal-chef d'un certain âge qui avait été l'ordonnance du général – lord Wolseley – lors de différentes campagnes militaires, avant de devenir son valet. Il faut reconnaître que le caporal-chef Germond n'avait pas le physique d'un voleur de bijoux. Il avait un visage long comme le museau d'un basset et les mêmes yeux lumineux, tristes et sensibles. Cependant, il suffisait de consulter la liste des vols commis dans les garnisons de lord Wolseley au fil des années, puis dans les demeures des amis du général en Irlande, et aussi en Angleterre aux dates des différentes visites là-bas de lord et lady Wolseley, pour que l'identité du cerveau de l'affaire – même si le titre est beaucoup trop grandiose pour lui – s'impose, même à l'esprit le moins déductif. Au moment où vous et moi faisions connaissance à pure la garden-party, monsieur James, j'observais en secret le caporal-chef Germond en train de commettre son larcin. Il était très adroit. »

James se sentit rougir. Au fil du temps, il avait été amené à côtoyer plusieurs des principaux domestiques de lord et lady Wolseley – d'anciens soldats du général pour la plupart. Germond lui avait été attribué comme valet personnel pendant son seul séjour en Irlande, dans la propriété de lord Wolseley. James avait ressenti une étrange… affinité… avec son valet à la voix douce et aux yeux tristes.

* * *

James ne fut pas ravi de devoir partager une cabine avec Holmes sur le *Paris*, même si elle était de première classe et satisfaisait à leurs besoins. Ils avaient pris leurs billets si peu de temps avant l'appareillage, avait expliqué Holmes, qu'il ne restait que cette cabine à deux lits, libérée grâce à une annulation.

« Peut-être auriez-vous préféré voyager dans l'entrepont… ce qui, je le sais d'expérience, possède ses charmes particuliers.

— Je ne souhaite pas voyager du tout sur ce navire… ni sur aucun autre », avait répliqué James.

En dehors des heures de sommeil, les deux hommes se virent peu. Holmes ne se rendait pas à la salle à manger pour le petit déjeuner, pourtant très bon, ni pour le déjeuner, et on ne l'aperçut que rarement à sa place attribuée à la table du capitaine où, tous les soirs, en smoking, James s'efforçait de faire la conversation aux aristocrates français, aux hommes d'affaires allemands, au capitaine à barbe blanche (semblant avant tout intéressé par sa nourriture) et à l'unique dame anglaise de la tablée – une douairière presque folle qui ne cessait de l'appeler « monsieur Jane ».

James passait autant de temps que possible à explorer la modeste bibliothèque du navire – qui ne proposait aucun de ses livres, même en traduction –, à arpenter le pont pourtant assez peu spacieux ou à écouter l'occasionnel récital décousu ou le petit concert donnés pour distraire les passagers.

Mais par deux fois, James surprit Sherlock Holmes dans des moments éminemment intimes et embarrassants.

La première fois – le détective n'affichant ni surprise, ni embarras –, ce fut après le petit déjeuner, quand James retourna à leur cabine pour se changer. Holmes était allongé sur son lit, toujours en chemise de nuit, une sorte de garrot noué en haut de son biceps gauche, et retirait l'aiguille d'une seringue de la chair tendre au creux de son coude. Sur la table de chevet – celle qu'ils partageaient et sur laquelle James posait son livre au moment de l'extinction des feux – se trouvait une fiole d'un liquide sombre que James devina être de la morphine.

La prise et les effets de la morphine ne lui étaient pas inconnus. Il avait vu sa sœur Alice se perdre dans ses brumes dorées, s'éloignant de toute humanité (dont la sienne), pendant des mois avant sa mort. Le médecin d'Alice avait même appris à Katharine Loring à administrer la bonne quantité de produit, au cas où personne d'autre n'aurait été disponible. James n'avait jamais eu à pratiquer l'injection pour sa sœur agonisante, mais il s'y était préparé. En plus de la morphine, Alice avait aussi eu recours à l'hypnose au cours des derniers mois, entre autres efforts concertés pour alléger une souffrance en apparence infinie.

Cependant, à la connaissance de James, Sherlock Holmes ne souffrait d'aucune douleur physique. Il était seulement devenu dépendant à la morphine, après avoir été dépendant à la cocaïne par injection pendant des années. Et il lui avait déjà fait part de son impatience à trouver et essayer cette nouvelle drogue « héroïque » mise au point par M. Bayer, puisqu'elle était disponible aux États-Unis.

Holmes n'avait pas eu l'air gêné du tout : regardant James de sous ses paupières lourdes, il avait tranquillement rangé son flacon, sa seringue et le reste de son matériel dans une petite trousse en cuir que son compagnon de voyage lui avait déjà vu porter (pensant qu'il s'agissait de son nécessaire de rasage), puis avait souri d'un air endormi.

Dégoûté et ne faisant aucun effort pour le cacher, James avait tourné les talons et quitté la cabine sans s'être changé pour mettre ses vêtements de promenade.

* * *

Un autre moment d'une intimité désagréable survint le quatrième soir après que le navire eut quitté Dublin, quand James entra dans la cabine après avoir frappé machinalement, pour trouver Holmes nu devant leur table de toilette sur laquelle étaient posés la cuvette et un petit miroir. Cette fois-là non plus, Holmes n'afficha pas l'embarras qu'il aurait dû et ne se hâta pas d'enfiler sa chemise de nuit, malgré le malaise évident de son compagnon de chambre.

Ce n'était pas la première fois que Henry James voyait un homme nu. Si la nudité masculine suscitait chez lui des réactions compliquées, la première était toujours une pensée morbide.

Lorsqu'il était encore un bambin, Henry suivait partout son frère William, d'un an son aîné. Il n'avait pas pu (ni voulu) l'accompagner ensuite dans ses tumultueux jeux d'enfant en plein air, mais plus tard, quand William avait décidé de devenir un artiste, Henry avait résolu d'en être un également. Chaque fois que possible, il accompagnait son grand frère aux leçons de dessin et de peinture payées par leur père.

Un jour, en pénétrant dans l'atelier de Newport, Henry avait découvert Gus Barker, son cousin orphelin, posant nu pour le cours de dessin d'après nature. Profondément ébranlé par la beauté du jeune homme aux cheveux roux – son teint pâle, son sexe flasque d'aspect si vulnérable, le rose si féminin de ses tétons ressortant sur sa peau blanche –, Henry avait feint un intérêt purement artistique, jetant un coup d'œil critique aux dessins de William et des autres, comme s'il s'apprêtait à prendre une feuille et un fusain pour capturer à son tour ce pouvoir ineffable de la nudité. Surtout, la fibre littéraire en lui s'éveillant plus sûrement qu'une quelconque conscience sexuelle, le jeune Henry James avait été fasciné par sa propre réaction complexe et trouble face au corps exhibé de son cousin.

Le jeune Gus Barker avait été le premier de leur cercle familial et amical à mourir durant la guerre de Sécession, fauché par la balle d'un artilleur confédéré en Virginie. Pendant des dizaines d'années après ça, Henry James n'avait pu se rappeler son émoi devant la beauté de cette forme nue sans penser à ce même corps – au mouchetage cuivré des poils pubiens, aux veines sur les bras musclés, aux cuisses pâles étonnamment puissantes – en train de pourrir sous l'humus dans un champ inconnu de Virginie.

Puis il y avait eu Wilkie, le jeune frère de Henry James, grièvement blessé pendant l'attaque désastreuse et mal préparée du 54e régiment noir du Massachusetts contre Fort Wagner, en Caroline du Sud. Il avait été retrouvé par pure coïncidence dans un poste chirurgical de l'armée et sauvé par William Russell, un ami de la famille, qui cherchait son fils Cabot, mort sur le champ de bataille. Wilkie était en si piètre état à son retour à la maison qu'il avait fallu le laisser sur son brancard souillé dans le hall d'entrée pendant des semaines. James avait vu ses parents baigner leur enfant mutilé, et la découverte du corps de Wilkie lui avait causé un autre choc : la terrible blessure dans le dos, d'où la balle confédérée n'avait pas encore été extraite, et la plaie répugnante au pied – cette balle-là avait été retirée lors d'une opération chirurgicale sommaire sur le bateau qui l'avait ramené dans le nord –, montrant des signes de pourrissement et un début de gangrène.

La première fois où il avait vu son frère nu sur le lit de camp, alors que leur mère le manipulait délicatement après avoir découpé l'uniforme malodorant, James avait été frappé par la totale vulnérabilité du corps humain au métal, au feu, à la lame et à la maladie. Quand on le tournait sur le ventre – et qu'il hurlait – pour lui faire sa toilette, et que les deux blessures étaient visibles, Wilkie James ressemblait plus à un cadavre d'une semaine qu'à un vivant. Qu'à son frère.

Il y avait aussi « l'autre » Holmes, que James avait vu nu. Vers la fin de la guerre, Oliver Wendell Holmes Jr, son ami d'enfance – de deux ans son aîné, mais alors vieilli de plusieurs décennies par ses expériences de guerre – était venu lui rendre visite à Boston, puis l'avait accompagné à North Conway, où vivaient Minnie Temple, la cousine de James, avec ses sœurs. Pendant cette première nuit à North Conway, cet autre Holmes et le jeune James avaient été contraints de partager une chambre spartiate et un unique lit affaissé – avant de trouver une location plus convenable le lendemain – et James, déjà en pyjama sous les couvertures, avait vu, à la lumière de la lampe, Oliver Wendell Holmes Jr nu devant la table de toilette et son miroir, comme Sherlock Holmes ce soir-là sur le *Paris* tanguant quelque part dans l'Atlantique nord.

Le jeune James s'était une fois encore extasié devant la beauté du corps masculin mince et musculeux en voyant Oliver Wendell Holmes dans la lumière ce soir-là, mais le lien avec la mort était de nouveau très visible : de terribles cicatrices se déployaient telles des toiles d'araignée sur le dos, les flancs et le haut de la jambe d'Oliver. Cet autre Holmes – le Holmes de James – avait lui aussi été grièvement blessé à la guerre et en était si fier qu'il en avait ensuite parlé pendant des dizaines d'années, donnant des détails en général prohibés devant les dames. Celui qui allait devenir un célèbre juriste avait tenu à conserver son uniforme déchiré et ensanglanté, encore imprégné d'une odeur de poudre à canon, de sang et de crasse, à l'instar du lit de camp, de la couverture et de l'uniforme coupé de Wilkie, et n'allait pas s'en séparer au cours des décennies suivantes. Il le sortait du placard à l'occasion, lorsqu'il retrouvait d'autres anciens combattants pour converser et fumer le cigare, et il leur montrait le sang depuis longtemps séché, et les trous effilochés qui correspondaient si parfaitement aux cicatrices blanches que James avait remarquées sur la peau nue de son ami d'enfance.

Pour James, ça avait été un autre aperçu non seulement de la beauté du corps masculin, mais des graffitis mutilants laissés par la grande faucheuse pour rappeler la mortalité de ce corps.

Malgré le choc, Henry James ne fut donc pas surpris de voir, dans la faible lumière de la cabine, que M. Sherlock Holmes avait le dos marbré de cicatrices. Elles semblaient aussi à vif que les blessures par balles que James avait vues sur la chair de Wilkie et d'Oliver, mais elles rayonnaient vers l'extérieur comme des marques de coups de fouet que se serait infligés un flagellant fanatique.

« Excusez-moi, dit-il, figé dans l'embrasure de la porte de la cabine. Je ne… » Ne sachant qu'ajouter, il s'arrêta là.

Holmes se retourna vers lui. Son torse pâle aussi était lardé de cicatrices. James eut le temps de remarquer qu'en dépit de l'extrême maigreur de cet homme de haute taille – il avait les flancs presque creux, comme certains coureurs et autres athlètes –, M. Sherlock Holmes, dont la peau à la lumière de la lampe avait un éclat aussi blanc que celle de son cousin Gus Barker, était une masse de muscles noueux qu'il semblait prêt à bander pour quelque action urgente.

« Excusez-moi », répéta James avant de ressortir.

Ce soir-là, il resta dans le salon de première classe, à fumer et lire un magazine sans intérêt, jusqu'à ce qu'il soit certain que Holmes serait endormi, avant de retourner dans la cabine.

* * *

Le *Paris*, très en retard sur son horaire déjà peu ambitieux, entra dans le port de New York en début de soirée, quand la silhouette de la ville se découpait en ombres chinoises au soleil couchant. La plupart des paquebots transatlantiques que James avait pris au fil des années pour revenir d'Europe avaient atteint New York de bonne heure le matin. Il s'aperçut que cette arrivée tardive n'était pas seulement plus plaisante d'un point de vue esthétique – James ne supportait plus l'esthétique de New York –, mais semblait plus appropriée à leur mission secrète.

Holmes l'avait rejoint sans y être invité sur le pont, d'où James regardait le ballet des remorqueurs et l'intense circulation portuaire, écoutant les sirènes, les cloches et les cris d'un des ports les plus actifs du monde.

« Intéressante cité, n'est-ce pas ? demanda Holmes.

— Certes », répondit seulement James.

Lorsqu'il avait quitté l'Amérique dix ans plus tôt, il s'était juré de ne pas y revenir. De retour à Londres, il avait consigné dans des essais ses impressions sur son pays et sur New York. La ville elle-même – où James avait passé des années de ce qu'il considérait comme une enfance heureuse dans leur maison près de Washington Square Park – avait tellement changé qu'elle n'était plus reconnaissable. Entre les années 1840 et 1880, écrivit-il, elle était devenue une cité d'immigrés et d'étrangers. Le savoir-vivre et les certitudes qui prévalaient à cette époque où Washington Square était encore à moitié rural avaient cédé la place à une verticalité agressive, à ces arrivées d'étrangers à l'odeur et à la langue inconnues.

Une fois, James avait comparé les Juifs des ghettos du Lower East Side à des rats et autres nuisibles – courant à toute vitesse entre les pieds de leurs prédécesseurs anglo-saxons distraits et soudain minoritaires –, mais il admirait aussi le fait que ces… *immigrés*… publiaient plus de quotidiens en hébreu qu'il n'en paraissait en anglais dans la ville ; qu'ils avaient créé un grand nombre de théâtres yiddish qui distrayaient plus de gens tous les soirs que les établissements de Broadway ; que les Juifs – tout comme les Italiens et autres groupes d'immigrés de basse extraction, dont la plupart des Irlandais – avaient si bien planté leurs pénates dans la nouvelle New York, s'accrochant telles des berniques à ce fier rêve d'Amérique partagé par tant de ses habitants qu'il serait impossible de les en déloger.

Henry James avait eu l'impression d'être un étranger dans son propre pays, dans sa propre ville, et ce thème était sans cesse revenu dans ses essais.

Il n'en dit pourtant rien, alors que Holmes et lui observaient les dernières manœuvres pour amarrer le vieux paquebot le long des quais en pleine activité.

« Vous vous demandez sûrement comment j'ai su que vous portiez les cendres de votre sœur Alice, l'autre nuit au bord de la Seine… », commença Holmes très doucement.

Les passagers jouaient des coudes et se poussaient pour se faire une place le long du bastingage, mais une bulle d'intimité semblait entourer les deux hommes.

« Absolument pas, répondit James d'une voix tout aussi douce mais beaucoup plus intense. Vos conjectures folles et inexactes ne m'intéressent pas le moins du monde, monsieur Holmes.

— J'étais là-bas depuis plus longtemps que vous, poursuivit Holmes en regardant les navires, les bateaux-pompes, les barques et l'agitation tout autour. Mes yeux avaient eu le temps de s'habituer à l'obscurité. Je vous ai vu sortir plusieurs fois la petite tabatière d'ivoire… la tenir d'une manière presque pieuse, la remettre dans votre poche de poitrine, puis la reprendre. Je savais que c'était une tabatière d'ivoire – seul l'ivoire brille de cette façon dans une si faible lumière – et j'ai aussi su immédiatement que vous ne prisiez pas.

— Vous ne connaissez rien à mes habitudes. »

La voix de James n'aurait pu être plus froide, ni plus indifférente à cette conversation non sollicitée. Mais en raison de la foule derrière eux, il lui était impossible de faire volte-face et de s'en aller. Aussi se contenta-t-il de détourner le regard.

« Bien sûr que si. Quelqu'un qui prise, même de manière occasionnelle, a des taches de nicotine sur le pouce et l'index. Vous n'en avez pas. Par ailleurs, quelqu'un qui utilise une tabatière pour y prendre des pincées de tabac ne la scelle pas soigneusement avec de la cire à cacheter.

— Vous n'avez pas pu remarquer ce genre de choses en quelques secondes, dans l'obscurité », dit James.

Son cœur cognait contre ses côtes.

« Et pourtant, si. Ensuite, au moment où nous sommes repartis, j'ai allumé ma pipe pour en avoir confirmation. Vous n'en avez pas eu conscience – tenir la tabatière est devenu chez vous un réflexe, monsieur James, surtout dans un moment aussi intense –, mais vous l'avez ressortie brièvement plusieurs fois après que nous nous étions éloignés du fleuve. Je me suis rendu compte que ce n'était pas qu'un simple talisman pour vous. C'était un objet sacré. »

James se retourna pour fusiller du regard cet indiscret et fut stupéfait de voir qu'il avait retiré les lentilles bleues qui avaient dissimulé la véritable couleur de ses yeux. Les yeux gris et furieux de Henry James croisèrent les yeux gris et calmes de Sherlock Holmes.

« Lorsque je me trouvais en Inde, j'ai appris par le *Times* le décès de votre sœur, en mars 1892 et, plus tard, vu l'annonce des funérailles et de la crémation d'une Mlle James à Woking. Il était précisé que la compagne de votre sœur, Mlle Katharine Peabody Loring, remporterait les cendres en Amérique pour qu'elles y soient inhumées dans le caveau familial de Cambridge. »

Toujours silencieux, James continua de darder son regard noir sur Holmes. Il se réjouissait d'être accoudé au bastingage du navire, car il craignait d'être malade.

« Ce soir-là, au bord de la Seine, j'ai compris tout de suite que vous vous étiez approprié un peu des cendres de votre sœur – sûrement à l'insu de Mlle Loring et de votre famille –, que vous les aviez mises à l'abri dans cette tabatière d'ivoire hors de prix et que vous les transportiez… quelque part. Mais où ? Sûrement pas seulement au fond de la Seine. »

James n'avait pas le souvenir de s'être jamais fait insulter de cette manière si personnelle. Son frère William aurait sûrement cassé la figure de ce Holmes. Mais Henry James n'était pas William ; jamais de sa vie il n'avait serré le poing dans l'intention de cogner quiconque. Il ne le fit pas non plus à cet instant. Il continua de dévisager l'Anglais avec colère.

« Je pense que vous envisagiez peut-être de retourner en Amérique, conclut Holmes. Avant que votre mélancolie ne vous submerge à Paris. C'est parce que vous aviez déjà songé à ce voyage que vous avez fini par changer d'avis cette nuit-là et par accepter de m'accompagner dans cette mission. Peut-être pensiez-vous répandre les cendres de votre sœur dans un lieu important… sacré pour vous deux ? Ça ne me regarde pas, évidemment. Et comme je respecte votre deuil, monsieur, je n'aborderai plus ce sujet. Je l'ai fait uniquement pour vous familiariser avec certaines de mes plus simples méthodes de travail, fondées sur l'observation et le raisonnement.

— Je ne suis pas impressionné, monsieur », dit James quand il réussit enfin à parler.

C'était faux. Malgré lui, il était très impressionné.

On approchait le vieux paquebot du quai comme on mène une matrone vers un buffet bien garni. Les marins français, à la proue et à la poupe, s'apprêtaient à lancer les bouts avant que des câbles massifs ne les amarrent solidement à l'Amérique.

« Vous m'excuserez, monsieur Holmes. J'ai oublié quelque chose dans la cabine. Je vous retrouverai quand vous aurez passé la douane. »

Le détective hocha la tête, apparemment perdu dans ses pensées. James savait que Holmes – voyageant sans doute avec un faux passeport norvégien au nom de Jan Sigerson – devrait faire la queue un certain temps, tandis que lui, expatrié de cœur mais toujours possesseur d'un passeport américain, passerait la douane après une inspection des plus sommaires.

Il ne se hâta pas moins de retourner à la cabine en espérant que les porteurs n'avaient pas encore emporté leurs malles et bagages. Ce n'était pas le cas.

James referma à clé la porte de la cabine derrière lui, déverrouilla sa malle, sortit de son tréfonds un coffret en acajou et l'ouvrit avec précaution. À l'intérieur, la garniture de velours présentait un creux de la dimension qu'il avait demandée.

James prit la tabatière de son gilet, la posa délicatement dans le coffret en acajou, le referma, referma la malle, s'assura qu'il avait son passeport et ses papiers dans sa mallette et quitta la cabine juste au moment où les porteurs venaient chercher les bagages.

7

J'avais eu l'intention de décrire cette première soirée de Holmes et James à New York, mais je n'ai pas réussi à savoir où ils l'ont passée. Je dispose de sources indiquant qu'ils ont tous deux franchi la douane à dix-neuf heures le jeudi 23 mars 1893 – Holmes avec son passeport norvégien établi au nom de J. Sigerson –, mais j'ai perdu leur trace après. À en croire la conversation que je sais qu'ils ont eue le lendemain, dans le train à destination de Washington, il est possible qu'ils n'aient pas dîné ensemble ce soir-là et ne soient pas descendus dans le même hôtel. Apparemment ils ne s'étaient pas parlé depuis l'« explication » indiscrète de Holmes au moment de la mise à quai du paquebot.

J'avais aussi supposé que, pour des questions de commodité, ils prendraient un train pour Washington partant de Grand Central Depot, le vendredi 24 mars, mais Holmes – qui s'était occupé de toute l'organisation de leur voyage précipité – leur avait réservé des billets dans le Boston-Washington nommé le *Colonial*, ou parfois le *Colonial Express*, géré conjointement par deux compagnies de chemin de fer, la Pennsylvania Railroad et la New York, New Haven and Hartford Railroad. En 1893, le *Colonial* n'entrait pas encore à Manhattan et ne reliait pas Grand Central Depot – ça se ferait après le naufrage du *Titanic* en 1912 –, aussi Holmes et James avaient-ils sûrement dû se lever de bonne heure et embarquer dans l'un des premiers ferrys pour Jersey City, afin de prendre le *Colonial* qui les emmènerait à Washington, via Philadelphie et Baltimore. C'était le train le plus rapide à leur disposition ce jour-là, mais pas le plus pratique pour quelqu'un ayant passé la nuit à Manhattan.

J'ai eu confirmation que Henry James avait envoyé de Marseille un câble à John Hay disant qu'il rentrait en Amérique pour des « raisons personnelles et privées » et lui demandant de n'avertir personne « à l'exception peut-être de Henry A. ». Il donnait la date et l'heure approximative de son arrivée à Washington et précisait à son vieil ami que « l'explorateur norvégien avec qui il avait sympathisé et voyageait temporairement » et lui trouveraient un hôtel où loger à Washington. À son arrivée à New York, James reçut par câble la réponse de John Hay :

> Sornettes ! Votre compagnon de voyage et vous devez loger à la maison pour la durée de votre séjour. Nous insistons, Clara et moi. Il y aura assez de place, de nourriture, de vin et de conversation pour tout le monde. Adams est actuellement en voyage, mais il sera ravi d'apprendre votre retour au pays. Superbe coïncidence, l'attaché diplomatique d'Oskar II, roi de Suède et de Norvège, sera notre hôte pour dîner le dimanche soir. Nous sommes tous impatients de rencontrer votre intrépide ami explorateur !

James montra le câble à Holmes, alors qu'ils se rendaient à la gare de Jersey City, et ne put contenir un sourire sardonique.

« Un peu problématique, peut-être ?

— En quoi, mon cher ? demanda Holmes, alors qu'ils attendaient à l'avant du ferry.

— Le déguisement de M. Jan Sigerson s'accompagne-t-il d'une maîtrise du norvégien ? demanda James sans détour. Vous feriez peut-être mieux de vous installer à l'hôtel à Washington, de ne rendre visite à Hay et Adams qu'à des occasions choisies et d'être souffrant dimanche soir.

— Pas question. C'est un grand avantage de séjourner chez les Hay. Vous m'avez bien dit que leur maison était proche de celle de Henry Adams ?

— Voisine et mitoyenne, même, répondit James. Comme la Suède et la Norvège.

— Eh bien voilà, conclut Holmes. Nous devrons laisser le représentant du roi Oskar II de Suède et de Norvège se faire sa propre opinion dimanche. »

* * *

Les billets de train avaient beau être de première classe, il n'y avait pas de compartiments privés. Par chance, le wagon de première n'était pas bondé ce vendredi matin. Assis de part et d'autre de l'allée centrale, Holmes et James pouvaient se pencher pour se parler en toute discrétion quand ils le désiraient. James remarqua aussi que, si les Américains n'avaient pas complètement perdu leur dégoûtante habitude d'expectorer en permanence, il semblait y avoir moins de crachats visibles partout que lors de son dernier séjour, et le tapis rouge dans l'allée du wagon n'était pas imbibé de tabac liquéfié comme tant de moquettes dix ans plus tôt. En 1883, James avait décidé qu'il ne pourrait plus jamais vivre en Amérique – ni peut-être même y séjourner –, ne serait-ce qu'à cause de cette manie locale de cracher.

« Parlez-moi des Cinq Cœurs », dit Holmes, alors qu'ils quittaient Philadelphie.

Pour cette conversation, le détective avait traversé l'allée et s'était assis face à James, dans le sens contraire de la marche. Leurs genoux se touchaient presque, en une proximité que l'écrivain trouva désagréable. Holmes se penchait sur sa canne de style nordique. James regretta de ne pas en avoir apporté une, ne serait-ce que pour l'utiliser comme barrière entre eux.

Il posa fermement les paumes sur ses genoux pour créer une structure de séparation.

« En fait, leur petit groupe ne s'appelait pas les Cinq Cœurs, mais les Cinq *de* Cœur.

— Dans ce cas, parlez-moi des Cinq *de* Cœur.

— C'était le *salon** de Clover Adams. Un salon typiquement américain, je dirais.

— Qu'entendez-vous par là ? »

James prit le temps de clarifier sa pensée.

« Contrairement à tous les salons que j'ai connus en France, en Italie ou ailleurs, celui-là n'était pas centré sur la littérature et les écrivains, ni sur l'art et les artistes, ni sur la sainte trinité des salons que sont l'argent, l'aristocratie et la notoriété – même si les Adams n'avaient rien à envier à quiconque dans ces trois domaines.

— Vraiment ? s'étonna Holmes. Je croyais qu'il n'y avait pas d'aristocratie aux États-Unis d'Amérique. »

James sourit presque avec pitié à son cadet. Il allait avoir cinquante ans quelques semaines plus tard, et Holmes avait mentionné qu'il aurait trente-neuf ans en avril, mais en cet instant l'écrivain se faisait l'effet d'être un vieux gentleman plein de sagesse.

« Toutes les sociétés possèdent leurs subtiles aristocraties, monsieur Holmes… euh… Sigerson. Fondées sur la richesse, quand ce n'est pas sur la naissance. Et sur le pouvoir, quand ce n'est pas sur la richesse. Et ainsi de suite.

— Pourtant, Henry Adams n'appartient-il pas à l'aristocratie dirigeante de Washington ? »

James fronça les sourcils avant de répondre. L'insupportable détective s'essayait-il à la provocation ? Faisait-il semblant d'être idiot ? Après quelques secondes de réflexion, James décida que non. Il était seulement naïf.

« Henry Adams est le petit-fils d'un président américain et l'arrière-petit-fils d'un autre, tous deux côté paternel, bien sûr, mais lui-même n'a jamais détenu de pouvoir politique. Il est riche, c'est vrai. Clover et lui se trouvaient au centre de la haute société de Washington dans la première moitié des années 1880, c'est vrai. Mais même en étant un membre de ce que les philosophes français ou Jefferson auraient pu appeler une "aristocratie naturelle", Adams n'a jamais détenu de pouvoir proprement dit. Pensez donc, il a commencé comme professeur à Harvard ! »

Holmes hocha la tête.

« Revenons-en à Mme Adams. Décrivez-moi votre ancienne amie Clover… de manière aussi brève et concise que possible, s'il vous plaît. »

James se sentit heurté dans sa sensibilité à fleur de peau.

« Vous me demandez de révéler des détails personnels concernant une chère amie disparue et l'épouse d'un ami, monsieur, souligna-t-il avec raideur. Souvenez-vous que, si je n'ai pas la nationalité britannique, je n'en suis pas moins un gentleman. Et il y a des choses que les gentlemen ne font pas, tout simplement. »

Holmes soupira.

« Pour l'heure, monsieur James, et dans un futur proche, vous êtes un gentleman américain qui a accepté de m'aider à faire la lumière sur le possible meurtre d'une compatriote américaine – ou, du moins, à percer le mystère entourant un individu affirmant tous les ans qu'elle a été assassinée. À cet égard, votre responsabilité vis-à-vis de votre amie pèse plus lourd que vos soi-disant devoirs de gentleman. Nous devons tous deux dépasser cela pour pouvoir établir si votre amie Clover Adams a été tuée. »

Facile pour vous, songea James. *Vous n'êtes pas un gentleman.*

Il poussa un soupir audible.

« Très bien. Que voulez-vous savoir à propos de Clover ?

— À quoi elle ressemblait, pour commencer. »

James s'indigna une nouvelle fois.

« En quoi son apparence importe-t-elle, monsieur Ho… monsieur Sigerson ? Avez-vous une théorie selon laquelle quelqu'un l'aurait tué à cause de son physique ?

— C'est une simple pièce d'un puzzle complexe, répondit tranquillement Holmes. Et un point de départ. Comment était Clover Adams ? »

James prit un instant avant de répondre.

« Disons que Henry Adams n'a pas épousé Mlle Marian Hooper, en juin 1873, uniquement pour sa beauté. Elle avait un physique… ordinaire, bien que, comme Henry lui-même me l'a écrit il y a des années, elle n'eût pu en aucun cas être qualifiée d'“ordinaire”. Elle était petite. Mais Henry Adams, comme vous le verrez peut-être, n'est pas grand, selon les critères modernes. Et bien qu'il n'ait pas été excessivement affûté par l'instruction, son esprit était vif et elle était dotée d'une grande intelligence. » Il hésita de nouveau. « Ainsi, je dois l'avouer, que d'une langue bien pendue. Durant les cinq années où ils ont vécu à Washington avant sa mort, Clover s'est fait beaucoup d'ennemis – des arrivistes, en particulier, et certains sénateurs et leurs épouses, qu'elle fuyait.

— Ce salon des Cinq de Cœur dont elle était le centre semblait donc assez exclusif ? »

James regretta une fois encore de ne pas avoir apporté sa canne… pour s'appuyer dessus en réfléchissant, cette fois.

« Oui… sans doute, répondit-il doucement, semblant plus se parler à lui-même qu'au détective assis en face de lui. Henry et Clover Adams – et les trois autres membres des Cinq de Cœur – n'auraient jamais invité quiconque dans leur cercle intime sur des critères de pouvoir ou de notoriété. Ils conviaient plutôt des artistes, des écrivains et des politiciens mineurs aux dîners organisés après le thé qu'ils prenaient tous les jours ensemble, et les choisissaient en fonction des capacités de ces gens à les *amuser*. J'ai écrit une nouvelle dans laquelle je faisais le portrait de Clover Adams sous les traits d'une certaine Mme Bonnycastle, et… »

James s'interrompit au milieu de sa phrase. Il était atterré par son propre manque de discrétion.

« Continuez », dit Sherlock Holmes.

James prit une inspiration. Bon, pour ce qui était de l'indiscrétion, il avait déjà franchi le Rubicon.

« Cette nouvelle s'intitulait “Pandora”. Mais vous devez comprendre que mes personnages de fiction ne se fondent jamais sur une seule personne réelle, vivante ou décédée. Ils sont toujours… un amalgame… entre expérience et invention. » Henry James n'aurait pas pu être moins sincère. Tous ses personnages importants – et la plupart de ses personnages mineurs – étaient directement inspirés de personnes qu'il avait côtoyées dans sa vie.

« Bien sûr, répondit Holmes d'une voix onctueuse, semblant aussi peu sincère que l'était son interlocuteur.

— Quoi qu'il en soit, dans cette nouvelle, j'ai décrit Mme Bonnycastle comme une "dame d'une infinie gaieté" et son *salon** de ceux qui "refusent plus de gens qu'ils n'en acceptent".

— Mais vous m'avez affirmé que la vraie Clover Adams n'était pas franchement une dame d'une grande gaieté, le coupa Holmes. D'après vous, elle était la proie de fréquents accès de mélancolie depuis l'enfance.

— Oui, oui, concéda James avec impatience. On omet certains traits de caractère dans une nouvelle. Si Mme Bonnycastle avait été le personnage principal d'un roman… eh bien, il aurait fallu explorer toutes les facettes de sa personnalité. Même celles qui, à première vue, auraient semblé contradictoires.

— Poursuivez, je vous prie, dit Holmes d'un ton presque contrit. Vous décriviez votre traitement fictionnel du salon de Clover Ad… de Mme Bonnycastle.

— Je me souviens d'avoir écrit que le très rare sénateur ou membre du Congrès dont ils autorisaient la visite était toujours scruté avec… je me rappelle les mots précis… avec "un mélange d'inquiétude et d'indulgence". »

Holmes esquissa un fin sourire. Il parut vouloir demander à James s'il se souvenait, verbatim, de longs extraits de ses dizaines de livres et centaines de nouvelles, mais préféra manifestement ne pas faire dévier la conversation une fois de plus.

« Continuez, s'il vous plaît.

— Je sais que mon bon ami Henry Adams s'est reconnu dans la nouvelle "Pandora", quand j'ai fait dire à M. Bonnycastle, dans un moment inhabituel d'ouverture d'esprit : "Diantre, soyons vulgaires et amusons-nous un peu – invitons le Président !"

— Invitaient-ils régulièrement le président ? » demanda Holmes.

James émit un bruit presque grossier.

« Pas ce minable James Garfield, même si j'imagine qu'il aurait traversé Lafayette Square pieds nus et au galop si on l'avait convié. En revanche, les Adams ont traversé la rue, du moins Henry l'a-t-il fait – avec Richardson, leur architecte, je crois, la première fois – pour aller à la résidence présidentielle après l'arrivée de Grover Cleveland au pouvoir en mars 1885. Quelques mois seulement avant la mort de Clover. »

Holmes leva un doigt.

« Pardonnez-moi de vous interrompre encore une fois, James. Voici une autre chose qui me chiffonne à propos de l'Amérique. J'avais cru comprendre – du moins dans mon enfance – que contrairement à Sa Majesté la reine ou à la plupart des autres souverains du monde, les présidents américains étaient élus pour une période de temps limitée. Quatre ans, si je me souviens bien. Pourtant, le président Cleveland était en fonction quand Clover Adams est morte en 1885 et, corrigez-moi si je me trompe, il est toujours au pouvoir aujourd'hui, au printemps 1893. Les Américains ont-ils découvert les avantages d'une présidence à vie ? »

Est-il possible qu'un Anglais soit aussi mal informé ? se demanda Henry James.

Comme s'il lisait dans les pensées de l'écrivain, Holmes sourit.

« Durant un voyage en chemin de fer à destination d'une lande perdue, pour résoudre une affaire qu'il n'a pas relatée – du moins jusqu'ici ! – dans ses chroniques publiées de nos aventures, j'ai eu l'occasion de révéler au Dr Watson que, jusqu'à ce qu'il le mentionne en passant ce jour-là, je n'avais aucune idée que la Terre tournait autour du Soleil. Peut-être l'avais-je appris à un moment de ma vie, mais – à l'instar de toute information sans lien direct avec ma profession et mes activités de détective –, je l'ai vite évacué de mon esprit. Il m'arrive, comme vous le découvrirez, de me laisser obnubiler par une seule chose. Vous devrez donc parfois être indulgent avec moi, monsieur.

— Pour un homme qui se vante d'être toujours derrière le *Times*... », commença James, avant de s'interrompre.

Il était impossible que Holmes dise la vérité. Et James voulait éviter toute querelle. Pour l'instant.

« M. Grover Cleveland, reprit-il, se trouve dans la situation inédite d'être le seul président des États-Unis à faire deux mandats de quatre ans *non consécutifs*. Il a été l'hôte de la résidence présidentielle entre mars 1885 et mars 1889. Après un intervalle de quatre ans durant lequel la fonction a été occupée par un certain Benjamin Harrison, M. Cleveland a été réélu en novembre dernier et a prêté serment le jour de l'investiture il y a seulement quelques semaines. »

Holmes hocha la tête. « Merci. Maintenant, s'il vous plaît, reprenez votre description des Cinq de Cœur. »

James regarda autour d'eux.

« Je crains que le wagon-restaurant ne ferme bientôt. Peut-être pourrions-nous aller poursuivre notre conversation devant un déjeuner ? »

8

James prit de la truite ; il n'aimait pas beaucoup ça, mais ce plat lui rappelait toujours qu'il était de retour « chez lui » aux États-Unis. Rien de ce qu'il voyait par la vitre du wagon-restaurant en mouvement ne lui donnait pourtant l'impression d'être « chez lui ». Les arbres le long de la voie ferrée, entre le New Jersey et Baltimore, étaient trop petits et trop rapprochés – de jeunes pousses sur les parcelles de forêt épargnées par l'extension des fermes. Les maisons étaient en bois, et beaucoup auraient eu besoin d'un coup de peinture. Certaines granges s'affaissaient. C'était une tapisserie du chaos américain recouvrant une sous-couche de pauvreté. La France et l'Italie avaient elles aussi leur comptant de misère, Henry James le savait très bien, mais elle se manifestait rarement sous cette forme. En Angleterre – dans presque toute l'Europe de James –, ce qui était vieux, pauvre et décrépi avait un aspect *pittoresque*, les gens y compris.

De nombreuses années plus tôt, dans un essai sur Hawthorne (une de ses passions de jeunesse), James avait commis l'erreur d'écrire que l'histoire et le sol américains étaient une triste ardoise vierge pour tout écrivain, poète ou artiste : la Nouvelle-Angleterre, avait-il souligné, était dépourvue d'imposants châteaux, de ruines antiques, de voies romaines, de cabanes de berger abandonnées et des classes sociales capables d'apprécier l'art. Les artistes américains, suggérait-il, ne pourraient jamais atteindre une véritable maîtrise de leur art en réagissant au vulgaire, à la course effrénée au *neuf*, au profit, comme les artistes et écrivains européens pouvaient réagir romantiquement au *vieux*.

Certains critiques et éditeurs américains, et même des lecteurs, lui avaient reproché ces paragraphes peu flatteurs. À leurs yeux, James le savait, l'Amérique, même sans véritable histoire, ne pouvait pas être néfaste, et la « nouveauté » vulgaire et sans cesse changeante qu'il haïssait – en tant qu'obstacle à son art et à celui de tout écrivain américain – était un aphrodisiaque pour leurs sens de philistins.

Notant ses réflexions sur Hawthorne et ses contemporains, James se rappelait avoir écrit, en 1879 ou autour de cette date : « Il faut beaucoup d'histoire pour produire un petit peu de littérature » et « Il serait facile d'énumérer les données culturelles communes au tissu social de tous les pays excepté l'Amérique, au point que l'on finirait par se demander ce qui reste[1] ». C'était peut-être pour ça qu'il avait ajouté, dans le chapitre VI de son livre sur Hawthorne : « Nul ne saurait nier, je crois, le fait que le peuple américain est, par nature, le peuple le plus complexé du monde, et qu'il a tendance à se croire en butte aux moqueries des autres nations de la terre. »

Cela ne l'avait certes pas rendu populaire auprès des lecteurs et critiques américains.

James haussa les épaules et chassa cette vieille émotion de son esprit en terminant sa truite et en sirotant la fin de son vin blanc plus que médiocre.

Holmes avait seulement commandé du thé, puis laissé la pauvre imitation américaine de ce breuvage refroidir dans sa tasse portant l'emblème de la compagnie de chemin de fer. James n'était pas sûr de l'avoir vu *manger* quoi que ce soit depuis leur dîner à Paris le soir du 13 mars, soit onze jours plus tôt, et commençait à se demander comment le maigre détective restait en vie.

« Nous parlions de Mme Clover Adams, dit Holmes si soudainement que James sursauta.

— Vraiment ? Je croyais que nous étions passés à son mari et aux autres Cinq de Cœur. »

James s'était assuré qu'il n'y avait personne dans leur moitié du wagon-restaurant en train de se vider, ni aucun serveur à portée d'oreille. Malgré cela, il avait parlé très doucement.

« Vous m'avez confié que Clover s'était fait des ennemis, en partie parce qu'elle excluait des gens de son salon, mais aussi à cause de son esprit… et peut-être de sa "langue bien pendue", selon votre expression. Pourriez-vous me donner des exemples de choses qu'elle aurait dites ou écrites et qui auraient vexé certaines personnes en particulier ? »

1. Henry James, *Hawthorne*, traduit par Sophie Geoffroy-Menoux, Éditions José Corti, 2000.

James se tapota les lèvres avec la serviette en lin tout en réfléchissant. Puis, fait si rare qu'il était presque inédit, il choisit de partager une anecdote dans laquelle il n'avait pas eu le beau rôle.

« Lors de mon dernier séjour en Amérique, j'ai écrit à Clover avant de reprendre le bateau pour l'Europe, expliquant que je voulais qu'elle reçoive ma dernière missive depuis notre pays commun parce que je la considérais comme… quelle était la phrase exacte ? "Parce que je vous considère comme l'incarnation de votre terre natale", ai-je écrit, je crois. Clover m'a répondu aussitôt qu'elle trouvait le "compliment des plus équivoques" et a ajouté : "Suis-je donc vulgaire, sinistre et invivable ?" »

James leva les yeux vers Holmes, qui ne montra aucune réaction. Enfin, il déclara : « La dame avait donc de l'esprit et la langue bien pendue. Avez-vous d'autres exemples ? »

James réprima un soupir.

« À quoi bon raconter ce genre d'histoires à présent ?

— Clover Adams a été victime d'un meurtre, affirma Holmes. À tout le moins d'une cruelle plaisanterie visant à faire accroire son assassinat. Dans l'un ou l'autre cas, la méthode évidente pour aborder cette affaire consiste à savoir qui étaient ses ennemis – même ceux que lui avait valus son propre esprit acerbe.

— Sauf, bien sûr, s'il ne s'agit pas du tout d'un meurtre, mais plutôt d'un suicide. Auquel cas, votre liste de suspects dans cette prétendue "affaire" se réduit vite à un seul nom. Élémentaire, mon cher Holmes.

— Pas toujours, observa ce dernier mystérieusement. J'ai enquêté sur d'évidents suicides qui se sont révélés le résultat de projets meurtriers. Mais poursuivez, je vous prie. »

James soupira pour de bon, cette fois.

« Mes autres amis, parmi les Cinq de Cœur, exprimaient depuis des années leur admiration, voire leur adoration, pour mon œuvre de fiction. Henry Adams, John Hay, Clarence King, et même Clara Hay s'enthousiasmaient pour mes romans et mes nouvelles. Clover Adams avait toujours été… plus réservée. Un jour, quelqu'un qui… disons… connaissait bien la dame, a rapporté qu'au cours d'une discussion avec son mari et John Hay portant sur les qualités littéraires – ou leur absence – d'un certain Henry James, Clover aurait déclaré : "Le problème, avec les œuvres de Harry, ce n'est pas qu'il manque de grain à moudre, mais qu'il moud le grain beaucoup trop fin."

— Amusant, commenta Holmes. Je m'étonne cependant qu'une personne proche de vous deux ait choisi de vous rapporter ce *bon mot**. »

James demeura silencieux. Il lui avait été répété dans l'un des clubs londoniens les plus raffinés par nul autre que Charles F. Adams, le frère de Henry Adams – un homme que Henry James avait toujours trouvé vulgaire à l'extrême. Charles Adams possédait un sens de l'humour tranchant – si éloigné de la générosité de son frère –, avec lequel il prenait plaisir à blesser ou embarrasser autrui. Pourtant, James ne doutait pas que Clover eût prononcé ces mots ; c'était tout à fait son style, et il l'imaginait les énoncer avec son accent de la bonne société de Boston. Lorsqu'il en avait eu connaissance, il avait été extrêmement heurté. Clover n'en était pas moins restée son amie, et cette pique – parmi d'autres, relayées notamment par Charles Adams – n'avait en rien amoindri le chagrin qu'il avait ressenti en apprenant sa mort sept ans plus tôt.

Si Henry James avait vraiment voulu accabler Charles Adams, il aurait pu répéter la cruelle remarque de ce dernier, rapportée par John Hay, à l'annonce du mariage de Henry Adams avec Marian Hooper : « Ciel ! Non ! Les Hooper sont tous fous à lier. Clover finira par se suicider comme sa tante ! » Carrie, la tante de Clover, s'était effectivement donné la mort alors qu'elle était enceinte de plusieurs mois.

« Parlez-moi de Henry Adams », dit Holmes.

James se rendit compte qu'il avait haussé les épaules – un geste qu'il ne faisait plus depuis longtemps en Europe. C'était un signe que le souvenir de l'anecdote concernant Clover l'avait bouleversé.

« Qu'avez-vous besoin de savoir d'autre ?

— Bien plus que vous ne pourrez me raconter d'ici à notre arrivée à Washington. Mais tenons-nous-en pour l'heure à ce pour quoi il était connu à l'époque de la mort de Clover, hormis le fait qu'il descendait de deux présidents américains et qu'il était membre des Cinq de Cœur, le salon de sa femme.

— Si j'ai donné à croire que les Cinq de Cœur étaient uniquement, ou avant tout, le *salon** de Clover, c'était une erreur de ma part, dit James d'un ton plutôt acerbe. Tous ceux qui en faisaient partie, à l'exception peut-être de Clara Hay, avaient de fortes personnalités. Quatre d'entre eux – je laisse encore de côté Clara Hay, à la pensée agréablement simpliste – rivalisaient en matière d'esprit et même d'humour. Avec eux, les calembours fusaient. J'en ai moi-même été témoin le jour où l'un des terriers des Adams est rentré avec un œil éraflé. John Hay a déclaré que c'était manifestement une *cataracte*, et Clarence King a lancé tout à trac : plutôt une *chat-taracte*, après une rencontre avec un matou. »

Holmes attendit.

« Henry Adams était un éminent professeur d'histoire médiévale à Harvard, poursuivit James, avant de devenir l'un des historiens les plus respectés des États-Unis. Clover et lui étaient des collectionneurs avisés – ce qu'Adams continue d'être. Comme vous le verrez peut-être si Adams est chez lui et nous invite à lui rendre visite, leur maison reflète un goût d'un grand raffinement et un flair étonnant. Entre des tapis persans, des vases Ming et autres exquises œuvres d'art, il possède des tableaux de Constable et de Turner, acquis avant que la plupart des collectionneurs ne connaissent les noms de ces estimables gentlemen. Leur maison, dessinée par H. H. Richardson comme l'a été celle des Hay, est une œuvre d'art en soi. »

Holmes hocha la tête, semblant prendre mentalement note de ces faits.

« Et M. John Hay ? demanda-t-il.

— Un très vieil et proche ami. Je l'ai rencontré il y a fort longtemps par l'intermédiaire de William Howells – un célèbre éditeur et autre vieil ami –, et j'ai eu plaisir à les voir, son épouse Clara et lui, de nombreuses fois en Angleterre, sur le continent et aux États-Unis. C'est un homme extraordinaire.

— Jusqu'ici, tous ces Cinq de Cœur me paraissent extraordinaires, remarqua Holmes. Du moins selon les critères américains. »

Avant que James ait pu protester, Holmes poursuivit : « J'ai lu qu'il était parfois appelé "colonel Hay". A-t-il eu un passé militaire ? »

James pouffa de rire.

« À seulement vingt-deux ans, il est devenu l'assistant de John Nicolay, le secrétaire particulier du président Abraham Lincoln. »

Holmes demeura impassible. James attendit une quelconque réaction, un signe que le détective était impressionné – ou même *intéressé* –, en vain.

« En vérité, Hay a joué le rôle de cosecrétaire de Lincoln pendant les années les plus sombres de la guerre de Sécession. Mais, voyez-vous, il n'y avait pas de crédit budgétaire pour un second secrétaire. Pas même pour un assistant de secrétaire. Aussi son ami Nicolay s'est-il arrangé pour que le jeune John Hay reçoive un salaire du département de l'Intérieur en étant détaché à la présidence. Quand une commission budgétaire a contesté cette organisation, en 1864, le ministère de la Guerre a nommé Hay major – "assistant de l'adjudant-général des volontaires", tel était, je crois, son titre entier. Un an plus tard, il a été promu lieutenant-colonel et, peu après, colonel.

— Sans jamais avoir vu un champ de bataille, dit Holmes.

— Uniquement ceux qu'il a visités avec le président Lincoln.

— Je suppose que M. Hay a accompli certaines choses depuis lors – en plus d'accumuler de la richesse et de prendre une épouse ? »

James n'apprécia pas vraiment le ton du détective, qu'il jugea assez… vulgaire, mais il décida de ne pas réagir. Les serveurs se tenaient près des murs à l'autre bout du wagon-restaurant, les mains croisées devant eux, solennels, attendant que Holmes et lui s'en aillent.

« Avant même son mariage avec Clara Stone – en 1874, à trente-cinq ans – il avait déjà occupé d'importants postes diplomatiques dans trois pays. » James n'ajouta pas que Hay avait rouspété et s'était plaint des manières, de la langue, de la culture et des gouvernements de ces trois grands pays européens. « À cette époque, il s'était déjà fait un nom comme poète, puis comme journaliste. Il s'est distingué par sa couverture du grand incendie de Chicago, de l'assassinat du président Garfield, en 1881, et du procès du tueur anarchiste Charles Guiteau.

— Intéressant. J'ignorais, je l'avoue, que le président Garfield avait été assassiné, et par un anarchiste. »

James ne crut pas à cette déclaration, mais préféra ne pas faire de commentaire.

« M. Hay est-il toujours journaliste ? »

Le détective avait allumé sa pipe, sans le moindre égard pour les serveurs impatients.

« Il a été rédacteur en chef de la *Tribune*, le célèbre journal de M. Greeley, avant de se remettre au service de l'État. En 1880, le pauvre président Garfield lui a demandé de passer du département d'État à la Maison-Blanche, pour devenir son secrétaire particulier. Mais Hay a décliné l'offre. Il a de nouveau quitté le service public avant l'assassinat de Garfield. Entre autres passe-temps – ou devrais-je plutôt dire *divertissements* – il écrivait de la fiction en signant d'un nom de plume. Une année, son ami Henry Adams a publié anonymement un roman intitulé *Démocratie*, et les spéculations sont allées bon train quant à la véritable identité de l'auteur. Clover Adams et Clarence King ont tous deux été soupçonnés, même si la plupart des experts étaient sûrs qu'il s'agissait de John Hay. On se demande dans quelle mesure les Cinq de Cœur ne se sont pas amusés à entretenir ce jeu de cache-cache dans le milieu littéraire.

— *Démocratie*, murmura Holmes, la pipe à la bouche. Ce livre n'a-t-il pas eu un succès certain en Angleterre il y a quelques années ?

— Un très grand succès, confirma James. En Angleterre. En Amérique. En France. En Allemagne. Et peut-être même à Tombouctou. »

Il fut consterné par la pointe d'amertume qu'il perçut dans sa propre remarque.

« Et Clara Hay ? demanda Holmes, sortant sa montre de gousset pour y jeter un coup d'œil.

— Une femme accomplie. Une hôtesse délicieuse. Une partenaire pour son mari. Une âme généreuse. L'un des principaux centres du tourbillon mondain de Washington.

— Comment la décririez-vous… physiquement ? »

James leva un sourcil devant l'impertinence de la question.

« Un joli visage. Toujours très bien habillée. Chevelure magnifique. Teint exquis. Physiquement… d'une agréable solidité.

— Corpulente ?

— Solide, répéta James. Elle l'était lorsque John Hay est tombé amoureux d'elle et l'a épousée il y a presque vingt ans, puis le temps et les enfants sont passés par là. »

Ainsi que la gourmandise, songea James avec un soupçon de déloyauté. Il se souvenait d'une lettre de Hay reçue un an plus tôt, dans laquelle son cher ami lui racontait que le couple et leur fils étaient à Chicago, où Hay ne manquait pas d'activités, tandis que Clara restait à l'hôtel… *à engloutir joyeusement toutes les victuailles proposées dans la salle à manger*. En son for intérieur, Henry James considérait Clara Hay comme une matrone dodue à l'intelligence limitée – bien qu'elle fût assez cultivée et avisée pour admirer ses romans –, avec ce côté moralisateur d'une fille de pasteur baptiste de l'Amérique profonde (originaire de l'Ohio, elle venait cependant d'un milieu très différent). Il ne la jugeait pas digne des extraordinaires Cinq de Cœur. Jamais il ne l'avouerait à Sherlock Holmes.

« Parlez-moi de Clarence King, dit Holmes, après quoi nous retournerons dans notre voiture et laisserons ces braves gens nettoyer le wagon-restaurant pour le dîner.

— Il n'y en a pas dans le *Colonial Express*. » James fut secrètement ravi d'avoir pris le célèbre détective en défaut. « Nous devrions arriver à Washington avant l'heure du dîner.

— Ah, répliqua Holmes en soufflant une colonne de fumée. Vous avez donc tout loisir de décrire Clarence King. Je me rappelle avoir lu que M. King avait révélé le pot aux roses dans cette histoire de fausse mine de diamants dans l'Ouest américain à la fin des années 1870. Quelque part au Colorado, n'est-ce pas ?

— C'est ça, acquiesça James. Clarence King, du haut de son mètre soixante-dix, est un homme vraiment hors du commun : géologue, alpiniste, explorateur, géomètre, serviteur de l'État, amateur de bonne chère, de bon vin et de beaux-arts. Henry Adams et John Hay ont toujours cru – sincèrement, je pense – que de tous les membres des Cinq de Cœur, Clarence King était celui qui avait les plus belles perspectives d'avenir… en termes de célébrité, de gloire et de réussite.

— Clover Adams partageait-elle cette opinion ? »

James hésita le temps d'un battement de cœur.

« Elle le prenait pour une espèce de filou, mais elle ne l'en aimait que davantage. C'est Clarence King qui a envoyé aux Adams et aux autres le délicat papier à lettres à l'effigie des Cinq de Cœur et le beau service à thé.

— Décrivez-le-moi, je vous prie, dit Holmes en retirant sa grosse pipe de sa bouche.

— Je vous demande pardon ?

— Décrivez-moi le service à thé, s'il vous plaît. »

Henry James regarda les forêts et les champs annonciateurs de l'été qui défilaient par la vitre, comme pour y puiser de la force. Les derniers rayons du soleil teintaient les arbres et les poteaux télégraphiques.

« Un service tout à fait charmant, finit-il par admettre. Des tasses avec leurs soucoupes, au nombre de cinq, bien sûr. Toutes en forme de cœurs et légèrement plus petites qu'à l'ordinaire.

— Tous les Cinq de Cœur sont – étaient – petits, fit remarquer Holmes.

— Eh bien… oui », admit James, quelque peu déconcerté par cette observation.

Était-ce lui qui avait fourni cette information ? Il se rappelait seulement avoir mentionné la taille de Clarence King.

« Que pouvez-vous me dire d'autre concernant le service à thé ? » demanda Holmes.

Cet homme est fou, songea Henry James.

« Il est joliment émaillé, et incrusté de motifs ressemblant à des petits fruits sur des branches, mais qui sont en fait une grappe de cinq cœurs. Le thème des cœurs est également décliné sur les sucriers et les pots à lait. Sur la théière et juste sous le plateau supérieur du serviteur – qui, si je m'en souviens bien, repose sur un grand et fin "T" majuscule – il y a des horloges peintes affichant cinq heures précises.

— L'heure à laquelle les Cinq de Cœur se retrouvaient tous les jours de la semaine, souligna Holmes. En général ils prenaient place autour de la cheminée des Adams, dans des fauteuils conçus spécialement pour leur petite taille. Adams et sa femme Clover s'asseyaient l'un en face de l'autre sur de minuscules fauteuils de cuir rouge.

— Oui », confirma James, sans savoir où Holmes avait trouvé cette dernière information au demeurant exacte.

Holmes hocha la tête, comme s'il était satisfait.

« Retournons à notre wagon, même s'il n'offre que peu d'intimité », dit-il.

En raison d'un problème sur la voie, quelque part au sud de Baltimore, le *Colonial Express* prit beaucoup de retard sur son horaire. Pendant des heures, Holmes et James restèrent assis dans leur voiture de première classe plutôt inconfortable, sans rien voir par les fenêtres – la nuit était tombée depuis longtemps –, sans dîner et sans avoir grand-chose pour soulager leur ennui, à part la lecture et la tasse de café apportée par un employé des chemins de fer désolé. Holmes ne posa plus de questions – plutôt consternant de la part d'un détective, songea James – et ils demeurèrent silencieux.

Enfin, l'« *Express* » se remit en route, mais ils arrivèrent à la capitale longtemps après que les habitants civilisés eurent dîné et que beaucoup furent allés se coucher.

La voiture des Hay, un brougham Kinross d'un noir étincelant, les attendait à la gare, ainsi que Severs, leur premier valet de pied. Les malles et valises furent bientôt chargées à l'extérieur du coupé et recouvertes d'une bâche pour les protéger d'une légère pluie ; James et Holmes grimpèrent dans l'habitacle.

Les réverbères étaient entourés de halos vaporeux, qui rappelèrent à James ce soir où il avait rencontré Holmes sur les berges de la Seine, onze jours plus tôt. Cette pensée s'accompagna d'une sensation qui ressemblait beaucoup à de la terreur. Quelle idée de faire entrer cet homme inconnu et presque sûrement fou dans le cercle de ses amis les plus intimes ? La pitoyable mascarade de Holmes, déguisé en « Jan Sigerson, explorateur norvégien », serait découverte dès le dimanche quand l'émissaire diplomatique dînerait chez les Hay, si ce n'était plus tôt. Qu'allaient penser de lui ses vieux amis John et Clara Hay – et plus encore Henry Adams, qui ne parlait jamais de son épouse défunte ou du suicide de cette dernière, dans la longue résonance de son terrible chagrin –, pour les avoir trompés de cette façon et leur avoir présenté ce dément ?

Henry James avait la nausée, tandis que le brougham roulait sur les briques et les pavés des rues de cette ville, qui était la moins commerçante des grandes cités américaines. Les quelques magasins, restaurants et autres lieux publics devant lesquels ils passèrent étaient fermés et plongés dans le noir. Même ici, dans les beaux quartiers près de la résidence présidentielle, seules quelques lumières électriques ou au gaz étaient encore allumées dans les intérieurs. Les arbres étaient couverts de feuilles, et James eut la sensation de s'enfoncer toujours plus profondément dans un tunnel sombre qu'il avait lui-même creusé par sa propre bêtise.

« Je crois qu'il existe une expression américaine parlant de "remballer les trottoirs à la nuit tombée" », dit Holmes à un moment.

Le son de la voix de la grande ombre fit sursauter James, mais ne le sortit pas complètement de ses ruminations.

« Cela semble tout à fait vrai à Washington », ajouta le détective.

James garda le silence.

Peu après ils passèrent près de Lafayette Square – la silhouette sombre de la résidence présidentielle se dessina à travers les arbres –, puis tournèrent sur H Street à son croisement avec la 16e Rue. L'église St John dressa sa masse blanche d'un côté de la rue, et les briques rouges mouillées de la demeure des Hay apparurent de l'autre. John se tenait sous l'étrange voûte de l'entrée, de style richardsonien, pour les accueillir.

« Harry, Harry, nous sommes tellement ravis de vous voir revenu », s'écria-t-il d'une voix tonitruante.

C'était un homme de petite taille, mince et élégant, aux cheveux clairsemés séparés par une raie au milieu, aux sourcils noirs, et dont la barbe fournie, avec longs bouc et moustache, blanchissait plus vite que sa chevelure. Il avait les yeux brillant d'intelligence, et sa voix résonna dans le tunnel de l'entrée avec une chaleur sincère.

Puis ils furent dans la maison proprement dite, où des domestiques les débarrassèrent de leurs manteaux et chapeaux. D'autres valets les dépassèrent et s'engagèrent avec les bagages dans l'escalier au fond du vestibule, tandis que James présentait "Sigerson" sans trembler, bien qu'il eût la bouche sèche et le cœur tambourinant, à cause de sa propre perfidie.

« Ah, monsieur Sigerson, s'écria John Hay. J'ai lu des articles sur vos aventures tibétaines l'année dernière dans la presse britannique et américaine. C'est un plaisir de vous recevoir ici. »

James vit Holmes observer l'hôtel particulier. L'immense vestibule était lambrissé d'acajou d'Amérique du Sud si bien astiqué qu'on se serait presque vu dedans. Au-dessus des boiseries, les murs étaient d'une riche couleur de terre cuite assortie au rouge des tapis persans disposés sur les parquets étincelants. Au-dessus de leurs têtes et des lustres brillants – à une hauteur digne de l'église St John – le plafond était quadrillé de poutres d'acajou. Au fond, le grand escalier était assez large pour que dix musiciens d'une fanfare puissent s'y tenir de face, si l'occasion se présentait.

« Clara regrette de n'être pas restée pour vous accueillir, poursuivit Hay. Elle a dû se coucher tôt ce soir à cause d'une des rares mais violentes migraines dont elle souffre depuis si longtemps. Elle s'est dite impatiente de vous voir tous les deux demain matin au petit déjeuner – sauf si vous préférez le prendre dans vos chambres, évidemment. Je sais que vous aimez bien petit-déjeuner dans votre chambre, Harry.

— Une manie de vieux garçon, hélas, avoua James. Surtout après une pénible semaine et demie de voyage.

— Clara et moi vous verrons plus tard dans la matinée, alors, dit Hay avec un rire. Monsieur Sigerson ? Souhaitez-vous aussi qu'on vous serve votre petit déjeuner dans votre chambre ?

— Il me tarde de faire la connaissance de Mme Hay, aussi descendrai-je pour le petit déjeuner, répondit Holmes, avec ce que James estima être un accent scandinave exagéré – et manifestement faux.

— Merveilleux ! s'exclama Hay. Clara et moi vous raconterons donc tous les potins du moment concernant Harry. » Il sourit à James pour montrer qu'il plaisantait. « En parlant de repas, messieurs, je sais que votre train a eu du retard et que ce satané *Colonial Express* ne sert pas de dîner. Vous devez être affamés.

— Nous avons pris un déjeuner tardif…, commença Henry James, rougissant légèrement, non à la pensée de déranger leur hôte, mais à cause de la honte de ce qu'il était en train de faire.

— Sornettes ! dit Hay. Vous devez mourir de faim. J'ai demandé au cuisinier et à Benson de vous préparer une collation. »

Il posa une main manucurée sur l'épaule de ses deux invités et les emmena à travers l'espace caverneux – quoique étonnamment chaleureux – jusqu'à la salle à manger.

James constata aussitôt que celle-ci était plus vaste, plus élégante et sûrement meublée avec plus de goût que celle de M. Cleveland à la résidence présidentielle, qu'il avait vue en photo. Dans chaque pièce qu'ils avaient traversée ou aperçue, James avait remarqué les cheminées en pierre sculptées. Les chefs-d'œuvre picturaux aux murs côtoyaient des tapisseries anciennes et quelques esquisses encadrées – signes d'un goût raffiné doublé de l'éclectisme d'un collectionneur doué.

La « collation » consistait en un abondant buffet garni de dinde fraîchement cuite, d'un demi-jambon de Virginie, de salades et de légumes fumants, tandis que sur une autre desserte étaient présentés des vins rouge et blanc, du whiskey, de l'eau et différents alcools. La longue table, éclairée par un candélabre, avait été dressée pour trois à une extrémité.

« Nous sommes tous célibataires ce soir, reprit Hay en riant. Nous allons devoir nous nourrir et nous débrouiller seuls. »

C'est-à-dire qu'ils chargèrent Benson et deux valets de remplir leurs assiettes avec les mets qu'ils pointaient du doigt.

Quand ils furent installés dans le cercle de lumière dispensée par les bougies et que Hay eut porté un toast à leur arrivée sans encombre en Amérique, ils commencèrent à manger. James fut surpris de constater que, malgré la nausée qui l'avait saisi durant le trajet depuis la gare, il était en effet affamé.

« Harry, je suis navré de vous apprendre qu'Adams n'est pas encore revenu de sa virée à Cuba avec Phillips. Il devait rentrer la semaine dernière, mais après avoir croisé Alexander Agassiz là-bas, il a bouleversé son programme pour aller faire de la géologie sur des récifs coralliens avec lui. Apparemment, ils sont remontés vers le nord pour aller se reposer chez les Cameron à la plantation de Coffin Point, sur l'île Saint Helena. Je dois dire qu'Adams n'a pas l'air pressé de rentrer pour passer du temps avec moi ou ses autres amis.

— Je vais donc le manquer ? demanda James, étonné d'entendre une pointe de soulagement dans sa propre voix.

— Oh, non, Adams devrait être là la première semaine d'avril… dans quelques jours, en fait. Vous avez le loisir de profiter d'une relative normalité avec nous avant son arrivée. »

Hay se tourna vers Sherlock Holmes.

« Ce repas est-il à votre goût, monsieur Sigerson, après les rigueurs de la traversée, puis le trajet dans ce *Colonial* qui n'avait d'express que le nom ?

— Délicieux », répondit Holmes. James s'était aperçu que le détective avait bel et bien pris quelques bouchées de jambon. « Vraiment parfait, monsieur Hay.

— Bien, bien. Et nous ferons tout ce qui est en notre modeste pouvoir pour rendre votre séjour à Washington tout aussi agréable. » Hay se tourna vers James. « Oh, Harry, autre bonne nouvelle : j'ai appris aujourd'hui même que Clarence King arrivait à Washington demain, sans doute de retour de quelque mine d'or mexicaine, à moins qu'il ne se prépare à y aller. Il a accepté de se joindre à nous pour dîner dimanche. C'est le soir où nous recevons l'émissaire du roi Oskar II. Clarence sera tellement content de vous voir après toutes ces années. »

James regarda Holmes et s'autorisa un petit sourire non dénué d'arrière-pensées.

« Quelle chance vous avez, Sigerson ! s'exclama-t-il. Non seulement l'ambassadeur du roi de Suède et de Norvège sera là dimanche, mais aussi l'un des *explorateurs* les plus célèbres et les mieux informés du monde. Je suis sûr qu'ils auront tous deux beaucoup de questions à vous poser. »

Holmes leva les yeux du verre de vin qu'il sirotait, esquissa un mince sourire et hocha la tête sans faire de commentaire.

9

Hay avait dit que le petit déjeuner serait servi à sept heures trente dans la petite salle à manger – celle pourvue de nombreuses fenêtres donnant sur le jardin –, aussi Holmes s'autorisa-t-il à rester au lit jusqu'à sept heures. Il dormit bien, mais se réveilla avec des douleurs articulaires et un sentiment de panique naissant. Dans la splendide salle de bains de la chambre d'amis qu'il occupait, il déplia une trousse en cuir souple et sortit une fiole et une seringue de leurs compartiments. Après avoir nettoyé l'aiguille avec de l'alcool, il remplit la seringue, la tapota pour retirer toute bulle d'air, prit une petite longueur de garrot dans sa trousse de toilette en cuir, la noua solidement en haut de son bras gauche – augmentant la tension en tenant le caoutchouc entre ses dents avant de tirer d'un coup sec –, puis injecta la morphine dans la veine au creux de son coude. Des marques et croûtes sombres rappelaient les nombreuses piqûres précédentes.

Holmes resta assis sur le bord de la baignoire jusqu'à ce que la morphine commence à agir sur sa douleur et sa panique. Il remarqua alors pour la première fois le beau motif bleu et blanc des carreaux de Delft autour de lui.

Il prit un long bain – s'extasiant de sentir de l'eau vraiment chaude couler du bec presque à la seconde où ses orteils incroyablement préhensiles tournèrent le robinet –, puis se rasa, quittant des yeux le miroir pour jeter de fréquents coups d'œil soupçonneux à ce qui ressemblait à une deuxième baignoire en carrelage de Delft, beaucoup plus petite et scellée dans le sol près du coin du lavabo. Ses formidables pouvoirs de déduction lui apprirent que ce devait être une installation américaine bizarre destinée aux bains de pieds. (La cuvette était beaucoup trop basse pour servir de bidet – une invention française pour une forme d'ablutions que Holmes, malgré son souci de rester propre, avait toujours trouvée dégoûtante.)

Baigné et rasé, il peaufina son apparence de Sigerson : fit une retouche de teinture sombre à ses cheveux, les ébouriffa et les fit tenir grâce à de vigoureux coups de brosse et une crème capillaire, passa un peigne à moustache sous son nez et revêtit un costume de tweed en lainage un peu trop épais pour cette journée en ville.

Puis il descendit l'imposant escalier et suivit un domestique jusqu'à la salle du petit déjeuner.

* * *

Attendez une minute.

Le lecteur pardonnera cette interruption du narrateur désireux de faire un commentaire.

Cela a peut-être échappé à votre attention, même si j'en doute (il est dangereux pour un narrateur de sous-estimer l'intelligence et les capacités d'observation des lecteurs), mais dans ce chapitre nous avons changé de point de vue narratif. Jusqu'ici je m'en suis tenu à ce que les écrivains et professeurs appellent une « focalisation interne » dans un récit à la troisième personne – cette personne étant M. Henry James –, ou à un point de vue omniscient *très* limité. En vérité, il y a une absence d'omniscience caractérisée dans tout ce manuscrit.

En tant que narrateur, je vais peut-être renforcer votre scepticisme à l'égard du présent récit (compromettant ce que les érudits nomment la « suspension de l'incrédulité ») en vous disant que je n'aime pas les changements de point de vue dans un roman. La prétendue capacité du narrateur à passer de l'esprit d'un personnage à l'autre me paraît à la fois présomptueuse et irréaliste. Pis, c'est souvent inélégant.

Alors que la littérature s'est réduite à un simple divertissement via un vandalisme délibéré et un appauvrissement de notre langue autrefois si noble, les auteurs ont pris l'habitude d'aller et venir dans et entre les têtes de leurs héros *pour la simple raison qu'ils le peuvent.*

Pour ce qui est du passage au point de vue de Sherlock Holmes, je pourrais donner une dizaine d'explications convaincantes pour justifier pourquoi j'ai procédé à ce changement à ce moment : Henry James aurait pu apprendre ces informations plus tard, et moi, le narrateur, m'en servir rétroactivement après en avoir pris connaissance par son intermédiaire. Le Dr John Watson n'ayant jamais eu vent des détails de cette aventure américaine de 1893, je mentirais en faisant du médecin ma source d'informations.

Le narrateur pourrait peut-être aussi avoir recours à ces procédés courants que sont l'ouverture d'un mystérieux coffre-fort dans une banque ou d'une malle oubliée dans un grenier : il serait ainsi tombé sur un vieux manuscrit égaré (découvert, pourquoi pas, en même temps que les ouvrages eux aussi perdus de Holmes intitulés *Tout l'art du travail de détective*), qui par un heureux hasard aurait contenu des notes cryptées de la période en question, notes qui nous permettraient de voir la situation du point de vue du détective. Nul doute que des choses en apparence plus miraculeuses se sont déjà produites dans la vraie vie que cette « réapparition » des notes perdues du vieux gentleman à la retraite, ayant consacré ses dernières années à l'apiculture dans une « petite ferme sur les landes [du Sussex] à huit kilomètres d'Eastbourne ».

Hélas, non. Pas de notes cryptées de l'apiculteur. Pas de découverte du volume prometteur, mais jamais retrouvé de Holmes, *Tout l'art du travail de détective*. Pour être précis, aucune de mes informations ne provient directement de James ou de Holmes, pas même du Dr Watson ou de son agent littéraire, Arthur Conan Doyle. À un moment, je parlerai peut-être – ou pas – de ma source concernant cette période et ces hommes, mais pour l'heure et pour faire court, disons seulement que, pour ce qui est de leur séjour de trois mois en Amérique en 1893, j'en sais plus sur le point de vue de Holmes que sur celui de James. Je ne connais pas toutes ses pensées – je n'ai pas ce pouvoir sur les deux personnages, les deux *hommes*, ni cette sagacité –, mais je dispose de plus de renseignements sur les actes de Holmes durant ces semaines que je n'en ai sur tout autre personnage de cette histoire, et, grâce à ça, tout narrateur devrait être capable de deviner, pressentir, déduire ou tout simplement imaginer nombre de ses pensées.

Cependant, si le lecteur n'est pas déjà découragé par ce changement de focalisation, votre narrateur fera de son mieux pour limiter le nombre de points de vue à deux, tout en tâchant d'éviter de sauter de l'un à l'autre comme une sauterelle.

* * *

Le dressoir dans la pièce ensoleillée était plus petit que le long buffet d'acajou de la salle à manger où ils avaient dîné la veille, mais aussi abondamment garni. Les ingrédients nécessaires à la composition de vrais petits déjeuners anglais, français et américain étaient disposés dans de la porcelaine délicate et des chauffe-plats en argent. Peut-être par égard pour la nationalité norvégienne de Sigerson, il y avait aussi du saumon fumé et des filets de poisson blanc, une omelette au saumon, des harengs marinés et des concombres anglais – spécialité londonienne appréciée des visiteurs scandinaves – mélangés à des poivrons rouges et verts. John Hay – ou plutôt son cuisinier – avait réussi à se procurer du syltetøy, une confiture norvégienne, pour accompagner les différents pains. Aux fromages français, suisses et américains, s'ajoutaient du jarlsberg, du gouda, du nøkkelost, du pultost et du brunost, un fromage norvégien très doux au lait de chèvre. (Holmes avait goûté un jour cette substance écœurante et décidé sur-le-champ de ne jamais renouveler l'expérience.)

Sherlock Holmes remplit son assiette en piochant dans les mets offerts – alors qu'il se contentait en général d'un croissant et d'un café turc quand il était au 221 b Baker Street –, et profita de sa conversation matinale avec John et Clara Hay.

À quarante-quatre ans, Mme Hay n'était plus seulement « solide », selon la description peu charitable de Henry James ; elle avait aussi quitté – sans doute dans la seconde moitié de la trentaine – la catégorie des « matrones dodues », pour s'installer avec ses multiples mentons dans une espèce de glorieux empâtement bourgeois dont elle ne sortirait sans doute plus jusqu'à ses dernières années. Cela ne semblait pourtant pas diminuer l'affection que John Hay lui portait. À la vérité, Holmes voyait encore la beauté de Clara Hay dans la perfection de sa tenue, dans l'éclat d'un bijou ravissant quoique modeste à un doigt de sa main potelée, dans les reflets brillants de sa chevelure, dans son teint presque sans défaut et dans le scintillement de ses grands yeux lumineux qu'aucune quantité « de victuailles joyeusement englouties » ne réussirait à éteindre.

Clara Hay était aussi une personne agréable et attentionnée, doublée d'une merveilleuse hôtesse. Holmes – surtout sous les traits de Sigerson – s'en rendit compte presque aussitôt. Sa voix était d'un plaisant contralto, et quand elle se trouvait dans la position d'écouter (après avoir posé une question à M. Sigerson, par exemple), elle écoutait bel et bien. Holmes, qui savait à quel point ce don était rare, comprit immédiatement pourquoi Mme John Hay, appelée « Clara » par ses centaines d'amis intimes (selon l'usage en cours dans la haute société américaine, où l'on n'a pas peur, comme en Angleterre, d'être alors pris pour un domestique) était une hôtesse indispensable dans une capitale comme Washington.

Quand il la complimenta sur sa robe – un modèle bleu et vert, aussi simple que raffiné – elle ne rougit ni ne réagit comme une jeune fille faussement pudique, mais dit : « Oui, elle est jolie, n'est-ce pas, monsieur Sigerson, même pour un vêtement de tous les jours. J'apprécie qu'elle vous plaise – un signe que vous avez bon goût. Elle a été dessinée par le couturier parisien Charles Worth… qui m'a été recommandé par feu notre amie Clover Adams. » Clara Hay jeta un coup d'œil à son mari comme pour lui demander si elle pouvait en dire davantage, mais si le colonel adressa un signal quelconque à son épouse, il échappa à Holmes. « Clover disait toujours qu'un vêtement de Worth ne remplissait pas seulement son âme de bonheur, mais… quelle était son expression exacte, John ?

— Qu'il ne remplissait pas seulement de bonheur son âme, mais qu'il la scellait aussi hermétiquement, répondit Hay.

— Ah, c'est ça, dit l'hôtesse de Holmes en lui rendant son sourire. M. Worth s'est gagné la fidélité absolue de Clover Adams le jour où il est resté avec elle pour procéder à des retouches de dernière minute sur sa robe, alors que Mmes Vanderbilt et Astor attendaient dans l'antichambre. Cette recommandation me suffisait. Depuis lors, j'ai toujours réservé ma première visite parisienne à M. Worth, et je ne l'ai jamais regretté.

— C'est une robe fabuleuse, acquiesça Holmes. Même si, étant célibataire, je n'y connais pas grand-chose en ces matières, j'ose dire que le génie de M. Worth a largement payé de retour votre fidélité. »

Il reposa sa tasse de café vide et secoua légèrement la tête quand le valet voulut le resservir.

« À quoi aimeriez-vous consacrer la journée, monsieur Sigerson ? » lui demanda John Hay. Les longs doigts blancs du diplomate auraient pu faire de lui un bon violoniste si ses goûts musicaux l'y avaient porté, comme ceux de Holmes dès son jeune âge. « Nous pourrions attendre Harry, puis parcourir la ville en voiture, reprit-il. Vous montrer les sites et les monuments historiques, traverser Rock Creek Park, assister à une séance du Congrès et déjeuner là-bas pour vous faire goûter la fameuse soupe aux haricots blancs du Sénat. » Hay rit plaisamment. « Harry déteste toute forme de tourisme organisé, mais à nous deux, nous le mettrions en minorité. Après tout, c'est ça la démocratie… la tyrannie de la majorité la moins cultivée, dont je fais partie !

— Merci, c'est fort aimable. Mais si Mme Hay et vous n'y voyez pas d'inconvénient, j'aimerais passer cette première journée à Washington comme je le fais toujours dans les villes et les lieux inconnus… en les explorant à pied.

— Très bien, dit Hay avec un réel enthousiasme. Voulez-vous que nous vous indiquions comment vous rendre dans les endroits les plus dignes d'intérêt ? »

Holmes sourit sous sa moustache de Sigerson.

« Ce que je préfère, dans mes explorations, c'est commencer par me perdre. »

Ce qui fit rire Hay.

« Si vous partez avant que Harry soit descendu, nous lui dirons que vous rentrerez vers… quelle heure ? demanda Clara Hay. Devons-nous vous attendre pour le déjeuner, pour le thé ou pour le dîner ?

— Plutôt pour le thé, répondit Holmes. Vous le prenez à dix-sept heures ?

— C'est ça, confirma Hay en tapotant son abondante moustache avec une serviette en lin d'un blanc immaculé. Même si nous, les messieurs, ne nous contenterons peut-être pas du thé, après une journée d'exploration. »

Un quart d'heure plus tard, et alors que James n'avait toujours pas fait son apparition, Holmes quitta la maison dans son costume en tweed vert. Il tenait dans une main une canne, dont le pommeau d'argent représentait un chien en train d'aboyer, et serrait dans l'autre une mallette pleine. Malgré le temps lourd et humide, la température plus élevée qu'à Paris ou à New York et son costume beaucoup trop épais pour cette journée de printemps, Holmes/Sigerson avançait à grandes enjambées, de la démarche souple de l'explorateur infatigable qu'il était censé être.

La mallette contenait une étonnante tenue de rechange. Dans la poche intérieure de sa veste en tweed se trouvaient des photos de trois hommes, dont un beaucoup plus jeune que les deux autres. Dans la poche droite de son pantalon, Holmes conservait un couteau de fabrication française, à ouverture à ressort et à la longue lame si aiguisée qu'elle aurait pu couper tous les poils sur le bras d'un homme sans qu'il ressente le moindre contact.

* * *

Pour cette journée d'« exploration » à Washington, Holmes poursuivait deux objectifs : le premier était une simple course, qui pourrait se révéler un brin onéreuse ; le second impliquait de s'aventurer dans des quartiers sûrement dangereux. Il avait hâte de se lancer dans cette deuxième tâche.

Tandis qu'il cheminait, en apparence inconscient du ciel menaçant ou même de la ville qui l'entourait, il remarquait presque tout – question d'habitude et d'entraînement.

Personne ne le suivait.

Il nota que si les maisons étaient plutôt belles par ici, près de Lafayette Square et de la résidence présidentielle – que les Américains appelleraient plus tard la Maison-Blanche –, elles étaient pour la plupart de style fédéral, avec leurs façades sans ornements et leurs modestes perrons ouvrant directement sur le trottoir. Les demeures des Hay et des Adams, imposants édifices mitoyens en briques rouges de style richardsonien, faisaient figure d'exception. En s'éloignant, il avait vu que même les briques de l'hôtel particulier des Hay était plus longues et larges que celles utilisées d'ordinaire en construction. Il n'avait pas encore pris le temps d'examiner la façade de la maison de Henry Adams, à côté, sur H Street, mais il espérait l'explorer bientôt.

Les arbres en fleurs sur les trottoirs étaient relativement jeunes. Il n'y avait que dans les parcs que certains châtaigniers et certains ormes avaient atteint leur taille mature. Bien qu'elle ait presque un siècle d'existence, et malgré le style d'inspiration romaine de ses bâtiments publics et ses quelques grands monuments, Washington DC avait une atmosphère de ville encore neuve et plutôt endormie.

Les boulevards étaient larges, mais peu animés même en cette fin de matinée – surtout comparés à ceux de Londres ou de Paris. Dans les rues perpendiculaires plus fréquentées, Holmes aperçut de petits attelages capotés – que les Américains appelaient des « buggies » –, ainsi que de chics cabriolets et des chaises, des coches et des voitures aux flancs bâchés de toile, remplies de bidons de lait ou de dalles de marbre, quelques élégants attelages à quatre filant au milieu de la circulation, quelques charrettes à chiens (les rênes étant tenues par de très jeunes gens), des broughams noirs étincelants semblables à celui des Hay, un lent assortiment de chariots, de wagonnettes et de fourgons de marchandises, quelques cavaliers et même de rares véhicules sans chevaux, brillants et pétaradants, tout cuivre et cuir rouge, conduits par des hommes vêtus de cache-poussière et chaussés de lunettes.

Bien qu'il dût passer devant la résidence présidentielle, Holmes n'accorda qu'un bref regard au palais blanc miniature où vivait le président Cleveland. La dernière fois que le détective était allé à la Maison-Blanche, c'était en 1881 – pendant le procès de l'assassin du président Garfield, le pathétique et plus ou moins fou Charles Guiteau. Holmes s'y était rendu sur les instances pressantes de son frère Mycroft, à Whitehall, et du supérieur de ce dernier dans les services de renseignement de l'époque.

En 1881, les services secrets britanniques n'avaient pas été officiellement créés (ils le seraient en 1909), mais le Premier ministre Disraeli avait établi une « Unité mixte de recherche et d'information », qui jouait le rôle de comité de surveillance et de liaison entre le bureau du Premier ministre, Whitehall et les divers services de renseignement dépendant de l'Armée, de la Marine et d'une demi-douzaine d'autres instances militaires.

Indispensable au gouvernement britannique en raison de ses étonnantes capacités mathématiques et de raisonnement, Mycroft Holmes, à trente-quatre ans seulement, occupait le poste de numéro deux de cette unité mixte.

Pour ses tâches de renseignement, Mycroft Holmes s'était vu offrir un bureau entièrement équipé au sous-sol du 12 Downing Street, mais Sherlock savait que son frère n'y avait jamais mis les pieds. Toutes les opérations de l'Unité mixte furent vite dirigées depuis le bureau de Mycroft à Whitehall – et c'étaient les autres participants qui se déplaçaient. Cela parce que Mycroft partageait son temps entre Whitehall et le club Diogène, un établissement privé situé à cent mètres de là, qu'il pouvait rejoindre à la fois par des tunnels et des passages couverts. L'aîné des Holmes avait divisé son monde entre ces deux espaces fermés ; il n'y en avait pas de troisième. Il dormait, mangeait et se distrayait au club Diogène. Le cadet savait depuis longtemps que Mycroft était terrifié par les espaces ouverts.

Le club Diogène, fondé par Mycroft et par une demi-douzaine de riches et puissants Londoniens affectés d'une même agoraphobie, était de loin le plus étrange des dizaines de clubs de la ville. On pouvait comme ailleurs y lire le journal et y prendre des repas ; on y trouvait les habituels valets compétents et serveurs silencieux, une très bonne salle à manger, une excellente bibliothèque, des chambres à coucher confortables et de profonds fauteuils de cuir dans le salon du premier étage, mais la première règle – et la première source de bien-être pour les membres du club – était l'interdiction formelle d'entamer une conversation ou de parler à quiconque ailleurs que dans la salle des Étrangers hermétiquement close. Mycroft et les autres membres fondateurs du club Diogène n'avaient pas seulement peur des inconnus et de parler à des inconnus, ils avaient peur des clubs.

Sherlock Holmes n'ignorait pas que son frère souffrait de nombreuses autres phobies débilitantes. Telle était la nature du directeur de facto de tous les services secrets de Sa Majesté à la fin du mois de mars 1893.

Quand Sherlock avait été dépêché en hâte en Amérique, pour enquêter sur Guiteau (une mission qui tombait mal pour Holmes, ne serait-ce que parce qu'il venait de s'installer dans son nouvel appartement du 221 b avec Watson et commençait à recevoir un premier petit courant de clients privés et payants), il considérait qu'il s'agissait d'une perte de temps, à mettre sur le compte de la phobie des anarchistes de Mycroft. Aux yeux du détective, l'existence d'un « complot anarchiste international », auquel croyait son frère, relevait du fantasme.

Mais si Holmes avait contribué à prouver que Guiteau avait agi seul, des menaces anarchistes pesaient bel et bien sur le monde, comme le prouvaient certains récents assassinats et attentats à la bombe. En 1886, Holmes était retourné en Amérique pour fouiller le site de ce qu'on avait appelé le « massacre de Haymarket Square » à Chicago. Et il avait découvert qui avait assassiné les sept policiers – les journaux et la légende suggéraient qu'ils s'étaient tirés dessus eux-mêmes, calomnie que certains manuels d'histoire reprennent aujourd'hui à leur compte –, même si les résultats de son enquête demeurent encore secrets à ce jour. Un an plus tard, à Londres, Sherlock Holmes et deux membres d'une brigade spéciale de Scotland Yard avaient déjoué – au tout dernier moment – une tentative d'assassinat de la reine Victoria par le colonel Sebastian Moran, chasseur de gros gibier et tireur d'élite mercenaire, et un complice. Les deux individus s'étaient postés dans l'enceinte du Royal Aquarium, en face de l'abbaye de Westminster, avec l'intention d'ouvrir le feu avec leurs fusils Lebel au moment où Sa Majesté monterait dans son carrosse le jour même de son jubilé. Le complice avait été arrêté ; le tireur d'élite et chasseur mercenaire avait réussi à s'échapper par un labyrinthe de tunnels et de couloirs de service utilisés par les ouvriers sous l'aquarium.

* * *

Holmes, sous les traits de Jan Sigerson, s'arrêta d'abord au magasin d'appareils scientifiques et d'équipement photographique Clarkson, à seulement deux kilomètres de chez les Hay.

En pénétrant dans la boutique faiblement éclairée, il ne put s'empêcher de penser que c'était sans doute ici que non seulement Clover Adams se fournissait en matériel, mais aussi que la personne qui lui avait donné le fixateur au cyanure de potassium l'avait peut-être acheté.

« Je peux vous aider ? demanda un homme séduisant, aux pommettes saillantes et roses, portant les lunettes les plus minuscules que Holmes eût jamais vues.

— Je cherche une lanterne magique, répondit Holmes avec son léger accent norvégien.

— Très bien, monsieur. Pour un usage domestique ou des présentations de plus grande ampleur – c'est-à-dire dans une salle de concerts ou de conférences, ou un auditorium ?

— Pour un usage domestique, du moins pour l'instant. » Il regarda avec admiration les rangées d'appareils photo, d'agrandisseurs, de projecteurs, d'appareils de développement et les innombrables étagères de produits chimiques. L'endroit possédait l'aura silencieuse d'un magasin de magicien. « Plus tard, j'aurai peut-être besoin d'un appareil de projection plus élaboré, ajouta-t-il.

— Vous souhaitez l'acheter ou le louer ?

— Le louer. »

L'ironie, c'était qu'il ne possédait pas moins de trois lanternes magiques au 221 b Baker Street. Il les utilisait depuis des années, notamment pour projeter et comparer les empreintes digitales ou les agrandissements au microscope de minuscules morceaux de tabac ou de tissu. Mais évidemment, il n'avait pas emporté ces projecteurs aussi fragiles qu'encombrants – pas plus que ses centaines de plaques photographiques en verre soigneusement étiquetées –, lorsqu'il avait prévu de « mourir » avec le mythique Napoléon du crime aux chutes du Reichenbach deux ans plus tôt.

Le vendeur, qui dit s'appeler Charles Macready, lui apprit que c'était son magasin et se déclara ravi de s'occuper de lui. Il le conduisit vers le fond de la pièce, dans une alcôve fermée par un rideau, où une collection de projecteurs en métal noir, acajou et cuivre brillant était posée sur des étagères soigneusement éclairées.

M. Macready toucha un appareil en métal noir.

« Voici la dernière nouveauté – la lampe étant électrique, elle ne nécessite pas de combustible. Un câble électrique de deux mètres. Pas d'odeur de paraffine. Pas de risque de surchauffe, ni de crainte de faire tomber l'appareil. Le miroir au-dessus de l'ampoule électrique focalise la lumière, voyez-vous. »

Holmes avait remarqué que la maison des Hay avait l'électricité, mais il ne serait pas convenable de demander que des fils électriques soient pendus aux douilles du lustre.

« Je n'ai pas besoin d'un appareil électrique. »

Macready hocha la tête et lui montra un projecteur plus compact, en métal noir et cuivre.

« Voici le Sciopticon de chez Woodbury & Marcy. Il est doté d'une lampe à kérosène et d'une double mèche plate, et l'on peut contrôler la hauteur des mèches pour augmenter l'intensité de la lumière sur les images.

— Je ne crois pas…, dit Holmes en se caressant le menton. Et ce petit, là ?

— Un petit projecteur très lumineux et solide, fabriqué par Ernst Plank à la Fabrik Optischer und Mechanischer Waren à Nuremberg. Mais il fonctionne avec des petites plaques de verre. Quelle est la taille de celles que vous désirez montrer, monsieur ?

— Neuf centimètres sur treize.

— Je crains que le petit modèle d'Ernst Plank ne réponde pas à vos besoins. Il est idéal pour des présentations dans le cadre de cours de science ou de spectacles domestiques, mais la vôtre me paraît plus sérieuse, plus… panoramique.

— En effet.

— Nous avons des projecteurs à double et triple lentille pour produire des effets spéciaux, en particulier pour des présentations dans des salles plus vastes. Cela permet au projectionniste de fondre une image avec la suivante, ou de superposer deux ou trois images et ainsi de donner l'illusion du mouvement. Ils fonctionnent vraiment comme des projecteurs d'images animées. »

Holmes secoua la tête.

« Je n'ai besoin que d'une bonne lanterne magique solide et sûre. Et celle-ci ? »

Il toucha le plus grand modèle, avec une structure en acajou, un tube optique en cuivre et un très beau soufflet en cuir rouge permettant de faire coulisser l'objectif. Le détective connaissait ses qualités, puisqu'il en possédait un presque identique.

« Ah, oui, un très bel instrument, dit Macready, posant les mains sur l'imposant appareil. Fabriqué par Archer & Sons à Liverpool. La source lumineuse est un chalumeau oxhydrique, ce qui nécessite une prudence toute particulière – la température est très élevée. Mais les images sont spectaculaires… aussi bien dans les petites pièces que dans les grandes salles. Vous remarquez la porte à charnières carrées ouvrant sur la chambre d'illumination de chaque côté, ainsi que le petit hublot de verre bleu doté d'un cache pivotant en cuivre. La cheminée s'emboîte sur le couvercle de tôle ici… »

Macready toucha délicatement l'ouverture ovale.

« La cheminée et sa mitre sont rangées dans l'arrière-boutique, monsieur…

— Sigerson, répondit Holmes.

— Vous voyez, monsieur Sigerson, comment le système d'éclairage glisse facilement lorsqu'on tire sur ce bouton de cuivre.

— Je vais prendre ce modèle, dit Holmes.

— Combien de temps souhaitez-vous le garder, monsieur ?

— Deux soirs seulement. Je le rapporterai lundi.

— Ça tombe bien, puisque nous sommes fermés le dimanche. Nous ne vous compterons donc qu'une soirée de location. Nous serions ravis de récupérer le projecteur avant midi lundi, si cela vous est possible, monsieur Sigerson.

— Tout à fait. »

Il ne fit aucun commentaire sur le prix quand Macready le lui annonça, mais tira la somme due d'une énorme liasse de billets américains qu'il gardait dans sa poche. Puis il prit le petit carnet du vendeur, appuya sur son portemine et dit : « Pourriez-vous le faire livrer à cette adresse ? »

Macready jeta un œil à ce que Holmes avait écrit et dit d'un ton encore plus révérencieux : « Chez le colonel Hay. Très bien, monsieur. Il y sera déposé ce jour avant dix-sept heures.

— Oh, et j'aurai besoin de combustible, ajouta Holmes.

— Il est inclus dans le prix. Permettez-moi de vous féliciter pour votre choix, monsieur Sigerson. Archer & Sons est une superbe fabrique optique, et cet appareil fonctionne si merveilleusement que les spectateurs ont presque l'impression de se trouver à l'intérieur du cadre de la plaque photographique. Ce projecteur ne vous décevra pas, que vous présentiez vos images à une assemblée de scientifiques de la Smithsonian Institution ou à la résidence présidentielle elle-même. »

Holmes sourit.

« Ça, ce sera pour plus tard dans mon programme, monsieur Macready. »

10

Holmes explorait à présent les quartiers les plus mal famés de Washington DC.

Il marcha vers l'ouest, traversant les confins sud de Foggy Bottom, un faubourg industriel situé sous le niveau de la mer, où étaient installées les usines à gaz de la ville, quelques fabriques de verre encore en activité, parmi les vestiges de briques et de pierres de celles qui avaient fermé, et un petit nombre de brasseries malodorantes. L'air ici était épais et vicié, une partie des miasmes industriels étant visibles sous la forme d'un brouillard vert tourbillonnant. Comme dans tous les quartiers les plus misérables de Washington, les habitants avaient construit leurs logements le long des ruelles non pavées. La plupart d'entre eux avaient travaillé dans des établissements industriels à présent fermés, mais les passages étaient encore bordés de baraques en tôle et de masures en bois, dont beaucoup étaient abandonnées, même si quelques familles (et des hommes seuls et maussades), trop pauvres pour déménager, y demeuraient encore. En plus des miasmes flottant au-dessus de Foggy Bottom, un autre brouillard semblait embrumer le quartier : celui des vains espoirs de voir l'industrie et des salaires revenir dans ces faubourgs en déliquescence.

Holmes trouva ce qu'il souhaitait près de la limite sud-ouest de Foggy Bottom : cinq anciennes maisons bourgeoises délabrées et pourrissantes sur un terrain envahi de mauvaises herbes.

Il en choisit une avec soin, la contourna et tenta d'ouvrir la porte de derrière encore intacte. Elle était fermée à clé. Ces maisons étaient sûrement à vendre ; leurs propriétaires et leurs agents immobiliers se faisaient pourtant des illusions s'ils s'imaginaient que quiconque les achèterait pour en faire des lieux de résidence.

Utilisant la petite pince monseigneur rangée dans sa pochette en cuir, Holmes s'introduisit dans la maison et parcourut les pièces glaciales où le papier peint, autrefois choisi avec empressement et dans l'espérance d'un avenir domestique depuis longtemps déçu, se détachait des murs humides comme de la peau d'un cadavre.

À l'étage, il trouva ce qu'il avait cherché : un placard fermé à clé. Il le força, ouvrit le fermoir de sa mallette pleine et en sortit une tenue de rechange. Lorsqu'il se fut entièrement changé, sous-vêtements compris, il rangea son « costume norvégien » en tweed, sa chemise, ses sous-vêtements et ses chaussures dans la mallette, la posa sur l'étagère supérieure du placard et se servit de ses outils pour verrouiller la porte gauchie.

Il n'y avait pas de miroir intact dans la vieille maison, mais l'orage approchant, il faisait assez sombre pour que Holmes puisse vérifier son apparence en se regardant dans l'une des hautes fenêtres d'une chambre vide à l'étage.

Il était maintenant un ouvrier américain malpropre – de la casquette irlandaise sale aux grosses bottes crottées en passant par le gilet taché et le pantalon trop large retenu par une seule bretelle. Du maquillage figurait des mois de crasse accumulée sur son visage, ses mains et ses ongles. Ses cheveux dépassaient de sous sa casquette en mèches grasses et désordonnées, et même sa moustache soigneusement taillée d'explorateur norvégien s'était métamorphosée en tablier de sapeur américain. Son élégante canne, débarrassée de son fourreau extérieur, n'était plus qu'un accessoire grossier en bois et au bout en laiton à la place de l'argent sculpté. À moins de soulever cette canne, personne n'aurait deviné que du plomb avait été coulé à l'intérieur et qu'une solide sphère également en plomb était cachée sous le pommeau grossier. Il portait toujours le couteau français dans la poche de son pantalon d'ouvrier et conservait les trois photos à l'abri dans la poche de sa chemise.

Holmes sortit de la vieille maison, referma derrière lui et prit la direction du sud vers les taudis du quartier de Southwest, sa robuste canne tapant contre les pavés irréguliers.

* * *

Tandis qu'il parcourait les rues dangereuses et mal fréquentées de ce quartier de Washington, il ne restait sur lui aucune trace du gentleman norvégien pour lequel il se faisait actuellement passer, ni du gentleman anglais qu'il avait prétendu être pendant si longtemps. Son « déguisement » d'ouvrier américain au chômage et empestant le rhum ne lui était pas étranger. Il avait joué au gentleman anglais pendant toute sa vie d'adulte, et parfois, le simulacre lui pesait.

De nombreuses biographies de Sherlock Holmes allaient être écrites au cours de la centaine d'années suivantes. La plupart indiqueraient – à juste titre – qu'il était né en 1854. La plupart affirmeraient que son frère et lui venaient de la petite noblesse terrienne du Yorkshire. Elles mentionneraient son éducation dans un manoir du nord de l'Angleterre et ses années à Cambridge. Presque tous ces faits étaient faux.

Tout ce que les biographes – fantaisistes – de Sherlock Holmes tiennent pour acquis provient de quelques mots cités par le Dr John Watson dans une nouvelle intitulée « L'interprète grec », publiée dans le *Strand.* La conversation entre le médecin et le détective, par cette paresseuse soirée d'été, « avait pris un tour décousu, incohérent. Des clubs de golf elle était passée aux causes du changement d'obliquité de l'écliptique[1] » (vous noterez que si Holmes avait vraiment ignoré que la Terre tournait autour du Soleil, il aurait difficilement pu discuter de « l'obliquité de l'écliptique »), quand Watson avait changé de sujet pour parler des « aptitudes héréditaires ». « La controverse, écrivait Watson dans sa chronique, portait sur les parts respectives qu'il convenait d'attribuer dans une faculté personnelle à l'hérédité et à l'éducation première. » Dans l'idiome d'aujourd'hui, c'était une conversation sur l'inné et l'acquis.

Puis Watson rapportait ces lignes décisives :

« — Dans votre propre cas, lui dis-je, il me semble évident d'après tout ce que vous m'avez dit que votre faculté d'observation et votre capacité déductive résultent de l'éducation systématique à laquelle vous vous êtes astreint.

— Jusqu'à un certain point, répondit-il en réfléchissant. Mes ancêtres étaient des petits propriétaires de la campagne qui ont mené une existence conforme à leur classe sociale. Toutefois j'ai choisi un genre de vie bien différent, peut-être parce que ma grand-mère était la sœur de Vernet, le peintre français. L'art dans le sang peut s'épanouir des façons les plus diverses.

1. Arthur Conan Doyle, « L'interprète grec », in *Les Mémoires de Sherlock Holmes*, traduit par Bernard de Tourville, Robert Laffont, coll. « Bouquins », 1987.

— Mais comment savez-vous que ces qualités sont héréditaires ?
— Parce que mon frère Mycroft les possède à un degré bien supérieur au mien. »

C'était la seule fois, dans les centaines de milliers de mots « chroniqués par Watson », où Holmes allait mentionner ses ancêtres. C'était la première fois qu'il mentionnait l'existence de son frère Mycroft, et Watson en avait été dûment étonné.

Pourtant, rien n'était vrai dans cette courte « révélation » de Sherlock Holmes au Dr Watson, à l'exception de l'existence de Mycroft : pas même le fait que sa « grand-mère était la sœur de Vernet, le peintre français ».

Il existait, bien sûr, un célèbre artiste français du nom de Horace Vernet (1789-1863), spécialisé dans la peinture de scènes de batailles et de sujets orientalistes. Le tableau de Vernet le plus connu du temps de Holmes et Watson (et du nôtre) était sa grande toile intitulée *Combats dans la rue Soufflot à Paris, 25 juin 1848*. Un de ses propos est passé à la postérité : à un client qui lui demandait de retirer l'image d'un général particulièrement odieux de l'un de ses tableaux de bataille, il aurait répondu : « Je peins l'histoire, monsieur, et je refuse de trahir la vérité. »

Holmes, lui, n'avait pas hésité à trahir la vérité en parlant à Watson ; Horace Vernet avait trois frères et une jeune sœur, morte du typhus à l'âge de sept ans. Elle aurait difficilement pu être la grand-mère de Sherlock Holmes.

William Sherlock Holmes était né dans un quartier défavorisé de l'East-side londonien, où il avait passé la plus grande partie de ses jeunes années. Quand un Holmes plus âgé convoquait son groupe de gamins des rues aux pieds nus – ses « francs-tireurs de Baker Street », comme il les appelait – il aurait aussi bien pu convoquer l'enfant qu'il avait été.

Les futurs biographes affirmeront, entre autres « faits connus », que le père de Holmes était soit un lieutenant de cavalerie nommé Siger Holmes et démobilisé pour cause d'invalidité, soit un membre de la petite noblesse terrienne du nom de William Scott Holmes. Pas une once de vérité dans l'une ou l'autre de ces affirmations. Un célèbre biographe du Grand Détective écrira que le père de Sherlock avait hérité d'un vaste domaine dans le Yorkshire nommé « Mycroft », qui aurait été dans la famille Holmes depuis les années 1550.

C'est ridicule et complètement fabriqué. La famille de Holmes a bien eu quelques vagues liens avec des terres du Yorkshire, mais il s'agissait d'une propriété misérable et improductive durant le règne d'Elizabeth, donnée en fermage à un oncle de Sherlock quelques années seulement avant sa mort en 1860, deux ans après celle de la mère du détective – dont il avait gardé peu de souvenirs –, décédée de consomption dans une pension d'Eastcheap.

Certes, la ferme du Yorkshire avait, à une époque, eu des prétentions à la grandeur. Au XVIe siècle, le noble propriétaire – qui *n'était pas* un ancêtre de Sherlock Holmes – avait commencé à bâtir une vaste maison de campagne qui aurait dû s'appeler le « manoir Ashcroft ». Mais cet aristocrate avait commis l'erreur de demeurer un catholique pratiquant lorsque l'Angleterre avait été convertie, au besoin par la force, au protestantisme, et, en 1610, le manoir Ashcroft avait été réduit en poussière par le feu ; la fortune et les espoirs du noble sieur s'étaient évanouis en même temps. L'histoire nous apprend qu'il s'est tranché la gorge ; aucun de ses descendants mâles n'a vécu au-delà de l'âge de onze ans.

Dans les siècles suivants, certains habitants du Yorkshire continuèrent d'appeler « ferme Ashcroft » ce domaine allant s'amenuisant à mesure que les lointains parents qui en avaient hérité en vendaient des parcelles pour payer leurs dettes –, mais vers 1800, on parlait plutôt de la « ferme des crassiers », en référence à la mine de plomb exploitée sur les vingt-cinq hectares restants, dans une ultime tentative faite par un cousin américain de tirer profit de l'endroit. Jusqu'à la fermeture de la mine, en 1838, les cheminées de la « ferme des crassiers » empliraient souvent toute la vallée d'un épais nuage sombre de fumée malsaine imprégnée de plomb.

Après la mort de l'oncle Sherrinford en 1860 – il administrait la « ferme des crassiers » pour un propriétaire de Birmingham – le père Holmes l'avait acquise (beaucoup trop cher), puis avait amené un Mycroft de treize ans et un Sherlock de six sur les quinze hectares restants de forêt dévastée, de champs stériles et de marécage pollué. Une fois là-bas, Mycroft n'avait jamais quitté sa petite chambre, mais la ferme avait été un merveilleux terrain de jeux et d'exploration pour le jeune Sherlock. Il disposait même d'un poney ensellé qu'il avait pu monter pendant ces trois merveilleuses années dans les Yorkshire Dales.

Mais au début de l'année 1863, le père Holmes, un ivrogne doublé d'un panier percé, qui, d'après les souvenirs de Sherlock, passait presque toutes ses soirées dans les pubs sordides de la ville la plus proche, avait perdu la ferme après avoir dépensé ce qu'il restait de l'argent de son frère Sherrinford. Les Holmes retournèrent alors à Londres et à une succession de pensions de plus en plus minables. Pour Sherlock, ça signifiait retrouver leur ancienne vie, passée à fuir leurs créanciers et à traîner dans les rues.

Mais Mycroft, qui avait eu seize ans cette année-là, ne resta pas avec eux. Il alla à Oxford.

Même durant leur « exil » dans le Yorkshire, leur père avait utilisé les dons mathématiques de son fils aîné pour lui faire analyser toutes les informations disponibles sur les pur-sang en vente chez Tattersalls à Londres, afin de détecter de futurs champions. Par l'intermédiaire de comparses restés à la capitale, Holmes senior pariait sur ces chevaux engagés dans les courses à Alexandra's Park. Sherlock avait alors remarqué (contrairement à son père) que Mycroft – en apparence aussi paresseux et apathique qu'il était gros et brillant – avait chargé l'un de ces compères de placer aussi des paris pour lui, et ses gains secrets s'étaient petit à petit accumulés sur un compte séparé. À seize ans, Mycroft avait déjà mis de côté une coquette somme d'argent. Et il savait précisément comment il allait la dépenser.

Mycroft réussit à entrer à Oxford à cet âge, paya ses frais de scolarité et sa pension avec ce qu'il appelait son argent de « Tattersalls-Alexandra's Park », et, tard un soir, après avoir réveillé son jeune frère et lui avoir serré la main (fait rare puisqu'il détestait les contacts physiques), il partit pour Oxford. Il n'emporta que sa valise en carton, contenant quelques vêtements et un sandwich au fromage préparé par Sherlock.

Au cours des années suivantes, renié par leur père furieux, Mycroft envoya à Sherlock des lettres cryptées dans lesquelles il décrivait à quel point il se délectait de tout ce que la vénérable institution avait à offrir, dont son amitié avec un certain professeur de mathématiques de Christ Church nommé Charles Lutwidge Dodgson, bientôt connu sous le nom de Lewis Carroll. Mycroft et Dodgson étaient vite devenus bons amis, partageant un même enthousiasme pour les mathématiques (en particulier les nombres premiers), les équations difficiles et les étranges suites de nombres apparaissant dans des choses de la vie quotidienne comme les horaires des chemins de fer.

William Sherlock Holmes ne rencontra jamais Dodgson : le benjamin passa toutes ces années à se battre pour sa survie dans les rues mal famées de Londres. À la fin des années 1870, Mycroft Holmes arracha son jeune frère à cette existence, avec l'intention de l'envoyer à son tour à Oxford. Mais Sherlock refusa de fréquenter une école où son aîné avait été si connu et admiré. Aussi Mycroft utilisa-t-il cet argent pour l'inscrire au Sidney

Sussex College, à Cambridge, où il espérait que Sherlock se spécialiserait en sciences naturelles. Si ce dernier apprécia certains de ses cours de chimie, il détesta ses enseignants et ses camarades d'études, et abandonna – par deux fois.

Pour se représenter l'histoire des premières années de la vie de Sherlock Holmes – histoire qui ne sera jamais racontée – on peut la comparer à l'enfance de James Joyce. Alcoolique et souvent violent, Holmes père avait commencé par louer de beaux appartements dans des quartiers tels Kensington, puis, fuyant des propriétaires exigeant leurs loyers, il entraînait ses fils dans des maisons de rapport de plus en plus sales et encombrées pour finir dans des chambres miteuses de pensions empestant le chou bouilli. Sherlock n'avait reçu presque aucune formation académique jusqu'à son bref passage à Cambridge – il n'avait fréquenté aucune école, publique ou privée, et n'avait disposé que par intermittence de précepteurs à domicile (quand son père « réussissait un coup », aux courses ou dans d'autres entreprises louches).

Si, pendant les brèves périodes de prospérité où il n'était pas en train de fuir des créanciers de nuit, Holmes père avait embauché des précepteurs plutôt incompétents (et bientôt découragés) pour le jeune Sherlock, il lui paya d'excellents instructeurs dans cinq domaines : le combat au singlestick, que Sherlock étudia à partir de l'âge de onze ans, la boxe (qu'il pratiqua notamment avec plusieurs champions anglais à la retraite), le muay boran, dont un expert thaï lui enseigna l'art pendant quatre ans, l'escrime (l'enseignement le plus coûteux, parfois dispensé par les plus grands spécialistes français même quand la famille avait à peine de quoi manger), et le tir.

C'était comme si le père de Sherlock envisageait pour son fils étrange et extravagant, mais aussi souvent taciturne, une carrière militaire. Le jeune Sherlock Holmes, lui, n'avait pas plus envie de devenir soldat que d'être le premier aéronaute à rejoindre la Lune en ballon.

* * *

Il s'était mis à pleuvoir. Holmes ne portait pas de parapluie, incompatible avec son déguisement d'ouvrier américain, aussi se contenta-t-il de rabattre sa vieille casquette de toile sale sur son front en poursuivant sa route dans les bas-fonds de Southwest. Les pavés des rues firent bientôt place à un sol de terre battue, et les rues elles-mêmes ne furent plus que des ruelles creusées d'ornières et bordées de masures, tandis que des planches, jetées ici et là, permettaient de parcourir plus facilement la courte distance entre les cahutes en tôle et des latrines en bois.

Ses contacts à New York lui avaient appris qu'il trouverait ce qu'il cherchait dans un ancien atelier de forgeron de Casey's Alley, mais évidemment, il n'y avait ici ni plaques de rue, ni policier à qui demander sa route (et qui ne l'aurait sans doute pas renseigné, vu son allure de malotru). Quand il interrogea quelques gamins dépenaillés, en train de jouer à torturer un rat, ils lui répondirent en le bombardant d'oranges des Osages.

Avant de trouver l'atelier et les hommes qu'il cherchait, Holmes passa devant le genre de bâtisse abandonnée qu'il avait espéré dénicher au milieu des taudis et des usines vides. Il monta sur le perron en bois pourrissant, ouvrit la porte gauchie d'un coup de pied et regarda à l'intérieur.

Ç'avait autrefois été un hôtel bon marché pour cheminots – les rails, à présent rouillés et envahis d'herbes hautes, passaient à proximité –, mais elle n'accueillait plus désormais que des pigeons et de la vermine à quatre pattes. Même les familles les plus pauvres des taudis alentour n'étaient pas venues s'y réfugier. La raison fascina Holmes : dans le grand salon jouxtant ce qui avait été le hall de réception, le plafond s'était bizarrement effondré, laissant un trou d'environ deux mètres cinquante de diamètre. Levant les yeux pour examiner la béance, il aperçut la même cavité circulaire aux deuxième et troisième étages. La bruine qui tombait sans discontinuer par le toit percé du vieil hôtel lui mouilla le visage.

Qu'est-ce qui pesait assez lourd pour avoir pu causer l'effondrement de trois planchers ? À supposer que le pourrissement ait déjà été bien entamé du fait de la pluie, même le plus lourd des lits, des coffres-forts en métal ou des pianos mécaniques n'aurait pu causer pareils dégâts.

Il n'y avait aucun indice au rez-de-chaussée où se trouvait Holmes, hormis une décoloration rougeâtre en forme d'étoile de quatre mètres et demi de large, sur le parquet fendu en éclats. On aurait dit que vingt hommes obèses, serrés les uns contre les autres au troisième étage, avaient percé les trois planchers en tombant, avant de s'écraser sur le sol du grand salon jouxtant le hall de réception.

L'homme qui s'était proclamé Premier Détective Privé du Monde – malgré les dizaines d'autres en activité à Londres à l'époque – ne croyait guère à cette première hypothèse dans l'affaire de la Chute des obèses.

Mais l'hôtel allait lui être utile. La rampe et les balustrades de l'escalier central étaient pour une bonne part effondrées, mais les marches elles-mêmes résisteraient peut-être.

* * *

À environ cinq cents mètres de là, il trouva trois murs et un drap de toile, les vestiges d'un ancien atelier de forgeron. Une vieille enseigne pendait à un crochet, et une enclume rouillée gisait dans la boue de la ruelle. C'étaient assez d'indices pour le Premier Détective Privé du Monde. Holmes monta le perron de bois, à peine moins boueux que le sol de la ruelle, et repoussa le drap avec le pommeau de sa canne lestée de plomb.

Trois coquins à la mine patibulaire, la cigarette au bec, étaient occupés à fouiller dans ce qui ressemblait à des piles de déchets jetés sur une table basse. Deux d'entre eux – on aurait dit des frères idiots – avaient les bras si longs et l'expression si primitive (sous leur barbe rousse), qu'ils auraient pu sortir tout droit d'un diorama d'hommes des cavernes du Muséum d'histoire naturelle britannique. Le troisième individu avait une odeur corporelle si forte que sa puanteur parut repousser physiquement Holmes contre le drap sale. À la ceinture qui retenait son pantalon tombant et rapiécé, il portait un fourreau contenant un couteau Bowie, qui par sa taille rappela à Holmes certaines courtes épées afghanes ou zouloues.

« Qu'est-ce que vous fichez là ? » demanda le plus grand des trois hommes. Il posa une main crasseuse sur le manche du couteau.

« Quelqu'un m'a dit que vous pourriez me fournir la quantité de morphine dont j'ai besoin », dit Holmes avec son plus bel accent de Philadelphie.

La première fois qu'il avait visité les États-Unis, dans les années 1870, c'était avec la troupe de théâtre de Percy Alexander – une tournée de dix-neuf villes en sept mois. Il s'était alors donné la peine d'apprendre autant de dialectes régionaux dont il aurait pu avoir besoin dans l'avenir.

« Et de l'héroïne, ajouta-t-il. Je veux de l'héroïne. Si vous n'avez pas de morphine, je prendrai de l'héroïne. »

Le grand homme regarda les brodequins et vêtements usés de Holmes et grimaça avec suffisance.

« Qu'est-ce qui nous dit que t'es pas un poulet sans les plumes ?

— Je ne suis pas de la police.

— Enlève ta chemise et remonte ta manche. »

Tremblant légèrement, Holmes retira sa veste, son gilet grossier et sa chemise en laine d'ouvrier et remonta la manche de sa chemise de corps sale et déchirée. Les trois hommes se penchèrent en avant pour examiner la constellation de croûtes et de cicatrices au creux du bras.

« Y se pique régulièrement à *quelque chose*, dit l'un des hommes des cavernes, son visage poilu se rapprochant du bras nu de Holmes.

— La ferme, Finn, le rabroua le grand.

— Qui nous dit que t'as le pognon ? demanda le deuxième homme des cavernes.

— La ferme, Finn », répéta le type au couteau.

Apparemment, les deux hommes préhistoriques étaient frères ; les appeler tous les deux par le même nom faisait gagner du temps.

Sur le poignet droit du plus proche des Finn, Holmes aperçut les lettres « ST » grossièrement tatouées à l'encre bleue. Ce détail lui apprit qu'il était au bon endroit, du moins d'après ses contacts du quartier de Hell's Kitchen à New York. Il voulait entrer en relation avec un gang de Washington connu sous le nom des Southwest Toughs. Apparemment, il avait réussi.

Le grand tendit le doigt vers Holmes.

« C'est pas Chinatown, ici. Il y a même pas un hôpital à proximité pour s'approvisionner. L'héroïne de M. Bayer est pure, mais elle coûte plus cher. T'as ce qu'il faut ?

— J'ai de l'argent », répondit Holmes du ton désespéré d'un drogué en manque.

Il sortit une épaisse liasse de billets verts.

« C'est ce que je vois, vieux, dit le grand, ses doigts pianotant sur le manche du couteau. Finn, allez tous les deux chercher M. Culpepper et M. J. Tout de suite. »

Holmes vit apparaître dans leurs yeux à tous les trois un éclat qui ne lui était pas inconnu, même si l'homme au couteau tenta au moins de le cacher. Ils allaient le tuer pour lui voler l'argent.

11

Les Finn partis, ils ne furent plus que trois dans l'atelier du forgeron fermé par un drap : Holmes, le grand type au gros couteau et l'odeur corporelle du grand type. Holmes demeura silencieux, l'homme au couteau le dévisagea sans mot dire, et la puanteur parla pour elle.

Moins de dix minutes plus tard, les Finn revinrent, accompagnés de deux hommes bien habillés. L'un, grand et mince, arborait l'ombre d'une fine moustache au-dessus de ses lèvres parfaitement dessinées. Il avait les cheveux très noirs et cette peau pâle, presque translucide, qui aurait presque nécessité un deuxième rasage en ce début d'après-midi. Pour le reste, il avait une allure impeccable. Aucune trace de boue ne souillait ses chaussures vernies, ni ses guêtres blanches. Il était si bien mis qu'il aurait pu rejoindre le flot des employés de Wall Street ou – plus près d'ici – le défilé annuel de Pâques dans K Street sans avoir l'air déplacé.

Si l'autre, plus petit et plus corpulent, portait des vêtements coûteux, il présentait trop d'aspects vulgaires pour ne pas détonner au milieu de vrais gentlemen. Il arborait une dent en or assortie aux fils dorés de son gilet brodé. La crosse d'un pistolet double action, à moitié enfoncé dans son pantalon d'une propreté singulière compte tenu de la boue dans Casey's Alley, apparaissait par-dessus ce gilet. Un homburg en feutre marron tout neuf était perché sur ses cheveux noirs lissés en arrière par de la pommade. Il souriait.

« Bon Dieu, Murtrick, quelle puanteur, là-dedans, s'exclama-t-il. On est presque en avril… tu n'as pas encore pris ton bain annuel ? »

D'un geste de la main, il ordonna aux Finn de sortir du petit atelier, et Holmes entendit le bruit des bottes des frères dans la boue.

Le grand homme mince s'adossa à un comptoir, non sans l'avoir épousseté au préalable avec un mouchoir, et observa la scène sans ouvrir la bouche.

L'autre tendit une main calleuse.

« Howard Culpepper », annonça-t-il d'une voix de baryton.

Holmes lui serra la main. Si le bonhomme était Culpepper, l'autre, plus jeune et silencieux, devait être « M. J. » – manifestement le plus important des cinq voleurs. Celui que Culpepper avait appelé Murtrick n'avait pas arrêté de tapoter le manche de son énorme couteau. Holmes s'estima chanceux que son premier réel contact à Washington soit ce Culpepper ; d'après son accoutrement voyant et son assurance, il était peut-être suffisamment haut placé dans l'organisation criminelle de la ville pour répondre à ses questions. Si on savait l'y encourager. Holmes doutait beaucoup que M. J. soit assez stupide pour donner des noms – ou de quelconques informations utiles.

« Et vous êtes ? demanda Culpepper.

— Henry Baskers, répondit Holmes.

— Eh bien, monsieur Baskers, je vous prie d'excuser, si notre hôte ne l'a pas déjà fait, les odeurs désagréables qui affectent ce lieu, dit Culpepper. Vous avez vu le quartier, monsieur. L'eau doit être transportée à la main de Four-and-a-Half Street. Il n'y a pas une seule pompe publique dans tout Southwest. » Il jeta un regard de biais à Murtrick. « Mais ce n'est pas une excuse, puisque *la civilisation a un prix.* »

Murtrick n'avait pas quitté du regard Holmes, qui n'avait rien à dire à tout ça. Il s'autorisa à montrer quelques signes subtils de nervosité, sans en faire trop. M. « Baskers » aurait forcément déjà acheté des drogues illicites dans des endroits peu recommandables.

Par moments, il adressait un coup d'œil nerveux à M. J., comme un gentleman en appelant à l'aide un autre, mais ce dernier restait adossé au comptoir dans un silence frôlant la complète indifférence. Il aurait aussi bien pu ne pas être là.

Culpepper se frotta les mains.

« Venons-en à nos affaires, monsieur. Mes camarades m'informent que vous souhaitez acheter une modeste quantité de morphine et une dose… plus significative du nouveau produit pharmaceutique héroïque de M. Bayer ?

— Oui », dit Holmes.

Il précisa la quantité de chaque qu'il était prêt à acheter.

« Vous n'êtes pas sans savoir, monsieur Baskers, que Bayer n'a pas encore mis sa miraculeuse héroïne sur le marché, ni en Europe, ni aux États-Unis.

On la trouvera bientôt sur les étagères de toutes les épiceries, mais pour l'heure, elle fait l'objet de – comment dit-on ? – de tests dans des hôpitaux sélectionnés, dont la clinique du Dr Reed. »

Holmes hocha la tête avec impatience. Il força son regard à rester fixé sur les trois flacons de sels d'héroïne que Culpepper tenait entre les doigts de sa main droite comme un magicien s'apprêtant à faire un tour. Sur chaque étiquette était écrit *Friedr. Bayer & Co., Elberfeld, 40 Stone St., New York.*

En réalité, Holmes nota aussi la marque et le modèle du revolver glissé dans la ceinture de Culpepper. Il lui était familier : de fabrication anglaise, c'était le modèle standard de l'armée britannique, avant son remplacement par le pistolet Enfield en 1880. Il s'agissait du Beaumont-Adams de calibre .442, devenu célèbre durant la guerre contre les Zoulous. C'était le premier revolver doté d'un système moderne à double action. Holmes savait que de nombreux officiers américains, notamment de cavalerie, l'avaient préféré au Colt militaire en raison de la vitesse de sa détente et d'une meilleure cadence de tir. Il se demanda vaguement si Culpepper avait servi durant cette guerre, trente ans plus tôt, et s'il avait gardé cette arme pour des raisons sentimentales. D'après ses favoris grisonnants et l'utilisation évidente de teinture capillaire visible sur les cheveux dépassant du homburg – peut-être la même substance visqueuse que mettait Holmes pour son déguisement de Sigerson – Culpepper pouvait tout à fait avoir une soixantaine d'années.

Holmes devina que M. J. était armé lui aussi, mais très certainement d'un pistolet plus petit et plus pratique à porter en ville.

« La morphine ne vous coûtera que vingt dollars », déclara Culpepper, brandissant les deux petits flacons qu'il tenait dans sa main gauche.

C'était deux fois plus que Holmes ne l'aurait payée à proximité d'un hôpital ou dans les quartiers noirs de la ville à une dizaine de ruelles de là.

Comme s'il lisait dans ses pensées, Culpepper s'esclaffa.

« Oui, oui, vous pourriez l'acheter moins cher chez les négros, monsieur Baskers, mais Dieu sait ce que nos amis de couleur y auraient mélangé. Quant à l'héroïne… non, vous devez vous adresser au seul fournisseur de notre capitale. Vous n'en trouverez nulle part ailleurs. »

Holmes savait que ce n'était pas vrai non plus, mais il dit : « Combien pour les trois flacons de sels ?

— Cent cinquante dollars », répondit Culpepper.

Même Murtrick jeta un coup d'œil surpris à son comparse. C'était quatre fois le prix du produit dans les rues de New York.

Holmes fit celui qui avait du mal à encaisser le coup, même si son visage trahit le combat perdu d'avance du drogué entre le besoin absolu et l'argent.

« Oh, qu'importe, dit Culpepper en riant. On vous donne les deux flacons de morphine avec. Vous ne trouverez pas de meilleure affaire à l'est du Mississippi, monsieur Baskers. »

Holmes déglutit et hocha la tête.

« D'accord. »

Il vit les yeux des deux hommes étinceler lorsqu'il tira cent cinquante dollars de sa volumineuse liasse de billets. Il portait plus de huit cents dollars sur lui – tout l'argent qu'il avait apporté de France et changé à New York.

Une fois la transaction réalisée et les flacons de morphine et d'héroïne délicatement rangés dans les différentes poches de Holmes, Culpepper demanda d'un ton désinvolte : « Aurons-nous encore le plaisir de votre clientèle, monsieur Baskers ? Je peux vous donner l'adresse d'endroits… euh… plus pratiques et moins odorants, où je traite mes affaires. »

C'était le moment clé. Si Holmes répondait qu'il entendait devenir un client régulier, peut-être le laisseraient-ils vivre. Avec un prix aussi exorbitant rien que pour l'héroïne, ils récupéreraient en quelques mois ses six cent cinquante dollars sans recourir à la violence. Au bout d'un an ou deux, il leur aurait rapporté une petite fortune.

« Non, répondit Holmes. Je pars demain pour San Francisco. Je suis de Philadelphie, et j'ignorais si l'héroïne était déjà consommée en Californie… aussi ai-je pensé…

— Nous comprenons », le coupa Culpepper avec un sourire. Il adressa un regard des plus brefs à Murtrick. « Bon voyage, monsieur Baskers. »

M. J. ne tourna même pas la tête pour regarder Holmes quitter l'ancien atelier de forgeron.

12

L'un des Finn avait été chargé de le prendre en filature dans Casey's Alley. Suivre discrètement quelqu'un dans une ruelle aussi étroite, bordée par une succession ininterrompue de masures et de ruines, eût été difficile par temps sec ; avec la boue, c'était impossible.

Holmes prit la direction du nord en pataugeant dans la gadoue, sans jamais se retourner, sûr que ce Finn gardait un œil sur lui de loin, pendant que les trois autres individus – et peut-être davantage à présent – remontaient une ruelle parallèle. Quand Holmes s'arrêterait, Finn ne mettrait pas plus d'une minute à avertir ses complices.

Culpepper et Murtrick tablaient sûrement sur le fait que, tenaillé par le manque, le drogué n'attendrait pas d'être retourné à son hôtel, mais chercherait un endroit discret où s'injecter l'héroïne qu'il venait d'acheter. Ils devaient aussi parier que « M. Baskers » le ferait avant de quitter le quartier mal famé de Southwest.

Holmes ne comptait pas les décevoir.

* * *

Il laissa la porte de l'hôtel abandonné entrouverte derrière lui. La tache géante sur le parquet du grand salon demeurait tout aussi déroutante qu'à son premier passage, et les parquets éventrés sur trois étages aussi impressionnants. La pluie froide de printemps continuait de tomber par le trou dans le toit, trois étages plus haut.

L'hôtel a peut-être été frappé par une météorite ou une comète : telle fut la pensée qui vint au plus grand esprit logique et déductif d'Angleterre. Holmes souffrait le martyre. Il avait épuisé ses réserves de morphine ce matin-là, et la piqûre n'avait pas suffi à apaiser la douleur qui s'était intensifiée au cours de la semaine et qui continuait de le distraire malgré ses années d'entraînement à l'ignorer. Une blessure par balle non létale l'aurait moins affecté que cette souffrance qui s'emparait de tout son corps trop longtemps privé de son remède.

Il monta lentement l'escalier, posant d'abord un pied léger sur chaque marche, avant de faire peser tout son poids. Le bois détrempé et pourri avait autrefois été robuste, aussi ne dut-il éviter que quelques marches. La rampe était intacte sur toute la longueur du long escalier en courbe, mais tant de barreaux manquaient qu'elle n'aurait pas supporté qu'on s'y adosse. Entre les premier et deuxième étages, il n'y en avait quasiment plus.

Au troisième, il s'engagea dans le couloir au papier peint décollé et ouvrit d'un coup d'épaule la porte de la chambre qu'il avait choisie.

Voilà. Il n'y avait qu'environ cinquante centimètres de parquet avant l'énorme cavité. Des lattes et des morceaux d'ancienne moquette étaient encore visibles dans les interstices entre les solives. On ne pouvait contourner le cratère que par le côté droit, dans cette pièce vide, et la bruine incessante éclairée par la faible lumière du soleil perçant les nuages gris donnait un aspect irréel et sinistre aux murs nus et aux vestiges de sol et de plafond. Holmes avait espéré qu'il y aurait assez de place contre le mur opposé à la porte pour qu'il puisse s'y tenir – et c'était le cas, tout juste. Un mètre vingt de parquet penché le séparait du trou.

Si Culpepper voulait le tuer, il n'aurait qu'à ouvrir la porte, viser et tirer – sa cible serait à six mètres de distance. Mais les chances que « M. Baskers » tombe en avant après avoir été touché par une balle d'un calibre .442 étaient de cent pour cent, et Holmes faisait le pari risqué que Culpepper et Murtrick – si c'étaient bien leurs vrais noms – voudraient récupérer les flacons de morphine et d'héroïne après leur autre larcin.

Holmes se colla contre le mur, face à la petite chute d'eau et au vide le séparant de la porte qu'il avait refermée derrière lui, puis se laissa glisser contre ce mur, en espérant que le sol penché supporterait son poids. Le parquet grinça pour protester, mais tint bon. Holmes sortit alors l'une des bouteilles et sa trousse en cuir contenant ses seringues.

En France, puis pendant la traversée, il s'était interrogé sur l'utilité de s'armer d'un pistolet. Il en avait eu un en Inde, mais la France était si paisible qu'il n'avait pas eu besoin d'une arme – même à Montpellier, où il avait fréquenté des chimistes en pleine expérimentation pour se sevrer de la morphine en passant à cette nouvelle drogue plus sûre. À New York, lors de sa seule occasion de s'en procurer une, il avait été trop occupé à trouver des informations sur de possibles contacts à Washington. De toute façon, l'idée ne l'avait même pas effleuré à ce moment-là.

Assis, les genoux écartés, et le flacon posé contre une de ses chaussures pour l'empêcher de rouler vers le cratère, Holmes sortit le matériel dont il avait besoin et sourit.

Dans les nombreuses « Aventures… » et « Affaires… » écrites par Watson, dont le public ignorait encore l'existence – il les conservait dans son ancienne sacoche sur une étagère de sa chambre –, c'était presque toujours le médecin qui apportait un pistolet quand c'était nécessaire. À la vérité, malgré les centaines de leçons de tir données par son père et tant d'heures de pratique solitaire, Holmes détestait les armes à feu quelles qu'elles soient. Mais il sourit de nouveau au souvenir de Watson qui décrivait toujours son arme seulement comme son « vieux [ou "fidèle"] revolver de service » : son ami en avait assez appris sur l'écriture par Conan Doyle pour savoir que les détails ennuyaient les lecteurs.

Holmes vivait (et mourrait sans doute un jour) pour les détails. La première fois que Watson s'était muni d'une arme pour l'une de leurs aventures, le détective avait remarqué que ledit « revolver de service » était un Adams à six coups de calibre .450, à chargement par la culasse et au canon de 15,24 cm : le modèle standard de l'armée britannique durant la deuxième guerre afghane, où Watson avait reçu cette blessure par balle de djezaïl à la mobilité suspecte. Le revolver du Dr Watson n'était guère différent du Beaumont-Adams glissé dans la ceinture de Culpepper. Il n'avait pas échappé à Holmes que le dandy portait des bretelles en plus d'une large ceinture. Culpepper était un homme prudent. Jusqu'à quel point ? se demanda Holmes. Ils le sauraient tous bientôt.

Les cinq hommes sont peut-être maintenant équipés d'armes à feu : telle fut la dernière pensée de Holmes avant qu'il entende la porte de l'hôtel s'ouvrir trois étages plus bas.

Quoique, non – Holmes était certain que M. J. ne s'était pas joint à l'expédition, à sa grande déception. Il était sûrement allé faire un compte rendu de la rencontre à ses supérieurs.

Ce qui signifiait que Holmes devrait laisser la vie sauve à au moins un de ses quatre poursuivants. Mais pas forcément à Culpepper.

Son matériel était posé devant lui sur la pochette en cuir. Il avait prérempli sa seringue d'eau salée, et il sortit la capsule d'une bouteille de root beer qu'il avait achetée plus tôt dans la matinée, après avoir loué la lanterne magique. Il avait jeté la bouteille et son contenu – une boisson immonde, la root beer ; il se demandait comment les Américains pouvaient en consommer trois millions de bouteilles par an. Il remplit la capsule de sels d'héroïne et ajouta assez d'eau pour les dissoudre.

D'une autre poche de sa pochette en cuir, il sortit la longueur de caoutchouc qu'il avait utilisée ce matin pour garroter son bras. Il réitéra l'opération, puis tapota les veines au creux de son coude avant de prendre dans la poche de son gilet l'objet sans doute le plus unique qu'il possédait – un prototype de briquet que lui avait offert, quelques mois avant sa disparition volontaire, un client satisfait du nom de Carl Auer von Welsbach. Le brevetage d'un alliage nommé ferrocérium avait permis au scientifique de fabriquer un petit briquet simple et sûr, comparé au gros et dangereux Döbereiner utilisé dans les décennies précédentes. Il tint la flamme bleue sous la capsule.

Le briquet de von Welsbach avait sauvé la vie de Holmes de nombreuses fois dans l'Himalaya ; ce jour-là, il lui demandait seulement de fonctionner rapidement pour pouvoir chauffer le mélange de cristaux d'héroïne et d'eau salée avant que les bruits de pas dans l'escalier n'atteignent son étage.

Holmes prit la boulette de coton qu'il gardait dans la poche de sa chemise à côté des trois photographies et la laissa tomber dans la capsule. Le coton agit comme un filtre, retenant les inévitables morceaux d'héroïne non dissous qui auraient risqué de boucher la seringue ou de lui arrêter le cœur.

Les pas avaient dépassé le palier du premier étage.

Holmes leva la seringue pleine, la tapota, poussa à peine le piston pour s'assurer qu'il n'y avait pas de bulle d'air, puis se pencha pour en injecter le contenu dans sa veine.

D'après ce qu'il percevait, quatre hommes et non pas cinq montaient vers le troisième étage, et sans faire d'efforts de discrétion particuliers. Ils ne paraissaient guère s'inquiéter d'être entendus par le docile Baskers.

Holmes voulait que l'héroïne ait le temps de faire effet. Il retira le garrot, vida et démonta la seringue et rangea les flacons, la capsule et le précieux briquet à leurs places respectives.

L'héroïne atteignit son système presque instantanément.

Une chaleur éclatante envahit son cœur, sa poitrine, son torse, ses membres et enfin son cerveau. Toute douleur disparut – surtout celle relative à la question de son existence ou de sa non-existence –, puis lui vint la sensation de s'élever sur la crête d'une vague en formation.

Les bruits de pas s'arrêtèrent derrière la porte de la pièce. Holmes entendit des murmures. Il les ignora.

S'élevant rapidement sur cette vague silencieuse, il put mieux voir et sentir sa propre vie. Il distingua les lacunes, les ellipses, les terribles intervalles entre ses soi-disant enquêtes, ses soi-disant aventures, sa prétendue existence de célèbre détective privé. Ces jours, ces semaines et parfois ces mois entre les affaires que Watson avait racontées fiévreusement ne constituaient pas la mémoire d'une vie : ce n'étaient qu'esquisses grossières, avec des visages à peine ébauchés, des arrière-plans vagues, des journées vides. Holmes se rappelait avoir fait grincer son archet sur son violon coûteux. Il se rappelait s'être injecté de la cocaïne. Avoir passé de longs après-midi à dormir, à jouer avec son matériel de chimie comme un enfant, faisant bouillir et brûler des choses. Il se rappelait le fantôme de Mme Hudson qui apportait des plateaux dans le salon, les remportait. Parfois, une femme ayant les traits de Mme Hudson et s'exprimant comme elle dans la mémoire de Holmes était curieusement nommée « Mme Turner » dans les chroniques de Watson. Tout cela était maintenant flou. Sans la moindre consistance ou le goût du réel.

La porte gauchie s'ouvrit. Les Finn entrèrent, presque sur la pointe des pieds, tels des personnages de bandes dessinées de *Comic Cuts*, d'*Ally Sloper's Half Holiday* ou d'*Illustrated Chips*, les coupables lectures du Dr Watson. Holmes les ignora : il n'avait plus le temps, et il n'avait plus le choix. Il devait voir ce que la drogue allait lui permettre de voir avant de prêter attention à ceux qui voulaient le tuer.

La conscience de Holmes s'était élargie jusqu'à ce qu'il se heurte aux barreaux horizontaux de sa cage. Les barreaux n'étaient pas solides. Des sections de différentes longueurs flottaient devant lui dans l'air gris – non, pas de l'air, plutôt un éther gélatineux –, mais l'espace entre elles n'était pas assez large pour qu'il puisse y passer la tête ou les épaules. Il s'aperçut alors qu'il s'agissait de mots, des mots géants, des mots séparés, tels des blocs d'imprimerie posés dans le vide gélatineux, mais ces mots et ces phrases énormes étaient écrits en miroir. Holmes agrippa les deux plus longs – le métal était si froid qu'il lui brûla les mains – et regarda entre les mots-barreaux avec l'expression d'un dément ou d'un naufragé qui voit s'éloigner le premier navire passé depuis des années.

Holmes vous regarde. Il voit les contours flous de la pièce ou de l'espace derrière vous. Il s'efforce de discerner vos visages.

« Il est défoncé, observa l'un des Finn.

— Complètement drogué. Il est même plus là, renchérit l'autre Finn.

— La ferme », les rabroua Murtrick.

Les quatre hommes avaient franchi la porte. Les Finn et Murtrick avaient avancé avec précaution par la droite – la gauche de Holmes. Culpepper était resté dans l'embrasure. Bretelles *et* ceinture, se rappela Holmes à travers l'éclat, la terreur merveilleuse et intrépide de l'héroïne. Si Culpepper demeurait vraiment prudent pendant les deux minutes suivantes, M. Sherlock Holmes de Londres ne serait bientôt plus qu'un cadavre.

Holmes avait rangé sa pochette en cuir et se tenait à genoux, comme s'il priait la bruine tombant à la verticale devant lui. Quelque part au-dessus du trou dans le toit, le soleil était devenu plus éclatant ; l'eau qui tombait était faite d'écheveaux d'or liquide. Sa canne reposait contre le mur derrière lui à droite. Ce serait très délicat de tenter de l'attraper, et ça prendrait trop de temps. Les deux hommes qui s'approchaient le remarquèrent. Les yeux de Holmes ne convergeaient pas, mais il nota vaguement que Murtrick avait sorti son couteau Bowie de son étui. Culpepper avait pris le revolver à sa ceinture. Les Finn brandissaient leurs gourdins paléolithiques.

Puis Culpepper entra dans la pièce et referma la porte derrière lui. Une vieille habitude, sans doute – de rechercher un peu d'intimité pour un meurtre. C'était ce que Holmes avait espéré.

À présent, les quatre hommes contournaient avec précaution le périmètre du trou dans le plancher, demeurant aussi près que possible du mur ouest de la pièce vide. Les Finn n'arrêtaient pas de jeter des regards à la cavité, avec ce qui ressemblait à de la terreur dans leurs petits yeux d'hommes des cavernes.

Holmes décida que ce serait l'un des frères qui survivrait pour aller raconter les détails de la rencontre à M. J. et à ses supérieurs.

« Ne vous collez pas les uns aux autres », murmura Culpepper. Il suivit ses camarades à plusieurs pas de distance, puis s'arrêta. « Le plancher ne résistera peut-être pas. On doit récupérer les flacons. »

Sans dire un mot, les trois autres laissèrent plus d'espace entre eux. Les Finn épaulèrent leurs courtes matraques à l'extrémité plantée de clous. Murtrick, son Bowie à la main, avançait en rentrant les épaules comme un habitué des combats au couteau. Culpepper tenait son revolver au bout du bras, avec l'air du duelliste accompli anticipant une nouvelle victoire facile. Le Beaumont-Adams était armé.

Holmes n'avait pas tourné la tête pour observer leur approche finale. Il avait les yeux vides, comme si la drogue avait pris le contrôle de lui. Une goutte de sang perlait à l'intérieur de son bras gauche dénudé.

Les Finn attaquèrent, Murtrick les suivant de près.

Holmes se détourna de ses assaillants, comme s'il cherchait à reculer vers le coin sans issue où le cratère atteignait le mur est. Mais au lieu d'un simple demi-tour, il fit une volte-face complète et se redressa, tenant sa canne à la main.

Les Finn poussèrent un unique cri primitif et brandirent leurs matraques.

Guidé par des décennies de pratique du singlestick, Holmes porta six coups en deux brèves secondes : deux coups latéraux pour leur casser le bras droit, deux coups verticaux pour les frapper sous la mâchoire et les faire tomber à genoux suivis de deux coups aussi fluides que violents vers le bas – l'un pour fracasser le crâne du plus gros des Finn, l'autre, plus retenu, pour assommer le plus petit et le laisser semi-conscient.

Murtrick avait commis l'erreur de regarder la brève explosion de violence et de sang, mais il reprit sa progression, ramassé sur lui-même, faisant passer sa lame mortelle d'une main à l'autre. Il sauta par-dessus les corps des Finn : l'un gisant sur le ventre, un filet de sang coulant de ses oreilles, l'autre couché sur le dos, gémissant et tenant à deux mains sa tête ensanglantée.

Holmes fit un pas en arrière, non pas parce qu'il redoutait le couteau de Murtrick ou parce qu'il avait besoin d'espace, mais pour lancer un message subliminal à Culpepper et l'inciter à rejoindre la mêlée. *Approche-toi.* Le dandy s'avança de deux pas, mais demeura hors de portée de la canne. S'il avait levé son revolver, il attendait manifestement que Murtrick fasse son boulot. « Les flacons d'héroïne ! cria-t-il à son complice puant. Ne les casse pas ! »

Le couteau Bowie poursuivait son va-et-vient. Holmes maniait sa canne avec assez de dextérité pour l'atteindre et l'envoyer à l'autre bout de la pièce dans le quart de seconde où Murtrick le faisait passer d'une main à l'autre – apparemment le bonhomme était ambidextre en plus d'être crasseux –, mais il voulait que le couteau se plante dans le sol à un endroit précis, et ne disparaisse pas dans la chute d'eau dorée, ni ne reste accroché, inaccessible, sur un mur ou la porte de l'autre côté de la pièce. Le détective courait cependant plus de risques en attendant que Murtrick change la lame de main une dernière fois avant de se projeter en avant d'un seul beau mouvement de danseur. Par deux fois seulement, en Espagne et à Calcutta, Holmes avait vu ce mouvement exécuté avec brio. C'était le genre d'assaut ultrarapide qui laissait l'adversaire éventré, les boyaux à l'air, puis tombant par terre avec un ultime gargouillis qu'il avait juste le temps d'entendre avant d'agoniser. La longueur du couteau Bowie rendait cette éventration plus probable, mais son *poids* ralentissait l'assaut mortel de cette fraction de seconde nécessaire à Holmes.

Sherlock arqua le corps en se tenant en équilibre sur les talons, si bien que la pointe du couteau n'emporta qu'un bouton de son gilet. Il abattit sa canne lestée de plomb sur l'énorme main droite de Murtrick avant de le frapper sur le côté de la tête pendant que le couteau allait se planter exactement à l'endroit désiré.

Étourdi, Murtrick chancela vers le vide, à deux doigts de basculer.

Holmes l'attrapa et le tira vers lui de sa main gauche que l'héroïne semblait rendre encore plus puissante, gardant sa canne dans la main droite entre eux. Il approcha le visage si près de celui de Murtrick qu'il parut sur le point de l'embrasser, puis se baissant, il utilisa le corps de la brute à demi consciente comme bouclier et le poussa devant lui pour contourner le cratère.

Les quatre détonations du Beaumont-Adams .442 semblèrent atteindre la conscience de Holmes longtemps après les impacts. Une balle fit exploser l'arrière du crâne de Murtrick, une autre se logea dans sa colonne vertébrale, la troisième réduisit son épaule gauche à l'état de fragments d'os et la dernière le traversa – passant entre le torse et le bras droit de Holmes.

C'était un revolver à cinq coups, mais Holmes avait poussé le cadavre vers Culpepper, si bien que le cinquième tir arracha seulement du plâtre mouillé du plafond. D'un coup de canne, il fit lâcher à Culpepper le revolver vide, attrapa le dandy et le tira vers l'endroit où il s'était injecté l'héroïne, enjambant avec précaution les trois corps à terre. Le plancher pourri et penché ployait sous leur poids, mais Holmes avait besoin de se rapprocher du couteau planté dans une des lattes grinçantes.

Poussant Culpepper vers le bord du trou, il le retint seulement par le col de sa veste. L'autre vacilla et gémit. Holmes sentit une soudaine odeur d'urine.

Il lança sa canne à l'écart et sortit les trois photographies de la poche de sa chemise. Maintenant toujours Culpepper penché en arrière au-dessus du vide, il lui fourra la première photo devant les yeux – celle d'un moustachu corpulent aux yeux noirs.

« Vous le connaissez ? aboya-t-il. Vous l'avez déjà vu ?

— Non. »

La voix de baryton de Culpepper était réduite à un tremblotement de soprano.

« Regardez encore. J'ignore auquel des chefs des Southwest Toughs vous obéissez – Dillon, Meyer ou Shelton –, mais ç'aurait été à leur quartier général ou à leur bureau. Ou alors, vous avez peut-être vu votre chef dîner avec cet homme.

— Je ne l'ai jamais vu ! » couina Culpepper.

Chaque fois qu'il tentait de ramener son bras pour saisir Holmes, le détective le faisait pencher un peu plus au-dessus du néant. Culpepper renonça à essayer et laissa retomber ses mains et ses bras comme les ailes brisées d'un pigeon.

Holmes rempocha la photo et sortit celle d'un jeune homme. Elle était prise de profil – lèvres fines, long nez droit, cheveux peignés en arrière, œil aussi clair que celui d'un reptile. L'image terrifiait Holmes, même dans l'état de détachement induit par l'héroïne.

L'hésitation de Culpepper lui apprit ce qu'il voulait savoir.

« Parlez ! Tout de suite ! »

Son bras et sa main gauche commençaient à fatiguer ; il avait failli lâcher Culpepper sans le vouloir une seconde plus tôt. Il n'allait pas tenir longtemps. Mais il ne pouvait pas changer de main. Pas encore.

« Parlez immédiatement !

— Je crois que je l'ai vu… peut-être… une fois. Je vous en prie, ne me lâchez pas ! »

Holmes le tira à peine vers lui.

« Il y a deux ans, reprit Culpepper. Peut-être trois. Au bureau de Shelton dans Pennsylvania Avenue.

— Quel était son nom ?

— Je l'ai seulement vu de loin. Je vous le jure. Si je savais quoi que ce soit sur lui, je vous le dirais. Je le jure devant Dieu. Je vous en supplie, ne me poussez pas. Je vous en supplie, ne me lâchez pas. Je vais changer de vie. Je le jure devant Jésus-Christ.

— Et *lui* ? » demanda Holmes en lui montrant le troisième cliché.

L'homme avait le crâne dégarni, les joues creuses et une pâleur cadavérique. Mais ses traits émaciés ne suscitaient aucune sympathie chez celui qui le regardait : c'était le visage d'un prédateur, pas celui d'une victime, ni d'une proie. On remarquait d'abord le renflement blanc d'un gigantesque front, surplombant des yeux enfoncés, agrandis par le pince-nez d'un autre âge. L'impression d'être face à un intellectuel – à cause du front haut, des lunettes, du col à l'ancienne mode, de la lavallière et de la redingote – était immédiatement contredite par la saillie du menton puissant, d'où partaient de profondes rides jusqu'aux pommettes saillantes et au nez aquilin. Les épaules voûtées, se dressant telles les plumes noires d'un vautour de part et d'autre du visage blême, accentuaient la ressemblance avec un rapace.

« Jamais… vu…, haleta Culpepper. Je glisse ! Je glisse ! Oh, Seigneur…

— Peut-être avez-vous entendu son nom, dit Holmes, sentant la force déserter sa main qui tenait le col. Moriarty. Pr James Moriarty.

— Non ! Jamais ! » s'écria Culpepper, et Holmes vit dans ses yeux qu'il mentait. *Parfait.*

Le détective jeta un bref regard au Finn survivant, toujours avachi contre un mur et tenant sa tête ensanglantée. Il ne gémissait plus et avait tout vu et entendu. Mais il n'avait plus la force de se battre. Le sang de sa blessure au crâne avait taché ses doigts, ses poignets et ses manches.

Holmes rangea les photos et ramena Culpepper à l'écart du bord. Il ne pensait pas en obtenir plus. Qu'avait-il appris ? Que Lucan s'était peut-être trouvé à Washington deux ou trois ans plus tôt. Que Culpepper avait bien *entendu parler* du Pr Moriarty, mais qu'il ne l'avait certainement jamais vu.

Holmes relâcha sa prise et regarda par terre. La tête du Finn mort baignait dans une mare de sang. Le corps de Murtrick gisait sur les jambes de ce dernier et son visage explosé par la balle n'avait plus rien d'humain. Le Finn survivant avait réussi à s'écarter de son frère et de son chef. Ses yeux en sang, écarquillés comme des soucoupes, observaient Holmes derrière ses doigts carmins.

Tout ça pour apprendre que Lucan est peut-être passé à Washington, où il a été en contact avec les Toughs ? Et que cette organisation criminelle connaît l'existence de Moriarty ? Il fut assailli par une tristesse soudaine, rendue presque douloureuse par la dissipation des premiers effets libératoires de l'héroïne.

Au lieu de toute cette mise en scène, il aurait dû se contenter d'assommer M. J. et de le kidnapper pour l'interroger. Il était sûrement le seul, de ceux que Holmes avait rencontrés cet après-midi, à savoir s'ils avaient été en affaire avec Lucan.

Holmes soupira et se détourna, comme dans l'intention de ramasser sa canne.

Le couteau Bowie était planté à quelques centimètres seulement de la botte droite de Culpepper. Le gros homme dégagea la lame avec un grognement et se pencha en avant pour frapper.

Holmes s'écarta, sa tête touchant presque le mur moisi, son coude droit par terre, et il détendit d'un coup sa jambe gauche, pied fléchi comme il l'avait appris dans sa jeunesse, libérant une énergie apte à défoncer une porte verrouillée.

Culpepper fut projeté en arrière, si bien que Holmes aperçut les semelles de ses chaussures, tels deux points d'exclamation en suspension dans l'air. Puis l'homme poussa un cri et parut emporté par la bruine au milieu du trou de trois mètres de large.

Holmes prit le temps de ramasser le revolver Beaumont-Adams, l'essuya avec son mouchoir, le démonta et lança les pièces dans la cavité.

Le Finn survivant tenta de reculer, de faire corps avec le mur, au moment où Holmes passa devant lui en balançant avec nonchalance sa lourde canne à son côté. Le détective pouvait seulement espérer que le frère fût assez intelligent – et pas trop commotionné – pour rapporter fidèlement ce qui venait de se passer à M. J. et à ses autres patrons.

Holmes avait dit plus d'une fois au Dr Watson que, quand il prendrait sa retraite, il écrirait son opus – *Tout l'art du travail de détective*. Mais le livre qu'il devrait vraiment rédiger s'intitulait *L'Art de commettre un meurtre sans se faire prendre*. La règle n° 8 serait : Ne jamais rien emporter qui appartienne à la victime.

Holmes referma la porte derrière lui, laissant un Finn encore tremblant de peur à l'idée qu'il revienne terminer le travail. Il s'engagea avec précaution dans l'escalier, dont les marches avaient supporté plus de poids en cette journée de mars qu'elles n'en avaient l'habitude. Dans le grand salon donnant sur le lobby, une deuxième large tache était apparue à côté de la première. Culpepper avait réussi, Dieu sait comment, à atterrir sur la tête. Son homburg en avait subi les conséquences, et la base pointue de sa colonne vertébrale avait transpercé la peau de son derrière.

Holmes retourna le corps, veillant à ne pas tacher ses propres vêtements d'ouvrier américain, et récupéra ses cent cinquante dollars. Il en aurait besoin dans les semaines suivantes.

C'était le samedi 25 mars. Holmes s'attendait à ce que Henry James recouvre bientôt ses esprits et retourne en Angleterre ou en France, mais lui-même devrait peut-être rester en Amérique au moins jusqu'à l'inauguration de l'Exposition universelle. Le président Cleveland devait lancer les festivités le 1er mai – avec grandes eaux, salves de canon des cuirassés, chœur chantant l'*Alléluia* de Haendel. Holmes devrait donc supporter de rester en Amérique tout ce temps, à moins que des événements dont il serait à l'origine – comme la rencontre de cet après-midi – ou un télégramme de son frère aîné ne le dégagent de ces pénibles obligations.

C'est là un dénouement qu'on doit souhaiter avec ferveur, songea-t-il, se remémorant cette glorieuse soirée de 1874 où, sous un autre nom, il avait remplacé au pied levé Henry Irving, étoile montante du théâtre et directeur de la troupe, non pas dans le rôle de Rosenkrantz, ni du fidèle Horacio (« Oui, monseigneur », « Non, monseigneur », pendant deux heures et demie douloureuses), mais bien dans celui de Hamlet. Il avait reçu une véritable ovation. La critique dans le *Times* avait été élogieuse. Irving l'avait congédié dès le lendemain.

Holmes quitta le vieil hôtel à l'odeur de moisi et de sang et remonta Casey's Alley jusqu'à ce que le sol de terre laisse place à des pavés.

Il retrouva sa mallette avec ses autres vêtements là où il les avait laissés dans la maison abandonnée de Foggy Bottom, enfila son costume en tweed trop épais de gentleman norvégien et rangea soigneusement ses frusques américaines. Il lui fallut une minute pour fixer la tête de chien en argent et la coque noire sur la canne en bois, qu'il avait nettoyée en chemin.

Holmes regarda son reflet dans une vitre. Il avait vérifié que ses mains étaient propres, mais il aperçut trois rosettes de sang, alignées comme des flocons de neige écarlate le long de sa pommette gauche. Humidifiant son mouchoir, il retira les taches, puis jeta le morceau d'étoffe non monogrammé.

Quittant la maison avec l'assurance d'un propriétaire absent après une inspection, il retraversa Foggy Bottom pour retourner dans les élégantes rues bordées de maisons de style fédéral, plus près du centre-ville et de la résidence présidentielle. Il avait retrouvé la démarche ample et assurée du célèbre explorateur. Et sa canne raffinée claquait sur des briques parfaitement régulières.

* * *

Holmes eut tout le temps nécessaire pour prendre un bain et se changer avant le thé.

Lorsqu'il rejoignit les autres dans le petit salon, il trouva à Henry James un air particulièrement maussade, comme s'il avait passé la journée à broyer du noir. Il n'avait pourtant pas révélé l'identité de Holmes à John ou Clara Hay : l'accueil joyeux de leurs hôtes et leur conversation facile et animée pendant le thé le lui prouvèrent.

« Notre paisible ville vous a-t-elle paru aussi excitante que vos explorations en Asie ? demanda Clara Hay.

— Très stimulante à sa façon », répondit Jan Sigerson, avec son accent norvégien léger quoique perceptible.

Quelques heures plus tard, ils dînèrent de rosbif. Une spécialité du cuisinier des Hay, semblait-il – ou un choix en l'honneur de Henry James, apparemment devenu plus anglais qu'américain à leurs yeux.

Holmes prit une tranche très saignante.

13

Le week-end se révéla l'un des plus pénibles de mémoire de Henry James.

Sa dépression, s'intensifiant au cours d'une longue nuit sans sommeil, s'était accompagnée d'une plus grande clairvoyance ; peu avant le lever d'un jour gris à ses fenêtres, il avait décidé que, à la minute où Holmes quitterait la maison ce samedi, il parlerait à John Hay et confesserait son péché ; car pour lui, c'était bien un péché contre l'amitié et la discrétion que d'avoir amené cet étranger déguisé à l'intérieur de son cercle d'intimes. Persuadé que ni les Hay, ni Henry Adams, ni Clarence King ne pourraient jamais lui pardonner, il s'apprêtait à s'éclipser sur-le-champ, prendre le train de midi pour New York et de là embarquer pour l'Angleterre. D'autres proches des Hay et des Adams – dont William Dean Howells, son vieil ami – seraient tout aussi outrés par son comportement inqualifiable. Il accepterait leur colère et leur désapprobation ; l'alternative serait de poursuivre cette infâme mascarade, ce dont James serait incapable, il s'en rendait compte à présent.

Il avait espéré parler à John Hay seul à seul après le petit déjeuner, mais Hay dut sortir pour affaires. « Jan Sigerson » était parti se promener, et Henry James se retrouva avec Clara Hay pendant toute la matinée et le début de l'après-midi. Aussi charmante qu'elle eût toujours été avec lui, il ne put se résoudre à lui révéler la vérité.

Si bien qu'ils parlèrent de leurs amis communs, du temps qu'il faisait à cette époque de l'année en Angleterre et sur le continent comparé au printemps précoce à Washington, de différents écrivains et artistes qu'ils connaissaient – dont Daniel Chester French, Augustus Saint-Gaudens et John Singer

Sargent. Une fois la table du déjeuner débarrassée, ils discutèrent de l'œuvre de Tourgueniev et des essais de M. Emerson (que James n'admirait guère) entre autres, jusqu'à ce que Clara Hay se mette à rire et dise : « Vous avez vu la bibliothèque de John, évidemment, mais vous devriez jeter un coup d'œil à mes étagères de plaisirs coupables, Harry. »

James haussa un sourcil.

« Des plaisirs coupables ?

— Oui, vous savez bien… ces livres qui me donnent tant de plaisir, et que John, Henry Adams, Howells et les autres jugent indignes. Mais moi, je les aime ! Peut-être pourrez-vous m'offrir votre bénédiction. Venez. »

Elle le conduisit dans le large escalier puis dans le couloir de droite desservant les chambres des propriétaires. L'espace d'un horrible moment, James crut que cette femme avec laquelle il se trouvait seul dans la maison (si l'on exceptait les sept ou huit domestiques) allait l'entraîner dans la sienne, mais elle s'arrêta avant, dans le corridor. La bibliothèque en acajou poli mesurait presque quatre mètres de long.

« Des romans populaires anglais ! s'exclama-t-il en découvrant la collection de livres à dos jaunes.

— Oui, je ne peux pas résister à l'envie d'en acheter dans les gares quand je voyage en Angleterre, avoua Clara Hay en posant les doigts des deux mains sur ses joues rougissantes. Avez-vous déjà succombé à la tentation, Harry ? »

Il lui adressa ce qui se voulait un sourire bienveillant.

« Bien sûr, ma chère. Ces livres à couverture jaune aident à faire passer plus vite un ennuyeux trajet en train. Je vois que vous avez *Pierre de lune* et *La Dame en blanc* au milieu de vos autres romans à sensation.

— Oh, oui ! J'aime tellement les histoires de Wilkie Collins. Et j'ai été navrée d'apprendre sa mort il y a quatre ans. Mais je lis aussi des ouvrages sérieux, vous savez.

— Si je m'en souviens bien, vous avez été l'une des premières, parmi les Cinq de Cœur, à découvrir mon œuvre », dit James.

Il sortit quelques livres de H. Rider Haggard, des romans d'aventures de deuxième – et troisième – catégorie, et jeta un coup d'œil à leurs titres avant de les remettre en place. Tous les ouvrages de cette bibliothèque n'étaient pas (loin de là) des romans de la collection jaune, où il était invariablement question de bigamie, d'enfant illégitime, de meurtre et de chantage, mais tous étaient des livres « à sensation ».

« Oh, bien avant que les Cinq de Cœur de Clover ne commencent à se réunir, Harry ! Lorsque nous nous sommes rencontrés, John et moi, nous lisions déjà vos livres tous les deux.

— Qu'est-ce que c'est ? » demanda James, prenant un ouvrage tout neuf relié brun clair.

Sur le dos, il était écrit *The Adventures of Sherlock Holmes* et plus bas, dans un carré, *The Strand Library.*

« Je suis devenue une inconditionnelle des récits de M. Conan Doyle quand John et moi avons passé trois mois à Londres il y a deux ans, expliqua Clara. Hélas, on ne trouve pas le *Strand Magazine* en Amérique. Aussi en apprenant le mois dernier que cette série d'aventures de Sherlock Holmes était publiée ici – douze en tout – l'ai-je achetée immédiatement.

— Le mois dernier, dites-vous, murmura James en feuilletant le volume, pourvu d'illustrations. Il est paru en février ?

— Oui.

— Puis-je vous l'emprunter, Clara ? » Il referma le livre d'un coup sec. « Ma goutte s'est réveillée, et une lecture légère et amusante m'aiderait à ne plus y penser.

— Bien sûr ! répondit Clara Hay en rougissant encore. Seulement, ne dites pas à John quel genre de livre j'ai prêté à un auteur aussi illustre que vous. Je n'aurais pas fini d'en entendre parler. »

Et ils se sourirent comme deux conspirateurs.

* * *

Ayant pris prétexte de sa goutte – elle s'était bel et bien réveillée, et son pied gauche le faisait terriblement souffrir –, James passa le reste de l'après-midi dans sa chambre. Une jeune fille vint allumer le feu et il s'assit devant l'âtre, le pied posé sur un tabouret très rembourré, tandis qu'une légère pluie commençait à strier les fenêtres.

Edmund Gosse et ses autres jeunes amis qui appréciaient et lui avaient recommandé les livres d'aventures de Henry Rider Haggard et les histoires supposément vraies de Sherlock Holmes parues dans le *Strand* ou dans *Beeton's Christmas Annual* pour les plus longues, ne lui avaient pas dit grand-chose sur les récits de Conan Doyle – sinon que d'après eux, Doyle était l'agent littéraire et l'éditeur du Dr John H. Watson, à qui l'on devait les histoires du détective londonien très secret (mais manifestement très occupé).

James avait essayé de lire un roman de H. Rider Haggard, mais quand il en était arrivé à une scène très visuelle où le chasseur blanc faisait sauter la cervelle de son porteur indigène plutôt que de permettre qu'il soit torturé, il avait abandonné le livre – et toute intention d'ouvrir un autre ouvrage signé Haggard. Les descriptions de crânes explosant dans des giclées de matière cérébrale, très peu pour lui.

Les aventures de Holmes n'avaient jamais suscité la moindre curiosité chez lui.

En repensant à la garden-party de Mme O'Connor, durant laquelle il avait rencontré Sherlock Holmes quatre ans plus tôt, il se souvint que A. Conan Doyle figurait sur la liste des invités – plusieurs auteurs populaires, quoique peu estimés, avaient été sollicités pour cet événement caritatif –, mais il ne pensait pas avoir été présenté à Conan Doyle, ni avoir parlé avec lui. Il ne se rappelait pas non plus la présence d'un Dr John H. Watson.

Déplaçant son pied gonflé pour trouver une position plus confortable, et après avoir remercié d'un hochement de tête le valet qui venait de lui apporter son thé au citron, James ouvrit le recueil des *Aventures de Sherlock Holmes.*

* * *

James reconnut son compagnon de voyage dans les descriptions du Dr Watson (ou peut-être de Conan Doyle) : la silhouette mince, le grand front pâle, les joues creuses, le nez en bec d'aigle, les sourcils expressifs et le regard intense et gris, même si l'illustrateur du *Strand*, un certain Sidney Paget, montrait un homme beaucoup plus séduisant et bien plus *gentleman* que ne l'était le vrai Holmes. Bien sûr, comprit James, il n'avait pas encore réellement vu le vrai Sherlock Holmes habillé et se comportant tel qu'en lui-même.

S'il *existait* un vrai Sherlock Holmes.

Dans la première histoire, « Un scandale en Bohême », James fut choqué de croiser le « roi de Bohême » – que Holmes avait clairement identifié comme étant le prince de Galles, le soir de leur dîner tardif au Café de la Paix douze jours plus tôt. James trouva la qualité de la prose tout au plus efficace, et l'intrigue ridicule. Les stratagèmes de Holmes pour récupérer la « photographie incriminante » du prince de Galles étaient artificiels, absurdes et – pour finir – infructueux. Une simple aventurière avait réussi à déjouer tous ses plans. Si cette histoire était véridique, pourquoi Holmes, dont les revenus ne semblaient provenir que de ses clients privés, autoriserait-il le Dr Watson à collaborer avec Conan Doyle pour publier les détails d'un échec si patent ?

Encore plus intéressante aux yeux de James fut l'impression, émergeant parfois entre les lignes ou dans un commentaire sarcastique, que Holmes – du moins le *personnage* de Holmes montré dans cet étrange récit – considérait le « roi de Bohême » – l'actuel prince de Galles – avec un froid mépris. À la fin de la nouvelle, le détective semblait content d'avoir été battu et de savoir qu'« Irène Adler » avait conservé le cliché compromettant. (James remarqua aussi que Watson – ou Conan Doyle – avait appelé l'aventurière « feu Irène Adler ».)

« La ligue des rouquins » était plus amusante, mais Henry James trouva les « stupéfiantes déductions » du détective plutôt stupides. À aucun moment, dans ces deux récits, l'auteur ne tentait d'entrer dans l'esprit ou de percer les motivations des personnages. Watson persistait à considérer son colocataire du 221 b Baker Street avec une admiration respectueuse, quel que soit le niveau d'idiotie de Holmes.

Les erreurs factuelles abondaient. Le personnage roux du nom de Wilson commençait son travail – consistant à rester assis pendant quatre heures à recopier des pages de l'*Encyclopædia Britannica* – le 29 avril 1890. Après huit semaines de labeur et trente-deux livres sterling gagnées, Wilson se présentait ponctuellement à son poste (dans une pièce vide à l'exception d'une table et d'une chaise) et trouvait un message fixé sur la porte :

LA LIGUE DES ROUQUINS
EST
DISSOUTE
9 octobre 1890

Cependant – James fit le calcul de tête – les huit semaines et les trente-deux livres n'auraient amené Wilson (et l'intrigue) qu'au 23 juin, et pas au 9 octobre. À cette dernière date, il aurait dû avoir gagné cinquante-huit livres, dix shillings et deux pence supplémentaires.

L'auteur faisait aussi dire à « Wilson » qu'au moment où la ligue avait été dissoute et où il avait perdu son emploi, il entamait les « B » dans l'Encyclopédie. Ayant remarqué la présence de la récente neuvième édition de l'Encyclopédie, datant de 1889, dans une bibliothèque du couloir, Henry James sonna un valet pour qu'il aille lui chercher le premier volume. Après avoir compté les mots dans une page « moyenne » de la première section,

James boitilla jusqu'au petit bureau, prit une feuille de papier ministre et un crayon et arriva à la conclusion que Jabez Wilson, le personnage de la nouvelle, avait recopié environ 6 419 616 mots en huit semaines de travail… tout ça en ne copiant que pendant quatre heures par jour ! Effectuant une petite division, James en déduisit un rythme de 33 435 mots de l'heure, soit un petit peu plus de 557 mots la minute. Extraordinaire !

Ridicule ! L'auteur, qu'il s'agisse de Watson ou de Conan Doyle, n'avait pas fait son exercice d'arithmétique.

Dans une autre page de cette même histoire, l'auteur négligent inflige à Holmes, Watson et un officier de police un long trajet en fiacre « dans un interminable labyrinthe de ruelles éclairées au gaz[1] », alors que leur destination ne se trouve qu'à une courte distance de leur point de départ.

Plus loin dans sa lecture, Henry James ne put s'empêcher de rire tout seul. Holmes avait annoncé que le mystère devant lequel il se trouvait était « un problème idéal pour trois pipes », puis ramenant les jambes sous lui dans son fauteuil, il avait supposément fumé ces trois pipes en cinquante minutes – utilisant la pipe en terre noire que James avait vue pendant leur voyage. Or une seule pipe de ce tabac grossier fumée en une heure aurait suffi à détruire la gorge et les muqueuses nasales de son nez ; trois auraient sûrement tué le bonhomme.

Dans « Le mystère du val Boscombe », le personnage de Holmes se comporte avec son arrogance et sa condescendance coutumières envers Watson – un homme plus âgé, ayant une plus grande expérience de la vie et de la guerre que le prétendu « détective privé » – tout en prouvant encore une fois qu'il n'a aucun titre à agir de la sorte. En apprenant qu'un meurtre a été commis dans le mythique « val Boscombe », près de la très réelle ville de Ross, Holmes convainc Watson de prendre avec lui le premier train en partance pour le Herefordshire. Mais une fois à Ross, inexplicablement, Holmes s'accorde deux jours d'oisiveté à l'hôtel avant de s'aventurer sur la scène de crime en extérieur, où un homme est mort après s'être fait défoncer le crâne. Holmes insiste même sur l'importance d'inspecter cette scène de crime avant qu'il pleuve et que les indices disparaissent, puis se persuade que le beau temps durera – « pas de vent, et pas un nuage dans le ciel[2] » – en consultant un baromètre qui indique une « pression de 29 ».

1. « La ligue des rouquins », in *Les Aventures de Sherlock Holmes*, *op. cit.*
2. « Le mystère du val Boscombe », in *Les Aventures de Sherlock Holmes*, *op. cit.*

Certes, Henry James n'était pas météorologue et, pour autant qu'il s'en souvînt, n'avait jamais utilisé de relevé barométrique comme élément d'une de ses intrigues, mais il avait passé assez de temps avec des paysans – aussi bien en Nouvelle-Angleterre qu'en Angleterre et en France – et des capitaines de navire lors de ses nombreuses traversées de l'Atlantique pour savoir qu'une pression de 29 n'est pas une prévision de beau temps ; au contraire, si une grosse averse n'était pas arrivée, elle se préparait sûrement.

Holmes finit par résoudre le mystère en déduisant que le dernier mot supposément incompréhensible de la victime à son fils (accusé d'être le meurtrier) – « ARAT » – devait signifier « Ballarat ». Et que le meurtrier était donc originaire de Ballarat, en Australie. Mais même en admettant que le coupable soit australien, il suffit à Henry James d'ouvrir le premier volume de l'*Encyclopædia Britannica* pour voir que plusieurs noms de villes et de régions d'Australie se terminaient par « arat », dont « Ararat ».

La consternation de James devant tant de désinvolture – sans même parler du style négligé – ne diminua pas à la lecture de « L'homme à la lèvre tordue ». Dans cette nouvelle, l'épouse du Dr John Watson, qui reçoit la visite nocturne d'une femme en détresse, qu'elle reconnaît bientôt, malgré sa voilette, comme une de ses connaissances du nom de « Kate Whitney », dit : « Allons, prenez un peu de vin et d'eau, asseyez-vous commodément et bavardons. À moins que vous ne préfériez que j'envoie James au lit[1] ? »

James ? songea Henry James avec un mépris croissant. Le gentleman en question, à moins que Mme Watson n'ait eu un amant caché sous la table, devait être son mari, John Watson. *Cet auteur ne se donne-t-il même pas la peine de relire les épreuves de ses écrits ?*

Dans la même nouvelle, Holmes révèle la véritable identité d'un détenu en frottant le visage crasseux de l'individu avec une grande éponge mouillée qu'il avait eu la bonne idée d'apporter à la prison, retirant ainsi – d'après l'auteur – des couches de maquillage de comédien. Henry James, qui venait de passer des mois à parcourir l'Angleterre avec la troupe de théâtre interprétant sa première pièce, *L'Américain*, savait que « l'éponge mouillée » de Holmes n'aurait pas pu avoir l'effet escompté ; tous les comédiens qu'il avait observés appliquaient avec soin une couche de *cold cream* avant de retirer leur maquillage de scène.

Et il en allait ainsi dans la suite du volume, une idiotie succédant à une autre au fil des nouvelles.

---

1. « L'homme à la lèvre tordue », in *Les Aventures de Sherlock Holmes*, *op. cit.*

James ne referma le recueil que lorsqu'un valet de pied vint annoncer que tout le monde se retrouvait dans le salon pour prendre un thé ou un verre avant le dîner. Sa boiterie n'était pas feinte quand il descendit et, en réponse à la question soucieuse de John Hay, il dut admettre que sa goutte faisait des siennes.

Le dîner se passa en petit comité. John Hay se montra expansif, joyeux et parfait dans le rôle de l'hôte. Clara fut charmante et s'assura que tout le monde était intégré à la conversation. « Jan Sigerson » décrivit le plaisir qu'il avait eu à voir le Capitole d'un blanc étincelant, entre autres merveilles – dont le département d'État au bout de la rue, où Hay avait travaillé pendant des années, et que James considérait comme une monstruosité baroque évoquant un gâteau de mariage. L'écrivain demeura silencieux, se contentant de quelques hochements de tête et sourires appréciateurs. Les autres durent mettre son silence sur le compte de sa goutte, bien qu'il ne fût jamais très bavard à table.

En vérité, James examinait avec attention ce Sherlock Holmes/Jan Sigerson. Oui, c'était bien lui, James, qui avait reconnu Holmes dans l'obscurité presque totale du bord de la Seine, car malgré le nez remodelé au latex, le postiche et le maquillage (qui ne serait pas parti d'un simple coup d'éponge mouillée), le visage émacié était bien le même. Mais James commençait à changer d'avis à propos de Holmes et de son propre projet de parler à John Hay en privé après dîner pour lui révéler – avec moult excuses – la supercherie et l'identité du charlatan qu'il avait introduit chez ses hôtes.

Non… le lendemain serait préférable. Mieux valait attendre que le *véritable* explorateur et alpiniste Clarence King démasque Holmes. Ou que l'émissaire norvégien perce le déguisement superficiel. James pourrait alors faire semblant d'être aussi choqué que les autres convives. Ce serait gênant, certes, mais ses vieux amis ne lui en tiendraient pas forcément rigueur. Holmes serait chassé, James s'excuserait auprès de John et de Clara pour sa naïveté impardonnable, il reprendrait sans tarder un bateau pour l'Angleterre et l'affaire serait close.

Hay convia les hommes dans sa bibliothèque pour prendre un cognac et des cigares, mais James ne s'attarda pas. Prétextant sa goutte, il remonta vite dans sa chambre, laissant son hôte et « Sigerson » discuter du cours de l'or en Europe, du récent massacre de milliers d'Arabes par des cannibales au Congo et de la possible injustice faite à Lesseps, le bâtisseur de canal, condamné pour détournement de fonds.

14

James lut jusque tard dans la nuit. Les négligences dans les intrigues et l'écriture continuèrent de s'accumuler. Il perçut cependant, ici et là, des facettes du personnage de Sherlock Holmes qui lui rappelèrent l'homme qu'il avait rencontré treize jours plus tôt. Et il commença à comprendre, obscurément, ce qui plaisait à certains de ses amis cultivés, tel Edmund Gosse. Le cœur des *Aventures de Sherlock Holmes*, ce n'étaient pas ces « aventures » maladroites – qu'il ne trouva jamais particulièrement « aventureuses » – mais bien plutôt l'amitié entre Holmes et Watson, les petits déjeuners partagés, les jours brumeux qu'ils passaient ensemble devant le feu crépitant, et Mme Hudson qui allait et venait avec ses plateaux de nourriture et des messages en provenance du monde. Holmes et Watson vivaient dans un univers d'albums illustrés pour jeunes garçons ; comme Peter Pan, et malgré les allusions plutôt confuses de Watson à son mariage, aucun d'eux ne grandissait jamais.

Dans « Un aristocrate célibataire » – qui à l'instar de tant d'autres « aventures » holmésiennes, n'était pas tant un mystère qu'un vulgaire malentendu domestique –, un certain « lord Robert Saint-Simon », de noble naissance, se rend au 221 b Baker Street pour demander conseil à Holmes. Non content d'égratigner le titre du visiteur en s'écriant « Bonjour, lord Saint-Simon », au lieu de l'appeler, comme il se devait, « lord Robert » ou « lord Robert Saint-Simon », le détective insulte immédiatement son hôte et client.

Henry James dut se retenir d'annoter le paragraphe au crayon dans l'exemplaire de Clara. Lord Robert, abandonné juste après le passage devant l'autel par une fiancée américaine, dit :

« “Une affaire très pénible, comme vous l'imaginez sans peine, monsieur Holmes ! Elle m'a piqué au vif. Je crois que vous avez déjà eu à vous préoccuper de plusieurs cas délicats de ce genre, monsieur. Mais je doute qu'ils aient eu pour cadre la même classe de la société.
— En effet. En ce moment, je déroge, je descends d'une classe.
— Plaît-il ?
— Mon dernier client, pour une affaire de ce genre, était un roi.
— Oh ! réellement ? Je l'ignorais. Et quel roi ?
— Le roi de Scandinavie.
— Comment ? Il avait perdu sa femme ?
— Vous comprendrez, répondit Holmes avec suavité, que je suis tenu envers mes autres clients à une discrétion égale à celle que je vous promets pour vous-même[1].” »

Quelle grandiloquence, songea James. Un gentleman possédant un minimum de discrétion aurait peut-être mentionné des *détails* similaires relatifs à une autre affaire, mais n'aurait jamais mentionné le *nom* d'un autre client – surtout pas s'il s'agissait d'un roi.

C'était du snobisme inversé que James avait perçu chez Holmes – ou, du moins, chez l'homme en bas qui, peut-être, faisait semblant d'être Sherlock Holmes, guidé par la même folie qui l'avait conduit à prétendre être Holmes se faisant passer pour l'explorateur Jan Sigerson. Et cela, ajouté à tant d'autres indices glanés par James dans le recueil et au fil des moments passés avec le détective, l'avait mené à une conclusion : Sherlock Holmes n'était pas un gentleman. C'était seulement une personne douée pour le travestissement, qui avait joué pendant des années le rôle du gentleman – affichant la tenue décontractée, l'air las et l'accent distingué de rigueur, mais sans jamais montrer l'âme d'un gentleman.

* * *

La dernière nouvelle des *Aventures de Sherlock Holmes* – qu'il lut fenêtre ouverte parce que l'air se réchauffait, et alors que des phalènes se cognaient contre la lampe –, eut raison de l'habituel sérieux de Henry James, qui dut

1. « Un aristocrate célibataire », in *Les Aventures de Sherlock Holmes*, *op. cit.*

porter la main à sa bouche pour étouffer un éclat de rire. Il aurait été malvenu que les domestiques des Hay – ou l'autre invité en bas – entendent le malade de la goutte rire tout haut après minuit.

Cette dernière nouvelle, intitulée « Les Hêtres-Rouges », ne déparait pas de l'ensemble, puisqu'on y retrouvait les négligences, incohérences et bourdes holmésiennes qui rendaient les autres récits presque insupportables. L'ensemble révélait l'exécrable paresse d'un auteur sensationnaliste.

Tout commence par l'apparition un matin d'une certaine Violette Hunter, jeune femme séduisante quoique trop familière – inconnue de Holmes et de Watson, elle agit comme si elle était déjà une intime –, venant demander conseil au Grand Détective dans une affaire de la plus haute importance : doit-elle accepter un emploi bien payé de gouvernante auprès du fils d'un M. Jephro Rucastle ?

L'entretien qu'elle a eu avec M. Rucastle lui a paru « très étrange », parce qu'il a déclaré que sa femme et lui étaient « des gens maniaques », que son emploi exigerait qu'elle porte une robe particulière et accepte de « s'asseoir ici plutôt que là, et là plutôt qu'ici[1] ».

Mlle Hunter se dit ahurie par l'idée de devoir porter certains vêtements – alors que tous les domestiques et nombre de gouvernantes devaient le faire. Quant à Rucastle, l'aurait-il prévenue qu'il lui imposerait de « s'asseoir ici plutôt que là » s'il avait eu de mauvaises intentions ? Ç'aurait été idiot. De plus, les maîtres avaient l'habitude de donner des ordres à leur personnel domestique.

Puis M. Rucastle informait Violette Hunter qu'elle devrait couper sa belle et abondante chevelure. Devant cette scandaleuse condition, Mlle Hunter déclinait l'offre d'emploi, mais ne cessait ensuite de penser au coquet salaire et, quelques jours plus tard, se trouvait à deux doigts de changer d'avis. C'est alors qu'arrivait une lettre de Rucastle, dans laquelle il lui proposait de passer ses gages à trente livres par trimestre, une fortune pour une gouvernante, d'autant que, de l'aveu même de Violette Hunter, elle n'avait qu'une formation et une expérience limitées.

« "Telle est la lettre que j'ai reçue, monsieur Holmes, et ma résolution a été vite prise : j'accepte." »

---

1. Toutes les citations suivantes sont extraites des « Hêtres-Rouges », in *Les Aventures de Sherlock Holmes*, *op. cit.*

« Pourquoi diable faites-vous perdre son temps au détective *si vous avez déjà pris votre décision* ? » persifla doucement Henry James dans la nuit peuplée de phalènes.

Avec l'inéluctabilité d'une intrigue dont les rouages s'étaient mis bruyamment en mouvement, étouffant toute logique et toute réflexion, un télégramme arrivait tard un soir :

> Veuillez être à hôtel Cygne-Noir à Winchester demain à midi. Venez. Je suis à bout.
>
> Hunter

Ce n'était pas un télégramme : c'était une sommation royale. Comme de bien entendu, voici Holmes et Watson qui filent vers Winchester par le train du matin. La partie intéressante de cette séquence, dans ce que William James aurait appelé une « perspective psychologique », était le discours plutôt inattendu de Holmes alors qu'il regardait défiler les maisons et fermes dans la paisible campagne :

> « "Moi je les regarde aussi, et la seule pensée qui me vient à l'idée, c'est qu'elles sont bien isolées et qu'un crime commis par ici aurait beaucoup de chances de rester impuni.
>
> — Dieu du ciel ! m'exclamai-je. Pourquoi associer le crime à ces chères petites demeures ?
>
> — Elles me remplissent toujours d'une certaine horreur. Mon sentiment, Watson, basé sur l'expérience, est que les ruelles les plus sordides de Londres enrichissent beaucoup moins les annales du crime que cette campagne souriante et verdoyante.
>
> — Vous m'épouvantez !
>
> — La raison en est évidente. La pression de l'opinion publique peut accomplir en ville ce à quoi la loi échouerait. Il n'y a pas à Londres de quartier misérable où la plainte d'un enfant torturé, le bruit mat des coups que distribue un ivrogne ne soulèvent l'indignation des voisins ; et tout l'appareil de la justice est si proche que la moindre dénonciation peut le mettre en marche. Il n'y a qu'un tout petit pas à franchir entre le crime et le banc des accusés, et cela se sait ! Mais considérez ces maisons isolées, encloses chacune dans ses propres terres, habitées pour la plupart par de pauvres gens qui ignorent quasiment tout de la loi. Songez à ces

manifestations d'infernale cruauté, de méchanceté rusée qui peuvent se donner libre cours, tantôt ici, tantôt là, à l'insu du monde entier..." »

Henry James avait vécu suffisamment longtemps en Europe pour savoir qu'il s'agissait là de pures âneries. Les villages et cottages pittoresques connaissaient sûrement leur lot de délits et de violence domestique, mais pas ces crimes gratuits nés de la misère et qui, d'après les déclarations absurdes de Holmes, étaient vite dénoncés et systématiquement punis dans les bas quartiers et les taudis de Londres. Au contraire, la cruauté de la ville préférée de Henry James était connue de tous ses habitants.

Deux choses frappaient Henry James dans cet éclat idiot du Sherlock Holmes de fiction. D'abord, cette défense de la ville, par opposition à la campagne, était très peu conforme à l'esprit anglais. Une opinion française, peut-être, ou russe, mais résolument pas anglaise. Ensuite, James entendait presque la voix forte de son frère William disant : « C'est un aveu concernant les origines du bonhomme, Henry. Un appel à l'aide et à la compréhension. Il a autrefois vécu un épisode très sombre et douloureux à la campagne – une campagne à laquelle il n'était pas accoutumé, parce qu'il venait peut-être des quartiers pauvres d'une ville. Son subconscient déteste et craint désormais l'idée même de la tranquillité bucolique et ces intervalles d'obscurité silencieuse entre les maisons et les fermes. Il serait très intéressant d'explorer l'origine des peurs profondes de cet homme. »

* * *

Il arrivait à Henry James de donner des conférences sur les grands écrivains, mais si un jour il devait faire un exposé sur les écrits ridicules, il prendrait comme corpus le reste des « Hêtres-Rouges ».

Mlle Hunter – ayant adopté une coupe de cheveux courte qui n'était pas sans rappeler douloureusement à James sa cousine Minnie Temple, lorsque, à l'adolescence, elle avait dû sacrifier sa chevelure à la suite d'une maladie grave – retrouve Holmes et Watson à l'hôtel Black Swan (apparemment, c'est le genre de gouvernante qui ne voit aucun inconvénient à laisser l'enfant dont elle a la charge à n'importe quelle heure du jour et de la nuit). Du jeune Édouard Rucastle, on sait seulement qu'il a « une tête beaucoup trop grosse pour sa taille » et un caractère « vicieux ». Mis à part ces réflexions, il n'est jamais fait mention des tâches de la gouvernante, ni de sa relation avec le garçon.

Les Rucastle ont appris à Violette Hunter que leur fille – qui ressemblait beaucoup à la gouvernante – était morte de « congestion cérébrale » (raison pour laquelle elle avait les cheveux courts) ; et Hunter de raconter à Holmes et Watson qu'on lui a demandé de s'asseoir devant un bow-window (dos à la fenêtre, bien sûr), revêtue de la robe de la jeune défunte, et que M. Rucastle l'a fait rire tout haut en lui racontant une série interminable d'histoires fort comiques. Quand Violette a dissimulé un petit miroir dans son mouchoir pour regarder par la fenêtre derrière elle, elle a vu un jeune homme adossé à la barrière du champ, en train de fixer intensément son dos. Mais la sinistre Mme Rucastle a remarqué le miroir, s'est exclamé qu'il y avait un intrus dans la propriété et a ordonné à Violette de lui faire signe de s'en aller, avant de baisser le store. Ensuite Mlle Hunter ouvre facilement un tiroir « fermé à clé » de la commode de sa chambre et y trouve une mèche de cheveux de la même couleur et de la même texture que les siens.

Comme il est d'usage dans les romans gothiques tel que *Jane Eyre*, il y a l'inévitable pièce fermée à clé – ici, une aile entière de la maison que Mlle Hunter a ordre d'éviter. Évidemment, elle ne tarde pas à trouver une clé (commodément) laissée dans la serrure et explore l'aile poussiéreuse et vide… vide à l'exception d'une pièce aussi fermée à clé et barrée par un montant de lit en fer.

M. Rucastle a aussitôt vent de sa transgression et menace de donner la gouvernante en pâture au dogue, nommé Carlo, que Toller, l'unique domestique, a charge de sortir de son chenil la nuit. Cet après-midi-là, Toller s'est, semble-t-il, soûlé au point de perdre connaissance. Holmes annonce alors immédiatement à Violette Hunter qu'elle doit enfermer Toller dans la cave ce soir-là, et que le Dr Watson, muni de son fidèle revolver de service, et lui, seraient aux Hêtres-Rouges à dix-neuf heures.

Holmes s'est dit persuadé qu'Alice, la fille de M. Rucastle, était vivante et retenue prisonnière dans la pièce barricadée, pour quelque raison infâme, probablement en lien avec un héritage que son père voudrait s'approprier. Et nos trois aventuriers ont tôt fait d'écarter la barre en fer et de défoncer la porte pour trouver la pièce… vide.

> « Il n'y avait aucun ameublement, sauf une petite paillasse, une tablette, un sac de toile. Le châssis vitré du dessus était ouvert, et la prisonnière était partie.

“Il s’est produit quelque chose de fâcheux, dit Holmes. Ce joli cœur a deviné les intentions de Mlle Hunter, et il a transporté sa victime ailleurs.

— Mais comment ?

— Par le vasistas. Nous allons voir tout de suite comment il s’y est pris.”

Il se hissa sur le toit comme un écureuil.

“Ah ! bon ! cria-t-il. Voici le bout d’une longue échelle légère contre l’avant-toit ! Je comprends tout !

— Impossible, dit Mlle Hunter. L’échelle n’était pas là quand les Rucastle sont partis.

— Alors il est revenu, et il l’a fait. Je vous dis que c’est un homme intelligent et dangereux…” »

À cet endroit, Henry James ne put plus retenir un petit rire. « Un homme intelligent et dangereux… », qui juge nécessaire d’utiliser une grande échelle pour monter sur le toit de sa propre maison et de se laisser tomber par un vasistas pour enlever une jeune femme dans une pièce dont il détient la clé – alors qu’il aurait pu déverrouiller la porte et faire sortir sa fille tout à fait normalement, à n’importe quel moment. C’était typique des « déductions » de Holmes et – songea James – typiquement stupide.

La fin de l’histoire était tellement caricaturale que c’en était désolant.

« “Bandit ! s’écrie Holmes. Où est votre fille ?” »

Rucastle se précipite pour aller lâcher Carlo, l’énorme dogue, dont on sait qu’il n’a pas mangé depuis deux jours, du fait de l’ivrognerie de M. Toller. Le chien attaque M. Rucastle à la gorge, le Dr Watson fait sauter la cervelle de l’animal avec son fidèle revolver de service (mais trop tard, hélas !). Dégrisé, Toller va chercher sa femme, qui explique toute l’intrigue : le besoin qu’avait Rucastle de faire croire à la mort de sa fille (pour des questions d’héritage !) et de la cacher dans l’aile fermée, toute cette pantomime visant à faire passer Violette Hunter pour Alice, afin que le fiancé très persévérant de cette dernière (le « M. Fowler » que Violette Hunter avait aperçu dans son miroir) renonce et finisse par s’en aller.

Dans un dernier paragraphe, toutes les questions en suspens sont résolues – nous ne rencontrons jamais Alice ou M. Fowler, mais apprenons par le narrateur qu’ils se sont mariés, et que l’heureux époux « est maintenant fonctionnaire du gouvernement à l’île Maurice » ; Mlle Violette Hunter « dirige une école privée à Walsall » (une très belle position pour cette femme sans réelles références, qui a admis au cours de l’histoire ne posséder pour toutes compétences qu'« un peu de français, un peu d'allemand, de musique et de dessin »).

Reposant le livre terminé sur sa table de chevet, Henry James dut de nouveau presser ses jointures sur ses lèvres pour réprimer un rire.

L'auteur – le Dr John H. Watson ? Arthur Conan Doyle ? Un étrange mélange des deux écrivaillons ? – avait complètement oublié le fils, Édouard, le jeune garçon « à la tête beaucoup trop grosse » et au « caractère vicieux ». Tous les autres personnages, dont son ancienne gouvernante, Mlle Hunter, avaient eux aussi manifestement oublié qu'Édouard était censé exister. Avec la fin heureuse qui voyait M. Rucastle la gorge lacérée par un dogue affamé, Édouard semblait avoir tout simplement disparu. *Pouf !*

Couché dans l'obscurité, James repense à une nouvelle, mettant en scène une gouvernante, qu'il a parfois envisagé d'écrire : la nouvelle, s'il la rédigeait un jour, serait racontée du point de vue de la gouvernante à l'esprit embrumé et parlerait d'un mal palpable – quoique imaginaire – paraissant menacer l'enfant ou les enfants dans une maison de campagne isolée. Ce serait comme une histoire de fantômes, mais sans fantômes, et James sait qu'il devra procéder par petites touches légères et subtiles, afin que le lecteur de plus en plus inquiet commence à se demander si la gouvernante n'est pas folle… ou malfaisante… ou si ce sont les enfants qui sont malfaisants. À moins qu'il n'y ait un fantôme (ou plusieurs, James n'a pas encore décidé), malgré toutes les suggestions mentales indiquant le contraire.

Son frère William aimerait sûrement une telle nouvelle « psychologique ».

Tout ce que sait James avec certitude, c'est qu'il aura besoin de tout son savoir-faire littéraire et de sa plume la plus délicate pour faire lentement prendre conscience au lecteur des multiples niveaux d'honnêteté, de mensonge, de culpabilité et d'innocence tout en s'assurant que l'intrigue demeure assez explicite pour donner la chair de poule. Il devra en permanence entretenir le doute du lecteur quant à ce qui se sera « réellement » passé et aux événements qui n'auront eu lieu que dans l'esprit de plus en plus dérangé de la gouvernante.

Souriant vaguement au souvenir des absurdités pathétiques des Hêtres-Rouges, songeant aux fantômes et au trouble de l'esprit humain en conflit avec lui-même, Henry James s'endormit dans la chaleur de la nuit washingtonienne.

15

Le dimanche fut paisible chez les Hay – du moins jusqu'au moment où Henry James confronta Sherlock Holmes.

Clara Hay était partie à l'église, non sans avoir informé tout le monde qu'elle consacrerait quelques heures à ses bonnes œuvres après le service. John Hay avait tenu compagnie à ses deux hôtes pendant le petit déjeuner, avant de se retirer dans son bureau pour se consacrer à ses propres passions littéraire et historique. Dans l'immense hôtel particulier silencieux, on n'entendait que le bruit rassurant des sabots des chevaux et des roues des bogheis dehors dans la rue, ainsi que le pas étouffé des domestiques qui, aussi discrets que des nonnes, vaquaient à leurs occupations dans la maison baignée de lumière et embaumant l'acajou.

En fin de matinée, Henry James alla frapper à la porte de « Jan Sigerson ». Holmes, qui lisait près de la fenêtre en fumant du tabac de mauvaise qualité dans sa vieille pipe noire en terre, fit entrer l'écrivain et lui indiqua une chaise. James, lui-même muni d'un livre, prit soin de cacher la couverture et le dos pendant qu'ils s'asseyaient tous les deux.

« Clarence King sera là dans quelques heures, déclara James.

— Oui, répondit Holmes. Il me tarde de le rencontrer.

— Je pense que vous devriez l'éviter. »

La voix douce de Henry James pouvait prendre une fermeté frôlant la dureté quand il le décidait. Comme en cet instant.

« Je vous demande pardon ? »

Holmes tapota le foyer de sa pipe contre un cendrier de cristal pour en retirer les cendres.

« Je crois que vous ne devriez pas imposer cette farce à la maisonnée, reprit James. John Hay restera peut-être dans son bureau jusqu'à l'heure du thé. Je suggère que vous boucliez vos bagages et partiez tant que vous le pouvez.

— Et pourquoi ferais-je une chose pareille ? Henry Adams ne sera pas rentré avant la semaine prochaine. J'ai à peine commencé mon enquête concernant le meurtre de sa femme.

— Assez avec ces balivernes ! Clover Adams était affligée d'une nature dépressive. Elle ne s'était jamais remise de la mort de son père. La mélancolie était un trait de caractère familial, comme l'atteste le suicide de son frère Ned. Faire de ce drame un mystère, c'est de la fumisterie. »

Holmes paraissait intéressé par les propos de l'écrivain.

« Qu'en est-il alors de la carte disant "Elle a été assassinée", envoyée tous les ans à…

— Balivernes également. Je ne vous laisserai pas rouvrir de vieilles blessures. Je ne sais pas du tout pourquoi je me suis prêté à vos délires pendant si longtemps. Mais peu importe. Cela doit cesser. Aujourd'hui. Faites vos bagages et allez-vous-en. De mon côté, je trouverai quelque chose à dire aux Hay, à Clarence King et aux autres. Et je partirai à mon tour de bonne heure demain.

— Vous ne me croyez donc plus capable de résoudre ce mystère ? demanda Holmes, bourrant sa pipe avant de la rallumer.

— Je ne crois plus que vous soyez Sherlock Holmes. »

Voilà, songea James. *C'était dit.*

Son interlocuteur leva les yeux, manifestement surpris et l'air encore plus intéressé.

« James, c'est *vous* qui m'avez reconnu – malgré mon déguisement de Sigerson – près du Pont-Neuf.

— Je me suis trompé. Ou peut-être que je vous ai rencontré à la garden-party de Mme O'Connor il y a quatre ans, mais que vous étiez aussi déguisé à cette occasion.

— Déguisé en…

— En Sherlock Holmes. Un personnage de fiction.

— Oh, oh ! Donc, vous êtes maintenant d'accord avec moi pour dire que Sherlock Holmes n'existe pas vraiment ! Qu'est-ce qui vous a fait changer d'avis, James ?

— Ceci. »

L'écrivain tendit le volume brun des *Aventures de Sherlock Holmes*.

« Vous permettez ? » demanda l'homme à la pipe. Il prit délicatement le livre dans ses longs doigts robustes et se mit à le feuilleter. « J'avais entendu dire que l'édition américaine des nouvelles de Watson parues dans le *Strand* devait sortir cette année, mais je ne me doutais pas qu'elle serait publiée si tôt.

— Le mois dernier, précisa James, avant de regretter d'avoir parlé.

— Les illustrations de Sidney Paget sont très bonnes, n'est-ce pas ? »

Holmes avait un ton légèrement amusé.

« Si elles sont censées vous représenter, elles vous flattent, observa James.

— Oh, absolument ! » Holmes retira sa pipe de sa bouche et rit. « Mais voyez-vous, je n'ai jamais rencontré M. Sidney Paget. Et je ne me suis jamais laissé prendre en photo. Paget a utilisé son frère comme modèle pour son "Sherlock Holmes" – si j'ai bien compris. Son frère est un illustrateur encore plus célèbre. D'après Watson, c'était lui que le *Strand* voulait embaucher plutôt que Sidney, mais la lettre est arrivée au mauvais Paget. »

James contempla son interlocuteur d'un regard vide, jusqu'au moment où il ne put plus supporter le silence. La fumée du mauvais tabac le fit tousser avant qu'il ait pu formuler une phrase.

« J'ai acquis la conviction que vous êtes un individu… un individu dérangé… se faisant passer pour le personnage de fiction nommé Sherlock Holmes qui, lui-même, se fait passer pour un faux explorateur du nom de Jan Sigerson.

— Ça alors ! s'écria Holmes, sortant une fois encore sa pipe de sa bouche et souriant largement. Très bien, James. Vraiment très bien. Cette hypothèse est tellement plus sensée que la mienne… selon laquelle je n'existe tout simplement pas à l'extérieur de ces petites… fictions, dit-il en brandissant le livre.

— Vous l'admettez donc ? »

Henry James sentait comme un poids étrange, désagréable et persistant, lui comprimer la poitrine.

« Admettre que je suis dérangé ? Je peux difficilement me défendre de cette accusation. Admettre que je suis quelqu'un d'autre que le personnage peut-être – sans doute – fictionnel de Sherlock Holmes ? Hélas, je ne peux l'avouer, monsieur. Soit je suis le *vrai* Sherlock Holmes, soit j'en suis le simulacre fictionnel. C'est là la triste alternative qui s'offre à moi pour le moment. »

James éprouva un accès de panique. Son interlocuteur était dément. Voire *dangereux* – à l'instant même, il représentait peut-être une menace physique.

« Oh, je ne crois pas être dangereux, reprit Holmes en tirant sur sa pipe. Pas pour vous, du moins, monsieur James. »

C'était comme s'il avait saisi au vol les pensées de l'auteur.

« Comment avez-vous trouvé les... histoires de Watson ? demanda Holmes, refermant le livre et le posant sur la table à côté de James.

— Elles sont grotesques. »

Holmes éclata de rire encore une fois.

« C'est donc aussi votre avis ? Ce pauvre Watson passe un temps fou sur ses chroniques pour satisfaire aux critères littéraires de Conan Doyle, mais je doute que l'un ou l'autre comprenne comment transformer la réalité de mes enquêtes en œuvres d'art. Voyez-vous, James, mes meilleures enquêtes *sont* des œuvres d'art – sans les fioritures fictionnelles et le mélodrame.

— Vous admettez donc que ces nouvelles sont d'une qualité littéraire inférieure. Des historiettes trop tarabiscotées. »

Holmes parut accuser le coup, mais n'en répondit pas moins d'un ton aimable : « Tout à fait, mon vieux. » Il rouvrit le livre. « Je vois que Watson a inclus l'aventure qu'il a intitulée "Les Hêtres-Rouges". Prenons-la comme un exemple de fiasco littéraire, si vous voulez bien ?

— C'est ainsi qu'elle m'est apparue.

— Et pour cause ! Franchement... vous trouvez vraisemblable... » Holmes dut tourner les pages et jeter un coup d'œil à la nouvelle. « Que cette Violette Hunter se présente à notre appartement et accapare notre temps, à Watson et moi, pour nous demander si elle doit accepter un obscur poste de gouvernante à la campagne, aussi étranges qu'aient été les exigences de son employeur ? Vous trouvez vraisemblable que je perde mon temps à écouter cette demande de conseil... conseil inutile puisque, vous l'aurez peut-être remarqué, l'importune avait déjà pris la décision d'accepter le poste ?

— Totalement invraisemblable », acquiesça James.

Le fait d'être d'accord avec Holmes lui procurait une sensation étrange frisant le vertige. À moins que ce ne soit l'inverse.

« Cette "Violette Hunter" – ce n'était pas son vrai nom, évidemment – n'était pas ma cliente.

— Ah bon ? »

James aurait ravalé son exclamation s'il l'avait pu.

« Non. Notre client – la personne qui est venue nous demander de l'aide ce jour froid du début du mois de mars 1886 – était le "M. Fowler" dont fait mention Watson, mais qui n'est jamais directement présenté au lecteur.

— M. Fowler ? répéta James malgré lui. Le fiancé de la recluse Alice Rucastle ? L'homme aperçu dans le miroir ? Celui qui, nous raconte Watson, finit par épouser Mlle Rucastle et s'installe avec elle à l'île Maurice ? »

Holmes sourit, sa pipe à la bouche, d'une manière presque sardonique.

« Lui-même. Bien que "M. Fowler" – je l'appellerai Peter, puisque c'était le prénom de ce gentleman – n'ait pas épousé Mlle Rucastle, une fois celle-ci libérée et entrée en possession de sa fortune, et ne soit pas devenu… comment a dit Watson, déjà ? » Il feuilleta le volume. « Ah, oui… "fonctionnaire du gouvernement à l'île Maurice".

— Cela a-t-il la moindre importance, ou le moindre rapport avec votre incarnation frauduleuse de Sherlock Holmes ?

— Seulement si vous souhaitez comprendre le vaste écart entre la… la *vie* de ce Sherlock Holmes de fiction et ses aventures telles qu'elles sont racontées.

— Je ne vois pas l'utilité de discuter de l'une ou de l'autre », dit Henry James.

Holmes hocha la tête, mais ôta la pipe de sa bouche et se mit à parler lentement et à voix basse.

« Peter… Fowler… est venu nous trouver, le Dr Watson et moi, en mars 1888. Il avait un problème d'ordre domestique, c'est vrai, mais dont j'ai cru à l'époque qu'il comblerait mon besoin de mener un travail de détective. À la fin, voyez-vous, "M. Fowler" – un charmant gentleman londonien – n'a pas épousé Alice Rucastle, ni vécu longtemps heureux auprès d'elle. La vérité… le genre de vérité que Watson fait souvent tant d'efforts pour éviter… c'est qu'Alice Rucastle a lacéré avec les dents la gorge de son ancien fiancé. Elle l'a assassiné.

— Dieu du ciel, dit James dans un souffle.

— M. Fowler était l'heureux fiancé d'Alice Rucastle… un nom choisi par Watson, évidemment… jusqu'au moment où ce qu'il avait décrit comme la "plaisante quoique fréquente inconstance" de sa promise s'était transformée en une grave congestion cérébrale… quoi que ce puisse être. Watson, comme la plupart des médecins de notre époque d'ignorance, ne jure que par les "congestions cérébrales", mais pas un docteur sur mille n'est capable d'en décrire la cause ou le remède.

— Mais Mlle Rucastle… ou quel que soit son vrai nom… en souffrait ? » demanda James.

La faiblesse qui le poussait à écouter des histoires bizarres était presque égale à son penchant pour les écrire.

« Oui… mais c'est son petit frère Édouard qui en est mort, dit Holmes.

— Édouard », répéta James. Il se remémora les phalènes volant autour de la lampe, alors qu'il terminait la lecture du recueil de nouvelles, tard la veille au soir. « Le petit garçon à la tête trop grande et au comportement pervers. L'objet des efforts pédagogiques de Mlle Hunter, dans son rôle de gouvernante. »

Holmes rit encore une fois.

« Mlle Violette Hunter n'a pas été engagée comme gouvernante. Le jeune Édouard avait déjà été tué au moment où M. et Mme Rucastle l'ont embauchée… et ce uniquement pour personnifier leur fille Alice, retenue prisonnière.

— Attendez, dit Henry James, levant une main manucurée. Vous êtes en train de me dire que Violette Hunter savait dès le départ que sa seule tâche serait d'incarner la fille des Rucastle ? La fiancée de M. Fowler ?

— Exactement. » Holmes regarda par la fenêtre l'ombre des feuilles imprimées sur St John de l'autre côté de la rue. « "Violette Hunter" n'était qu'une fille des rues… en public, elle n'aurait pas été capable d'incarner une dame, même pas une modeste gouvernante. M. Jephro Rucastle – qui, d'ailleurs, n'était pas le méchant recréé par Watson, mais allait bientôt connaître lui aussi une mort violente – a annoncé dès le début à la jeune Londonienne qu'elle serait payée trente livres par mois (et non pas par trimestre, comme le dit Watson) pour se faire passer pour Alice : se couper les cheveux comme elle pendant sa terrible maladie, porter sa robe bleue, s'asseoir devant la fenêtre, où Peter Fowler pourrait, de loin, la voir rire, manifestement remise de sa folie.

— Sa *folie* ? répéta James.

— Oh, oui. J'ai oublié de préciser ce petit détail, n'est-ce pas ? C'est la raison pour laquelle Watson dit que je ne devrais jamais écrire le récit de mes aventures. Quand le père d'Alice – c'était son vrai prénom, soit dit en passant – quand son père a compris qu'elle ne recouvrerait jamais la raison, il a écrit à Peter Fowler, en imitant tant bien que mal l'écriture de sa fille, pour rompre les fiançailles. Mais Fowler n'a jamais cru que la lettre venait d'Alice.

— Alice Rucastle était folle ?

— Folle à lier, confirma Holmes, sans la moindre trace de compassion dans la voix. Pendant des années, sa démence, quoique sérieuse, s'était manifestée de manière sournoise. Mais au cours de l'hiver de ses fiançailles avec Peter Fowler – à l'insu de ses parents, qui n'auraient jamais consenti au mariage, la folie étant héréditaire –, elle avait été sujette à des crises de plus en plus sévères, et jusqu'à des accès de violence que les Rucastle avaient décrits à Fowler et au monde comme une "congestion cérébrale".

— Mais M. Fowler aurait certainement compris », dit James.

Il tenta d'imaginer écrire cette histoire, mais n'y parvint pas. Elle était trop sensationnaliste. C'était là le domaine hallucinatoire d'un Wilkie Collins, pas le sien.

« Compris que dans sa folie violente, Alice Rucastle avait tué et en partie dévoré son petit frère de deux ans ? J'en doute.

— Dieu du ciel ! Mais vous étiez au courant de cette… abomination ?

— Dès l'origine. Loin d'être un scélérat cherchant à s'accaparer un héritage, ou quelle que soit l'imbécillité inventée par Watson pour déformer l'histoire, le prétendu Jephro Rucastle – Jethrow Dawkins de son vrai nom – était un père si aimant et indulgent qu'il ne supportait pas l'idée que sa fille Alice – la meurtrière de son seul fils, héritier du nom et du titre de la famille – soit enfermée dans un asile d'aliénés. D'où l'aile verrouillée, la porte barricadée.

— Mais si Mlle Violette Hunter n'a pas découvert ces choses… si elle était déjà au courant de la folie d'Alice, de la raison pour laquelle cette partie de la maison était fermée à clé…

— C'est Peter Fowler, pas la prostituée Violette Hunter, qui a insisté pour attirer les Rucastle en ville ce soir de mars 1886, dit Holmes d'un ton sinistre. Il nous a envoyé un télégramme déclarant son intention de "sauver" sa bien-aimée Alice. Je lui ai aussitôt répondu en lui ordonnant de ne pas s'approcher de Hodgkyss Hall – il n'a pas reçu mon câble, puisqu'il avait déjà quitté son hôtel de Wells –, et Watson et moi avons filé à Wookey Hole aussi vite que possible…

— À Wookey Hole ?

— Oui, bien sûr. Non loin des célèbres grottes, dans le Somerset. "Fowler" était descendu au Wookey Hole Hotel, à Wells. Ceux que Watson nommait les "Rucastle" étaient la célèbre famille Dawkins. Le père d'Alice était Jethrow Dawkins, lord Hodgkyss de Hodgkyss Hall, cousin du vicaire de Wookey et prétendu "héros du Transvaal" pendant la guerre des Boers de 1881.

— Même moi, qui suis américain, j'ai entendu parler de la sorcière de Wookey Hole », dit James.

Sa voix résonna étrangement même à ses propres oreilles. Il avait du mal à croire à ce qu'il venait de dire. Henry James, à l'instar de son frère William et de leur père, avait toujours eu un faible pour les histoires de fantômes.

« La sorcière de Wookey Hole est une stalagmite de calcaire qui fait peur aux touristes depuis le XVIIIe siècle, dit Holmes d'un ton plat. Le vrai monstre de Wookey Hole, c'est Alice Dawkins. Et ça s'est passé il y a sept ans. »

Henry James plissa les yeux.

« Vous avez dit que Peter Fowler avait été assassiné. Dans la nouvelle, il est écrit que M. Rucastle – ce Dawkins, dites-vous – était "mort de mort violente". Il reste encore beaucoup de drames inexpliqués.

— Nous ne sommes arrivés que quelques minutes trop tard, Watson et moi. Fowler avait apporté une grande échelle, risqué la dangereuse traversée du toit de vieilles tuiles dans l'obscurité et s'était glissé par le petit vasistas dans la chambre d'Alice. Elle est sûrement restée assise en silence sur son lit pendant qu'il lui retirait ses menottes et ses chaînes, tout en lui murmurant des mots d'amour. Puis elle l'a attaqué, lui lacérant la gorge avec ses dents et ses ongles. Elle avait commencé à lui dévorer le cœur quand Dawkins, son père, s'est précipité dans la pièce. Par pure coïncidence, la prostituée, qui le suivait de près, portait la robe bleue d'Alice ce soir-là. »

Les yeux écarquillés, James attendit la suite. Bien que tout ça fût sûrement de la pure invention, il avait du mal à respirer.

« M. Dawkins, lord Hodgkyss, avait apporté un pistolet, continua Holmes d'un ton monocorde. Lors d'un entretien que j'avais eu avec lui la semaine précédente, il m'avait avoué qu'il n'aurait jamais le courage de l'utiliser contre sa fille, quels que soient les actes abominables qu'elle pût commettre. Il disait vrai. Alors que Watson et moi courions dans le couloir pour les rejoindre, Dawkins a posé le pistolet contre sa tempe et appuyé sur la détente.

— Et Mlle Violette Hunter ? demanda James. La fausse gouvernante ?

— Folle, répondit Sherlock Holmes. Elle s'est mise à hurler en découvrant ce qui se passait dans la chambre d'Alice Dawkins et n'a plus cessé de hurler depuis. C'est lady Hodgkyss qui paie l'asile où elle est internée.

— Et Carlo ?

— Carlo ?

— Dans "Les Hêtres-Rouges", Watson parle de Carlo, le grand dogue qui surveillait le domaine la nuit, et qui avait déchiré la gorge de M. Rucastle à la fin. »

Holmes eut un petit sourire.

« Il y avait bien un dogue à Hodgkyss Hall. Il s'appelait Barney, il avait quinze ans et, s'il avait croisé le chemin d'un cambrioleur la nuit, il se serait roulé sur le dos pour se faire gratouiller le ventre. La seule infamie jamais commise par Barney, d'après ce que Jethrow Dawkins nous avait raconté, à Watson et à moi, trois jours avant sa mort, avait été de grignoter, par jeu, un des animaux en peluche de lady Hodgkyss.

— Mais dans "Les Hêtres-Rouges", Watson écrit qu'il avait dû sortir son revolver de service et, selon son expression, lui "brûler la cervelle", dit James d'une voix tendue.

— C'était le revolver de M. Dawkins, et c'est moi qui en ai fait usage. Alice Dawkins était occupée à dévorer son père quand j'ai ramassé le revolver et lui ai explosé la cervelle. »

Les deux hommes demeurèrent silencieux pendant plusieurs minutes.

Enfin Sherlock Holmes – ou l'homme prétendant être le Sherlock Holmes imaginaire – reprit la parole.

« Je crois comprendre pourquoi Watson s'est senti obligé de raconter l'affaire de Wookey Hole… qu'il a intitulée "Les Hêtres-Rouges". Elle le hantait. Perturbait son sommeil. C'est dans la nature du Dr Watson d'essayer d'adapter les événements pour en faire des histoires simples où s'affrontent le bien et le mal. Mais si j'avais été à sa place, j'aurais passé toute cette aventure sous silence. »

Henry James regarda son interlocuteur dans les yeux.

« Vous vous rendez compte, bien sûr, que tout ce que vous venez de me raconter semble absolument démentiel.

— Parfaitement », concéda Holmes. Le détective consulta sa montre. « John Hay a prévenu qu'un déjeuner léger serait servi dans le jardin d'hiver à midi et nous a enjoints à commencer même s'il était encore occupé. Vous m'accompagnez, monsieur James ?

— J'attendrai plutôt le thé avec Clarence King et le dîner avec l'émissaire norvégien, monsieur Holmes. »

Sans un mot de plus, il retourna dans sa chambre et s'allongea sur le dessus-de-lit d'un blanc immaculé.

16

L'horloge sonnait cinq heures quand Clarence King arriva chez les Hay. C'était un homme corpulent de cinquante et un ans, qui n'avait plus le physique athlétique de sa jeunesse. Coiffé d'un grand béret, il portait une veste et des knickers en velours côtelé élimé avec de hautes chaussettes de laine.

« Votre vieux costume de voyage européen ! s'écria John Hay, prenant la main de son visiteur entre les siennes. Vous repartez à l'étranger ?

— Non, à moins que vous ne considériez le Mexique comme “l'étranger”, répondit King en riant, d'une voix que Henry James jugea aussi veloutée que son costume – et aussi fatiguée. Je me trouve de passage à Washington sans rien d'autre à me mettre sur le dos, et je savais que mes plus vieux amis ne me tiendraient pas rigueur de ma tenue. Considérez qu'il s'agit d'un hommage tardif à saint Patrick.

— Vous auriez été le bienvenu dans cette maison même avec votre pantalon de cow-boy et vos chaps, Clarence », dit Hay.

King retira d'un geste vif son immense béret pour le tendre au domestique qui attendait. James remarqua que le front de Clarence King s'était beaucoup dégarni depuis la dernière fois qu'il l'avait vu, et que des cheveux gris avaient remplacé ses anciennes longues boucles blondes. King portait encore la barbe bien taillée à la Ulysses Grant depuis longtemps passée de mode chez les jeunes gens. Entre le costume de velours côtelé, la barbe et l'embonpoint, l'explorateur n'était pas sans rappeler les portraits de Henry VIII. Une remarque, songea soudain James, que d'autres s'étaient sûrement déjà faite *le* concernant.

James regarda Clara Hay étreindre et embrasser le vieil ami de la famille avec un enthousiasme de jeune fille qui ne lui ressemblait pas.

« Très chère Clara ! s'écria King. Vous demeurez le plus fidèle et le plus éclatant rayon de soleil dans la sombre vie d'un vieil homme. Comme vous le savez bien, à cause de vous, j'ai perdu tout intérêt pour les autres représentantes de votre sexe, dit-il, jetant un coup d'œil malicieux à John Hay. Je suis voué à rester célibataire pendant le peu de temps qu'il me reste à vivre et n'attends plus que la crémation, ma seule perspective de connaître une expérience nouvelle.

— Ooooh ! s'exclama Clara Hay, tapotant la manche en velours de King.

— Harry, ma parole ! s'exclama King, serrant la main de Henry James avec animation. De la bande, Adams était jusqu'ici en tête de notre course à la calvitie, mais je vois que vous et moi tenons la corde. Qu'est-ce qui vous a fait sortir du brouillard londonien pour rentrer aux États-Unis ?

— D'abord et avant tout, cette chance de revoir de vieux amis, répondit doucement James, retirant sa main et résistant au désir de la frictionner pour refaire circuler le sang. Permettez-moi de vous présenter un compagnon de voyage… M. Jan Sigerson. Monsieur Sigerson, voici l'original et inimitable Clarence King. »

King lui serra la main, puis recula d'un pas dans la vaste entrée, comme pour mieux l'inspecter.

« Sigerson. *Jan Sigerson* ? L'explorateur norvégien ? Celui-là même qui, il y a deux ans, s'est aventuré plus loin dans l'Himalaya qu'aucun homme blanc avant lui ? »

Holmes hocha la tête humblement.

« Parbleu, monsieur, dit King d'un ton tonitruant, c'est un honneur et un plaisir de vous rencontrer. J'ai un millier de questions à vous poser à propos de l'Himalaya et du Pays interdit où vous avez réussi à entrer. Alors que je gaspillais ma jeunesse à gravir les taupinières de ce continent, vous, monsieur, exploriez les *vraies* montagnes.

— Seulement par les cols les plus modestes, monsieur King », répondit Holmes avec son léger accent norvégien. Sa moustache sombre paraissait plus fournie ce soir, et James se demanda s'il y avait fait quelque chose. « Et encore, je m'y suis rendu à dos de poney.

— Entrez dans le salon, King », proposa John Hay, manifestement ravi de voir son ami.

Mais James remarqua autre chose chez leur hôte… de l'embarras devant l'accoutrement du visiteur ? Quelque affaire en cours et probablement indicible entre eux ? Une dette, peut-être ? Aussi corpulent et rougeaud que paraisse King au premier regard, une inspection plus attentive suggérait qu'il avait récemment souffert de maladie… peut-être d'une maladie grave.

« C'est l'heure du thé ! » s'exclama Clara Hay.

Clarence King eut un sourire presque triste.

« Ah, ça me rappelle le bon vieux temps, Clara. John qui quittait le département d'État de bonne heure – préférant abandonner la nation à son triste sort plutôt que de rater le thé de cinq heures. Et Adams, qui passait un front pâle hors de son bureau à cinq heures précises – rien d'autre n'aurait pu le détacher de ses vieux livres verts auxquels il était attaché comme une lamproie. Et Clover… Clover qui riait et nous entraînait dans la pièce où les petits fauteuils de cuir rouge nous attendaient près de la cheminée. »

Semblant remarquer l'effet produit sur son auditoire par cet éloge funèbre, King adopta aussitôt un ton et une expression plus gais.

« En fait, John, j'espérais que nous pourrions exceptionnellement troquer le thé contre votre xérès cet après-midi.

— Vos désirs sont des ordres, répondit Hay, entourant King de son bras pour l'entraîner vers le salon. Vos désirs sont des ordres. »

* * *

Alors qu'il sirotait son thé – il préférait attendre un peu pour le xérès – Henry James se remémora à quel point les Cinq de Cœur étaient de petite taille. Avec son mètre soixante-dix, Clarence King était le plus grand du groupe.

Après un moment de bavardage amical – Hay se demandant si Clarence King était en partance pour quelque mine de diamants dans les Andes ou une mine d'or dans les Rocheuses de l'Alaska (ce à quoi l'autre répondit : « Ni l'une ni l'autre ! Une mine d'argent au Mexique !) –, King interrogea Holmes sur les sommets de l'Himalaya. Holmes répondit, quoique de manière évasive, puis les deux hommes se lancèrent dans une discussion sérieuse sur l'exploration. James attendait l'inévitable révélation que Sherlock Holmes était incapable de faire la différence entre un sommet himalayen et une colline du Herefordshire.

« J'ai lu votre livre, dit le prétendu Jan Sigerson d'un ton presque timide à King. *Escalader dans la sierra Nevada*. Il m'a beaucoup plu.

— Ce vieux bouquin ! dit King en riant. Il date de plus de vingt ans. Il est complètement dépassé. Et la moitié des chapitres concernent ma période pléistocène précoce, autour de l'été et de l'automne 1864. Mais dites-moi, monsieur Sigerson… avez-vous apprécié la partie où j'ai décrit la conquête du mont Whitney ? »

Sherlock Holmes se contenta de sourire.

« Allons, Clarence…, intervint John Hay.

— J'ai consacré deux chapitres à décrire mon ascension du mont Tyndall, tonna King. La moitié du livre à raconter mes courses sur d'autres sommets de la région de Yosemite. Mais deux propositions subordonnées m'ont suffi à évoquer mon triomphe au sommet de l'imposant mont Whitney.

— Tous les pics ne sont pas accessibles à la première tentative », dit doucement Holmes.

King rit et hocha la tête. Il précisa à l'intention de Henry James : « Voici mes deux propositions subordonnées : "Après avoir tenté, sans succès malgré mes efforts, de gravir le mont Whitney, et étant retourné dans les plaines…" »

Le fait d'être le seul à rire dans la pièce ne semblait pas diminuer la gaieté de King. En le regardant attentivement, James vit pourtant qu'il était habité par une profonde amertume – un sentiment issu de l'intérieur de son être, telle l'humidité décrite par Charles Dickens, montant des tombes sous une vieille église, au point de faire frissonner de froid tous les paroissiens.

« Alors que j'étais jeune, en bonne forme physique, bien équipé et désireux d'accomplir de grandes choses, reprit King, non seulement je n'ai pas réussi à gravir plus de cent vingt mètres lors de ma première tentative, mais à la deuxième, *je me suis trompé de montagne*. Dans l'effort de l'ascension, je suis passé à côté d'une montagne entière… une montagne de 4 200 mètres de haut.

— Mais vous avez fini par y retourner et vaincre le sommet, dit gentiment John Hay.

— Oui, mais d'autres ascensionnistes m'avaient précédé. Alors que c'était moi qui avais nommé cette montagne !

— Votre nom a été donné à une autre, fit remarquer Holmes. Mount Clarence King… au nord-ouest du mont Whitney dans la sierra Nevada, je crois.

— Dans notre groupe d'explorateurs, nous aimions bien baptiser les pics du nom les uns des autres, dit King, tendant son verre pour que le domestique puisse le remplir de xérès. Il s'appelle "Mount Clarence King" parce qu'il existait déjà un sommet dans la région portant le nom du prédicateur Thomas Starr King. Ma montagne culmine à 3 933 mètres. Je fais toujours figure d'avorton, allez savoir pourquoi. Quelle était l'altitude de ce col que vous avez franchi pour aller du Sikkim au Tibet, monsieur Sigerson ?

— Le Jelep La ? 4 267 mètres », répondit Holmes.

King se mit alors à interroger Sigerson/Holmes sur sa pratique de l'alpinisme ; ce fut un feu roulant de questions. Holmes répondit promptement et succinctement à chacune, prouvant qu'il comprenait au moins les termes. À un moment, quand il l'interrogea à son tour, Clarence King rit et avoua qu'il avait passé les deux dernières décennies à creuser dans et sous les montagnes, pas à les gravir. James ne put que noter les mots mystérieux qui remplissaient l'air : relais, méthodes d'assurage, rappel, cordes de rappel, ancrages hauts et bas, ramonage, nœuds autobloquants, dévissage… James était perdu, mais Holmes donnait l'impression de tout saisir.

Enfin, Clarence King soupira.

« Eh bien, je laisse les montagnes à la jeune génération de grimpeurs. L'époque où j'avais ma place dans la cordée est révolue, hélas. »

Au lieu de laisser cette dernière remarque assombrir l'humeur générale, John Hay dit à King : « Je suis sûr qu'Adams sera terriblement navré de vous avoir manqué.

— J'espère bien, marmonna King en tendant de nouveau son verre.

— Vous devriez raconter à nos autres invités comment vous vous êtes rencontrés tous les deux », ajouta Hay.

L'espace d'une minute, Clarence King parut se demander si l'histoire valait la peine d'être contée, puis il vida son verre de xérès et se tourna vers Holmes.

« Vous n'avez pas encore fait la connaissance d'Adams, n'est-ce pas, monsieur ?

— Je n'ai pas eu cette chance, en effet. »

King grommela.

« Il y a très longtemps, en 1867, comme je ne trouvais pas de travail honnête – et que je n'étais pas très désireux de le faire – j'ai convaincu le Congrès de créer une mission d'études du quarantième parallèle et de m'en nommer responsable. En 1873, j'étais en route pour Long's Peak dans le territoire du Colorado, pour rejoindre l'un de mes collègues, un certain Arnold Hague… Êtes-vous familier de Long's Peak, monsieur Sigerson ?

— Non, répondit Holmes.

— C'est l'un des fameux sommets américains de plus de 4 000 mètres… 4 295 mètres, si mes souvenirs sont exacts… qui porte le nom du lieutenant Long, de l'expédition de Zebulon Pike. Il se trouve au point le plus oriental de la chaîne des montagnes Rocheuses. Ce qui n'est d'aucune utilité à mon histoire… »

James sourit. Il avait presque oublié que Clarence King possédait la faculté de laisser son récit serpenter tel un ruisseau de montagne sans impatienter son auditoire. James s'était souvent demandé pourquoi ce don trouvait rarement sa traduction dans la page écrite.

« Bref, ayant seulement atteint la vallée d'Estes Park au coucher du soleil ce soir-là, je me suis arrêté dans un petit refuge pour y passer la nuit. Il disposait d'un lit, mais pas d'un poêle, et la nuit était froide. Je frissonnais sous toutes les couvertures que j'avais apportées, quand j'ai entendu un bruit dehors. Je suis sorti avec une lanterne et j'ai vu… M. Henry Adams, monté sur une mule. Je ne sais pas lequel des deux, de lui ou de sa monture, paraissait le plus soulagé d'avoir trouvé un habitat humain.

» Henry venait de terminer sa première année en tant que professeur assistant d'histoire à Harvard et s'intéressait depuis peu à la géologie, après avoir écrit un article sur le géologue britannique Charles Lyell pour la *North American Review*. Un ami lui avait suggéré d'aller passer l'été dans l'Ouest pour voir le travail de notre mission d'étude, et c'est ce qu'il avait fait. Il s'imaginait, je suppose, que notre travail topographique comprenait de la géologie. Il se trouve qu'Adams avait connu Arnold Hague à Boston, et qu'il traînait dans son campement de Long's Peak, quand il avait décidé de monter sur un mulet pour partir en exploration. Évidemment, il s'était perdu, mais il avait eu la bonne idée de lâcher la bride à la mule… S'il existe un moyen sûr de trouver de la nourriture et la civilisation, c'est de laisser faire une mule affamée. Et c'est ainsi qu'il est arrivé devant mon petit refuge d'Estes Park vers dix heures du soir. »

À ce moment, Clarence King sourit, et James s'aperçut que John et Clara Hay souriaient aussi, anticipant la chute de la petite histoire.

« J'avais déjà croisé Henry à l'occasion. Une fois à Washington et une autre à Cheyenne, une semaine plus tôt. Mais je ne le connaissais pas assez pour mériter l'étreinte géante dont il m'a gratifié quand il a mis pied à terre. Il avait faim et devait commencer à s'inquiéter. Bien qu'on soit en août, la nuit était glaciale – il arrive qu'il neige à Estes Park en cette saison. Après avoir partagé quelques haricots froids, nous nous sommes donc glissés tout habillés dans l'unique lit du cabanon, et nous avons parlé presque jusqu'à l'aube. Depuis ce jour, nous sommes amis intimes.

— Adams sera tellement désolé de ne pas vous voir, répéta John Hay.

— Hélas, je dois me rendre à cette mine d'argent au Mexique ou retourner chercher de l'or dans les sierras, si je veux offrir la compagnie d'un Constable à mes Turner. »

John Hay sourit à Holmes.

« Harry connaît cette histoire, mais elle vaut la peine d'être répétée. Il y a quelques années, Clarence était en Angleterre, où il achetait des œuvres d'art – entre autres choses –, et Ruskin vendait deux magnifiques Turner. Lorsqu'il a demandé à King lequel il voulait, Clarence a acheté les deux, disant : "Un beau Turner en mérite un autre". »

King sourit tristement.

« À cette époque, je m'achetais des Turner. Aujourd'hui, j'en suis réduit à me présenter au dîner chez mes meilleurs amis dans un vieux costume de voyage en velours côtelé. Comme dit le capitaine Achab avant que Moby Dick ne fasse chavirer le *Pequod*, "c'est ainsi que je rends les armes" ».

Quand Holmes leva un sourcil curieux, John Hay expliqua :

« C'est un roman sorti il y a plus de quarante ans, et passé relativement inaperçu des lecteurs et des critiques, mais Clover nous l'avait recommandé, et nous tous, membres des Cinq de Cœur, l'avons aimé et y faisions souvent allusion. C'est l'histoire d'Achab, le capitaine d'un baleinier qui devient obsédé par une baleine blanche qui lui a pris ses jambes des années plus tôt.

— L'attitude d'Achab à l'égard de cette baleine est devenue mon attitude à l'égard de la vie en général, dit Clarence King.

— Quelle attitude ? demanda Henry James.

—... "je suis aux prises avec toi jusqu'au dernier instant, du cœur de l'enfer je te frappe, au nom de la haine je crache contre toi mon dernier souffle" », récita King, adoucissant la violence de la déclaration par un doux sourire enfantin.

Clara Hay, qui avait quitté le salon quelques minutes plus tôt, revint alors, affichant un sourire radieux.

« L'émissaire Helmer Halvorsen Vollebæk, Mme Vollebæk et leur fille sont arrivés. Il fait chaud et on étouffe ici, alors pourquoi n'emporterions-nous pas nos verres dans le jardin d'hiver ? Le cuisinier m'assure que le dîner sera près dans moins d'une heure. »

17

Henry James avait connu une vieille duchesse à la perversité sans égale. Quand elle rentrait à Londres pour la saison mondaine, après avoir passé quelques mois à Venise, elle avait l'habitude de donner un dîner digne des Borgia. Convié à l'un de ces autodafés, afin de compléter le contingent de célibataires à table (et peut-être aussi pour jouer le rôle d'observateur des cruels rites sacrificiels qui allaient être pratiqués ce soir-là), James y avait assisté par pure curiosité, bien qu'il eût été prévenu depuis longtemps de la méchanceté de la duchesse. Le « tour d'écrou mondain » – selon l'image qui lui était venue – consistait en la réunion de cinq couples, dont quatre des femmes avaient une liaison illicite avec pas moins de cinq des messieurs présents. Parmi les invités figuraient en outre quelques célibataires, des hommes, ainsi que cinq jeunes femmes, qui toutes (comme le savait fort bien la duchesse) avaient (ou avaient eu) une aventure désastreuse avec certains des convives.

Si la tension planait sur ce dîner, Henry James s'aperçut qu'il était beaucoup plus nerveux en ce dimanche 26 mars où les Hay – sans doute le couple le moins malveillant qu'il eût jamais rencontré – recevaient leur vieil ami Harry, M. Sigerson, Clarence King et l'émissaire norvégien accompagné de sa femme et de leur fille.

M. Helmer Halvorsen Vollebæk n'était pas l'ambassadeur du royaume de Scandinavie aux États-Unis, pour la seule raison que le roi Oskar II préférait avoir en permanence deux représentants à Washington – l'un pour la Suède, l'autre pour la Norvège, nominalement unies, mais encore fières de leurs origines distinctes. Pour l'heure, l'émissaire suédois était l'ambassadeur officiel du roi. Dans deux ans, ce serait le tour de M. Vollebæk.

James lui donna dans les soixante ans, mais sa femme, Linnea – s'il avait bien saisi le prénom pendant les présentations – devait avoir vingt ans de moins. Leur fille Oda, qui frôlait la vingtaine, passait pour la débutante la plus recherchée du quartier des ambassades. Tous trois parlaient couramment anglais.

Quand “Sigerson” fut présenté à M. Vollebæk, James fut déçu – ou peut-être soulagé, il avait du mal à interpréter ses émotions sur l'instant –, de voir les deux hommes s'incliner de concert en claquant les talons, mais se saluer en anglais.

La conversation s'engagea facilement, John et Clara Hay maîtrisant l'art de faire participer tous les convives. Les Vollebæk se dirent impressionnés par le faste de l'investiture de Grover Cleveland, quelques semaines plus tôt, et impatients d'aller visiter l'Exposition universelle de Chicago, en mai, avant de rentrer en Norvège pour l'été. Mlle Vollebæk, de son côté, semblait avoir bien profité des nombreux bals organisés en ville à l'occasion de l'investiture.

« Oda est à un âge où tous les bals sont des occasions de rencontrer des jeunes gens à marier, dit Mme Vollebæk, avec son doux accent scandinave.

— Maman ! se récria Oda en piquant un fard.

— Eh bien, c'est la vérité, non ? » commenta son père en riant. L'émissaire Vollebæk s'essuya délicatement les lèvres avec sa serviette. « Ma petite fille se trouvera bientôt un mari. »

Alors qu'Oda rougissait de plus belle, Clara Hay sourit et dit : « Eh bien, nous avons à cette table deux des célibataires les plus convoités d'Amérique, excellence. »

Comme M. Vollebæk haussait un sourcil en signe d'interrogation polie, Clara poursuivit : « M. James et M. King sont considérés depuis longtemps par les jeunes filles comme des trophées à conquérir.

— Est-ce vrai, monsieur James ? Monsieur King ? » demanda Mme Vollebæk d'un ton qui semblait intéressé.

Henry James détestait la tournure prise par la conversation. Il avait toujours détesté qu'on le taquine sur le sujet. Ça l'agaçait depuis des années, mais au moins connaissait-il sa réplique par cœur.

Esquissant un sourire, il inclina très légèrement la tête, comme s'il était adoubé par la reine.

« Hélas ! Je frise la cinquantaine, et à cet âge, un célibataire est moins “convoité” qu'“endurci”. Il paraît presque certain désormais que le seul mariage que je connaîtrai dans cette vie est celui qui m'unit à mon art. »

En voyant une lueur de confusion dans les jolis yeux de Mme Vollebæk, il s'expliqua : « Je parlais de mes écrits, puisque je ne suis qu'un pauvre scribouillard et dramaturge.

— M. James, comme je crois vous l'avoir expliqué, mes chéries, est un des plus grands écrivains américains vivants », dit M. Vollebæk.

James inclina de nouveau la tête, en réponse au compliment, et sourit.

« À en juger par les ventes de mes livres ces dernières années, mon éditeur – et même mon lectorat, hélas – risquerait de ne pas être d'accord avec vous, monsieur. Mais je vous remercie pour vos paroles généreuses.

— Et vous, monsieur King ? » demanda Mme Vollebæk, se penchant pour mieux voir l'explorateur. L'épouse du diplomate était encore assez jeune pour paraître séduisante quand elle prenait cet air aguicheur. « Êtes-vous également marié à votre profession ? »

Clarence King leva son verre de vin.

« Pas le moins du monde, madame. Mon problème, c'est qu'on ne cesse de me présenter les plus ravissantes jeunes femmes de New York, de Boston et de Washington – parmi lesquelles figure, bien sûr, votre belle Oda… » King leva plus haut son verre et but, tandis que la pauvre Mlle Vollebæk se remettait à rougir intensément. « Mais, comme le dit si bien notre ami Henry, hélas… toutes les beautés américaines, anglaises… et norvégiennes… ont le teint merveilleusement pâle, alors qu'une étrange inclination de ma nature fait des femmes des mers du Sud l'incarnation et le summum de la beauté féminine à mes yeux. »

John Hay se mit à rire et la plupart des convives l'imitèrent.

« Êtes-vous allé dans les mers du Sud, monsieur King ? demanda Mme Vollebæk.

— Hélas, non, répondit King avec un sourire malicieux. Mais Henry Adams et John La Farge ont passé deux ans à voyager d'île en île dans le Pacifique, et m'ont envoyé de longues lettres décrivant la beauté brune des femmes de là-bas. »

Il vida son verre.

John Hay fit signe à un domestique, et tous les verres furent aussitôt remplis.

« Clarence est allé à Cuba et dans les Caraïbes, dit-il.

— Et au Mexique, en Amérique centrale et un peu plus au sud, et pourtant… hélas… »

Il baissa la tête en feignant la défaite.

« À M. King, pour qu'il trouve enfin sa beauté brune », déclara la jeune Oda en levant son verre.

Une fois qu'ils eurent tous ri de bon cœur, ils burent à la santé de King.

Les entrées furent servies. James se sentait agité, et l'attente de voir « Jan Sigerson » démasqué lui coupait l'appétit. Il s'aperçut aussi qu'il tendait son verre de vin bien plus souvent qu'il n'en avait l'habitude au dîner.

L'attention générale se concentra de nouveau sur Clarence King, et les hommes – ainsi que Clara Hay – se relayèrent pour tenter d'expliquer à Mme Vollebæk et à sa fille la grande escroquerie aux diamants de 1872 (et le rôle de héros qu'avait joué King dans l'épisode). M. Vollebæk n'avait pas besoin de cours de rattrapage, puisque son oncle, à New York à l'époque, avait été très tenté d'investir dans la « miraculeuse montagne de diamants » de l'ouest du Colorado. King avait réussi à localiser ladite montagne et à prouver que l'affaire était une mystification ; les diamants, rubis et autres pierres précieuses qui y avaient été découverts étaient certes des vrais – et il y en avait pour l'équivalent de 30 000 dollars –, mais ils étaient de mauvaise qualité et achetés à Londres par les hommes qui les avaient ensuite « plantés » dans la mesa. Clarence King avait évité à l'oncle Halvard – ainsi qu'à des dizaines d'investisseurs potentiels – de perdre leur chemise dans l'escroquerie.

« Mais M. Tiffany, de New York, n'avait-il pas certifié que les diamants trouvés dans la montagne valaient des fortunes ? demanda Mme Vollebæk.

— Si, acquiesça King. Mais le joaillier et ses associés n'y connaissaient rien en pierres non taillées.

— Quand vous avez trouvé la montagne, monsieur King, s'enquit Mlle Vollenbæk avec son délicieux accent, qu'est-ce qui… comment dit-on en anglais ?… qu'est-ce qui vous a mis la puce à l'oreille à propos des pierres ? »

King partit d'un tel éclat de rire que les autres l'imitèrent sans raison.

« Ma chère mademoiselle, le jour où nous sommes arrivés à la prétendue "montagne de diamants", au début du mois de novembre, il faisait si froid que notre whiskey avait gelé dans les bouteilles. Nous sommes descendus de nos mules sur une bande de grès ferrugineux d'environ trente mètres de long, et nous ne pouvions pas poser la semelle de nos bottes par terre sans déplacer un diamant ou une autre pierre précieuse.

» Au début, nous ne savions plus où donner de la tête : nous courions partout comme des gamins à Noël en ramassant des pierres à toute vitesse. Puis ma formation scientifique a repris le dessus. Je me suis aperçu que les précieux cailloux ne se trouvaient jamais dans des endroits où la terre n'avait pas été retournée. Nous découvrions, par exemple, des rubis dans des fourmilières, mais seulement dans celles pourvues de deux trous – l'un par lequel les fourmis entraient et sortaient, et un autre, plus petit, de l'autre côté. J'ai aussitôt compris que quelqu'un avait poussé les rubis dedans avec un bâton.

» On ne trouve jamais de diamants, de rubis et d'autres pierres précieuses en telle quantité en un même lieu. Et pour le prouver à tous ceux qui, à San Francisco et ailleurs, étaient si impatients d'acheter des parts de la compagnie minière frauduleuse fondée par les escrocs, mes amis et moi avons passé deux jours à creuser une tranchée de un mètre de long et de trois mètres de profondeur au fond d'un ravin où – s'il s'était véritablement agi d'une “montagne de diamants” – on aurait dû en trouver des centaines sous la surface. Or il n'y avait… rien. »

John Hay leva son verre de vin à deux mains.

« Et c'est ainsi que le jeune Clarence King passa les trois jours et trois nuits suivants en route pour San Francisco, non seulement pour éviter que des investisseurs perdent des millions, mais aussi pour empêcher les spéculateurs de se faire beaucoup d'argent en pratiquant des ventes de parts à découvert. » Hay leva son verre. « Buvons à un honnête homme !

— À un honnête homme ! » répétèrent les autres en l'imitant.

Même sous son bronzage, on voyait que King rougissait.

« À présent, dit Son Excellence l'émissaire Vollebæk, une fois le plat de résistance servi, je vais vous demander à tous d'excuser ma grossièreté, mais j'aimerais m'adresser à mon compatriote, M. Sigerson, dans notre langue maternelle.

— Faites donc ! » s'écria Hay.

Henry James reposa son verre et s'aperçut que sa main tremblait.

* * *

M. Vollebæk se pencha vers Sigerson/Holmes et lâcha une volée de norvégien mélodieux. « Sigerson » parut sur le point de parler, puis s'abstint. Vollebæk ajouta alors un autre paragraphe.

Sherlock Holmes resta encore silencieux.

Le cœur de James battait comme s'il voulait s'échapper de sa cage thoracique. Dans quelques secondes, tout le monde saurait que l'homme qu'il avait introduit dans le cercle familial de ses chers amis les Hay était un imposteur, et il apparaîtrait tout aussi évident *qu'il était au courant de l'imposture.*

Mais serait-ce vraiment si évident ? James considéra ce moment de suspense comme s'il s'agissait d'une scène d'un de ses romans ou d'une de ses nouvelles. Comment son « personnage » devrait-il réagir à la révélation imminente – une escroquerie bien plus dommageable aux personnes autour de cette table que ne l'avait été celle des diamants de King ? James pourrait feindre la surprise et la colère, que les autres ne manqueraient pas de ressentir – en particulier John et Clara.

Mais Holmes risquait de tout révéler – et de dévoiler la complicité de James. L'écrivain devrait alors choisir entre traiter « Sigerson » de menteur... rendez-vous à l'aube pour régler ça au pistolet !... ou présenter ses plates excuses avec la dignité qui lui resterait, annoncer qu'il quittait Washington le soir même et prendre congé après avoir adressé à tous un salut contrit.

James fut saisi de nausée. Il était sûr que Holmes justifierait leur stratagème par sa volonté de résoudre le « mystère » du suicide de Clover Adams, ce qui ne manquerait pas de provoquer un nouveau séisme chez les Hay. (Et encore, ce ne serait rien comparé au sentiment de trahison qu'éprouverait Henry Adams lorsqu'il serait mis au courant à son retour la semaine suivante. La mort de Clover avait causé un tel traumatisme à son ami historien qu'il n'avait jamais mentionné la date ou les détails du drame depuis qu'il s'était produit sept ans plus tôt.)

Sous l'effet de la nausée et de l'excès de vin, la table et les convives silencieux lui semblaient monter et descendre devant lui. Il posa les deux mains à plat sur la nappe blanche et appuya fort pour tenter de calmer son vertige.

Puis Holmes/Sigerson se mit à parler.

* * *

Aux oreilles de James, ça *sonnait* norvégien. Et si Holmes commença par parler lentement, son débit s'accéléra jusqu'à devenir un torrent. Quand il marqua une pause, M. Vollebæk lui posa une rapide question dans un norvégien qui l'était tout autant, et « Sigerson » répondit à la même cadence – en de longs paragraphes que Sherlock Holmes n'aurait pas pu apprendre en quelques brèves leçons.

James observa Mme Vollebæk et sa fille, mais leurs visages ne montraient que de l'intérêt, pas d'étonnement ni d'incrédulité.

L'émissaire Vollebæk parut poser une autre question. L'explorateur norvégien – Sherlock Holmes – rit, et répondit dans la langue rapide et fluide du pays prétendument natal de Jan Sigerson.

En tant qu'écrivain, Henry James se sentait souvent – le plus souvent, à la vérité – détaché des événements et des conversations qui se déroulaient autour de lui. Et s'il s'efforçait d'être un homme à qui rien n'échappait, le monde lui apparaissait souvent plus comme un modèle pour la fiction qu'une scène à habiter. Ce dimanche soir de mars, il eut même le sentiment d'être sorti de son corps et de flotter au-dessus de la table, tel un fantôme observant les vivants qui s'exprimaient dans une langue indéchiffrable. Ou tel un spectateur au théâtre, peut-être – comme lui quand il regardait une troupe répéter ou jouer les tirades de sa pièce *L'Américain*. Il était alors détaché, critique, peu convaincu, mais curieusement enchanté.

Sauf qu'en cet instant, il se sentait convaincu et horrifié.

L'émissaire Helmer Halvorsen Vollebæk se tourna vers les Hay, King et James.

« Une fois encore, je vous prie d'excuser cette impolitesse, et je vous remercie pour votre patience et votre bienveillante indulgence. Mais parler à M. Sigerson dans notre langue m'a persuadé d'une chose que j'avais seulement devinée avant de l'entendre s'exprimer… la réalité n'est pas exactement telle qu'elle a été présentée, s'agissant de M. Sigerson. »

James en eut le souffle coupé. La tentative de Holmes de parler norvégien n'avait donc pas été convaincante. Comment aurait-il pu en être autrement ? Un Anglais ne peut pas abuser de la sorte un Norvégien. James avait seulement été désorienté par la tentative osée de Holmes.

« … nous avions lu et entendu dire que M. Sigerson était un explorateur norvégien, poursuivit Helmer Halvorsen Vollebæk d'un ton contrit. Mais après avoir parlé avec lui pendant quelques minutes seulement, ma famille et moi nous sommes rendu compte que M. Sigerson est sans doute l'explorateur vivant le plus éminent de notre pays. Les journaux londoniens et américains avaient évoqué les… expéditions de M. Sigerson dans certaines chaînes de montagnes en Inde, mais nous ne mesurions pas à quel point ses explorations au Tibet de ces deux dernières années étaient uniques et spectaculaires. De plus, M. Sigerson est comme moi originaire de Løiten, une toute petite ville du comté de Hedmark – elle ne compte pas plus de cent habitants – et il a connu mon cousin Knut, qui vit toujours là-bas. »

Holmes dit quelques mots en norvégien.

M. Vollebæk rit.

« Ah, oui, et ma tante Oda, dont nous avons donné le prénom à notre fille.

— Quelle incroyable coïncidence, observa John Hay.

— “Le monde est petit”, comme je le dis toujours », renchérit Clara.

James craignit d'être en pleine crise cardiaque. Il avait la poitrine si oppressée qu'il dut se *forcer* à inspirer et expirer.

« J'ai interrogé M. Sigerson sur son nom de famille, poursuivit Vollebæk, puisque “Sigerson” n'est pas un patronyme courant en Norvège, du moins pas avec cette orthographe. Comme je le supposais et comme il me l'a confirmé, sa famille s'appelait Sigurdson, mais son grand-père avait épousé une Allemande et vécu de longues années en Angleterre. L'orthographe avait été changée par commodité à cette période et jamais retransformée. »

Le cerveau de Henry James était en ébullition. Manifestement, « Jan Sigerson » – ou « Sigurdson » – n'était pas le détective privé incarnant un explorateur norvégien, mais un Norvégien authentique, explorateur authentique, qui – pour des raisons sans doute folles – prétendait être le personnage – sûrement – fictionnel connu sous le nom de Sherlock Holmes.

Si c'est le cas, à qui ai-je été présenté il y a trois ans à la réception de charité de Mme O'Connor ?

L'hypothèse la plus logique – la seule hypothèse logique – était qu'il s'agissait de Jan Sigerson, réalisant son fantasme d'incarner le détective fictionnel.

Sauf que les aventures de Sherlock Holmes n'avaient pas encore été publiées dans le Strand *en 1889.*

Certes, songea James, mais il avait le vague souvenir d'avoir entendu Gosse, ou un autre de ses amis adeptes de Sherlock Holmes, mentionner qu'*Une étude en rouge*, le premier roman, ou la première nouvelle (il ne savait plus très bien), était parue dès 1887, suivie par *Le Signe des quatre* – ou *Le Signe des cinq*, quelque chose comme ça – dans le *Lippincott's Magazine* en 1889. Gosse lui avait dit qu'un livre était sorti l'année suivante. Ce n'était qu'après ces premières publications que Sherlock Holmes avait commencé à apparaître régulièrement dans le *Strand*. Un Jan Sigurdson/Sigerson dérangé aurait donc pu entendre parler du détective, tant en Angleterre que sur le continent.

Plus tard, James se souviendrait vaguement d'une pâtisserie servie au dessert, mais s'agissait-il d'un gâteau, d'une tarte ou d'une omelette norvégienne, il l'ignorait. Il ne savait pas non plus s'il y avait goûté.

* * *

Les hommes se retrouvèrent dans l'impressionnant bureau de John Hay. Après en avoir discuté, Clara Hay, Mme Vollebæk et sa fille avaient décidé que les images de hauts sommets froids ne les intéressaient guère. Le cognac fut servi dans le bureau. Les domestiques avaient déjà installé un écran et allumé la lanterne magique louée par Sigerson. Hay, King, Sigerson, l'émissaire Vollebæk et James prirent place dans les profonds fauteuils et canapés de cuir. James était tellement ébranlé qu'il but la moitié de son cognac sans prendre le temps de l'aérer ou d'en inhaler les parfums.

Les domestiques silencieux tirèrent les stores et sortirent de la pièce. Sigerson alluma la lampe du projecteur, et un rectangle de lumière illumina l'écran carré installé devant un mur de livres.

« Je n'ai apporté qu'un nombre réduit de mes plaques de verre, annonça Jan Sigerson. Il n'est guère de pire crime que d'ennuyer son public.

— L'ennuyer avec des images du Tibet et des sommets himalayens ? s'écria Clarence King. Impossible !

— Clara va regretter d'avoir raté la projection et en réclamera peut-être une autre, renchérit Hay.

— Je serais ravi de m'exécuter, dit Sigerson, inclinant le buste en un bref salut à la scandinave. Cette première image montre notre approche des montagnes himalayennes dans le nord du Sikkim. »

Une image remplit l'écran.

« Mon Dieu ! s'exclama King. Les petits points que l'on voit derrière la moraine, là, sont-ce des hommes et des mules ?

— Des hommes, des mules et des poneys tibétains, oui, répondit Sigerson.

— Cela donne une idée des proportions stupéfiantes de la chaîne himalayenne, déclara M. Vollebæk.

— Les Alpes et les montagnes Rocheuses ressemblent à des taupinières en comparaison, dit King.

— Voici le Jelep La dont nous parlions tout à l'heure, continua Sigerson. *La* signifie "col" en tibétain. » Une nouvelle image montra une file de petits poneys et d'hommes lourdement chargés – environ une vingtaine –, traversant un champ de roches bordé de chaque côté de pentes enneigées presque verticales. « Ça m'a paru impressionnant sur le moment, mais le col ne culminait qu'à 4 260 mètres. »

L'image changea. La pièce se remplit de l'odeur du combustible du projecteur.

« Voici le Tang La, dit Sigerson. Le dernier passage avant le Royaume du Tibet interdit. Le Tang La, qui signifie “col dégagé”, présentait plus de difficultés, puisqu'il est exposé à des avalanches même en automne, saison où mon petit groupe a tenté de le franchir. Un sévère blizzard soufflait à son point culminant, à plus de 4 570 mètres. Vous voyez que les poneys et nous étions littéralement couverts de givre. »

Ces photographies n'ont pas été prises par Sigerson, songea James. *Il est entré en leur possession Dieu sait comment et les a fait passer pour siennes, mais on y voit les Européens et les Tibétains seulement de loin. Impossible d'y reconnaître le prétendu Sigerson.*

La photo suivante était un gros plan de Sigerson en tenue rembourrée – la moustache et les sourcils couverts de glace –, montant un des poneys. Derrière lui, floue mais réelle, on discernait la piste qui descendait du col vers une vallée d'altitude entourée d'une multitude de pics géants.

« Le poney tibétain est une petite créature très résistante, expliquait Sigerson, et j'insiste sur les deux adjectifs. Comme vous pouvez le voir, mes bottes raclaient le sol en permanence. Quand ma monture essayait de m'emmener là où je ne voulais pas aller, je n'avais qu'à me lever et la laisser partir à sa guise. À d'autres moments, si je ne voulais pas que le poney n'en fasse qu'à sa tête, j'attrapais l'inconfortable selle en bois et soulevais la bête jusqu'à ce qu'on soit d'accord sur la direction. »

La photo suivante montrait des palmiers dans des pots géants sur une terrasse, et Sigerson en compagnie d'un homme blond beaucoup plus jeune que lui. On apercevait des femmes en sari à l'arrière-plan.

« Sven Hedin ! s'écria M. Helmer Halvorsen Vollebæk.

— Oui, désolé, s'excusa Sigerson. Cette image n'est pas à sa place. J'ai demandé à une connaissance de prendre cette photo à Bombay quand je m'y suis arrêté pour voir Sven Anders Hedin.

— Pouvons-nous savoir qui est ce M. Hedin ? demanda Clarence King, se levant pour aller se resservir un cognac.

— Oh, M. Hedin est l'un des jeunes explorateurs et alpinistes scandinaves les plus prometteurs, répondit M. Vollebæk. À vingt-huit ans seulement, il laisse déjà espérer de grands exploits à venir.

— À Bombay, Sven m'a raconté que sa vocation lui était venue à quinze ans, dit Sigerson, s'écartant de la chaleur montant de la cheminée du projecteur. Il a été témoin du retour triomphal du grand explorateur de l'Arctique Adolf Erik Nordenskiöld et a décidé sur-le-champ de sa future profession.

— Je suis surpris que le jeune Hedin n'ait pas franchi les cols avec vous pour entrer au Népal, monsieur Sigerson », fit remarquer Clarence King.

Sigerson hocha la tête.

« Lors de ma visite à Bombay, Hedin souffrait d'une grave crise de paludisme. Mais cet automne, il devrait être embarqué dans sa première grande aventure : une expédition de plusieurs années en Asie centrale. »

La plaque de verre crissa dans le mécanisme, et une autre image apparut sur l'écran. Les hommes présents dans la pièce furent dûment impressionnés.

« Le Potala… la résidence du Dalaï-Lama à Lhassa, au centre du Tibet », expliqua Sigerson.

Henry James s'efforça de prendre la mesure de ce palais. Ces points couleur safran, au pied des marches dorées, étaient-ils des êtres humains ?

Comme s'il lisait dans ses pensées, Sigerson dit : « Oui, la taille du temple du Potala est difficile à appréhender… surtout comparé au reste de Lhassa : de pauvres masures en bois et en terre, d'innombrables ruelles étroites jonchées de carcasses de chiens et d'ordures innommables. Et, surplombant tout ça… ce palais. Pour vous donner une idée de ses proportions, tout le Parlement britannique n'occuperait que le tiers inférieur du Potala, et Big Ben n'arriverait qu'en haut de l'escalier. Les temples et les résidences des lamas occupent les niveaux supérieurs de la structure.

— Je ne vois pas comment vous avez fait, monsieur Sigerson, s'interrogea Clarence King. Vraiment, ça me dépasse.

— Fait quoi, monsieur King ?

— Comment vous êtes entré au Tibet… et êtes allé jusqu'à Lhassa. Des dizaines d'Européens ont essayé. Aucun n'a réussi. Vous n'avez sûrement pas pu vous déguiser en pèlerin tibétain, comme l'ont fait tant de nos explorateurs… allant jusqu'à se raser le crâne et porter des tuniques safran. Les autorités tibétaines les ont toujours démasqués. Et vous êtes beaucoup trop *grand* pour passer pour un tibétain. »

Sigerson sourit.

« Je ne me suis pas déguisé. J'ai simplement dit aux shérifs, aux seigneurs de guerre, aux soldats et aux gardiens du palais que j'ai croisés que j'étais un pèlerin.

— Et les compagnons de voyage avec qui vous avez passé les hauts cols sont également arrivés à Lhassa ?

— Non, ils ont tous été éconduits près de la frontière.

— Je ne comprends pas, répéta King.

— Nous, les Norvégiens, sommes un peuple très déterminé », suggéra l'émissaire Vollebæk.

La dernière image remplit l'écran. Prise de loin, elle montrait Sigerson assis sur un petit rocher dans une cour, en train de parler à un jeune homme en robe safran. Il avait la peau mate et le crâne rasé, à l'exception d'une mèche retenue en chignon, et il tournait le dos à l'appareil photo.

« Le treizième dalaï-lama, précisa Sigerson. Il avait seize ans quand on m'a accordé plusieurs audiences avec lui durant l'hiver 1891-1892. Ces audiences étaient un honneur à plus d'un titre, puisque Sa Sainteté se trouvait isolée loin du Potala pour recevoir un enseignement poussé et rigoureux visant à la préparer au rôle qu'elle devra bientôt assumer.

— J'ai lu que la plupart des jeunes dalaï-lamas ne vivaient pas assez vieux pour pouvoir assumer un pouvoir temporel, dit John Hay.

— C'est exact, confirma Sigerson. Un certain nombre de ses prédécesseurs sont morts prématurément, et l'on soupçonne que plusieurs ont été assassinés par leurs régents, qui ont tendance à s'accrocher au pouvoir.

— Sainte Mère de Dieu, murmura King.

— L'un des rares concepts religieux que les bouddhistes tibétains ne reconnaissent sous aucune forme, dit Sigerson sans ironie apparente.

— Pouvons-nous vous demander de quoi vous avez discuté avec le treizième dalaï-lama ? demanda timidement Hay.

— De la nature de la réalité », répondit Jan Sigerson/Sigurdson.

* * *

La famille Vollebæk fut la première à prendre congé. Des poignées de main furent échangées dans le grand vestibule aux murs d'acajou, les hôtes furent remerciés pour cette merveilleuse soirée.

Quand Clarence King demanda à un domestique d'aller lui chercher sa cape, son chapeau et sa canne, Sigerson surprit James – et les autres, sembla-t-il – en demandant : « Pourrais-je vous parler un instant, messieurs, dans le bureau de M. Hay ? »

Il faisait encore très chaud dans la pièce imprégnée de l'odeur de la lumière oxhydrique, bien que les domestiques aient déjà retiré l'écran et l'imposant projecteur.

« Je ne vais pas pouvoir rester longtemps, grommela King. Je dois me rendre à New York demain, avant de partir au Mexique et…

— Ça ne prendra pas plus d'une minute, messieurs », assura Sigerson.

Il referma la porte du bureau comme s'il était chez lui, puis d'une voix que James ne lui avait jamais entendue, il déclara :

« Je dois vous parler à tous demain à dix heures. » Si ce n'était pas un ordre formel, ça y ressemblait beaucoup. « Monsieur Hay, puis-je abuser une dernière fois de votre générosité, en vous demandant la permission de tenir cette réunion dans votre bureau ?

— Je… eh bien… lundi, je dois… eh bien, d'accord. Si elle est brève.

— Elle le sera, confirma Sigerson.

— Impossible, dit Clarence King. Je dois prendre le train de midi pour New York et j'ai plusieurs…

— Monsieur King, coupa Sigerson. Je ne vous demanderais pas de revenir si ce n'était pas de la plus haute importance. Une question de vie ou de mort, serais-je tenté d'ajouter. Et cela concerne votre ami, M. Henry Adams. »

Hay et King échangèrent un regard, et James put presque imaginer l'échange quasi télépathique entre les deux amis.

« Bon sang, mon vieux, aboya King, n'en faites pas un mystère si cela concerne Adams. Dites-nous tout de suite pourquoi vous nous avez réunis ici.

— Je suis désolé, mais ce doit être demain matin à dix heures ici même. J'ai cru comprendre que Mme Hay sera absente de la maison pendant la plus grande partie de la journée, de sorte que nous ne serons pas dérangés. Pouvez-vous me promettre solennellement que vous serez là ?

— Moi aussi, j'avais le projet de… », commença Henry James, qui s'interrompit sous l'intensité du regard d'aigle de Sigerson.

Le Norvégien était fou à lier, de toute évidence, et James jugea plus prudent de jouer le jeu comme les autres, plutôt que de devenir l'unique objet de l'attention du dément.

John Hay, Henry James et Clarence King promirent d'être là. King n'avait pas l'air ravi.

« Merci », dit Jan Sigerson.

Et il ouvrit la porte du bureau comme s'il les relâchait, du moins pour un temps.

18

Ils se retrouvèrent dans le bureau de Hay à dix heures précises et reprirent les mêmes sièges qu'ils avaient occupés la veille : John Hay derrière sa large table de travail ; Clarence King et Henry James dans des bergères de cuir disposées de part et d'autre de cette table et encore tournées vers le mur de livres où avait été installé l'écran. King ronchonnait. Hay paraissait gêné que cela se produise chez lui. L'écrivain de renommée mondiale Henry James ne pipait mot.

À dix heures dix, King déclara : « Bon sang, qu'est-ce que ça signifie ? Cet impertinent Norvégien nous ordonne… il nous *ordonne*… de nous tenir à sa disposition à dix heures, et lui-même ne se présente pas ? J'ai corrigé des hommes pour moins que ça.

— Benson m'a informé que Sigerson avait quitté la maison très tôt ce matin. Très tôt, répéta Hay. Et qu'il avait emporté son sac de voyage.

— Vous avez compté les cuillères en argent ? » demanda King.

James se forçait à ne rien dire. Il était passé dans la chambre de Sigerson à huit heures et l'avait trouvée vide. Son premier réflexe avait été de boucler sa valise et de fuir lui aussi, puis il s'était rendu compte que l'absence de l'imposteur pouvait lui fournir le moyen de se justifier auprès de John et Clara – peut-être même de King –, si le fou norvégien ne réapparaissait pas.

À dix heures et quart, les trois hommes se levèrent.

« Je ne vois aucune raison de…, commença Hay.

— S'il pense que… », commença King.

James rajusta son gilet et tenta de mettre de l'ordre dans ses pensées.

Un inconnu entra alors dans la pièce et ferma la porte derrière lui.

Même Henry James, qui avait rencontré l'homme sous cette apparence quelques années plus tôt, mit un instant à reconnaître Sherlock Holmes. Le maquillage de Sigerson avait mieux camouflé le détective que James ne l'avait admis. Holmes portait un costume anglais. Il avait les cheveux bruns et non plus noirs, et le front bien plus dégarni que celui de Sigerson. Sans la moustache et le maquillage autour du nez et des yeux, cette version de Sigerson/Holmes paraissait encore plus maigre ; le visage était dominé par les joues creuses, les ombres profondes, le nez busqué, le menton puissant et les yeux perçants.

« Asseyez-vous, messieurs », dit Holmes. Il avait retrouvé son accent de la haute société britannique. « Et merci d'être venus.

— Qui..., commença John Hay.

— Qui croyez-vous... », dit Clarence King.

Holmes referma la porte derrière lui et leur fit signe de s'asseoir.

« Vous tous ici, à l'exception de M. James – qui dispose de quelques indices relatifs à la vérité –, me connaissez depuis quelques jours sous le nom de Jan Sigerson. Mon vrai nom est Sherlock Holmes. Je suis détective privé. Jusqu'à il y a deux ans, je vivais à Londres. Je me suis rendu au Népal en 1891, et suis à Washington aujourd'hui au service du gouvernement de Sa Majesté et dans l'intérêt vital du gouvernement des États-Unis d'Amérique. »

Il y eut du brouhaha et des manifestations d'indignation. Clarence King cria jusqu'à ce que des domestiques viennent toquer à la porte pour s'assurer que tout allait bien. Hay les renvoya. Seul James était resté assis. Pendant quelques instants, il se sentit anesthésié, complètement paralysé, et pendant ces instants, il fut convaincu qu'il était mort à Paris, dans la Seine, ce dimanche soir, ou alors que la profonde mélancolie qui l'avait conduit en France deux semaines plus tôt avait eu raison de sa santé mentale. La folie était la seule explication *logique* à ce qu'il était en train de vivre.

Mais est-ce ma *folie ou celle de ce Sigerson/Holmes ?*

Holmes attendit que le tollé retombe et que John Hay, au moins, se rassoie. Clarence King continua de faire les cent pas, les poings serrés, son expression d'ordinaire aimable figée en une moue effrayante.

« Au printemps 1891, Edward Hooper – que vous connaissez tous sous le surnom de "Ned" – m'a engagé pour éclaircir les circonstances du décès de sa sœur, survenu en 1885, et la signification de... ceci. »

Il sortit de sa veste en tweed non pas une, mais six cartes marquées « Elle a été assassinée » et les tendit à John Hay, dont l'expression passa de la surprise à l'épouvante.

« Ned est mort ! s'exclama Clarence King. Un suicide, comme sa sœur sept ans avant lui.

— Je sais que Ned Hooper est mort, dit Holmes. Je ne sais pas encore – aucun d'entre nous ne le sait – si sa mort ou celle de sa sœur Clover étaient de simples suicides.

— Tout le monde… tout le monde… a admis que Clover s'était suicidée », rétorqua King, faisant un pas agressif vers Holmes.

L'autre se contenta de l'observer avec un calme en apparence total, puis il prit sa pipe de terre noire et, après avoir demandé l'autorisation de son hôte, qui hocha la tête distraitement, l'alluma. Au moins, à en juger par l'odeur, ce n'était plus ce tabac de piètre qualité qu'il avait fumé plusieurs fois devant James sur le bateau ou dans le train.

« Clover a ingurgité du cyanure de potassium, alors qu'elle se trouvait seule dans sa maison », poursuivit King. Il refusa d'un geste le tas de bristols que Hay voulut lui passer. « Ned Hooper a par deux fois tenté de se tuer : en se jetant sous les roues d'un tramway la première fois, puis en sautant par la fenêtre du sanatorium… certains disent un asile… où il avait été interné.

— Mais à notre connaissance, personne n'a assisté à la mort de Mme Adams par empoisonnement, et personne n'a vu son frère Ned se jeter par la fenêtre, fit remarquer Holmes entre deux lentes bouffées qui parurent énerver King encore davantage.

— On n'a pas besoin de voir la neige tomber pour savoir qu'il a neigé quand on s'endort sur de l'herbe sèche et qu'on se réveille sous une couche de neige fraîche, grommela King.

— Très bien, dit Holmes. J'applaudis le recours au raisonnement inductif. Cependant, dans ce cas, nous avons un frère et une sœur qui semblent avoir attenté à leurs vies, mais rien ne prouve qu'il s'agisse d'un suicide. Mme Clover Adams était devenue très amie avec une certaine Rebecca Lorne au cours de l'année qui a précédé sa disparition, n'est-ce pas ?

— Quoi ? aboya King.

— C'est vrai, répondit John Hay. J'ai eu plusieurs fois l'occasion de rencontrer Mlle Lorne. Une femme charmante.

— Et cette dame attendait devant l'ancienne maison de M. Adams lorsqu'il est rentré chez lui et a trouvé son épouse morte à l'étage, non ? »

Holmes ralluma sa pipe.

« Et alors ? » demanda Hay. Lui aussi paraissait en colère à présent. « Mlle Lorne rendait visite à Clover presque tous les jours à cette époque.

Elle attendait dehors quand Adams est parti à un rendez-vous ce matin-là. Ou quand il est rentré, je ne sais plus. Quoi qu'il en soit, ce n'est pas Mlle Lorne qui a retrouvé le corps… mais bien ce pauvre Henry.

— Et Mlle Lorne a quitté Washington environ un mois après le décès de Clover ? »

Holmes avait parlé d'une voix douce, mais insistante.

« Oui, elle s'est installée à Boston, précisa Hay. Où elle a épousé un certain M. Baxter quelques mois plus tard… durant l'été 1886, je crois. Henry a continué de correspondre avec elle pendant plusieurs années après la mort de Clover. Ils s'écrivent peut-être encore de temps en temps.

— J'en doute fort, répondit Holmes. Je crois que la femme que vous avez connue sous le nom de Rebecca Lorne a été assassinée peu de temps après avoir quitté Washington. Peut-être même avant.

— Vous êtes fou, intervint Clarence King.

— Attendez une minute, reprit Hay. Parlons plutôt de cette… comédie que vous nous avez jouée ces derniers jours et hier soir en prétendant être un explorateur du nom de Jan Sigerson. Que diable cela signifiait-il ?

— Une ruse nécessaire », répondit Holmes. Il y avait un troisième fauteuil de cuir, face au bureau de Hay, et il s'y assit. « Ceux qui me traquent savaient que je viendrais ici pour honorer la requête de Ned Hooper.

— Ceux qui vous *traquent*…, dit Hay.

— Vous avez mis un sacré bout de temps à venir, observa King. Vous prétendez que Hooper – qui que vous soyez, vous n'avez aucun droit de l'appeler "Ned" – vous a demandé de l'aider à résoudre cette histoire de cartes au cours du printemps 1891, et vous vous présentez aujourd'hui, en mars 1893, des mois après que Ned s'est donné la mort. Heureusement que vous n'êtes ni pompier ni policier.

— Je suis une sorte de policier », répondit doucement Holmes.

Il s'était avachi dans le profond fauteuil, une jambe posée négligemment sur l'autre.

Henry James finit par recouvrer sa voix. À dessein, il s'adressa à Hay et King, ignorant l'homme assis en face de lui.

« Hier soir, grâce à M. Vollebæk et sa famille, nous avons reçu la preuve presque formelle que cet homme, déguisé ou non, est l'explorateur norvégien Jan Sigerson. Nous les avons entendus échanger en norvégien. Nous avons entendu Son Excellence M. Vollebæk évoquer des amis norvégiens que Sigerson et lui avaient en commun. Nous avons ensuite vu des images de l'expédition de Sigerson au Tibet, et des photos prises à Bombay le montrant avec le jeune explorateur Sven Anders Hedin – que les Vollebæk connaissaient. Il me semble que la seule conclusion raisonnable que nous puissions tirer, c'est que cet homme se fait passer depuis longtemps pour le détective anglais Sherlock Holmes. Peut-être que les hautes altitudes de l'Himalaya ont affecté son cerveau... »

Holmes retira sa pipe de sa bouche et s'esclaffa.

« Mon cher James, acceptez-vous les tours de passe-passe d'un magicien avec la même crédulité que mon affirmation selon laquelle je suis Jan Sigerson ? »

James se sentit rougir de colère et d'embarras, mais se força à conserver une voix calme, posée et civilisée.

« M. Vollebæk, sa femme et sa fille n'avaient aucune raison de se parjurer en...

— Ils en avaient une excellente, au contraire, mon cher James, dit Holmes, se levant et agitant l'air avec la tige de sa pipe. Dès que j'ai appris que je dînerais avec les Vollebæk le dimanche 26, j'ai envoyé un câble au roi Oskar II de Scandinavie, afin qu'il demande à son émissaire norvégien de corroborer mon histoire et mon déguisement. Voyez-vous, j'aurai encore besoin de l'explorateur Sigerson. À l'heure même où nous parlons, M. Vollebæk donne une interview à des reporters du *Washington Post* et à un journaliste du *Washington Critic* pour leur raconter la délicieuse soirée qu'il a passée avec son compatriote Sigerson dans la maison de M. John Hay...

— Donc, un simple câble de vous, et le roi de Scandinavie se plie à vos désirs, dit Clarence King, qui avait décidé de s'asseoir dans le fauteuil que Holmes venait de libérer. En obligeant l'un des diplomates les plus éminents de Washington, ainsi que sa femme et sa fille, à mentir à des hommes aussi respectés que John Hay et Henry James ? Et vous vous attendez à ce qu'on y croie ?

— Croyez ce que vous voulez », répliqua Holmes comme s'il n'en avait cure.

Il s'était approché d'une fenêtre, avait ouvert les volets de bois et regardait dehors.

« L'échange en norvégien..., commença Henry James.

— Était loin d'être fluide de mon côté, assura Holmes, se tournant à moitié, de sorte que sa silhouette très caractéristique se découpait à contre-jour. Ma plus grande crainte était que la jeune Oda – bien qu'elle ait été prévenue par son père – ne lâche une critique sur mon norvégien rudimentaire. J'en ai appris les bases lorsque j'ai côtoyé Sa Majesté le roi Oskar II pendant deux mois à Londres en 1888, puis neuf semaines durant l'hiver et au printemps 1891, peu de temps avant ma "mort" dans les chutes du Reichenbach.

— Vous avez sûrement dû régler un problème domestique *très* délicat, persifla King, pour que la royauté européenne vous soit si profondément redevable.

— Il se trouve que oui, répondit Holmes. Mais ce n'est pas la raison pour laquelle Sa Majesté le roi de Scandinavie a ordonné à son émissaire de mentir pendant ce dîner. Le roi Oskar II sait ce qui a motivé ma mission au Tibet et ce qui m'amène à Washington aujourd'hui. Il connaît les ennemis que nous affrontons… ce sont aussi les siens, messieurs. Sa Majesté figure sur une longue liste de cibles, qui seraient assassinées sans délai si ces gens avaient les coudées franches. »

Clarence King soupira et joignit le bout de ses doigts. « Ces "gens…" Voici maintenant la théorie du complot et la paranoïa. N'allez-vous donc nous épargner aucune caractéristique de la folie, monsieur… qui que vous soyez ? »

La remarque de King fut accueillie par un rire presque juvénile de la part de Holmes. Sans répondre, il plongea la main dans la poche de sa veste et en sortit quatre photographies. Il en rangea deux et tendit l'une des deux autres à King.

« Pourriez-vous ensuite la faire passer à M. Hay et M. James ? Merci. »

James attendit. Quand le cliché finit par arriver jusqu'à lui, il vit qu'il avait sûrement été agrandi, puisque le sujet, vu de trois quarts, se détachait sur un fond flou et grenu représentant une rue bondée. La photo montrait un homme au teint mat, aux cheveux bruns et raides coiffés en arrière, à la moustache soigneusement taillée à la militaire et aux sourcils obliques. Il devait avoir une petite cinquantaine d'années, même si seules ses bajoues trahissaient son âge.

« Il s'agit du colonel Sebastian Moran, un vétéran de l'armée des Indes et ancien des First Bangalore Pioneers. Il a plusieurs fois été cité à l'ordre du jour pendant les guerres afghanes, a reçu une médaille pour avoir tué neuf Afghans dans une bagarre à Kaboul et passait pour l'un des meilleurs chasseurs et tireurs d'Asie… et peut-être du monde. Son nom complet est John Sebastian Moran, et on le surnomme "le Tigre", même si peu de gens le savent.

— Le colonel Sebastian Moran…, marmonna Clarence King quand James lui rendit la photographie. Bon Dieu, j'ai lu ses livres ! *Le Gros Gibier de l'ouest de l'Himalaya* et *Trois Mois dans la jungle*. Des mémoires de chasseur… et de sacrément bons bouquins ! »

Holmes, qui tournait à présent le dos à la fenêtre, hocha la tête.

« Tous deux publiés au début des années 1880. Moran a indiqué à son éditeur qu'il était né en 1840, alors qu'il est né en 1834. Il aura soixante ans en février prochain.

— Il ne fait pas si vieux sur la photo, remarqua John Hay. Quand a-t-elle été prise ?

— Il y a un an et demi, répondit Holmes. À Calcutta. Le colonel m'a suivi de Suisse en Inde dans l'intention de m'assassiner. Il a été payé une grosse somme d'argent pour ça… L'assassinat est la principale source de revenus du colonel ; la deuxième consiste à emmener de riches messieurs dans des endroits où ils peuvent tuer des grands fauves, et la troisième à délester ces mêmes messieurs de leur argent à des tables de jeux.

— Engagé pour vous tuer…, dit King dans un soupir. Et voilà de nouveau la paranoïa.

— Oh, oui, insista Holmes. Le colonel Moran a déjà tenté de le faire deux fois… à Calcutta, puis à Darjeeling… mais ses deux tentatives ont échoué. Ensuite, ayant dépensé presque tous les gages reçus pour ce travail bâclé et ne voulant pas attendre que je ressorte du Tibet, le bon colonel est reparti à Londres. Pour l'un des plus grands chasseurs du monde, Moran a étonnamment peu de patience.

— Je ne vois pas en quoi tout cela a le moindre rapport avec…, commença John Hay.

— Imaginez alors ma surprise quand, en revenant dans le Sikkim par ces hauts cols, je me suis fait tirer dessus trois fois par un fusil rapide, à plus d'un kilomètre de distance. »

Un lourd silence tomba dans la pièce. James perçut les pas d'un domestique sur le tapis de l'escalier et le bruit d'une voiture à cheval qui passait dehors.

« Vous vous êtes fait tirer dessus trois fois…, dit enfin Clarence King. Donc vous êtes… vous devez être… tout à fait mort. De sorte que nous avons affaire non seulement à un menteur et un imposteur, mais aussi un fantôme. » King consulta sa montre. « Et mon temps est presque entièrement écoulé. Je dois… » Il leva les yeux, vit ce que Holmes était en train de faire et se tut – atterré.

Après avoir ôté sa veste, son gilet, son faux col et sa cravate, Holmes déboutonnait sa chemise.

John Hay se leva.

« Cher monsieur…

— Ça ne prendra qu'une seconde », dit Holmes.

Il ne portait pas de maillot de corps. Il plia sa chemise avec soin sur le dos du fauteuil le plus proche, se tourna de profil et rouvrit un volet.

Pour la deuxième fois – en encore plus clairement – Henry James vit les deux horribles blessures rondes en haut du dos de Holmes, près de l'omoplate droite, correspondant aux points d'entrée des balles, et les cicatrices livides en forme de toiles d'araignée qui en rayonnaient. Il y avait un autre dessin de cicatrices blanches juste au-dessus de sa hanche droite.

Holmes se retourna afin que la lumière éclaire sa poitrine, son ventre et son flanc droit.

Un petit cratère rond, sur la partie supérieure droite de la poitrine, marquait le « point de sortie » d'une balle ; à quelques centimètres, plus bas à gauche, il y avait une autre marque de blessure, pas circulaire, mais plus affreuse encore, entourée d'un réseau plus dense de cicatrices blanches ; et une autre « sortie de balle » était visible juste au-dessus de la hanche droite.

Holmes toucha chaque blessure de ses longs doigts blancs, commençant par la plus haute, sous la clavicule. « Comme je vous l'ai expliqué, l'assassin a tiré de plus de mille mètres de distance, trois coups en moins de deux secondes, et m'a touché à trois reprises. La troisième balle… » Il effleura la peau meurtrie au-dessus de sa hanche. « … m'a atteint au moment où je tombais. » Il remonta ses doigts, aussi précis que ceux d'un chirurgien, jusqu'à l'affreux réseau blanc de cicatrices de la deuxième blessure. « La deuxième balle ne m'a pas traversé, et mon sauveur – et chirurgien, en l'occurrence – a dû l'extraire. Elle a commencé dans le dos, avant de s'apercevoir que le projectile était plus près de la surface devant, sous les pectoraux. L'opération a été longue, et elle ne disposait pas d'anesthésique.

— Elle ? demanda Clarence King d'une voix bizarrement étouffée.

— Une missionnaire anglaise du nom d'Annie Royle Taylor, répondit Holmes en remettant sa chemise. Elle venait de tenter de rejoindre Lhassa – *son* Sauveur lui avait parlé en rêve, lui disant que son destin était de porter la parole du Christ à Lhassa, au dalaï-lama et à tout le Royaume interdit. Mlle Annie Taylor s'est donc rasé la tête et vêtue d'habits masculins tibétains, mais elle a été découverte, alors qu'elle se trouvait encore loin de Lhassa, et ramenée jusqu'à la frontière. Les gardes tibétains que Sa Sainteté le Dalaï-Lama avait chargés de m'escorter pour passer les cols venaient de me dire adieu après le dernier et de faire demi-tour pour rentrer chez eux, au nord, quand ils ont entendu les trois détonations. Ils ont eu la bonté de rebrousser chemin pour retourner là où ils m'avaient laissé. J'étais inconscient et je perdais beaucoup de sang. Mes amis tibétains m'ont emmené à Yatung, le comptoir commercial le plus proche, situé sur la frontière. Il n'y avait pas de médecin, mais Mlle Taylor avait été autorisée à résider à proximité, alors qu'elle attendait une nouvelle occasion de pouvoir entrer en secret au Tibet. Les gens du coin toléraient peut-être sa présence parce que son prénom, "Annie" ressemblait beaucoup au mot tibétain signifiant "religieuse". C'est ainsi que cette missionnaire, qui avait étudié la médecine et avait eu l'occasion de pratiquer dans les taudis de Londres et en Chine, a arrêté l'hémorragie, extrait la deuxième balle logée dans mon corps et réalisé les transfusions de sang qui m'ont sauvé la vie.

— Incroyable, murmura John Hay.

— Oui, n'est-ce pas ? acquiesça Holmes.

— Qu'est-ce qui nous prouve que ces prétendues cicatrices ne sont pas du maquillage, elles aussi ? » exigea de savoir Clarence King.

Holmes, qui avait boutonné son gilet et était en train d'enfiler sa veste, suspendit son mouvement.

« Vous voulez mettre les doigts dans les blessures ? demanda-t-il doucement. C'est possible, surtout dans les incisions chirurgicales. Jusqu'à la première articulation de votre index. Si vous insistez, je vais de nouveau enlever ma chemise…

— Non ! s'écria King, faisant signe à Holmes de s'en abstenir.

— Vous prétendez donc que le colonel Sebastian Moran a attendu la fin de l'hiver et tenté de vous assassiner quand vous êtes revenu du Tibet au printemps 1892, déclara Hay.

— Pas du tout, dit Holmes en tendant les bras pour faire apparaître ses manchettes. Voici l'homme qui m'a tiré dessus. » Il sortit la deuxième photo de la poche extérieure de sa veste et la fit passer à la ronde. « C'est sans doute le seul tireur capable d'atteindre sa cible à cette distance, et il a depuis longtemps supplanté le colonel Moran dans le rôle du pire assassin du monde. »

Quand la photo arriva dans les mains de James, il fut surpris de voir l'image floue d'un homme beaucoup plus jeune que Moran – des cheveux très courts implantés en pointes sur le front, des pommettes saillantes, des oreilles collées au crâne, des yeux apparaissant tout noirs sur l'image.

« Vous regardez la seule photographie connue du fils du colonel Sebastian Moran. Elle a été prise dans une rue indienne très fréquentée par un agent des services secrets anglais en poste à Delhi qui a été assassiné le lendemain du jour où il l'a envoyée à ses supérieurs à Whitehall. C'est un mauvais cliché, mais le seul dont disposent la police et les services de renseignement. Un enfant illégitime, bien sûr – le colonel Moran a laissé une ribambelle de bâtards à travers l'Inde, l'Afrique, l'Europe et l'Angleterre –, mais celui-là a été enfanté par une jeune aventurière à Varsovie. Étonnamment, Moran a pris l'enfant à sa mère de bonne heure et l'a éduqué lui-même, le traînant aux quatre coins du globe et le chargeant de porter ses fusils et de le seconder lors de ses expéditions de chasse en Asie et ailleurs… je ne doute pas qu'il lui ait aussi délégué certaines de ses missions plus confidentielles de tueur à gages. Le garçon a vite appris. Son prénom est Lucan. Comme je l'ai dit, il a depuis quelques années surpassé son père, devenant l'assassin le plus accompli que le monde ait jamais eu le malheur de connaître, mais contrairement à son géniteur, il ne tue jamais pour de l'argent. Lucan tue pour ses croyances politiques fanatiques. Dans ce cas précis, son but et son Dieu ont pour nom… anarchie.

» À cet égard, il ne pourrait être plus différent de son père, le colonel Moran. Et pourtant, ils ont tous deux fini par servir le même maître au Sikkim, le long de la frontière avec le Tibet… le groupe anarchiste international qui a payé le colonel Moran pour me suivre en Inde en 1891 puis, le père ayant échoué, envoyé Lucan l'année suivante.

— Les anarchistes, marmonna Clarence King. Revoici le complot.

— Un complot très réel, j'en ai bien peur, dit Holmes. Moi aussi, j'étais sceptique quant à la menace anarchiste lorsque je suis venu en Amérique pour enquêter sur l'assassinat de votre président Garfield – il n'y avait d'ailleurs pas de complot direct dans cette affaire. Mais plus tard, j'ai acquis la certitude que c'était Moran le tueur à la solde des terroristes anarchistes pendant ce qu'on a appelé les émeutes de Haymarket Square, à Chicago, en 1886. Les coups de feu ayant tué trois des quatre civils et quatre des sept policiers morts avaient été tirés d'un toit à cent mètres de la place, comme je l'ai prouvé sans doute possible à la police et aux autorités américaines. Moran et son complice, qui n'était pas Lucan, avaient utilisé les mêmes fusils Lebel que celui laissé derrière lui par le colonel lorsqu'il avait tenté d'assassiner Sa Majesté à Londres l'année suivante.

— Je n'ai rien lu là-dessus, observa Hay.

— Et vous ne lirez rien. Du moins tant que la menace terroriste contre l'Angleterre, l'Europe et les États-Unis n'aura pas été écartée.

— Cette menace me semble assez désorganisée et aléatoire, monsieur Holmes », dit John Hay.

John croit-il vraiment que nous avons affaire à Sherlock Holmes ? songea James.

« Les plans de ces gens ne sont ni désorganisés ni aléatoires, expliqua Holmes. Ils ont établi une liste de présidents et de souverains qu'ils projettent d'éliminer. En 1887, je vous l'ai dit, ils ont engagé Moran pour assassiner Sa Majesté la reine Victoria, le jour même de son jubilé d'or. Moran a été bien trop près de réussir. Il a laissé son nouveau fusil Lebel – le premier modèle à utiliser des munitions ne faisant pas de fumée – à Londres, et grâce à certaines techniques que j'ai affinées au fil des années, j'ai été capable de prouver que c'était l'un de ceux qui avaient été utilisés à Haymarket Square.

» La liste dressée par les anarchistes demeure d'actualité. Ils projettent actuellement d'assassiner votre président Cleveland le 1er mai, jour de l'inauguration de l'Exposition universelle à Chicago. Je dois rester en Amérique le temps d'arrêter ça.

— Moran… père ou fils ? demanda King.

— Quoi ?

— Vous avez expliqué que Moran avait tenté de tuer la reine Victoria il y a six ans, dit King. Était-ce le colonel Moran, ou le jeune Lucan Moran ?

— Oh, le seul “Moran” dont nous parlons est le colonel, répondit Holmes. Il n'a jamais transmis son nom à son fils.

— Puis-je revoir la deuxième photographie ? » demanda John Hay.

Holmes, à qui King l'avait rendue après qu'elle était passée de main en main, alla la poser sur le revêtement en cuir du bureau, face à Hay.

« Je connais ce jeune homme, murmura-t-il. C'est le jeune cousin de Rebecca Lorne… l'amie de Clover Adams… Son nom est Clifton Richards. Ce n'était qu'un adolescent, mais Clover aimait bien discuter photographie avec lui.

— C'est lui qui lui a fourni les nouveaux produits chimiques qu'elle utilisait pour le développement, affirma Holmes. Dont la solution au cyanure de potassium.

— Oui… oui… je crois que c'est exact, dit Hay d'une voix pincée.

— Ça l'est », confirma Holmes.

Il sortit une troisième photo de sa poche et la posa sur le bureau devant Hay. James et King se levèrent et allèrent se placer à côté de leur ami pour la regarder.

C'était manifestement une photo prise par un professionnel, le genre de clichés réalisés pour des célébrités, et la femme était aussi séduisante et magnifiquement vêtue qu'une célébrité : des cheveux bruns relevés en une sculpture sophistiquée, de grands yeux noirs animés par un subtil éclairage, des lèvres pleines au même niveau que ses élégantes mains levées pour tenir l'ombrelle qui la protégeait.

« C'est Rebecca Lorne ! s'exclama Hay. Elle est plus jeune que quand je l'ai connue, quelques mois avant la mort de Clover, mais je suis sûr que c'est la même femme. Très attirante.

— Oui, approuva King. Moi aussi je l'ai rencontrée à cette époque… cette Rebecca. Je me souviens que Clover l'avait d'abord aperçue par la fenêtre de leur ancienne maison, celle où elle est morte, située au 1607 H Street, tout près d'ici. Clover l'avait vue se promener seule tous les jours dans Lafayette Square pendant plusieurs semaines, avant de descendre se présenter. Après ça, elles étaient devenues des amies proches, même durant les longues périodes où Clover souffrait de mélancolie.

— Et curieusement, dit Sherlock Holmes, la mélancolie de Mme Adams n'a fait qu'empirer malgré les efforts de sa nouvelle amie – et du jeune cousin de celle-là, Clifton – pour lui remonter le moral.

— Je me souviens d'Adams disant que Clover avait photographié plusieurs fois Rebecca, précisa Hay, touchant les bords du cliché de la ravissante femme.

— Ned Hooper me l'a appris il y a deux ans, ajouta Holmes très doucement.

— Et elle a aussi photographié Cli… le cousin de Rebecca…, intervint Clarence King. J'ai vu des tirages de photographies du jeune homme prises par Clover lors d'un pique-nique à Rock Creek Park où ils étaient tous allés. Elle m'a dit qu'il aurait dû faire un bon sujet photographique, mais qu'elle n'avait pas dû déclencher l'obturateur parce que son visage était toujours flou, comme s'il avait bougé, alors qu'elle avait insisté pour qu'ils restent immobiles.

— Un mouvement sûrement délibéré pour flouter ses propres traits, murmura Holmes.

— Mais je crois qu'une ou deux images du cousin sont bien sorties, dit King. Seulement, Clover ne les jugeait pas assez bonnes selon ses critères exigeants.

— Adams a-t-il encore ces photos ? demanda Holmes. Du cousin et de Mlle Lorne ?

— J'en suis sûr, répondit John Hay. À présent légendées et archivées.

— Mais il ne vous permettra jamais de les voir, assura Clarence King. Adams ne peut pas parler de Clover, encore moins de sa mort, et il ne montrera ses photos à personne.

— C'est la raison pour laquelle il me faut entrer dans la maison d'Adams, à côté, en l'absence des domestiques et avant le retour de M. Adams cette semaine. Si Clover Adams a réussi une photo nette du jeune cousin de Rebecca Lorne, ce sera le second portrait dont disposeront les services secrets et les polices du monde entier du principal assassin anarchiste. Le fils illégitime et brillant protégé du colonel Moran, Lucan.

— Si Clifton était ce… Lucan, dit Hay, tenant toujours la photo entre ses doigts parfaitement manucurés, alors qui était Rebecca Lorne ?

— La mère de Lucan, qu'il a tuée peu après qu'ils ont manigancé ensemble la mort de Clover Adams », déclara Holmes.

Il prit la photo des mains de Hay et la rangea soigneusement dans sa veste. « C'est là un cliché plus ancien – je l'ai depuis des années, messieurs – de la mère de Lucan, ancienne diva de l'opéra, comédienne et maître-chanteuse du nom d'Irène Adler. »

19

Holmes suivait son homme dans le train de l'après-midi allant de Washington à New York.

Le détective était la parfaite image du petit fonctionnaire ou employé de bureau mal payé : costume tout juste présentable, chaussures cirées mais aux semelles usées, homburg brossé quoique lustré, vieille serviette bourrée à craquer de dossiers, papiers et crayons. Des boucles rousses indisciplinées s'échappaient de sous le couvre-chef, et des favoris roux – appelées *sideburns* par les Américains, depuis qu'un général de la guerre de Sécession nommé Burnside les avait popularisées – descendaient presque jusqu'aux commissures de ses lèvres. Des dents de lapin, jaunes et cariées (les gens ayant tendance à détourner le regard des visages aux dents proéminentes et mal soignées). Et des joues rouges, non pas sous le coup de la chaleur ou de l'émotion, mais à cause de ce qui ressemblait à des lésions cutanées permanentes et malsaines.

Une raison supplémentaire de ne pas le regarder de trop près.

Ce fonctionnaire ou employé lisait le journal de la mi-journée de Washington – si la cible de Holmes s'était retournée, à l'autre bout du wagon, elle n'aurait vu que le journal levé.

Holmes n'était pas ravi de passer son lundi après-midi à suivre cet homme jusqu'à New York, mais il n'aurait sans doute pas d'autre occasion de le faire. Une toile d'araignée complexe entourait la mort de Clover Adams ; avant de pouvoir la pénétrer, le détective allait devoir suivre différents fils – au moins ceux des plus proches amis de Clover – pour voir où ils menaient.

Celui-ci ne le conduirait peut-être nulle part, et Holmes aurait préféré passer l'après-midi à classer les années de correspondance que Hay lui avait promis. Il lui fallait aussi s'introduire dans l'hôtel particulier de Henry Adams, voisin de celui des Hay. Cela devrait attendre jusqu'au lendemain soir, mardi. Clara Hay lui avait dit que les domestiques d'Adams, qui avaient eu droit à quelques jours de congés pendant l'absence prolongée de leur employeur, rentreraient mercredi après-midi, le 29 mars, pour commencer à ouvrir et aérer la maison en prévision du retour d'Adams le vendredi.

Pour la filature, c'était donc maintenant ou jamais. Holmes jeta un coup d'œil par-dessus son journal aux épaules larges et aux cheveux blonds coupés court. Il devait se tenir prêt à réagir, au cas où sa cible descendrait brusquement du train à l'un des nombreux arrêts sur cette ligne. Et cela, tout en paraissant décontracté.

Après presque deux années loin de Londres, la ville lui manquait. Son appartement du 221 b Baker Street lui manquait également, ainsi que Mme Hudson – et même Watson –, mais il se languissait surtout de la cité. Autrefois, pour se préparer à son futur métier de détective privé, Holmes avait passé un an à conduire un cab londonien. Il se flattait de connaître chaque rue, chaque boulevard, chaque voie et chaque ruelle. Plus encore, il s'était fixé pour objectif de mémoriser tous les commerces, fabriques, entrepôts et toutes les maisons de ville – une tâche herculéenne, rendue presque impossible par le fait que, depuis les années 1870, le Vieux Londres avait été éventré et démoli, puis rebâti avec une hâte fiévreuse qui n'avait saisi aucune autre cité du monde. Des entreprises sises à la même adresse pendant plus d'un siècle et demi se retrouvaient soudain en faillite ou contraintes de déménager dans des faubourgs moins favorisés à cause de la flambée des loyers dans des quartiers devenus « à la mode ».

Plus important, Holmes connaissait les itinéraires de tous les trains circulant en Angleterre. Watson et lui avaient tous deux usé leur exemplaire respectif du *Bradshaw's Guide*. Mycroft Holmes, lui, avait *mémorisé* le sien, au point de pouvoir donner les horaires de tous les trains du pays, à n'importe quelle heure du jour et de la nuit.

De l'esbroufe, aux yeux de Sherlock Holmes – d'autant plus triste que son grand frère n'allait jamais nulle part.

Mais au moins, en Angleterre, Holmes avait toujours son *Bradshaw* à couverture jaune dans sa poche ou son bagage. Ici, en Amérique, il n'avait pas trouvé de guide comparable… seulement des horaires non fiables concernant telle ou telle compagnie de chemins de fer. Il pouvait seulement espérer que le train dans lequel il se trouvait allait bien à New York.

Tandis qu'il roulait vers le nord en brinquebalant, Holmes pensa à Henry Adams, Clover Adams, Clarence King, John Hay et Clara Hay. Tous possédaient des secrets en lien avec l'enquête, même Clover. Les morts, il le savait, se cramponnaient à leurs secrets dans la tombe, mais pas aussi fort que les vivants.

Il était conscient que Henry James connaissait Clover Adams depuis très longtemps – avant même son mariage avec Henry Adams. Et il avait rencontré peu d'hommes, dans la vie et au fil de sa carrière, qui préservaient aussi jalousement leurs secrets que lui. Pourtant, il connaissait déjà celui que James n'aurait révélé pour rien au monde.

Ils n'en avaient pas discuté, bien sûr, mais le détective et l'écrivain étaient tous deux célibataires. Holmes avait renoncé à toute vie sentimentale et sexuelle afin de consacrer tout son temps et toute son énergie à sa carrière. Si on avait interrogé James, il aurait certainement répondu la même chose ; il avait d'ailleurs écrit que, étant désormais un « vieux célibataire », il ne connaîtrait d'autre mariage que celui qui l'unissait à son art.

Mais Holmes savait qu'il y avait autre chose. Il l'avait remarqué pendant leur traversée de l'Atlantique, sur le bateau où voyageaient de nombreux jeunes gens et jeunes femmes, qui se promenaient souvent sur le pont en se tenant par le bras, des hommes avec des hommes, et des femmes ensemble.

Holmes ignorait si James jouait au whist, au poker, au bridge ou à tout autre jeu de cartes où la dissimulation était essentielle, mais il savait que l'impassibilité de l'écrivain y aurait été un atout. L'homme ne montrait que peu de réactions, même devant des affirmations ou des révélations surprenantes. Un jour, cependant, sans savoir que Holmes l'observait, Henry James avait posé les yeux une seconde sur deux jeunes gens qui riaient, insouciants, en marchant bras dessus, bras dessous sur le pont, de cette manière si décontractée des Américains. Holmes avait alors surpris les réactions complexes que trahissait le regard de l'écrivain : jalousie, nostalgie, convoitise, et une vague fringale. Pas une fringale sexuelle à proprement parler, avait alors songé Holmes, mais une émotion indéniable.

Holmes n'avait cure de ce secret de James – le plus profond, avec la honte cachée que lui causaient sa santé, ses douleurs au dos, ainsi que sa relation avec son frère aîné William –, d'autant qu'il n'avait pas de conséquence directe sur l'affaire ayant amené le détective en Amérique, ni sur l'étrange petite enquête sur la mort de Clover Adams.

* * *

Après de trop nombreux arrêts en banlieue, le train de Washington finit par entrer dans Grand Central Depot, à New York, au croisement entre la 42e Rue et Park Avenue. Cet édifice victorien de trois étages n'était pas encore l'imposante gare de six étages du nom de Grand Central Station, que Holmes et James verraient après le tournant du siècle, et encore moins le Grand Central Terminal qui se dresserait au même endroit à partir de 1913.

Ce « Grand Central Depot » était un bâtiment hétérogène, dont la forme évoquait irrésistiblement un gâteau de mariage. Des portails sombres ouvraient sur des rails permettant à quelques tramways tirés par des chevaux de poursuivre leur route vers le centre de Manhattan, tandis que des pancartes géantes indiquaient les lignes de New York et Harlem, New York et New Haven, et New York et Hudson River.

L'homme que suivait Holmes, manifestement familier du labyrinthe des correspondances, sauta du train à l'arrêt, monta des escaliers, traversa un hall bondé et, une fois dehors, courut pour attraper un tram tiré par un cheval, à destination de Park Avenue. Holmes n'eut d'autre choix que de s'élancer – ses rouflaquettes s'agitant dans sa course, tandis qu'il retenait fermement son homburg d'une main – et de grimper dans le tram à la dernière seconde.

Si sa proie s'était retournée, elle n'aurait pas manqué de le repérer. Mais Holmes vit que l'homme s'était déjà assis à une place devant et ne prêtait attention à rien d'autre qu'au journal qu'il venait d'ouvrir.

Holmes savait que l'homme appartenait à plusieurs clubs sélects (pour des clubs américains), dont deux où il disposait d'une chambre – l'Union Club, au croisement entre la 69e Rue et Park Avenue, et le Century Club au 42 de la 15e Rue Est. Il conservait aussi en permanence une chambre à l'hôtel Brunswick, à Madison Square, à l'angle de la Cinquième Avenue et de la 25e Rue.

Le détective devina que l'Union Club n'était pas la destination immédiate de sa cible, puisque le tram continua vers le sud sur Park Avenue. D'après l'itinéraire suivi, il n'allait pas non plus au Century Club. Si l'homme qu'il suivait se dirigeait vers l'hôtel Brunswick, il devrait descendre du tram pas plus loin que la 25e Rue, puisque le Brunswick se situait à trois cents mètres à l'est.

Mais l'homme, le dos un peu voûté et semblant perdu dans l'édition de l'après-midi du journal de New York qu'il avait pris à la gare, laissa passer les arrêts des 25e et 23e Rues.

À Union Square, le tram évita l'embranchement vers Broadway et suivit la Quatrième Avenue sur environ huit cents mètres jusqu'à Lafayette Street. L'homme ne montra aucune volonté de descendre sur cette portion du trajet, mais quand Lafayette Street devint Centre Street et que City Hall apparut, il se leva et se tint sur le marchepied, prêt à sauter. Holmes laissa les chevaux parcourir cent mètres supplémentaires avant de descendre à son tour et de rebrousser chemin dans la foule de piétons, sans jamais perdre de vue la tête et les épaules de sa cible.

Il comprit alors quelle était leur destination et en fut un peu surpris. Il s'était imaginé que s'ils traversaient l'East River, ce serait sur l'un des ferrys. Il se réjouit que ce ne fût pas le cas. Il était venu plusieurs fois à New York depuis la construction du pont de Brooklyn, une décennie plus tôt, mais il n'avait jamais eu l'occasion ni de raison de l'emprunter.

Il regarda son homme payer son passage à la guérite en fer forgé et gravir le large escalier jusqu'au quai. Six têtes derrière lui dans la file, Holmes régla ses cinq *cents* et monta à son tour. Les trains traversaient le pont au milieu de la travée, entre les voies réservées aux voitures et aux autres véhicules, tandis que les piétons disposaient d'une passerelle au-dessus. Sachant qu'ils ne s'arrêteraient pas sur le pont, Holmes put s'asseoir et se détendre à l'arrière du wagon dans lequel était montée sa cible. Même s'il lui tournait le dos, il voyait des reflets de l'avant du wagon dans les vitres.

Holmes nota pour mémoire – bien qu'il doutât de devoir un jour traiter une affaire concernant la circulation sur le pont de Brooklyn – que les trains ressemblaient beaucoup aux plus récentes et luxueuses rames des lignes ferroviaires aériennes de New York : doubles portes coulissantes s'ouvrant sur des plateformes décorées de barrières en fer forgé, confortables rangées de sièges et grandes fenêtres.

Les New-Yorkais et les habitants de Brooklyn étaient habitués au fait qu'aucun moteur ne poussait ou tirait les trains, mais il arrivait encore à des touristes de s'exclamer quand la rame quittait lentement la station comme par magie. Holmes savait que sous les rails se trouvait un câble de traction en acier en mouvement permanent, auquel les trains s'accrochaient pour se mouvoir. San Francisco possédait un réseau beaucoup plus élaboré de *cable cars*, et les rampes y étaient beaucoup plus abruptes. Mais même ici, on sentait la voiture gravir la pente de la superstructure.

Sherlock Holmes n'était pas homme à s'extasier plus que nécessaire sur les œuvres de la nature ou celles de l'homme. Il trouvait les premières sans incidence sur son travail ; les dernières trop fugaces au regard de l'étendue du temps. Holmes avait étudié son Darwin quand il était jeune ; il en gardait le sentiment que quiconque – lui compris – avait sa place dans le monde puis la perdrait en un clin d'œil, mais aussi que même les pyramides et autres « grandes œuvres » étaient aussi éphémères qu'un château de sable sur la plage de Brighton.

De sorte que les cathédrales et autres monuments de n'importe quelle époque ne le touchaient pas – à quelques exceptions près, comme le London Bridge ou Big Ben, bien qu'il eût plus entendu ce dernier qu'il ne l'eût vu à travers le *fog*. Ils étaient des repères dans la cité où il travaillait et qu'il aimait, à sa manière strictement contrôlée.

Mais en levant les yeux, Holmes dut admettre que les tours en pierre du pont de Brooklyn étaient saisissantes. Pendant de nombreuses décennies, la plus haute structure new-yorkaise avait été la flèche de Trinity Church, culminant à quatre-vingt-six mètres. Elle avait été dépassée, trois ans plus tôt, par le World Building, au croisement entre Park Row et Franklin Street, haut de quatre-vingt-quatorze mètres. Et bien que l'arche de pierre de la tour que le train était en train de traverser ne mesurât que trente-cinq mètres, que la tour elle-même ne s'élevât que de quarante-huit mètres au-dessus des chaussées et des rails, de quatre-vingt-quatre mètres au-dessus de l'East River, la seule *force* de ces tours de pierre gothiques impressionnèrent le pourtant peu impressionnable Holmes.

Le détective savait que se rappeler ces chiffres précis n'était qu'un gâchis de son précieux espace cérébral – la hauteur des arches, des tours et des voies de circulation de ce pont ne l'aiderait sûrement jamais dans une enquête –, mais il avait vu ces informations au cours d'une de ses nombreuses nuits d'insomnie, passées à lire l'un des vingt-cinq volumes de la dernière édition de l'*Encyclopædia Britannica*, la neuvième, datant de 1889. Pour Watson, cet achat n'était qu'un gaspillage ridicule, puisque Holmes possédait déjà les sixième et huitième éditions, mais le détective chérissait cette nouvelle version. Malheureusement – et bien que ce fût son frère Mycroft qui possédait des capacités mathématiques hors du commun –, quand Sherlock Holmes se retrouvait face à des nombres, il lui était impossible de les oublier.

Ce pont en apparence miraculeux soutenu par des câbles descendant de deux tours de pierre s'élevant à quatre-vingt-quatre mètres au-dessus de l'East River.

L'Amérique a des rêves immenses, songea-t-il, non pour la première fois, *et il n'est pas rare qu'elle ait les moyens de les réaliser.*

Le wagon descendit la pente après la deuxième tour et ralentit en approchant du terminal de Brooklyn, architecture en fer peint encore plus élaborée que celle érigée côté New York. Holmes redescendit dans la rue derrière son homme, puis grimpa à sa suite dans un tram tiré par des chevaux. La filature se poursuivit ensuite à pied sur une centaine de mètres, alors que sa cible marchait vers le sud-est, sur les pavés irréguliers de la voie prolongeant Flatbush Avenue. À aucun moment l'homme ne regarda par-dessus son épaule ou ne s'arrêta devant une vitrine pour s'assurer dans le reflet qu'il n'était pas suivi.

D'après ce que Holmes en savait vaguement, Brooklyn était jadis une ville prospère et prétentieuse – sauf dans les quartiers noir et irlandais le long du détroit, au nord –, aux larges avenues arborées, bordées de majestueuses demeures. Le quartier dans lequel ils se trouvaient à présent, pas si éloigné de la zone où tant de vieux bâtiments avaient été démolis pour permettre l'accès au pont, n'était pourtant guère majestueux. Des maisons d'apparence bourgeoise, aux bardages peints en rose, vert menthe, bleu-vert, orange ou autre couleur en vogue, côtoyaient des bicoques délabrées que leurs habitants avaient renoncé à entretenir ou réparer.

Ce fut devant l'une des plus jolies maisons de Hudson Street que l'homme s'arrêta. Il monta les quatre marches du perron, ouvrit la porte, cria quelque chose que Holmes n'entendit pas de là où il se trouvait, à cent mètres de distance, et disparut aussitôt sous les embrassades de deux petites filles et d'une femme portant un bébé dans les bras.

Les filles, le bébé et la femme étaient noirs – la femme, surtout, avait une peau d'ébène. Les fillettes, vêtues de robes blanches, avaient le teint plus clair, et des cheveux frisés, tressés et attachés par des rubans. Nul doute qu'il s'agissait d'affectueuses retrouvailles familiales. Holmes en fut quelque peu surpris. L'homme qu'il avait suivi toute la journée était blanc.

* * *

« Oui, ils ont trois enfants. Les deux aînés sont des filles, dit Mme Banes, à qui il manquait une dent de devant.

— Le petit dernier est un garçon. Ils en ont eu un autre, leur premier enfant, mais il est mort », dit Mme Youngfeld, une femme d'un certain âge, aux cheveux gris. Ils se trouvaient chez elle, à Hudson Street, dans la maison d'en face. « Il s'appelait LeRoy, celui qui est mort. »

Holmes avait retiré perruque, rouflaquettes et dents proéminentes, et séparé ses cheveux en une raie au milieu, sans lésiner sur la crème capillaire. Il portait à présent des lunettes aux verres épais, mais sans monture. Sept crayons dépassaient de la poche gauche de sa veste. Il avait sorti de sa serviette un très grand registre rempli de ce qui ressemblait à des formulaires officiels.

Il était tard, et il avait frappé à plusieurs portes sans obtenir de réponse – un homme blanc dans un quartier manifestement noir –, mais Mme Youngfeld et sa visiteuse et amie du bout de la rue, Mme Banes, avaient jeté un coup d'œil par les fenêtres jouxtant la porte et décidé que le visiteur à l'aspect collet monté n'était pas menaçant.

Elles n'avaient manifesté aucun intérêt quand Holmes, se présentant sous le nom de M. Williams, avait expliqué qu'il effectuait un « recensement local », afin que l'Association de bienfaisance de Brooklyn puisse améliorer les parcs et les équipements du quartier, mais s'étaient montrées plus aimables lorsqu'il avait sorti les deux dollars qu'il se proposait de leur donner à chacune si elles acceptaient de consacrer un peu de temps à répondre à ses questions sur leurs voisins.

« Et le nom de la famille est Todd ? dit Holmes, plissant les lèvres en faisant mine de déchiffrer son formulaire compliqué, rempli de cases et de lignes dactylographiées.

— C'est ça, répondit Mme Youngfeld. James et Ada Todd. Vous voulez aussi le nom des enfants ?

— Je ne crois pas que ce soit nécessaire, répondit Holmes. Mais je note qu'il y a deux fillettes et un bébé dans ce foyer.

— Et un autre en route, précisa Mme Banes. Ada m'a dit que leur vieille maison serait bientôt trop petite pour eux.

— Connaîtriez-vous leurs âges ? Les âges approximatifs suffiront. »

Holmes parlait avec un petit zézaiement sifflant, entre ses lèvres serrées. Il était un fonctionnaire de l'État qui *aimait* être un fonctionnaire de l'État. (Une accusation qu'il avait un jour lancée, sous forme de pique, à son frère Mycroft, qui avait répliqué aussitôt, de sa voix lente et imperturbable : « Mais, mon frère, je ne *travaille* pas pour le gouvernement britannique. Parfois, je *suis* le gouvernement britannique. »)

« M. Todd a environ cinquante et un ou cinquante-deux ans. Ada aura trente-deux ans le 9 avril prochain », dit Mme Youngfeld.

Holmes ne fit aucun commentaire sur cette différence d'âge. Il l'avait vue de ses propres yeux dans la lumière déclinante du soir.

« Et sauriez-vous quand ils se sont mariés ? » s'enquit Holmes de sa voix sifflante.

Encore une ligne à remplir. Encore une case à cocher.

« En quoi la date du mariage d'un couple légitime peut-elle bien regarder l'Association de je-ne-sais-quoi de Brooklyn ? » demanda Mme Banes.

Elle avait les poings serrés, plantés sur les hanches.

« Le 22 septembre 1888 », dit Mme Youngfeld.

Mme Banes se tourna vers son amie en écarquillant les yeux.

« Ella, comment tu sais ça ? La date exacte du mariage d'Ada ? Moi, j'arrive même pas à me souvenir de mon anniversaire.

— Je n'oublie jamais les chiffres et les dates, répondit Mme Youngfeld. Totty, ton anniversaire, c'est le 14 décembre… mais peu importe, puisque Henry s'est fait la malle il y a quatre ans. »

Mme Banes détourna le regard et tapa du pied.

« Ada m'a raconté que James et elle s'étaient mariés à New York, chez sa tante, sur la 24e Rue Ouest, reprit Mme Youngfeld à l'intention de Holmes, qui griffonna en hâte. Elle m'a expliqué qu'ils avaient fait venir un pasteur méthodiste noir d'une église de la 85e Rue. Qu'il y avait un orgue et un gâteau avec un glaçage blanc. »

Mme Banes fusillait son amie du regard, mais ne pipait mot.

« Nous en avons presque fini, assura Holmes. La profession de M. James Todd… il travaille pour la compagnie du gaz ?

— Non, vous êtes mal renseigné ! dit Mme Banes en riant. Le mari d'Ada est employé des chemins de fer. Originaire de Baltimore. Il est porteur en chef. Il travaille pour la New York Central Railroad, mais… pauvre Ada… la compagnie n'arrête pas d'envoyer son bonhomme partout : en Pennsylvanie, dans le Michigan, l'Ohio, l'Illinois, le Massachusetts… et même jusqu'au Canada.

— Dans l'Ontario et au Québec, précisa Mme Youngfeld.

— Peu importe, il est très souvent absent, ajouta Mme Banes, manifestement agacée par la quantité d'informations dont disposait son amie et voisine. Ada se retrouve seule à la maison, et enceinte, à devoir s'occuper des deux gamines et du bébé. Cet homme gagne peut-être bien sa vie comme porteur en chef, mais il n'est pas à la maison deux jours sur cinquante.

— Je ne vais pas abuser de votre temps plus longtemps, mesdames, dit Holmes, rangeant son registre et rajustant ses lunettes sur son nez. Vous avez été d'une aide précieuse. Grâce aux informations que vous avez fournies sur les Todd et d'autres voisins, l'Association de bienfaisance de Brooklyn pourrait bien financer une aire de jeux près d'ici.

— Les enfants ont plein de terrains vagues pour jouer, dit Mme Banes. Ce qui nous serait utile, ce serait un beau saloon, propre et respectable, comme celui qu'il y avait à Flatbush Avenue avant que tout soit démoli à cause du pont.

— Oh, tais-toi, Totty », la réprimanda Mme Youngfeld. Regardant Holmes droit dans les yeux, elle ajouta : « Elle n'est pas sérieuse, monsieur Williams. »

Holmes hocha la tête, leva son chapeau, descendit les marches du perron, fit mine de se détourner pour partir puis se ravisa.

« Pardonnez-moi si la question est indélicate… elle est censée faire partie du recensement du voisinage, mais je dois rarement la poser… »

Les deux dames attendirent.

« Il se trouve que j'ai eu par hasard l'occasion de *voir* M. James Todd, sans avoir eu le plaisir de faire sa connaissance, dit doucement Holmes, montrant des signes de gêne. Ce monsieur a les yeux bleus, les cheveux blonds – clairsemés, certes, mais blonds – et un teint très pâle… »

Mme Banes rit de bon cœur.

« Il vous a donc dupé, vous aussi ! »

L'espace de la dent manquante était encore plus visible dans son grand sourire étincelant.

« Dupé…, commença Holmes.

— James Todd est un passe-blanc », dit Mme Youngfeld.

Elle aussi semblait embarrassée.

« Ah, oui, dit Mme Banes en riant toujours. James Todd, c'est un très bon passe-blanc.

— Un passe-blanc ? demanda Holmes. Vous voulez dire qu'il se fait passer pour…

— Blanc, confirma Mme Youngfeld. James Todd n'a pas l'air noir, mais sa femme nous a répété des dizaines de fois que son grand-père et sa grand-mère étaient esclaves dans une plantation de Caroline. Il y a eu pas mal de métissage dans ces plantations, et beaucoup de ces enfants métis sont des passe-blancs. Même s'ils ne sont pas nombreux à être aussi clairs que James Todd.

— Au moins, il s'est marié parmi les siens », conclut Mme Banes.

Holmes inclina son chapeau une dernière fois.

« Merci encore, mesdames. »

* * *

La fatigue s'abattit sur Holmes dans le train du soir qui le ramenait à Washington. La journée du lendemain serait pourtant chargée : avant la fin de l'après-midi, il aurait découvert l'identité de celui ou celle qui envoyait tous les ans les cartes bristol disant « Elle a été assassinée », puis il lui faudrait encore s'introduire dans l'hôtel particulier de Henry Adams après la nuit tombée – une opération délicate dans un quartier aussi chic et surveillé que celui où les Hay et les Adams avaient élu domicile.

Il connaissait à présent le secret d'un des Cinq de Cœur : M. Clarence King, le « célibataire le plus convoité d'Amérique », selon les dires de son ami John Hay et d'un éditorialiste du *Century Magazine*, était marié à une femme de couleur nommée Ada Copeland depuis septembre 1888. Et il ne faisait aucun doute – du moins d'après les voisines – qu'il était le père des deux fillettes, du bébé, du garçon décédé prénommé LeRoy et de l'enfant à naître.

Découvrir un tel secret n'était qu'un début : Holmes avait encore bien des mystères à éclaircir dans la vie de John et Clara Hay, de Henry Adams et même de Clover Adams.

Tout homme et toute femme vivant, Holmes le savait, possédait des secrets. La plupart, comme Clarence King – qui trompait délibérément ses meilleurs amis en prétendant n'être attiré que par les « beautés des mers du Sud » –, avaient des secrets à l'intérieur de leurs secrets.

Et les secrets de quelques-uns, comme Henry James et Holmes lui-même, avaient des allures de poupées russes.

L'un des petits secrets de Holmes s'était manifesté avant que le détective quitte Brooklyn. Trop d'heures avaient passé depuis sa prise de drogue au petit matin et, avant d'embarquer sur un ferry pour traverser le détroit et retourner à Grand Central Depot, il trouva un abri vide où il put préparer sa petite solution d'héroïne et se l'injecter en toute discrétion. Il avait souffert, tant physiquement que psychologiquement, pendant tout l'après-midi, et le soulagement ressenti après l'injection avait été providentiel.

Holmes ferma les yeux et s'assoupit, alors que le train filait vers le sud dans l'obscurité.

20

« Mon cher Harry, s'écria John Hay, vous ne pouvez pas m'abandonner maintenant !

— Je ne vous abandonne pas, répondit Henry James, je mets un terme poli à mon intrusion. Je ne voudrais pas abuser de votre hospitalité apparemment sans limites, à Clara et vous. Vous vous souvenez que vous m'avez aidé à trouver une chambre à louer à proximité, en 1883, lors de ma dernière visite.

— Mais c'est très différent ! »

Les deux hommes se tenaient dans le bureau de John Hay ce mardi matin. Comme ce dernier l'avait rapporté à James, après l'avoir appris des domestiques, « M. Sigerson » était rentré peu avant l'aube – chapeau rabattu sur le front et col remonté – et s'était retiré dans sa chambre.

« Maintenant, nous avons Holmes et ses mystères, poursuivit Hay. Tout cela est tellement fascinant. Vous devez absolument partager cette aventure avec nous.

— Je tiens une fois encore à m'excuser d'avoir amené le détective ici sous une fausse identité et de faux prétextes..., commença James.

— Allons donc ! s'écria Hay, repoussant les excuses d'un mouvement de ses longs doigts élégants. C'est une expérience tout à fait passionnante, que je n'aurais manquée pour rien au monde. Regardez ce qu'il a fait faire à mes secrétaires tout l'après-midi d'hier et ce matin. »

James avait remarqué les boîtes d'enveloppes et de cartes qui occupaient toutes les surfaces du bureau.

« Vous n'allez tout de même pas autoriser cet... inconnu... à lire votre correspondance personnelle et professionnelle », dit-il, incapable de cacher sa stupéfaction.

Hay rit.

« Bien sûr que non. Il s'agit là uniquement d'enveloppes portant des adresses dactylographiées, même s'il pourra aussi comparer la première ligne de certaines correspondances anodines aux sinistres bristols que nous autres, les Cinq de Cœur, recevons tous les ans. Holmes m'a dit hier matin, et je crois que ce sont ses mots exacts : "Une machine à écrire est tout aussi unique qu'une écriture manuscrite." »

James ne fit pas de commentaire.

« Vous devez donc vraiment rester, répéta Hay. Je vais avoir besoin de vos avis et de vos conseils, mon ami. Ce sera très délicat quand Adams sera de retour.

— Tout à fait, admit James. Je n'ai aucune intention de...

— De le prévenir que le détective anglais Sherlock Holmes enquête sur le suicide de Clover ? Sûrement pas. Vous savez aussi bien que moi qu'il n'acceptera jamais de discuter de ce terrible jour de décembre. Adams serait scandalisé et dégoûté à l'idée qu'un détective fouille dans les vestiges calcinés de ses douloureux souvenirs.

— Espérons seulement que ce qu'Adams ignore ne finira tout de même pas par le blesser. Les mensonges et les omissions ont une fâcheuse tendance à sortir au grand jour, surtout entre amis proches. »

Hay resta silencieux un moment, sourcils froncés, avant de reprendre :

« La vraie question, c'est doit-on en parler à Clara ? Par une étrange coïncidence, elle collectionne les récits publiés des "aventures" de notre nouvel ami.

— Parler de quoi à Clara ? » demanda Clara Hay depuis la porte qu'elle avait discrètement ouverte pendant que les deux hommes débattaient à voix forte.

* * *

Muni de son parapluie – malgré le ciel tout bleu et la température clémente de ce mardi de mars –, James se mit en route vers le Capitole et sa bibliothèque du Congrès, un trajet d'un peu plus de trois kilomètres, lui avait dit Hay. Son ami avait ajouté que s'il désirait voir le Thomas Jefferson Building, beau bâtiment en construction, voué à accueillir la bibliothèque quelques années plus tard, il n'aurait qu'à parcourir deux cents mètres supplémentaires.

James s'en voulait d'avoir menti à Hay en prétendant souhaiter faire un peu d'exercice et de tourisme, alors qu'il avait une raison beaucoup moins agréable d'aller à la bibliothèque du Congrès.

L'après-midi de la veille, il avait commis l'acte le moins digne d'un gentleman de toute sa vie d'adulte.

Les domestiques faisaient la chambre de « M. Sigerson » quand James était remonté à l'étage. Elles venaient de sortir, les bras chargés de draps, pour aller en chercher des propres, le temps d'aérer la pièce où flottaient les miasmes visibles de la fumée de pipe.

James s'était arrêté et avait jeté un coup d'œil par la porte entrouverte. Holmes était parti un peu plus tôt, sûrement déguisé sous un chapeau melon et son imperméable au col remonté. Il était impossible de prévoir quand il reviendrait. Sa chambre était en grand désordre : il y avait des vêtements par terre, des livres éparpillés partout, des cendres répandues sur les précieuses tables de chevet des Hay et sur les tables du coin salon, des plans de Washington et de New York étalés sur le sol, au milieu de chaussettes et de chaussures abandonnées. Un gamin résolu à contrarier ses parents par sa négligence aurait difficilement pu faire pire.

Pourtant, à moins d'un mètre de la porte, la veste que Holmes portait la veille lorsqu'il avait parlé à Hay, King et James dans le bureau de leur hôte était pendue au dos d'une chaise.

Jetant un regard coupable par-dessus son épaule, ne voyant personne mais comprenant qu'il ne disposerait que de quelques secondes pour agir, James entra vite dans la chambre et plongea la main dans la poche intérieure de la veste. Holmes avait sorti quatre photographies au début de son petit exposé et ne leur en avait montré que trois – celle du colonel Sebastian Moran, l'image floue du jeune Lucan Adler et un vieux cliché de la femme qu'il avait appelée Irène Adler avant qu'elle se fasse passer pour Rebecca Lorne, l'amie de Clover Adams.

Il ne leur avait pas montré la quatrième.

James ne s'attendait pas à trouver quoi que ce soit, aussi fut-il surpris en sortant les quatre photos ainsi qu'un télégramme en papier pelure. Il reconnut trois des clichés. Le quatrième avait apparemment été découpé aux ciseaux dans une plus grande photographie. Elle montrait un homme en queue-de-pie, avec un haut col démodé. Dans la quarantaine – voire la cinquantaine –, rasé de près, il avait les joues étrangement creuses et un regard pénétrant sous un front imposant au sommet dégarni. Quelques mèches brunes et grisonnantes pendaient au-dessus de ses oreilles ressemblant étrangement à des oreilles de loup.

Le costume de l'homme et son maintien légèrement voûté avaient quelque chose de professoral, mais la façon dont son visage comme taillé à la serpe ressortait entre ses épaules noires lui donnait un aspect prédateur. Malgré la posture guindée de l'individu, James crut distinguer sa langue entre des petites dents si pointues que c'en était inquiétant.

Le télégramme était adressé à Sherlock Holmes, au bureau de la Western Union situé à proximité. Il portait la date de la veille et disait :

Confirmation Moriarty dispose réseaux actifs en France Allemagne Italie et Grèce stop et réseaux finançant et soutenant criminels et anarchistes à Washington New York Baltimore et Chicago stop prudence requise stop Mycroft

James remit les quatre photographies et le télégramme dans la poche de la veste et ressortit en hâte, au moment où une des femmes de chambre tournait au coin du couloir, chargée de draps propres.

Elle fit un pas de côté pour laisser passer James, et l'écrivain ne nota aucun signe, dans ses yeux baissés, qu'elle avait remarqué son indiscrétion.

James traversa le petit parc et prit Pennsylvania Avenue en direction de l'est, jetant par moments des coups d'œil distraits à l'étendue de la pelouse nord de la résidence présidentielle à travers les grilles. Il prit la 15e Rue Nord-Ouest à droite et parcourut environ huit cents mètres avant de tourner à gauche dans un prolongement de Pennsylvania Avenue Nord-Ouest.

Après avoir marché encore un kilomètre et demi d'un pas vif, James dut attendre un instant avant de pouvoir traverser entre les voitures et les lourdes charrettes à cheval pour suivre Constitution Avenue vers l'est sur un petit kilomètre. Il avait décidé d'aller voir le futur Thomas Jefferson Building, ne serait-ce que pour pouvoir dire plus tard à Hay qu'il l'avait fait.

Six cents mètres plus loin vers le sud, sur la 2e Rue, il arriva sur le site du chantier – trois étages du nouveau bâtiment de la bibliothèque étaient sortis de terre, mais la structure n'était encore qu'une coquille vide, et les façades étaient festonnées de grues, de cordes, de systèmes de palans comme on en voit sur les bateaux, tandis que des échafaudages en bois et en fer se dressaient entre les hauts piliers du troisième niveau. Sur tout le terrain entourant le bâtiment en construction il y avait des blocs de granit numérotés, des piles de bois d'œuvre protégées des intempéries par des bâches, des charrettes pleines, des ouvriers et encore d'autres grues, poulies et câbles.

James aurait pu continuer de marcher vers le sud, puis retourner au Capitole par Independence Avenue, mais il préféra faire demi-tour et revenir sur ses pas jusqu'à East Capitol Street et traverser un espace vide et boueux – peut-être des jardins mal entretenus –, en s'assurant de rester sur l'étroit sentier pavé, avant de monter les marches de l'entrée est du Capitole.

* * *

Quand James et Hay avaient été surpris par Clara, l'écrivain s'était attendu à une dispute, ou à un mensonge de la part de son ami John, mais il n'en avait rien été. Hay avait tout avoué à son épouse. Au lieu d'être scandalisée d'avoir été trompée, Clara Hay s'était montrée enchantée que leur hôte, « Jan Sigerson », soit en réalité Sherlock Holmes, le détective.

« Oh, c'est un maître du travestissement ! s'était exclamée Clara, joignant les mains comme en prière. Quel honneur d'avoir le plus grand détective privé du monde chez nous. Il me tarde de le raconter à Marie et Ellen, et…

— Vous ne devez en parler à personne, ma chère, l'avait interrompue Hay, levant un doigt en une sévère mise en garde. M. Holmes est ici incognito, pour ce que je crois être une mission des plus sérieuses. Sa vie serait peut-être en danger si sa présence en Amérique venait à être révélée. C'est en grande partie pourquoi Harry nous a demandé de garder sa visite avec Holmes aussi confidentielle que possible.

— Oh, oui, bien sûr… Je comprends… mais une fois l'aventure terminée », dit Clara Hay, portant les doigts à ses lèvres comme pour les sceller le temps nécessaire. Elle affichait encore un large sourire. « Il faut que je descende le numéro de janvier de *Harper's Weekly*, où est publiée la nouvelle "La boîte en carton" ! Oh, et celui de février avec "La figure jaune". Nous devons demander à M. Holmes ce qu'il pense des récits que fait le Dr Watson de ses aventures ! »

Hay prit les mains de sa femme dans la sienne.

« Clara, chérie, nous ne devons pas embarrasser notre hôte. M. Holmes n'est pas l'auteur de ces… aventures publiées… ne l'oubliez pas. Il y a peut-être des exagérations ou des parties gênantes qui pourraient le mettre mal à l'aise.

— Bien sûr, bien sûr », acquiesça Clara.

Mais elle souriait toujours. Et James était sûr, en se hâtant de remonter chercher son parapluie pour pouvoir partir avant le réveil de Holmes, que les exemplaires de *Harper's Weekly* se retrouveraient au rez-de-chaussée, sous le nez du détective, avant la fin de la journée.

* * *

Quand James avait annoncé à Hay qu'il s'arrêterait peut-être à la bibliothèque du Congrès pour consulter quelques ouvrages, Hay avait insisté pour lui écrire « un petit mot de recommandation ». James ne croyait pas en avoir besoin pour ce qu'il supposait être une bibliothèque publique, mais il avait rangé la feuille dans la poche de sa veste et n'y avait plus pensé jusqu'à ce qu'il soit arrêté par des bibliothécaires subalternes à l'entrée.

Naturellement, Hay étant Hay, le « mot de recommandation » était adressé au Bibliothécaire en chef du Congrès, un certain Ainsworth Rand Spofford. En lisant le mot, les bibliothécaires subalternes au bureau d'accueil s'étaient levés d'un bond, s'agitant comme des pigeons surpris, puis le plus haut gradé de ces petits employés avait personnellement accompagné Henry James deux étages plus haut jusqu'au bureau du Bibliothécaire du Congrès.

Spofford était un vieux monsieur maigre à la mine souffreteuse, à la barbe grise et hirsute et aux longs cheveux ternes séparés par une raie qui ressemblait plutôt à une bande de crâne chauve. Son visage était dominé par un nez que James aurait cru taillé dans la pierre sur le chantier de construction de la nouvelle bibliothèque.

Le Bibliothécaire contourna son immense bureau pour aller lui tendre une main blanche et molle.

« Soyez le bienvenu, monsieur James, la bibliothèque du Congrès est honorée de recevoir votre visite. En quoi puis-je vous être utile ? »

L'espace d'un instant, James fut déconcerté. Il avait imaginé pouvoir mener des recherches en toute discrétion.

« Vous venez voir notre collection de vos merveilleux romans et recueils, peut-être ? » demanda Ainsworth Rand Spofford.

Il se tenait toujours à côté de James et paraissait se sentir hors de son élément quand il n'était pas assis derrière son grand bureau.

« Oh, ciel, non, répondit James. Juste faire quelques menues… recherches… si je puis dire.

— Bien sûr ! » s'exclama Spofford, se frottant les mains comme si les deux hommes venaient de conclure une grosse affaire commerciale.

Le Bibliothécaire toucha un gadget compliqué sur son bureau et, une seconde plus tard, une porte dérobée dans un mur de livres s'ouvrit et une grande dame mince entra en silence.

« Je vous présente Mlle Miller, l'assistante-chef bibliothécaire, annonça Spofford. Mademoiselle Miller, voici notre hôte de marque du jour, le célèbre écrivain Henry James. »

Puisque Mlle Miller s'était arrêtée à trois mètres de distance, trop loin même pour une poignée de main américaine entre deux membres du sexe opposé, le célèbre écrivain inclina brièvement la tête.

Mlle Miller, constata James, était une caricature de bibliothécaire. Grande, maigre au point qu'on devinait ses os, les cheveux relevés en un chignon sans élégance, vêtue d'une horrible robe en coton marron avec ce qui ressemblait à une chemise d'homme en dessous et chaussée de petites lunettes à double foyer à la Benjamin Franklin perchées au bout d'un long nez, elle avait accroché un badge avec son nom sur le léger renflement qui pouvait être son sein gauche. D. Miller.

D. Miller, songea James. *Pitié, mon Dieu, non.*

« Le prénom de Mlle Miller est Daisy, vous devriez donc bien vous entendre tous les deux », déclara Ainsworth Rand Spofford avec un aboiement rauque qui devait être une sorte de rire.

Mlle Miller rougit violemment. James baissa les yeux vers ses chaussures, qui avaient pris la poussière sur le trajet depuis le chantier.

« M. James souhaiterait faire quelques recherches, mademoiselle Miller, disait Spofford. Si vous avez besoin d'une aide supplémentaire, monsieur James, n'hésitez pas à m'appeler sur-le-champ… »

Et il tendit de nouveau sa main molle.

James toucha la relique et suivit Mlle Miller par la porte aménagée dans la bibliothèque.

La simple bibliothécaire… pas de « B » majuscule pour elle… le fit traverser un labyrinthe de petits bureaux remplis de livres pour entrer dans un étroit couloir à trois étages qui, comprit James avec un choc, était la bibliothèque du Congrès elle-même. Ou du moins une partie. Des livres occupaient non seulement tous les rayonnages, mais s'empilaient sur le sol du rez-de-chaussée, derrière les rambardes de fer de chaque mezzanine et sur chaque table, bureau et surface disponibles.

Mlle Miller remarqua sa stupéfaction.

« Quand le Bibliothécaire Spofford a pris ses fonctions, en 1864, nommé par le président Lincoln en personne, dit-elle d'une voix étonnamment suave, la bibliothèque du Congrès possédait moins de soixante mille volumes, dont la plupart provenaient du don de la collection privée de Thomas Jefferson. À présent, nous en avons presque quatre cent mille… ce qui fait de nous la plus riche source documentaire, devant la Bibliothèque publique de Boston. Et M. Spofford est résolu à ce que nous en ayons plus d'un million lorsque nous déménagerons dans le nouveau bâtiment Thomas Jefferson dans trois ans.

— Admirable, murmura James, alors qu'ils se frayaient un passage entre les piles de livres. Tout à fait admirable. Extraordinaire. »

Ils s'arrêtèrent à une croisée de couloirs.

« En quoi puis-je vous aider, monsieur James ?

— Ah… je pensais…, commença le célèbre écrivain. Eh bien, je me demandais si vous disposiez d'un exemplaire d'un ouvrage assez obscur de physique ou de mathématiques intitulé *La Dynamique d'un astéroïde* ? »

Mlle Miller rit doucement ; son rire était aussi mélodieux que celui de son supérieur avait été grinçant.

« Le livre du Pr Moriarty ! Bien sûr que nous l'avons, monsieur James. Même si vous avez raison de souligner qu'il est très… rare. Mais le Bibliothécaire Spofford a poursuivi l'objectif originel de la bibliothèque, visant à enrichir la collection d'ouvrages de référence en sciences et en mathématiques. »

James posa les deux mains sur la poignée de son parapluie et hocha la tête, tentant de cacher sa surprise devant la vitesse avec laquelle elle avait reconnu l'identité de l'auteur.

« Vous avez bien fait de demander de l'aide, poursuivit Mlle Miller. Car *La Dynamique d'un astéroïde* n'est aujourd'hui plus en accès libre.

— Vraiment ? Pour un livre aussi obscur et technique ? Pourquoi donc, mademoiselle Miller ?

— Eh bien, après la dépêche de l'agence de presse Reuters il y a deux ans – et l'article du *New York Times*, qui reprenait celui du *Times* de Londres –, relatant la disparition du Pr James Moriarty dans les chutes du Reichenbach avec le détective anglais Sherlock Holmes, nous avons eu trop de demandes de lecteurs. Nous avons eu peur que, laissé sans surveillance, il ne soit volé, ne serait-ce qu'à cause de l'attrait de la nouveauté.

— Aaah.

— Par ici, monsieur James. »

Mlle Miller le guida vers un escalier où il ne restait qu'un étroit passage sur les marches entre des piles de livres.

* * *

Les deux heures suivantes furent fort instructives pour Henry James.

Jamais il n'aurait trouvé les ouvrages du Pr James Moriarty, ni la moindre référence le concernant s'il avait dû se débrouiller seul, mais Mlle Miller lui dénicha tout ce que la bibliothèque du Congrès des États-Unis possédait concernant le fameux – ou infâme – professeur.

Les deux premiers ouvrages qu'elle lui apporta furent *La Dynamique d'un astéroïde* – deux cent neuf pages d'équations impénétrables avec très peu de mots – et un fin volume de soixante-huit pages intitulé *Traité sur le binôme de Newton*. Ce dernier avait été publié dès 1871, l'année même, d'après la brève quatrième de couverture, où James Nolan Moriarty avait obtenu ses deux diplômes, en mathématiques et en physique appliquée, au University College de Dublin. Le livre, publié par une petite maison d'édition dublinoise inconnue de James, était dédié à Carl Gottfried Neumann, professeur à l'université de Leipzig.

James n'avait jamais entendu parler du Pr Neumann, mais Mlle Miller l'assura que c'était un personnage important, souvent cité dans des revues de mathématiques, notamment allemandes ; pour le prouver, elle lui apporta même le livre du savant intitulé *Das Dirichtlet'sche Prinzip in seiner Anwendung auf die Reimann'schen Flächen*.

James aurait pu prendre le temps de se demander comment un étudiant du University College, à Dublin, pouvait être avancé au point de dédicacer son premier livre de théorie mathématique à un professeur de Leipzig, mais au lieu de ça, il expliqua à Mlle Miller qu'il était avant tout intéressé par des informations biographiques concernant le Pr Moriarty – et par des photographies du professeur, s'ils en avaient.

S'il vit de la curiosité dans le regard de Mlle Miller, la bibliothécaire était bien trop professionnelle pour demander : *Envisagez-vous d'écrire un livre sur l'homme qui a tué Sherlock Holmes ?* Elle fila chercher d'autres références dans différentes sections scientifiques du dédale de piles, de rayonnages et de pièces cadenassées qu'était la bibliothèque du Congrès.

En moins d'une heure, James eut accès à toutes les ressources dont disposait la bibliothèque sur l'homme que Sherlock Holmes, sur le papier, avait appelé le « Napoléon du crime » et dont il avait douté, de vive voix, de l'existence même.

Les informations prêtaient pourtant à confusion. Même les dates et les lieux de naissance ne correspondaient pas. Le *Who's Who in European Mathematics* de 1884 affirmait que le Pr James Moriarty – sans deuxième prénom –, auteur du *Traité sur le binôme de Newton*, était né à Dublin en 1846. Un annuaire du University College, Dublin, où un Pr James N. Moriarty figurait parmi les professeurs de mathématiques de 1872 à 1878, le faisait naître en 1849 à Greystones – un petit village entre Dublin et Wicklow, comme le lui apprit Mlle Miller après consultation d'un atlas de l'Irlande.

Si Moriarty était encore vivant aujourd'hui, et n'avait pas péri en 1891 dans les chutes du Reichenbach, quel âge aurait-il ? Quarante-quatre ou quarante-sept ans ?

Une autre surprise pour James fut la découverte de la date de copyright de *La Dynamique d'un astéroïde*, publiée par une maison inconnue à Londres en 1890. Même si la date de naissance de Moriarty était la plus récente parmi celles indiquées, il aurait eu quarante et un ans à la parution. Ce qui était vieux, d'après ce que Henry James avait compris, pour la première contribution majeure d'un mathématicien. Un professeur d'Oxford lui avait raconté un jour que les mathématiciens comme Charles Dodgson, plus connu sous le nom de Lewis Carroll, publiaient en général leur meilleur ouvrage avant d'avoir trente ans.

Tournant les pages de *La Dynamique d'un astéroïde*, couvertes d'équations mathématiques aussi impénétrables – à James – que des hiéroglyphes, il marmonna à voix haute : « Si j'avais ne serait-ce qu'une vague idée du sujet de ce livre…

— J'ai entendu des scientifiques en discuter ici, dit Mlle Miller, pensant qu'il s'adressait à elle. Il semble que l'astéroïde en question crée ce que les astronomes et mathématiciens appellent un "problème à trois corps". Prenez deux corps célestes : leur attraction gravitationnelle, la force de marée qu'ils exercent l'un sur l'autre, leur rotation chaotique, leurs orientations tridimensionnelles et ainsi de suite peuvent être déterminées grâce aux techniques des mathématiques modernes et classiques. Mais si on ajoute un troisième corps… alors l'orientation, la rotation chaotique et même la trajectoire d'un astéroïde ne sont plus calculables. Si j'ai bien compris, le Pr James Moriarty a acquis sa renommée en montrant dans ce livre ce qui ne peut pas être calculé.

— Très intéressant », dit James, même si le résumé qu'elle faisait de l'analyse des autres lui passait largement au-dessus de la tête. Au bout d'un instant, il reprit : « Il n'y a donc aucune chance de trouver une photographie du Pr Moriarty…

— Venez avec moi, monsieur James. »

Mlle Miller – James s'efforça de ne pas penser à son prénom malheureux – s'élança d'un pas martial, tel un soldat partant au combat.

Ils durent monter dans ce qui semblait être le grenier poussiéreux du Capitole (mais apparemment pas sous le grand dôme), et Mlle Miller déverrouilla encore trois portes avant de pénétrer dans une pièce remplie de milliers de revues soigneusement classées.

« Mathématiques… conférences… européennes… », marmonna-t-elle.

Elle fit signe à James, derrière son dos, de s'asseoir sur le seul siège disponible : une chaise basse devant ce qui ressemblait à un pupitre d'écolier au milieu de cette pièce incroyablement encombrée. James était sûr que cette bibliothèque alimenterait ses cauchemars pendant des années.

« Voilà ! » s'écria enfin Mlle Miller, sortant une revue allemande au titre trop long et à l'écriture gothique si pleine de *Umlaute* que James ne se donna même pas la peine de tenter de le déchiffrer.

Elle l'ouvrit à la page trente-six et posa le doigt sur une rangée de huit hommes faisant face à l'objectif. La légende, en allemand, indiquait *Conférence de mathématiques avancées et d'astrophysique, université de Leipzig, juillet 1892.*

Les noms étaient inscrits sous chaque homme, mais James n'eut pas besoin de les lire. Il vit tout de suite Moriarty, à l'extrême droite – même crâne dégarni, mêmes longues mèches de cheveux noirs, même cou tendu comme celui d'un reptile, et la pointe d'une langue apparaissant entre les fines lèvres pâles. C'était la même photo qu'il avait sortie subrepticement de la poche de Holmes ce matin-là. Le détective avait dû la découper dans un exemplaire de cette revue.

« Pr James N. Moriarty, Londres. » Aucune affiliation à une université n'était mentionnée. Mais la conférence s'était tenue en… juillet 1892. Plus d'un an après la mort de Moriarty dans les chutes du Reichenbach, en mai 1891, telle qu'elle avait été rapportée par les journaux !

Sûr qu'il ne trouverait rien de plus sur ce Lazare à la bibliothèque du Congrès, James fit mine de prendre quelques notes et assura une Mlle Miller contrite que, en dépit de l'apparente pauvreté des informations disponibles, elle lui avait été d'une aide inestimable. *Inestimable*.

Il se leva et se tourna pour partir, mais ne retrouva même pas son chemin dans le grenier jusqu'à l'escalier. Mlle Miller lui demanda par où il voulait sortir.

« Par la porte… principale, je suppose, répondit-il.

— Merveilleux, répondit la serviable bibliothécaire. Vous pourrez ainsi avoir un aperçu du Capitole. »

Il suivit son Énée dans plusieurs escaliers, entre d'innombrables piles de livres, à travers de longs et hauts couloirs encombrés, pour émerger sous les voûtes de marbre et le dôme majestueux du Capitole des États-Unis. Henry James fut impressionné, non pas tant par la taille *romaine* de la colossale structure, que par sa pure blancheur *grecque*. Et la lumière du début d'après-midi qui faisait étinceler les sols de marbre était ravissante.

Une fois dehors, sous le haut portique, alors que les colonnes monumentales encadraient la vue sur la résidence présidentielle à un kilomètre de là, James se tourna vers la bibliothécaire.

« Je tiens à vous remercier très sincèrement une nouvelle fois pour votre aide précieuse dans ma petite recherche, mademoiselle. »

Il effleura son chapeau et s'engagea sur les marches, puis s'arrêta et se retourna quand la bibliothécaire assistante le rappela.

« Monsieur James, je… » Elle se tordait les mains, rougissante. « Je n'aurai sans doute pas d'autre occasion, alors j'espère que vous ne trouverez pas impertinent de ma part d'en profiter pour vous remercier d'avoir écrit ce que je considère comme un roman si merveilleux et avisé à propos de l'*esprit* d'une femme. »

Daisy Miller ? songea James. *Cette pauvre créature a tant à apprendre sur la vie.* Lui aussi, à l'époque où il avait écrit ce texte populaire, mais ô combien superficiel.

« Merci, mademoiselle Miller, dit-il d'une voix onctueuse. Mais le personnage éponyme pâlit devant la beauté et la sagesse de son homonyme.

— Éponyme…, répéta Daisy Miller en rougissant de plus belle. Non, monsieur James… Je ne parlais pas de votre roman *Daisy Miller*. Celui-là était un plaisant… divertissement. Non, je parlais de votre merveilleux *Portrait de femme*.

— Aaah, trop aimable », murmura James dans sa barbe.

Il effleura encore une fois son chapeau, lui adressa un léger signe de tête, puis se tourna pour descendre les larges marches de pierre blanche, au rythme du martèlement de son parapluie. *Un plaisant divertissement ?* Mais pour qui se prenait donc cette vieille fille rabougrie ?

* * *

C'était déjà le milieu de l'après-midi. James, qui n'était pas prêt à retourner chez les Hay, chercha un endroit près du Capitole où prendre un déjeuner léger. Il s'était imaginé trouver un petit bistro, mais ne dénicha qu'une espèce de *delicatessen* – le genre d'établissement pour employés du gouvernement pressés ne disposant que d'une courte pause pour déjeuner – qui ne servait que des sandwichs rudimentaires et du café tiède. Mais comme il y avait des tables dehors, il s'assit à l'ombre et sirota son café en songeant à la teneur de ce qu'il avait vu et appris à la bibliothèque du Congrès.

Jusqu'à cet après-midi, James avait eu l'intention de faire ses adieux aux Hay, de préférence avant le retour de Henry Adams plus tard dans la semaine, et de repartir seul à Londres. La vague de désespoir qui l'avait conduit à Paris et sur le quai de la Seine avait reflué, et il voulait seulement s'extraire de cet enchevêtrement poisseux de déguisements et de fausses identités dans lequel ce Holmes, qui qu'il soit réellement, l'avait emprisonné.

Mais à présent, sachant sans l'ombre d'un doute que Holmes lui avait menti en prétendant avoir inventé le Pr Moriarty afin qu'il puisse « mourir » avec lui dans les chutes du Reichenbach, et après avoir vu la photographie du vrai Moriarty dans la poche de Holmes et dans la revue de mathématiques, James était déterminé à rester avec ses amis les Hay et Henry Adams, jusqu'à ce que l'imposture de ce « Sherlock Holmes » soit démasquée.

Revigoré par cette nouvelle résolution, James repartit vers Lafayette Square et la maison de John et Clara Hay.

À la minute où un domestique le fit entrer, Hay dévala l'escalier, dans un état de grande agitation, et l'entraîna vers son bureau.

« C'est le moment de la révélation, dit-il. Il n'a pas voulu parler avant votre retour.

— La révélation… », répéta James.

Il sentit une appréhension le saisir comme chaque fois que ce « Holmes » révélait quelque chose.

Le bureau de Hay était un capharnaüm : des cartes et des enveloppes dactylographiées sorties de leurs boîtes et classeurs étaient disséminées partout.

James fut surpris de voir Clara, en plus de son mari et de Holmes, débarrassé de son déguisement de Sigerson.

« Clara, dit James, un peu stupéfait, vous êtes partie prenante de…

— Oh, oui, oui ! » s'écria Clara Hay. La respectable matrone de la bonne société washingtonienne lui pressa la main comme une écolière tout en agitant de l'autre main deux numéros de *Harper's Weekly*. « Et M. Holmes m'a donné ses impressions concernant "Flamme d'argent" et "La figure jaune", et…

— Silence ! » cria Hay. Le diplomate à la placidité légendaire ne se tenait plus d'excitation. « Nous sommes sur le point de connaître les résultats de la comparaison des polices de caractère. »

Sherlock Holmes était sous le feu des projecteurs et semblait s'en délecter. Il brandissait les cartes originales portant la mention « Elle a été assassinée », ainsi que diverses enveloppes et notes dactylographiées.

« J'ai trouvé la machine à écrire, sinon l'homme, derrière ces cartes anonymes envoyées tous les ans, annonça-t-il.

— Bon sang ! s'exclama John Hay. Dites-nous qui c'est ! »

Holmes examinait encore les polices à l'aide d'une loupe, puis releva les yeux.

« Qui est ce… Samuel Clemens ? »

21

Holmes attendait que la maisonnée des Hay s'endorme. Impatient, il fumait une pipe après l'autre dans sa chambre et entrouvrait par moments la porte pour écouter. Les murmures et les pas étouffés des domestiques continuèrent longtemps après que les Hay et Henry James se furent retirés dans leurs chambres respectives.

Enfin, ce fut le silence. Ouvrant grand sa fenêtre – qui donnait sur l'arrière de la maison, au croisement de H Street et de la 16ᵉ Rue – Holmes prit son lourd sac à dos contenant ses outils de monte-en-l'air, quitta subrepticement sa chambre et descendit l'escalier. Il était tout de noir vêtu : du pull sous la veste légère au pantalon d'ouvrier et jusqu'aux chaussures à semelles de crêpe qu'il s'était fait faire sur mesure par Charles F. Stead & Company, une tannerie du nord de l'Angleterre. Il traversa la cuisine sur la pointe des pieds, ouvrit la porte sans bruit, sortit et utilisa l'un de ses outils pour refermer à clé derrière lui.

Le jardin de derrière des Hay était séparé de celui des Adams par un haut mur de briques. Holmes lança une corde terminée par un petit crampon, tira dessus pour s'assurer qu'il était bien accroché, puis escalada le mur et se laissa tomber de l'autre côté en dix secondes silencieuses. Le jardin, de ce côté, était minuscule, l'espace étant occupé par une écurie, dessinée par le même architecte qui avait conçu les deux maisons. Une écurie vide, cette nuit.

Comme Henry James le lui avait expliqué, si Henry Hobson Richardson avait conçu et fait construire les deux maisons à peu près à la même époque, les deux projets étaient différents. Durant le thé qu'il avait pris avec Clara Hay cet après-midi-là, Holmes avait montré plus qu'un intérêt poli pour leur architecture. De sorte qu'en se dirigeant vers la maison de Henry Adams, il en avait le plan en tête.

La demeure était presque entièrement plongée dans le noir ; seules brûlaient encore quelques veilleuses à gaz. Les écuries formaient une haute masse noire derrière lui. Holmes avait noté que toutes les fenêtres du rez-de-chaussée de la maison étaient barrées par des grilles en fer forgé.

La porte de la cuisine était le meilleur endroit pour entrer. Le plus simple serait de découper un cercle de verre dans une des vitres, mais cela laisserait une trace de l'effraction. Holmes étala un bout de tissu par terre devant cette porte et y posa un genou. Il pouvait forcer la serrure en moins d'une minute, mais pas les deux verrous intérieurs que les domestiques avaient pris soins de tourner avant de partir. Il lui faudrait donc démonter la serrure, passer un fil de fer rigide qu'il pourrait tordre selon ses besoins, tirer ces deux verrous, entrer, puis remettre la serrure à sa place. L'opération prendrait presque une heure, mais puisqu'il ne comptait pas repartir par là, il n'aurait à le faire qu'une fois.

Holmes leva les yeux vers les étoiles. Il n'était pas encore une heure du matin. Il avait le temps.

Une fois à l'intérieur de la cuisine, il resta accroupi pendant plusieurs minutes dans le silence absolu, contrôlant sa respiration, aux aguets. Il avait entendu John et Clara Hay mentionner que les employés d'Adams étaient en congé et ne reviendraient que pour préparer la maison avant le retour de leur employeur le vendredi. La maison semblait bel et bien vide.

Il alluma une lanterne miniature, pas plus grande que sa paume, et referma les petits volets du haut et du bas, afin qu'elle ne projette qu'un mince faisceau droit devant. En quelques minutes, il avait remonté tout le mécanisme de la serrure et de la poignée, refermé les verrous de la porte de derrière et s'engageait en silence dans l'étroit escalier de service.

Bien que les deux hôtels particuliers aient été bâtis dans le style dit néo-roman, ils différaient par leurs proportions extérieures et l'impression qu'ils dégageaient à l'intérieur. La maison des Hay s'ornait d'une multitude de tours, de tourelles, de pignons et d'énormes cheminées ; celle des Adams – où ne vivaient désormais plus que le veuf et son personnel, bien sûr – était plus sobre, d'aspect plus moderne, et ne se distinguait d'un point de vue architectural que par le double arc blanc de son entrée.

Les deux possédaient trois étages. Le bureau privé de Henry Adams était situé au premier, et Holmes le localisa sans tarder. La pièce d'à côté, également fermée à clé, avait été la chambre noire et l'atelier photographique de Clover Adams, avant d'être reconvertie – d'après Clara Hay – en salle d'archives, accueillant les photographies soigneusement classées de la défunte.

La simple serrure résista moins d'une minute, et Holmes pénétra dans la pièce aveugle. Rallumant sa lampe miniature, il découvrit le meuble à tiroirs sur mesure où étaient rangés les tirages et plaques photographiques.

Il avait compté sur la méticulosité et l'efficacité de Henry Adams et ne fut pas déçu. C'était lui qui avait inventorié et archivé la plupart des photographies prises par son épouse, après la mort de cette dernière en décembre 1885. Holmes ne mit qu'une minute à trouver la clé du meuble d'archivage ainsi que le catalogue de l'inventaire – dactylographié pour une large part, même si quelques entrées étaient écrites de la main soignée de Henry Adams.

Vol. 7, p. 8, n° 50.23 – « R. Lorne, fév. 1884 », légendé à la main par Clover – *Rebecca Lorne, debout, en costume romain.*

Holmes trouva et sortit la photo, puis s'accroupit et dirigea sa lampe miniature dessus.

La femme avait une pose étrange, son « costume romain » était rudimentaire et son visage détourné de trois quarts de l'objectif de l'appareil photo. Mais il ne faisait aucun doute que « Rebecca Lorne » était la femme que Sherlock Holmes avait connue sous le nom d'Irène Adler. Il remit le cliché à sa place.

Vol. 7, p. 9, n° 50.9 – « R. Lorne », sans date, légende de la main de Clover – *Rebecca Lorne avec un banjo.* Commentaire de la main de Clover : « Très bonne. »

Holmes orienta l'étroit faisceau vers l'image. C'était en effet une très bonne photo d'Irène Adler/Rebecca Lorne. La femme était plus âgée que dans les souvenirs de Holmes, mais encore assez séduisante. Clover Adams l'avait fait poser dans l'angle d'une pièce, près d'une fenêtre, en tenant son banjo comme si elle en jouait. Holmes avait déjà vu l'instrument. Le visage de Lorne/Adler était tourné vers la fenêtre et légèrement penché en avant pour accrocher la douce lumière. Clover avait utilisé un objectif grand angle – le Dallmeyer, devina Holmes, déjà sorti à l'époque – et réussi une image qui était à mi-chemin entre un portrait posé et un cliché pris sur le vif d'un instant de la vie quotidienne.

Vol. 7, p. 10, n° 50.10 – « R. L., 8 fév. 1884 », légende de la main de Clover – *Rebecca Lorne, debout, en costume romain.*

Cette fois encore, le visage était aux trois quarts détourné. Holmes remit la photo en place.

Vol. 9, p. 17, nº 50.106 – « Old Sweet Springs, Virginie, juin 1885, Rebecca Lorne, son cousin Clif Richards. Sous la véranda de la maison ».

Holmes sortit sa petite loupe et étudia l'image. Rebecca Lorne regardait l'objectif, et seul le haut de son visage était caché par son chapeau à bride. Mais son « cousin Clifton Richards » baissait la tête, de sorte que le rebord de son chapeau dissimulait entièrement ses traits. Il semblait assez athlétique pour être Lucan Adler, mais Holmes ne pouvait en être sûr. Il remit la photographie dans son tiroir.

Vol. 9, p. 21, nº 50.108 – « Old Sweet », légende de la main de Henry Adams – *Vue de la maison avec des gens sous la véranda.*

Là aussi, une partie du visage de « Rebecca Lorne » était visible, mais l'adolescent, Clifton Richards d'après ses vêtements et son chapeau, avait détourné la tête.

Holmes jura tout bas. Il ne restait qu'une photo dans cette série.

Vol. 9, p. 23, nº 50.109 – « Old Sweet Springs, juin 1885, Rebecca Lorne et son cousin », légendé par Henry Adams – *Debout dans un pré avec la maison en arrière-plan.*

Clover avait apparemment pris cette photo sans prévenir ses sujets. Les deux silhouettes se tenaient dans l'herbe haute, qui leur arrivait presque jusqu'à la taille. La tête et les épaules de « Rebecca Lorne » étaient floues, puisqu'elle tournait la tête pour entendre ce que disait le garçon qui se trouvait à son côté et légèrement derrière elle.

Le visage du garçon – inconscient du fait que Clover prenait la photo – était parfaitement net. C'était la meilleure image de Lucan Adler, jamais saisi en photo.

Le cœur de Holmes battait la chamade. La pochette d'archivage contenait deux tirages identiques. Holmes en prit un, vérifia qu'il était aussi bon que le premier et le rangea dans sa poche intérieure, au-dessus de son cœur. Il remit la deuxième photo à sa place et referma le long tiroir.

Il quittait la pièce quand il entendit des voix au rez-de-chaussée.

* * *

« … me faire sortir du lit au milieu de la nuit… », dit un homme d'une voix pleine de colère.

« Il n'y peut rien si le temps a changé sur l'Atlantique... », répondit une autre voix, plus âgée.

« ... de retour avec deux jours d'avance et sans prévenir... », râla un troisième homme plus jeune.

« Je dois changer les draps dans la chambre de monsieur, aérer toute la maison, vérifier les serviettes de toilette et... », dit une femme à une autre qui ne cessait de l'interrompre pour se plaindre.

« Le câble ne précisait pas l'heure d'arrivée de M. Adams, reprit la voix de l'homme le plus âgé. Préparons tout ce soir, et que tout le monde soit de retour ici pour l'inspection demain matin à sept heures. J'ai demandé à Martin de prévenir le reste du personnel. »

« Bon sang », marmonna Holmes, mais sans prononcer les mots. Il éteignit sa minuscule lanterne et se dirigea sur la pointe des pieds vers l'escalier de service.

Les domestiques – très certainement le majordome et deux valets de pied, la gouvernante et au moins deux de ses subalternes – montaient l'escalier principal. Henry Adams rentrait donc plusieurs jours avant la date prévue, et son personnel diligent faisait en sorte que tout soit prêt pour son arrivée le lendemain matin.

Bon sang, songea Holmes une fois encore, s'engageant dans l'étroit escalier de service pour monter au deuxième étage. Les marches de bois craquèrent sous son poids.

« Vous avez entendu ? s'exclama l'un des valets de pied.

— Si c'est un cambrioleur, il va avoir une mauvaise surprise, répondit le majordome.

— Dois-je aller prévenir la police ? demanda la gouvernante.

— Non, répondit le majordome. William, Charles, allez chercher trois tisonniers. William, vous viendrez avec moi, nous allons inspecter les pièces du fond et l'escalier de service. »

La plus grande partie du troisième étage accueillait les chambres des domestiques. Holmes dut tâtonner dans le noir pour trouver le dernier escalier – une échelle, plutôt, tant il était raide. Il entendait les hommes s'interpeller en dessous, à mesure qu'ils inspectaient les pièces du deuxième étage. La porte du grenier était fermée à clé, et il perdit plusieurs précieuses minutes dans une obscurité quasi totale à forcer la serrure avec ses fils de fer et ses outils. Il entra dans le grenier à l'odeur de renfermé.

Les domestiques avaient vérifié toutes les pièces du deuxième et convergeaient vers le troisième. Holmes dut prendre le risque d'allumer sa lanterne pour éclairer le grenier où s'entassaient de vieilles malles, un mannequin de couturier qui se dressa devant lui tel un cadavre sans tête, encore d'autres valises et une cage à oiseau vide. Il s'éloigna de la porte sur la pointe des pieds, tandis que les voix en dessous devenaient de plus en plus distinctes. Balayant le plafond mansardé avec sa lanterne, il trouva l'inévitable trappe menant au toit.

Par chance, elle était juste sous deux hautes malles dont il se servit comme de marches. Il poussa de toutes ses forces pour ouvrir la trappe, en espérant que le léger grincement qu'elle émit en tournant sur ses gonds serait étouffé par les bruits de pas en dessous.

Holmes se retrouva dehors, sur le toit pentu et glissant, du côté du jardin de derrière et des écuries.

Remerciant silencieusement H. H. Richardson pour la qualité de la construction – les lattes du parquet en bois massif qui avaient absorbé le son de ses semelles de crêpe, la triple épaisseur de ce toit aux tuiles solides – Holmes fila vers les cheminées et pignons plus hauts de la maison de John Hay.

De H Street et du devant de la demeure d'Adams, les deux hôtels particuliers de briques semblaient contigus, mais en réalité, Richardson avait séparé le mur est de la maison d'Adams du mur ouest de celle des Hay par un espace d'environ cinquante centimètres. Holmes s'apprêta à sauter par-dessus ce vide – un étroit abîme noir profond de quinze mètres – en sachant que le toit des Hay était légèrement plus haut que celui d'Adams, d'où il allait s'élancer.

Entendant du bruit près de la trappe derrière lui, il fit taire son imagination et sauta. De l'autre côté, il se sentit glisser le long de la paroi raide et inclinée, et n'arrêta sa glissade qu'en écartant les bras et les jambes, utilisant l'adhérence de ses pieds, de ses doigts et de son corps contre les tuiles.

Des hommes émergeaient de la trappe dans le toit d'Adams.

Holmes se décala de soixante centimètres vers la droite pour que l'imposante cheminée principale à dix souches de la maison d'Adams le cache à la vue des domestiques, tandis qu'il escaladait la surface pentue du pignon nord-sud de la maison des Hay. Il roula de l'autre côté de la ligne de faîte de ce gable et se baissa juste au moment où le majordome et les deux valets atteignaient l'extrémité est du toit d'Adams et dirigeaient le faisceau de leur lanterne le long de la pente ouest des pignons des Hay. Une partie de la haute façade triangulaire donnant sur H Street, Lafayette Square et la résidence présidentielle dissimulait Holmes à la vue de quiconque se serait trouvé dehors à cette heure de la nuit.

Quand les domestiques d'Adams se furent convaincus qu'il n'y avait aucun cambrioleur sur le toit, ils rebroussèrent chemin avec précaution – se tenant même la main à un endroit – et redescendirent par la trappe.

Avançant de nouveau sur la pointe des pieds, ne s'aidant qu'occasionnellement de ses doigts sur le toit très raide, Holmes monta jusqu'à la ligne faîtière, puis la suivit vers le nord jusqu'au pignon le plus haut de la maison des Hay, qui culminait à plus de vingt mètres de la chaussée.

Contrairement à la demeure d'Adams disposant de deux cheminées massives, à l'est et à l'ouest, celle des Hay en avait six petites, en briques, à différentes hauteurs.

Holmes se laissa glisser le long de la paroi supérieure du toit jusqu'à ce que ses semelles de crêpe se plantent contre l'une de ces hautes et minces cheminées, à un tiers de distance du sommet nord-ouest. Il se reposa là une minute, haletant doucement, et écouta le clip-clop d'une voiture à cheval passant dans la 16e Rue.

Quelqu'un faisait rentrer des chevaux dans les écuries d'Adams. Holmes ignorait où ils avaient été gardés pendant les semaines d'absence de leur propriétaire, mais voilà que des palefreniers ou garçons d'écurie les ramenaient dans leurs stalles à deux heures du matin. Plusieurs lanternes et au moins une lumière électrique éclairaient la cour des écuries, le jardin et toute la partie du toit à l'ouest de la cheminée derrière laquelle il était caché. Il consulta sa montre et soupira doucement.

Ce n'était pas là le premier, ni même le deuxième plan qu'il avait élaboré en vue de sortir de la maison des Adams et de retourner dans sa chambre. Mais au moins avait-il prévu un plan C. Pendant que les palefreniers installaient les chevaux en faisant le moins de bruit possible, Holmes sortit deux rouleaux de corde de son sac à dos.

Ce serait gênant s'il avait mal estimé la longueur de corde nécessaire. Gênant et – de cette hauteur – probablement fatal.

Enfin, les chevaux d'Adams furent de retour dans leurs stalles et les lanternes éteintes. Même le scintillement en provenance de la cuisine d'Adams avait disparu, alors que le majordome, la gouvernante et les autres employées de maison s'étaient sûrement retirés dans leurs chambres.

Holmes alluma sa lanterne le temps de consulter sa montre.

Presque quatre heures du matin. Les domestiques des Hay se lèveraient bientôt pour leur interminable journée de travail.

Holmes tapota la photo en sécurité sur son cœur, rangea la lanterne, s'assura que son sac était bien fermé et sa lanière bien fixée sur son épaule. L'un des rouleaux de corde était long et lourd, l'autre plus court. Des années plus tôt, il avait appris les rudiments du rappel dans les Alpes. Il fixa la corde courte autour de la souche de cheminée et accrocha la deuxième à la première grâce à des doubles nœuds de pêcheur. Passant la double corde entre ses jambes, sous la fesse droite puis sur l'épaule gauche, il la récupéra dans sa main droite pour une descente en rappel que son premier guide alpin avait nommé *Dülfersitz*.

Ce matin-là – la veille, s'aperçut-il – puis de nouveau l'après-midi, il avait marché jusqu'au fond du jardin des Hay, officiellement pour fumer sa pipe et réfléchir, mais en réalité pour observer la mince cheminée située directement au-dessus de sa chambre au premier étage. À présent, il devait se fier à ses estimations, tout en espérant qu'aucun domestique, se promenant dans les couloirs après minuit, n'ait senti un courant d'air et pris la liberté d'entrer dans sa chambre pour refermer la fenêtre qu'il avait laissée ouverte à dessein. Un jour, un couvreur découvrirait la corde nouée à la cheminée, mais c'était le cadet des soucis de Holmes cette nuit-là. Se penchant en arrière, presque à l'horizontale, laissant la corde de rappel glisser dans sa main gauche, alors que l'autre était enroulée à son poignet droit, il descendit le long de la façade latérale de la maison de briques de John Hay et franchit d'un bond la fenêtre sombre du deuxième étage qui, il s'en était assuré plus tôt, était une ancienne chambre de domestique utilisée comme débarras.

Enfin, il atteignit la fenêtre du premier et se propulsa à l'intérieur de sa chambre, en prenant garde à passer bien au-dessus du châssis – il ne voulait pas avoir à expliquer comment la fenêtre de sa propre chambre aurait pu se casser au cours de la nuit.

Après avoir posé la photo d'Irène et de Lucan Adler sur sa table de chevet, il retourna à la fenêtre et tira sur la longue corde de rappel pour la décrocher. Puis il l'enroula avec précaution et la rangea dans son sac de cambrioleur. La corde plus courte ayant servi d'ancrage resterait là-haut.

L'air nocturne était frais, et il laissa la fenêtre ouverte jusqu'à ce que la pellicule de sueur qu'il avait sécrétée au cours de l'exercice ait séché.

Puis il retira ses vêtements noirs, qu'il plia soigneusement et rangea, fit sa toilette au lavabo, se mit en pyjama et régla sa montre pour qu'elle le réveille à neuf heures du matin. Henry James et lui prenaient le train de dix heures quarante-deux pour New York.

Holmes avait laissé sa lanterne miniature sur la table de nuit et, avant de s'endormir, il l'alluma et dirigea une dernière fois son faisceau étroit sur la photo légendée ainsi par Henry Adams : « Old Sweet Springs, juin 1885, Rebecca Lorne et son cousin » – *Debout dans un pré avec la maison en arrière-plan.*

Dévisageant intensément le garçon, Holmes songea : *Pourquoi as-tu tué ta mère ?*

22

« Je m'étais donc arrêté au bureau du *Century* après avoir débarqué du bateau, dit Clemens, et je relisais les épreuves en placard de mon nouveau livre, *La Tragédie de Pudd'nhead Wilson*, assis sur le sofa en crin de cheval, quand je me suis aperçu qu'une espèce de malotru était venu fourrer son nez dans ma ponctuation. *Ma* ponctuation, messieurs ! La ponctuation à laquelle j'avais tant réfléchi et que j'avais si laborieusement perfectionnée ! Ma colère montait à mesure que je découvrais l'étendue de ce vandalisme, jusqu'à ce qu'elle se déchaîne contre tous les éditeurs, correcteurs, secrétaires et garçons de courses présents dans le bureau du *Century*. Et alors que je hurlais, je me suis rendu compte que ma rage s'était transformée en un volcan et que les mots que j'utilisais… eh bien, n'étaient pas de ceux qu'on entend à l'école du dimanche.

— Qu'est-il arrivé ensuite ? » demanda Howells.

Clemens baissa la tête et regarda par-dessous ses sourcils broussailleux.

« On m'a expliqué, comme on expliquerait la table de deux à un simple d'esprit, que le correcteur coupable était un as, importé – excusez du peu – de l'université d'Oxford, et que sa parole, au *Century*, était considérée, je cite, comme "sacrée, irréfutable et définitive". »

Howells souriait largement. James, le menton baissé, affichait l'ombre d'un sourire. Holmes avait la tête légèrement penchée de côté, dans une attitude de curiosité polie.

« Avez-vous eu une petite conversation avec cet érudit tout juste arrivé d'Oxford dont les corrections étaient "sacrées, irréfutables et définitives" ? » demanda Howells.

Ce n'était manifestement pas la première fois qu'il jouait le rôle de faire-valoir de Clemens.

Ils étaient entre deux plats, et Clemens tirait sur son cigare. Le front plissé, ses sourcils en bataille se rejoignant presque de colère, le menton décidé, il évoquait un taureau prêt à charger le toréador. Il sortit le cigare de sa bouche surmontée d'une grosse moustache bientôt blanche.

« Absolument, répondit Clemens. Je l'ai affronté dans le bureau de l'éditeur, utilisant ce pauvre homme comme témoin au cas où un homicide se produirait. J'étais pareil à un volcan. Un volcan si violent qu'aucun pauvre diable dans les bureaux du *Century* n'en est sorti indemne. L'éditeur et son correcteur d'Oxford étaient Pompéi et Herculanum sous mon Vésuve.

— Qu'avez-vous dit à votre profanateur de ponctuation ? » demanda Henry James.

Clemens dirigea son regard assassin vers l'autre écrivain.

« Je leur ai dit à tous deux que la merveille d'Oxford aurait beau être un archange tout droit venu du Ciel, ça ne l'autorisait pas à vomir son ignorance sur *ma* ponctuation. Que je m'y opposais formellement. Que je ne supportais pas de me trouver dans la même pièce qu'une seule page d'épreuves corrigées sur laquelle ce blablateur imbécile avait laissé son empreinte. À ce moment-là, Pompéi et Herculanum s'étaient reculés jusqu'aux fenêtres, et je les ai crus prêts à se jeter du douzième étage. J'ai donc littéralement saisi l'archange par le col avant qu'il ne tente le grand saut, et je lui ai expliqué que tout... ce machin... devait être recomposé et ma ponctuation rétablie exactement telle que je l'avais dactylographiée. Puis j'ai promis de revenir le lendemain, c'est-à-dire aujourd'hui, à midi précis, pour relire les épreuves désodorisées. »

Howells s'esclaffait. Holmes n'avait jamais vu James sourire aussi largement. Lui-même s'autorisa un mince sourire.

Des dîneurs, aux tables voisines, leur jetèrent des coups d'œil et firent des messes basses en regardant l'auteur aux cheveux bouclés, qui avait planté ses dents dans son cigare cubain.

« Quand avez-vous quitté l'Europe, Sam ? lui demanda Howells. Et de quel port ?

— De Gênes, répondit Clemens. Sur le vapeur *Lahn*. Je suis arrivé hier matin, comme je le disais, après six jours de mer.

— Une traversée très rapide, remarqua James.

— Le capitaine a prétendu connaître un raccourci, dit Clemens en soufflant un riche nuage de fumée. Et, ma foi, c'était le cas ! »

Howells, un homme pourtant sérieux d'ordinaire, rit de plus belle.

« Un raccourci à travers l'Atlantique nord ? s'exclama-t-il. Pouvez-vous nous révéler l'itinéraire secret emprunté par le capitaine du *Lahn* ? »

Clemens se cala contre le dossier de sa chaise et croisa les bras.

« Je crains que non. Un petit groupe de passagers curieux – dont j'ai pris la tête, bien sûr – a décidé de voler le sextant d'un officier pour connaître nos latitude et longitude.

— Avez-vous mis le plan à exécution ? demanda Holmes.

— Absolument. Nous avons seulement oublié qu'aucun de nous ne savait comment fonctionnait l'appareil. Si bien qu'après des heures passées à triturer la chose, nous avons seulement réussi à établir que nous nous trouvions soit en Afrique centrale, soit, chose tout aussi improbable, dans le Saskatchewan. »

Howells hurlait de rire, mais Clemens avait toujours son air renfrogné.

« Vous n'avez aucun indice concernant ce raccourci transatlantique ? demanda James, s'autorisant un coup d'œil à Holmes en prononçant le mot “indice”.

— Pas le moindre, répondit Clemens. À l'exception, devrais-je préciser, du moment où les autres passagers et moi avons remarqué des pingouins en train de folâtrer sur les blocs de glace entre lesquels le *Lahn* se frayait un passage.

— Des pingouins ! » s'écria Howells, et il rit encore plus fort.

Henry James comprit soudain que l'auteur sérieux et souvent mélancolique, l'éditeur de revue consciencieux et citoyen avisé qu'était William Dean Howells, utilisait la présence de Samuel Clemens comme prétexte pour redevenir un petit garçon.

« Naturellement, nous en avons déduit que les pingouins étaient les serveurs du navire, encore vêtus de leur uniforme, que le capitaine avait autorisés à aller baguenauder un moment sur la glace, dit Clemens.

— Non ! s'écria Howells, des larmes coulant sur ses joues, comme s'il suppliait Clemens de lui donner un moment de répit pour reprendre son souffle.

— Hélas, la révélation de leur nature aviaire est arrivée trop tard, reprit Clemens d'un ton de regret. J'avais déjà distribué de généreux pourboires à trois d'entre eux. L'un, au moins, a eu la décence de se cacher la face sous sa nageoire, ou son aile, ou quel que soit le nom de ce membre. »

Howells continuait de rire.

Les serveurs apportaient leurs plats principaux.

* * *

La veille, quand Holmes avait annoncé au petit groupe assemblé dans le bureau de John Hay que la machine à écrire utilisée pour dactylographier les cartes « Elle a été assassinée », envoyées ces sept dernières années, était celle sur laquelle avaient aussi été tapés les mots adressés aux Hay par un certain Samuel Clemens, ç'avait été la surprise puis la cacophonie dans la pièce. Enfin, Hay avait expliqué à Holmes que Samuel Clemens était le vrai nom du célèbre écrivain Mark Twain.

« Je dois l'interroger sans tarder, avait annoncé le détective. Hay ou James, vous m'accompagnerez.

— Je crains que ce ne soit pas possible, avait répondu Henry James. Ces dernières années, j'ai plusieurs fois lu dans les journaux de Londres que M. Twain... M. Clemens... se trouvait en Europe depuis 1891 avec sa famille. Ils ont fait un grand tour passant notamment par l'Allemagne, la Suisse et l'Italie. Une histoire de dettes et de créanciers américains insistants. Aux dernières nouvelles, Clemens et sa famille avaient quitté Florence pour Bad Nauheim, où M. Clemens prend parfois les eaux pour soigner ses rhumatismes. »

Holmes avait paru déconfit, jusqu'au moment où John Hay avait annoncé gaiement :

« En fait, nous avons de la chance. J'ai reçu une lettre de Sam... de M. Clemens... pas plus tard qu'il y a deux semaines, m'informant qu'il embarquerait d'Italie le 22 de ce mois, à destination de New York, où il a des rendez-vous d'affaires. Je crois qu'il ira ensuite à Chicago rencontrer quelqu'un et voir les préparatifs de l'Exposition universelle, avant de retourner en Europe dans six semaines.

— Il sera à New York ? demanda Holmes.

— Il doit y être – ou sur le point d'y arriver – au moment même où nous parlons.

— Il faut partir sur-le-champ », décréta le détective.

Clara Hay jeta un regard acéré à son mari, et Hay leva les mains.

« Hélas, j'ai trop d'obligations pour effectuer un voyage à New York. Mais je suis sûr que Harry sera ravi de vous accompagner. Je ne crois pas que Clemens et vous vous soyez déjà rencontrés, n'est-ce pas, Harry ? Sam m'a écrit qu'il avait l'intention de dîner avec Howells dès son arrivée à New York. Vous pourriez peut-être vous joindre à eux ?

— Qui est Howells ? s'enquit Sherlock Holmes.

— William Dean Howells. Un vieil ami de Harry autant que de Sam, auteur d'une certaine notoriété et critique bien connu. Howells a été rédacteur en chef de l'*Atlantic Monthly* de 1871 à 1881. À ce titre, il a aidé à publier des amis comme Henry et Sam, mais aussi à les promouvoir. Et il a tenu une rubrique dans *Harpers Weekly* jusqu'en 1882.

— Bien, dit Holmes. James pourra donc me présenter. Si vous aviez l'amabilité d'envoyer un câble à Howells pour le prévenir de notre arrivée, nous partirons aujourd'hui pour New York.

— Mais… », commença James.

Il ne trouva cependant aucune raison de refuser, hormis le fait qu'il n'avait pas envie d'y aller.

« Clemens a peut-être emporté sa machine à écrire avec lui en Europe, fit remarquer Hay.

— Sans importance, répliqua Holmes. Ce qui compte, c'est que Clemens nous dise qui avait accès à cette machine entre le 6 décembre 1885 et le 6 décembre 1886.

— Mais ça…, commença Clara Hay, avant de s'interrompre. Je vois. Si les cartes ont toutes été tapées au même moment, vous pensez que ça a dû être entre la mort de Clover et le premier anniversaire de sa disparition… quand nous avons tous reçu la première carte.

— Vous ne considérez sûrement pas Samuel Clemens… Mark Twain… comme un suspect ! protesta John Hay.

— Uniquement sa machine à écrire, répondit Holmes. Et avant d'aller plus loin, nous devons absolument savoir qui y a eu accès après la mort de Clover.

— Quelqu'un a pu les taper *avant* sa mort », fit observer Clara Hay.

Holmes avait adressé un mince sourire à leur hôtesse.

« Peut-être. Mais cette personne aurait aussi été le meurtrier. Raison de plus pour parler à ce Twain-Clemens dès que possible. » Se tournant vers Henry James, il s'exclama : « Vite, James. Fourrez quelques affaires dans votre bagage et mettons-nous en route. Il y a du neuf ! »

* * *

« Qu'est-ce qui vous ramène aux États-Unis, Sam ? demandait Howells.

— Les affaires, grommela l'homme entre deux bouchées d'entrecôte. Rien que les affaires. L'argent, les dettes et les affaires. Les affaires, les dettes et l'argent. Hier soir, j'ai dîné avec Andrew Carnegie. »

James, qui s'intéressait peu aux millionnaires et à leurs faits et gestes, n'en fut pas moins impressionné.

« Comment s'est passé ce dîner ? demanda Howells.

— Au poil, répondit Clemens. Carnegie voulait me parler de navigation de plaisance, du cours de l'or, de la famille royale britannique, des bibliothèques, de notre vie en Europe ces dernières années, des précepteurs suisses et surtout – longuement, je l'avoue – de son projet loufoque visant à ce que les États-Unis absorbent le Canada, l'Irlande et toute la Grande-Bretagne pour former un Commonwealth américain. De mon côté, je voulais le convaincre de me prêter un peu d'argent... ou, devrais-je dire, d'investir un peu dans des entreprises merveilleuses et infaillibles.

— Je suppose que vos conversations ont été productives », dit James.

Clemens plissa le front.

« J'ai expliqué à Carnegie mes investissements dans la kaolatypie, dans différentes autres inventions sûres de faire un tabac, dans ma maison d'édition et tout particulièrement dans la machine à composer de M. Paige. J'y ai déjà englouti quelque cent quatre-vingt-dix mille dollars sans jamais voir cette foutue... cette satanée machine fonctionner correctement plus de deux minutes.

— Qu'a pensé M. Carnegie de ces possibilités d'investissement ? demanda Howells.

— Il s'est penché en avant et m'a glissé à l'oreille son secret pour devenir riche et le rester », dit Clemens d'une voix de conspirateur.

Les trois autres hommes attablés, même Holmes, se penchèrent eux aussi comme des conspirateurs pour entendre le secret d'un expert de la trempe d'Andrew Carnegie.

« Carnegie m'a dit, murmura Clemens, et je le cite mot pour mot... "Mon garçon, mettez tous vos œufs dans le même panier, *et surveillez ce panier.*" »

Alors que Howells et James riaient et que Holmes se laissait aller à sourire, Sam Clemens garda une mine renfrognée.

« Il était sérieux, grommela-t-il.

— La machine à composer de Paige est peut-être votre panier, fit remarquer Howells.

— Un panier sans fond et sans anse, répliqua Clemens.

— Pourquoi ne pas simplement jeter l'éponge ? demanda Holmes.

— Parce que j'ai trop investi. Comme homme d'affaires, je ne vaux pas une cacahuète. C'est ce que dit Livy. C'est ce que dit mon ami le révérend

Joe Twichell. C'est ce que disent tous mes amis qui ne sont pas couverts de dettes. Mais j'espère toujours que la machine de Paige fera ma fortune et assurera la sécurité de ma famille. Cet outil fait non seulement un merveilleux travail de composition typographique, mais il justifie automatiquement les lignes… ce qui le rend unique au monde. La bonne nouvelle, c'est que quarante ou cinquante de ces machines miracles sont en cours de fabrication, et que le *Chicago Tribune* s'est engagé à l'essayer. Avant de repartir, je compte me rendre à Chicago pour parler à Paige. J'avais l'intention de mettre un terme à notre association durant cet entretien…

— Mais James Paige peut être très convaincant en face à face, avança Howells.

— Convaincant, c'est peu dire ! s'exclama Clemens, si fort que plusieurs autres dîneurs regardèrent vers leur table. Chaque fois que je décide de sceller le sort de Paige, de mettre à terme à mes investissements et de traîner le bonhomme en justice, l'inventeur me rejoue la grande scène de l'acte II : pleurs, promesses sincères, serments du fond du cœur, dignité offensée, une liste de faits et de chiffres à faire s'évanouir un expert-comptable, tout en affichant un air malheureux et blessé digne d'un basset souffrant d'hémorroïdes. Pensez donc ! James Paige serait capable de persuader un poisson de sortir de l'eau pour faire quelques pas avec lui. Quelle que soit la détermination avec laquelle j'aborde nos rencontres, quand je suis avec Paige, je le crois. Je n'y peux rien. Livy assure que c'est un hypnotiseur, pas un inventeur. Moi, je pense que c'est le plus flamboyant menteur à avoir jamais soutiré une fortune si laborieusement gagnée par un écrivain besogneux. Et on finit par lui donner quinze, vingt ou cinquante mille dollars de plus pour la qualité de son jeu d'acteur. »

Il y eut un silence inconfortable seulement rompu par les serveurs qui débarrassaient les assiettes. Puis Howells s'éclaircit la gorge.

Holmes avait entendu parler de William Dean Howells, il avait même lu un de ses romans et ne trouva rien d'inhabituel dans l'apparence de l'écrivain, rédacteur en chef et critique : cheveux courts, dont il peignait quelques mèches vers l'avant pour dissimuler un début de calvitie, moustache bientôt complètement blanche, regard intelligent et voix douce.

« Vous savez, pour moi, il s'agit d'une soirée très importante, pour ne pas dire "historique", déclara Howells.

— Et pourquoi donc ? demanda Clemens. À cause de la médiocrité de ce bordeaux hors de prix ? »

Howells ignora la remarque.

« Ce soir, deux de mes plus célèbres auteurs, qui sont aussi deux de mes plus vieux et plus chers amis, dînent avec moi. Je commençais à croire que ça n'arriverait jamais.

— J'ai lu quelque part que, d'un point de vue littéraire, Mark Twain et moi étions aussi opposés que les deux pôles, déclara Henry James.

— Je n'ai jamais compris cette métaphore, dit Clemens. D'après ce qu'on sait de l'Arctique et de ce qu'on appelle maintenant l'Antarctique, les pôles sont sûrement plus semblables que différents. Dire de nous que nous sommes les pôles de Howells signifierait que nous sommes tous deux froids, arides, terriblement distants, impossibles à atteindre et dangereux pour les voyageurs.

— Quoi qu'il en soit, poursuivit James, décidé à ne pas se laisser distraire par les absurdités de Sam Clemens, c'est vous, Howells, surtout à l'époque où vous dirigiez l'*Atlantic Monthly*, qui avez favorisé notre succès littéraire à l'un et à l'autre.

— Balivernes, répondit Howells, balayant l'hommage d'un mouvement de ses doigts manucurés. Vous étiez tous deux destinés à l'immortalité littéraire. C'était un honneur pour moi de publier vos œuvres et d'écrire des articles dessus.

— Il vous est souvent arrivé de ne pas signer les critiques élogieuses que vous publiiez dans votre revue, alors que nos livres y paraissaient en feuilleton, Howells, dit Clemens en riant – et sous l'effet du vin, sembla-t-il à James. Croyez bien que j'ai apprécié, tout comme sans doute M. James, mais s'il existait un comité de déontologie éditoriale…

— Vous savez, monsieur Clemens, l'interrompit James avant que la plaisanterie ne vire à l'insulte, nous nous sommes déjà rencontrés une fois, ou du moins ai-je déjà eu l'occasion de vous serrer la main.

— En quelles circonstances ? » demanda Clemens.

Le dîner à présent terminé, ils sirotaient leur vin en fumant le cigare, deux vices apparemment appréciés de Mark Twain, dont le regard vitreux semblait avoir du mal à se fixer sur l'autre écrivain.

« C'était le 15 décembre 1874, répondit James. À un dîner de gala à la Parker House de Boston pour fêter le premier anniversaire de l'*Atlantic* après le changement de propriétaire. Vous étiez présent, monsieur Howells… » James se tourna vers ce dernier et hocha la tête. « … ainsi que de nombreux autres auteurs connus – aujourd'hui publiés dans l'*Atlantic* –, des éditeurs, des professeurs de Harvard et de Princeton, des architectes, des pasteurs – mais pas le révérend Henry Ward Beecher…

— Ah, le scandale Elizabeth Tilton venait d'éclater, pas vrai ? dit Clemens. Hélas, pauvre Beecher… Je l'ai connu… sa sœur Harriet était ma voisine dans le quartier de Nook Farm, à Hartford. Ce pauvre Henry Ward faisait tourner la tête de toutes ces dames – du moins lorsqu'il prêchait –, puis la plupart des suffragettes en vue l'ont attaqué comme des harpies pendant le scandale : Elizabeth Cady Stanton, Victoria Woodhull, même sa sœur, Isabella Beecher Hooker. Elles voulaient toutes avoir sa peau.

— Mais Harriet, son autre sœur, votre voisine à Hartford, l'a soutenu, n'est-ce pas ? intervint Howells.

— C'est vrai. Jusqu'à la fin. Et puisque cela fait six ans ce mois-ci que le révérend Beecher est mort d'une attaque, je lève mon verre à sa mémoire et à tous les pauvres hommes subissant les foudres de sorcières pour des péchés aussi véniels. »

Les quatre hommes burent à Beecher et à son adultère.

Les autres tables du restaurant de l'hôtel s'étaient vidées. Les serveurs attendaient, visiblement, leurs mains gantées croisées devant eux. James savait que la soirée touchait à sa fin et qu'il devait parler, sans quoi l'occasion serait perdue.

« Monsieur Clemens, dit-il. Howells nous a appris que vous partiez à Hartford demain.

— Oui. Il le faut. L'argent, les dettes et les affaires. Mais pour la journée seulement. Je serai de retour chez le Dr Rice demain soir. »

James savait que Clemens était l'hôte du Dr Clarence C. Rice, un oto-rhino-laryngologiste qui comptait, parmi ses célèbres clients, Mlle Lillian Russell, le vieil acteur Edwin Booth et Enrico Caruso.

« M. Holmes et moi nous demandions si nous pouvions vous accompagner. Et peut-être vous convaincre de vous arrêter dans votre maison de Farmington Avenue. »

Clemens le regarda comme si on lui avait demandé d'avaler un serpent.

« Sauriez-vous si votre machine à écrire se trouve toujours dans votre maison de Hartford ? » s'empressa de demander Holmes.

Clemens se tourna vers le détective.

« Ma machine à écrire ?

— Nous avons mentionné tout à l'heure que des messages tapés sur cette machine sont envoyés chaque année à Henry Adams, John et Clara Hay et

Clarence King depuis la mort de Clover Adams. Cela m'aiderait dans mon enquête si je pouvais voir cette machine.

— Votre enquête ? » répéta Clemens. Il se pencha vers Holmes. « Je me suis jusqu'ici montré poli ce soir, mais je dois vous poser la question... êtes-vous réellement Sherlock Holmes ? Le Sherlock Holmes du 221 b Baker Street ? Celui du "Venez, Watson, il y a du neuf" ?

— Lui-même.

— Dans ce cas, vous... et James, et vous aussi, Howells, si vous n'avez rien d'important à faire... êtes les bienvenus pour m'accompagner à Hartford demain. Nous pourrons peut-être entrer dans la maison si j'envoie un télégramme au préalable – elle est louée, vous comprenez. Mais d'abord, monsieur Holmes, vous devez répondre à une question pressante qui m'a turlupiné pendant toute cette soirée.

— Je le ferai si je le puis », dit Holmes.

Clemens se pencha encore plus près du détective.

« Ma question est simple... êtes-vous réel ou êtes-vous un personnage de fiction ?

— C'est une des choses que j'essaie de déterminer en démêlant cette affaire relative à Clover Adams et aux Cinq de Cœur », répondit Holmes.

Clemens le dévisagea et n'ajouta pas un mot de plus.

Howells réclama l'addition d'un geste, ils payèrent et, puisque James et Holmes passaient la nuit dans cet hôtel, le Glenham, sur Broadway, tous deux accompagnèrent Clemens et Howells jusqu'aux cabs qui attendaient dehors.

« Venez, Howells, dit Clemens, prenons celui-ci et je vous déposerai...

— Mais ce n'est pas le chemin de la maison du Dr Rice..., protesta Howells.

— Montez, insista Clemens. Il serait mal venu que deux messieurs de notre âge et de notre position se fassent arrêter pour bagarre sur la voie publique à cette heure de la nuit. » Il dirigea son regard vers James et Holmes. « C'est une folle quête dans laquelle vous vous êtes lancés, messieurs, mais plus on est de fous, plus on rit. Je vous retrouverai tous à la gare de Grand Central demain matin à neuf heures. »

23

William Dean Howells les accompagna à Hartford ce jeudi – sans que Holmes comprenne bien pourquoi, puisqu'il supposait que Howells avait une journée de travail bien remplie à New York.

La morosité de la campagne qui défilait par la vitre du train n'avait d'égale que celle de la conversation. Au cours de ce seul trajet, Sherlock Holmes en apprit plus sur le métier d'écrivain et d'éditeur qu'il n'en aurait jamais l'utilité. Clemens et un James pourtant peu bavard en général exprimèrent des vues concordantes, tandis que Howells se contentait d'écouter et que Holmes tentait de faire un somme.

« L'édition change rapidement, et pas pour le mieux, remarquait Clemens.

— Je suis bien d'accord, acquiesça James.

— Les revues réclament des histoires d'un genre nouveau, si tant est qu'elles s'intéressent encore aux histoires.

— Je ne saurais mieux dire, convint James. Les ventes de mes nouvelles ont chuté. Un nouvelliste n'est plus en mesure de gagner sa vie.

— Et les romans par souscription – qui à une époque constituaient mon gagne-pain et celui de ma maison d'édition – sont en train de disparaître.

— Trop vrai, monsieur Clemens.

— Dès lors, où allons-nous puiser nos revenus ? s'interrogea Clemens entre deux bouffées de son havane. Même les romans-feuilletons se font rares dans les magazines.

— Très difficiles à placer, très difficiles, murmura James.

— Henry, intervint Howells, ses yeux fatigués s'animant. Vous souvenez-vous qu'il y a environ neuf ans – c'était, je crois, au début de l'année 1884 –, mon roman *The Rise of Silas Lapham* est paru en feuilleton dans le *Century* en même temps que vos *Bostoniennes ?*

— J'étais profondément honoré que mon modeste livre de jeunesse partage le même espace que votre chef-d'œuvre. »

William Dean Howells hocha la tête, goûtant le compliment.

Holmes remarqua un changement subtil, voire presque imperceptible, sur les traits de Henry James. L'expression, disparue aussi vite qu'elle était venue, lui évoqua celle d'une petite fille bien élevée sur le point de se livrer à quelque espièglerie.

« Monsieur Clemens, reprit James, avez-vous par hasard déjà lu *Les Bostoniennes* ? »

Clemens, d'ordinaire sûr de lui, eut l'air étrangement gêné.

« Ah… non, monsieur James… je n'ai pas encore eu ce plaisir.

— Je pose la question, reprit James d'une voix onctueuse, avec plus que l'ombre d'un sourire, parce qu'un ami anglais m'a raconté qu'il avait participé à un banquet à Boston à cette époque – en 1884, me semble-t-il – durant lequel vous avez proféré à la tribune, et je crois vous citer fidèlement : "Je préférerais être condamné au paradis de John Bunyan plutôt que de lire *Les Bostoniennes.*" »

Holmes fut étonné par cet assaut frontal. Même s'il connaissait Henry James depuis seulement peu de temps, il avait eu le loisir de l'observer : or tout, dans l'attitude de l'écrivain, suggérait qu'il éviterait la controverse à n'importe quel prix, et que, sommé de réagir, il le ferait par touches subtiles et teintées d'ironie. Or voilà qu'il attaquait Clemens comme l'amiral Nelson les flottes française et espagnole – en fonçant droit dessus.

Samuel Clemens/Mark Twain paraissait tout aussi stupéfait. Son visage, animé par des froncements de sourcils dramatiques, des expressions de surprise ou de joie exagérées dans tous les autres échanges dont Holmes avait été témoin, affichait à présent la mine consternée et honteuse du gamin de onze ans pris la main dans le pot de confiture.

« Je… Il… Je…, bégaya Clemens, les joues et le nez semblant tout près de s'embraser sous l'explosion de ses capillaires. Ce n'est pas… Je ne voulais sûrement pas… des *tribunes*… des *banquets* ! »

Les deux derniers mots furent lancés sur un ton dégoûté, puis Clemens agita la main comme pour chasser une odeur nauséabonde. Il s'efforça d'allumer un nouveau cigare, se penchant pour concentrer toute son énergie sur le geste, alors que les deux tiers d'un premier se consumaient encore dans le cendrier.

En voyant les traits figés et pâles de William Dean Howells, Holmes devina que c'était lui qui avait rapporté l'insulte à James une décennie plus tôt.

James laissa encore passer quelques délicieuses secondes de ce pesant silence avant de dire :

« Mais de nombreux lecteurs – que j'ai rejoints, maintenant qu'assez de temps s'est écoulé – étaient d'accord avec vous concernant les défauts des *Bostoniennes*. Et je suis pleinement d'accord avec vous pour reconnaître qu'il n'y aurait pas pire enfer que d'être condamné au paradis de John Bunyan. »

* * *

Le silence se fit pendant un moment. Clemens tenait son cigare, James et Howells fumaient leurs cigarettes et Holmes tirait sur sa pipe. Les quatre hommes s'observaient, tendus, à travers un nuage de fumée bleue.

« Henry, déclara Howells après s'être raclé la gorge, vous vous êtes diversifié, comme disent les hommes d'affaires, dans le théâtre, n'est-ce pas ? »

James hocha modestement la tête.

« Il y a trois ans, à la demande de M. Edward Compton, j'ai adapté mon roman, *L'Américain*, pour la scène. Il ne convenait pas vraiment à une dramatisation, mais le fait d'écrire et de réviser la pièce m'a fourni une précieuse expérience théâtrale.

— A-t-elle été montée ? s'enquit Clemens.

— Oui. Et avec un certain succès. D'abord en province et ensuite à Londres. Ma prochaine pièce sera une création originale et pas une adaptation. Pour être franc, à certains égards, j'ai l'impression d'avoir enfin trouvé ma vraie forme d'expression. Je trouve l'écriture dramatique, et l'importance qu'elle donne *à la scène*, plus intéressante que le roman ou la nouvelle, pas vous ? »

Clemens grommela.

« J'ai adapté mon livre, *L'Âge doré*, en une pièce que la plupart des gens connaissent sous le titre *Colonel Sellers* depuis que John T. Raymond en a incarné le personnage. Connaissez-vous Raymond, monsieur James ?

— Je ne l'ai jamais rencontré, ni vu sur scène.

— Un parfait colonel Sellers. C'était pendant la présidence de Grant. Le Président a assisté à une représentation à New York, et des amis m'ont dit qu'on l'entendait rire jusque dans les derniers rangs du balcon.

— C'était donc une comédie ? demanda James.

— En partie. C'est du moins ce qu'en a fait John T. Raymond. J'aurais apprécié qu'il joue la fameuse scène des navets dans l'esprit où je l'avais écrite, en faisant ressortir la dimension tragique de la pauvreté. Mais je n'ai pas à me plaindre. *Colonel Sellers* a rapporté dix mille dollars au cours des trois premiers mois, et j'imagine qu'il me fera gagner soixante-quinze ou cent mille dollars avant que lui, ou moi, ou nous deux, mourrions de notre belle mort. »

Il y eut un autre silence entre les quatre hommes, pendant que la vulgarité de la remarque se dissipait lentement avec la fumée du cigare, des cigarettes et de la pipe. Holmes soumettait Samuel Clemens à un examen des plus attentifs. Son travail consistait autant à analyser les gens qu'à interpréter les indices. Savoir percer à jour une personnalité et la véracité de ses affirmations en apprenait plus au détective que l'inspection d'empreintes de pas ou de cendres de cigarette. Clemens, vit Holmes, utilisait la vulgarité comme un dispositif – non seulement pour choquer son public (et les gens qui l'entouraient constituaient toujours un public), mais pour dépasser cette indignation et atteindre un degré supérieur d'humour ou de farce.

Degré supérieur aux yeux de Clemens, du moins.

Comme s'il lisait dans les pensées de Holmes, Clemens retira le cigare de sa bouche et se pencha vers l'intérieur du cercle des quatre hommes.

« Et vous, monsieur James ? Que pensez-vous des auteurs qui cherchent fortune en écrivant pour de simples comédiens ? »

James sourit.

« Des amis à moi assureraient que cet argent est sale.

— Bon sang, il l'est ! » s'exclama Clemens en abattant sa main sur son genou.

Toute la gêne et la culpabilité du petit garçon avait disparu, remplacées par un enthousiasme juvénile.

* * *

Hartford était une ville sinistre, tout entière dédiée à une seule activité – il y avait des compagnies d'assurances à chaque coin de rue, et aucune architecture municipale digne du moindre intérêt. Quand le brougham transportant les quatre hommes s'engagea dans Farmington Avenue, Holmes et James virent cependant la beauté de Nook Farm, l'ancien quartier de Mark Twain.

Les grandes maisons étaient toutes différentes, comme si leurs architectes avaient eu à cœur de respecter les rêves et les désirs de leurs clients. Chacune disposait de plusieurs hectares de terrain, et si des grilles de fer séparaient certaines de l'avenue pavée à la douce courbure, les plus grandes propriétés semblaient partager des forêts et des clairières non clôturées.

« Vous voyez ce belvédère ? demanda Clemens, montrant du doigt une petite construction au milieu des arbres, entre deux élégantes demeures. Harriet Beecher Stowe et moi le partagions, puisqu'il est situé pile sur la frontière invisible entre nos deux propriétés. Nous nous retrouvions souvent ici tous les deux, par de belles journées d'été ou de vifs matins d'automne, pour échanger des nouvelles et discuter de l'inévitable déclin de la civilisation occidentale.

— Est-elle toujours en vie ? » demanda Holmes.

La Case de l'oncle Tom se jouait au théâtre, à Londres, depuis des décennies.

« Oh, oui, répondit Clemens. Elle a presque quatre-vingt-deux ans, je crois, et demeure aussi digne et entêtée que jamais. La petite dame dont le livre a déclenché une grande guerre, comme a dit le président Lincoln lors de leur première rencontre. »

Le brougham s'arrêta le temps de laisser passer deux lents tombereaux de maçon.

« Certains soirs, poursuivit Clemens, quand je n'arrivais pas à dormir, j'allais m'asseoir sur la rambarde du belvédère, pour fumer en admirant les étoiles ou le clair de lune. Mme Stowe était souvent déjà là. Nous parlions presque jusqu'à l'aube, tels deux joyeux insomniaques.

— On ne peut que se demander de quoi parlaient deux auteurs aussi accomplis que différents. De la nature du mal ? Du passé et de l'avenir des Noirs en Amérique ? De littérature et de dramaturgie ?

— Nous parlions avant tout de nos maux, répondit Clemens en retirant le cigare de sa bouche. Surtout avant la mort de M. Stowe, en 1886. Elle me détaillait les siens et je lui énonçais les miens. »

Holmes vit Howells sourire. Apparemment, ils étaient sur le point d'entendre une des fameuses histoires de Sam Clemens, alors qu'ils attendaient toujours que les tombereaux passent en bringuebalant.

« Je me souviens d'une nuit où elle a énuméré toutes les douleurs dont elle souffrait, sûre qu'elles annonçaient sa mort prochaine… cette adorable femme était presque aussi hypochondriaque que moi… et j'ai été surpris de constater que j'avais récemment présenté les mêmes symptômes… des symptômes dont je venais d'être guéri ! »

Holmes croisa les bras. Les chariots étaient passés, et leur brougham tourna dans une allée pavée qui montait en serpentant une douce colline.

« Je lui ai dit : “Harriet, mon médecin m'a soigné pour ces mêmes affections. Exactement les mêmes !” “Quels médicaments vous a-t-il prescrits ?” m'a demandé Mme Stowe. “Eh bien, aucun médicament ! Mon médecin m'a seulement ordonné de m'abstenir pendant deux mois de boire comme un trou, de fumer sans discontinuer et de pousser des bordées de jurons à intervalles irréguliers mais fréquents. Harriet, ai-je conclu, cessez donc de boire, de fumer et de jurer pendant deux mois, et vous vous porterez comme un charme.” »

Clemens les scruta à travers la fumée, s'assurant qu'il avait encore toute leur attention.

« “Monsieur Clemens ! s'est-elle exclamée. Je ne me suis jamais adonnée à de telles pratiques.” “Jamais ?” ai-je demandé, et je peux vous assurer, messieurs, que j'étais stupéfait. “Jamais”, m'a répondu Harriet Beecher Stowe en resserrant son châle autour d'elle parce que la nuit était glaciale. “Dans ce cas, ma chère amie, ai-je répliqué avec une infinie tristesse, il n'y a plus d'espoir pour vous. Vous êtes comme une montgolfière en train de tomber et vous n'avez plus de lest à jeter par-dessus bord. *Vous avez négligé vos vices.*” »

Le brougham s'arrêta en haut d'une côte, et l'ancienne maison de Samuel Clemens apparut. Même s'il en était encore propriétaire, Livy et lui la louaient depuis deux ans à un certain John Day et sa femme Alice, pour deux cents dollars mensuels dont les Clemens avaient bien besoin. Il expliqua qu'il avait envoyé un câble aux Day pour les prévenir, et que John et Alice seraient absents cet après-midi : ils auraient donc la maison pour eux seuls.

Une fois descendu de voiture, Holmes regarda la villa. Les rayons du soleil créaient un riche mélange d'ombres et de couleurs sur les deux étages de briques saumon. Les pignons pointus et les cinq balcons donnaient à la grande maison des allures de château. Une haute tour percée de fenêtres surplombait la porte cochère.

Clemens surprit le regard du détective.

« Certains ont écrit ou dit que je voulais que cette partie ressemble au poste de pilotage d'un bateau fluvial, déclara-t-il, écrasant son cigare par terre. Mais c'est faux. Ce n'était pas du tout l'idée. C'est ce qu'on appelle une heureuse coïncidence. »

Clemens sortit une clé d'un pot de fleurs sur le perron, déverrouilla la porte et les fit entrer.

Holmes constata tout de suite que le bon goût et les objets de qualité régnaient ici en maîtres. Sa garçonnière du 221 b Baker Street avait beau être un capharnaüm – quand Mme Hudson n'intervenait pas pour ranger tout ce qu'il laissait traîner ici et là –, il savait apprécier un plaisant ordre domestique.

« Dix-neuf chambres, sept salles de bains, expliquait Clemens comme un agent immobilier décidé à leur vendre le bien. Toutes les salles de bains ont des W.-C. avec chasse d'eau, jadis une curiosité. Des tuyaux acoustiques permettent de se parler d'un étage à l'autre. Dans ce petit salon – entrez, messieurs – vous voyez le premier téléphone de Hartford, dans sa petite alcôve. Comme j'ai été parmi les premiers à faire installer l'infernal appareil, j'avais bien peu d'interlocuteurs téléphoniques.

» Voici le salon de réception… Les motifs au pochoir sur les murs sont signés Lockwood de Forest.

— Un associé de l'entreprise créée par M. Tiffany, précisa Howells.

— C'est dans ce petit jardin d'hiver que mes filles montaient leurs spectacles, poursuivit Clemens, montrant un coin rempli de plantes. Les rideaux peuvent être tirés comme dans un théâtre. » Il s'interrompit, puis parut regarder le salon et découvrir les pièces adjacentes pour la première fois. « C'est… bizarre. Avant de partir à l'étranger, Livy et moi avons fait mettre tout le mobilier, les tapis, les vases, les lits et les bibelots au garde-meubles, mais quand John et Alice ont loué la maison, plutôt que de contraindre un jeune couple à meubler un si vaste espace, nous avons fait réinstaller toutes nos affaires… pour une petite somme supplémentaire. Mais… »

Clemens entra dans la bibliothèque puis revint dans le salon. Au-dessus de la grande cheminée sculptée, face à eux, une fenêtre donnait sur le jardin. « C'était mon idée. Quoi de plus agréable que de s'asseoir en famille, un jour d'hiver, et de regarder la neige tomber juste au-dessus d'un feu crépitant ? » Il effleura les petits objets posés sur la cheminée et sur les bibliothèques de part et d'autre. « John et Alice ont tout placé exactement comme nous l'avions fait. Chaque vase et chaque tapis que Livy et moi avions achetés lors de nos premiers voyages. Tous les bibelots que les enfants adoraient… Voyez-vous, tous les samedis, Susy, Jean et Clara réclamaient une histoire où apparaissaient les objets et tableaux qui se trouvaient sur les étagères et la cheminée. À un bout, il y avait une peinture à l'huile encadrée représentant une tête de chat ; à l'autre, une aquarelle impressionniste du visage d'une jolie jeune fille, intitulée *Emmeline*. Entres les deux, une douzaine d'objets divers… oh, et aussi une toile d'Elihu Vedder, *Tête de Méduse*. Mes petites filles exigeaient donc de moi que j'invente une histoire – au débotté, aucun moment de préparation permis – dans laquelle je devais intégrer tout ce bric-à-brac et les trois tableaux. Je devais toujours commencer par le chat et finir avec Emmeline. Et interdiction de faire entrer un objet dans l'histoire qui ne soit pas à sa place dans la procession. Ces bibelots n'avaient pas droit à un jour de tranquillité, un jour de repos, un sabbat bien mérité. Aucun moment de paix, aucun répit dans leur vie. Rien que de la violence et des effusions de sang. Au fil du temps, ils ont montré des signes d'usure ; ils avaient vécu de telles aventures durant leur carrière romanesque !

— Un bon exercice pour un écrivain, observa Howells avec un rire.

— Il y avait souvent un cirque dans ces histoires », reprit Clemens, ignorant le commentaire. Il semblait avoir oublié la présence des autres dans la pièce. « Comme les filles adoraient les histoires de cirque, je mettais souvent… »

Il s'interrompit, l'air stupéfait, fit quelques pas chancelants et s'effondra plus qu'il ne s'assit dans un fauteuil fleuri.

« Sam ? demanda Howells.

— Ça va, répondit-il, protégeant ses yeux de sa main comme pour cacher des larmes. C'est seulement que… voyez-vous, tout est à sa place. »

Les autres ne surent comment réagir.

« J'avais promis à Livy que, même si je devais voir quelques vieux amis de Hartford pour les inciter à investir dans certaines de mes entreprises, je ne m'approcherais pas de la maison de Farmington Road. Mais dès que j'ai passé la porte, j'ai été saisi par un intense désir de voir ma famille entière réunie dans cette maison… tout de suite… et de ne plus jamais sortir de ce quartier de Nook Farm. De ne surtout jamais retourner en Europe. »

Clemens baissa la tête et regarda autour de lui comme s'il était dans un rêve.

« Tout est à sa place. Tous les objets que Livy et moi avons choisis, achetés, parfois après de longues discussions, que nous avons chéris dans ce qui m'apparaît maintenant comme notre jeunesse. Quand les filles étaient bébés puis gamines. »

Il se tourna et regarda droit dans les yeux Howells, puis James et enfin Holmes.

« Tous les intérieurs que j'ai vus en Europe étaient tellement laids, vulgaires et repoussants, messieurs. Comparez cette hideur baroque au goût parfait de ce rez-de-chaussée, à ce rêve délicieux de couleurs harmonieuses, à l'atmosphère de paix qui s'en dégage, de sérénité et d'un profond contentement. C'est tout simplement le plus beau foyer qui ait jamais existé.

— C'est vrai qu'il est beau, Sam », approuva Howells.

Clemens ne parut pas l'entendre.

« Sous l'effet de quelque magie noire, j'avais oublié l'allure d'antan de notre maison, ajouta-t-il tout bas, se parlant à lui-même. Ce… ce… » Il abattit ses paumes sur les bras du fauteuil en même temps qu'il plaquait ses chaussures vernies sur le sol. « Cet endroit, messieurs, m'apparaît si lumineux et si splendide et je m'y sens si naturellement chez moi que j'ai l'impression de m'être brusquement réveillé d'un cauchemar. C'est comme si je n'étais jamais parti, comme s'il me suffisait de tourner la tête… » Il la tourna vers l'escalier. « … pour voir ma très chère Livy descendre de ces délicieux sommets, les enfants gambadant sur ses talons. » Il regarda une fois encore ses compagnons tour à tour. « Mais je sens au fond de moi que ça n'arrivera pas. Ça n'arrivera plus jamais. »

Plus personne ne parla après ça.

Clemens se passa de nouveau la main sur les yeux et se leva d'un bond.

« Assez de ces bêtises, conclut-il d'une voix dure. Montons à la salle de billard au deuxième étage, où je conserve ma machine à écrire… cet instrument du diable qui est le pivot de l'enquête criminelle de M. Holmes. »

24

James et Howells suivaient Clemens et Holmes dans l'escalier. Sur le palier du premier étage, Howells effleura la manche de James pour lui faire signe de s'arrêter, tandis que les deux autres continuaient leur ascension.

« C'était la chambre de Sam et Livy, murmura-t-il en montrant une porte au fond du couloir. Ils avaient acheté un immense lit, en Italie, avec une tête de lit si superbement sculptée qu'ils posaient toujours leurs oreillers de l'autre côté afin que, comme disait Sam, cet ornement d'un prix extravagant soit la dernière chose qu'ils voient le soir et la première le matin. John et Alice Day ont apporté leur lit, si bien que la merveille de Sam et Livy est toujours au garde-meubles. »

James hocha la tête, mais Howells ne lâcha pas sa manche. De sa main libre, il lui montra une autre porte dans le couloir.

« J'occupais toujours cette chambre quand je venais en visite. Je ne compte plus le nombre de fois où j'ai été réveillé par un bruit étouffé à une, deux ou même trois heures du matin, pour découvrir Sam en chemise de nuit, une queue de billard à la main… parcourant les couloirs à la recherche d'un compagnon de jeu.

— Vous l'accompagniez ? murmura James.

— Presque toujours. »

La voix de Clemens résonna soudain dans la cage d'escalier.

« Vous venez, tous les deux, ou vous êtes occupés à fouiller les tiroirs en quête d'un trésor ? J'ai besoin d'un partenaire de billard. Le Plus Grand Détective Privé du Monde ne sait pas jouer et refuse d'apprendre ! »

* * *

Henry James observa la salle de billard de l'écrivain américain. Les murs mansardés – la pièce était située en haut de la plus haute tourelle de la maison – étaient peints en rouge pâle tirant sur le rose. Au centre trônait la table de billard, un modèle des plus récents d'un mètre et demi sur trois ; les six trous, aux coins et au milieu des longs côtés, avaient des poches décorées de passementerie dorée évoquant des chaussettes de Noël.

Le sol était recouvert d'un tapis persan aux motifs compliqués, parsemé de rappels d'un rouge plus soutenu. Une cheminée en briques sur le mur du fond laissait imaginer à quel point la petite pièce devait être douillette l'hiver ou les nuits d'été froides et orageuses. À côté de la cheminée, un meuble à étagères en bois brut d'un mètre cinquante de haut était garni de quelques livres et piles de papiers.

De l'autre côté du billard se trouvait une table sur laquelle était posée une lampe à huile, même si l'éclairage devait être assuré, le soir, par le grand lustre de cuivre pourvu de quatre lampes à gaz. Au fond, une porte vitrée, surmontée d'une imposte en forme d'éventail, ouvrait sur un balcon et laissait largement pénétrer la lumière. Le vitrail du carreau central représentait des queues de billard croisées, avec un cigare fumant au milieu, le tout coiffé d'une chope de bière mousseuse.

« Mes armoiries familiales, déclara Clemens, qui avait déjà allumé un nouveau cigare et faisait les cent pas entre la cheminée et la table de billard, une queue à la main. Celles de Shakespeare ne montraient qu'une pauvre plume sur un fond moutarde. La mienne est mieux, je trouve. »

James remarqua que le thème des queues de billard croisées se répétait sur le plafond peint.

Dans le coin gauche, au fond, la machine à écrire était posée sur une table plus petite, à côté de ce qui ressemblait à des lingots typographiques en plomb. Holmes s'en était déjà approché.

« Puis-je poser la machine sur cette table, là, et l'essayer ? » demanda le détective.

Clemens ne lui accorda qu'un coup d'œil.

« Faites, je vous en prie. » Il retira son cigare de sa bouche et regarda Howells et James. « Alors, monsieur James, disputeriez-vous une petite partie avec moi pour désigner le meilleur joueur de billard parmi les écrivains anglo-américains ?

— Hélas, répondit James. Je ne joue pas. Je n'ai jamais joué. Je ne prendrais pas le risque de vandaliser ce parfait tapis de feutre vert en apprenant à jouer aujourd'hui.

— Non ? » La déception de Clemens était audible. « Vous êtes sûr ? Dans toutes ses variantes, le billard est un jeu des plus distrayants, et si je joue mal et que je me mets en rogne, je suis sûr de vous amuser. À moins, bien sûr, que vous ne soyez comme ces prédicateurs méthodistes qui condamnent les jurons, les insultes, les propos blasphématoires et autres obscénités imagées. »

James leva la main, paume ouverte, et parut souligner son refus en reculant d'un pas. Au milieu des assises dépareillées – chaises en rotin, rocking-chair et deux chaises dignes d'un saloon du Far West – il repéra un fauteuil tapissé et s'y assit.

« Comme vous voudrez, dit Clemens en exhalant un nuage de fumée. Howells, mon vieil adversaire, cher ami et fine lame, il ne reste donc que vous et moi… une fois encore. »

Howells alla choisir une queue parmi celles qui étaient posées contre le mur à gauche de la cheminée.

« Vous observerez, déclara Holmes, que la carte blanche et vierge que je place dans la machine à écrire est identique en taille, en texture et, pour ce qui est de sa composition, à celles reçues par Henry Adams, les Hay et Clarence King pour l'anniversaire de la mort de Clover Adams.

— Comment savez-vous qu'elle a la même composition ? demanda Clemens ?

— J'ai pris la liberté d'analyser la carte au microscope et avec du matériel de chimie que j'ai apporté à Washington », répondit le détective.

Holmes centra la carte et tapa quelques mots. Tous les autres se rassemblèrent autour de lui.

`Elle a été assassinée.`

Le détective avait étalé six des cartes reçues par les Hay et une prêtée par Clarence King. Il compara la nouvelle à chacune.

« Vous voyez, dit-il, le petit blanc sur les “a”, le “i” légèrement plus haut que les autres lettres, la forme de la boucle du “e” et l'opacité dans les angles du “E” majuscule ? »

Aucun ne fit de commentaire. Ces petites imperfections ayant été portées à son attention, James dut admettre qu'elles provenaient bien d'une même machine à écrire. Il remarqua aussi qu'elles étaient plus distinctes sur la carte que Holmes venait de taper.

Le détective parut lire dans ses pensées.

« L'usure a accentué ces défauts, expliqua-t-il. Puisque les sept cartes originelles que nous avons ici sont exactement identiques, j'en déduis qu'elles ont toutes été tapées en même temps, donc il y a au moins sept ans, puisque les Hay, King et sans doute M. Adams ont reçu la première en décembre 1886. »

Clemens tendit les mains, poings serrés l'un contre l'autre, comme s'il attendait les menottes.

« J'avoue. Je me laisserai emmener sans résistance. »

Holmes réprima l'ombre d'un sourire.

« Je suppose, monsieur Clemens, qu'il n'aurait pas été difficile à l'un de vos invités de s'introduire dans cette pièce à un moment de la journée et de passer quelques minutes à taper quelques dizaines de cartes ?

— C'est tout à fait possible, acquiesça Clemens, coinçant le cigare entre ses dents et retournant à la table de billard. Même la nuit, personne d'autre que moi n'aurait remarqué le bruit de la machine et ne s'en serait étonné. »

James s'éclaircit la gorge.

« Vous n'avez pas eu besoin de votre machine à écrire, ces dernières années, quand vous étiez en Angleterre et en Europe ? demanda-t-il.

— Apparemment pas », répondit Clemens. Se penchant sur la table de billard, il écarta les bras et les coudes en un mouvement étrange mais gracieux. « Ces dernières années, j'ai recommencé à écrire à la main et, les quelques fois où j'ai voulu disposer d'une version dactylographiée de mes manuscrits, j'ai engagé un ou une dactylographe qui a fourni la machine en plus de ses compétences.

— Pourrais-je abuser, monsieur Clemens, en vous demandant les noms et dernières adresses connues de tous les employés qui ont travaillé pour vous en 1886 ?

— La liste doit se trouver quelque part dans la maison, grommela Clemens. Je vous la trouverai avant qu'on reparte aujourd'hui. Peut-on reprendre notre partie, à présent ?

— Faites donc », dit Holmes.

Clemens envoya la bille blanche taper contre un groupe d'autres billes. Trois d'entre elles tombèrent dans des poches. Clemens se redressa et enduisit de craie le bout de sa queue, alors que Howells, sourcils froncés, se penchait à son tour sur la table.

« C'est ce qu'on appelle avoir une chance de cocu, déclara Clemens.

— Avez-vous tenu un livre d'or, entre 1885 et le début de vos voyages ? lui demanda Holmes.

— Oui. Je ne crois pas que nous l'ayons mis au garde-meubles. Il y a un tiroir dans la table à laquelle vous êtes assis, monsieur Holmes. Oui, soulevez ce napperon… »

Holmes sortit quatre cahiers reliés de cuir.

« Puis-je… ? » s'enquit le détective.

Clemens hocha la tête.

Howells frappa la bille blanche, qui en carambola deux autres et heurta deux bandes avant de finir dans une poche.

« Bon sang de bonsoir, marmonna l'ancien éditeur.

— Je vais reformer le paquet correctement et nous allons recommencer, dit Clemens. Je ne sais pas pourquoi j'en suis arrivé à apprécier davantage le billard à poches que le carambole qui m'a volé tant de temps, d'énergie et d'argent pendant ma jeunesse. La plupart des tables en Angleterre et en Europe n'ont même pas de poches. »

Pendant que Clemens récupérait la bille blanche et rassemblait les autres vers un triangle de bois, Holmes dit :

« Monsieur Clemens, votre famille et vous avez reçu des centaines de visiteurs… par an, semble-t-il.

— Oui, enfin… » Clemens ne termina pas sa phrase. « Je n'ai rien à cacher, monsieur Holmes. Et je suis d'autant plus serein que j'ai subrepticement coupé les pages sur lesquelles Mme Lafarge et sa troupe de danseuses du ventre avaient écrit leurs noms et laissé leurs commentaires sur leur visite. »

Holmes leva les yeux des cahiers remplis de centaines de paraphes.

« Peut-être, si c'est possible…

— Oui, oui, dit Clemens. Ces quatre livres d'or couvrent toute la période allant de 1885 à notre départ en juin 1891. Tous les noms des gens qui ont passé une nuit ici y figurent. Emportez les cahiers, mais assurez-vous que Hay me les rende en parfait état. Car je suis certain qu'un jour, mes biographes en feront leurs choux gras.

— Merci, marmonna Holmes, mais je n'aurai pas besoin de vous les emprunter. Il me suffit de mémoriser les pages de décembre 1885 et de l'année 1886. »

Et Holmes se plongea dans un premier cahier, suivant du doigt la colonne de noms inscrits sur une page avant de passer à la suivante.

« Vous pouvez *mémoriser* ces centaines de signatures et de commentaires rien qu'en les regardant une fois ? » demanda Clemens.

Il paraissait dubitatif.

Le doigt de Holmes s'arrêta, et il leva les yeux.

« Malheureusement, ma mémoire est ainsi faite depuis mon plus jeune âge. Dès que je vois quelque chose, je peux m'en souvenir quand je veux. C'est plus une malédiction qu'un don.

— Mais ça doit être terriblement pratique dans votre métier, intervint Howells.

— Parfois, oui. Mais il m'a fallu des années pour apprendre à oublier délibérément des choses dont je n'avais pas l'utilité.

— Rappelez-moi de ne jamais jouer au poker avec vous, monsieur Holmes », dit Sam Clemens.

Mais Holmes s'était déjà replongé dans le livre d'or de 1886, son doigt glissant rapidement sur les pages.

Clemens haussa les épaules et fit signe à Howells, qui se pencha en avant, visa la bille blanche et l'envoya frapper le triangle formé par les autres sphères. Les billes roulèrent et s'entrechoquèrent. Une tomba dans une poche. Howells continua – il envoya une deuxième bille dans une poche, une troisième, puis échoua au quatrième coup.

« Je suppose qu'on fait un jeu de la huit, Sam, dit-il.

— Ah, ah ! s'exclama Clemens, faisant tomber sa cendre dans un cendrier. Les suppositions sont choses dangereuses, Howells ! En réalité, nous jouons au 14/1. Le premier à 15 a gagné.

— Que pouvez-vous m'apprendre sur la technique du billard, d'après ce que j'en ai vu jusqu'ici ? demanda Henry James, alors que Clemens préparait son coup suivant.

— Eh bien, en nous observant, Howells et moi, vous avez dû voir que si votre bille glisse vers sa cible et que le point semble imminent, vous devez lever une jambe ; puis hausser une épaule ; puis frétiller de tout votre corps ; à l'instant où la bille est sur le point d'entrer en contact avec l'autre, vous devez lancer les bras au ciel. Votre queue cassera sans doute un globe du lustre avant de prendre feu au contact de la flamme, comme Howells en a fait la démonstration tant de fois dans cette même pièce, mais peu importe ; vous avez fait ce que vous pouviez pour parvenir au résultat final. »

* * *

La partie suivit son cours, et Clemens gagnait manifestement, quand Holmes, ayant fini d'assimiler le livre d'or, le referma d'un coup sec et déclara :

« Vous avez reçu Rebecca Lorne et son cousin en février 86 !

— Lorne ? Lorne ? » Clemens leva brusquement sa crinière léonine. « Ah, oui, je me rappelle cette femme et son timide cousin… comment s'appelait-il ? Carlton ? Non… Clifton. "Clif" avec un seul "f", comme le précisait Mlle Lorne. Je ne me souvenais pas que c'était en février 86, si tôt après le suicide de Clover Adams.

— Comment les connaissiez-vous ? demanda Holmes.

— Oh, j'avais rencontré Mlle Lorne l'été précédent… non, plutôt au début de l'automne, juste après la réunion du Congrès… J'ai séjourné quelques jours chez les Adams et les Hay, alors que je bataillais pour mes droits d'auteur devant une commission parlementaire. Elle passait pas mal de temps avec Mme Adams… avec Clover. Henry Adams était très inquiet de voir sa femme si malheureuse… c'est la raison pour laquelle je suis parti de chez eux pour m'installer chez les Hay… Rebecca Lorne semblait être la seule amie qui lui rendait visite régulièrement durant cette sombre période.

— Mais comment se fait-il que son cousin et elle aient passé une nuit chez vous, ici, à Hartford, deux mois après la mort de Clover ? demanda Holmes. Aviez-vous noué une amitié ou entamé une correspondance avec Mlle Lorne ?

— Grands dieux, non ! Si je me souviens bien, ils sont tout simplement passés un dimanche, pour présenter leurs condoléances. Un dimanche en milieu de mois, je crois.

— Le 14 février, dit Holmes, dont l'intense regard gris aurait pu effrayer Clemens s'il n'avait pas eu les yeux dans le vague en tentant de se remémorer Rebecca Lorne et sa visite.

— C'est ça. Mais n'oubliez pas, monsieur le détective, que c'était il y a plus de sept ans. Mlle Lorne et son cousin Clifton se sont arrêtés chez nous parce qu'ils – ou elle, du moins – savaient que je connaissais Clover Adams depuis des années. Et ils ont dû dormir ici à cause d'une violente tempête de neige qui s'est abattue cet après-midi-là. Je me souviens que Livy a insisté pour qu'ils restent. Je crois qu'ils étaient en route pour Boston… où ils partaient s'installer. »

Clemens s'appuya sur la queue de billard, se collant de la craie bleue sur la manchette, et contempla Holmes d'un regard presque aussi intense que celui du détective un instant plus tôt.

« Pourquoi cet intérêt pour Mlle Lorne, monsieur Holmes ? Est-elle une… suspecte… dans votre enquête ?

— Elle est un facteur inconnu, monsieur Clemens, répondit Holmes, soutenant le redoutable regard de l'écrivain. Mme Adams… Clover… ne connaissait Rebecca Lorne que depuis un an. Pourtant elles semblaient devenues des amies intimes dans les mois et les semaines ayant précédé l'apparent suicide de Mme Adams.

— *L'apparent* suicide ? aboya Clemens. Que voulez-vous que ce soit d'autre ? Henry Adams a lui-même découvert le corps, encore chaud, après qu'elle avait bu la potion au cyanure.

— Tandis que Mlle Rebecca Lorne attendait devant la maison. Mlle Lorne a peut-être été la dernière personne à voir Mme Adams en vie.

— Vous êtes mal informé, monsieur Holmes, répliqua Clemens, son visage s'assombrissant au-dessus de sa moustache blanche. Je sais de la bouche même de Henry Adams qu'il a trouvé Mlle Lorne en train d'attendre à l'extérieur de la maison, au 1607 H Street. Elle était passée voir Clover, mais personne n'avait répondu à son coup de sonnette. »

Holmes hocha la tête.

« Henry Adams vous a raconté que la femme qui se faisait appeler Rebecca Lorne *avait dit* avoir attendu dehors quand personne ne lui avait répondu. Mais il est possible que Mlle Lorne ait rendu visite à Clover Adams pendant l'absence de Henry Adams, et qu'il l'ait trouvée après qu'elle fut ressortie du 1607 H Street.

— Ridicule, s'écria Clemens.

— Possible, admit Holmes.

— Et qu'entendez-vous par "la femme qui se faisait appeler Rebecca Lorne" ? Qui d'autre pouvait-elle être ?

— Bonne question », répondit Holmes.

James avait écouté cet échange avec beaucoup d'intérêt et s'attendait à ce que Holmes sorte sa théorie selon laquelle il l'avait connue sous le nom d'Irène Adler.

Au lieu de quoi, Holmes demanda :

« Durant la courte visite de Mlle Lorne ici, ou lors de vos précédentes rencontres avec elle à Washington, vous a-t-elle donné l'impression d'avoir été un jour familière du monde du théâtre ?

— Du monde du théâtre ? répéta Clemens en allumant un nouveau cigare. Je ne vois pas ce que… attendez ! Maintenant que vous le mentionnez, je me souviens d'avoir dit à Livy après leur visite : "Cette femme est déjà montée sur scène." Oui, ciel, je me le rappelle à présent.

— C'est elle qui vous en a parlé ? demanda Holmes.

— Non, pas du tout. Mais à un moment, quand le jeune Clifton a marmonné quelque chose au dîner, elle lui a demandé de ne pas "parler dans ses bottes". Et à un autre moment, quand nous avons joué au billard, elle l'a encouragé à "casser la baraque". D'après ce que je sais, ces expressions sont rarement utilisées en dehors du théâtre.

— Vous pensez vraiment que Rebecca Lorne ait pu être en haut avec Clover Adams quand elle a… quand le poison a été ingurgité ? » demanda William Dean Howells, la queue de billard toujours à la main.

Howells n'avait pas ouvert la bouche depuis un si long moment que toutes les têtes se tournèrent vers lui.

« C'est possible, dit Holmes. Il est plus probable que la femme ayant pris le nom de Rebecca Lorne ait été postée dehors pour faire du bruit au cas où Henry Adams rentrerait plus tôt que prévu… ce qui a été le cas. »

James cilla. C'était la première fois qu'il entendait cette hypothèse, et elle lui parut tristement plausible.

« Faire du bruit…, répéta Clemens, sans comprendre.

— Afin que le prétendu cousin Clifton ne soit pas interrompu dans ce qu'il était en train de faire à l'étage avec Clover, précisa Holmes.

— Mais Adams est monté tout de suite, fit remarquer Howells, le visage blême. Il n'a rien trouvé d'autre que le corps de Clover.

— Même si l'ancienne maison des Adams était beaucoup plus petite que l'actuelle, elle disposait d'un escalier de service, précisa Holmes. Je me suis renseigné. »

Sam Clemens exhala de la fumée bleue.

« Il aurait donc pu tranquillement redescendre par cet escalier pendant que ce pauvre Adams montait par le grand. Et sortir par la porte de derrière, sans doute. » Clemens se tourna vers Holmes. « Connaissez-vous la véritable identité de ce "cousin Clifton" ?

— Oui, répondit Holmes d'une voix très calme, dépourvue de toute note de triomphe ou de supériorité. Il n'y a aucune trace d'un Clifton Richards à Washington ou Boston avant les six mois précédant la mort de Clover. C'est lui qui a fourni à Clover Adams la nouvelle solution de développement contenant du cyanure. Il a disparu en janvier 1886, quelques semaines après le décès. Son véritable nom – j'en ai eu l'absolue confirmation hier – est Lucan Adler, c'est un anarchiste et un assassin.

— Mon Dieu ! s'exclama Clemens, balançant la queue de billard sur le feutre vert de la table. Livy et moi avons hébergé des meurtriers. Nous aurions pu être empoisonnés à notre propre table. Poignardés la nuit. Étouffés dans notre propre lit ! »

Holmes eut un petit sourire.

« Possible, mais fort peu probable. Ce n'était pas après vous qu'ils en avaient, mais bien après Clover Adams. Ils ont passé des mois à tisser leur toile autour d'elle.

— Mais pourquoi ? demanda Clemens. Clover a certes vexé certains membres de l'establishment de Washington, mais personne ne la détestait au point de la tuer !

— C'est ce que je cherche à éclaircir, dit Holmes. Pour l'heure, je crains qu'une ancienne actrice et aventurière du nom d'Irène Adler, et son fils, Lucan Adler, n'aient organisé la mort de Mme Adams avant tout pour *me* faire venir aux États-Unis. »

Les trois autres ouvrirent des yeux ronds.

« Vous faire venir en décembre 85 ou au début de l'année 86 ? demanda Henry James.

— Non. Me faire venir après la visite de Ned Hooper, qui m'a apporté les indices que sont les cartes "Elle a été assassinée". Me faire venir maintenant. »

Tout le monde se tut l'espace d'un instant. Puis Clemens prit la queue de billard de Howells, la reposa contre le mur avec la sienne et déclara :

« Venez avec moi, s'il vous plaît, messieurs. »

* * *

James avait pensé que la visite était terminée – le brougham et le chauffeur attendaient toujours dans l'allée –, mais Clemens les emmena sur une terrasse couverte au premier étage, où étaient disposés sept fauteuils à bascule. La vue d'ici était magnifique.

« Je vous en prie, asseyez-vous, messieurs, dit leur hôte. Choisissez n'importe quel fauteuil sauf celui-là. » Il avait posé les mains sur le dos d'un siège jaune moutarde aux coussins bosselés. « Et que Dieu bénisse John et Alice d'avoir tout laissé en place. »

Quand ils furent tous installés, Howells et James allumèrent des cigarettes. Holmes tira sur sa pipe. Clemens trouva encore un autre cigare dans une poche, en coupa d'un coup de dents l'extrémité qu'il cracha par-dessus la rambarde, puis l'alluma avec un grognement de satisfaction. James avait déjà fumé le cigare, mais il ne prétendait pas être un connaisseur. Tout juste savait-il reconnaître à l'odeur que Clemens fumait un cigare bon marché.

Clemens surprit son regard.

« Avant, je fumais des cigarettes, comme vous, monsieur James. Mais Olivia m'a dit que c'était une habitude dégoûtante et sûrement mauvaise pour ma santé. Donc, partant du principe selon lequel la seule façon de rompre avec une mauvaise habitude est de la remplacer par une autre encore pire, je me suis mis aux cigares. »

Howells s'esclaffa, même s'il l'avait sûrement déjà entendu de nombreuses fois.

« Mais je suis scrupuleusement les conseils de modération de Livy, poursuivit Clemens. Il est rare que je fume plus d'un cigare à la fois.

— Avez-vous jamais essayé d'en finir avec cette habitude, monsieur Clemens ? » demanda Holmes.

James songea aussitôt à la seringue du détective et à son addiction à la substance, quelle qu'elle soit, qu'il s'injectait quotidiennement. Holmes fumait aussi sans arrêt, alternant entre des cigarettes et sa pipe. Était-il réellement curieux de savoir si Twain avait trouvé un moyen de vaincre son addiction au tabac ?

« Oh, bien sûr, dit Clemens en riant. C'est facile, d'arrêter de fumer. Je l'ai fait des centaines de fois. »

James vit Howells sourire et Holmes hocher la tête. Cette petite blague et bien d'autres répliques avaient été préparées, répétées et souvent déclamées, mais James n'en voulut pas à Clemens : l'autre écrivain semblait avoir besoin d'un public en permanence.

Clemens resta pourtant silencieux pendant un instant, et personne d'autre ne parla. On n'entendit plus que les craquements asynchrones des quatre rocking-chairs, le chant de quelques oiseaux et le bruissement des feuilles agitées par le vent. James se demanda si les grands ormes, les châtaigniers et les érables avaient commencé à bourgeonner plus tôt que d'habitude cette année. Les cornouillers étaient en pleine floraison. Parfois, à Cambridge, l'hiver ne rendait pas les armes avant d'avoir livré un dernier combat neigeux et glacial aussi tard qu'au mois d'avril. Ç'avait été le cas une décennie plus tôt, l'année où ses parents étaient morts et où il avait dû s'attarder en Amérique pour régler la difficile succession. Il se souvint qu'Alice James – l'*autre* Alice, l'épouse de William – et lui avaient supplié ce dernier par lettre de ne pas rentrer d'Angleterre, où il passait une année sabbatique. La situation financière était déjà assez compliquée – entre l'argent revenant à Wilkie et aux autres, la part de la modeste fortune paternelle léguée à Henry et qu'il abandonnait à sa sœur, le rôle joué par Alice et Tante Kate dans tout ça. La présence de William n'aurait fait qu'ajouter à la confusion. Son frère était finalement resté en Angleterre, mais non sans avoir menacé une centaine de fois d'embarquer sur le premier bateau en partance pour les États-Unis.

Pour Henry, ces quelques mois avaient été tristes, mais aussi profondément satisfaisants. Pour une fois, de manière indubitable et incontestable, il avait été responsable de la famille – de ses finances, de sa sécurité, de son avenir maintenant que les deux parents n'étaient plus –, et cette situation lui avait plu. Il avait apprécié d'être libéré de l'ombre de son tout-puissant frère aîné.

Le vent fit de nouveau bruire les feuilles et James admira la vue de cette terrasse en hauteur. Il distinguait le belvédère blanc, à la peinture écaillée, où Clemens avait passé des nuits étoilées à parler avec Harriet Beecher Stowe. Du moins à l'en croire. James avait lu que la vieille dame, à présent octogénaire, était presque invalide. Et qu'elle avait perdu tout intérêt pour la vie ou les idées depuis la mort de son mari.

James se rappelait avoir lu *La Case de l'oncle Tom* un an ou deux seulement après sa publication, en 1852. Bien qu'il n'ait eu que dix ans, il avait vu dans ce mélodrame grossier le roman de propagande qu'il se voulait être ; rempli de stéréotypes et d'exagérations bien peu artistiques, il ne reflétait pas la vie. Mais le jeune James avait aussi senti la colère et l'indignation qui avaient aiguillonné l'auteur, et su avec certitude que jamais il ne réussirait à écrire, à peindre ou à créer quoi que ce soit à partir d'une passion aussi brûlante. Son œuvre, quelle que soit la forme qu'elle prendrait, serait entièrement pensée – soigneusement réfléchie, organisée et digérée.

Samuel Clemens tourna son fauteuil pour faire face à James.

« J'ai dîné avec votre frère à Florence il y a seulement quelques mois, dit-il.

— Vraiment ? » répondit James, consterné.

Évidemment, William lui avait écrit pour lui raconter la rencontre. Évidemment, William l'avait jugée importante, en premier lieu parce qu'il avait pu partager sa sagesse avec ce rustre qui avait dénigré de manière si présomptueuse le roman de son jeune frère Henry. Pourtant, après un grand nombre de plats italiens, arrosés de plusieurs bouteilles de vin, William avait été profondément impressionné par la double personnalité de ce Mark Twain/Samuel Clemens.

« Nous avons parlé jusque tard dans la soirée – les serveurs avaient commencé à balayer et à tousser discrètement pour nous faire comprendre que c'était l'heure de la fermeture, raconta Clemens. Et pendant les deux dernières heures, je n'ai pratiquement fait qu'écouter votre frère. »

Je n'en doute pas, songea Henry James. *C'est pareil avec moi, avec sa femme et la plupart de ses interlocuteurs.*

« J'étais très impressionné », reprit Clemens. Il se tourna vers les deux autres. « Vous connaissez *Les Principes de psychologie*, le brillant ouvrage de M. William James, tous les deux ? »

Holmes se contenta de hocher la tête, mais Howells déclara avec une feinte colère :

« *Si je le connais* ? Non seulement j'ai signé l'une des premières recensions positives du livre, mais c'est moi qui vous l'ai recommandé. Si mes souvenirs sont exacts, j'ai acheté un deuxième exemplaire et vous l'ai envoyé en vous enjoignant de le lire, malgré votre aversion pour "les livres barbants".

— C'est un livre fondamental, poursuivit Clemens, ignorant l'intervention de Howells. Et au cours de notre conversation à Florence, William James a approfondi encore davantage sa définition du "je" et du "moi" – et leurs différences. »

Oh, ciel, songea James, tentant d'apaiser ses pensées en regardant le belvédère au loin.

« Monsieur Holmes, s'écria alors Clemens, se penchant vers l'homme mince qui portait un costume et une longue écharpe noire malgré la chaleur de la journée. Ça vous plaît, d'être détective ?

— C'est mon métier », répondit Holmes presque aussitôt.

Clemens hocha la tête, comme si la réponse le satisfaisait pleinement.

« Le récit publié de vos aventures est en train de devenir très populaire aussi bien ici qu'en Angleterre, si j'ai bien compris. »

Holmes ne dit rien.

« La façon dont le Dr Watson et M. Doyle présentent vos aventures vous satisfait-elle ? insista Clemens.

— Je n'ai jamais eu le plaisir de faire la connaissance de M. Doyle, répondit Holmes. Quant à l'écriture de Watson – combien de fois ne lui ai-je pas répété que ses petites histoires basées sur mes enquêtes font la part trop belle au drame, voire au mélodrame, et négligent la froide et sûre science de la déduction qu'il aurait pu partager avec des lecteurs intelligents et intéressés. » Holmes se pencha en avant, prenant appui sur sa canne. « De plus, Watson et M. Doyle, son éditeur et agent, craignent de mentionner les noms de gens connus – ou même les vrais noms d'inconnus – ou de citer les lieux et les dates réels. Cela crée une grande confusion dans les récits eux-mêmes. Les versions publiées n'ont plus grand-chose à voir avec les notes originales figurant dans mes dossiers.

— Mais ça vous plaît d'être détective ? demanda de nouveau Clemens.

— C'est mon métier », répéta Holmes.

Clemens éclata de rire en se donnant une tape sur le genou.

« Bon Dieu, je vais écrire un livre intitulé *Tom Sawyer, détective.* Entre mon personnage bien-aimé et votre profession, monsieur, je vais vendre un million d'exemplaires. »

Holmes ne fit pas de commentaire.

« Profitez bien de votre pipe, et vous de vos cigarettes, messieurs, s'écria Clemens. Car je vais maintenant vous expliquer la brillante définition donnée par M. William James du "je" et du "moi", et montrer à M. Holmes en quoi il a peut-être raison de penser qu'il n'existe pas ! »

25

« Le frère de notre ami Henry James voit le "je" en chacun de nous comme le sujet actif, celui qui "fait" à la première personne – cette partie de notre conscience ou de notre être qui définit les objectifs et met en œuvre les actions pour les atteindre – qu'il s'agisse de se rapprocher d'une jolie fille ou de devenir le plus grand auteur d'une génération, commença Clemens entre deux bouffées de cigare. Quelqu'un est-il en désaccord avec cette définition ? »

Personne ne parla. James concentra son attention sur le bruit de la brise dans les arbres proches.

« Cela semble si vrai que cela relève presque de l'évidence, dit Holmes.

— Tout à fait ! s'écria Clemens. Vous serez peut-être aussi d'accord avec la définition du "moi" que donne William James, à savoir l'objet, à la troisième personne, de notre introspection... celui qui réfléchit à ce que nous sommes, comme quand il se demande "*Suis-je une personne amicale ?*", ou qui questionne nos croyances, en se demandant par exemple "*Est-ce que je crois vraiment en un Dieu tout-puissant ?*" ou "*Est-ce que j'aime vraiment le chocolat ?*", ou encore qui s'enquiert de notre état d'esprit... "*Suis-je en colère parce que ce Clemens me fait perdre mon temps de cette façon ?*" et ainsi de suite.

— Quel rapport avec la question de savoir si M. Holmes existe ? » demanda Howells.

Clemens posa la main sur le genou de son vieil ami.

« Soyez patient, Howells. Soyez patient. »

Clemens retira sa main et croisa les deux sur son ventre en recommençant à se balancer dans son fauteuil. Puis il sortit son cigare de sa bouche et fit tomber sa cendre sur le sol en bois de la terrasse.

« Le frère de Henry James m'a expliqué que ces deux parties de nous, le "moi" et le "je", sont en constante interaction, et parfois en rivalité active.

— Comment est-ce possible ? demanda Holmes. L'être profond, ce que l'on pourrait aussi appeler l'âme, ne peut pas être divisé en entités antagonistes.

— Vraiment ? demanda Clemens. Ne sommes-nous pas tous, au fond de nous-mêmes, divisés de la sorte ? Le "moi" demande "*Ne suis-je pas un homme bon ?*" et espère l'être, alors même que le "je" entretient des pensées ou commet des actes égoïstes ou inconsidérés qui blessent notre épouse, nos enfants ou nos meilleurs amis. N'avez-vous pas rencontré, monsieur Holmes, des scélérats ayant commis les pires crimes – allant jusqu'au meurtre – et qui affirment pourtant être des gens bien, des gens honnêtes, n'ayant agi que sous le coup d'une folie passagère, et contre leur gré ?

— Si… Mais je ne vois toujours pas le rapport avec la question de savoir si je suis réel ou une construction fictionnelle, n'existant que dans les confins de l'imagination d'un auteur. »

Clemens hocha la tête et fit tomber sa cendre.

« Notre petite barque est très chargée, mais nous pensons qu'elle réussira tant bien que mal à atteindre le rivage, monsieur Holmes. Le "je" en nous agit ; le "moi" juge ces actions, tandis que nous nous persuadons que nous sommes tout de même des gens bien. C'est ce "moi", appelé "moi empirique" par William James, que les autres voient et connaissent – et qui devient donc celui que le monde connaît. »

Il souffla un petit nuage de fumée et sortit de la poche de son gilet une feuille de papier pliée.

Personne ne parla pendant que Clemens la dépliait et la tenait à bout de bras pour la lire.

« Comme l'écrit votre frère, monsieur James : "Il me faut souvent accepter de ne réaliser l'une de mes personnalités empiriques qu'en renonçant aux autres. Ce n'est pas que je n'aimerais pas cumuler : je voudrais au contraire, si c'était possible, être un bel homme bien en chair et élégamment habillé, un athlète de renom, un businessman gagnant son million tous les ans, un homme d'esprit, un 'bon vivant', un don Juan irrésistible tout en restant un philosophe : je voudrais réunir en moi le philanthrope, l'homme d'État, le grand capitaine, l'explorateur africain, le poète inspiré et le saint. Je ne puis : c'est absolument impossible. Les occupations du millionnaire iraient à l'encontre de celles du saint ; le philanthrope et le bon vivant se donneraient des crocs-en-jambe ; le philosophe et le don Juan ne pourraient cohabiter dans ce même corps fait de boue. Au seuil de la vie, un homme peut concevoir tous ces caractères opposés comme également *possibles* ; mais réaliser l'un, c'est plus ou moins supprimer tous les autres. Qui veut trouver son moi le plus vrai, le plus fort, le plus profond, doit donc examiner soigneusement toute la liste, choisir un numéro et y jouer sa vie. Dès lors, tous les autres moi se volatilisent ; toute la réalité est pour le moi choisi et ses diverses fortunes : ses échecs sont de vrais échecs qui engendrent de vraies hontes, ses triomphes de vrais triomphes qui engendrent de vrais bonheurs[1]." »

Il y eut un long silence – fréquent dans un groupe qui vient d'entendre la lecture d'un long passage – puis Howells prit la parole d'un ton plaintif.

« Sam, comment diable avez-vous pu avoir cette page à portée de main, prête à être lue ? »

Clemens sourit. Il regarda Henry James.

« Je l'ai prise dans le livre du frère de monsieur dans ma bibliothèque il n'y a pas dix minutes.

— Quelle honte, dit Howells.

— Mieux vaut casser le dos d'un homme plutôt que celui d'un livre, murmura James.

— Oh, le dos du livre est intact, dit Clemens. Mais je confesse le crime d'avoir arraché une page des entrailles du beau livre de William. La page… ah… » Il contempla les deux côtés de la feuille. « Les pages 309 et 310.

— Impardonnable, déclara Howells.

— Je ferai de mon mieux pour le réparer. Je suis aussi, comme vous le savez, dans l'industrie de la reliure. » Clemens se tourna vers Sherlock Holmes. « Ce passage ne vous a-t-il pas rassuré sur le fait que, même si vous êtes un personnage de fiction, vos échecs seront les vôtres, tout comme vos triomphes ?

— Absolument pas, répondit Holmes. Si je ne suis que le pion d'un quelconque écrivaillon, ni mes triomphes ni mes échecs ne sont réellement les miens. »

Clemens soupira.

« Tout ça est très bien pour ce "moi" théorique qui est, à n'importe quel moment, la somme de tout ce qu'il fait, décide et possède. Mais qu'en est-il du "je" ? Où est-il pendant ce temps-là ? »

1. William James, *Précis de psychologie*, traduit par E. Baudin et G. Bertier, éd. Marcel Rivière, Paris, 1909.

Comme personne ne répondait, James s'éclaircit la gorge et dit :

« Le "je" connaît toutes les pensées passées et se les approprie – mais en dehors du temps –, puisque le "je" lui-même est une pensée, différente de celle du moment précédent, qu'il s'est cependant approprié, en même temps que tout ce que cette dernière avait déjà assimilé. »

Les trois autres hommes observèrent James comme s'il avait lâché un vent. Howells écrasa sa cigarette sous son talon. Holmes tenait sa pipe sur ses genoux.

« Voyez-vous, poursuivit James, tout en sachant qu'il aurait mieux fait de se taire, la logique de William veut que puisque le flux de pensées en chacun de nous se modifie en permanence, il n'y a pas de raison de supposer l'existence d'une entité fixe au-delà du flux lui-même. Pas d'âme. Pas d'esprit central. Pas d'ego en tant que tel. Il y a plutôt des états de conscience – des pensées solidarisées – impliquant, entre autres choses, la conscience immédiate du corps. Et William croit que ces pensées – en tant que "je" souverain – peuvent se souvenir de précédentes pensées et les intégrer dans le flux. Mais le "je" est toujours en mouvement – il appartient au plus grand flux de conscience, pourrait-on dire. »

Sam Clemens balança son cigare par-dessus la rambarde.

« Ouais. C'est tout à fait ce dont nous avons débattu à Florence, du moins jusqu'à ce qu'on nous serve les expressos.

— Vous avez exploré *tout ça* avec mon bavard de frère le temps d'un seul dîner ? demanda James.

— C'était un long dîner *italien*, avec fromage et dessert, café et cognac, suivi d'encore un expresso. Le monde a été créé en moins de temps que ça. Ou du moins ses péninsules et ses fjords.

— Mais vous parlez là d'identité, Sam, pas de la réalité de l'existence, intervint Howells.

— N'est-ce pas la même chose ? demanda Clemens. Mon petit chien me reconnaît, donc je suis moi-même. L'identité, mes bons messieurs !

— Mon petit chien me reconnaît, donc je suis ? railla James. C'était là toute l'étendue et la profondeur de la philosophie de mon frère ?

— Pas tout à fait, répondit Clemens. Votre frère William m'a expliqué que dans son sens le plus large, le "moi" d'un homme est la somme totale de tout ce qu'il peut appeler sien : pas seulement son corps avec ses maux et ses pouvoirs psychiques, mais aussi ses vêtements et sa femme et ses enfants, ses ancêtres et ses amis, ses rivaux et ses ennemis jurés, sa réputation et ses œuvres, sa terre et ses chevaux, son voilier et son compte en banque.

— Je n'ai pas de voilier, dit doucement Howells. *Non navigo, ergo non sum.* »

James et Homes se surprirent tous deux à rire. Howells ne naviguait pas, donc il n'était pas.

Soudain, il s'écria : « Regardez ! » en tendant le doigt.

Un cerf traversa à toute allure la pelouse tachetée d'ombre derrière la maison de Harriet Beecher Stowe. Il disparut dans les broussailles, et les hommes restèrent silencieux sur la terrasse. James se demandait s'il devait suggérer qu'ils s'en aillent ; un long trajet en train les attendait, Holmes et lui.

Quand Clemens reprit la parole, il avait une voix étrangement tendue et distante. Il avait cessé de se balancer dans son fauteuil.

« Juste avant que je quitte Gênes, la semaine dernière, ma fille Susy a fêté son vingt et unième anniversaire. Cela m'a plus contrarié que ça n'aurait dû – pas seulement comme un père qui se rend compte que sa fille a grandi et ne sera plus jamais *sa petite*. Moi-même, j'ai eu cinquante-sept ans en novembre dernier, et je me rappelle avoir pensé, et je pense encore, que j'aurais préféré avoir dix-sept ans ou quatre-vingt-dix-sept, tout sauf cinquante-sept. »

Comme personne ne commentait, James repensa à ses cinquante ans – dans moins de deux semaines – et au fait qu'il s'était jadis juré d'être reconnu comme un maître dans son domaine avant son demi-siècle. Au lieu de quoi, il avait du mal à faire publier une nouvelle inédite. Il tentait de relancer sa carrière – à son âge ! – en écrivant pour le théâtre. Son enthousiasme pour cette reconversion n'avait cessé de diminuer depuis qu'il avait quitté Paris pour voguer vers l'Amérique.

Il savait que Howells avait cinquante-six ans. Clemens avait avoué s'approcher des cinquante-huit. À seulement trente-neuf, Sherlock Holmes était donc le benjamin du groupe.

« Les gens se demandent pourquoi je reviens si fréquemment aux États-Unis – et pourquoi je compte continuer, même si notre exil européen doit durer, disait Clemens. De sorte que quand ils me demandent "Pourquoi voyagez-vous autant, monsieur Twain ?", je leur réponds : "Eh bien, je voyage en partie pour ma santé, en partie pour me familiariser avec la route." Mais j'y vais surtout, messieurs, pour convaincre le "moi" en moi que j'existe réellement, que M. Samuel Clemens ne se résume pas à ses vêtements, sa femme et ses enfants… »

Aucun d'eux ne se balançait plus, et les trois autres regardaient l'auteur à cheveux blancs.

« Voyez-vous, j'ai rêvé que je naissais, grandissais et devenais pilote de bateau sur le Mississippi, poursuivit-il, d'une voix pas plus forte qu'un murmure. J'ai rêvé que j'étais un mineur, un journaliste dans le Nevada, un pèlerin embarqué sur le *Quaker City*, que j'écrivais des livres très populaires à propos de mes voyages à l'étranger, que j'avais une femme et des enfants, oui, et que je partais vivre avec eux dans une villa tout près de Florence… et ce rêve continue, encore et encore… et parfois il me semble tellement réel que je crois presque qu'il l'est. Mais il n'y a pas moyen de savoir… *pas moyen de savoir*, monsieur Holmes, monsieur James, mon cher Howells… car si on effectuait des tests, ils feraient partie du rêve et participeraient donc seulement de la supercherie. J'aimerais tant savoir… j'aimerais tant savoir… » Clemens baissa les yeux et, l'espace d'un instant terrible, James craignit qu'il ne soit en train de pleurer.

« Savoir quoi, Sam ? » demanda Howells.

Clemens releva la tête. Il avait les yeux secs. Lointains, fatigués et hagards, mais secs.

« Savoir si tout ça était un rêve ou si c'était réel.

— Livy est réelle, dit Howells. Vous pouvez toujours vous raccrocher à cette réalité tangible, quand le chien noir et les démons bleus tentent de vous attirer vers le fond.

— Livy… Olivia, acquiesça Clemens, et il hocha la tête. J'ai écrit, il y a peu, sur Adam et Ève… je racontais qu'Adam n'avait pas de nom pour cette nouvelle créature issue de sa côte, et qu'il était dérouté par tous ces événements sur lesquels il n'avait aucune prise. Il la détestait, voyez-vous. Elle venait perturber la tranquille perfection de sa vie solitaire dans le jardin d'Éden. Mais les années passant, Adam changeait d'avis. “Je me rends compte que je me suis trompé sur Ève au début, lui faisais-je dire. Car je préfère vivre *hors* du Jardin avec elle que *dedans* sans elle.” »

James crut que Clemens en avait fini avec sa longue digression, mais leur hôte se racla la gorge et poursuivit :

« Quand Ève finit par mourir, après des siècles passés avec lui, Adam taille un bloc de bois pour la tombe et y inscrit : “Là où elle était se trouvait le paradis.” »

Clemens regarda autour de lui d'un air gêné.

« Bon, nous parlions de la réalité et de l'identité de M. Holmes, messieurs. Monsieur Holmes… »

Il fixa le détective.

« Monsieur Holmes, vous aurez une identité tant qu'il y aura des deerstalkers et des loupes en ce monde. »

Clemens fit mine de tenir le manche d'une loupe.

Howells pouffa de rire.

« Oh, ciel », marmonna Holmes.

Il serra les poings et les posa sur ses genoux.

« Je n'ai jamais eu le plaisir douteux de rencontrer Sidney Paget, l'artiste qui a dessiné mon portrait pour le *Strand*, dit-il. De son côté, il n'a jamais posé les yeux sur moi. Je n'ai jamais permis que ma photographie apparaisse dans un journal, quelle que soit la gravité du crime commis ou l'adresse avec laquelle j'avais démasqué le criminel. Paget n'a qu'une idée vague, puisée dans les histoires de Watson, de ce à quoi je ressemble ou de ma façon de m'habiller. Et il a pris son grand frère Walter comme modèle pour me représenter. »

Holmes frappa sa canne contre le parquet en bois de la terrasse.

« C'est vrai que je possède une semblable casquette à cache-oreilles, mais je ne la porte pas en toutes circonstances, contrairement à ce que laissent croire les dessins de Paget. Et il m'arrive en effet d'enfiler un manteau en laine à pèlerine quand je voyage, mais comme des milliers de gentlemen anglais lorsqu'ils quittent Londres. Et voici la loupe que j'utilise pour examiner la poussière, la cendre, des particules, des fibres et autres indices minuscules… »

Holmes sortit de la poche de sa veste une loupe miniature sans manche, constituée d'un verre épais cerclé de noir.

Le petit éclat de Holmes avait fait rire Clemens et Howells, et James ne put s'empêcher de s'esclaffer lui aussi.

« Eh bien, reprit Clemens, tandis que Holmes se taisait, appuyé sur sa canne, je regrette de ne pas avoir de marques distinctives comme votre deerstalker, votre macfarlane et votre loupe, monsieur Holmes. Dieu sait que j'aime être connu et reconnu. Que la Providence et les presbytériens me pardonnent, je vis pour la reconnaissance et pour ma petite gloire insignifiante. La vie est trop courte pour qu'on la traverse en passant inaperçu. Si vous n'étiez pas devenu célèbre à cause de votre deerstalker, monsieur Holmes, j'en porterais peut-être un. J'aime tellement me démarquer dans une foule.

— Promenez-vous dans une ville allemande ou américaine avec un deerstalker, dit Howells, et c'est à l'asile que vous vous démarquerez. »

James pouffa une nouvelle fois.

« Portez du blanc, suggéra Holmes.

— Pardon ?

— Portez un costume blanc… mais avec vos chaussures noires habituelles.

— Il m'arrive de porter un costume blanc l'été, dit Clemens, allumant un nouveau cigare. Un beau costume en lin blanc très confortable. Avec mes chaussures noires, ce qui est un péché mortel et un *faux pas* innommable à Newport et dans divers clubs où j'ai été invité. Mais, hélas, je ne suis qu'un costume blanc parmi des milliers d'autres quand la température monte et que c'est la saison des costumes blancs.

— Portez-le l'hiver, conseilla Holmes. Toute l'année.

— Toute l'année ? répéta Clemens, regardant Howells qui se contenta de sourire et de hausser les épaules. Je vais vraiment finir à l'asile si je fais ça.

— Compte tenu de votre notoriété… de votre célébrité, plutôt… et avec votre crinière de cheveux blancs, ça passera pour une séduisante excentricité, le caprice d'un grand homme plein d'humour. Vous vous démarquerez dans toutes les foules, du moins entre septembre et mai. Le costume blanc deviendra votre signature en société. Regardez, voici venir Mark Twain ! »

Clemens rit avec les autres, mais il avait un air calculateur.

Henry James, s'autorisant, une fois n'est pas coutume, à partager l'humeur du moment, déclara :

« Si quelqu'un vous demande pourquoi vous portez un costume blanc toute l'année, monsieur Clemens, répondez que la propreté est pour vous une vertu cardinale, et que vous vous êtes aperçu que les costumes noirs ne servaient qu'à cacher la crasse et la suie. Combien de semaines, de mois, voire d'années sans que ces costumes noirs soient nettoyés ? Non, monsieur… vous refusez d'appartenir à cette foule à la noirceur suspecte. La propreté est proche de la sainteté, pouvez-vous dire, et Mark Twain est proche de son costume blanc. »

Cette fois, Clemens rejeta la tête en arrière et éclata de rire avec les autres.

* * *

Howells resta à Hartford avec Clemens, qui fit sa tournée de visites l'après-midi et dîna avec de vieux amis du Connecticut qui auraient peut-être de l'argent à investir ou à prêter. James et Holmes prirent le train pour New York, d'où ils attraperaient la correspondance du soir pour Washington.

« Henry Adams sera de retour dans quelques jours, dit James dans la deuxième partie du voyage. Je suis curieux de savoir comment vous vous présenterez à lui… sous la défroque de l'intrépide explorateur norvégien Jan Sigerson, ou celle du détective londonien Sherlock Holmes. Bien sûr, John Hay et vous disposez de trois ou quatre jours pour décider. »

Holmes, qui lisait un petit guide de Chicago acheté dans un kiosque à la gare de Grand Central, leva la tête vers James.

« Je crains que M. Hay et moi n'ayons plus le temps d'en discuter. M. Adams rentre aujourd'hui. Il sera même sans doute là avant que vous et moi ayons regagné la maison de M. Hay. »

James cilla.

« Mais John Hay a dit… les domestiques ont dit… tout le monde a dit… » Il reprit son calme et s'appuya sur sa canne. « Vous en êtes sûr, monsieur Holmes ?

— Certain, monsieur James.

— Alors, serez-vous présenté comme Sherlock Holmes ou Jan Sigerson ?

— Avec de la chance, d'ici à demain, nous aurons déménagé dans cette pension dont M. Hay vous a parlé. Êtes-vous sûr qu'elle conviendra ?

— Elle convenait lorsque j'y ai logé en 83, répondit James. L'endroit était propre et lumineux, et Hay m'assure que chacun de nous disposera d'une chambre avec un coin salon.

— Tant mieux. J'ai besoin d'intimité pour mon enquête. »

James regarda la campagne défiler par la vitre : les petites maisons blanches, les granges rouges, les champs labourés et les petites parcelles de forêt éclairées par la chaude lumière du soleil couchant.

« Je pense que vous feriez mieux de vous présenter à Henry Adams sous votre véritable identité de Holmes, conseilla-t-il.

— Ce serait plus simple », acquiesça Holmes.

Ils n'échangèrent plus un mot pendant une demi-heure.

« Monsieur James, reprit enfin Holmes, puisque nous n'aurons peut-être pas l'occasion d'avoir une conversation privée avant un certain temps, permettez-moi de vous dire que la théorie de votre frère sur le "je" et le "moi", exposée par Clemens, m'a beaucoup intéressé. »

James hocha la tête et réprima un soupir. Cela faisait cinquante ans qu'il vivait dans l'ombre de son frère et, s'il aimait tendrement William, il aurait apprécié d'entrer dans la lumière des compliments pour son œuvre personnelle, ses propres réussites, sa propre vie.

« Je le mentionne, poursuivit Holmes, parce que je vois dans vos écrits la même analyse des interactions entre des "moi" multiples et la même exploration du noyau spirituel, ce "je" pris en permanence dans le déroulement des pensées et des événements – ce que votre frère a si brillamment nommé le "flux de conscience". On retrouve tout ça dans vos nouvelles, vos romans et vos personnages. Il est étonnant que deux frères, le plus souvent séparés par un océan, parviennent, et avec quelle maîtrise, à la même description de la conscience humaine – votre frère, sous l'angle scientifique et vous, plus puissamment encore, sous l'angle de la littérature. »

Pour la première fois depuis des années, Henry James ne sut que dire. Au bout d'un instant, il réussit à balbutier :

« Merci, monsieur. Vous avez lu mes livres ? »

Il perçut la note étrange dans sa propre voix.

« Je lis et j'apprécie vos œuvres depuis des années, répondit Sherlock Holmes. Pour des raisons peut-être trop évidentes, je trouve que *La Princesse Casamassima* est une étude admirable de la façon dont les classes populaires anglaises et américaines se tournent vers l'anarchie… et, ainsi, vers le terrorisme. »

James hocha une fois encore modestement la tête. L'auteur avait une affection profonde pour sa *Princesse Casamassima.* Pour commencer, le roman était très différent de *Daisy Miller* et de ses nombreuses nouvelles à propos de jeunes Américaines découvrant l'Europe. L'accueil critique avait néanmoins été mitigé.

Comme s'il lisait dans ses pensées, Holmes reprit :

« J'ai lu une recension dans le *Times* qui reprochait au livre, et donc à vous, d'avoir situé trop d'interactions sociales le dimanche. » Il secoua la tête et sourit. « Ce critique, comme sans doute la plus grande partie de nos classes dirigeantes, ne se rend pas compte que la classe laborieuse que vous décrivez n'a que le dimanche après-midi à consacrer à des activités sociales.

— Exactement, approuva James, qui avait fait plus de recherches pour ce roman que pour tout autre. Merci de l'avoir remarqué.

— La prison si précisément décrite dans votre livre est celle de Millbank. Je vous y ai vu en décembre 1884, un matin de bonne heure. Vous étiez escorté par l'un des gardiens les plus grincheux. Il vous a emmené dans le quartier des femmes, jugeant sans doute que ce serait moins oppressant pour la sensibilité d'un auteur de renom, mais le gardien avec sa petite lanterne marchait si loin devant que vous paraissiez seul, vos épaules effleurant la pierre froide.

— C'est vrai ! s'exclama James. Mais je n'ai pas vu d'autre gentleman pendant ma visite. Pas même le responsable de Millbank avec qui j'avais correspondu, par l'intermédiaire d'un ami de Whitehall, pour obtenir l'autorisation de faire cette visite. Il n'y avait que ce gardien grincheux, comme vous dites, et fort peu communicatif. Où étiez-vous, monsieur ? En train de livrer, peut-être, un criminel que le Dr Watson et vous veniez d'attraper ?

— J'étais emprisonné, répondit Holmes. Je vous ai aperçu par le judas de la porte de ma cellule – que les gardiens étaient souvent trop paresseux pour fermer –, juste avant que vous ne preniez l'escalier pour monter au quartier des femmes.

— Emprisonné ? » répéta James, le souffle coupé.

Il savait que ses traits devaient refléter le choc qu'il ressentait.

« J'y ai passé un peu plus de deux mois sous couverture – si un uniforme de détenu, des marques de coups et une sévère malnutrition due à l'infâme brouet servi à Millbank peuvent tenir lieu de couverture. Je voulais me rapprocher d'un autre prisonnier dont j'étais sûr qu'il était l'assassin d'une jeune femme, mais je dois admettre, monsieur James, qu'il m'a traversé l'esprit plus d'une fois que, s'il arrivait quoi que ce soit à l'inspecteur Lestrade et au responsable de la prison, je pourrais bien croupir à Millbank pour toujours.

— Qui était cet assassin ? demanda James d'une petite voix.

— Un avocat et ancien étudiant d'Oxford du nom de Montague Druitt, répondit Holmes, les yeux embrumés comme s'il regardait dans le passé. À l'époque, il enseignait et avait été la proie d'occasionnelles crises de démence. Un dimanche, on l'avait retrouvé couvert de sang, devant l'école où il travaillait. À l'intérieur il y avait le corps d'une certaine Mary O'Brien, l'une de ses élèves, qui avait subi une vivisection. Bien qu'il ait été jugé coupable par un tribunal, Druitt était sorti de la prison de Millbank quelques jours après moi. Il avait des amis haut placés dans la magistrature, et il avait été innocenté à la suite d'un second procès – les juges avaient accepté ses explications selon lesquelles il était passé à l'école un dimanche pour récupérer ses livres afin de pouvoir préparer sa leçon du lundi, avait découvert Mlle O'Brien et, dans son désarroi, l'avait tenue dans ses bras – d'où la grande quantité de sang sur ses vêtements. Aucun couteau n'ayant été retrouvé sur lui ou à proximité de la scène de crime, on l'avait relâché. C'était un gentleman, vous comprenez… Mais moi, j'ai vu le corps de Mlle O'Brien avant qu'on l'emmène à la morgue. Elle avait été démembrée, éviscérée et découpée en morceaux. Même l'homme le plus rempli de compassion n'aurait pas pu tenir dans ses bras un corps ainsi disséqué.

— Vous pensez donc qu'il était coupable ? demanda James.

— Après sa libération, j'ai retrouvé le couteau là où il l'avait jeté, dans un égout à proximité. Ses initiales étaient gravées dessus. Et j'avais passé sept semaines dans la même cellule que lui. Il n'a jamais avoué son crime, Watson… je vous prie de m'excuser, monsieur *James*… mais dans l'intimité de cette cellule sombre et humide le long de la Tamise, je l'ai tellement entendu répéter, et avec quelle suffisance, que personne n'avait jamais résolu ce crime que, d'après mon expérience, c'était presque un aveu de culpabilité.

— Scotland Yard a sûrement dû l'arrêter de nouveau quand vous leur avez montré le couteau et les avez informés de son comportement ?

— Scotland Yard était passé à côté de beaucoup de choses dans cette affaire. Ils n'avaient pas retrouvé le couteau lors des fouilles juste après le meurtre. Ils n'avaient pas étudié son passé, ni découvert ses précédentes crises de démence. Or Scotland Yard ne veut pas ébruiter ses erreurs.

— C'est terrible, dit James, considérant Holmes sous un nouveau jour. Qu'est-il advenu de M. Montague Druitt ?

— Après avoir quitté Millbank, il a poursuivi une carrière d'avocat, répondit Holmes. Quand les crimes commis dans l'East End de celui qu'on a surnommé Jack l'Éventreur ont passionné la presse en 1888, j'ai collaboré avec M. Anderson, de la police criminelle. Même s'il y a eu d'autres meurtres de femmes durant cette période, j'étais certain que seules cinq avaient été victimes de l'Éventreur : Mmes Chapman, Stride, Nichols, Eddowes et une certaine Mary Kelly, qui avait connu Mlle O'Brien, assassinée en 1883. Et j'ai acquis la conviction que l'homme derrière les meurtres de ce soi-disant Jack l'Éventreur n'était autre que Montague Druitt.

— Mais Jack l'Éventreur n'a jamais été arrêté !

— Non, mais le corps de Montague Druitt a été repêché dans la Tamise le 31 décembre 1888, dit Holmes. La police a conclu à un suicide.

— Était-ce… un suicide ? demanda Henry James.

— Non. »

Ses yeux gris paraissaient si froids que James les auraient décrits comme inhumains, reptiliens. Mais un reptile à la fois satisfait et profondément triste.

Soudain, Henry James se sentit envahi par un grand froid, tandis qu'un picotement étrange et désagréable lui parcourait les bras, la nuque et la colonne vertébrale.

Il se força à reprendre la parole.

« Merci encore pour vos commentaires concernant ma *Princesse Casamassima.* Je suis content qu'une personne aussi attentive aux détails que vous approuve mes recherches. »

Holmes sourit.

« Vous vous souvenez de l'adresse de l'hôtel Glenham où nous avons logé hier soir à New York ?

— Bien sûr. C'était au 995 Broadway.

— Eh bien, monsieur James, à moins de deux kilomètres de cet hôtel, il y a plus de trente brasseries, locaux syndicaux, salles de conférences et même des églises où les anarchistes se retrouvent toutes les semaines. Car vos anarchistes américains sont avant tout des socialistes, et vos socialistes américains sont avant tout des immigrés allemands… des immigrés allemands assez récents, pour être précis.

— Je ne l'aurais jamais deviné, dit Henry James. Évidemment, nombre d'ouvriers dans *La Princesse Casamassima* étaient allemands, mais c'était à cause du sentiment dominant… des stéréotypes en Angleterre…

— Les quartiers allemands du Lower East Side de New York abritent presque toutes les activités et sympathies anarchistes d'Amérique, poursuivit Holmes, comme si James n'avait rien dit. Essentiellement dans les dixième, onzième et dix-septième *wards.* Les Allemands appellent ces quartiers *Kleindeutschland* – la "petite Allemagne", comme je suis sûr de ne pas avoir besoin de vous le traduire. Cette zone est bordée par la 14e Rue au nord, la Troisième Avenue et Bowery à l'ouest, Division Street au sud et par l'East River à l'est.

— Tout de même, monsieur, vous n'êtes pas en train de dire que tous les immigrés allemands sont des anarchistes », protesta James.

Holmes souriait toujours.

« Bien sûr que non. Mais je dis qu'un nombre étonnamment élevé de vos immigrés allemands ont apporté le socialisme avec eux, et que c'est au cœur du socialisme le plus fanatique que se trouvent les braises et les étincelles de l'anarchisme et du terrorisme d'aujourd'hui.

— J'ai du mal à le croire.

— Entre 1881 et 1890, plus de 6,7 pour cent de vos immigrés étaient allemands ou autrichiens. Quatre-vingt-deux mille personnes, dont la plupart ont choisi de s'installer dans les quartiers les plus populeux de New York ou de Brooklyn. Et leur nombre ne cesse d'augmenter. Les démographes travaillant dans le service de mon frère Mycroft à Whitehall prédisent – sans grande marge d'erreur – que seize pour cent de votre population immigrée sera d'origine germanique avant la fin du siècle, soit près de six cent mille hommes, femmes et enfants allemands. En 1910, les Allemands de la classe ouvrière représenteront presque vingt-cinq pour cent du total de vos immigrés, qui dépasseront les deux millions.

— Mais parmi ces immigrés allemands, beaucoup sont sûrement travailleurs et pieux… vous n'avez parlé que de quelques brasseries…, bégaya James.

— En ce moment même, à New York, il y a plus de deux cents brasseries allemandes ayant des liens avec le mouvement anarchiste, répliqua Holmes. Des endroits sûrs, où ils peuvent se réunir et comploter. »

Holmes se pencha en avant, faisant peser son poids sur sa canne.

« Et vous avez raison, les immigrés allemands sont très durs à la tâche, monsieur James – je peux en témoigner, pour avoir travaillé à leurs côtés dans les conditions les plus inhumaines qui soient dans des usines de New York. Mais la majorité d'entre eux refusent d'apprendre l'anglais. Ceux qui savent lire – la plupart – ont lu et assimilé les philosophes socialistes libertaires tel Bakounine et se sont récemment tournés vers des leaders anarcho-communistes plus violents comme Kropotkine, Errico Malatesta et Élisée Reclus. Vos immigrés allemands ont apporté avec eux non seulement leur capacité à travailler six jours par semaine, mais aussi leur haine des classes dirigeantes, leur intérêt pour l'anarchie et… c'est le cas d'une minorité, mais encore trop nombreuse… une volonté de passer à l'action violente – attentats à la bombe, émeutes, assassinats. »

Holmes tapota sa canne d'un air absent, comme si son propre discours le contrariait.

« Les socialistes utilisent aussi ces brasseries comme locaux pour leurs réunions syndicales, leurs chorales et leurs organismes d'entraide. Mais les anarchistes, dont les plus virulents, monsieur James, se retrouvent également là, y entreposent des armes, y fomentent leurs projets d'assassinat. Et nous aurions pu rejoindre à pied une douzaine de ces brasseries hier soir en sortant de l'hôtel Glenham. »

James avait désespérément besoin de changer de sujet. Un grand nombre de ses personnages de *La Princesse Casamassima* étaient des ouvriers immigrés allemands, mais Henry James n'en connaissait aucun. Les Allemands qu'il connaissait étaient professeurs, artistes et hommes de lettres.

« Mais l'individu que vous cherchez… ce Lucan Adler… il n'est pas allemand.

— Non, répondit Holmes d'un ton étrange. Lucan Adler n'est pas allemand. »

Tout en sachant qu'il ferait mieux de se taire et de laisser cette conversation s'éteindre, James poursuivit tout de même :

« Cette traque de Lucan Adler, le fils illégitime de M. Sebastian Moran, vous tient terriblement à cœur, n'est-ce pas, monsieur Holmes ? »

Holmes le dévisagea de ses yeux gris et froids en esquissant un hochement de tête à peine perceptible.

« C'est sûrement à cause de vos blessures, poursuivit James. Ces affreuses blessures par balles que vous a infligées Lucan Adler. »

De manière incroyable, et inexplicable, Sherlock Holmes sourit. Il balança sa longue écharpe noire par-dessus son épaule, de ce geste ample auquel James avait commencé à s'habituer, tout en penchant la tête en arrière, le menton saillant sous l'étrange sourire presque joyeux.

« Pas du tout, dit Holmes. Les blessures sont le prix à payer dans ma branche. Mais il est vrai que je recherche Lucan Adler pour une raison autre que de tenter de sauver des personnalités publiques du pire assassin anarchiste du monde. Voyez-vous, monsieur James, Sebastian Moran a retiré le petit Lucan à Irène Adler et l'a élevé comme son fils bâtard, même s'il ne lui a jamais donné son nom. Il lui a enseigné tout son savoir criminel, et le jeune Lucan a perfectionné par lui-même son art au point de surpasser son géniteur et de devenir, à vingt et un ans, le tueur le plus redoutable du monde. »

Le regard insondable du détective soutint celui, effrayé mais curieux, de l'écrivain.

« Sachez que j'ai plus de raisons de retrouver Lucan Adler que je ne peux en dévoiler pour le moment, déclara Holmes. Il doit mourir. Mais j'espère pouvoir lui parler avant. »

Deuxième partie

1

La maudite croix sur la façade

Henry Adams se réveilla chez lui, à Lafayette Square, sans comprendre où il était. L'air lui parut trop frais. La lumière matinale trop douce. Le lit, trop familier, ne tanguait pas.

Adams avait passé un fort agréable séjour de deux mois à La Havane avec un ami, avant de profiter de l'hospitalité du sénateur Don Cameron à Coffin Point sur l'île Saint Helena pendant une quinzaine. Il avait tout particulièrement apprécié le « naturalisme de terrain » auquel il s'était adonné dans les récifs coralliens avec le zoologiste Alexander Agassiz, fils du célèbre géologue Louis Agassiz, à bord du *Wild Duck*, un yacht très confortable.

Et voilà qu'il était de retour chez lui – dans son hôtel particulier qu'il avait évité le plus possible au cours des sept dernières années et le suicide de son épouse. Après avoir pris son bain, il trouva ses vêtements préparés par son propre valet de chambre et non par les domestiques de Don Cameron.

Après cette longue période d'éloignement et de solitude affective, Adams, qui avait demandé à son cocher de venir le chercher à la gare, avait cru respirer un peu mieux quand son cabriolet s'arrêterait devant sa demeure de H Street, contiguë à celle des Hay dont les fenêtres donnaient sur la 16e Rue, ne fût-ce que parce qu'il serait soulagé des obligations sociales imposées par ses pérégrinations, d'abord avec Phillips à La Havane, puis chez les Cameron, puis avec Agassiz, et pour finir encore une fois chez les Cameron.

Mais pas de soulagement, au contraire : un profond abattement s'était emparé de lui dès qu'il avait vu se profiler l'arc double si familier de sa façade.

Clover n'était pas morte dans cette maison bien entendu, sans quoi il n'y serait jamais revenu. Le déménagement avait été prévu à l'origine pour le jour de l'An 1886, à l'issue de deux années de grands travaux, extérieurs comme intérieurs, mais Clover s'était empoisonnée en avalant ses produits de développement photographique le 6 décembre.

Cependant, la maudite croix que sa femme lui avait imposée était la première chose que l'on voyait, dressée au-dessus de l'arcade ouvragée du porche d'entrée.

Il passait le mois de juillet à Beverly Farms avec Clover quand la croix – cette maudite croix – avait été incrustée dans la façade. Et pourtant, Henry avait spécifiquement chargé son ami Ted Dwight, de la bibliothèque du département d'État, de surveiller cette partie de l'ornementation en recommandant dans une lettre : *Si vous voyez des tailleurs de pierre ajouter le moindre emblème chrétien, remettez-les paternellement mais fermement dans le droit chemin.*

L'architecte, H. H. Richardson, ayant décrété que l'espace au-dessus du pilier central entre les fenêtres ne pouvait pas rester nu, Henry avait suggéré à Clover d'y faire sculpter un paon, puisque, raisonnait-il, leur nouvelle maison, décorations, œuvres d'art et ameublement compris, n'avait pour fonction que d'impressionner la bonne société washingtonienne pour laquelle Clover et lui n'avaient par ailleurs que du mépris. Richardson aurait préféré un lion, rampant et rugissant. Peut-être, avait songé Adams, à cause des multiples coups de gueule et de griffes que ce grand architecte avait dû supporter de la part de Henry pendant la réalisation de cet impressionnant mausolée pour les vivants.

En fin de compte, Henry avait découvert que Clover, en secret (c'était du moins son impression), avait commandé une grande croix en pierre à fixer dans la brique. Averti trop tard alors qu'il se trouvait encore à Beverly Farms, Adams n'avait rien pu faire. Il en avait été profondément affecté. Ni lui ni Clover n'éprouvaient le moindre sentiment religieux. Ils se moquaient même souvent des mécréants de leur entourage qui choisissaient des symboles chrétiens pour orner la façade ou décorer l'intérieur des coûteuses demeures qu'ils se faisaient construire.

En recevant la missive de Ted Dwight lui annonçant que la croix avait été scellée par les artisans sous la direction de Richardson à la demande expresse de Mme Adams, Henry avait répondu par une lettre qu'il avait voulue légère : « Ce que vous me rapportez de la croix et de sa pose plonge mon cœur dans la tristesse et mes lèvres dans la cocaïne. » Il ajoutait : « Peu importe, Ted, nous la recouvrirons vite d'une bonne couche de ciment. »

Il n'en avait évidemment pas été question. Il avait tenu Dwight au courant de la suite de la mésaventure : « Trop tard. C'est un fait accompli, taillé dans le marbre, et je n'ai ni le droit de me rebeller, ni celui de me plaindre, bien que je trouve le résultat d'une laideur et d'un mauvais goût achevés. J'ai protesté en vain et je dois à présent tenir ma langue. » À cette occasion, il avait prié Ted de ne pas ébruiter l'affaire de la croix car « les Washingtoniens sont de telles pipelettes qu'il faut se garder de leur donner de quoi alimenter leurs commérages ».

Moins de six mois après l'inauguration de la croix, Clover leur avait offert de quoi jaser pendant des années – suicidée en décembre, retrouvée morte sur le tapis du salon de leur petite Maison-Blanche du 1607 H Street.

À l'intersection des deux bras de la croix, un écusson accueillait une bête ailée de nature indéterminée. Sûrement pas Pégase. Ni tout à fait griffon, ni tout à fait dragon – ce qui n'aurait pas déplu à Adams. Impossible de savoir ce que Clover avait en tête quand elle avait fourni son croquis à Richardson, mais déjà au cours de l'été et de l'automne de cette tragique année 1885, Henry écrivait à des amis que la « m… croix et sa créature ailée » étaient « de mauvais augure » et « le glaçaient de terreur ».

La croix et son monstre ailé le révulsaient toujours. Il se demandait ce qui l'avait retenu de s'en débarrasser après la mort de Clover, ne trouvant comme excuse que l'itinérance qui l'avait éloigné de sa demeure plus souvent qu'elle ne l'en avait rapproché.

Cette année horrible n'avait été qu'un tissu de sinistres présages. Au printemps 1885, alors que le prêtre tentait de faire comprendre à Clover – avec le plus grand tact et la plus profonde compassion – que son père était en train de mourir, Adams l'avait entendue dire : « Non, non, non… tout me semble tellement irréel. Je comprends à peine ce que nous disons et pourquoi nous sommes ici. Et si tout paraît irréel, c'est que ça l'est. Ou, du moins, que je le suis. »

Et lors de cet été étouffant et interminable à Beverly Farms, alors que Richardson obéissait à la demande secrète de Clover de faire sculpter cet abominable ornement de façade sur leur nouvelle maison hors de prix, Adams avait – plus d'une fois – entendu sa femme appeler sa sœur à l'aide : « Ellen, je n'existe pas. Oh, rends-moi réelle ! Je t'en conjure, rends-moi réelle. Tu es… vous êtes tous réels. Aide-moi à reprendre pied dans la réalité. »

Tout en prenant son petit déjeuner en solitaire – comme pratiquement tous ses repas ces sept dernières années entre deux voyages – Adams se reprit à penser à la maudite croix de la façade, à cet été torride et détestable à Beverly Farms, à la mélancolie de plus en plus profonde dans laquelle s'était enfoncée Clover, cette… oui… cette folie.

Puis il chassa ces sombres pensées et se rendit dans son bureau pour répondre à l'abondant courrier qu'on n'avait pas pu lui faire suivre et qui réclamait son attention.

* * *

En fin de matinée, son majordome frappa discrètement, entra et lui annonça :

« M. Holmes demande à vous voir, monsieur.

— Holmes ! s'exclama Adams. Mon Dieu. »

Il posa son stylo, boutonna sa veste et alla en hâte dans l'entrée où Holmes venait de tendre son chapeau et son manteau au valet de pied.

« Mon cher Holmes ! » s'exclama Adams en avançant pour serrer la main de son visiteur – lui prenant le coude de sa main gauche, d'un geste qu'il réservait aux vieilles connaissances pas particulièrement intimes. « Je ne savais pas que vous étiez à Washington ! Entrez, je vous en prie ! Vous resterez déjeuner, j'espère.

— Je ne peux pas m'attarder, répondit Holmes. Je rentre à Boston et mon train est dans une heure. Je serais cependant ravi de converser un instant avec vous et apprécierais grandement une tasse de café. »

Adams demanda que du café fraîchement passé soit apporté et conduisit Holmes dans son bureau. Avec son mètre soixante-huit, Henry Brooks Adams ne s'était jamais senti grand – même dans l'Amérique du XIXe siècle où les hommes étaient plutôt petits –, mais il avait toujours l'impression d'être particulièrement nabot à côté d'Oliver Wendell Holmes Jr. Holmes était encore contraint d'accoler le terme « junior » à son nom malgré ses cinquante-deux ans, son célèbre père étant toujours en vie. Pour sa part, Henry James s'était affranchi de cette obligation une dizaine d'années auparavant à la mort de son propre père. Mais dans le cas d'Oliver Wendell Holmes, ce petit mot ne faisait qu'ajouter de la respectabilité à un personnage qui en était déjà abondamment pourvu.

En saluant Holmes, Adams s'était fait la réflexion que son vieux camarade devenait encore plus bel homme avec l'âge. Grande taille, port droit, col haut servant à cacher son seul défaut (un cou que certains trouvaient trop long), moustache à la courbure élégante, à peine grisonnante, et raie impeccable séparant une masse de cheveux enviable pour un chauve comme Henry Adams. (Adams détestait sa calvitie qui de surcroît pelait, la peau du crâne brûlée par les nombreux coups de soleil qu'il avait attrapés à Saint Helena et sur le yacht d'Agassiz, en dépit du port constant d'une casquette de capitaine ou d'un chapeau de paille.)

Au moment où le café fumant arriva, il se disait que, à cinquante-cinq ans seulement, il était sans doute condamné à continuer de perdre ses cheveux et de prendre du poids, et même de rapetisser, alors que Holmes allait presque certainement garder sa belle taille et sa prestance militaire jusqu'à ses quatre-vingt-dix ans, et qu'il atteindrait l'apogée de sa beauté masculine à quatre-vingts ans.

« Qu'est-ce qui vous amène à Washington, Wendell ? demanda Adams. Un saut à la capitale pour voir le juge en chef Fuller, peut-être ?

— Oui, je vais voir le juge Fuller. Et le président Cleveland », précisa Holmes en portant sa tasse à ses lèvres.

Il n'expliqua toutefois pas pourquoi il allait voir le Président, et Adams mit un point d'honneur à ne pas l'interroger.

Holmes occupait le poste de juge assesseur à la Cour suprême du Massachusetts depuis 1883, et dans l'entourage d'Adams, les observateurs avertis prédisaient qu'il allait devenir juge en chef de cet État dans un proche avenir. Certains voyaient même Holmes siéger à la Cour suprême des États-Unis avant dix ans, ce dont Adams n'était personnellement pas convaincu.

« Alors, alors, comment va Mme Holmes ? demanda Adams. Bien, j'espère.

— Fanny se porte comme un charme, merci. »

John Hay avait un jour fait la réflexion à Adams, en privé, que Wendell restait toujours assez évasif quand il s'agissait de son épouse. Hay et Adams s'entendaient pour penser que l'union des Holmes était sans doute un mariage de convenance.

Holmes posa soucoupe et tasse sur un napperon que le majordome avait placé sur une bibliothèque basse à côté de son fauteuil.

« Je suis passé pour vous demander de m'expliquer les rumeurs qui circulent, déclara Holmes de son ton sec habituel.

— Quelles rumeurs ? »

Le cœur d'Adams s'était emballé, alors qu'il n'y avait certainement aucune raison de s'alarmer. Jamais Lizzie Cameron ne révélerait le contenu de leur correspondance privée – et surtout pas la teneur de la dernière lettre toute personnelle qu'Adams lui avait adressée à Paris depuis l'Écosse deux mois plus tôt. L'inquiétude faisait pourtant monter sa tension.

« Il s'agit des visiteurs des Hay », expliqua Holmes.

Adams haussa les sourcils.

« Je ne savais pas que John et Clara avaient de la visite, mais il faut reconnaître que j'ai beaucoup voyagé ces derniers temps.

— C'est ce que m'a appris Hay lorsque je suis passé le voir il y a quelques minutes. Mais vos gens de maison doivent beaucoup en parler… Mon personnel en tout cas est en ébullition.

— Vos domestiques sont en ébullition à Boston parce que Hay a des invités ? s'amusa Adams.

— Bien sûr que non, mais je suis à Washington depuis plusieurs jours, et je ne voyage jamais sans mon valet de chambre et mon cuisinier. »

Adams se frotta le menton, goguenard.

« Je ne perds pas mon temps à écouter les bavardages de mes domestiques, mais je vous en prie, Holmes, mettez-moi au courant. »

Holmes eut un geste de main élégant – Adams remarqua ses longs doigts effilés et parfaitement tenus –, et éclaira sa lanterne.

« Les bruits se confirment : Henry James est de retour parmi nous. Il a passé environ une semaine chez les Hay, où il a été hébergé jusque récemment. Je l'ai manqué de peu. Il a trouvé à se loger près d'ici. Chez Mme Stevens, paraît-il.

— Clover avait déjà pris un appartement pour Harry chez cette dame lors de sa dernière visite il y a une dizaine d'années », murmura Adams.

Holmes hocha la tête avec impatience.

« Je suis passé chez Mme Stevens avant de venir vous voir, mais James et son ami étaient sortis – un monsieur qui a également été reçu chez les Hay la semaine passée.

— Je me demande ce que Harry vient faire ici », commenta Adams, songeur.

Il avait entendu James jurer qu'il ne remettrait plus les pieds en Amérique au moment de son départ, en 1883, après la mort de ses parents et la difficile succession de son père, propriétaire de plusieurs biens à Albany. Sa vie était en Angleterre, avait dit leur vieil ami.

« Je ne sais pas ce qui l'amène, mais il ne veut visiblement pas ébruiter la nouvelle de sa présence, commenta Holmes.

— Pourquoi Harry en ferait-il un secret ? s'interrogea Adams en tapotant son menton barbu. À moins que… mais William est en bonne santé et, aux dernière nouvelles, il voyageait avec sa famille en Italie, en Suisse, ou je ne sais où, et je crois qu'il n'y a eu aucune complication l'année dernière avec le testament de leur sœur Alice. Miss Loring a rapporté les cendres de la malheureuse l'année dernière pour les enterrer dans la concession familiale à Cambridge.

— La discrétion de son retour est peut-être liée à ses compagnons de voyage, dit Holmes à voix basse. Deux hommes. Tous les deux assez étranges, d'après ce que je sais. »

Adams se toucha les lèvres du bout des doigts. Si les commérages de Wendell concernaient une éventuelle liaison que Harry se serait finalement autorisé à avoir avec un autre homme, il ne voulait en aucun cas le savoir : en effet, quand il avait vu Harry en Angleterre et sur le continent, Adams avait deviné l'attirance pourtant bien dissimulée que James éprouvait pour certains de ses jeunes amis artistes. Il espérait que son manque d'intérêt marqué ferait passer ce message à Wendell dont la conversation un peu trop directe virait parfois à l'indiscrétion.

« Et qui sont ces compagnons de voyage ? interrogea Adams en gardant la plus parfaite neutralité. Ils doivent à coup sûr être éminemment respectables si Harry les présente aux Hay. »

Les rumeurs concernant la vie privée d'Oscar Wilde lui traversèrent l'esprit, mais il chassa des pensées aussi absurdes : jamais Henry James ne manquerait à la bienséance. Harry, s'il aimait autant les ragots que tous les membres de leur cercle d'amis, était la personne la plus secrète qu'il connaissait.

« Certainement, certainement, marmonna Holmes. Mais l'un de ces invités – Hay m'a appris qu'il avait quitté Washington il y a quelques jours – était le Norvégien, ou Suédois je ne sais plus, Jan Sigerson, dont vous avez peut-être lu les exploits ces dernières années. Un explorateur. »

Adams posa ses mains fines sur ses genoux.

« Sigerson… Sigerson… Oui, ce nom me dit vaguement quelque chose. Norvégien, je crois. On a parlé de lui dans la presse il y a un ou deux ans : il avait escaladé une montagne, ou ouvert une voie dans l'Himalaya, je crois ? Ou alors il est allé au Tibet, peut-être. Voilà qui serait intéressant ! »

Adams parlait en globe-trotter averti. Après la mort de Clover, il s'était aventuré dans les mers du Sud pendant près d'un an en compagnie de l'artiste John La Farge. C'était un télégramme envoyé de Paris… par Lizzie

Cameron… qui l'avait fait revenir en toute hâte de l'autre bout du monde comme un idiot.

Adams ne s'attarda pas sur ce pénible sujet.

« Oui, j'ai entendu parler de Jan Sigerson… Donc un explorateur est venu en Amérique avec Harry. Bizarre, mais je ne vois pas pourquoi Harry voudrait cacher sa présence à ses vieux amis, à moins que M. Sigerson ait cherché l'anonymat, et que Harry ait attendu son départ avant de nous avertir.

— C'est plutôt le deuxième compagnon de voyage de James qui a créé tant d'émoi chez les domestiques », indiqua Holmes en sortant sa montre de son gousset où elle était nichée avec le médaillon de sa fraternité Phi Beta Kappa.

Il jeta un coup d'œil à l'heure. La gare n'était pas loin en cab, et, comme Henry l'avait remarqué, Holmes avait fait attendre le sien.

« Voulez-vous que je devine le nom de ce deuxième gentleman ? demanda Adams, avec une amabilité toujours irréprochable.

— Impossible, vous ne trouverez jamais, répondit le juge assesseur Holmes d'un ton mesuré. C'est Sherlock Holmes. »

Adams éclata de rire, et se tapa même le genou sous le bureau.

« Je vois que cela vous amuse », observa Holmes gravement.

Ils se connaissaient depuis plus de trente ans, et le vieil ami d'Adams ne s'était jamais distingué par son sens de l'humour. En matière d'esprit, il n'avait jamais égalé John Hay et Clarence King, mais depuis qu'il avait endossé la robe noire des magistrats du Massachusetts, il semblait avoir perdu toute fantaisie.

« Sherlock Holmes est un personnage de fiction, non ? hasarda Adams. Une création d'Arthur Conan Doyle… Harry a-t-il emmené M. Doyle dans ses valises ?

— Non, il est venu avec Sherlock Holmes en personne, insista Holmes. J'ai presque réussi à le faire avouer à John Hay malgré le serment de confidentialité qui semble le lier. Non seulement les domestiques ont fait courir le bruit que le détective privé londonien passait quelques jours chez les Hay, mais Clara Hay a révélé sous le sceau du secret à environ une centaine de ses amis que Sherlock Holmes avait séjourné chez elle.

— Un parent à vous, peut-être ? demanda Adams en retrouvant son sourire moqueur.

— Certainement pas ! s'indigna Holmes en consultant de nouveau sa montre. Je vais devoir vous quitter si je veux avoir le temps de m'occuper de mes bagages avant de monter dans le train. »

En se levant, Adams lui posa une dernière question :

« Ce Sherlock Holmes était-il la personne que vous vouliez voir en même temps que Harry ce matin quand vous êtes allé à la pension de Mme Stevens ?

— En effet », répondit Holmes en se dirigeant avec Adams vers l'entrée.

Addison, le majordome, les attendait et tendit son manteau au juge, son chapeau et sa canne.

« Vous êtes venu me demander quelque chose, mais quoi, au juste ? » s'enquit Adams, alors que les deux hommes s'arrêtaient sur le pas de la porte. L'air matinal était encore frais en cette fin du mois de mars. « Vous voulez que je surveille le quartier par ma fenêtre, et que je vous dise si ce Sherlock Holmes a l'air réel ou imaginaire ?

— Vous ne dînez toujours pas beaucoup en ville, Henry ? demanda Holmes abruptement.

— Pas beaucoup, en effet. » Depuis la mort de Clover, il s'était fait une réputation d'ermite, et on ne l'invitait plus très souvent, à part Clarence King quand il était en ville et John Hay, son voisin immédiat, deux anciens membres des Cinq de Cœur. « Vous connaissez la société washingtonienne. Si on accepte une invitation, il faut rendre la politesse. Je dîne le plus souvent chez moi, parfois en compagnie d'un autre veuf sur le retour comme moi ou d'un jeune célibataire.

— Eh bien, Hay va vous convier à souper dimanche soir avec un jeune veuf de notre connaissance, et comme M. Sherlock Holmes doit être de la partie, j'espérais que vous pourriez me rapporter ce que vous verrez et entendrez à cette occasion.

— Un jeune veuf de notre connaissance… », répéta Adams en suivant Holmes dans la rue. Ils passèrent sous l'arcade et sa maudite croix. « Vous ne parlez tout de même pas de…

— Si, lui-même », rétorqua Holmes d'un ton qui sembla très sec à l'oreille sensible d'Adams. « Le Gamin.

— Le Gamin… Ah, bigre ! » balbutia Adams.

Il agita la main alors que la voiture de Holmes s'éloignait, tout en sachant fort bien que Wendell ne regardait jamais en arrière, et attendit qu'elle disparaisse au coin de la rue.

« Le Gamin », marmonna Adams dans sa barbe, regrettant soudain amèrement d'être rentré quelques jours plus tôt que prévu. « Ah, bigre ! »

2

Bâti sur du sable

Holmes se sentait beaucoup mieux depuis qu'il avait déménagé ses pénates chez Mme Stevens et qu'il se passait de l'hospitalité de John et Clara Hay. Bien sûr, il n'était pas totalement débarrassé de Henry James, qui résidait aussi à la pension, mais la chambre de James se trouvait tout au bout du couloir, et ils n'étaient plus tenus de se voir à tout bout de champ, ni de partager systématiquement leurs repas. Il était libre comme l'air, le premier étage disposant d'une sortie donnant sur un escalier en bois dont les pensionnaires détenaient tous la clé. Holmes pouvait donc aller et venir à sa guise – et dans le costume qu'il voulait – sans avoir à redouter d'être surpris par Henry James ou le personnel de maison des Hay.

Il sortit ce matin-là sans se travestir, portant simplement son costume de ville londonien : gilet, haut-de-forme et gants, une tenue complétée par une longue écharpe noire et une canne-épée qui, tirée, offrait une lame triangulaire de soixante-seize centimètres de long, tranchante comme un rasoir.

Après avoir traversé Lafayette Square, Holmes héla un cab et demanda au cocher de le conduire à la direction générale de la police métropolitaine, au coin de la 5e Rue et de Louisiana Avenue. Une fois arrivé à destination, il fit arrêter le cocher de l'autre côté de la rue, face au vieux bâtiment décrépi.

Il n'eut pas à attendre plus de dix minutes avant de voir le chef de la police de Washington, William C. Moore, descendre les marches du perron en regardant sa montre d'un air irrité, et faire signe à un cab. Holmes ordonna à son cocher de le suivre, alors même qu'il savait parfaitement où il se rendait.

Holmes n'avait jamais rencontré le divisionnaire Moore, mais il avait vu des photographies qui lui permettaient de le reconnaître sans aucun doute possible à sa barbe blanche un peu semblable à celle du général Lee. D'après ce qu'il venait de voir, le divisionnaire était tendu, et pas étonnant pour un homme habitué à donner des ordres et non à en recevoir, et qui se retrouvait convoqué à une réunion dans des locaux aussi modestes que ceux du Maltby Building à la demande d'un clampin du département d'État.

Le cab de Holmes s'arrêta au coin de New Jersey Street et de Constitution Avenue au moment où Moore descendait de voiture. En mettant pied à terre, le divisionnaire manqua se heurter à son prédécesseur, l'ancien chef de la police métropolitaine, William G. Brock. Alors que la barbe de Moore était fournie, ample et prospère, celle de l'ancien divisionnaire, grisonnante et clairsemée, accentuait son air décati.

« Que faites-vous ici ? attaqua Moore.

— Je vous retourne la question », rétorqua Brock.

Les deux hommes se détestaient, comme Holmes le savait très bien. Brock et Holmes se connaissaient de vue, et surtout, Brock avait de bonnes raisons d'en vouloir à Holmes, qu'il haïssait encore plus que son remplaçant à la tête de la police métropolitaine.

Avant de descendre de son cab et de payer le cocher, Holmes attendit que les deux hommes entrent dans l'immeuble, toujours aussi furieux et se mitraillant de questions.

Holmes avait interrogé John Hay sur l'origine du Maltby Building la semaine précédente, prétextant qu'il avait été intrigué par ce bâtiment lors d'une promenade. Hay avait alors expliqué en riant que l'ascenseur y était un danger public car cet ancien immeuble de quatre étages, dont les appartements avaient été convertis en bureaux sénatoriaux vingt ans plus tôt par un entrepreneur new-yorkais, avait été construit sur l'emplacement d'une ancienne écurie. Et, « comme c'est le cas pour tant d'autres choses à Washington », avait complété Hay, l'immeuble avait été bâti sur du sable. En conséquence de quoi, la lourde masse de l'ascenseur s'enfonçait en se dissociant du reste, et le sol de la cabine s'arrêtait vingt centimètres en dessous du niveau des étages.

« Et pour couronner le tout, avait ajouté Hay avec un rire, il y fait un froid glacial en hiver, une chaleur insupportable en été, et les rares bureaux qu'on y laisse sont horriblement exigus. »

Parfait, avait songé Holmes qui avait aussitôt envoyé une dépêche à son frère Mycroft pour lui demander d'« inviter » à une réunion au nom du gouvernement britannique quelques hauts responsables américains dont Moore et Brock, en indiquant que la rencontre aurait lieu au bureau de l'Inspection des navires à vapeur au troisième étage du fameux building. L'inspecteur général de l'Inspection des navires à vapeur, un certain James A. Dismont, avait été averti par le département d'État de cette invasion matinale de ses locaux sans aucune explication. Ainsi, quand l'assistant de Dismont, un dénommé Andrew McWilliams, à en croire le porte-nom posé sur sa table, introduisit Holmes dans le bureau déjà bondé de l'inspecteur général, le détective trouva une atmosphère survoltée et une cacophonie de voix furieuses dont la plus forte était celle de William C. Moore.

Holmes frappa quatre coups de canne vigoureux sur le plancher et toutes les têtes se tournèrent vers lui.

« Messieurs, déclara-t-il avec autorité, je m'appelle Sherlock Holmes et c'est à ma demande, par l'intermédiaire de Whitehall, en passant par votre président et votre département d'État, que nous sommes rassemblés ici ce matin. Monsieur Dismont… » Holmes adressa un signe de tête à l'inspecteur général de l'Inspection des navires à vapeur. « … nous n'allons avoir besoin de votre bureau que trois quarts d'heure environ, et nous vous invitons à sortir des locaux avec votre assistant, M. McWilliams, pour aller profiter de cette magnifique journée de printemps pendant une petite heure. »

Dismont eut un sursaut de révolte, mais vaincu par l'éminence de l'assemblée, il baissa la tête et sortit en refermant bien gentiment la porte derrière lui. Holmes laissa à l'inspecteur général et à son secrétaire le temps de s'éloigner, puis il se tourna vers les hauts responsables indignés et leva un index ganté.

« Stop ! Avant de protester, je vous prie de prendre en considération que cette réunion a été approuvée par Sa Majesté la reine Victoria et le président Cleveland et que notre gouvernement et votre département d'État, visant la plus extrême discrétion, ont exigé le choix d'un lieu écarté.

— Mon bureau à la direction générale de la police aurait été beaucoup plus adéquat ! gronda le divisionnaire Moore dans sa barbe blanche.

— Non, monsieur le divisionnaire, non, répondit aimablement Holmes. Car non seulement la direction de la police métropolitaine est surveillée à l'extérieur par tous les gangs de Washington, mais elle est aussi gangrenée à l'intérieur par des fonctionnaires à la solde des criminels.

— Calomnie ! rugit Moore.

— Toujours aussi infâme ! éructa l'ancien divisionnaire Brock. M. Holmes a déjà accusé il y a dix ans mes inspecteurs d'être corrompus. Par la faute de ses mensonges, j'ai perdu ma place en 1883. »

Holmes opina du chef.

« C'était fâcheux, je le reconnais… On m'avait fait venir en Amérique pour enquêter sur l'assassinat du président Garfield… et plus précisément pour déterminer si le tueur, Charles Guiteau, avait partie liée avec les conspirateurs anarchistes accusés d'avoir voulu attenter un peu plus tard à la vie de la reine Victoria. Mon enquête a démontré que Charles Guiteau avait l'esprit dérangé et avait agi sans complice, animé par ses seules divagations. Mes recherches ont cependant démontré que de nombreux inspecteurs de votre police étaient corrompus, et qu'ils recevaient des pots-de-vin des milieux anarchistes. »

Brock tourna le dos à Holmes et alla regarder par la fenêtre.

Avant que Moore ne se remette à hurler, Holmes se dépêcha d'ajouter :

« Permettez-moi de vous présenter les trois autres personnes présentes aujourd'hui à la demande du président Cleveland. »

Holmes désigna un gentleman de petite taille, fort bel homme, qui se trouvait non loin de Brock du côté de la fenêtre. Moustache cirée aux pointes à la française et cheveux noirs gominés, il aurait eu l'air d'un dandy si son menton n'avait été aussi carré, sa bouche ferme et son regard décidé.

« Monsieur William Rockhill, si je ne m'abuse, dit Holmes. Secrétaire exécutif du troisième secrétaire d'État assistant, il sera notre interlocuteur au département d'État et fera le lien avec divers gouvernements européens en cas de besoin. »

Rockhill salua Holmes d'une inclinaison de la tête.

« *Un plaisir de vous rencontrer, monsieur Holmes**. » Il salua de même les autres personnes présentes : « Monsieur le vice-président, messieurs. »

Holmes se tourna vers un grand homme aux cheveux blancs séparés par une raie au milieu, qui gardait le silence, le seul dans la pièce, à l'exception de Holmes, à ne porter ni barbe ni moustache.

« Monsieur Drummond, je présume ? »

Le grand homme s'inclina légèrement.

« Andrew L. Drummond, pour vous servir.

— M. Drummond est actuellement chef du Secret Service au département du Trésor », indiqua Holmes.

Drummond approuva de la tête, ses yeux très bleus semblant briller d'un léger amusement.

« Je ne vois pas ce que le département d'État et le département du Trésor peuvent bien avoir à fabriquer ensemble ici ! s'indigna le divisionnaire Moore. Et je dirais même plus, ajouta-t-il en levant sa canne pour désigner Holmes, je ne comprends pas ce que vous fabriquez ici, monsieur, et en vertu de quel droit vous donnez des ordres au chef de la police métropolitaine ! »

Sans laisser à Holmes le temps de répondre, le sixième et dernier membre du groupe, un homme discret, dégarni et moustachu d'une soixantaine d'années, resté à l'écart jusque-là, intervint d'une voix posée.

« À cela, je peux répondre, monsieur le divisionnaire. Je suis le vice-président Adlai E. Stevenson. M. Sherlock Holmes, le plus éminent et respecté des détectives privés d'Angleterre, a été appelé en renfort par ordre du président Cleveland, qui demande à chacun d'entre vous son concours pour régler une affaire de portée nationale des plus graves.

— Monsieur le vice-président… », balbutia le divisionnaire Moore, avant d'en perdre la voix.

Holmes avait entendu dire par Hay que le vice-président Adlai Stevenson se distinguait par sa modestie. Passé sans transition du poste d'assistant du maître général des postes à celui de vice-président sur une décision de dernière minute du parti de Cleveland à la convention démocrate de 1892, il pouvait se présenter dans n'importe quelle assemblée publique ou privée de Washington sans être reconnu. (Quatre ans plus tard, Holmes ne serait pas surpris de lire dans le *Times* de Londres cette réponse du vice-président Adlai E. Stevenson, alors qu'on l'interrogeait sur son rôle et qu'on lui demandait si le président Cleveland l'avait jamais consulté sur quoi que ce soit : « Pas encore. Mais il reste encore plusieurs semaines avant la fin de mon mandat. »)

« Messieurs, commença Holmes après s'être assuré que l'ancien divisionnaire Brock lui prêtait de nouveau attention, nous faisons face à un état d'alerte maximum. Nous avons eu vent d'un grand complot fomenté par les anarchistes pour assassiner Sa Majesté la reine Victoria, ainsi que les monarques, empereurs et dirigeants élus d'une douzaine d'autres pays, à commencer par le président américain M. Grover Cleveland, avant le 1er mai. »

* * *

Le vice-président se chargea de faire taire le brouhaha général, et la rencontre se transforma en une séance de questions/réponses à laquelle Sherlock Holmes se plia avec calme.

M. Drummond, chef du Secret Service : Ces informations concernant le président Cleveland sont-elles fiables, monsieur Holmes ?

Sherlock Holmes : Parfaitement fiables, monsieur Drummond.

M. Drummond, chef du Secret Service : Cette mise en garde est-elle étayée par des faits concrets, ou bien s'agit-il comme d'ordinaire d'une menace diffuse ?

Sherlock Holmes : Nous avons de fortes raisons de penser que l'attentat contre le président Cleveland est prévu pour le 1er mai… Le jour de la fête des travailleurs de l'Internationale socialiste, en commémoration de l'incident de Haymarket Square… et qu'il aura fort probablement lieu au moment où il inaugurera l'Exposition universelle de Chicago.

M. Rockhill, secrétaire exécutif du département d'État : Allons-nous devoir faire face à un nouveau Haymarket Square, monsieur Holmes ? Une émeute ? Des bombes ? Des tirs sur le Président et sur la police ?

Sherlock Holmes : Il faut envisager tous les cas de figure, mais nos informations indiquent qu'il s'agira plus probablement de l'œuvre d'un ou deux tueurs professionnels à la solde des anarchistes.

M. Drummond, chef du Secret Service : Connaissons-nous l'identité de ces tueurs à gages ?

Sherlock Holmes : Oui. Voici des photographies des deux hommes. Le plus âgé est une vieille connaissance. Le colonel Sebastian Moran. Le plus jeune est le plus dangereux… Lucan Adler, âgé de vingt et un ans… ce cliché est l'un des seuls que nous possédons. Monsieur Drummond, vous serait-il possible de faire tirer des impressions en gros plan à partir de cette photo ?

Commandant Drummond, chef du Secret Service : Bien entendu. (Il regarda la photo prise par Clover Adams, tandis que ses compagnons tendaient le cou pour essayer de la voir aussi.) Mais… cet Adler n'est qu'un gamin !

Sherlock Holmes : Le cliché a été pris il y a sept ans, messieurs. Lucan Adler avait alors treize ans… Un gamin, vous avez raison. Mais déjà à cet âge, il était excellent chasseur et tireur, dressé à tuer par son tuteur, le colonel Sebastian Moran.

Ancien divisionnaire Brock de la police métropolitaine : Qui a pris cette photo de Lucan Adler ?

Sherlock Holmes : Je ne peux malheureusement pas vous révéler cette information pour l'instant, mais je vous garantis qu'il s'agit bien de Lucan Adler, et que son visage, bien qu'aminci et plus cruel, est encore très semblable aujourd'hui.

M. Drummond, chef du Secret Service : Comment le savez-vous, monsieur Holmes ?

Sherlock Holmes : J'ai croisé sa route ces dernières années.

Ancien divisionnaire Brock de la police métropolitaine : (*Rire ironique.*) Mais quoi ? Le célèbre Sherlock Holmes a « croisé la route » de notre tueur et il l'a laissé filer sans le faire arrêter ? Comment est-ce possible ? Les facultés de notre fin limier s'atténueraient-elles avec l'âge ?

Sherlock Holmes : C'était Lucan Adler qui me pourchassait, monsieur Brock, et non l'inverse. Il y a deux ans, il m'a atteint de trois balles de fusil tirées à très longue distance. Je n'ai survécu que par le plus grand des hasards, et seulement parce que les balles étaient chemisées à la manière des munitions militaires, ce qui fait qu'elles m'ont traversé de part en part sans ralentir ni dévier. Des munitions ordinaires auraient tout emporté sur leur passage : poumons, cœur et colonne vertébrale.

(*Long silence.*)

Divisionnaire Moore de la police métropolitaine : Et sur quelles bases nous demandez-vous de croire à cette grande conspiration anarchiste ? Quelles preuves avez-vous ? Pourquoi l'attentat aurait-il lieu le 1er mai ?

Sherlock Holmes : Je m'appuie sur des informations spécifiques obtenues par les services secrets de Sa Majesté la reine. Elles ont été corroborées par le nouveau préfet de police de Paris, M. Louis Lépine, et par l'inspecteur Hanaud, de la Sûreté, ainsi que par les services secrets belges et français. Et pour finir, nous bénéficions d'informations obtenues à travers mes propres enquêtes menées depuis sept ans à la suite de ma collaboration avec la police de Chicago dans l'affaire du massacre de Haymarket Square.

Ancien divisionnaire Brock de la police métropolitaine : À l'heure actuelle, l'opinion générale aux États-Unis, monsieur Holmes, est que le procès a été mené à charge par un juge injuste et des procureurs trop zélés. On dit, monsieur Holmes, que les cinq hommes pendus étaient des martyrs du mouvement ouvrier – morts pour la journée de huit heures.

Sherlock Holmes : Si ce que vous dites est vrai, monsieur Brock, alors l'opinion publique américaine est profondément stupide.

Divisionnaire Moore de la police métropolitaine : Il est en tout cas certain, monsieur Holmes, que le nouveau gouverneur de l'Illinois, M. Altgeld, se prépare à amnistier Schwab, Fielden et Neebe, les trois qui n'ont pas été condamnés à mort mais à de longues peines de prison. Une réhabilitation totale. Comme le disait M. Brock, l'opinion pense que le procès a été particulièrement inique et que Fischer, Lingg, Parsons, Spies et Engel ont été injustement exécutés.

Sherlock Holmes : Seuls quatre de ces hommes ont été pendus, monsieur… Engel, Spies, Parsons et Fischer. Lingg, l'homme qui a fabriqué la bombe, s'est suicidé en mordant un détonateur qu'il avait dissimulé dans sa cellule. Son visage a été emporté. Il n'est mort qu'au bout de plusieurs heures.

Ancien divisionnaire Brock de la police métropolitaine : Et pourtant, l'opinion du gouverneur Altgeld et de beaucoup, beaucoup d'autres, est à présent, sept ans plus tard, que ces hommes étaient des héros de la classe ouvrière.

Sherlock Holmes : Ces huit hommes étaient directement coupables de meurtre ou avaient participé à la préparation de l'attentat. Je l'ai prouvé, et j'ai convaincu la police de Chicago et le tribunal. Je suis parvenu à ce résultat entre autres en déchiffrant le code secret qu'ils utilisaient pour communiquer entre eux dans les pages du journal anarchiste l'*Arbeiter-Zeitung*. C'est ainsi qu'ils ont organisé la fabrication des bombes et la collecte de l'armement, et monté le guet-apens dans lequel est tombée la police le 1er mai à Haymarket Square.

M. Drummond, chef du Secret Service : Mais on n'a pas pris l'homme qui a jeté la bombe, Schnaubelt.

Sherlock Holmes : Rudolph Schnaubelt.

Commandant Drummond, chef du Secret Service : Oui. Schnaubelt s'est volatilisé. On ne le retrouvera sans doute jamais.

Sherlock Holmes : Détrompez-vous, monsieur Drummond, j'ai localisé Rudolph Schnaubelt en Argentine, où il coule des jours paisibles à Buenos Aires.

(*Nouveau brouhaha, puis le vice-président Stevenson lève la main pour demander le silence. Quand il l'obtient, il donne la parole au chef de la police métropolitaine.*)

Divisionnaire Moore de la police métropolitaine : Je n'ai pas été informé de l'arrestation de Schnaubelt.

Sherlock Holmes : Les autorités compétentes de votre pays ont pourtant été dûment informées, et à plusieurs reprises, de nos découvertes. Mais assez parlé de cette vieille affaire. Ce qui compte, messieurs, c'est ce que vous allez faire dans les quatre prochaines semaines pour sauver le président Cleveland.

* * *

Holmes sortit du cercle et s'adossa à une bibliothèque remplie de livres de réglementations et de spécifications sur la construction des navires à vapeur.

Le vice-président Stevenson fit face à l'assemblée.

« Le président ordonne, messieurs, que ce groupe – auquel pourra se joindre qui vous jugerez bon – se réunisse deux fois par semaine pour mettre en place un système de protection présidentielle. Je pense pour ma part qu'il suffira de nous retrouver les dimanches matin de dix heures à midi.

— Le dimanche ! protesta Brock. Vous voudriez que je renonce à mon dimanche en famille et à la matinée à l'église pour ce… cette ombre d'une ombre de danger ? Qui plus est, je ne suis plus officiellement concerné. Je n'ai aucune raison de venir.

— Le Président a souhaité que vous participiez à cette première réunion, répondit le vice-président Stevenson, toujours affable.

— Je me demande bien pourquoi, bougonna l'ancien divisionnaire, fatigué.

— Votre département était profondément corrompu au moment de votre démission, intervint Sherlock Holmes. Vous êtes parti, mais beaucoup de ceux qui sont restés sont montés en grade. Si des fonctionnaires de police à la solde des gangs ou des anarchistes venaient à ébruiter nos travaux, le coup pourrait nous être fatal. Nous avons besoin de vos lumières dans ce domaine. En d'autres termes, le président des États-Unis d'Amérique vous demande de jouer… les balances. »

Brock manqua s'étrangler, mais ne protesta pas.

« Parfait, poursuivons, déclara Stevenson comme s'il reprenait le cours d'une séance au Sénat après l'adoption d'une motion mineure. Monsieur Moore, pourriez-vous s'il vous plaît nous expliquer quel rôle joue votre département dans la protection du Président ? »

Le divisionnaire s'éclaircit la voix.

« La police métropolitaine assure la sécurité du Président lors de ses apparitions publiques à Washington.

— Vos officiers de police accompagnent-ils le Président lorsqu'il se rend à ces événements et en revient ? demanda Stevenson.

— Non, monsieur le vice-président. »

Stevenson promena son regard des uns aux autres, tournant vers eux son visage rond et pâle à la moustache terne.

« Qui accompagne le Président dans ses déplacements en ville ? »

Silence.

« Qui protège le Président quand il n'est pas à la résidence présidentielle ?

— La garde de la Maison-Blanche, répondit le divisionnaire Moore.

— Cette unité est-elle placée sous votre contrôle ?

— Pas directement, admit Moore avec un toussotement. Nous formons les recrues qui la composent, mais la garde de la Maison-Blanche est autonome.

— Qui en a la charge ? demanda Stevenson.

— Le sergent O'Malley, monsieur.

— Comment cela ? Un simple sergent ?

— C'est exact.

— De combien d'hommes dispose votre police métropolitaine, Moore ?

— Deux cents, monsieur le vice-président.

— Sans compter les effectifs de la Maison-Blanche…

— Sans les compter.

— Et combien d'hommes sont assignés à l'unité de la Maison-Blanche ?

— Trois jusqu'à ce printemps, mais la recrudescence des menaces de mort reçues par le président Cleveland et leur violence a conduit à augmenter les effectifs qui sont passés à vingt-sept.

— Et j'imagine qu'ils se répartissent en trois équipes se relayant vingt-quatre heures sur vingt-quatre ?

— Plus ou moins, oui.

— Donc quelle que soit l'heure du jour ou de la nuit, le Président doit avoir environ neuf hommes assignés à sa protection.

— En effet, dit Moore qui visiblement perdait patience. C'est de loin la garde la plus nombreuse jamais donnée à un président des États-Unis, à l'exception du président Lincoln qui bénéficiait parfois de la présence d'une unité de la cavalerie ou de l'infanterie fédérale stationnée dans le périmètre de la Maison-Blanche.

— Mais pas le soir de l'attentat au théâtre Ford…

— Non, pas ce soir-là. Le planton qui montait habituellement la garde dans le couloir devant la loge présidentielle n'était pas présent.

— Le 1er mai, quand le Président se rendra à Chicago pour inaugurer l'Exposition universelle devant cent mille personnes, combien d'officiers de la police métropolitaine et de la garde de la Maison-Blanche… et de l'armée… accompagneront le Président ? » demanda Stevenson.

Il y eut un silence, et des regards s'échangèrent.

Finalement, le divisionnaire Moore expliqua :

« Il n'y aura personne, monsieur le vice-président. Quand le Président se déplace dans une autre ville, la charge de sa protection passe à la police du secteur concerné. »

Stevenson dévisagea le divisionnaire Moore un long moment, dans une atmosphère excessivement tendue. Le regard du vice-président restait aussi neutre que sa voix, mais il y avait de l'électricité dans l'air. Il tourna les yeux vers la haute silhouette du chef du Secret Service.

« Monsieur Drummond, dit-il. D'après ce que je sais, votre service a assuré plusieurs fois la protection présidentielle ces derniers mois.

— Modestement, répondit Drummond. Nous disposons d'agents bien entraînés et armés, comme vous le savez, et la garde de la Maison-Blanche nous demande parfois du renfort.

— À la Maison-Blanche même, ou à l'extérieur ?

— Quand il doit sortir pour faire un discours ou pour toute autre apparition publique.

— Mais c'est le rôle de la police métropolitaine ! s'indigna le divisionnaire Moore qui ignorait de toute évidence que le Secret Service marchait parfois sur ses plates-bandes.

— Oui, divisionnaire, répondit Drummond, je le sais. Mais à l'occasion de grands événements, par exemple à Noël dernier lors des vœux du Président devant une immense foule à City Park, votre service n'avait envoyé que trois policiers en uniforme pour sa protection. À la demande de la garde de la Maison-Blanche – sans doute à cause des menaces spécifiques récemment reçues – nous avons envoyé six agents en civil armés.

— Parfaitement inutile ! » grogna le divisionnaire.

Sans tenir compte de cette interruption, le vice-président poursuivit :

« Monsieur Drummond, le Secret Service du département du Trésor n'a-t-il pas commencé à accompagner aussi le Président lors de ses déplacements en ville ?

— Ah, oui ! Une bonne farce ! s'exclama l'ancien divisionnaire Brock avec un gros rire. Six hommes en carriole s'échinant à poursuivre la voiture présidentielle, pour finir perdus dans K Street ! On en rit encore dans tout Washington.

— En effet, admit Drummond. Monsieur le vice-président, l'expérience nous a montré qu'il n'était pas efficace de suivre la voiture présidentielle dans un véhicule séparé. Et le président Cleveland et ses conseillers ne veulent pas de nos agents avec eux dans la voiture, ce qui est compréhensible. »

Le vice-président croisa les bras.

« Monsieur Drummond, si le Congrès venait à confier la protection présidentielle au Secret Service – à temps plein et aussi bien à Washington que dans ses déplacements dans d'autres villes – quel délai faudrait-il pour que votre service soit opérationnel ? »

Drummond parut réfléchir une seconde.

« Il nous faudrait embaucher et former des agents, monsieur le vice-président. Pour l'instant, nos effectifs ne nous permettent pas de nous mettre au service du Président à temps plein ici à Washington. Et la formation des nouveaux agents est indispensable... Les qualités requises pour les gardes du corps sont très spécifiques et dépassent de loin ce que l'on exige d'un agent de police ordinaire.

— Allons donc ! » ironisa Moore.

Drummond posa un regard froid sur le divisionnaire, et reprit d'un ton ferme :

« Les agents de la police métropolitaine sont-ils entraînés à se jeter devant la personne qu'ils protègent pour prendre une balle à sa place ?

— Quelle idée absurde ! La police se saisit du suspect ou déjoue les plans des tueurs avant que les coups de feu ne soient tirés. On ne leur demande pas de se suicider.

— Les agents de protection rapprochée de notre service seront justement entraînés à ces techniques. Prévenir l'assassinat si possible. Arrêter la balle pour sauver le Président si nécessaire. »

Moore détourna les yeux.

« Combien de temps vous faudrait-il, monsieur Drummond ? répéta le vice-président.

— Pour assurer la sécurité personnelle du Président vingt-quatre heures sur vingt-quatre y compris dans ses déplacements ? Pas avant début janvier. Il faudra ouvrir de nouvelles sections du service dans différentes villes américaines, et former nos gardes du corps aux techniques spécialisées. »

Stevenson hocha la tête presque tristement, comme s'il s'était attendu à cette estimation.

« Mais pourriez-vous fournir une protection efficace en attendant, si on vous le demandait ?

— Oui, c'est faisable.

— Prévoyez d'envoyer au moins huit de vos agents avec le président Cleveland à Chicago en mai.

— Bien, monsieur le vice-président.

— Puis-je suggérer quelque chose, messieurs ? » intervint Sherlock Holmes.

Tous se tournèrent vers le détective, très à son aise, adossé à la bibliothèque.

« Je pense qu'il serait bon, monsieur Drummond, que les agents de la garde rapprochée soient sélectionnés en partie pour leur haute taille et la largeur de leur torse.

— Ils cacheront le Président au public ! protesta l'ancien divisionnaire Brock.

— Mais justement, répondit Holmes. Il est même dommage que cette escouade de gardes du corps ne puisse pas entourer le Président quand il saluera les dignitaires et qu'il s'adressera à la foule. Plus ils feront écran, plus le Président sera en sécurité. »

Drummond approuva tout en notant.

« Nous avons de grands et forts gaillards parmi nos agents, indiqua-t-il. Je les placerai aux côtés du Président quand il évoluera à pied ou sera seul sur une estrade.

— Parfaitement ridicule ! » explosa l'ancien divisionnaire Brock.

Sans lui prêter attention, le vice-président Adlai E. Stevenson ajouta :

« Bien, nous nous retrouverons ici tous les dimanches jusqu'à ce que ce transfert de la protection présidentielle soit bien au point. » Son regard passa de Holmes à Brock puis à Moore. « J'admets qu'il ne sera sans doute pas nécessaire que toutes les personnes présentes aujourd'hui assistent aux prochaines réunions.

— Comment voulez-vous nommer ce groupe de réflexion ? » demanda Rockhill, du département d'État.

Stevenson eut l'ombre d'un sourire.

« Puisque nous nous réunissons dans les bureaux de l'Inspection des navires à vapeur, je suggère que nous nous baptisions "commission de l'Inspection des vapeurs". Des objections ? »

Personne n'ouvrit la bouche.

Avant de donner le signal du départ, le vice-président reprit la parole.

« Une dernière question, messieurs. Qui se charge de la coordination avec la police de Chicago pour la protection du Président à l'Exposition universelle le 1er mai ? »

Un silence embarrassé suivit.

« Je peux m'en charger, dit enfin Drummond.

— Je vous donnerai un coup de main, intervint le divisionnaire Moore. J'avais déjà prévu d'envoyer un ou deux télégrammes. »

Sherlock Holmes se redressa, prêt à partir.

« Je dois aller à Chicago la semaine prochaine pour organiser la suite des événements, déclara-t-il en ajustant ses gants de chevreau. Je serai ravi de travailler avec M. Drummond et son Secret Service pour assurer la coordination avec la police locale. »

Les six hommes prirent l'ascenseur deux par deux, Holmes descendant avec le vice-président. Pour sortir de la cabine, il fallait monter les vingt centimètres formés par l'enfoncement de la lourde masse du mécanisme dans le sol.

L'inspecteur général de l'Inspection des navires à vapeur et son assistant attendaient dans le hall, le visage rouge d'indignation.

« Grand merci, monsieur Dismont, dit le vice-président à l'inspecteur général. Je vous ferai indiquer quels week-ends nous allons vous réemprunter votre bureau.

— Invraisemblable », maugréa Dismont, alors que son assistant et lui descendaient dans l'ascenseur pour retourner travailler et que Holmes ouvrait la porte de la rue au vice-président.

Une fois sur le trottoir, Stevenson se tourna vers le détective.

« C'est votre avis à vous aussi ?

— Je vous demande pardon ?

— Toute cette opération… et même cette menace d'attentat anarchiste contre le Président… sont-elles invraisemblables ? Ne perdons-nous pas notre temps ?

— Nous ne le saurons que trop vite, monsieur le vice-président. »

Sur quoi Holmes le salua en touchant le bord de son haut-de-forme avec le pommeau de sa canne, puis il se dirigea vers Constitution Avenue.

3

Dents de cheval et bons toutous

Le samedi matin, Henry James reçut un mot de John Hay par messager lui demandant de passer le voir cinq minutes dans l'après-midi – à l'heure qui lui conviendrait – parce qu'il avait à lui parler.

James se présenta donc à l'imposant hôtel particulier au coin de la 16e Rue et de H Street après le déjeuner, mais pas trop près non plus de l'heure du thé pour ne pas placer Hay dans l'obligation de l'inviter à rester.

À peine James eut-il donné son chapeau, son manteau et sa canne à Benson que Hay surgit de son bureau, lui serra la main en le remerciant de s'être déplacé et le conduisit au salon.

« J'admire depuis longtemps l'alliance de marbre et de pierre que vous avez choisie avec Clara pour la décoration de cette pièce, remarqua James en s'installant dans le profond fauteuil en cuir que lui désignait Hay.

— Ah oui ? répondit ce dernier en regardant distraitement autour de lui. Il y a un marbre africain, un "Aurora Pompadour", si je me souviens bien, et de l'onyx du Mexique.

— Le choix le plus raffiné est sans doute celui de la cheminée de la bibliothèque en marbre jaune avec son âtre rosé.

— C'est vrai. J'avoue que la dalle foyère a été très difficile à trouver. Les pierres étaient soit trop rouges, soit trop roses, soit trop… je ne sais quoi. Nous avons choisi pour finir un porphyre très doux tirant sur le rouge appelé "*Boisé d'Orient**", je crois. Je vous offre quelque chose à boire, Harry ?

— Non, merci. Je me suis arrêté chez vous au milieu de ma promenade quotidienne. La marche libère mes pensées. J'ai en tête une nouvelle pièce, mais pas encore assez définie pour en parler, se dépêcha-t-il d'ajouter pour éviter de discuter de son travail.

— Dans ce cas, je regrette doublement de vous voler un peu de votre samedi après-midi, mais je me devais de vous avertir.

— M'avertir de… ?

— Vous avertir et vous présenter mes excuses. Monsieur Holmes et vous allez recevoir une invitation à un petit dîner que j'organise demain soir dans mon humble demeure. En toute simplicité, juste Adams et quelques amis. Je vous demande très sincèrement de me pardonner de vous prévenir ainsi au dernier moment, d'autant que…

— Que… ? murmura James.

— D'autant que vous m'avez demandé de ne pas ébruiter la nouvelle de votre retour, mais c'était il y a presque deux semaines, Harry. Vous savez à quelle rapidité les nouvelles circulent dans cette petite ville malgré nos efforts.

— Bien sûr. D'ailleurs, je suis enchanté d'apprendre qu'Adams est rentré et je me réjouis de le voir.

— Il prétend qu'il ne sort jamais, dit Hay, visiblement la tête ailleurs. Vous savez comme moi que c'est totalement faux. Henry, il est vrai, organise beaucoup moins de grands dîners qu'autrefois, mais il sort. C'est simplement un genre qu'il se donne. Il cultive une réputation d'ermite.

— En cela, je lui ressemblerais plutôt. Et quels seront les autres invités ? King n'est pas encore de retour à Washington, je crois ?

— Pas que je sache. J'ai envoyé un câble à l'Union Club, son club à New York, mais je n'ai pas reçu de réponse. Il est probable qu'il rampe cent mètres sous terre quelque part au Mexique, plongé jusqu'au cou dans les pépites d'or ou les diamants. »

James attendit la suite.

« Je reçois les suspects habituels », continua Hay.

James savait très bien d'où venait cette plaisanterie : ils avaient entendu la réplique dans une pièce de théâtre médiocre – une sorte de mélodrame léger – qu'ils avaient vue ensemble, à Londres. Depuis lors, John avait la manie de répéter cette ineptie dès que l'occasion se présentait : « Nous inviterons les suspects habituels. » Sachant à quel point le cercle social des Adams et des Hay était restreint à Washington, James entrevoyait néanmoins ce qui amusait tant son ami dans cette phrase.

« Don et Lizzie seront là, poursuivit Hay. Lodge et Nannie aussi, bien sûr. Et Adams, évidemment, puisque j'organise ce dîner pour fêter son retour.

Ah ! Et puis quand vous avez demandé des nouvelles des enfants la semaine dernière, je vous ai dit qu'Alice, Helen, Clarence et Del étaient tous au loin dans leurs internats respectifs, mais l'académie St Paul relâche Del pour le week-end, et Helen sera là aussi.

— Formidable, dit James, qui avait horreur de la présence des enfants aux dîners – même de grands enfants presque adultes. Cela fait trop longtemps que je ne les ai vus. Vous m'avez écrit récemment que Del avait poussé d'un coup… »

Adelbert, dit « Del », âgé de dix-sept ans, avait toujours semblé à Henry James (et aussi probablement à John Hay, son père) être un garçon lent et sans grand intérêt. Mais James n'avait pas vu les quatre enfants Hay depuis au moins cinq ans, et cela à l'occasion d'un voyage de la famille en Europe, qui s'était abattue au grand complet sur Londres.

« Ah, ça oui, incroyable, on peut dire qu'il a grandi ! répondit Hay en riant. Del mesure un mètre quatre-vingt-cinq et pèse plus de cent kilos. Il s'est découvert une vocation d'athlète à St Paul. Il entre à Yale cet automne où il rêve d'intégrer l'équipe de football. Le football américain, Harry, vous connaissez ? Ce jeu dans lequel on tape rarement dans le ballon avec les pieds.

— Tiens… Pas comme le football ordinaire, alors ?

— Du tout. Ça n'a absolument rien à voir. Les règles ont été mises au point il y a une dizaine d'années à partir de celles du football européen et du rugby, surtout du rugby, et formalisées par un certain Walter Camp, jeune étudiant à Yale à l'époque. Il est à présent directeur sportif… et entraîneur en chef, je crois. On ne jure plus que par le football dans les meilleures universités, Harry. Harvard et Yale rivalisent sans merci et organisent un championnat annuel. L'année dernière, un grand joueur d'échecs de Harvard du nom de Lorin Deland a inventé une manœuvre d'attaque… une stratégie offensive appelée le "flying wedge" – pas la moindre idée de ce que cela veut dire – mais Yale a tout de même réussi à gagner six à zéro. Del a hâte de jouer sous la direction de Walter Camp.

— Bien ! Et Helen aussi sera là demain soir ? demanda James, ne sachant plus comment se dégager de cette conversation assommante sur le sport. Elle a… quoi ? Dix-huit ans ?

— Oui, et elle se passionne pour l'écriture de poésie et même de fictions courtes. Elle va vous poursuivre pour vous en parler : ne vous laissez pas faire, Harry.

— Je me souviens d'elle à treize ans quand vous êtes venus à Londres. C'était une jeune fille charmante et intéressante. Je ne me plaindrais pas du tout de discuter avec elle de sujets littéraires.

— Je veux surtout faire rencontrer Sherlock Holmes à Adams, reprit Hay en retrouvant un ton plus grave. C'est la raison principale de ce dîner… Ce qui ne signifie pas qu'Adams n'a pas hâte de vous voir, Harry. Il était tout à fait désolé de vous avoir manqué lors de votre première semaine à Washington. Mais je ne savais pas trop comment lui présenter… tout cet imbroglio autour de Holmes. À votre avis, verrons-nous arriver Sherlock Holmes ou Jan Sigerson demain soir ?

— À qui avez-vous adressé votre invitation ?

— À M. Holmes.

— Alors logiquement, c'est M. Holmes qui viendra.

— Ah, oui, j'oubliais, reprit Hay en raccompagnant James à la porte. Nous avons aussi invité… Le Gamin… comme disent toujours Adams et Wendell.

— Le Gamin… Ah ! Vous voulez dire… Ah, oui ! Ah, non ! Mon Dieu… J'oublie toujours qu'il vit maintenant à Washington.

— Je lui ai fait promettre de bien se conduire », ajouta Hay.

James eut un sourire ironique qui ne masquait pas l'amusement qu'il anticipait.

« Pour ça, nous verrons bien. Nous verrons bien. »

* * *

Ayant reçu le carton d'invitation au nom de « M. Sherlock Holmes » pour le dîner du dimanche chez les Hay, l'intéressé se présenta à la soirée sous cette identité, à vingt heures comme indiqué. Ses deuxième et troisième malles l'ayant rejoint par l'entremise de l'ambassade de Grande-Bretagne à Washington, il avait pu revêtir sa tenue de soirée londonienne : queue-de-pie noire et souliers vernis souples (mais pas autant que les trop flexibles chaussons de jazz Capezio que prisait tant la jeunesse pour danser toute la nuit), cape noire doublée de rouge carmin, haut-de-forme de seize centimètres en soie de qualité supérieure, gilet classique à revers échancré, chemise de soirée d'une blancheur parfaite à col haut – surtout pas à col cassé –, et, puisqu'il s'agissait d'un dîner et non pas d'un bal – sans gants blancs.

Les autres convives de sexe masculin portaient aussi l'habit – aucun n'avait adopté le smoking, tenue moins formelle récemment introduite en Amérique (et que Holmes jugeait vulgaire). Une fois les présentations faites par Hay, Holmes ne put qu'admirer la queue-de-pie de Henry Adams, de loin la plus vieille et vénérable de l'assemblée, et aussi la plus belle, battant de loin celle de Henry Cabot Lodge, flambant neuve, qui devait pourtant avoir coûté cinq fois le prix de celle d'Adams. Le seul convive qui ne semblait pas être né dans un frac était Del, le jeune fils de Hay, un grand gaillard massif et puissamment bâti, dont l'habit semblait prêt à craquer aux coutures.

Les dames étaient au diapason sans une seule fausse note, portant ce qu'il y avait de mieux en matière de haute couture franco-américaine.

Les convives n'eurent que quelques minutes après les présentations pour échanger quelques mots, puis le dîner fut annoncé.

Holmes admira la salle à manger de gala. Il avait dîné un peu partout dans la haute société en Angleterre et en France, avec le prince de Galles et le roi de Scandinavie, mais jamais il n'avait vu de pièce, de lustre, de table aussi magnifiques. C'était une salle immense qui aurait pu facilement accueillir un banquet du département d'État de cinquante personnes, ce qui rendait d'autant plus admirable l'art avec lequel Clara Hay l'avait mise en valeur pour seulement douze convives – quatre femmes et huit hommes.

Afin de compenser ce déséquilibre entre les sexes, une savante alternance avait été arrangée, et les centres de table, ravissants mais bas, ne cachaient pas les visages. Une fois que tous eurent trouvé leur place – il semblait y avoir un valet de pied en habit pratiquement derrière chaque chaise –, Holmes prit le temps d'admirer avec quelle subtilité les invités avaient été placés.

Le bout de table n'était pas occupé par leur hôte, John Hay, comme on aurait pu s'y attendre, mais par Henry Adams. C'était l'invité d'honneur, et on marquait ainsi que ce dîner était organisé pour son retour. Du moins, c'était ostensiblement la raison, mais Holmes soupçonna que cela rendait aussi moins visible le coussin supplémentaire qui surélevait Adams sur son siège, et permettait au petit homme chauve de s'asseoir à la même hauteur que les autres.

À sa droite venait d'abord Henry Cabot Lodge, tout nouvellement élu sénateur du Massachusetts (impeccable, moustache et barbe taillées à la perfection, mais regard glacial), puis la robuste mais néanmoins vive Clara Hay (robe en satin de soie bleu roi à motif de plumes de paon grenat, manches en velours et rubans du même rouge, qui aurait été follement originale si elle n'avait été mise à l'honneur dans le numéro de mars du *Harper's Bazaar*). Ensuite était assis le sénateur de Pennsylvanie, James Donald Cameron (dont les yeux sombres étaient aussi tombants et tristes que son épaisse moustache). Sherlock, à sa droite, se retrouvait face à Henry James. Il n'y vit pas le fruit du hasard car, étant installés ainsi en position centrale, ils étaient bien placés pour alimenter la conversation. Après Sherlock, le jeune Del Hay, gauche mais souriant, était de toute évidence habitué à dîner en élégante compagnie et ne se laissait impressionner ni par Henry Adams, ni par le sénateur Cameron, ni par Henry James, ni par le milliardaire au regard froid Henry Cabot Lodge, récemment élu sénateur.

À l'autre bout de la table siégeait l'autre invité de marque de la soirée, Theodore Roosevelt, commissaire au recrutement des fonctionnaires. Holmes ne savait pratiquement rien de lui, mis à part que leur hôte et les Adams avaient pris l'habitude de donner à Roosevelt, qu'ils connaissaient depuis des années, le sobriquet « le Gamin ».

Grâce à son sens de l'observation, Holmes en savait pourtant déjà beaucoup sur Theodore Roosevelt. Rien qu'à voir la manière dont il aidait Helen Hay à prendre place à table avant de s'asseoir lui-même, on devinait un être profondément agressif. Petits yeux embusqués derrière son pince-nez, moustache militaire, rangée de dents proéminentes en haut comme en bas – des dents de cheval –, et corps puissant et compact tendu comme un ressort, plus massif même que celui de l'impressionnant Del Hay. Avec son sourire d'étalon hennissant, il semblait prêt à ruer sauvagement dans les brancards.

Ou à ne faire qu'une bouchée des personnes présentes, songea Holmes.

Assise à la gauche de ce phénomène, Helen, la fille de John Hay, âgée de dix-huit ans, offrait aux yeux de Holmes, toujours objectif en ce domaine, un bel et rare exemple de la nouvelle jeune fille américaine telle qu'idéalisée par les illustrations de Gibson – long cou blanc, cheveux ramenés au-dessus d'un front parfait en un large chignon espiègle, la robe de mousseline dénotant la modernité d'une jeune fille à la fois sportive et bien faite, taille fine et fière allure, rayonnant de santé et d'intelligence.

Face à Holmes, le crâne dégarni de Henry James offrait un miroir particulièrement brillant aux bougies. Holmes constata que l'auteur était dans son élément malgré les titres de gloire des autres convives, qui cumulaient toutes les distinctions possibles, puisqu'on comptait entre eux deux sénateurs, un descendant d'une lignée de présidents des États-Unis, plusieurs des plus grandes fortunes américaines, pas moins de quatre historiens célèbres, un jeune cannibale énergique à la denture chevaline, sans parler des trois plus belles femmes qu'il eût été donné de voir à Holmes depuis des années.

Les Hay avaient donné à James le choix de la beauté aussi bien à sa gauche qu'à sa droite, avec Helen Hay d'un côté, et Nannie Lodge de l'autre.

Nannie Lodge, assise entre Henry James et John Hay, était ravissante, apprêtée à la mode de cette Belle Époque – mince, peau claire, taille de guêpe, mains charmantes, visage aimable –, mais le trait le plus frappant de cette superbe femme de quarante-trois ans était ses yeux… des yeux que le Dr Watson aurait qualifiés d'« ensorcelants », et dont Margaret Chanler avait décrit la couleur comme étant celle « du ciel quand les étoiles commencent à paraître ».

Ces yeux n'évoquèrent rien d'aussi poétique à Holmes en ce dimanche 2 avril 1893 au moment où il s'arrêta sur eux – Nannie était tournée sur sa gauche pour parler à John Hay et n'eut pas conscience de l'inspection brève à laquelle la soumettait le détective. Il engrangea dans sa mémoire l'étrange et douce intensité du regard de Mme Cabot Lodge, et ne s'en souvint que des années plus tard quand son nouvel ami, le peintre John Singer Sargent, se lamenta de ne pas avoir eu l'occasion de peindre le portrait de Nannie Lodge en disant : « Je l'admirais tant que j'aurais probablement su rendre un peu de la bonté et de l'intelligence de son expression et le bleu inoubliable de ses yeux. »

Rien n'était moins sûr.

Après Nannie Lodge et John Hay, très animé et souriant, et à côté de M. Adams en bout de table, se trouvait la vraie beauté de la soirée – Lizzie Cameron.

La morose femme du sénateur Cameron était, d'après ce que lui avait confié Henry James, alors qu'ils se rendaient à pied chez les Hay ce soir-là, la plus jolie et la plus recherchée des femmes de la bonne société washingtonienne. Sherlock Holmes, malgré une relative indifférence, comprit pourquoi. La robe de Lizzie Cameron se démarquait par une simplicité qui ne la rendait que plus originale. Elle avait les épaules découvertes, des bras élégants, et la peau d'une blancheur délicate. Ses doigts effilés semblaient avoir été conçus par le bon Dieu pour caresser le visage et les cheveux des hommes. Son long cou n'était paré ni de collier, ni de ruban de velours, et son visage était d'un ovale parfait. Ce soir-là, les cheveux de Lizzie étaient relevés aux tempes et noués en un lâche chignon à l'arrière de la tête d'un naturel extraordinaire.

Elle souriait peu, comme Holmes l'avait déjà remarqué, mais avec son visage aux sourcils arqués, ses yeux profonds et sombres, sa bouche pulpeuse, Elizabeth Sherman Cameron était l'une des rares représentantes de son sexe à pouvoir se le permettre : c'était une femme dont la beauté n'avait besoin d'aucun sourire et que même la plus austère sévérité n'altérait pas.

Au cours de ces quelques premières minutes, Holmes comprit aussi à certains regards presque imperceptibles et à de fugitives réactions que Henry Adams – de vingt-deux ans l'aîné de Lizzie Cameron –, se consumait d'amour pour elle ; et que leur hôte, John Hay, était lui aussi follement épris de cette femme qu'il ne regardait jamais directement.

Quant à Henry James, Holmes vit (sans surprise), qu'il admirait la beauté de Lizzie comme un chat admire un bol de lait qu'il n'a pas l'intention de toucher. Henry Cabot Lodge, de son côté, considérait la beauté de l'amie de sa femme comme tout à fait naturelle vu leur position sociale. Le jeune Del Hay, qui connaissait Lizzie Cameron depuis l'enfance, ne voyait en elle qu'une amie de ses parents, et Theodore Roosevelt lui faisait la grâce de son sourire inquiétant avec l'innocente bienveillance d'un homme heureux en ménage. Le sénateur James Cameron, surnommé « Don », qui allait avoir soixante ans deux mois plus tard, semblait aussi malheureux que s'il avait réellement été cocufié par les centaines d'hommes qui rêvaient de séduire la belle Lizzie Cameron.

Pour sa part, Holmes avait la certitude que Lizzie Cameron était une aguicheuse qui déployait ses charmes pour mettre les hommes sous son joug sans jamais leur accorder ses faveurs. Ni au pauvre Adams qui, Holmes devait bientôt l'apprendre, avait fait quinze mille kilomètres pour revenir des mers du Sud sur un simple télégramme d'elle le réclamant à Paris pour se voir boudé à son arrivée. Ni au pauvre John Hay qui, Holmes l'avait vu d'emblée, ne lui avait pas encore déclaré sa flamme, mais essuierait un rejet au premier mot qu'il prononcerait, et rejoindrait Henry Adams dans les rangs de la grise légion des misérables relégués au rôle de bon toutou par Lizzie Cameron.

Holmes sentait que Lizzie Cameron était une personne dangereuse et perfide. En s'excluant lui-même ainsi que le Pr Moriarty et Lucan Adler, qui n'étaient pas présents, Holmes était tenté de penser que cette femme était la personne la plus redoutable et la plus fausse de la soirée.

Sur quoi les huîtres arrivèrent, et le dîner commença.

4

La préoccupante pénurie de fuligules à dos blanc

Pendant que les invités bavardaient en attendant le dîner, Henry James avait fait un saut à la cuisine, désireux de saluer le chef embauché par Hay pour la soirée, un certain Charles Ranhofer, ancien maître queux de William Waldorf Astor – l'homme le plus riche d'Amérique –, jusqu'à son départ définitif pour l'Angleterre en 1891. Ranhofer se préparait à publier un livre de cuisine de plus de mille pages, *L'Épicurien*, qui se vendrait partout dans le monde à plus d'exemplaires que tous les romans de Henry James réunis.

James avait rencontré Ranhofer alors qu'il séjournait à Landsdowne House, l'hôtel particulier que louait Astor à Londres, et connaissait la réputation qu'il s'était acquise comme chef du Delmonico, un restaurant de la Cinquième Avenue.

Ce soir-là, le célèbre cuisinier était trop occupé à donner des ordres à une impressionnante brigade dans la gigantesque cuisine des Hay pour prendre le temps de papoter. James se contenta donc de lui souhaiter bon courage et se retira, non sans avoir jeté un coup d'œil au menu du soir :

Menu

Huîtres en coquille ; rüdesheimer

Potage tortue verte ; amontillado

Caviar sur canapé ; médoc

Homard à la Maryland ; royal charter

Ris de veau aux champignons

Selle de mouton
Pommes parisiennes-haricots verts

Suprême de volaille

Pâté de foie gras Bellevue ; [illisible]

Sorbet à la romaine
Cigarettes

Sarcelle, céleri mayonnaise ; clos-de-vougeot

Fromage ; porto-duque

Glace à la napolitaine ; château-lafite
*Old Reserve Madère**

La ligne « cigarettes » avait été rayée, ce que James trouvait nettement préférable, surtout en présence de ces dames, mais aussi parce qu'il n'était plus de très bon ton dans la bonne société anglaise et continentale d'inclure la pause cigarette dans les dîners mondains.

* * *

Après les huîtres venait la soupe, un plat léger auquel James ne prêta que peu d'attention, occupé qu'il était à faire la conversation aux deux belles femmes assises à sa gauche et à sa droite. Ensuite, on servit le homard.

Les dix premières minutes de conversation furent occupées par des questions posées exclusivement à Sherlock Holmes par les invitées. Était-il vraiment détective privé ? Quelles étaient les fonctions d'un détective ? Ses aventures étaient-elles aussi haletantes que les rapports qu'elles en lisaient dans le *Strand* ou dans *Harper's Weekly* ?

« Je ne peux malheureusement pas répondre à cette dernière question, dit Holmes avec son accent britannique si distingué et si séduisant. Les chroniques écrites par le Dr Watson dont vous me parlez ne sont publiées que depuis un ou deux ans, et j'avoue n'avoir eu ni le temps ni l'occasion de les lire.

— Mais racontent-elles de vraies affaires ? s'enquit Helen Hay.

— C'est bien possible. Mais mon ami le Dr Watson – et son éditeur et agent M. Doyle – cherchent avant tout à distraire le public. Or croyez-moi, réalité et divertissement font rarement bon ménage.

— Mais le mystère de Silver Blaze ? insista Clara d'une voix fluette mais déterminée. Il y a un peu de vrai là-dedans, au moins ?

— Silver Blaze ? Qu'est-ce que c'est ? » demanda Holmes.

Clara rougit un peu, mais persista :

« L'affaire de… C'est le nom du cheval de course qui a été volé… qui s'est sauvé… L'histoire parue le mois dernier dans *Harper's Weekly*.

— Je ne connais pas de cheval de course anglais du nom de Silver Blaze, madame Hay, avoua Holmes.

— Vous voyez, Clara, intervint John Hay. Je vous avais bien dit que c'était inventé. Je perds une fortune aux courses quand je suis en Angleterre, et je n'ai jamais entendu parler d'un poulain de ce nom. »

Holmes eut un sourire.

« J'ai bien eu une petite affaire concernant un cheval nommé Seabreeze en 1888 – il a remporté les Oaks et le Saint Leger cette année-là –, mais sa disparition s'est résumée à une petite fugue d'une seule nuit. Le fermier voisin l'a récupéré et mes dons d'observation m'ont simplement permis de suivre les empreintes de sabot clairement visibles dans la terre meuble jusqu'à sa porte. »

Il y eut quelques rires, mais Clara ne s'avoua pas vaincue.

« Son lad n'a donc pas été retrouvé mort ? demanda-t-elle.

— Si, il est mort. Mais il s'agissait d'un simple accident. Le pauvre garçon sortait Seabreeze pour sa promenade du soir et avait dû remarquer un boitillement de la jambe postérieure droite de la pouliche. Il s'est agenouillé derrière elle pour examiner son sabot – ce qui n'est à recommander en aucune circonstance – et, avant de lui faire lever le pied, il a craqué une allumette pour y voir plus clair car la nuit tombait. Seabreeze a rué une fois, par réflexe, et le pauvre lad a eu la tête… » Holmes parcourut du regard les visages brillant d'intérêt des distingués convives. « Bref, il est mort sur le coup d'une blessure à la tête. Rien de suspect.

— Il est vrai que dans l'histoire, Silver Blaze était un poulain, et non une pouliche », s'amusa Clara Hay.

Une plaisanterie qui fit rire l'assemblée.

Hay et Adams, tous deux rompus à l'art de la conversation, diversifièrent les sujets pour libérer Holmes, et de petites discussions éparses inclurent bientôt les deux bouts de la table et enfin l'ensemble des convives. Douze à table, c'était le nombre idéal, en prenant en compte les invités plus silencieux comme Henry Cabot Lodge, Don Cameron, et le jeune Del Hay, qui écoutait avec attention mais ne participait guère.

James fut vite amené à se souvenir qu'Adams et Hay n'étaient ni trop intellectuels ni trop prétentieux pour apprécier un calembour ou deux – comme c'était déjà le cas du temps de la regrettée Clover.

« Notre pauvre Vito Pom Pom est rentré de promenade avec un œil infecté aujourd'hui », annonça Nannie Lodge, haussant un peu la voix pour s'adresser à Helen Hay assise de l'autre côté de James, si bien que tout le monde l'entendit autour de la table.

La repartie ne se fit pas attendre.

« Mais c'est épouvantable, lança Henry Adams. Rappelez-moi simplement, Nannie, ce Vito Pom Pom est-il l'un de vos domestiques ou un parent ?

— Henry, voyons, soupira Mme Lodge. Vous savez parfaitement que Vito Pom Pom est notre cher poméranien.

— Enfin, plutôt le vôtre, ma chère, grommela Henry Cabot Lodge d'une voix de basse qui fit vibrer le lustre de cristal.

— Comme c'est bizarre, commenta John Hay. Moi qui croyais que les nouvelles lois sur l'immigration avaient tari l'afflux de réfugiés poméraniens dans le pays. Situation difficile. »

Nannie Lodge fit les gros yeux à Hay.

« Mon diagnostic est que Vito Pom Pom souffre plutôt de la cataracte, intervint Henry Adams.

— Où peut-être plutôt d'une cha-taracte », prononça Hay.

Bon mot salué par les rires de ceux qui s'autorisaient à s'amuser de telles futilités – un groupe qui n'incluait ni le sénateur Lodge ni le sénateur Cameron, et que Del Hay hésitait à rejoindre.

« Cela pourrait être pire, ajouta Henry James. Notre ami Vito pourrait cabot-iner. »

Il y eut un bref silence, puis de nouveaux gloussements. Lizzie Cameron, elle, riait aux éclats – un son franc, frais et naturel.

Puis, avec l'enthousiasme de la jeunesse, Helen Hay lança à la cantonade :

« N'attendez-vous pas tous avec impatience d'aller visiter l'Exposition universelle de Chicago d'ici peu ? Moi, je suis folle de joie ! J'ai lu partout que la Ville blanche était une merveille !

— Ce n'est pas exactement une exposition universelle, chère petite, rectifia son père. Chicago accueille seulement l'Exposition internationale colombienne, qui commémore le quatre centième anniversaire de la découverte de l'Amérique par Christophe Colomb.

— Mais alors, l'Exposition aurait dû ouvrir ses portes en 1892, pas en 1893, protesta Del.

— Eh bien quoi ? intervint Henry James. Souvenez-vous que Colomb a manqué l'Amérique en s'arrêtant à Hispaniola, si je ne m'abuse. Et il y a quelque deux mille kilomètres entre ici et là-bas.

— Mille neuf cent soixante kilomètres, précisa Henry Adams.

— Donc si Colomb a manqué l'Amérique de mille neuf cent soixante kilomètres, poursuivit James, nous n'allons pas nous formaliser parce que l'Exposition a manqué l'anniversaire de cette non-découverte d'une seule année. Nous visons même de mieux en mieux. »

Hay se tourna vers Adams.

« Êtes-vous sûr de ces mille neuf cent soixante kilomètres ?

— Absolument, dit Adams avec un petit sourire rieur non sans charme.

— Saviez-vous que l'île était occupée à l'époque par des Arawaks et des Caraïbes ? lança Helen avec passion.

— Miss Hay a raison, tonna Theodore Roosevelt de sa voix caverneuse qui assourdissait même quand il parlait bas. Mais ces groupes n'y sont arrivés qu'après l'invasion des Poméraniens en 1439 après J.-C. »

Ils en étaient au quatrième des neuf vins choisis pour accompagner le dîner, et l'atmosphère se détendait nettement.

« Vito Pom Pom ne comprend que l'arawak alors ? demanda Nannie Lodge. Ça n'est pas très pratique.

— C'est sans doute pourquoi ce petit rat hirsute est incapable d'obéir au plus simple des ordres », grogna le sénateur Henry Cabot Lodge.

Nannie agita un doigt à l'ongle verni vers son mari.

« Moi en tout cas, je ne veux manquer ni la Ville blanche, ni la fête foraine, ni la grande roue de M. Ferris, ni le Wild West Show de Buffalo Bill, ni tout le reste ! s'écria Helen Hay d'une voix enfantine, oubliant ses dix-huit ans.

— Il n'y a aucune raison pour que vous les manquiez, intervint le sénateur Don Cameron. Nous ne partons qu'au mois de juillet pour l'Europe, les uns et les autres. L'Exposition ouvre ses portes le 1er mai. Je propose que nous allions ensemble passer quelques jours à Chicago dans le courant du mois de mai. Je retiendrai quelques wagons. Vous en serez, Adams ? »

Henry Adams semblait prêt à refuser, mais après un coup d'œil à Lizzie Cameron, il changea d'avis et hocha la tête.

« Et vous, Hay ?

— Absolument. Nous serons de la partie, Don.

— Viendrez-vous avec nous, monsieur Holmes ? demanda encore Cameron. Nous ferons stationner les wagons à l'entrée de l'Exposition et il y aura des lits pour tout le monde.

— Merci pour votre invitation, répondit Holmes, mais il se pourrait que je sois obligé de me rendre plus tôt à l'Exposition. Nous verrons. »

Helen Hay ne battit pas des mains, mais elle les joignit comme une petite fille se préparant à la prière, et son sourire, songea James, méritait pour une fois le qualificatif galvaudé de « radieux ».

Contrairement aux habitudes, le *relevé** – de la selle de mouton servie en tranches très fines avec un peu de sauce sur une assiette chaude – fut découpé dans la salle à manger par le chef Ranhofer et servi entre les deux entrées. Les valets entrèrent discrètement pour resservir du champagne.

« Dites, il est diablement bon ce champagne, jugea le sénateur Cameron. J'ai l'impression de le reconnaître, mais je n'en suis pas certain. Qu'est-ce que c'est, John ?

— Du royal charter, répondit Hay.

— Je croyais que le royal charter était un privilège exclusif du Delmonico, tonna Roosevelt.

— C'est vrai, reconnut Hay.

— En tout cas, moi, je préférerais passer tout l'été à l'Exposition plutôt que d'aller m'ennuyer en Europe et surtout en Suisse, gémit Helen.

— Nous ne passerons que quelques semaines à Zermatt et à Lucerne cet été avec les Cameron, les Lodge et M. Adams, intervint Clara Hay. L'Exposition pourra se passer de nous en juillet et en août, il me semble.

— Il ne faut pas trop en attendre, avertit Adams. Je suis allé au bicentenaire en 1876, et je n'y ai strictement rien appris, à part la nouvelle que le téléphone allait envahir nos vies. Ces expositions universelles sont très surfaites. Beaucoup plus ennuyeuses que la Suisse, Helen.

— On s'y amuse tout de même quand on scalpe Custer, intervint John Hay. Là on ne s'est pas ennuyés !

— John ! » protesta Clara.

Hay croisa sagement les mains sur ses genoux et prit un air contrit.

« Justement, le Wild West Show de Buffalo Bill se produira aussi à l'Exposition de Chicago, dit Roosevelt. Il paraît qu'on y jouera la débâcle de Custer. Ça promet !

— Crazy Horse était avec Sitting Bull quand ils ont tendu leur embuscade à Custer, non ? demanda Del.

— Tout à fait ! hurla Roosevelt, tournant tête et buste d'un bloc pour gratifier l'assistance de son énorme sourire. Mais nous avons tué Crazy Horse en 1877.

— Votre histoire de l'Ouest doit bientôt sortir, je crois ? » dit Lizzie Cameron.

Roosevelt acquiesça de la tête, mais la baissa aussitôt presque timidement.

« Oui, le livre a pour titre *La Conquête de l'Ouest* et les tomes un et deux devraient être publiés cet été. Cependant, bien que j'y travaille depuis des années, j'hésite à mentionner mes efforts d'amateur devant les historiens illustres assis autour de cette table. »

Il n'avait pas tort, songea James. Henry Adams était peut-être le plus admiré des historiens américains vivants, et son analyse de la présidence de Jefferson était un chef-d'œuvre. Le livre de John Hay sur son ancien patron, Abraham Lincoln, écrit en collaboration avec son vieil ami John Nicolay, s'était bien vendu en Amérique comme en Europe et faisait référence. De son côté, Henry Cabot Lodge venait d'achever, sans doute préparé par la très grande proximité de ses ancêtres avec George Washington, une magistrale histoire de cette présidence. Le jeune Roosevelt, bien qu'animé d'une rare énergie et intellectuellement plus que capable, ne pouvait pas rivaliser.

Sans compter leurs responsabilités politiques, songea James.

Don Cameron prit soudain la parole d'une voix étonnamment puissante. James avait presque oublié que le malheureux mari de la belle Lizzie était aussi sénateur.

« Vous n'avez rien à redouter de ma part, monsieur Roosevelt. Je n'ai chroniqué la vie de personne et n'ai aucune intention de le faire. Je préfère lire tranquillement les livres d'histoire et les biographies qu'écrivent les autres.

— Pourtant, vous auriez tant de choses à raconter, Don, protesta John Hay. Un homme comme vous, qui a été secrétaire à la Guerre sous la présidence de Grant pendant la guerre des Sioux… »

Cameron inclina la tête.

« Nous vivons en des temps intéressants, commenta Adams. En peu d'années... il faut dire que le temps file pour un vieillard comme moi... nous sommes passés du règne de terreur imposé par les Indiens sur les territoires de l'Ouest et l'anéantissement de la troupe de Custer au spectacle du Wild West Show de M. Cody, qui nous fait payer l'entrée pour voir un chef sioux en chair et en os. Un massacre sans épanchement de sang. Une bataille sans victimes.

— Monsieur Roosevelt, intervint Nannie Lodge, vous possédez un ranch dans les Grandes Plaines, ou vous en avez eu un par le passé... Avez-vous déjà dû tuer un Indien ? »

James observa Roosevelt. Il avait acheté un ranch où il était allé vivre avec Alice, sa première épouse bien-aimée, morte en février 1884 en donnant naissance à leur fille – prénommée Alice elle aussi. Comme Adams avec Clover, Roosevelt ne parlait jamais de la disparition de sa femme. Peu de temps après ce décès, il avait laissé le bébé à sa sœur et était allé refaire sa vie dans les territoires sauvages du Dakota où il avait été rancher et cow-boy.

Le sourire de Roosevelt s'épanouit un peu plus, ce que Henry James aurait cru impossible un instant auparavant.

« Madame Lodge, j'ai tiré sur toutes sortes de créatures : des Indiens, des desperados blancs, des Mexicains soûls et des Mexicains sobres, des grizzlis, des loups, des scorpions, des serpents à sonnette et des centaines d'autres vermines et créatures du bon Dieu. Et quand je tire, je touche ma cible.

— Pensez-vous vraiment que les Indiens sont des vermines, monsieur Roosevelt ? » demanda Lizzie Cameron.

La lumière des bougies brillamment reflétée par les prismes du lustre de cristal allumait les verres du pince-nez de Roosevelt comme deux lanternes rondes.

« Comme votre mari a pu le constater quand il était secrétaire à la Guerre, madame Cameron, répondit Roosevelt sans se départir totalement de son sourire, les guerres les plus justes sont celles menées contre les sauvages... bien qu'assurément elles soient les plus terribles et les plus inhumaines. Nous devons une fière chandelle aux rudes et combattifs pionniers qui ont chassé les sauvages de nos territoires de l'Ouest, seulement armés de fusils Remington et de couteaux Bowie.

— Vous ne pensez pas qu'il y a de la place pour les différentes nations indiennes dans notre avenir national ? demanda John Hay avec un intérêt marqué.

— Les Américains et les Indiens, les Boers et les Zoulous, les Cosaques et les Tartares, les Néo-Zélandais et les Maoris, aboya Roosevelt. À chaque fois, la victoire des Blancs, malgré les atrocités qu'ils ont dû commettre pour l'obtenir, a jeté les fondations d'une grande civilisation, belle et puissante. Il est d'une importance capitale que l'Amérique, l'Australie et la Sibérie soient soustraites à leurs propriétaires aborigènes, qu'ils soient rouges, noirs ou jaunes et reviennent aux races dominantes de notre monde. »

L'entrée du chef Ranhofer les interrompit. Il poussait sur une table roulante l'apothéose de son menu, un pâté en croûte au foie gras d'oie truffé en gelée en forme de nautile. On trancha et servit cette merveille que personne, sauf Roosevelt, ne toucha. Le chef, à l'évidence vexé, battit en retraite dans la cuisine, les convives restant suspendus aux lèvres du jeune géant.

Entre deux bouchées voraces, il continua, regardant alternativement son assiette et Lizzie Cameron :

« Voyez-vous, comme je le démontre en détail dans mon prochain et modeste ouvrage intitulé *La Conquête de l'Ouest*, la suprématie des Blancs, acquise de haute lutte contre les sauvages occupant les terres hostiles de ce continent, a donné naissance à une nouvelle race humaine : la race américaine. »

Henry Adams se racla la gorge.

« Mon éditeur britannique m'a envoyé le manuscrit du prochain livre de Charles H. Pearson – je crois qu'il sortira au début de l'année prochaine –, intitulé *National Life and Character*. Avez-vous entendu parler de M. Pearson, monsieur Holmes ? Vous l'avez peut-être même rencontré ?

— J'ai en effet entendu parler de lui, répondit Holmes, mais je ne l'ai jamais croisé. Je crois qu'il s'est récemment retiré du Parlement.

— C'est vrai. » Adams entreprit d'explorer ses poches de veste et de gilet. « J'avais justement noté… pour écrire ma critique… Ah, voilà ! » Il sortit un papier qu'il déplia à côté de son assiette encore intacte, et se pencha pour mieux voir, la vive lumière du lustre faisant luire son crâne chauve. « Voici comment M. Pearson exprime ses peurs pour notre tout prochain siècle… ici et en Europe… »

Adams lut d'une voix claire et assurée :

« “Le jour viendra, et il n’est peut-être pas si lointain, où l’Européen en regardant autour de lui verra le globe ceinturé des races noire et jaune, ayant surmonté les faiblesses qui les retenaient, dégagées de toute tutelle, indépendantes, ou presque, jouissant de leurs propres gouvernements, ayant le monopole du commerce dans leurs régions et limitant l’industrie européenne ; dans ces temps qui viennent, les Chinois et les Hindous, les habitants des États d’Amérique centrale et du Sud, qui seront alors à prédominance indienne [...] sillonneront les mers européennes avec leurs flottes, seront invités aux conférences internationales et priés de participer aux querelles du monde civilisé. Les citoyens de ces pays seront alors inclus dans les relations sociales des races blanches, ils afflueront sur le sol d’Angleterre comme dans les salons parisiens, et auront toute latitude de conclure des mariages mixtes. Inutile de dire que si tout ceci devait se produire, nous ressentirions l’humiliation de notre suprématie perdue. [...] Nous nous réveillerons un beau matin bousculés, malmenés et peut-être même écartés par des peuples que nous avons jusque-là considérés comme serviles et destinés à se mettre toujours à notre service. La seule consolation sera de nous dire que ce changement était inévitable.” »

Adams replia son papier et ses petites lunettes, contemplant le jeune Theodore Roosevelt à l’autre bout de la table, qui souriait toujours.

« Vous n’êtes pas d’accord, monsieur Roosevelt ? demanda-t-il.

— Pearson parle principalement des races noire et jaune, commenta Roosevelt. Quand elles seront assez puissantes pour présenter une menace militaire ou commerciale, les descendants des esclaves et des Chinois d’aujourd’hui seront peut-être aussi intelligents que les Athéniens. La race américaine – et la race anglaise aussi, bien entendu – ne fera alors qu’échanger avec une autre nation civilisée de sang non aryen, tout comme nous commerçons aujourd’hui avec les Magyars, les Finlandais et les Basques. Et c’est très bien ainsi, puisque les Européens blancs et les Américains n’ont pas été destinés par leur créateur à vivre et à se reproduire en permanence dans les chaudes régions d’Afrique, d’Amérique du Sud et d’Inde. Ce n’est qu’ici, sur notre continent – et les Russes blancs sur le leur, et les Australiens blancs chez eux – que nous devons éliminer les sauvages et leurs cultures afin que la race américaine puisse être maîtresse chez elle.

— Voudriez-vous écrire vous aussi une critique du livre de M. Pearson ?

— Rien ne me plairait autant !

— Je vais demander à son éditeur de vous en faire parvenir un exemplaire avant publication.

— En attendant, goûtez un peu ce pâté en croûte, intervint Clara Hay. Les truffes sont très parfumées et j'espère que vous avez tous vu la forme artistique que lui a donnée M. Ranhofer. Après cela, ce sera le sorbet et puis… la sarcelle, je crois.

— De la sarcelle ? s'étonna Henry Cabot Lodge. Pas de la fuligule ?

— La fuligule à dos blanc est pratiquement introuvable par les temps qui courent, expliqua John Hay. Peut-être à cause de la raréfaction du céleri sauvage dont elles sont friandes, ou de la disparition de leurs marécages. Certains disent qu'elles ont été trop chassées.

— M'est avis que la pénurie est artificielle, intervint Henry Adams. Un stratagème pour faire monter les prix de la fuligule dans les boucheries et les restaurants. Saviez-vous que près des deux tiers des bons restaurants de New York appartiennent directement ou indirectement à des Juifs ? »

Personne ne réagit, sauf Del Hay qui sembla trouver le sujet intéressant. « Vraiment ?

— Absolument. Or l'organisation d'une pénurie pour faire grimper les prix, c'est précisément le genre de manœuvre qu'on attendrait de ces gens-là. »

Il y eut un silence.

« Eh bien, dit Henry Cabot Lodge en se tournant à sa droite vers Clara Hay qui semblait mal à l'aise, la sarcelle est tout aussi délicieuse que la fuligule, et rien ne surpassera cet exceptionnel *pâté de foie gras**. Mes compliments non seulement au chef, mais aussi à notre charmante hôtesse. »

Rose de plaisir, Clara sourit. Les valets emportèrent les verres dans lesquels avait été servi le steinberger cabernet qui accompagnait le foie gras, et en remplirent de plus grands avec le clos-de-vougeot. La conversation reprit.

* * *

Après deux heures et demie à table, si tout s'était simplement arrêté là – si les invités étaient repartis dès le fromage avalé – l'avenir en aurait été changé. Mais la glace à la napolitaine avait redonné de l'énergie aux convives, ainsi que les derniers vins de la soirée, un château-lafite et un vieux madère (qui seraient suivis plus tard par du cognac pour ces messieurs à la bibliothèque, bien entendu). De ces excellents vins, Del Hay aurait pu se passer car il atteignit visiblement sa limite au fromage avec le porto, ayant commencé à flancher dès le clos-de-vougeot qui accompagnait la sarcelle. Les huitième et neuvième vins de la soirée rendirent Del taciturne, peut-être même un peu morose, mais ils délièrent les langues déjà bien pendues des autres. Seuls Sherlock Holmes et le sénateur Cameron faisaient exception et ouvraient à peine la bouche ; Henry Cabot Lodge, d'humeur particulièrement volubile, avait même raconté une histoire drôle avec le fromage.

Soudain, Helen leva son verre.

« Nous avons porté plusieurs toasts, mais nous n'avons pas encore salué le retour d'oncle Harry aux États-Unis !

— Santé ! » s'écria John Hay, et tous burent au retour de Henry James.

« J'espère bien que cette fois M. James va rester en Amérique », clama Theodore Roosevelt, les yeux brillants, malgré sa sobriété au cours du dîner.

James accueillit ce souhait avec le sourire.

« Hélas, je dois retourner à De Vere Gardens dans mon modeste petit appartement londonien. Je gagne ma vie par ma plume, et je trouve de plus en plus rarement le temps de sortir à des dîners aussi agréables que celui de ce soir. Un vrai bonheur, merci Clara… et John. »

Clara Hay rosit encore et sourit, tandis que son mari accueillait gracieusement ce commentaire d'une inclinaison de la tête.

« Je ne dis pas cela en l'air : ce serait important qu'il reste, insista Roosevelt. Notre nouvelle race américaine doit avoir ses auteurs. L'Amérique a besoin que ses écrivains exilés rentrent chez eux pour écrire sur l'Amérique. Ne croyez-vous pas, monsieur Holmes ? »

Holmes, qui écoutait en silence depuis longtemps sans autre réaction qu'un sourire poli de temps à autre, se contenta de hocher la tête sans faire remarquer qu'il était mal placé pour répondre. Roosevelt n'avait peut-être pas saisi qu'il était anglais.

« Mais oncle Harry écrit sur les Américains, protesta Helen.

— À tel point que mes éditeurs et mon agent littéraire s'arrachent les cheveux, ajouta James avec un sourire.

— Avez-vous lu *Portrait de femme* ? demanda Helen à Roosevelt. C'est un incroyable portrait littéraire d'une femme américaine.

— Mais publié il y a plus de dix ans, c'est-à-dire la dernière fois que M. James a séjourné aux États-Unis. Je le répète : l'Amérique a besoin que ses auteurs reviennent d'Europe et quittent leurs confortables tanières pour réapprendre l'Amérique et sa population. »

Hay sembla vouloir intervenir, mais James répondit sans sembler s'offenser :

« Je suis bien certain, monsieur Roosevelt, que vous n'avez pas écrit chaque ligne de *La Conquête de l'Ouest* pendant que vous résidiez dans l'Ouest. Vos notes, vos souvenirs, vos recherches vous ont sans doute permis de continuer à écrire ce bel ouvrage lorsque vous vous trouviez à New York, ou à Washington, ou, pourquoi pas, à bord d'un paquebot croisant vers une destination lointaine ?

— Bien sûr, dit Roosevelt avec un mouvement étrange du poing pour balayer la question. Mais j'ai vécu dans l'Ouest. J'ai chassé dans l'Ouest. J'ai poursuivi et attrapé des hors-la-loi et tenu tête à de dangereux Indiens dans l'Ouest. J'étais dans l'Ouest et enraciné dans l'Ouest avant de commencer à écrire la première page de mon livre sur l'Ouest.

— De même, j'étais en Amérique et enraciné en Amérique de nombreuses années avant d'aller en Europe et d'écrire sur de nombreux sujets, mais qui ont souvent trait à des Américains découvrant la réalité de l'Europe.

— Sauf que vous avez quitté notre pays depuis trente ans, monsieur, et n'êtes rentré que pour de brèves visites, insista Roosevelt de sa voix tonitruante.

— Plus que des visites, malheureusement, constata James avec tristesse.

— Vous aviez l'âge de vous engager dans l'armée pendant la guerre de Sécession et vous n'en avez rien fait ! »

Roosevelt exultait, comme un joueur d'échecs qui aurait déplacé son fou pour mettre en danger le roi.

Le regard gris de Henry James, habituellement pacifique, s'enflamma.

« Mes frères cadets Wilkie et Bob ont tous les deux été blessés pendant cette guerre. Wilkie a servi sous les ordres du colonel Shaw dans le 54e régiment du Massachusetts, composé majoritairement de soldats de couleur, et a été très grièvement blessé lors de l'attaque de Fort Wagner. Il a failli ne pas en réchapper, monsieur Roosevelt… Il a été découvert par le plus grand des hasards dans un amoncellement de soldats mourants par notre grand ami William Russell qui était là pour retrouver son propre fils – Cabot, tombé justement à Fort Wagner – et Wilkie est resté entre la vie et la mort pendant de nombreuses semaines, si faible que nous avons dû le laisser dans le hall d'entrée de notre maison sur le brancard infect sur lequel il nous avait été ramené. Mon frère Wilkie a souffert de ses blessures jusqu'à sa mort il y a dix ans, en novembre 1883. Je sais ce qu'a été la guerre, monsieur Roosevelt. Quant à vous, vous aviez… huit ans ?… quand elle a pris fin ?

— Sept ans.

— Tant de gens se sont battus et ont souffert de tant de façons différentes, intervint John Hay. Cette guerre a été un cauchemar dont la nation entière – tout un peuple – n'a pu se réveiller. »

James se tourna vers Hay, trouvant ce commentaire intéressant venant d'un homme qui avait récemment gagné une fortune en cosignant un livre sur Lincoln et qui avait vécu de l'intérieur la terrible tempête entre les âges de vingt-deux et de vingt-six ans.

« Je ne me fais aucun souci pour les auteurs américains, dit Henry Adams. Regardez cette table. Pratiquement chacun d'entre nous écrit et est publié, ou aspire à le faire, et le fera. Oui, je parle de vous, ma petite Helen. »

La fille de Hay rougit délicatement.

« Moi, je n'écris pas, et je n'aspire pas à le faire, protesta Clara Hay.

— Et votre livre de cuisine, mon amie ? contra son époux.

— Ce que je veux dire, persista Roosevelt que rien n'aurait fait lâcher son idée, c'est que l'Amérique qui commence à prendre sa place sur la scène mondiale ne peut ni accepter ni tolérer les auteurs sans envergure – toute personne présente exceptée, bien entendu – qui fuient leur pays parce que, par excès de sensiblerie, de délicatesse de femmelette, ils sont incapables de jouer leur rôle d'homme parmi les hommes, et vont donc ailleurs s'abriter des vents qui endurcissent les âmes plus viriles. »

Il y eut un sursaut général. John Hay ferma les yeux une seconde, posa ses longs doigts blancs sur son front, et allait intervenir quand James le fit taire en levant la main gauche.

« Monsieur Roosevelt, répondit James, défiant son opposant qui semblait le mettre en joue avec le canon double de ses lunettes cerclées d'acier. Pour commencer, je pense préférable d'éviter le pléonasme et de dire simplement "sensiblerie", mot qui se suffit à lui-même, ou "excès de sensibilité", qui est sans doute ce que vous vouliez dire. En second lieu, il faut croire que le Commissariat au recrutement des fonctionnaires est un habitat vraiment très sauvage, puisqu'il abrite et nourrit des lions tels que vous. Mon respect pour les bureaucrates vient de croître de manière exponentielle. »

Roosevelt ouvrit la bouche pour riposter, mais Henry James continua sans changer le débit de son ronronnement tranquille.

« Hélas, la valeur et l'intelligence de vos rugissements ce soir, mon cher monsieur, sont grandement diminuées par l'incohérence vraiment extraordinaire de leurs observations et leur simplisme puéril. »

Lizzie, Nannie et Helen éclatèrent de rire. Del, stupéfait, regardait alternativement Roosevelt et James, plongé dans la plus extrême confusion. John Hay joignit le bout des doigts, ses fines lèvres comprimées à en devenir blanches. Clara Hay en appelait du regard aux uns et aux autres, en état de choc, désolée de voir son magnifique dîner déchiqueté comme une oriflamme prise entre des tirs de mousquet.

« Vos phrases, monsieur James, dit Roosevelt en sifflant les mots entre ses énormes dents, sont aussi incompréhensibles et alambiquées dans votre bouche que dans vos pages. »

Henry James eut un sourire béat.

« Quant à cela, monsieur, mon frère aîné William est tout à fait d'accord avec vous.

— Alors c'est bien sûr ? lança Helen. Nous allons tous à l'Exposition universelle de Chicago en mai ?

— J'ai vraiment hâte de voir la statue de la République de Daniel Chester French, se hâta de dire Lizzie Cameron. Vingt mètres de haut, paraît-il, au beau milieu de la Ville blanche et de ses pièces d'eau.

— J'avoue que je suis aussi curieuse de découvrir celle de *Diane chasseresse* par Saint-Gaudens, juchée, paraît-il, tout en haut du palais de l'Agriculture de McKim, Mead et White », intervint Nannie Lodge.

James tourna la tête vers sa gauche. Henry Adams n'avait jamais parlé de la mort de Clover en sa présence. Une allusion à Augustus Saint-Gaudens le pousserait-elle à mentionner la statue déjà célèbre qu'il avait commandée à l'artiste pour marquer la sépulture de Clover au cimetière de Rock Creek, ou le plongerait-elle au contraire dans l'un de ses fameux silences ?

Adams rencontra le regard de James et, comme s'il lisait dans les pensées de son vieil ami, il dit :

« Harry, vous n'avez pas encore vu la sculpture que Saint-Gaudens a réalisée pour Clover au cimetière de Rock Creek, je crois ?

— Non, en effet, Henry.

— Qu'à cela ne tienne ! Allons-y ensemble demain. Voulez-vous venir avec nous, monsieur Holmes ?

— Avec plaisir.

— Eh bien parfait, poursuivit Adams sans sembler avoir conscience des regards interdits des Lodge, des Cameron et des Hay. Je passerai vous chercher chez Mme Stevens dans ma voiture vers dix heures.

— C'est entendu », dit James, pour une fois pris de court.

Il se demandait ce qui poussait Henry Adams à proposer d'emmener voir le mausolée de sa femme à deux personnes, dont l'une qu'il connaissait à peine.

John Hay se leva de table.

« Si ces dames veulent bien se retirer au salon pendant que les messieurs passent à la bibliothèque pour le cognac et les cigares ou les cigarettes ?

— J'appuie la proposition », dit le sénateur Lodge en amorçant le mouvement général.

Roosevelt n'avait pas désarmé et ne quittait pas des yeux le visage barbu de James.

« Salmigondis efféminé et prétentieux », marmonna-t-il, alors que les valets reculaient les chaises et que ces élégantes dames et ces beaux messieurs quittaient la table.

James se tourna vers Roosevelt, un vague sourire aux lèvres, et s'immobilisa pour écouter John Hay qui lui murmurait quelque chose à l'oreille. Henry James répondit à voix basse, mais suffisamment fort toutefois pour que Holmes l'entende depuis l'autre côté de la table, et donc sans doute aussi Roosevelt qui était à peine plus loin. « … m'attendais peut-être à un peu plus d'esprit et moins de bruit. »

Les quatre femmes se dépêchèrent de sortir de la salle à manger. Les huit hommes se dirigèrent d'un train de sénateur vers la bibliothèque. Seul Sherlock Holmes souriait quand ils passèrent la porte.

5

Kannon, paix, silence et chagrin

La matinée du lundi 3 avril promettait une journée de printemps quasi parfaite. L'air était frais et humide après les pluies de la nuit, mais le soleil commençait à chauffer et laissait prévoir des températures de vingt degrés ou plus. Dans les rues, les arbres verdissaient, les fleurs de cerisier et de cornouiller s'épanouissaient et les parterres se couvraient de couleurs.

James et Holmes, qui attendaient sur le trottoir devant la pension de Mme Stevens, virent arriver Adams dans un magnifique landau, capote rabattue, attelé à deux grands et beaux chevaux. Un postillon sauta du siège avant et ouvrit la demi-portière pour leur permettre de monter. Ils s'assirent face à Adams qui les observait en souriant, appuyé des deux mains au pommeau de sa canne.

« Je suis ravi que vous ayez accepté de m'accompagner là-bas aujourd'hui », leur dit-il, puis s'adressant au cocher : « Simon, demi-tour vers Lafayette Square, je vous prie. »

Holmes échangea un regard avec James. Lafayette Square n'était qu'à quelques rues de là. Mais pour quelle raison Adams voudrait-il les ramener chez lui, ou chez Hay ?

Ils ne s'arrêtèrent pas à Lafayette Square. Arrivé à la place verdoyante, le cocher continua, le bruit des solides sabots se réverbérant sur les bâtiments qui la longeaient. Le gazon était magnifique. Holmes jeta un coup d'œil à la statue équestre d'Andrew Jackson qui se dressait au centre de l'espace arboré.

Remarquant l'intérêt du détective, Adams prit la parole :

« Quand Clover, ma femme, parlait de cette statue, elle disait toujours "Jackson sur son cheval à bascule". Elle n'avait pas totalement tort… C'est la première statue en bronze coulée en Amérique, et la première statue équestre dont le cheval se cabre. Hélas, le sculpteur, un certain Clark Mills, n'avait jamais vu de statue équestre de sa vie et ça se voit. »

Holmes sourit, mais remarqua le bref regard étonné de Henry James. Adams venait encore de parler de sa femme, lui qui ne le faisait jamais.

« J'ai demandé à Simon de repasser par ici avant d'aller au cimetière de Rock Creek Park, continua Adams, parce que je ne savais pas si Hay vous avait raconté l'histoire des hôtels particuliers qui donnent sur la place, monsieur Holmes. Cela pourrait intéresser un homme de votre profession.

— Je ne connais l'histoire que de la maison double que vous avez fait construire avec M. Hay.

— Tenez, celle qui est étroite, là-bas… » Adams désignait discrètement une maison du bout de sa canne, la soulevant à peine plus haut que le bord de la portière. « Elle a été louée au général George McClellan pendant la guerre de Sécession. John Hay raconte qu'à l'âge de vingt-trois ans, il a suivi un soir le président Lincoln chez le général – qui aimait se faire appeler "le petit Bonaparte". McClellan étant sorti, Lincoln et Hay se sont installés au salon pour l'attendre. Presque une heure plus tard, le petit général est rentré chez lui – petit en taille seulement, je vous assure, car McClellan se sentait l'envergure d'un dictateur et ne se gênait pas pour appeler Lincoln le "Premier Gorille". Il vit que Lincoln l'attendait, mais monta directement à l'étage. Une demi-heure s'est écoulée, si bien que Lincoln a fini par demander au valet quand le général McClellan allait redescendre. "Mais le général s'est couché, monsieur", a répondu le valet.

— Incroyable ! » s'exclama Henry James.

Adams sourit. « C'est exactement ce que Hay a dit au président Lincoln, tandis qu'ils rentraient à pied à la Maison-Blanche dans la nuit et sous la pluie. Il trouvait impardonnable qu'on traite aussi cavalièrement un président des États-Unis. Et savez-vous ce que Lincoln a répondu ? "Je lui tiendrais son cheval si cela pouvait l'aider à nous faire gagner cette guerre."

— Fascinant, commenta Holmes, même si je ne vois pas bien le rapport avec mon métier.

— Pas dans ce cas, reconnut Adams, mais ici… » La canne indiquait un autre hôtel particulier à quelques portes de l'autre. « C'est ici que vivait le colonel Henry Rathbone qui a été poignardé par John Wilkes Booth au théâtre Ford, la nuit de l'assassinat du Président. » Adams s'interrompit et regarda Holmes. « Je me disais que cela pourrait vous intéresser, monsieur Holmes, puisque vous vous souciez des attentats.

— Le colonel a-t-il survécu à ses blessures ? demanda Holmes.

— Oui, oui, il s'est remis. Le colonel Rathbone a été blessé en se jetant sur Booth quand il a vu l'acteur viser la nuque du Président, mais Booth était armé d'une dague en plus de son pistolet, et le criminel a atteint Rathbone au bras et à la tête avant de sauter de la loge sur la scène et de hurler son mélodramatique "*Sic semper tyrannis*".

— Il me semble avoir lu quelque part que le colonel Rathbone se reprochait de n'avoir pas empêché Booth d'agir.

— Absolument ! Ce pauvre Rathbone a guéri physiquement, mais il ne s'est jamais remis mentalement de n'avoir pas pu sauver le Président. Il y a dix ans, lorsqu'il était consul des États-Unis en Allemagne, le colonel a tué sa femme, Clara – en lui donnant de multiples coups de poignard et par balle aussi. Il aurait aussi tué leurs trois enfants si quelqu'un n'était pas intervenu à temps. Il a raconté à la police qu'il était innocent, et que le meurtrier se cachait avec ses complices derrière les tableaux accrochés aux murs.

— Qu'est-il devenu ?

— Il a été enfermé dans un asile d'aliénés à Hildesheim en Allemagne. » La canne noire se souleva de nouveau. « Cette maison en briques a appartenu au secrétaire d'État William Seward qui, la nuit de l'assassinat de Lincoln, a été attaqué dans son lit par un autre homme, un géant psychologiquement instable du nom de Lewis Paine. Paine a obtenu qu'on le laisse monter voir Seward – pratiquement au moment où le Président s'écroulait au théâtre Ford – en prétextant qu'il apportait des médicaments pour le patient et qu'il devait les lui remettre en main propre.

— Seward était malade ? interrogea Holmes.

— Il avait été victime peu de temps auparavant d'un grave accident de voiture. Il avait eu la mâchoire brisée et on lui avait immobilisé la tête avec un appareillage métallique. Paine a poignardé le fils de Seward, puis s'est jeté comme un diable sur le lit du pauvre invalide en brandissant un énorme couteau. Il l'a frappé à de multiples reprises au visage, au cou, à la poitrine et dans le bras... et a continué à donner des coups même quand Seward a basculé dans l'étroit espace entre son lit et le mur. Seward a été sauvé par l'épaisseur de ses pansements, ses plâtres et son attelle métallique.

— Et son fils ? demanda Holmes.

— Il s'en est sorti lui aussi, mais en gardant de terribles séquelles. Paine a été pendu, évidemment… avec les autres conjurés. Tenez, voyez cet arbre, là… »

Adams laissa reposer sa canne sur le dessus de la portière. Ils approchaient d'un arbre qui poussait au milieu du trottoir dans un cercle de terre.

« Juste ici, en février 1859, le député Daniel Sickles – homme aux mœurs dissolues, joueur, menteur, et plus filou même que la moyenne des membres du Congrès – a tué le jeune Philip Barton Key. Incidemment, la victime était le fils de Francis Scott Key, auteur des paroles de notre hymne national. Sickles avait épousé après l'avoir séduite une brune piquante de quinze ans, Teresa Bagioli, et leurs cinq années de mariage furent disons… "explosives", c'est le mot. Sickles était loin d'être fidèle : il entretenait de multiples liaisons, et a même emmené une prostituée du nom de Fanny White avec lui en Angleterre, qu'il a présentée à la reine Victoria pendant que la pauvre Teresa était enceinte. Cela n'a pas empêché qu'il voie rouge en apprenant que Key était l'amant de sa femme. Il l'a intercepté, pauvre homme… ici, sous cet arbre… et l'a criblé de balles.

— Je connais cette affaire, dit Holmes. Sickles a été acquitté. Ses défenseurs ont invoqué un accès de démence survenu à cause de l'infidélité de sa femme. J'ai noté le cas car, pour autant que je sache, c'est la première fois dans un pays anglo-saxon que la "folie temporaire" justifie un acquittement dans un procès pour meurtre.

— C'est bien ça. Sickles s'est offert les services des meilleurs avocats de Washington : Edwin Stanton, devenu plus tard secrétaire à la Guerre de Lincoln, et un certain James T. Brady.

— Il me semble que Sickles a été blessé pendant la guerre, reprit James qui semblait apprécier cette visite guidée inédite.

— En effet. Il a perdu une jambe à Gettysburg. Cela ne l'a pas empêché de revenir à Washington dès le lendemain de son amputation, un 4 juillet, voulant à tout prix être le premier, après les télégraphistes du Président, à rendre compte de la bataille. On avait critiqué son action de général de brigade, et il voulait faire entendre sa version de la déroute avant les autres… Ce qui fut fait. Sickles était très ami avec Mme Lincoln et lui rendait souvent visite. On peut aussi voir sa jambe, si ça vous intéresse.

— Sa jambe ? s'exclama Holmes.

— Oui. Quand on l'a amputé à l'infirmerie de campagne, en 1863, Sickles a absolument tenu à ce que sa jambe soit conservée et a même fait fabriquer un petit cercueil pour la contenir. Il l'a offerte au musée médical de l'armée – à quelques rues d'ici – où elle est présentée dans une vitrine encore aujourd'hui, à côté d'un petit boulet de canon qui, au dire de Sickles, est de la taille de celui qui a emporté sa jambe. Dan Sickles vient en pèlerinage tous les ans en juillet pour voir sa jambe... le plus souvent une séduisante jeune femme à son bras. Simon ! Arrêtez la voiture je vous prie. »

Ils firent une nouvelle halte, et Adams désigna une belle demeure en briques en bordure de la place.

« C'est ici qu'en 1859 on a porté Philip Barton Key agonisant – Benjamin Tayloe vivait là à l'époque. Il est mort par terre dans le salon, et il paraît que son sang imprègne toujours le parquet sous le beau tapis persan qui le recouvre à présent. Les Tayloe affirment que le fantôme de Key hante les lieux, ce que confirment les nouveaux occupants.

— Et qui vit dans cette maison maintenant ? demanda Holmes.

— Le sénateur Don Cameron et sa femme Lizzie ont acheté la maison en 1886. » Il toucha le dos du cocher avec sa canne. « Simon, nous repartons pour le cimetière. »

* * *

Adams les avertit qu'il y avait environ huit kilomètres entre Lafayette Square et le cimetière et bavarda avec Henry James pendant pratiquement tout le chemin, une discussion soporifique portant sur les faits et gestes de leurs amis communs et de divers artistes peintres et écrivains. Chauffé par le soleil, bercé par le claquement lent des sabots d'une régularité de métronome, Holmes descendit son chapeau sur ses yeux non seulement pour s'abriter de la lumière, mais aussi pour réfléchir en paix.

Il s'étonnait du calme de Henry James face à l'attaque enragée de Theodore Roosevelt pendant le dîner de la veille. Au siècle précédent, traiter un homme de lâche et de femmelette les aurait conduits à laver l'affront à l'aube en présence de deux témoins et armés de pistolets. Holmes n'avait pas cru que James resterait pour le cognac et les cigares ; il s'était attendu à voir l'écrivain s'excuser et rentrer seul à pied à la pension de Mme Stevens. Ce fut au contraire le jeune Roosevelt, de toute évidence mal à l'aise dans la bibliothèque après son inexcusable conduite au dîner, qui fut le premier à s'en aller. Holmes le suivit de près – aux alentours de minuit – et fut surpris de voir que James restait.

Holmes se rappela que James, Hay et Adams étaient de vieux amis. Et pourtant, il fallait être bien magnanime pour leur pardonner d'avoir invité le trublion et de n'avoir ni pris sa défense ni condamné les insultes publiquement proférées.

La voiture continua le long de la 14e Rue Nord-Ouest, tourna vers l'est dans Harvard Street, roula quelques centaines de mètres, puis tourna de nouveau à gauche sur Sherman Avenue, puis à droite sur New Hampshire Avenue. Holmes se laissa submerger par la lassitude qui le prenait parfois le matin après sa piqûre d'héroïne et se mit à somnoler tout en réfléchissant fiévreusement. Il ne lui restait plus qu'environ une semaine pour résoudre l'énigme de Clover Adams et de l'envoi annuel des cartes, car il devait partir pour Chicago avant la mi-avril. Quatre semaines exactement le séparaient de l'inauguration de l'Exposition universelle, le 1er mai. Il était toujours prévu que le président Cleveland appuierait sur l'interrupteur qui baignerait les lieux de lumière électrique, activerait le mécanisme qui dévoilerait l'immense statue de Saint-Gaudens et mettrait en route les centaines et même les milliers de mécanismes de l'Exposition.

Pendant ce temps, les câbles envoyés par Mycroft continuaient de confirmer que Lucan Adler, le tueur à gages des anarchistes, devait assassiner le Président.

Holmes s'aperçut qu'Adams s'adressait à lui.

« Pardon, dit-il en se redressant sur le siège et en remontant son haut-de-forme. Je piquais du nez…

— Je vous indiquais simplement ces toits et cette coupole, là-bas à droite. C'est la Maison des soldats, un domaine où le président Lincoln et son épouse allaient résider l'été pendant la guerre de Sécession pour se reposer et bénéficier d'un peu de fraîcheur.

» Tout a changé depuis la guerre, continua Adams. En trente ans, Washington s'est étendu et englobe maintenant la Maison des soldats et Rock Creek Park. Le cimetière n'est plus très loin. À l'époque où M. et Mme Lincoln venaient ici pour échapper à la chaleur, la campagne s'étendait partout alentour.

— Et M. Hay a-t-il aussi accompagné le Président ici ? » demanda Holmes.

Adams rit.

« Très rarement. Lincoln laissait John et Nicolay travailler dans l'atmosphère étouffante de la résidence présidentielle. Hay savait très bien imiter la signature du Président, et il écrivait beaucoup de lettres à sa place. Je vais peut-être vous étonner, mais beaucoup de lettres célèbres de Lincoln ont été écrites par le jeune John Hay. »

Holmes émit l'aboiement de phoque qui lui tenait lieu de rire.

« Le discours de Gettysburg, par exemple ? demanda-t-il. On raconte qu'il a été griffonné au dos d'une enveloppe.

— Non, en l'occurrence », répondit Adams, amusé sans doute autant par l'incongruité du rire de Holmes que par l'idée que Hay ait pu écrire ce discours.

Henry James, chapeau de paille sur la tête pour se protéger le crâne, fit remarquer :

« Vous avez dû vous ennuyer un peu hier soir, monsieur Holmes, quand il a été question des Peaux-Rouges, comme vous dites en Angleterre.

— Au contraire, je m'intéresse depuis longtemps aux diverses tribus et nations indiennes de ce continent.

— Avez-vous déjà vu un Indien en chair et en os ? s'enquit Adams. Peut-être à Londres, lors de la tournée de Buffalo Bill avec son Wild West Show ?

— J'en ai rencontré, mais dans des circonstances un peu plus intéressantes. En fait, des Sioux Oglalas m'ont enseigné les rudiments de leur langue, le lakota. »

Il regretta d'avoir laissé échapper cette information dès que les mots eurent quitté ses lèvres.

« Ah tiens ? dit Henry James avec un sincère intérêt. Racontez-nous un peu ça… »

Se maudissant de s'être trop dévoilé, Holmes chercha comment éviter de raconter l'histoire, mais ne trouva aucune échappatoire.

« Peu après mes vingt ans, commença-t-il, je me suis pris de passion pour le théâtre et j'ai voulu devenir acteur. Je suis entré dans une troupe – nous avions surtout des pièces de Shakespeare à notre répertoire – et nous sommes venus en Amérique pour une tournée de dix-huit mois.

» Nous avons joué à Denver et dans d'autres villes du territoire du Colorado grossies par la ruée vers l'or, comme Cripple Creek et Central City, et puis le directeur de la troupe a voulu que, avant de partir pour San Francisco, nous allions jouer à Deadwood, dans le territoire du Dakota, puisque c'était "juste à côté" selon ses dires, dans les Black Hills. Vous imaginez bien que pour aller là-bas il nous a fallu cinq jours de voyage dans un convoi de six diligences transportant comédiens, accessoires et décors. Nous avons traversé deux rivières en crue à la nage en attachant des flotteurs aux chariots… Bref, nous sommes arrivés à Deadwood le 29 juin 1876…

— Quatre jours après le massacre de Custer par les Indiens, commenta Adams.

— Exactement. Toutes les voies de circulation étaient fermées vers l'est comme vers l'ouest, le nord et le sud – et la voie ferrée n'arrivait pas encore jusqu'aux Black Hills – ce qui fait que notre troupe a été bloquée à Deadwood pendant cinq semaines. Nous jouions cinq soirs par semaine et en matinée le samedi, mais le matin, je prenais un cheval pour descendre des Black Hills et j'ai ainsi fait la connaissance d'un petit groupe de Sioux Oglalas qui campait près de Bear Butte, la montagne de l'Ours, un gros rocher dressé dans la plaine qui est un lieu sacré pour eux.

— Il est étonnant que la cavalerie américaine ne les ait pas faits prisonniers… ou pire, commenta Henry James.

— C'est vrai. Il y avait surtout des femmes, des enfants et des vieillards. Et parmi les anciens, surtout des hommes-médecines, que les Sioux appellent des *wicasa wakan*. Ils étaient venus là plusieurs semaines avant la défaite de Custer à Little Big Horn ou plutôt, comme disent les Indiens, à la bataille de Greasy Grass, parce qu'ils voulaient parler à un grand homme-médecine réputé immortel, mythique assurément, du nom de Robert Sweet Medicine. Ce Robert Sweet Medicine vivait dans une grotte sur la montagne de l'Ours. Mais comme vous pensez, même si ce groupe ne présentait a priori aucun danger, la cavalerie stationnée à Belle Fourche avait confisqué toutes les armes. La cinquantaine de Sioux de ce groupe dépendait donc de la cavalerie pour obtenir de la viande, et ils mouraient de faim.

— Et pourtant, l'un d'entre eux a pris le temps de vous enseigner des rudiments de leur langue, commenta Adams.

— En effet. De mon côté, je leur apportais de la nourriture à chacune de mes visites. Les adultes donnaient tout aux enfants.

— Intéressant, commenta James. Dites-nous un peu aussi ce que vous avez appris des cow-boys, des ivrognes, des muletiers, des chasseurs de bisons, des tueurs d'Indiens, des bandits, des déserteurs de la cavalerie, des mineurs d'or que vous avez croisés pendant les cinq semaines que votre troupe a passée à Deadwood. »

Holmes eut un faible sourire.

« J'ai vu qu'ils préféraient de loin *Hamlet* et *Macbeth* à *Comme il vous plaira*. Mais que leur pièce favorite était *Titus Andronicus*. »

La voiture tourna à droite, quittant la large et poussiéreuse New Hampshire Avenue pour entrer dans Allison Street. L'accueillante arche de pierre et de fer forgé du cimetière de Rock Creek surgit devant eux.

* * *

Tandis que la voiture avançait dans l'ombre intermittente des arbres d'un parc très vert, Adams expliqua que les trente-cinq hectares du cimetière de

Rock Creek avaient été paysagés dans le style « rural » si populaire peu avant la guerre de Sécession. En imitation des cimetières classiques grecs et romains, on avait décidé que les cimetières modernes tels que celui-ci devaient servir à la fois de dernière demeure et de lieu de loisir. Les parents emmenaient leurs enfants pique-niquer et se promener dans le cimetière de Rock Creek le dimanche, affirma Adams.

« Clover était une cavalière émérite, rapporta Adams, et nous sommes venus bien souvent faire du cheval dans ce parc. Nous avons certainement dû passer sur la terre où elle est maintenant ensevelie. »

Cette pensée le fit détourner les yeux et s'abîmer dans le silence.

Ils ne croisèrent aucune autre voiture, ni aucun piéton. Holmes se doutait qu'il fallait une petite armée de jardiniers pour tondre les hectares de gazon et entretenir les magnifiques parterres floraux, mais il ne vit personne. La voiture s'arrêta au milieu d'une longue et large courbe qui traversait des pelouses parsemées d'arbres et de stèles.

« Si vous voulez bien me suivre, messieurs », dit Henry Adams.

* * *

De grandes zones enherbées séparaient les carrés de sépultures, ce qui évitait la sensation de marcher sur des tombes. Adams préféra prendre une allée goudronnée qui les fit passer sous des arbres, puis traverser d'autres espaces découverts. Les stèles aperçues au passage étaient toutes de très bon goût. Holmes vit qu'Adams se dirigeait vers une haie épaisse et haute semblable à une muraille, plantée de houx, ou d'un autre buisson américain équivalent qui gardait certainement ses feuilles toute l'année.

Adams la leur fit contourner, et ils se retrouvèrent à l'arrière d'un bloc de granit d'environ trois mètres se dressant sur une base massive formant deux marches. Les frondaisons environnantes embrassaient les deux côtés de la pierre dans leur feuillage.

« C'est là le côté le plus important du monument », indiqua Adams.

Il toucha en passant un emblème gravé dans le granit, deux anneaux entrelacés de trente centimètres de diamètre chacun, ciselés d'une guirlande de feuilles de laurier. Le granit était légèrement creusé autour de chaque alliance.

Sans s'arrêter, Adams leur fit contourner la pierre et passer entre des buissons hauts de six mètres, si denses qu'il ne restait qu'un espace étroit pour se faufiler.

« Prenez garde », recommanda Adams en franchissant le premier cette sorte de porte dans la végétation.

Le conseil était bon, car le gravier cachait un relief de ciment qui séparait le sol du tombeau de la terre du parc.

Les trois hommes montèrent sur une plateforme bordée de pierres et semée de gravier. Ils s'arrêtèrent.

« Grands dieux », souffla Henry James.

Même Sherlock Holmes, qui pourtant ne s'intéressait nullement aux monuments funéraires, ni même à la sculpture, en eut le souffle coupé.

Ils découvraient un espace hexagonal d'environ six mètres de large, bordé sur trois côtés par un muret aménagé en banc – pas en granit comme la statue, mais fait d'une autre pierre. À chaque bout de ce banc, les accoudoirs représentaient un corps ailé de griffon tenant dans ses serres une boule qui leur servait de base.

Le banc était idéalement placé pour admirer la statue qui occupait tout un côté de la plateforme.

C'était un personnage en position assise plus grand que nature – homme ou femme – voilé de pied en cap à la manière classique, méditant sur une pierre, appuyé au grand bloc de granit qu'ils avaient découvert par l'arrière. Le drapé recouvrait la tête et l'intégralité du corps, mis à part un visage laissé dans l'ombre, et le bras droit nu qui y portait la main.

Holmes avança d'un pas pour mieux voir, imité par James.

« Henry ! s'exclama James, vous m'aviez bien envoyé des photographies, mais je ne me rendais pas compte…

— En effet, les photos n'en donnent qu'un pâle reflet, approuva Adams. Lizzie Cameron m'en a fait parvenir lorsque j'étais dans les mers du Sud, mais ce n'est que lorsque j'ai vu le monument de mes yeux, il y aura un an en février, que j'ai ressenti toute sa puissance. Je suis souvent venu m'asseoir ici pour observer les visiteurs qui découvrent la sculpture et les écouter sans que l'on m'entende et sans que l'on me voie. Les commentaires recouvrent tout le spectre imaginable, des plus intéressants aux plus cruellement puérils. »

Les rares parties visibles du personnage de bronze étaient androgynes. L'avant-bras dressé, solide, les doigts repliés sous la joue… rien n'indiquait le sexe. Il y avait une perfection préraphaélite à la courbe ferme du visage, la force du menton et la ligne droite du nez, mais les yeux surtout – pratiquement clos, méditatifs, les paupières baissées sur leur chagrin – caractérisaient l'œuvre et la distinguaient de toute école artistique, classique ou contemporaine.

« C'est comme si ce visage sous la draperie se perdait dans un abîme de pensées, commenta James.

— Quand je suis rentré du Japon avec John La Farge en 1886, j'ai submergé Saint-Gaudens sous une impressionnante masse de photos et d'images de bouddhas pour l'inspirer, expliqua Adams pensivement. Lors de mes pérégrinations dans les mers du Sud, je parlais de la sculpture en devenir comme de mon "bouddha", mais le résultat n'a rien d'un bouddha. »

En effet, songea Holmes. Les bouddhas qu'il avait vus en Extrême-Orient rayonnaient de calme et de sérénité. Or une profonde impression de tristesse émanait de cette sculpture. Elle reflétait l'absence, le deuil, et même le désespoir – des sentiments que Bouddha et ses disciples avaient abandonnés pour atteindre l'Éveil.

Holmes observa que la massive silhouette voilée était assise sur un roc ou un siège grossièrement formé, appuyé à la stèle. Les pieds – cachés par le tombé du tissu – reposaient sur une large pierre d'un mètre de diamètre, placée sur l'épaisse dalle du socle.

Les yeux, dissimulés dans l'ombre de l'étoffe, vous suivaient où que vous alliez ; les genoux de bronze, couverts par l'épaisse draperie qui se déployait jusqu'au sol, étaient déjà un peu patinés par le contact des mains des visiteurs.

« L'œuvre a-t-elle un nom ? » demanda Holmes qui se déplaçait d'un côté à l'autre, sentant toujours sur lui les yeux mi-clos.

Adams s'assit sur le banc face au monument et croisa les jambes.

« J'aurais voulu l'appeler "La Paix de Dieu", dit-il, mais cela ne colle pas vraiment. Il n'y a pas de paix dans cette sculpture – pas de paix du tout. Mon ami La Farge, l'artiste, l'appelle "Kannon" par imitation des sculptures que nous avons vues au Japon, les mêmes que l'on nomme "Guanyin" en Chine. Pétrarque dirait "*Si come eterna vita è veder Dio*". Le mieux pour un artiste – pour tout vrai philosophe – est d'éviter de nommer les œuvres si cela doit en limiter l'interprétation.

— Les bancs sont aussi de Saint-Gaudens ? demanda James à Adams.

— Non, de Stanford White, qui a aussi conçu le décor végétal, et qui s'est encore plus éloigné de mon inspiration orientale que Saint-Gaudens. Les ouvriers de White ont couvert le chantier d'un chapiteau pendant plus d'un mois pendant l'hiver 1890. Mais les ailes de griffon n'ont plus rien à voir avec le bouddhisme traditionnel de Shakyamuni que nous avions en tête en revenant du Japon. Il n'empêche que je considère cette œuvre comme la plus belle de Saint-Gaudens. Ce grand artiste y a mis toute son âme. »

Se tournant de nouveau vers la sculpture pour la contempler, James ajouta :

« Et Saint-Gaudens, il lui a donné un nom ?

— Il en a proposé plusieurs. Son préféré à ce jour, d'après ce que je sais, est *Le Mystère de l'au-delà*, tout en sachant que cela ne convient pas. Le vrai langage de Saint-Gaudens est la pierre : il ne sait pas tailler les mots.

— "Je suis celui qui doute, je suis le doute même", récita James.

— Voilà, c'est exactement cela, approuva Adams.

— D'où vient la citation ? demanda Holmes.

— Du poème "Brahma", d'Emerson », répondit Henry James, qui continua :

> Si le tueur rouge croit avoir tué
> Ou si la victime se croit assassinée,
> C'est qu'ils ignorent les voies subtiles
> Que je pratique pour passer et revenir.
>
> Le lointain, l'oublié me sont proches
> L'ombre et la lumière me sont unes ;
> Les dieux évanouis m'apparaissent ;
> La honte et la gloire me sont unes.
>
> Ils se trompent quand ils croient m'abandonner ;
> S'ils passent près de moi, je suis les ailes ;
> Je suis celui qui doute, je suis le doute même,
> Je suis l'hymne que chantent les brahmanes.
>
> Les dieux puissants aspirent à mon séjour
> Et les Sept languissent en vain,
> Mais toi, tendre amant du bien !
> Trouve-moi et tourne le dos au ciel[1].

Holmes hocha la tête.

« Quand j'étais en Inde, dit Adams, et que je me suis assis pour méditer sous l'arbre de la Bodhi… qui est bien maigrichon aujourd'hui, pour nos

1. Ralph Waldo Emerson, *Brahma*, *in* Katharyn VanSpanckeren, *Esquisse de la littérature américaine*, Agence d'information des États-Unis.

temps modernes, j'ai écrit moi aussi un poème dans lequel j'ai essayé de restituer ce moment vraiment métaphysique. J'ai échoué encore plus lamentablement qu'Emerson.

— Dites-nous votre poème, Henry », pria James.

Adams commença par secouer la tête, mais soudain il ouvrit les bras pour les poser sur le dossier du banc, et récita doucement :

> « *La vie, le temps, l'espace, la pensée, le monde, l'univers*
> *Finissent là où ils commencent, par une seule pensée*
> *De pureté dans le silence.* »

Il acheva par un éclat de rire sonore qui fit sursauter James et Holmes.

« Veuillez m'excuser, dit-il, mais le poème d'Emerson me fait penser à une lettre que Clover a écrite à son père au cours de l'hiver… 1880, je pense. Je devrais pouvoir vous restituer le passage fidèlement : *Une vraie tempête de neige comme autrefois : nous avons sorti la luge et lugeons en riant comme des forcenés. "Si le lugeur rouge croit avoir lugé", comme dirait Ralph Waldo Emerson : il faudrait nous envoyer son lugeur à Brighton Road pour lui montrer comment l'on fait.* »

Holmes et James eurent un rire attendri. Puis, croisant le regard de Holmes, James annonça :

« Je vais faire un tour entre les tombes. Je n'en ai pas pour longtemps. »

Dès que James se fut faufilé à travers la végétation, Adams dressa la tête et lança :

« Parfait. À présent, monsieur Holmes, j'ai deux mots à vous dire. »

* * *

« Je sais parfaitement ce qui vous amène, Holmes, déclara Adams. Je sais pourquoi vous êtes venu à Washington en traînant ce pauvre Harry avec vous.

— Hay vous a parlé… »

S'appuyant des deux mains à sa canne, Holmes se pencha vers Adams, toujours assis sur son banc.

« Non… Il ne m'a encore rien dit. Mais il le fera. John ne me laisserait jamais me ridiculiser ou me faire manipuler longtemps. Nous sommes plus que des amis. Nous sommes des frères. »

Holmes hocha la tête, se demandant ce qu'Adams savait au juste.

« Je n'ai pas eu besoin de lui pour comprendre que vous étiez venu résoudre ce fameux "mystère" des cartes envoyées aux derniers membres des Cinq de Cœur le jour anniversaire de la mort de Clover. Alors ?

— Vous voulez savoir si j'ai trouvé l'expéditeur ?

— C'est cela. »

Le ton sec claqua comme un coup de fouet dans l'air doux.

« Je ne l'ai pas identifié, mais je sais que les bristols ont été tapés sur la machine à écrire de Samuel Clemens. J'ai étudié la liste des invités des Clemens entre Noël 1885 et décembre 1886. Les cartes ont toutes été tapées pendant cette période.

— Et vous avez repéré quelques noms possibles ?

— Rebecca Lorne et son cousin Clifton ont passé une nuit chez les Clemens cette année-là. Ned Hooper aussi. Et puis tous les autres Cœurs, sauf Clarence King. Vous y êtes allé, vous aussi, monsieur Adams. »

Adams eut un bref hochement de tête.

« Vous soupçonnez Rebecca Lorne ? »

Holmes sortit une photo de sa poche et la tendit à Adams. C'était une page du programme d'un opéra polonais, et la photographie qui l'illustrait était celle de la cantatrice et actrice Irène Adler.

« Cela lui ressemble, admit Adams. C'est difficile à dire avec son maquillage de théâtre et sa coiffure extravagante. Mlle Lorne était une femme discrète.

— C'est bien la même personne.

— Et après ? Cela ne résout nullement l'énigme.

— Comment avez-vous appris la raison de ma visite à Washington si ni Hay ni James ne vous l'ont révélée ? C'est Ned Hooper lui-même qui a vendu la mèche, je présume. »

Adams eut un sourire, lui rendit la photo, puis croisa les bras.

« J'aimais énormément Ned Hooper et j'ai été très affecté par la nouvelle de sa mort en décembre dernier. Ned venait me voir presque tous les ans et me priait instamment de faire intervenir les autorités pour éclaircir ce mystère des cartes de visite du 6 décembre. Il y a deux ans, le jour de l'An, il a promis… menacé… d'aller à Londres pour engager le fameux détective Sherlock Holmes si je n'acceptais pas.

— Et quelle a été votre réaction ?

— Je crois lui avoir répondu que le célèbre détective Sherlock Holmes était un personnage de fiction. »

Holmes hocha la tête. Les deux hommes gardèrent le silence un long moment. À l'extérieur de leur refuge isolé par le feuillage monta un bruit distant de sabots et d'une voiture qui roulait sur l'un des longs chemins sinueux du cimetière.

« Ma très chère femme s'est donné la mort, monsieur Holmes, dit enfin Adams à voix basse. C'est pourquoi je ne la mentionne plus par écrit depuis sept ans et n'en parle qu'à mes amis les plus proches.

— Et pourtant, aujourd'hui, vous en avez parlé très librement, remarqua Holmes.

— C'est parce que, aujourd'hui, je veux vous demander d'abandonner cette enquête inutile, de rentrer en Angleterre et de me laisser en paix avec mes souvenirs ! »

Les mots fusèrent avec la force et la cadence d'une mitrailleuse Gatling.

« Je me suis engagé vis-à-vis de mon client. »

Adams lâcha un rire désabusé.

« J'aimais beaucoup Ned, monsieur Holmes. Mais il était atteint de cette même folie dont souffraient Clover et leur père et tant d'autres membres de la famille Hooper. On ne peut pas le leur reprocher, mais Ned était autant prédisposé que Clover au suicide. Votre fameux client était la proie de graves accès mélancoliques. Seriez-vous toujours aussi enclin à continuer si je vous disais que toutes les fausses pistes que vous ferez surgir dans votre enquête me feront plus souffrir que si vous me forciez à avaler du verre pilé ?

— Je n'ai aucune intention de nuire, ni à vous ni à personne. Je n'en veux qu'aux responsables de…

— Au diable vos intentions ! Vous ne comprenez toujours pas ? C'est Ned Hooper lui-même qui a tapé ces cartes lors d'une visite chez Clemens en 1886. Ned qui s'est arrangé pour introduire les enveloppes dans le courrier des membres des Cinq de Cœur le 6 décembre de chaque année.

— Vous l'a-t-il avoué ? » demanda Holmes qui envisageait depuis longtemps cette hypothèse.

Seule la découverte qu'Irène et Lucan Adler avaient fréquenté Clover Adams pendant les derniers mois de sa vie l'avait convaincu du contraire.

« Non, il ne me l'a pas dit explicitement. Mais Ned était un être instable, fragile, prêt à se briser au moindre choc… et le suicide de sa sœur lui a porté un coup fatal. La mort de Clover ne s'explique pas, monsieur Holmes ; son geste n'a de logique que de son propre esprit troublé et de son désespoir. Ned était incapable d'admettre qu'une personne qu'il aimait tant disparaisse sans raison.

— Possible. Mais dans le cas présent, les soupçons de Ned semblent avoir été davantage éveillés par des agissements inquiétants que par une humeur triste. La véritable identité de Rebecca Lorne et de son cousin Clifton conduit à penser que… »

Adams l'interrompit net.

« Je vais vous faire une proposition, monsieur Holmes… »

Holmes attendit la suite.

« On dit que vous êtes le maître de la déduction, le plus grand détective au monde, mais jusqu'à présent, personne, pas même Harry, n'a pu constater chez vous la moindre manifestation de vos formidables pouvoirs.

— Vous voulez que je vous prouve ce dont je suis capable ?

— Oui. Je vous propose de résoudre une énigme…

— Pas l'énigme des cartes du 6 décembre ?

— Non ! Celle que j'ai concoctée pour vous. Trouvez la réponse avant dix-sept heures demain, et vous pourrez rester – je vous apporterai même mon concours dans votre enquête. En revanche, si vous ne trouvez pas, il va falloir me donner votre parole de gentleman que vous quitterez cette ville et ce pays, et que vous oublierez ce faux mystère de la mort de mon épouse à tout jamais. Vous acceptez ?

— Allez-vous me mettre un peu sur la voie ?

— Non. Si vous êtes à la hauteur de votre réputation, vous trouverez vous-même quel est le mystère grâce à votre don d'observation et vous le résoudrez à l'aide de votre sens de la déduction d'ici à demain après-midi. Dans le cas contraire, vous nous direz adieu et me laisserez tranquille. »

Holmes souleva sa canne et en tapota le pommeau sur son épaule droite pendant quelques secondes. Il répondit finalement :

« J'ai une autre tâche à terminer qui m'empêche de rentrer à Londres, mais j'accepte de quitter Washington et de ne plus m'occuper de la mort de votre femme si j'échoue. »

Adams hocha la tête.

« Alors c'est entendu. Si vous ne résolvez pas l'énigme pour dix-sept heures demain, vous quitterez Washington et vous me laisserez en paix. »

Les deux hommes restèrent face à face en silence mais sans vraiment se voir. Le retour de Henry James à travers le feuillage les fit sursauter.

« J'ai raté quelque chose ? » demanda James.

6

La solution crevait les yeux

Henry James mourait de curiosité.

Il avait perçu une gêne en retournant sur la plateforme du monument de Clover, mais ni Sherlock Holmes ni Henry Adams ne voulurent lui en donner la raison, ni même admettre qu'il s'était passé quelque chose. Holmes et Adams gardèrent le silence pendant tout le trajet du retour, et Adams ne desserra les lèvres que pour leur dire « Au revoir, mes amis » quand la voiture s'arrêta pour les déposer à la pension de Mme Stevens.

Holmes ne répondit pas non plus à ses questions après avoir franchi le seuil de leur logis. Ayant demandé au détective s'il allait vouloir sortir dîner avec lui, James se vit seulement répondre : « Non merci, mais je ne pense pas que je dînerai ce soir. » Sur quoi il s'enferma dans sa chambre.

James passa le reste de l'après-midi et le début de la soirée installé sur sa banquette de fenêtre à fumer, un roman ouvert devant lui mais qu'il n'arrivait pas à lire, occupé qu'il était à guetter la grille et les quelques mètres qui la séparaient de la porte d'entrée.

Il vit Holmes sortir environ une heure avant la tombée du jour, un sac de voyage en toile à la main et portant un manteau à pèlerine bien trop épais et un chapeau assorti en tweed, dont les cache-oreilles remontés étaient attachés sur le dessus de la tête par un ruban. James attrapa sa canne et son haut-de-forme, et courut dehors pour suivre le détective. Malgré la tenue très correcte de Holmes, James se fit la réflexion que le sac lui donnait des airs de plombier ou d'artisan rentrant de sa journée de travail.

Au cas où Holmes le repérerait, ce qui ne manquerait pas d'arriver, James était prêt à prétendre qu'il s'agissait d'une pure coïncidence, et que lui aussi était sorti prendre l'air. Mais Holmes ne se retourna pas et ne sembla par remarquer que James le filait sur le trottoir d'en face, gardant une centaine de mètres d'écart entre eux.

Holmes parcourut environ cinq cents mètres, puis entra dans un bureau télégraphique. James se dissimula pour l'attendre dans l'ombre d'un magasin de vêtements pour hommes, fermé à cette heure, et s'absorba dans la contemplation des cravates exposées en vitrine tout en profitant de l'effet miroir pour guetter Holmes. Ce dernier ressortit au bout de quelques minutes.

Le détective repartit d'un pas rapide en sifflotant, la canne sous le bras, et il ne lui fallut que quelques minutes pour arriver au croisement de la 12e Rue Nord-Ouest et de Pennsylvania Avenue. Il s'arrêta pour traverser devant le vieil hôtel Kirkwood House promis sous peu à la démolition. James attendit pour traverser Pennsylvania Avenue, et ne vit plus Holmes en atteignant l'autre trottoir. Il continua de marcher dans la même direction mais plus lentement, se demandant si Holmes était entré dans un des immeubles de bureaux qui longeaient la rue. Les ombres s'allongeaient, et le soleil était sur le point de se coucher quand, en parvenant au niveau d'une ruelle transversale, James vit Holmes surgir devant lui en lui bloquant le passage, sa canne-épée à moitié tirée. Il y eut un éclat lumineux de métal, mais une seconde seulement, car le détective renfonça aussitôt la lame dans son fourreau et referma le mécanisme du pommeau d'argent.

« James ! s'exclama Holmes avec un rire. Je me disais bien qu'il était un peu tôt pour que Lucan Adler fasse des siennes. »

James tombait des nues. Holmes s'attendait-il donc à ce que le tueur des anarchistes le suive ? Était-ce aussi pour cette raison qu'il avait accepté d'assister au dîner chez les Hay la veille ? Avait-il voulu diffuser la nouvelle que Sherlock Holmes était à Washington, et que ses ennemis pouvaient s'attaquer à lui ?

Holmes fit quelques pas sur l'avenue et siffla en faisant signe au premier cocher de fiacre de la rangée de cabs arrêtés le long du trottoir de l'hôtel.

Une fois qu'ils furent montés en voiture, Holmes indiqua au cocher de continuer vers l'ouest, puis de prendre la deuxième rue à droite.

« Où allons-nous ? » demanda James.

Vu la direction, ils ne rentraient sûrement pas chez Mme Stevens.

« Je dois réfléchir, et en général les promenades en voiture stimulent mes capacités logiques, répondit Holmes. Pas vous, monsieur James ? »

Henry James répondit par un vague murmure. Il ne se souvenait pas d'avoir jamais réfléchi de manière particulièrement fructueuse dans les cabs. En train, certainement, s'il voyageait seul, et surtout – toujours – dans son bain ou lors de ses promenades matinales, mais pas en voiture. James ne prêta pas attention au trajet, écoutant à peine les indications données par Holmes : « À droite ici », « À gauche, cocher ! », « Tout droit jusqu'à nouvel ordre ».

« Avez-vous quelque nouveau sujet de méditation qui mérite ce redoublement de réflexion ? s'enquit James. Voulez-vous soumettre à notre sagacité conjuguée une question inédite ? »

Il savait prendre un risque en posant la question aussi directement – il s'exposait à se faire rabrouer, même humilier –, mais la curiosité le tenaillait depuis qu'il avait interrompu une conversation à l'évidence importante entre Adams et Holmes au monument de Saint-Gaudens.

« Oui, on m'a donné du grain à moudre, admit Holmes, mais mes découvertes pourraient impliquer Adams et vos autres amis de Washington… alors réfléchissez bien, et dites-moi si vous êtes prêt à tout entendre. »

James n'hésita pas longtemps.

« Parlez, je vous écoute. »

* * *

Holmes lui rapporta succinctement la conversation du cimetière et expliqua l'accord qu'il avait passé avec Henry Adams.

« Mais vous ne savez même pas sur quoi porte l'énigme ! protesta James, à la fois surpris que Holmes ait accepté un tel marché, et soulagé à l'idée qu'il allait bientôt laisser son ami en paix.

— En effet.

— Avez-vous interrogé Adams ? Ne vous a-t-il vraiment donné aucun indice ?

— Aucun. Je ne sais même pas s'il y a réellement un mystère à démêler. Qu'en pensez-vous ? Vous le connaissez mieux que moi. Je n'ai pour le juger que ce que Ned et vous m'en avez dit, et les impressions que j'ai formées lors du dîner d'hier et de notre excursion d'aujourd'hui. »

James prit le temps de la réflexion, ses pensées rythmées par le claquement des sabots et interrompues par un nouvel « À droite ! » lancé par Holmes au cocher. Ils traversaient des quartiers washingtoniens typiques : de belles demeures au milieu des arbres, quelques rares commerces, puis des champs et de nouveau des îlots verdoyants élégamment construits.

« Je pense qu'il vous dit la vérité, finit par répondre James. Il y a certainement un mystère. Adams est, disons… joueur… surtout quand il est en compagnie de Hay, de Clarence King et de Sam Clemens. Il protège sa vie privée avec la férocité d'un dragon, cependant, et s'il n'y avait pas d'énigme à résoudre, il ne vous aurait pas proposé ce jeu absurde. Il se serait contenté de vous ordonner de le laisser tranquille et de ne plus importuner ses amis. »

Holmes, qui l'écoutait en lissant d'un geste machinal ses gants noirs, hocha la tête.

« Mais vous n'avez aucune idée de la nature de ce mystère, James ?

— Je ne vois rien, à part la raison qui vous amène ici, à savoir la mort de sa femme. J'admets que depuis dix ans, mes contacts avec lui n'ont été qu'épistolaires, mis à part les quelques visites qu'il m'a faites à Londres et nos rares rencontres sur le continent européen.

— Je suis convaincu que ce mystère concerne Washington, reprit Holmes, et qu'il ne s'agit pas d'une anecdote curieuse qui aurait croisé son chemin à Londres ou ailleurs.

— Allez-vous réussir à deviner de quoi il s'agit ? »

Holmes frappa sa paume avec ses gants en fronçant les sourcils.

« Je ne devine jamais, James, je déduis !

— Eh bien, avez-vous déjà résolu une affaire de ce genre ?

— C'est-à-dire ?

— C'est-à-dire un cas où l'on vous demande de résoudre un mystère, mais sans que vous en connaissiez la nature.

— D'une certaine façon, oui. On vient souvent me consulter pour de simples faits curieux – pourquoi un père a demandé à sa fille adulte de changer de chambre après que des bruits l'ont dérangée dans la nuit, ce genre de choses – et je découvre que ce détail intrigant n'est qu'une partie d'un véritable mystère. Mais on ne m'a jamais chargé de résoudre une énigme sans la nommer, sans le moindre fil à suivre, et en seulement vingt-quatre heures… » Il jeta un coup d'œil au ciel qui s'assombrissait. « Moins, même, à présent… Arrêtez-vous ici, cocher ! » ajouta-t-il en frappant le siège surélevé du bout de sa canne.

James regarda autour de lui dans la pénombre, mais ne reconnut pas les lieux.

« Voici qui vous paiera pour nous attendre aussi longtemps que nécessaire », dit Holmes au cocher en lui donnant beaucoup trop de pièces d'or, de l'avis de James.

Semblant satisfait, le cocher porta la main à son haut-de-forme en poil de castor.

« Venez, James », commanda Holmes en ouvrant la marche.

Il tourna dans une petite rue qui donnait dans l'avenue où ils s'étaient arrêtés.

Ce ne fut qu'en voyant l'arche de fer forgé à vingt mètres devant eux sur la gauche que Henry James comprit qu'ils étaient de retour au cimetière de Rock Creek.

* * *

« Vous pensez donc que votre mystère se trouve ici ? demanda James alors qu'ils prenaient une allée pavée qui s'enfonçait dans l'immense cimetière.

— Pas nécessairement, mais si nous voulons marcher tout en réfléchissant au problème, cet endroit paisible s'y prête bien.

— Mais il va bientôt faire nuit ! »

En effet, le soleil arrivait au bout de sa course. On apercevait entre les arbres le disque rouge posé sur l'horizon, qui n'éclairait plus qu'à peine les stèles et les monuments. Les ombres des arbres ne s'allongeaient plus : elles se rejoignaient et formaient des nappes d'obscurité. Il ferait bientôt trop sombre pour lire les noms gravés dans la pierre.

« J'ai apporté une lanterne sourde », indiqua Holmes en levant son sac de voyage.

Il s'occupa ensuite d'allumer sa pipe. En temps normal, Henry James aimait les odeurs de pipe, mais le tabac de Holmes était de qualité si médiocre et sentait si fort qu'il se déplaça pour se mettre hors d'atteinte de la fumée.

« James, vous souvenez-vous si hier soir, au cours de la conversation, M. Adams a fait allusion à une énigme quelconque ?

— Je dois admettre que l'attitude de M. Roosevelt m'a empêché de prêter attention à une partie de ce qui s'est dit. »

Holmes s'arrêta en scrutant l'écrivain à travers un nuage de fumée.

« Rien ne vous échappe jamais, James. Nous le savons parfaitement tous les deux. »

James ne répondit pas et ils reprirent leur promenade. Le soleil avait disparu et les volumes s'effaçaient, estompés par un doux crépuscule. Les arbres, les sépultures, les pierres tombales, les petits monts herbus semblaient aplatis, ayant perdu leur contraste et leurs rehauts de lumière.

« Il y a bien eu le mystère de la pénurie de fuligules, dit James, mais c'est Clara Hay qui a introduit le sujet du canard quand elle nous a expliqué que nous aurions de la sarcelle, et c'est son mari qui a souligné que les fuligules avaient étrangement disparu de la carte des restaurants et des étals de boucher.

— Et Henry Adams a résolu le mystère en disant que les Juifs avaient tout manigancé… tout comme ils tirent les ficelles de tant d'autres complots démoniaques ! »

Le ton ironique de Holmes n'échappa pas à James qui voulut défendre son ami. Il précisa que c'était un grand humaniste qui n'avait qu'un préjugé assez incompréhensible contre les Juifs.

Holmes l'interrompit en brandissant sa canne.

« Peu importe, James. Beaucoup d'Anglais sont comme lui et n'aiment pas les Juifs par principe, mais ici, bien sûr, cette haine est noyée par celle, plus violente encore, qui pousse à traiter plus de huit millions de Noirs en citoyens de seconde zone, et même à leur nier le statut d'être humain. »

James faillit protester en arguant : « Pas ici, dans le Nord », mais il se souvint qu'ils étaient à Washington, et que cette ville n'avait jamais vraiment fait partie du Nord. Il eut soudain le souvenir très vif et presque douloureux de cette belle journée de printemps, le 23 mai 1863, où il avait refusé d'aller voir son frère Wilkie défiler dans Beacon Street avec son régiment, le célèbre 54e régiment d'infanterie du Massachusetts, composé d'hommes noirs, sous le commandement du jeune colonel Shaw (bien entendu blanc, comme tous les autres officiers). Henry James perdait alors son temps à Harvard où il suivait en dilettante des cours de droit et lisait des romans, mais ce jour-là, les cours avaient été annulés pour permettre aux étudiants d'aller acclamer les régiments du Massachusetts sur le départ. James était resté dans sa chambre avec ses livres. Il avait découvert plus tard que son frère aîné, William – lui aussi étudiant à Harvard – avait fait de même. James était sûr que William ne saurait pas expliquer mieux que lui pourquoi il ne s'était pas joint à leur famille, leurs amis qui s'étaient mêlés à la foule attendant le passage des troupes.

James eut honte d'avoir exploité les blessures de ses frères Wilkie et Bob pour clouer le bec à Theodore Roosevelt la veille au soir. Wilkie avait souffert le martyre sur son lit de camp souillé de terre et de sang, laissé au pied de l'escalier parce qu'on n'osait pas le déplacer. Le courage dont son frère avait fait preuve en repartant servir dans son régiment après sa guérison avait eu une profonde influence sur l'écrivain. Il regrettait amèrement d'avoir exploité sa souffrance.

Il savait pourtant que s'il devait revivre ce 23 mai 1863, il n'irait toujours pas à Beacon Street voir défiler le régiment de Wilkie, la troupe virile des jeunes soldats, la fleur au fusil, qui se dirigeaient vers la gare pour partir à la guerre.

James fut tiré de ses pensées par le choc du bout ferré de la canne de Holmes sur le pavé.

« Nous pouvons supposer que, si Adams joue le jeu honnêtement comme vous le pensez, le mystère dont il parle a un rapport avec quelque chose dont il nous a parlé aujourd'hui plutôt que dans les conversations d'hier.

— Probablement, dit James, se sentant soudain très las. Mais rappelez-vous que j'ai manqué plusieurs minutes de vos échanges au monument de Clover quand je vous ai laissés pour aller faire quelques pas.

— C'est vrai. »

Holmes sortit de l'allée pour couper par la pelouse.

Ils arrivaient au bouquet d'arbres et à la haie qui entouraient le mausolée de Clover.

« Vous pensez que le monument pourrait nous donner un indice ? interrogea James.

— Je pense surtout qu'il y a un banc où je pourrai m'asseoir et fumer ma pipe en réfléchissant. »

Ils approchèrent de la sépulture par l'arrière en silence. Alors qu'ils atteignaient le bloc de granit, Holmes remarqua :

« C'est bizarre… Adams nous a dit que ce côté-ci était le plus important du monument… »

Il toucha délicatement le bloc de pierre avec sa canne.

« Pas si bizarre. La sculpture de Saint-Gaudens est grandiose, certes, mais ce sont les deux alliances gravées sur cette face de la stèle qui en sont le plus fort symbole. » Il dut se dresser sur la pointe des pieds pour toucher le bas-relief des anneaux entrelacés. « La puissance de leur mariage, c'est bien la vraie signification de ce monument funéraire.

— Oui, bien sûr », approuva Holmes en appuyant sa canne sur son épaule, les yeux rivés sur l'énorme stèle sombre.

James crut percevoir au ton du détective qu'il n'était pas totalement convaincu.

Holmes le précéda dans l'étroit passage de la haie. La plateforme hexagonale délimitée par les bancs, la stèle et la sculpture était plongée dans une épaisse pénombre. Holmes alla s'asseoir sur le banc face à la sépulture, posa son lourd sac de voyage sur le banc, sa canne à côté, et croisa les jambes tout en rallumant sa pipe.

« Que s'est-il passé quand je vous ai laissés seuls cet après-midi ? » demanda James.

Entre deux bouffées, Holmes l'éclaira.

« Je lui ai montré une photo de l'actrice et cantatrice Irène Adler, qui – j'en suis convaincu – est la femme qui est entrée dans l'intimité de Clover sous le nom de Rebecca Lorne au cours des derniers mois de sa vie. Adams m'a dit qu'il n'était pas sûr que ce soit la même femme. Il m'a demandé d'abandonner mon enquête. J'ai expliqué que je m'étais engagé vis-à-vis de mon client, sur quoi Adams a poussé un juron, puis il a…

— Il a juré ? » s'exclama James sans cacher sa surprise.

Ce n'était pas dans les habitudes de Henry Adams.

« Oui, il a juré, confirma Holmes, puis il m'a expliqué que malgré l'affection qu'il portait à Ned, il le savait atteint par la maladie mentale familiale. Il voulait ainsi me faire comprendre que je m'étais lancé dans une mission inventée par un fou, que Ned avait tapé lui-même les messages et les avait distribués aux Cinq de Cœur tous les 6 décembre…

— Il avait des preuves ? »

James avait envisagé cette possibilité et considérait que c'était l'hypothèse la plus plausible.

« Non, rien n'étaye cette idée. C'est simplement sa conviction personnelle.

— Et c'est tout ? »

Holmes écarta les mains, et James eut l'impression de voir des colombes blanches s'envoler dans les ténèbres.

« Presque tout. Il m'a ensuite lancé le défi que vous savez, et vous êtes revenu.

— Je n'ai pas vraiment l'impression que…

— Silence ! » s'exclama Holmes.

James crut que Holmes avait entendu venir quelqu'un, et eut peur de se retrouver face à Henry Adams. Ne voyant personne passer l'étroit passage dans le feuillage, il comprit que Holmes ne l'avait fait taire que pour mieux réfléchir.

James contempla la sculpture, et bien que cela soit impossible car elle était plus basse que la stèle de marbre et que les arbres derrière elle – la forme voilée lui sembla luire d'une sorte de lumière dans l'enclos sombre.

Holmes réfléchit encore en fumant pendant une vingtaine de minutes. S'il appréciait le calme, James commençait à s'inquiéter de l'obscurité, et il sursauta quand Holmes prit la parole d'une voix sonore :

« “Je suis souvent venu m’asseoir ici pour observer les visiteurs qui découvrent la sculpture et les écouter sans que l’on m’entende et sans que l’on me voie. Les commentaires recouvrent tout le spectre imaginable, des plus intéressants aux plus cruellement puérils.”

— Pardon ? Je croyais que vous étiez venu ici pour la première fois aujourd’hui !

— C’est bien le cas. Je vous répète seulement les paroles qu’Adams a prononcées cet après-midi devant nous.

— En effet, approuva James qui était doué d’une excellente mémoire. C’étaient précisément ces mots.

— “Je suis souvent venu m’asseoir ici pour observer les visiteurs et les écouter sans que l’on m’entende et sans que l’on me voie” », répéta Holmes. Le détective ouvrit les bras pour englober les trois bancs qui formaient la moitié de l’hexagone. « Où peut-il s’asseoir pour écouter sans être vu, James ?

— J’ai compris qu’il observait simplement les gens sans attirer l’attention sur lui, et qu’il entendait leurs remarques en leur prêtant une oreille indiscrète.

— J’ai pensé cela moi aussi, dit Holmes en se levant, mais vous savez mieux que moi à quel point Henry Adams pèse ses mots. Il ne s’est pas exprimé à la légère. “Je suis venu m’asseoir ici pour observer les visiteurs et les écouter sans que l’on m’entende et sans que l’on me voie.” Il y a un endroit tout proche d’où l’on doit pouvoir écouter les gens en restant hors de vue.

— Sûrement pas ici. Pas sur les bancs.

— Non, cela doit être à l’extérieur de cet espace. Vous souvenez-vous d’avoir vu un banc à l’extérieur de cet enclos, assez proche pour entendre les voix et voir ceux qui viennent s’asseoir ici ?

— Je n’ai rien remarqué de particulier quand je me suis promené tout à l’heure, mais évidemment, je ne cherchais pas de banc et j’avais l’esprit occupé ailleurs.

— Alors explorons. À deux, cela sera plus rapide.

— La nuit est trop épaisse pour que nous puissions vérifier si les bancs de l’enclos sont visibles d’un peu plus loin. »

Holmes fit tomber les dernières cendres du fourneau de sa pipe et la rangea dans une poche de son manteau à pèlerine.

« Précisément. Mais nous aurons un fanal. » Il sortit la lanterne sourde de son sac, la plaça en équilibre sur l’accoudoir ailé à l’extrémité gauche du banc, l’alluma et ouvrit le volet. La lanterne jeta sa lumière vers le passage dans la haie. Laissant son sac et la lanterne, Holmes prit les devants pour sortir de l’enclos.

Au-dehors, il faisait beaucoup moins sombre. Le crépuscule printanier grisaillait seulement le ciel, même si une ou deux étoiles brillaient déjà.

« Adams peut parfaitement s'asseoir sur l'herbe n'importe où, objecta James, indiquant avec le bras la pelouse vallonnée.

— Imaginez-vous vraiment notre ami Adams s'asseyant à même la pelouse dans un cimetière ? » s'amusa Holmes.

James fit non de la tête.

« Un banc ou une sépulture, alors ? Sûrement de ce côté-ci parce que c'est le seul passage possible dans la haie qui permette de regarder dans l'enclos. »

D'un mouvement de canne, Holmes indiqua à James d'aller à droite tout en se dirigeant lui-même vers la gauche. Ils procédèrent méthodiquement, étudiant les monuments et cherchant un banc.

Au bout de quelques minutes, James s'écria :

« Ici ! Il y a une pierre plate sur laquelle on pourrait s'asseoir. »

Holmes le rejoignit. Des chauves-souris filaient au-dessus de leurs têtes, et des hirondelles virevoltaient dans le ciel du soir.

« Cette pierre tombale est assez large et haute pour offrir un siège tout à fait acceptable, déclara James en y posant la main.

— Alors, pourquoi ne l'essayez-vous pas ? »

Détectant un sarcasme, James fronça les sourcils.

« Tout de même ! Ça me gêne : c'est une pierre tombale, après tout.

— Exactement ! Et nous pouvons considérer qu'Adams réagirait comme vous.

— Hay m'a raconté qu'Adams venait si souvent dans ce cimetière qu'il l'appelait sa deuxième maison. »

Holmes hocha la tête tout en méditant.

« D'ici, on ne verrait pas bien les visiteurs qui entrent dans l'enclos et qui s'assoient sur les bancs. »

James suivit son regard. Le détective avait raison. Seul un mince filet de lumière émanant de la lanterne était visible à travers l'étroit passage, et la plateforme était pratiquement invisible.

« Nous sommes de surcroît bien à soixante pas de l'hexagone, et la haie doit amortir les sons. On ne pourrait pas entendre des commentaires prononcés d'un ton ordinaire.

— Alors je ne..., commença James.

— Les arbres et la haie ! » s'exclama Holmes.

Il retourna à l'enclos presque en courant.

Ils firent le tour du périmètre extérieur ensemble.

« Si je comprends bien, nous cherchons une sorte d'abri de chasse, murmura James, sans vraiment savoir pourquoi il parlait bas.

— Oui. Je pense en effet à un abri dissimulé dans le feuillage, confirma Holmes en fouillant la haie du bout de sa canne. Une "planque", en langage criminel.

— Mais même si nous trouvons où il s'installe pour guetter les gens, nous n'aurons toujours pas répondu à la question la plus importante.

— Qui est ? demanda Holmes en plongeant les bras dans la végétation.

— Eh bien, nous ne savons pas si nous chassons la sarcelle ou la fuligule ! »

Ils achevèrent leur inspection en silence. Cette fouille systématique ne leur apprit rien. Les arbres étaient des arbres, les buissons de simples buissons. On ne pouvait se dissimuler nulle part dans la haie à moins d'y pénétrer en forçant un passage, ce qui, connaissant Adams, n'était guère plausible.

Ils retournèrent au banc où ils avaient laissé la lanterne. Holmes descendit le volet pour éviter que la lumière ne les éblouisse et ne perturbe leur vision nocturne, mais au lieu de se rasseoir, il resta debout et se perdit dans ses pensées. Contraint de patienter une fois de plus, James se demanda si le Dr Watson passait aussi la moitié de son temps à attendre que Holmes émerge de ses profondes réflexions.

« Bon sang, mais c'est bien sûr ! s'exclama Holmes en claquant des doigts. Ça crève les yeux ! »

Il leva la lanterne, ouvrit le volet et approcha de la sculpture pour l'éclairer, d'abord d'un côté, puis de l'autre, tout près pour commencer, puis de plus loin.

James ne le suivit pas. La sombre statue de Saint-Gaudens l'avait mis bien assez mal à l'aise en plein jour : à la lueur de la lanterne, elle était terrorisante.

« Venez ! » appela Holmes qui revint à grands pas pour récupérer son sac. Il baissa le volet de la lanterne pour ne laisser passer qu'un rai de lumière.

« Nous rentrons ? demanda James.

— Non. Nous allons visiter la cachette de Henry Adams. »

7

Un point incandescent dans la nuit

La clé de l'énigme se trouvait dans les alliances entrelacées, évidemment.

Holmes et James joignirent leurs efforts pour tâter le bas-relief. Il leur fallut plusieurs minutes pour l'inspecter. Bras levés au-dessus de leur tête, ils glissèrent les doigts dans le creux de granit autour des deux anneaux.

« C'est le côté le plus important du monument…, marmonnait Holmes. Le chantier a été recouvert par un chapiteau pendant un mois et demi… Quel besoin y aurait-il de protéger de la pluie un simple bloc de granit ?… Adams aurait aussi bien pu me dessiner un plan et laisser des flèches dans l'herbe pour m'indiquer le chemin. »

Holmes dut pourtant s'y reprendre à quatre fois. Les trois premières, ses doigts firent le tour sans rien trouver. Et puis au quatrième, il sentit la plus discrète des encoches en bas de l'alliance droite.

« Reculez », ordonna-t-il.

Il sortit un outil de cambrioleur de son sac, un pied-de-biche très court dont une extrémité était taillée en biseau. Il cala le bout dans l'encoche. La dimension était bonne. Il y eut un déclic, et les deux anneaux pivotèrent presque à angle droit. Holmes se saisit de l'un d'entre eux et poussa. Un panneau entier s'ouvrit dans le granit, révélant un espace obscur.

« Seigneur ! » s'exclama James en reculant de deux pas comme s'il avait peur d'être aspiré par les ténèbres.

Avant de passer le seuil, Holmes éclaira l'intérieur avec le mince rayon de la lanterne. Il fit bien. Un trou carré s'ouvrait au ras du seuil, de la largeur d'un homme, avec une échelle pour descendre. De l'autre côté de ce puits, un siège était accessible par une étroite corniche de granit. L'intérieur du monument était en bronze irrégulier, bosselé.

« La statue est creuse », commenta Holmes sans surprise, car il l'avait compris au terme de ses réflexions sur le banc. Il rangea son outil, et, tenant son sac avec sa canne dans une main et la lanterne dans l'autre, il entra en contournant le trou par la droite. Il s'arrêta pour éclairer l'entrée. « Faites attention où vous mettez les pieds, James.

— Je n'ai aucune intention d'entrer ! protesta l'écrivain.

— Comme vous voudrez. Retournez au cab qui nous attend dans New Hampshire Avenue. Je n'en ai pas pour longtemps. »

Il tendait déjà le bras pour refermer le panneau pivotant quand James s'écria :

« Attendez ! Je viens. »

Le robuste auteur pénétra dans le monument avec précaution, passant par la gauche du trou. Holmes inspecta l'intérieur du panneau à la lueur de la lanterne.

« Je veux m'assurer qu'on peut bien ouvrir de l'intérieur sans clé. Je ne voudrais pas que nous soyons… Ah, voilà ! »

Holmes manœuvra le mécanisme pour s'assurer qu'il fonctionnait, puis il fit reprendre sa place au panneau qui se ferma avec un déclic.

Ils étaient enfermés dans le tombeau.

« Commençons par l'échelle », dit Holmes en faisant jouer la lumière dans le trou.

Des échelons métalliques étaient scellés dans la pierre et descendaient d'environ deux mètres cinquante. Il ne vit d'abord rien d'autre, puis il s'aperçut qu'une paroi de ce puits, côté statue, était en fait un rideau noir.

« Pourriez-vous tenir la lanterne exactement dans cette position pendant que je descends ? demanda Holmes.

— Non ! s'écria James. Ne faites pas ça ! » Puis, continuant dans un murmure angoissé car il semblait impossible d'élever la voix en ces lieux, il ajouta : « Nous ne pouvons pas descendre ! C'est trop horrible… ce souterrain… c'est épouvantable ! »

Holmes contempla le visage de son compagnon à la lueur de la lanterne, et comprit ce que James redoutait de trouver derrière le rideau de velours noir : un cercueil en verre exposant la dépouille flétrie de Clover Adams. *Après sept ans, que resterait-il d'elle ?* Holmes ne savait malheureusement que trop bien à quoi ressemblait un cadavre au bout de sept ans.

« Non, non, je ne crois pas, James, chuchota-t-il. Votre ami Adams est un homme étrange, peut-être même fou par certains côtés, mais sa folie n'est pas imprévisible. Je suis sûr que nous ne trouverons rien de trop terrible en bas. »

Il tendit la lanterne à James, et posa son sac et sa canne sur la banquette capitonnée fixée sur le support d'un poteau.

« Je descends », annonça Holmes. Dès que James eut trouvé le bon angle pour l'éclairer, il s'enfonça de quelques échelons. « Je peux la tenir, maintenant. »

Il tendit le bras pour prendre dans ses doigts blancs la poignée métallique fixée en haut de la lanterne.

Arrivé en bas, Holmes s'arrêta et éclaira les côtés. Le puits était étroit, à peine plus large que ses épaules, et il ne fallait pas être claustrophobe. Holmes sourit, pensant qu'il devait ressembler à un archéologue pénétrant pour la première fois dans une tombe en Égypte, à Babylone ou à Troie.

Mais il n'y avait pas de hiéroglyphes sur les trois parois de granit, ni de niches ni d'indices, et seul le rideau noir sur le quatrième côté promettait un mystère.

Holmes leva la lanterne, souleva un peu plus le volet et écarta la tenture. Il s'assura qu'il y avait un sol solide où poser les pieds, puis il fit un pas en avant.

« Que voyez-vous ? demanda James en un chuchotement inquiet.

— Un instant ! »

Holmes découvrit un espace rectangulaire d'environ deux mètres de large sur deux mètres cinquante, creusé sous le socle du monument et le gravier de l'hexagone. Il estima qu'il devait y avoir soixante centimètres de béton, ou peut-être de granit, au-dessus de sa tête, et puis encore de la terre.

À sa gauche, dans une longue niche creusée dans la pierre à hauteur d'épaule, s'alignaient des livres. Juste devant, un pilier de granit, à la même hauteur, servait de reposoir à une petite lampe. Holmes fut tenté de l'allumer avec son briquet – la nouveauté qu'il avait toujours sur lui –, cet éclairage offrant certainement une meilleure lumière que sa lanterne sourde, mais il ne voulait laisser aucune trace de son passage.

À sa droite, une alcôve creusée dans la paroi à environ quatre-vingt-dix centimètres du sol abritait un étroit matelas garni de deux oreillers à un bout. Ce lit ne mesurait pas plus d'un mètre quatre-vingts de long, si bien que Holmes n'aurait pas pu s'y allonger jambes tendues. Il n'y songeait d'ailleurs pas. Le lit était fait de propre, ce que le détective constata en touchant la couverture et les draps qu'il ne trouva ni froids ni humides. Ils devaient être changés régulièrement.

Holmes songea que ce devait bien être les seules fois de sa vie où Henry Brooks Adams faisait son lit lui-même.

Un deuxième pilier de granit adossé à l'autre extrémité soutenait lui aussi une lampe. À côté de cette lampe, un livre. Holmes le prit – le volume était relié de cuir – et il leva la lanterne pour en lire le titre.

La Lumière de l'Asie, par sir Edwin Arnold. La publication de ce poème épique, en 1879, avait fait sensation en Amérique et en Angleterre, mais Holmes n'en avait lu que le début, sa patience ayant été mise à rude épreuve par le style, beaucoup trop lyrique à son goût. Il se souvenait cependant d'une excellente critique parue dans le *Times* de Londres, écrite par le distingué japonologue Lafcadio Hearn à la sortie de l'édition de 1883 : « Le bouddhisme, sous l'une de ses formes ésotériques, pourrait bien devenir la religion de l'avenir… Qu'est-ce que le ciel de l'imaginaire chrétien, après tout, si ce n'est le Nirvana – l'extinction de l'individualité, fondue dans l'éternel ? »

Eh bien, eh bien, songea Holmes.

Après avoir soigneusement remis le livre à sa place exacte, il repassa de l'autre côté du rideau et leva la tête vers le haut du puits.

« Descendez, James.

— Sûrement pas…

— Vous devriez, sinon vous vous demanderez toute votre vie si je vous ai dit la vérité. Je vous garantis qu'il n'y a rien de perturbant en bas. »

Il entendit un ricanement étouffé, puis, dans un chuchotement fiévreux, James répondit :

« Tout ici est perturbant, Holmes. Nous envahissons le jardin secret d'un brave homme, nous nous immisçons dans son deuil et peut-être même dans sa folie. Nous sommes des criminels. Notre comportement est inqualifiable.

— C'est vrai. Mais le mal est fait. Descendez voir ce qu'il y a en bas, et puis nous pourrons partir.

— Bien, levez un peu plus la lanterne », dit Henry James, toujours à voix basse, avant de descendre lourdement les échelons de fer.

* * *

Cinq minutes plus tard, ils étaient de retour dans la partie supérieure du monument. La banquette était suffisamment grande pour deux, à condition d'étendre chacun une jambe sur le côté en calant le pied sur le rebord du trou.

« On ne peut pas voir dehors par les yeux », murmura James.

Il réussissait en effet à repérer les traits du visage en creux à la lueur de la lanterne, mais si, du dehors, les yeux lui avaient paru vides, il s'apercevait à présent que deux pièces métalliques ovoïdes bouchaient les orifices. Pour sa part, Holmes avait déjà remarqué, alors qu'il examinait la statue de l'extérieur, que des plaques d'un métal différent du bronze fermaient les yeux baissés.

« Cherchez une manette, souffla Holmes. Ces plaques doivent être actionnées par… Voilà ! »

Le mécanisme d'ouverture se trouvait à la gauche de James.

« Posez la main sur le levier, mais n'ouvrez pas tout de suite, ordonna Holmes en parlant à l'oreille de James. Je vais d'abord cacher la lumière de la lanterne pour laisser à nos yeux le temps de s'habituer à l'obscurité. »

Holmes trouvait étrange de se trouver ainsi collé à un autre homme dans le noir. Il sentait que James s'éloignait autant qu'il le pouvait, déportant son poids sur le pied gauche pour éviter de le toucher.

« Allez-y », murmura Holmes.

Les caches s'ouvrirent presque en silence au bout des tiges métalliques qui les soulevaient.

L'angle était parfait – la tête du personnage androgyne était penchée, et le visage partiellement voilé par les plis du drapé, mais les ouvertures des yeux étaient plus grandes que nature, et, Holmes à travers l'œil droit et James à travers le gauche, voyaient l'intégralité de l'hexagone devant eux, les bancs, et les étoiles au-dessus des arbres qui entouraient le parterre de gravier désert.

Assez vite ils se rassirent plus confortablement sur la banquette et constatèrent qu'ils voyaient tout aussi bien dehors.

« C'est bien d'ici qu'Adams surveille les réactions des gens sans qu'on puisse le voir », murmura James.

Holmes fit un signe d'assentiment.

« Je ne sais pas si… »

James s'interrompit, sentant la main de Holmes lui agripper le haut du bras pour le faire taire.

Quelqu'un avait passé la haie et était entré dans l'hexagone.

Holmes et James se penchèrent en avant, mais n'approchèrent pas l'œil trop près de l'ouverture de peur que la lueur des étoiles ne révèle leur présence.

Holmes ne distingua aucun détail, mis à part la découpe d'un pantalon – ce n'était à l'évidence pas une femme en robe. La silhouette, haute et étroite, s'assit sur le banc face à la sculpture. Les épaules dépassaient du dossier, qui était élevé – le visiteur devait être même plus grand que Holmes.

James se pencha pour murmurer :

« Ce n'est pas Adams ! »

Holmes lui signifia de se taire en resserrant sa prise sur son bras. Le crissement du gravier sous les chaussures avait été si bruyant que le détective supposait que le monument amplifiait les sons. Adams avait probablement demandé à Stanford White de rechercher cet effet acoustique – ce qui expliquerait la disposition des bancs et leurs dossiers anormalement hauts. S'il en était ainsi, Holmes redoutait que, de la même façon, tout bruit provenant de l'intérieur de la sculpture soit démultiplié à l'extérieur sur la plateforme.

James le comprit et se tut, approchant de nouveau l'œil du trou.

Pendant plusieurs minutes, l'homme ne fit rien. Les yeux de Holmes s'étant encore adaptés à cette nuit sans lune, il vit de longs bras jetés en arrière sur le dossier du banc – justement dans la position que Holmes avait adoptée peu de temps auparavant.

Le silence s'éternisa, puis l'homme baissa les bras, et Holmes vit des mains pâles qui tâtaient les poches de la veste, ou du gilet, puis il entendit le grattement d'une allumette et vit la silhouette se pencher pour allumer une cigarette.

La flamme aurait dû révéler le visage, mais Holmes ne vit qu'un halo lumineux coupé par un arc sombre. Le visiteur portait un chapeau à large bord qui cachait son visage.

Était-ce le fruit du hasard ou une dissimulation délibérée ? Impossible à savoir, mais il eut l'intuition que c'était volontaire.

Il resta donc immobile avec James, tous deux inconfortablement serrés sur leur étroite banquette, osant à peine respirer, tandis que l'homme fumait.

On ne voyait de lui qu'un point incandescent dans la nuit.

L'homme termina enfin sa cigarette. Ils devinèrent plutôt qu'ils ne virent un mouvement des mains pâles, et il en ralluma une autre. De nouveau, le chapeau baissé dissimula ses traits quand l'allumette s'enflamma.

Il nous nargue, songea Holmes.

Holmes avait compté que Lucan Adler lui laisserait plus de répit, mais sans doute avait-il sous-estimé la puissance de la rumeur, la nouvelle de sa présence étant susceptible de se répandre aussi bien par les Hay et leurs domestiques que par les Cabot Lodge, les Cameron ou Roosevelt, sans oublier Clemens et William Dean Howells. Lucan était le plus dangereux des prédateurs, et, soudain oppressé, Holmes comprit avec un sentiment qui ressemblait à de la peur qu'il avait donné plus qu'assez de temps à l'assassin pour le retrouver.

Pourquoi ne m'a-t-il pas encore tué ? se demanda Holmes qui, sans en avoir immédiatement conscience, avait glissé la main droite dans la poche de son pardessus.

Au lieu de trouver la crosse rassurante d'un pistolet – il n'avait pas pris le temps d'en acheter un depuis son arrivée à Washington – il trouva son casse-tête, une courte matraque américaine appelée *blackjack*. L'extrémité, en cuir robuste, était remplie de sable et permettait, avec un peu de savoir-faire, de mettre hors d'état de nuire le plus puissant des agresseurs.

Il avait dans sa poche de pantalon un couteau pliant pourvu d'une lame de dix centimètres. Le pied-de-biche qu'il avait apporté dans son sac de cambrioleur pourrait aussi lui servir à se défendre.

Le grand Sherlock Holmes surpris avec un canif et une matraque par un tireur d'élite, songea-t-il, s'appuyant sur son humour pour chasser cet instant de panique.

Il n'avait pas prévu que le face-à-face avec Lucan Adler se passerait en présence de Henry James, mais, qu'il le veuille ou non, Lucan était là. C'était lui, il en était presque sûr. Il était tout aussi évident que Lucan avait deviné la présence de Holmes dans le monument et savait qu'il n'était pas seul.

Le rougeoiement s'éteignit. Holmes se raidit et sa main se crispa sur le manche du casse-tête. Au moins, si Lucan entrait dans le monument – Holmes pensait que le tueur avait dû observer l'ouverture du panneau – il n'aurait pas la place de faire feu avec précision.

L'environnement idéal pour un combat à l'arme blanche, d'autant que Lucan ne sait probablement pas qu'un trou s'ouvre dans le sol juste à l'entrée, songea Holmes.

L'ennui, c'était que Henry James se trouverait pris dans la bataille.

Une troisième allumette s'enflamma. La tête se baissa de nouveau, le large bord du chapeau dissimulant toujours le visage. L'extrémité incandescente d'une cigarette se ralluma dans la profonde obscurité de la plateforme.

Il s'écoula plus d'une demi-heure, d'après l'estimation de Holmes qui ne quittait pas des yeux l'inconnu assis face à eux devant la sculpture qui devait être à peine visible dans le noir. Holmes était presque certain qu'il ne s'agissait pas de Henry Adams – même si la taille de l'individu était difficile à estimer, il ne pensait pas qu'Adams porterait un chapeau pareil – et plus le temps passait, plus il se persuadait que c'était bien Lucan Adler qui jouait au chat et à la souris avec lui, attendant le moment propice pour passer à l'attaque.

Holmes commençait à avoir des crampes, mais surtout à sentir se réveiller les douleurs causées par ses trois blessures par balles. La plus pénible était celle du bas du dos, du côté droit. Holmes réalisa qu'il avait été tellement absorbé tout l'après-midi et toute la soirée par l'énigme que lui avait posée Adams qu'il avait oublié de s'injecter sa deuxième dose d'héroïne de la journée. L'anesthésie se dissipait.

Holmes colla la bouche contre l'oreille de James – il sentit l'odeur d'une coûteuse pommade pour cheveux – et murmura :

« Ne bougez pas… Je sors. »

Il sentit plutôt qu'il ne vit James secouer la tête, mais il lui serra fortement le haut du bras, et lui répéta de ne pas bouger.

Après tout, peut-être que Lucan ne nous a pas vus entrer dans le monument, songea Holmes. *Si c'est le cas, James a des chances de survivre, même si Lucan a le dessus et me tue.*

Holmes posa le pied en silence sur la corniche à droite du trou, trouva la lanterna à tâtons et la souleva dans sa main gauche. Il devrait la rallumer dehors, en fermant aussitôt le volet. Quoique… *un faisceau lumineux braqué sur le visage de Lucan…*

Non, ça ne fonctionnerait pas, songea-t-il en abandonnant l'idée.

Holmes jeta un dernier coup d'œil dehors pour s'assurer que la silhouette et le bout incandescent de la cigarette étaient toujours là, puis il enjamba son sac de cambrioleur, trouva le mécanisme d'ouverture du bout des doigts et ouvrit le panneau. Le déclic fut léger, mais éclata comme un coup de feu à ses oreilles inquiètes.

L'air qui s'engouffra dans le monument était si froid que Holmes comprit à quel point l'atmosphère confinée de l'intérieur avait été surchauffée par la température de leurs corps.

Une fois dehors, il prit le risque de refermer le panneau, ce qui provoqua un nouveau déclic intolérable, mais donnait à James une petite chance supplémentaire de survivre à la confrontation, si c'était bien Lucan Adler qui les guettait.

Il s'agenouilla, sortit son briquet mécanique de sa poche de pantalon et ralluma la lanterne sourde – une lueur brève, mais qui lui sembla visible de partout dans le cimetière.

Il avait détourné la tête en allumant la lanterne, ne voulant pas perdre sa vision nocturne, mais il dut tout de même rester un moment à cligner des yeux avant de se réadapter à l'obscurité. Tenant la lanterne devant lui au bout de son bras gauche tendu, les doigts de cette même main prêts à soulever très vite le volet pour avoir de la lumière, Holmes sortit sa matraque de sa poche.

Il contourna la plateforme par l'extérieur à pas de loup vers le passage dans la haie. Aucune lumière ne filtrait par l'ouverture dans la végétation. Holmes avançait avec mille précautions, mais tâchait de ne pas aller trop lentement non plus. En fin de compte, il ne pouvait compter pour se sauver que sur l'effet de surprise et un rayon de lumière soudain projeté dans les yeux de Lucan.

Il s'arrêta au niveau des arbres, puis avança rapidement la tête pour jeter un coup d'œil de l'autre côté de la haie. Ce bref mouvement, il le savait, suffirait à fournir une cible suffisante à un tireur professionnel à l'affût. Même si les nuages cachaient les étoiles, il faisait plus clair en dehors de l'hexagone qu'à l'intérieur, et Holmes savait que sa tête serait visible en silhouette.

Pas de coup de feu. Pas un bruit.

Holmes se risqua de nouveau à passer la tête par l'ouverture, mais il ne distingua ni le bout rougeoyant de la cigarette, ni l'homme sur le banc. La nuit était trop épaisse. Depuis trois quarts d'heure, le ciel s'étant couvert, ils n'avaient guetté que la cigarette de l'homme, et non sa silhouette sombre.

Eh bien, il va falloir aller y regarder de plus près, songea Holmes. Il leva la lanterne, toujours volet fermé, et passa entre les buissons en faisant bruire le feuillage beaucoup trop fort à son goût.

Dès qu'il fut sur la plateforme, il actionna le volet pour laisser filtrer la lumière et tint prête sa matraque.

Il n'y avait personne sur le banc. Où cet homme avait-il disparu ? Il pouvait être n'importe où et le tenir en joue.

Holmes aurait dû refermer la lanterne – dans le noir, Lucan n'aurait plus l'avantage, – mais il n'en fit rien, trop impatient de mener la confrontation à son terme pour agir avec prudence.

Il se déplaça vite, changeant de trajectoire, la lanterne levée loin de lui, le rayon balayant l'espace. Les bancs étaient vides. L'hexagone aussi. Personne en vue aux abords du monument.

Derrière les bancs ! C'était là que Holmes se serait dissimulé s'il avait voulu s'embusquer pour tirer sur quelqu'un.

Il sauta sur le banc, puis enjamba le haut dossier, atterrissant en position accroupie dans le couloir noir et étroit formé par l'arrière des bancs et la haie. Il balaya l'espace avec sa lanterne.

Rien.

Il avança, plié en deux pour mettre sa tête sous le niveau des dossiers de pierre, et atteignit le premier angle. Il posa la lanterne sur le sol et dirigea le faisceau vers la gauche.

Pas de coup de feu, pas de bruit.

Holmes avança la tête. Un corridor s'étendait devant lui, bordé à droite par le mur continu de la haie. Il avança vite jusqu'au dernier côté et tourna cette fois sans s'embarrasser de précautions. Il était prêt à fracasser sa lanterne s'il voyait l'adversaire.

Rien.

Holmes retourna dans l'hexagone et fit le tour de la haie. Quelqu'un aurait pu forcer un passage en cassant des branches, mais il l'aurait entendu.

Ayant assuré ses arrières, il leva la lanterne et approcha du monument en restant sur le côté, imaginant Henry James mort, son corps précipité au fond du puits, et Lucan posté à l'intérieur, derrière l'un des yeux, pistolet pointé contre le trou de l'autre. L'orifice était suffisamment large pour laisser passer une balle de revolver.

Sa pèlerine frôla le feuillage tandis qu'il se glissait vers la sculpture assise, puissamment évocatrice même dans la nuit. La lumière de la lampe donnait du relief aux replis du voile et jetait dans une ombre encore plus mystérieuse le visage au nez droit et au menton carré soutenu par la main.

« James ? »

Holmes sursauta, surpris par le son de sa propre voix, car il avait parlé d'un ton normal.

Pas de réponse.

Il appela plus fort :

« James ?

— Je suis là. »

La voix, curieusement étouffée, sortait de la tête de la statue.

Holmes imagina l'écrivain pris en otage, la gueule du pistolet pressée sous son double menton. Il n'était d'ailleurs même pas sûr que ce soit bien la voix de Henry James qu'il avait entendue.

« Lequel de vos romans vous ai-je dit avoir aimé ? » demanda-t-il.

Il se tenait toujours en retrait du côté droit du monument, à un endroit où il ne pouvait pas être pris pour cible par un tireur posté à l'intérieur de la sculpture.

« Pardon ? »

La voix d'outre-tombe ressemblait un peu plus à celle de James, cette fois, vibrant d'une certaine irritation.

Holmes répéta sa question.

« *La Princesse Casamassima* », telle fut la réponse impatiente. « Je ne vois pas pourquoi vous me posez cette question ! »

Holmes sourit et se plaça devant la statue, mais il ne pouvait s'empêcher de regarder derrière lui toutes les deux secondes.

« Où est-il passé ? demanda-t-il à la statue.

— Je n'en ai pas la moindre idée, Holmes. » La voix de James, bien qu'encore étouffée, était beaucoup plus audible à présent. « Juste après l'ouverture du panneau, la cigarette s'est éteinte. Je n'ai vu aucun mouvement. Il a disparu.

— Eh bien, je l'ai manqué. Pourriez-vous récupérer mon sac en sortant ?

— Il fait trop sombre, protesta James, parlant toujours à travers l'œil. Je ne saurai pas où poser les pieds. Le puits est… le mécanisme ne… Je vais essayer, mais…

— Laissez. Je vais venir vous chercher, c'est préférable. Ne bougez pas, j'en ai pour une minute. J'arrive avec la lanterne. »

Mais au lieu de quitter la plateforme et de contourner le monument par l'arrière, Holmes retourna au banc et s'accroupit pour examiner le gravier. Il prit encore un moment pour inspecter le sol avec sa lanterne le long des trois bancs. Cela fait, il passa derrière les bancs et recommença la même opération. Il arpentait l'hexagone quand un son étouffé s'échappa de la sculpture.

Holmes approcha en levant haut sa lanterne.

« Qu'est-ce qu'il y a, James ?

— Mais qu'est-ce que vous fabriquez, bon Dieu ? s'exclama le visage androgyne plongé dans ses sombres pensées.

— Je cherche des mégots et des cendres de cigarette, expliqua Holmes. Nous avons vu que Lucan, ou du moins cette silhouette dans la nuit, fumait au moins trois cigarettes. Nous avons senti la fumée du tabac. Et pourtant, il n'y a pas une seule cendre, pas un mégot. Il a dû faire tomber ses cendres dans sa main et les mettre dans sa poche avec ses mégots. Vous ne trouvez pas cela curieux s'il avait des intentions innocentes ?

— Que le diable emporte vos mégots ! Venez me chercher, Holmes. Je retiens un besoin pressant depuis plus d'une heure. »

* * *

Le cab ne les attendait plus quand ils retournèrent dans New Hampshire Avenue.

« Le forban ! fulmina James. Ce maudit cocher a pris notre argent et nous a abandonnés.

— Nous avons mis longtemps à revenir », remarqua Holmes.

Il avait traversé le cimetière la tête rentrée dans les épaules, crispé à l'extrême, s'attendant à sentir l'impact de la balle sans entendre le tir. Ils s'étaient arrêtés au bord de l'avenue, heureusement très peu éclairée.

« Notre ami le fumeur nous a peut-être soufflé notre voiture, suggéra James. Comment allons-nous rentrer ?

— À pied. Il n'y a que six kilomètres jusqu'à la pension de Mme Stevens. »

Holmes savait qu'il aurait beau se raisonner, ce trajet serait une torture car il allait s'attendre à recevoir une balle à chaque pas. À partir de ce jour, où qu'il soit, et à toute heure, il serait sur ses gardes jusqu'à ce que l'affaire soit réglée.

Quelques minutes plus tard, James s'arrêta sous un bec de gaz devant la pelouse d'une maison aux fenêtres noires. Sa lumière jetait un ovale jaune sur le bitume.

Là, ce serait l'endroit idéal, songea Holmes. Lucan, posté dans l'obscurité derrière la maison, ou dans les ténèbres des arbres qui l'entouraient. Ses cibles immobiles comme des cerfs pris dans le faisceau de la lanterne d'un braconnier – car James y passerait aussi peut-être si le tueur avait envie d'un beau tableau de chasse.

« Je ne sais pas comment je me suis débrouillé, mais j'ai perdu ma montre, annonça James. Quelle heure est-il ? »

Holmes espéra que l'écrivain ne l'avait pas laissée à l'intérieur du monument. Il prévoyait d'annoncer le lendemain à Henry Adams qu'il avait percé son énigme, qu'il était entré dans l'abri de chasse le plus coûteux du monde, mais il ne voulait pas lui révéler que son ami James s'était joint à lui.

Il posa son lourd sac de cambrioleur, sortit sa montre de son gousset par la chaîne et la consulta en la tournant vers James pour que lui aussi puisse voir l'heure à la lumière du bec de gaz.

« Minuit et quart », dit Holmes.

James hocha la tête, ramassa le sac de Holmes et se remit en marche.

Minuit passé, songea Holmes en le rattrapant, ses semelles écrasant le bitume. On était donc mardi – le mardi 4 avril – le jour de son anniversaire.

Sherlock Holmes venait d'avoir trente-neuf ans.

8

Wiggins Deux bien arrivé à New York aujourd'hui

Le lendemain de son absurde et perturbante expédition au cimetière de Rock Creek, Henry James se réveilla avec la ferme intention de prendre des mesures immédiates, sans trop savoir lesquelles. Il pourrait rentrer en Angleterre. Ou bien aller trouver Henry Adams et lui avouer avec ses excuses les plus plates qu'il avait violé son sanctuaire… (Non, à aucun prix ! Le souvenir de ce lit dans le sarcophage de granit souterrain non loin du cercueil de Clover lui donnait encore la chair de poule. Il n'aurait jamais le courage d'en parler à Adams, ni même d'y faire allusion. Il ne dirait rien non plus à John Hay. Jamais.)

Par ce mardi matin pluvieux, James lava et tailla sa courte barbe, puis il s'habilla, regrettant pour la centième fois de ne pas avoir fait venir avec lui de Londres le couple qui le servait à De Vere Gardens, bien que la femme soit assez mauvaise cuisinière et son ivrogne de mari un bien plus médiocre majordome encore. Il décida de demander à la fille un peu gourde de Mme Stevens de lui monter encore une fois son petit déjeuner dans sa chambre. Il partait à sa recherche dans le couloir quand surgit la dernière personne qu'il souhaitait voir, Sherlock Holmes, trempé par l'averse et peinant à se débarrasser de son imperméable.

« Justement, je voulais vous parler ! s'écria Holmes avec une innocente bonne humeur, semblant oublier qu'ils avaient violé le secret le plus intime d'un honorable veuf pas plus tard que la veille. Descendez prendre votre petit déjeuner avec moi, j'ai des choses à vous dire.

— Je comptais me le faire monter dans ma chambre », rétorqua froidement James.

Holmes sembla peu perturbé par son ton glacial.

« Mais non. Cela ira plus vite, James. Venez, descendez avec moi à la salle à manger, c'est plus simple.

— Je n'ai aucune intention de discuter des événements regrettables de la nuit dernière… »

Holmes eut même le culot de sourire.

« Mais parfait, moi non plus ! La nouvelle que je vous apporte est beaucoup plus importante. À tout de suite en bas. »

Holmes fit demi-tour avec sa vivacité caractéristique (et pourtant étrangement élégante) et descendit l'escalier quatre à quatre, laissant dégouliner par terre l'eau de l'imperméable qu'il portait sur le bras.

James s'arrêta en haut des marches. N'était-ce pas le moment de s'affranchir et de montrer à Holmes qu'il souhaitait prendre ses distances ? Ou bien, poussé par la curiosité, allait-il aller apprendre cette « nouvelle beaucoup plus importante » ?

Finalement, la faim eut raison de ses arguments plus élevés, et il descendit.

* * *

« Je déménage de la confortable pension de Mme Stevens », annonça Holmes devant le petit déjeuner anglais complet qu'il avait convaincu leur logeuse de lui préparer tous les matins : œufs, haricots blancs et saucisse, accompagnés de toasts grillés.

James éprouva un choc.

« Mais quand ?

— Ce matin.

— Pourquoi donc ? »

Il regretta aussitôt sa question : il ne voulait pas le savoir et, de toute façon, cela ne le regardait pas.

« C'est devenu trop dangereux », répondit Holmes entre deux gorgées de café.

Habituellement, comme James l'avait observé, le détective ne s'intéressait nullement à la nourriture, mais il arrivait parfois – comme ce matin-là – qu'il engouffre ce qu'il avait devant lui comme s'il bourrait la chaudière d'une locomotive.

« Je ne sais pas qui est venu fumer des cigarettes devant le monument hier soir, mais il est plus que probable qu'il s'agisse d'une personne qui nous y a suivis dans l'intention de me nuire… plus précisément, de me tuer, continua Holmes en dévorant ses œufs. Si je restais ici, je vous mettrais tous en danger, vous, Mme Stevens, sa fille et toutes les personnes que je fréquente.

— Mais il n'est pas du tout certain que l'homme de la nuit dernière soit un… un tueur, protesta James, butant sur le dernier mot par trop mélodramatique.

— C'est exact. Rien n'est moins sûr, mais pour l'instant, je ne veux faire prendre aucun risque à mes amis. »

James fut ému par ce « mes amis » que Holmes venait d'employer. Il s'en voulut de s'attendrir. Il n'avait à aucun moment songé à inclure ce curieux personnage dans sa liste d'amis extrêmement stricte et contrôlée, et cette liberté que prenait Holmes de sauter les étapes était très présomptueuse.

Et pourtant, ces mots lui faisaient chaud au cœur.

Ayant terminé, Holmes alluma une cigarette. Il ne finissait jamais son œuf sur le plat, et c'était entre autres pour cette raison que James détestait prendre le petit déjeuner avec lui. Le détective éteignait invariablement sa cigarette en la plantant dans le jaune et laissait le mégot dressé tel un obus non explosé. Une habitude répugnante qui donnait la nausée à Henry James.

« Je n'ai pas très faim ce matin, mentit-il en repoussant son assiette, prêt à se lever. J'espère que votre nouveau logis vous donnera satisfaction.

— Attendez, attendez ! s'exclama Holmes en posant ses longs doigts de violoniste sur la manche de James. J'ai autre chose à vous dire. »

James resta donc sur sa chaise, de plus en plus angoissé, voyant la cigarette de Holmes se consumer et le jaune d'œuf se figer lentement au milieu de l'assiette, semblable au centre d'une cible. Une seule chose le retenait de se lever : il voulait savoir où serait Holmes… si c'était bien là la fin de leur absurde aventure.

« Vous ne me dites pas où vous vous installez ? demanda-t-il, s'étonnant lui-même de sa question directe.

— Non, ce serait mieux pour tout le monde si vous ne connaissiez pas ma nouvelle adresse, James. »

N'insiste pas, se dit James. Dans les derniers jours, il était déjà trop souvent sorti de sa réserve, mettant de côté le personnage d'auteur célèbre qu'il cultivait soigneusement depuis près de cinquante ans. Il était temps de redevenir lui-même, le spectateur et non l'acteur, l'observateur qui laissait parler les autres. Et pourtant, il s'entendit demander :

« Vous allez quitter Washington, peut-être ? Je vous pose la question juste au cas où Hay, Adams, ou… je ne sais qui… m'interrogerait.

— Si vous avez besoin de me parler, envoyez-moi un mot à cette adresse. »

Holmes fit jouer le mécanisme de son porte-mine rétractable et griffonna quelques mots au dos de l'une de ses cartes de visite.

James lut l'adresse. C'était celle d'un marchand de cigares installé sur Constitution Avenue.

« Vous logez dans un débit de tabac ? » s'étonna-t-il.

Holmes explosa de son rire bref et rauque.

« Mais non, mon cher James. Le buraliste se chargera de me faire suivre les messages par un gamin ou en m'envoyant un câble. J'ai choisi un marchand de tabac car ces boutiques sont ouvertes jour et nuit en Amérique pour une raison qui m'échappe. Vous pourrez communiquer avec moi quand vous voudrez. »

James hocha la tête et glissa la carte de Holmes dans son portefeuille qu'il remit dans sa poche. Il allait prendre congé quand Mme Stevens apparut à la porte, suivie par un jeune garçon.

« Ce petit messager vous apporte un courrier, monsieur James. » Elle s'interrompit, ayant sans doute deviné l'indécision de l'écrivain, et ajouta : « Je le connais. Il s'appelle Thomas. Il porte des messages pour beaucoup de familles très respectables du quartier de Lafayette Square. Si vous souhaitez envoyer une réponse par retour, vous pouvez la lui confier sans crainte : il ne la lira pas et la livrera sans faute. »

James hocha la tête, comprenant par cette phrase que le jeune Thomas, auquel il fit signe d'avancer, ne savait pas lire.

Ayant déplié la missive, il vit qu'il s'agissait du papier à en-tête de John Hay.

Mon cher Harry,

Si vous voulez bien passer me voir aujourd'hui peu après l'heure du thé, mettons vers dix-sept heures quinze, je vous recevrai pour vous entretenir d'une affaire de la plus haute importance (et sans doute urgente). Dans l'attente de votre visite,

votre dévoué serviteur,

John Hay

PS : Je vous prie de ne pas informer M. Holmes de votre visite. C'est très important. JH

Mme Stevens avait eu la prévenance d'apporter un bloc de papier à lettres au cas où James voudrait répondre. Il en fit bon usage : cachant ce qu'il écrivait à Holmes, il accepta l'invitation de Hay et promit sa visite pour dix-sept heures quinze. Un horaire particulièrement précis, songea James, mais John Hay vivait sous le signe de la précision et de la ponctualité depuis qu'il avait été secrétaire du président Abraham Lincoln.

James tendit le message et une pièce au coursier en lui disant : « Rapportez cela à l'envoyeur, mon garçon. »

Thomas était peut-être analphabète, mais il avait le regard fort intelligent.

« Vous n'avez pas besoin de le payer, protesta Mme Stevens. L'auteur du premier message s'en est très certainement déjà chargé.

— Peu importe », trancha James avec un signe de la main pour indiquer au garçon de filer.

À cet instant, deux autres jeunes messagers furent introduits par la fille de Mme Stevens, qui ne semblait plus savoir où donner de la tête face à cette invasion. L'un des deux devait avoir environ l'âge de Thomas, mais était moins bien vêtu ; l'autre, presque un jeune homme, portait la livrée des télégraphistes de la Western Union.

« Un message pour M. Holmes, annonça le gamin en guenilles.

— Un télégramme pour M. Holmes », lança le grand adolescent.

Bien que prêt à partir, James resta par curiosité. Une fois que Holmes aurait déménagé, il était fort probable qu'ils ne se reverraient plus jamais. Tous les questionnements liés aux événements curieux dont il avait été témoin ces dernières semaines risquaient de ne pas trouver de réponses.

Holmes écrasa sa cigarette en plein milieu de son jaune d'œuf, et James détourna les yeux avec un haut-le-cœur.

Holmes lut le télégramme rapidement, le posa sur la table à côté de sa serviette, et annonça « Pas de réponse » au télégraphiste de la Western Union, qui toucha le bord de sa casquette et repartit. Il fit ensuite approcher l'autre garçon. Il prit le message, le parcourut, s'empara du bloc de papier que James avait utilisé pour sa propre réponse et déclara :

« Je reviens dans une minute, James. Je raccompagne notre jeune Mercure à la porte tout en écrivant ma réponse. »

Mme Stevens et sa fille avaient quitté la pièce avec le télégraphiste. Resté seul, James entendit les pas de Holmes et du messager s'éloigner sur le parquet du hall d'entrée, puis le grincement de la porte qui annonçait qu'ils étaient sortis sur la véranda. Le mégot le narguait au centre du jaune d'œuf éventré.

À côté de l'assiette, le télégramme abandonné par Holmes aimanta son œil.

Non, songea James. *Jamais je ne pourrai.*

Il se leva comme s'il avait l'intention de remonter dans sa chambre, obliqua à droite au lieu d'aller à gauche et ouvrit le rabat du télégramme du bout des doigts.

Wiggins Deux bien arrivé à New York aujourd'hui stop Scotland Yard et agences de renseignement ici et en France rapportent réactivation réseaux Moriarty à Paris, Berlin, Prague, Rome, Bruxelles, Athènes, Londres, Birmingham, New York, Chicago et Washington stop aucune localisation Lucan Adler ces cinq dernières semaines stop prudence
Mycroft

Entendant revenir Holmes, James lâcha vite le papier et se dirigea vers le fond de la pièce pour prendre l'escalier. Le pas rapide du détective passa du parquet de l'entrée au tapis du petit salon, et James levait le pied pour monter sur la deuxième marche quand Holmes déboula dans la pièce. Holmes avisa le télégramme, le plia et le glissa dans sa poche avec l'autre message sans sembler se préoccuper qu'il puisse avoir été lu.

« Vous remontez dans votre chambre ? demanda le détective.

— Mon cher, vos pouvoirs de déduction sont stupéfiants ! » s'exclama Henry James, éprouvant le besoin de remettre à sa place ce gentleman de pacotille.

Loin d'en prendre ombrage, Holmes laissa exploser son rire rauque et leva sa canne – une canne-épée, comme James l'avait constaté.

« Alors, au revoir provisoirement, mais je suis sûr que nos chemins se croiseront de nouveau avant longtemps.

— J'ai l'intention de repartir pour l'Angleterre très prochainement », annonça James, s'étonnant lui-même car il n'était nullement parvenu à cette décision.

Il porta sans y penser la main à la poche de son gilet, où la tabatière contenant un peu des cendres de sa sœur Alice s'enkystait comme une tumeur.

« Dans ce cas, nous ne nous reverrons peut-être pas », répondit Holmes. Il disait cela d'un ton presque léger, presque gai, songea James avec amertume. « Adieu camarade ! » ajouta le détective en tournant les talons.

Il sortit de la pièce et se dirigea vers l'entrée en sifflotant un air qui sembla vaguement familier à James. Une chanson qu'il devait avoir entendue à l'Old Mo, le music-hall de Drury Lane.

James se rendit compte qu'il était encore figé, le pied levé vers la deuxième marche, alors qu'il s'était écoulé près d'une minute depuis que la porte d'entrée avait claqué derrière Holmes. Il était resté pétrifié comme un homme surpris par le regard d'une Gorgone. Plus grave encore, il comprit qu'il attendait que Holmes revienne et annonce qu'il avait changé d'avis et restait à la pension.

Mme Stevens entra dans la salle à manger pour débarrasser et sursauta en voyant James à l'arrêt sur les marches.

« Tout va bien, monsieur ? Avez-vous besoin de quelque chose ?

— Non, je vous remercie. Je remonte à ma chambre pour écrire un peu. Bonne journée, madame.

— Bonne journée à vous aussi, monsieur. »

Elle resta là à le regarder gravir le raide escalier comme si elle avait été soudoyée pour le surveiller par Holmes… ou Mycroft… ou Moriarty… ou encore Lucan Adler…

* * *

James ébaucha un geste pour frapper à la porte d'entrée de Hay : il leva la main mais se ravisa, et appuya sur le très moderne bouton de sonnette électrique. Il était très précisément dix-sept heures quinze.

La matinée et le début d'après-midi n'avaient pas été faciles. Il avait essayé d'écrire – un premier jet au crayon à papier de la pièce qu'il avait promise à George Alexander, l'acteur et producteur de théâtre à succès –, mais même si la pension de Mme Stevens était un endroit relativement agréable, c'était tout de même un lieu animé. Tout dérangeait Henry James, plus anxieux et irritable que de coutume : les bruyants échanges entre des ouvriers et la gourde de fille, la visite de l'ancien studio de Holmes par deux hommes qui rivalisaient de superlatifs, et même les chantonnements de Mme Stevens quand elle repassait dans la buanderie ou qu'elle accrochait le linge sur le fil. Mille fois il avait involontairement posé la main sur la tabatière en ivoire en se demandant que faire. Devait-il rentrer tout de suite en Angleterre ? Devait-il aller au cimetière de Cambridge, près de Boston, où se trouvait la sépulture de la famille James, pour remplir enfin la tâche qu'il s'était assignée, c'est-à-dire finir d'enterrer les cendres de sa sœur sur le sol américain… ? Ou devrait-il plutôt aller rejoindre William et sa famille à Florence ou à Genève, ou Dieu sait où ils étaient en ce moment ? Il arrivait parfois à communiquer avec William. Quoique rarement. En réalité, presque jamais.

En attendant, il était heureux que John Hay l'ait prié de venir le voir. James avait l'impression d'être un homme tombé à la mer auquel on lance une bouée de sauvetage exactement au bon endroit et au bon moment.

Benson vint lui ouvrir et, après avoir indiqué d'un geste au valet de prendre le manteau trempé de James, son haut-de-forme et sa canne, il conduisit l'écrivain dans le bureau de Hay. John, en l'entendant annoncer, releva la tête d'une énorme pile de papiers et se leva aussitôt pour l'accueillir. Il s'empressa de faire le tour de la table et serra la main de James en lui prenant chaleureusement l'épaule. Un peu plus, il l'aurait serré dans ses bras, ce qui bien entendu aurait horrifié Henry James, mais ce geste amical lui redonna le sentiment de bien-être qu'il redoutait d'avoir perdu pour toujours.

« Comme je suis heureux de vous voir, Harry ! »

Hay conduisit James à un confortable fauteuil. Il ne lui avait pas lâché le bras pour faire les quelques pas nécessaires. Quand James fut assis, Hay se jucha sur un coin du bureau – il était encore très alerte pour un homme qui allait avoir cinquante-cinq ans en octobre, songea James (pas pour la première fois).

« Eh bien, s'exclama-t-il, nous n'avons passé que d'un quart d'heure le rendez-vous des Cinq de Cœur, qui prenaient le thé à dix-sept heures tapantes, mais rien ne nous empêche de commencer avec un peu de retard – le fantôme de Clover ne protestera pas, même si nous entendons frapper une ou deux fois sur le guéridon – ou bien passons directement au whisky si vous préférez. »

James hésita. Il était beaucoup trop tôt pour les alcools forts en ce qui le concernait, et d'ailleurs il buvait rarement de whisky, mais l'après-midi était si pluvieux, et le feu si chaleureux dans l'âtre, que l'idée ne lui déplut pas – au contraire.

« Est-ce un honnête whisky écossais, ou bien la version plutôt bourbon du "whiskey" orthographié à l'américaine avec un "e" ? »

Hay éclata de rire.

« De l'écossais pur et dur, je vous le garantis, Harry. Je n'offenserais jamais vos nouvelles habitudes anglaises en vous offrant un "whiskey" trop de chez nous. » Hay fit un signe à Benson qui disparut comme par enchantement. « J'ai un Cardhu single malt douze ans d'âge vieilli en fût de chêne que je trouve meilleur que les whiskeys vingt et un ans d'âge d'ici, continua Hay qui retourna s'asseoir derrière son bureau. Son seul défaut est qu'on n'en trouve que là-bas, ce qui m'oblige à me déplacer en Écosse chaque fois que je vais en Angleterre, ou à demander les services d'un commissionnaire qui monte dans le Speyside pour l'acheter, me le met en caisse et me l'expédie.

— J'en goûterais avec plaisir », dit James.

Il avait déjà bu des Cardhu single malt douze ans d'âge avec Paul Joukowsky et même dans le salon de lady Wolseley, grâce à son mari le maréchal, 1er vicomte Wolseley, celui-là même qui avait inspiré la caricature de général de l'opéra comique de Gilbert et Sullivan, *Les Pirates de Penzance*.

Avant que Hay n'en vienne aux faits, Benson fut de retour, apportant sur un plateau d'argent une carafe pleine et des verres à whisky en cristal, un siphon d'eau de Seltz, une cruche d'eau plate et une petite pile de sous-verres en cuir frappés de l'emblème du clan Hay. Le majordome se tourna vers l'écrivain d'un air interrogateur.

« Sec, merci, indiqua James.

— Juste une goutte d'eau, comme d'habitude, Benson », dit Hay.

Quand ils furent servis et que Benson eut refermé discrètement la porte du bureau derrière lui, ils levèrent leur verre et Hay porta un toast : « *Amicis absentibus.* »

James fut surpris – à la santé de quels amis absents buvaient-ils au juste ? – mais cela ne l'empêcha pas de goûter au whisky ambré. Il était excellent. James s'y connaissait assez pour l'évaluer : bien équilibré, et une finale aux arômes doucement fumés, longue sans être entêtante. Un whisky sans « esbroufe », comme c'était trop souvent le cas pour les single malts.

James hocha la tête pour montrer qu'il appréciait le whisky, s'interrogeant en même temps sur la forme latine utilisée : un ou une amie, plusieurs amis ?

« Harry, je vais aller droit au but, dit Hay en se penchant vers lui par-dessus les papiers qui couvraient son bureau. Clara et moi espérons que vous voudrez bien revenir vous installer chez nous pour passer le reste de votre séjour à Washington. »

Cela a-t-il un rapport avec les événements d'hier soir ? James eut peur en sentant son cœur battre trop fort – dans sa famille, c'était le cœur qui lâchait d'abord. Il reprit une gorgée de Cardhu pour se laisser le temps de la réflexion. Non, il était impossible que Holmes ait parlé de leur visite au cimetière et de leur intrusion dans le tombeau de Clover. D'ailleurs il avait promis à James de cacher sa participation. Mais Holmes n'était pas un vrai gentleman et sa parole avait peu de poids…

« Pourquoi, John ? demanda-t-il d'une voix faible. J'ai suffisamment abusé de votre hospitalité. Vous devez apprécier votre tranquillité retrouvée.

— C'est surtout Holmes que nous avons vu. Ou du moins Holmes incarnant Jan Sigerson, l'explorateur norvégien. Amusant, d'ailleurs. Mais Clara et moi regrettons de n'avoir pas vraiment eu le loisir de profiter de votre compagnie. »

James se rengorgea.

« À moins que vous n'ayez l'intention de repartir bientôt, continua Hay en se renversant dans son fauteuil et en avalant une gorgée rapide qui montrait qu'il n'appréciait pas uniquement l'alcool pour sa saveur. Avez-vous l'intention d'aller à Cambridge ? Ou bien de retourner en Angleterre ? Ou d'aller à Paris ?

— Pas pour l'instant. Je n'ai pas l'intention de partir tout de suite, dit James qui fixa ainsi une décision encore flottante. Mais la pension de Mme Stevens est tout à fait suffisante pour mes besoins. »

Hay sourit sous sa moustache bien peignée.

« Suffisante pour un jeune parlementaire célibataire, peut-être, Harry, mais sûrement pas pour un écrivain. Vous écrivez, j'imagine ? »

Trop peu, songea James, *trop peu…* Mais n'avait-il pas pensé à se suicider à Paris en grande partie pour faire cesser la pression qui pesait sur lui ? Il imaginait son agent, les producteurs de théâtre, les éditeurs sous la forme d'oisillons au bec grand ouvert qui réclamaient leur pitance et qu'il ne rêvait que de laisser… le bec dans l'eau.

« J'ai très modestement commencé ma prochaine pièce, avoua James en laissant percer son insatisfaction. Quelques notes à peine. »

Le sourire de Hay s'élargit.

« Je pense vous avoir donné des chambres confortables à vous et à Holmes, mais je peux mettre à votre disposition un petit appartement particulier dans l'autre aile, tout au bout de la maison. Nous ne vous l'avons pas proposé la première fois car vous auriez été un peu éloigné de l'escalier principal, mais si vous voulez bien nous faire l'honneur d'accepter notre invitation, cet appartement sera votre refuge : une chambre et un petit salon confortable au premier, avec des cheminées dans chaque pièce, bien entendu, et même une bibliothèque. Le carrelage très coloré autour de la baignoire vous plaira peut-être moins que celui de votre première salle de bains, mais le lavabo est en marbre, les robinets en argent, et je peux vous promettre de l'eau chaude. »

James chercha comment refuser le plus poliment possible. Au fond, c'était surtout la proximité de Henry Adams – et le souvenir de la criminelle indiscrétion de la veille – qui l'empêchait d'accepter.

« De surcroît, la petite pension de Mme Stevens a beau être charmante, poursuivit Hay qui avait terminé son verre, elle ne vous fournit certainement pas de valets de chambre aussi excellents que les nôtres.

— Certainement… », marmonna James, pris d'un fort sentiment d'étrangeté. *Est-ce ainsi que se sent un personnage de roman quand l'auteur le manipule et le fait agir contrairement à sa nature et à la logique ?* Il aurait voulu poser cette question à Holmes, et ce désir lui fit porter la main à la poche de sa veste où se trouvait la carte du détective, avec le nom et l'adresse du bureau de tabac par lequel James pouvait le contacter.

« Et quand je vous promets un valet de chambre, ajouta Hay en se penchant encore un peu plus vers lui, je vous parle de Gregory, l'un de nos plus fidèles serviteurs. »

James se souvenait de Gregory, un homme de haute taille à cheveux blancs, digne et discret.

« Gregory, est-ce son prénom ou son nom de famille ? demanda-t-il.

— Son nom de famille. Il se prénomme Terrance, je crois. Gregory fera tout pour vous, et personne ne rase mieux que lui.

— Cela me gênerait terriblement de vous importuner encore, Clara et vous…

— Du tout ! D'ailleurs cette fois, vous n'aurez pas… d'obligations d'invité, si je puis dire. Vous ne serez pas tenu de descendre dîner avec nous, de nous faire la conversation, d'être là au déjeuner, et ainsi de suite. Non, ce petit appartement sera votre domaine particulier, exposé au nord-est, donc un peu plus soumis aux bruits de la rue, mais pas trop – notre fils Del l'a occupé quelque temps avant de partir à l'université, mais il a préféré réintégrer sa chambre. Il s'y sentait perdu : c'était trop calme, trop grand à son goût. »

Cette partie de la maison est peut-être hantée, songea James. Cette pensée le fit sourire : il n'aurait rien contre quelques visites d'ectoplasmes. Sa sœur Alice viendrait peut-être lui indiquer comment disposer au mieux des cendres qu'il avait subtilisées.

« … et feront le ménage, mais seulement en votre absence, continuait Hay. On vous montera vos repas et votre thé si vous le souhaitez… Gregory sera votre chien de garde, et vous aurez bien entendu votre propre clé qui vous permettra d'aller et venir à votre guise sans déranger personne.

— Je dois reconnaître que je me sens un peu seul chez Mme Stevens », admit James, cédant devant ces arguments.

Il pourrait enfin se reposer, et écrire.

« Mais bien sûr ! D'autant que M. Holmes vient de vous abandonner soudainement. » Hay ne sembla pas remarquer le léger haussement de sourcils de James. « Alors c'est entendu, Harry ? »

James fit signe que oui.

« Parfait ! s'exclama Hay. Je vais envoyer chercher votre malle et vos autres bagages par mes gens. »

Une minute plus tard, ils se retrouvèrent devant la porte d'entrée ouverte, face à une giboulée de printemps chargée de bonnes odeurs d'herbe et de feuilles humides. Le brougham de Hay arriva, Gregory assis sur le siège à côté du cocher qu'il abritait sous un parapluie rouge. Suivaient les garçons d'écurie avec la carriole pour les bagages, coiffés de casquettes de laine bordées de cuir, constellées de pluie.

« John, comment avez-vous appris que Holmes avait déménagé ? demanda James. Il ne me l'a annoncé que ce matin. »

Hay sourit, lui donna une tape amicale sur l'épaule, puis ouvrit son parapluie pour l'accompagner à la voiture.

« Harry, Harry… ne sous-estimez pas la vitesse de propagation des nouvelles à Washington. Surtout autour de Lafayette Square. La fille de votre logeuse, qui n'est pas une lumière, la pauvre, a raconté cela à notre valet de pied ce matin au marché, probablement avant même notre réveil. »

James s'installa dans la voiture couverte qui sentait bon le cuir. Hay replia le parapluie et donna un petit coup avec le manche sur le siège du cocher.

« À tout à l'heure, Harry ! »

James réfléchit pendant le court trajet. Il était tout à fait possible que la fille de Mme Stevens ait parlé au valet du départ de Holmes et que celui-ci l'ait mentionné aux autres domestiques, puis qu'à travers eux, Clara et John aient, à leur tour, entendu la nouvelle.

Mais Henry James n'en croyait pas un mot.

9

Beaucoup de vélocipédistes nous achètent des presse-citrons

Dans l'ensemble, Sherlock Holmes s'estimait satisfait de sa matinée d'anniversaire. Il n'avait pas perdu son temps. Chez lui – du moins dans son ancien appartement de Baker Street à Londres – il dormait souvent jusqu'à onze heures du matin, ou plus tard pendant les périodes creuses. Ensuite, il prenait son petit déjeuner, puis il retournait se coucher. La solution de cocaïne qu'il s'injectait le rendait encore plus léthargique – ce qui n'était pas le cas avec cette nouvelle drogue héroïque qu'il prenait aux États-Unis – mais la comparaison ne tenait guère : il était toujours stimulé quand il avait une affaire à élucider.

En cette matinée du 4 avril, il s'était réveillé à l'aube pour partir à la recherche d'un nouveau logement. Il avait choisi le vieil hôtel à l'angle de la 12e Rue Nord-Ouest et de Pennsylvania Avenue qu'il avait vu avec James la veille. Le Kirkwood House avait beau être promis à la démolition dans les prochains mois, d'après la rumeur, Holmes appréciait son style suranné : tentures de qualité mais passées par le soleil, fauteuils d'excellente facture trop usés et graissés pour que les têtières fassent illusion, service attentif allié à une totale discrétion. Holmes comprenait pourquoi les grands voyageurs de commerce y restaient fidèles.

Il embaucha trois hommes de confiance pour aller chercher ses bagages – recommandés par le directeur du Kirkwood House, puisque l'un était son fils –, qui tirèrent une carriole jusqu'à la pension de Mme Stevens et prirent ses malles et le reste de ses bagages discrètement.

Puis, alors que les boutiques commençaient à se réveiller, Holmes s'était acheté un pistolet. Il ne manquait pas d'armureries à Washington, et il entra dans la plus proche de l'hôtel dès l'ouverture. Des armes de toutes sortes étaient exposées derrière une vitre et accrochées à des râteliers aux murs, certaines davantage destinées aux cow-boys et aux desperados qu'à des citadins. L'air fleurait bon l'acier et l'huile lubrifiante.

« Bonjour monsieur, vous désirez ? s'enquit un vendeur moustachu.

— Avez-vous des presse-citrons ?

— Oui, monsieur, nous en avons. Quelle longueur de canon ? Deux pouces ou trois ?

— Trois.

— En effet, la précision de tir est meilleure avec un trois pouces. »

Le vendeur ouvrit une vitrine d'armes de poing.

Oui, avec un canon de trois pouces, je devrais pouvoir toucher le mur d'une grange à bout portant, songea Holmes. *Avec un peu de chance…*

« Et pour le calibre, monsieur ?

— Un .38 S&W.

— Il se fait aussi en .32. Un peu moins cher et un peu plus léger.

— Le .38 », trancha Holmes.

Le vendeur sortit le petit revolver avec cérémonie pour le lui montrer – c'était une arme de poche –, ouvrit le barillet pour lui prouver que le revolver n'était pas chargé, puis le lui tendit.

Holmes constata que les cartouches .38 S&W tiendraient tout juste dans les chambres mais qu'elles entreraient, puis il referma le barillet et tendit le bras, arme dirigée vers le mur de briques à l'autre bout de la boutique.

« On presse la poignée pour actionner la détente, indiqua le vendeur.

— Je le sais. »

Holmes actionna deux fois le mécanisme de tir à vide, ce qui n'était pas à recommander mais nécessaire pour s'habituer à une nouvelle arme.

« Alors comme ça, vous aimez les presse-citrons sans chien apparent, monsieur ? Vous ne seriez pas cycliste, par hasard ?

— Si, justement. Ça serait embêtant d'accrocher le chien et de faire partir le coup dans ma poche de pantalon par accident.

— C'est sûr. Beaucoup de vélocipédistes nous achètent des presse-citrons. Vous êtes un enthousiaste de la bicyclette ?

— J'en suis passionné.

— C'est rare d'avoir des clients d'Angleterre… sans vouloir être indiscret, monsieur. »

Le vendeur rougit, ayant la nette impression d'avoir dépassé les limites.

« Mais vous ne m'offensez nullement, répondit Holmes avec un sourire. Il faut bien se procurer un pistolet ici aussi pour s'entraîner au tir avec ses amis américains, n'est-ce pas ?

— Mais oui.

— Cette absence de chien lui donne une allure bizarre… Ce revolver s'enraye-t-il souvent ? Y a-t-il des accidents ?

— Non, pas avec celui-ci. Les Smith & Wesson sont des modèles double action très fiables. Il a un drôle d'aspect, mais on ne fait pas mieux comme arme de poche.

— C'est bien vrai. Combien coûte-t-il ?

— Cinq dollars.

— Eh bien, ça vaut de l'or, dites-moi !

— Pour ce prix, je vous mets deux boîtes de cartouches avec.

— Affaire conclue.

— Je vous l'emballe ?

— Inutile, répondit Holmes, je le prends dans ma poche. »

* * *

Ainsi, lorsqu'il rendit visite à John Hay peu de temps plus tard, Holmes portait d'un côté de sa veste un revolver Smith & Wesson sans chien, chargé sauf une chambre laissée vide, et deux boîtes de cartouches de l'autre. L'ancien diplomate venait de s'asseoir devant son petit déjeuner quand Holmes fut introduit dans la pièce. Le détective lui assura qu'il n'en avait que pour deux minutes, mais qu'il boirait volontiers un café pendant que Hay s'attaquait à son assiette.

Aussi succinctement que possible, et sans mentionner ses aventures de la veille au cimetière de Rock Creek, ni la silhouette inquiétante qui était venue fumer devant lui dans la nuit, Holmes expliqua qu'il déménageait de chez Mme Stevens, une nécessité, hélas, et qu'il redoutait que M. James ne soit en danger.

« Mais enfin, James n'a pas d'ennemis à Washington ! s'exclama Hay.

— Et j'imagine bien qu'il n'en a nulle part ailleurs. Cependant, moi j'en ai, et j'ai appris qu'ils pourraient avoir été informés de ma présence à Washington… et même avoir eu vent de mon adresse à la pension. »

Inquiet, Hay tapota sa moustache parfaite et le haut de son bouc avec sa serviette en lin.

« Mais ils ne s'en prendraient tout de même pas à… un innocent tel que Harry…

— Je n'en jurerais pas. Ce n'est qu'une possibilité, mais les personnes dont je vous parle n'ont ni morale, ni raison, ni aucune humanité. J'aurais du mal à dormir tranquille si je pensais qu'ils pouvaient venir à la pension de Mme Stevens et tomber sur M. James… »

Hay le scruta intensément.

« Ma famille serait-elle en danger si Harry venait s'installer chez moi ?

— Pas le moins du monde.

— Qu'est-ce qui vous fait penser cela ? »

En cet instant, l'affable Hay s'était métamorphosé en un implacable procureur.

« Ces… gens… pourraient ne pas connaître la renommée littéraire de Henry James. En revanche, je suis certain qu'ils connaissent votre renom, monsieur Hay, et qu'ils éviteront de s'en prendre à vous, à votre famille ou à vos hôtes de peur d'attirer l'attention sur eux.

— Dans ce cas, je vais prier Harry de passer me voir aujourd'hui, et je ferai tout, absolument tout, pour qu'il revienne loger ici. »

Holmes apprécia cette décision rapide.

« Pourriez-vous lui demander de ne pas passer avant dix-sept heures quinze ?

— Si vous préférez… » Hay lui jeta un regard interrogateur. « Y a-t-il une raison particulière à cela ?

— Eh bien, je ne souhaite pas le croiser une fois que j'aurai déménagé de cette agréable pension, or j'ai affaire non loin d'ici un peu plus tôt dans l'après-midi.

— Entendu, je préciserai dix-sept heures quinze. »

Il se leva en même temps que Holmes.

« Non, restez assis, protesta ce dernier, et merci.

— Si j'ai besoin de communiquer avec vous… », commença Hay.

Holmes lui tendit l'une de ses cartes de visite portant l'adresse du buraliste au dos.

« Ce marchand de cigares est ouvert vingt-quatre heures sur vingt-quatre, je me demande bien pourquoi d'ailleurs. Il m'a promis de me faire parvenir tous les messages qui me seraient adressés aussi vite que possible. »

Holmes et Hay se serrèrent la main, puis le détective repartit en toute hâte vers la pension, souhaitant arriver avant que Henry James ne se fasse monter son petit déjeuner dans sa chambre.

10

Un petit bouquet de violettes blanches

Holmes frappa à la porte de Henry Adams à dix-sept heures, comme ils en étaient convenus par un échange de messages le matin.

On lui ouvrit sans tarder, et il se trouva face au visage sévère d'un vieux majordome ; il connaissait presque tout le personnel domestique d'Adams, même s'il n'était officiellement jamais venu dans cette maison.

L'homme ne dit pas un mot. Il ferma la porte derrière le détective puis prit les devants, le précédant dans l'escalier que Holmes n'avait monté que de nuit lors de son cambriolage. Le majordome, grave et silencieux, n'attendit qu'un regard de son maître installé à son bureau pour refermer derrière Holmes sans même l'annoncer. Adams avait sans doute demandé à son domestique de ne pas lui adresser la parole, autrement, il y aurait au moins eu un « Suivez-moi, monsieur, s'il vous plaît ». Peu importait. Holmes n'en prit pas ombrage. Il considéra avec intérêt les murs tapissés de livres. C'était un bureau d'érudit, éclairé non seulement par des lampes, mais aussi par de grandes fenêtres à vitres claires et à vitraux. À travers celles qui le permettaient, Holmes vit, juste en face, la résidence présidentielle.

Adams ne se leva pas pour l'accueillir et resta muet, ce qui obligea Holmes à prendre l'initiative de traverser la pièce pour approcher du bureau. Il posa son haut-de-forme, ses gants et sa canne sur un fauteuil, et en prit un autre, face à Adams.

« Vous me mettez dans une position impossible, monsieur Sherlock Holmes », déclara l'homme chauve d'une voix contenue, mais qui cachait mal son agacement.

Holmes se contenta de hocher la tête.

« Mon énigme était beaucoup trop simple…, continua Adams. Je vous ai donné trop d'indices.

— Pas trop. Juste assez. Et certains malgré vous.

— Votre message de ce matin disait simplement que vous aviez percé le mystère et que vous aviez vu le monde à travers les yeux d'un affligé. Je suppose que cela signifie que vous avez…

— Oui. Je suis entré dans le monument. »

Henry Adams baissa les yeux sur ses papiers. En cet instant son visage, et même son cuir chevelu presque entièrement dégarni, devinrent si pâles que Holmes eut peur de voir son interlocuteur succomber à une crise cardiaque ou à une attaque. Mais Adams releva la tête et redressa le dos.

« Eh bien voilà, dit-il avec un tremblement à peine perceptible dans la voix, vous connaissez mon grand secret à présent, monsieur Holmes. J'ai été assez fou, assez présomptueux pour donner à un homme… tel que vous… des indices trop évidents, et maintenant vous savez. » Adams eut un sursaut, comme s'il venait de recevoir une décharge électrique. « Vous n'avez rien révélé à James, j'espère !

— Je n'ai parlé ni à Henry James, ni à personne d'autre de tout cela hier soir ni ce matin, assura Holmes, jouant sur les mots avec une habileté qui l'écœura lui-même.

— Eh bien alors, je m'estime heureux. » L'historien soupira et croisa les mains devant lui. « Et maintenant, que comptez-vous faire, monsieur Holmes ? Quelle somme allez-vous me réclamer pour garder le silence ? »

Holmes aurait pu feindre l'indignation – il fut d'ailleurs tenté de le faire – mais il s'en abstint.

« J'accepte uniquement de vendre mes services d'enquêteur, monsieur Adams. Je ne suis pas un maître-chanteur.

— Eh bien, quel est le montant de vos services d'enquêteur dans ce cas ?

— Un dollar. Somme qui m'a déjà été réglée il y a deux ans par le regretté frère de votre femme, Edward.

— Ned… », murmura Adams d'un ton peiné.

Holmes hocha de nouveau la tête.

Soudain, Adams sembla sortir d'un brouillard et revenir à la réalité.

« Je vous présente mes excuses, lâcha-t-il en se soulevant de son siège pour tirer sur le cordon en velours de la sonnette. Je ne vous ai rien proposé à boire : voulez-vous du thé, du café, ou plutôt du whisky ?

— Rien, merci. »

Adams retomba dans son fauteuil.

« Vous êtes le seul homme au monde à savoir quel monstre je suis.

— Un homme malheureux n'est pas un monstre. En aucune façon. Vous êtes un homme qui a vraiment aimé et qui a cherché à voir les autres contempler son amour perdu. »

Adams esquissa un sourire.

« Si vous entendiez les commentaires grotesques des gens devant la sculpture de Saint-Gaudens… Ils se demandent combien le monument a coûté, ils critiquent son style solennel, l'absence d'inspiration religieuse, le manque de joie, d'espoir, de croyance en la vie éternelle et en la rédemption. L'espèce humaine est étrange, monsieur Holmes.

— C'est vrai.

— Que voulez-vous de moi ?

— Je tiens à… j'ai besoin de… découvrir la vérité sur la mort de votre épouse.

— Elle a avalé du cyanure de potassium et la mort a été quasi instantanée, dit Adams d'un ton détaché. Il n'y a rien d'autre à savoir, rien à découvrir. »

Holmes soupira et se pencha en avant, croisant lui aussi les mains sur le bureau.

« Je vous prie de pardonner ma brutalité, présente et à venir, mais ce n'est pas par cruauté que je m'entête et que je vous pose ces questions. Tout ne me semble pas clair. »

Adams s'était reculé et, du fond de son fauteuil, rencontra fermement le regard vif de Holmes.

« La mort de votre épouse ne peut pas avoir été aussi rapide que vous le dites, poursuivit Holmes avec douceur mais assurance. J'ai publié des monographies sur plus de trois cents substances toxiques et leurs associations – j'ai étudié leurs symptômes, leur dangerosité sur une échelle de un à cent, leur odeur, leur efficacité. Le cyanure de potassium pris à dose mortelle devrait avoir brûlé la langue et la gorge de Mme Adams. Et puis ce poison ôte au corps sa capacité à assimiler l'oxygène – ce qui revient à dire qu'il asphyxie ses victimes. Donc Mme Adams devrait avoir eu la sensation d'étouffer, elle aurait dû tousser, même arracher son col pour trouver de l'air. Elle aurait dû se débattre et s'écrouler sur le sol, où le poison n'aurait pu que lui donner des convulsions violentes pendant plusieurs minutes. Et puis…

— Assez ! » s'écria Henry Adams en abattant sa paume sur le bureau.

Le coup claqua comme une détonation. La porte s'ouvrit presque instantanément, et le majordome passa la tête dans la pièce.

« Monsieur… tout va bien ? J'ai entendu du bruit… »

Adams releva la tête et lança d'une voix vibrante :

« Tout va bien Hobson. Vous pouvez cesser votre vigile.

— Bien, monsieur. »

La porte se referma en silence, et Holmes entendit résonner les pas qu'il avait guettés en vain au début de sa visite – ceux du majordome qui s'éloignait dans le couloir et redescendait.

Il tourna de nouveau son attention sur Adams et sentit son animosité. Si les regards pouvaient tuer, Holmes aurait été massacré.

« Pourquoi me dites-vous tout cela ? » gronda Adams.

Holmes désigna la bibliothèque et ses centaines d'ouvrages reliés.

« *Les Poisons et leurs effets*, de Sedford, neuvième édition. Vous connaissez tout cela aussi bien que moi. Vous avez mené sur les poisons des recherches aussi minutieuses que sur l'histoire des présidences de Thomas Jefferson. Vous vouliez la vérité, même si elle était dure. Je suis comme vous.

— C'est bon, vous avez raison, reconnut l'historien en faisant visiblement appel à tout son courage. La pièce où j'ai trouvé le corps de Clover était saccagée comme après une bagarre de soudards – rideaux arrachés, tables renversées, lampes brisées, coussins lacérés à coups d'ongles, bibelots de cristal balayés du manteau de la cheminée et fracassés. Et le visage de Clover… monstrueux, figé par la terreur, déformé. »

Holmes hocha la tête. Après avoir respecté un temps de silence, il déclara :

« Vous avez menti à la police et aux journalistes. »

Adams se renversa en arrière et les rayons pâlissants du soleil se reflétèrent sur son crâne chauve. Une seconde, son visage rappela à Holmes les masques de démons qu'il avait vus lors d'une représentation de théâtre nô à Kyoto.

Voyant que l'historien ne répondait pas et que sa main droite crispée était retombée juste au-dessus du tiroir, Holmes se demanda si un pistolet s'y trouvait. De son côté, son nouveau presse-citron, chargé, était glissé dans la poche avant droite de sa veste en tweed.

« Vous avez dit à la police et aux journalistes que vous aviez laissé votre femme seule ce dimanche matin pour aller chez le dentiste, reprit Holmes. Ce n'était pas vrai. »

Le corps frêle d'Adams se balança d'avant en arrière, comme s'il était physiquement bousculé par la tempête morale qui l'agitait. Au bout d'un long moment, il répondit :

« En effet, ce n'était pas vrai.

— Pourquoi êtes-vous sorti ce matin-là ?

— Clover et moi, nous venions de nous disputer. Violemment. » Comme s'il comprenait la gravité de ce mot et le mauvais effet qu'il ferait à un jury, il ajouta très vite : « Pour Clover et moi, du moins, la dispute était forte, mais nous avons à peine haussé le ton. Nous n'étions pas de ces couples qui crient. Jamais nous n'élevions la voix.

— Mais vous avez eu des mots.

— Oui.

— À quel sujet ?

— Clover traversait une très mauvaise passe. Ce matin-là, elle était en larmes, dans un état vraiment épouvantable, parce que le dimanche à cette heure, elle avait eu l'habitude d'écrire à son père. Son père mort depuis des mois.

— Votre dispute portait sur ses émotions ou sur son activité épistolaire ?

— Je lui ai demandé d'occuper ses dimanches autrement qu'à pleurer. D'écrire à sa sœur Ellen. D'en faire des journées productives et non minées par la mélancolie. Il était temps de tourner la page.

— Cette lettre à sa sœur, elle l'a écrite après votre départ, tout du moins en partie, commenta Holmes. Je pense la citer exactement : “Henry a été plus patient et aimant que je ne puis l'exprimer”, et dans le dernier paragraphe inachevé : “Henry a été – et continue d'être – au-delà de toute expression, encore plus tendre et meilleur que vous tous, même.” Pourquoi pensez-vous qu'elle ait écrit ces mots juste après une dispute qui vous a poussé à sortir de chez vous fâché ? »

Adams ressemblait à un écrivain qu'on forcerait à regarder jeter au feu, page après page, l'œuvre de sa vie.

« Je ne sais pas. Pas plus que je ne m'explique comment vous avez eu connaissance de cette lettre.

— La police en a pris copie, expliqua Holmes en balayant ce détail d'un geste. On pourrait croire, continua-t-il, que cette missive est une forme de lettre d'adieu à sa sœur écrite pour s'assurer que personne ne puisse vous reprocher son suicide. »

Adams secoua la tête, soit pour nier, soit sous l'effet de l'incompréhension – Holmes ne sut trancher.

« Dans la lettre à sa sœur, reprit Holmes, Mme Adams a aussi écrit, je vous restitue cela encore de mémoire : “Si j'avais la moindre force, la moindre qualité, je pourrais m'y appuyer pour retrouver goût à la vie.” Et là se termine sa lettre. Pourquoi avez-vous fait demi-tour et êtes-vous rentré chez vous si vite ? Vous n'étiez parti que depuis dix minutes. Je sais par ailleurs que vous n'aviez pas rendez-vous chez le dentiste. »

Adams prit son stylo à encre sur le bureau et le tint entre ses mains comme s'il voulait le briser en deux.

« J'étais… inquiet, finit-il par expliquer. Je me faisais des reproches. Je savais que c'était très égoïste de laisser Clover seule à la maison un matin où elle souffrait autant.

— Vous avez dit à la police qu'en rentrant chez vous au 607 H Street – vous n'étiez pas loin – vous aviez trouvé Mlle Rebecca Lorne dehors devant la porte. Vous avez dit qu'elle se demandait si elle serait bien accueillie par Clover si elle montait la voir. »

Adams ne dit rien. Son regard, d'une intelligence presque effrayante d'ordinaire, semblait brumeux – *terni par le voile translucide du souvenir*, songea Holmes.

« Pourquoi avez-vous aussi menti sur cette rencontre ? »

Adams sembla stupéfait.

« Qui a dit que j'avais menti ?

— Moi, je le dis. Vous avez vu Rebecca Lorne sortir de chez vous. Elle sanglotait – aussi désespérée que Mme Adams l'avait été un peu plus tôt. Elle avait du mal à parler et ne savait comment vous dire ce qu'elle avait vu en montant voir votre femme. C'est bien cela ?

— Oui, c'est vrai. J'ai dû la faire rentrer dans le hall pour l'empêcher de se donner en spectacle dans la rue… Il m'a fallu une ou deux minutes pour la calmer suffisamment et lui faire dire ce qui se passait.

— Comment était-elle entrée ? demanda Holmes avec un vif intérêt.

— Pardon ?

— J'imagine que vous aviez fermé à clé en sortant prendre l'air pour vous calmer. Comment Rebecca Lorne est-elle entrée chez vous ?

— Clover avait fait faire un double de la clé pour Rebecca un ou deux mois plus tôt. Nous comptions aller séjourner à New York – un projet qui ne s'est pas réalisé – et Clover avait donné la clé à Mlle Lorne pour qu'elle puisse passer voir comment s'en sortaient les domestiques et s'assurer que les plantes étaient suffisamment arrosées.

— C'est donc Rebecca Lorne qui a découvert le corps de Mme Adams dans le salon dévasté, et non pas vous », conclut Holmes.

Adams hocha à peine la tête.

Après un silence, Adams prit la parole d'une voix sans timbre, celle d'un homme qu'on obligerait à retourner en enfer.

« Ces derniers mois, seule Rebecca Lorne parvenait à distraire Clover du chagrin de la mort de son père. Mon épouse avait cessé de voir la plupart de ses amis. Ce serait aller trop loin de dire qu'elles étaient devenues inséparables en cette fin d'été et en ce début d'automne, mais Clover n'était jamais aussi heureuse que lorsqu'elle allait voir Mlle Lorne.

— N'avaient-elles pas rendu visite ensemble à Mme Cameron – Lizzie Cameron – la veille au soir ? » s'enquit Holmes.

Adams eut de nouveau l'air surpris.

« Oui, c'est exact. Lizzie avait été très malade… Elle avait eu la grippe, je crois. Clover est passée la voir en compagnie de Mlle Lorne. Elles lui ont apporté des fleurs et un livre. »

Holmes sortit la photographie d'artiste d'Irène Adler de sa poche intérieure, et la tendit à Henry Adams.

« Est-ce bien une photo de Rebecca Lorne ? »

Adams approcha la photo de ses yeux puis l'éloigna pour trouver la bonne distance.

« Eh bien… Oui, cela lui ressemble. Sa tenue est un peu plus “voyante”, si je puis dire… et elle a quelques années de moins, mais c'est bien Rebecca. »

Holmes rempocha la photo.

« Vous venez de voir l'annonce publicitaire du spectacle d'une certaine Irène Adler – née américaine, mais formée en Europe.

— Formée à quoi ?

— Au chant lyrique, à la scène, au chantage. Surtout à ce dernier art.

— Je ne peux pas le croire.

— Vous souvenez-vous de son cousin, un certain Clifton Richards ?

— Oui, bien sûr. Un jeune homme lui aussi féru de photographie. » Adams s'interrompit, et son regard redevint brumeux. « C'est lui qui a fourni à Clover le nouveau produit de développement photographique qui contenait le cyanure de potassium.

— Son vrai nom est Lucan. Probablement Lucan Adler. Et il est sans doute le fils d'Irène Adler. »

Adams secoua la tête pour montrer son ignorance.

« Vous n'avez pas vu ce Lucan – le cousin Clifton – le jour où Rebecca Lorne est sortie de chez vous juste après la mort de Clover ?

— Non.

— Mais il aurait pu être dans la maison et descendre par l'escalier de service pendant que vous montiez en toute hâte l'escalier principal, puis sortir par-derrière.

— Vous divaguez ! C'est ridicule ! Nous n'avons aucune preuve que son cousin Clifton était avec elle chez moi ce jour funeste.

— Non, mais nous savons sans le moindre doute que "Clifton Richards" était Adler, un tueur à gages. Et à moins d'interroger Irène Adler – que vous connaissez sous le nom de Rebecca Lorne – nous ne saurons jamais ce qui s'est vraiment passé ce jour-là. Or j'ai vu l'annonce de la mort d'Irène Adler dans le *Times* en mars 1886. »

Adams eut un geste impatient pour rejeter les allégations de Holmes et toutes leurs implications.

« Non, non… cette Irène Adler ne peut pas être la femme que j'ai si bien connue la dernière année de la vie de Clover. J'écris de temps en temps à Mlle Lorne, qui depuis est devenue Mme Baxter, à Boston. Et elle a toujours répondu.

— Récemment ? s'exclama Holmes, dressant l'oreille comme un chien de chasse.

— La dernière lettre que j'ai reçue d'elle remonte à l'automne dernier, je crois. Ainsi, vous voyez que cette comédienne dont on a annoncé la mort ne peut pas être Mme Rebecca Lorne-Baxter de Boston.

— Et vous avez reconnu son écriture ?

— Mais bien entendu. Mme Baxter ne m'a jamais envoyé une seule lettre tapée à la machine, contrairement à ces maudits messages qui vous poussent à me harceler avec cette enquête maladroite et indiscrète.

— Quand Mlle Lorne s'est-elle mariée ?

— Environ deux ans après la disparition de ma femme. Mlle Lorne est allée vivre à Boston en janvier 1886, un mois seulement après… après. Elle m'a annoncé son mariage en août 1888. Je sais seulement que son mari est un peu plus âgé qu'elle et qu'il fait commerce avec l'Inde.

— Puis-je voir votre correspondance avec elle ? La partie qui la concerne, bien sûr, pas la vôtre. »

Holmes s'était attendu à devoir argumenter, à batailler, mais Adams ne sembla y voir aucun inconvénient : il sortit un petit paquet d'enveloppes entourées d'un ruban rose du tiroir principal de son bureau.

« Lisez-les, monsieur Holmes. Vous pouvez les prendre à condition de promettre de me les rendre. Vous ne trouverez rien que de très ordinaire dans ce que m'a écrit Rebecca Lorne-Baxter, et rien non plus dans mes brèves réponses, d'ailleurs, au cas où cette dame vous autoriserait à les lire un jour. Ce sont de simples échanges entre un veuf vieillissant et une amie de sa femme, une amie qui la pleure encore après sept ans. »

Adams parlait sans émotion, d'un ton presque automatique.

Holmes prit les lettres en silence.

« Autre chose… un autre mystère, puisque vous les aimez tant, monsieur Holmes », dit Adams.

Holmes posa les lettres sur ses genoux et attendit.

« Tous les ans, le jour de l'anniversaire de la mort de Clover, je trouve un petit bouquet de violettes blanches, sa fleur préférée, sur sa tombe au cimetière de Rock Creek. Quand j'étais en voyage, c'est Hay ou un autre de nos amis qui l'a vu. Je suis persuadé que Rebecca Lorne est la personne mystérieuse qui apporte ces fleurs le 6 décembre.

— Qu'est-ce qui vous fait penser cela ? Lui en avez-vous parlé ?

— Non, jamais, mais je n'en aurais eu que rarement l'occasion. Je le sais, c'est tout. Je ne lui ai pas encore écrit pour la remercier, mais j'ai l'intention de le faire.

— Cependant, vous venez de m'apprendre que Mlle Lorne… Mme Baxter, puisqu'elle s'est mariée… vivait à Boston depuis plusieurs années.

— Oui, à Boston.

— Monsieur Adams… croyez-vous vraiment que Rebecca Lorne-Baxter viendrait jusqu'à Washington tous les 6 décembre, sans jamais vous contacter, uniquement pour déposer un bouquet de violettes blanches sur la tombe de votre épouse ?

— Oui, certainement. Elle ne l'a jamais mentionné dans ses lettres, mais j'ai la certitude que ce geste si charmant vient d'elle. C'est bien dans le caractère de la femme que j'ai connue en 1885. Rebecca Lorne est une bonne personne. C'était une grande amie de Clover, et vos accusations sont plus que graves. Elles sont indignes de votre profession. C'est de la diffamation pure et simple.

— Eh bien, je ne vais pas vous déranger plus longtemps, monsieur », dit Holmes en se levant.

Il récupéra son chapeau, ses gants et sa canne. Adams resta assis.

« Comptez-vous quitter Washington bientôt ? demanda l'historien.

— J'ai quelques déplacements à effectuer dans le cadre de cette enquête… et d'une autre que je mène aussi… mais on peut me joindre par l'intermédiaire du marchand de cigares à tout moment.

— Je n'ai aucune intention de poursuivre nos relations. Je vous serais reconnaissant de me restituer les lettres avant votre départ de Washington. Vous les laisserez à Hobson quand il vous conviendra. Nous n'avons aucune raison de nous revoir, ni de communiquer. »

Holmes branla du chef.

« Ne me raccompagnez pas, monsieur Adams. Je vous remercie de m'avoir consacré un peu de votre temps et apporté une aide précieuse », acheva-t-il en tapotant la poche où il avait glissé les lettres.

Mais Henry Adams, de nouveau penché sur ses papiers, ne le regardait plus.

Holmes s'arrêta sur le seuil du bureau, devinant la présence de Hobson non loin dans le couloir.

« Une dernière question, monsieur Adams. »

Adams dressa la tête sans un froncement de sourcils, sans le moindre signe d'impatience, ce qui fit admirer une fois de plus à Holmes son impeccable self-control.

« Les fenêtres de cette pièce, celles qui n'ont pas de vitraux, offrent une vue parfaite sur la résidence du Président, particulièrement celle-ci. »

Adams ne commenta pas. Il ne tourna même pas les yeux pour constater l'évidence : il travaillait dans ce bureau avec cette vue depuis 1886.

« La question vous paraîtra peut-être étrange, cher monsieur, mais savez-vous sur quelles pièces de la Maison-Blanche donne précisément cette fenêtre, et si le président Cleveland les fréquente souvent ?

— Je peux simplement vous répondre qu'à l'époque où Mme Adams et moi-même avons été invités à la résidence du Président lors de son premier mandat, il s'agissait du bureau et du salon officiel de sa sœur, Mlle Rose Elizabeth Cleveland, qui a tenu le rôle de première dame jusqu'au mariage de M. Cleveland en 1886. Un mariage célébré à la Maison-Blanche, ce qui, je pense, était une grande première. Quand M. Cleveland, après avoir été élu pour la deuxième fois, a réintégré la résidence le mois dernier, j'ai entendu dire que sa sœur n'était pas revenue à Washington avec lui. Elle est devenue directrice d'un petit établissement d'éducation supérieure dans l'Indiana, à Lafayette pour être précis. Elle a aussi publié un certain nombre d'écrits sur ce qu'on appelle de nos jours les "questions féministes" – c'est-à-dire les droits des femmes. J'ai lu quelque part qu'elle avait participé récemment au premier Congrès international des femmes à Paris. À part ça non, je ne sais pas ce qui se passe derrière ces fenêtres aujourd'hui. La seule certitude, c'est que la sœur du Président ne s'y trouve plus. »

Holmes sourit, amusé par l'exhaustivité de la réponse – complète à défaut d'être aimable – et par l'absence de surprise de son hôte devant l'absurdité de la question. Il remercia Adams et referma la porte derrière lui.

Tout en se dépêchant de remonter dans la voiture qui l'attendait – voulant partir avant que Henry James ne ressorte de sa visite dans la maison d'à côté –, Holmes songea qu'il avait glané de cet entretien au moins une information intéressante : le bureau de Henry Adams était situé à un emplacement idéal pour un tueur tel que Lucan Adler armé d'un fusil.

11

La roue du temps

Après son retour chez les Hay, Henry James, choyé comme un écrivain dont la tranquillité doit être respectée à toute heure, connut pendant les premiers jours de son séjour un bonheur qu'il n'avait plus éprouvé depuis le début de l'année. Son appartement privé tout au bout du premier étage était vaste, confortable, et isolé. Si James désirait se joindre à John et Clara Hay pour les repas, ses hôtes l'accueillaient avec joie. S'il préférait se cloîtrer chez lui – ce qui fut le cas au début – Gregory, son valet de chambre, lui montait une carte le matin, et James choisissait son menu du petit déjeuner, du déjeuner et du dîner, indépendamment des choix de ses hôtes.

Dans les premiers temps, James se réjouit de l'absence de Holmes et en éprouva autant de soulagement qu'à la fin de la crise de goutte qui l'avait tant handicapé vers Noël à Londres. Plus de mégots de cigarettes dans les jaunes d'œufs ; plus de conversations insensées sur des complots et des tueurs dissimulés ; plus d'expéditions nocturnes dans les cimetières ou d'intrusions dans le secret des mausolées. Ce fut une véritable libération. Maintenant que Holmes n'était plus là pour l'importuner, il était pleinement maître de son temps. Il pouvait se reposer, écrire, ou se promener seul avec ses pensées. Il avait aussi toute latitude de prendre un vapeur pour l'Angleterre s'il le désirait. Tout allait bien.

De sorte qu'il ne comprit pas pourquoi il replongea dans la fatigue, la mélancolie qui l'avait tant abattu en mars et poussé à aller à Paris avec l'intention de se jeter dans la Seine.

Le 7 avril, le vendredi soir de cette première semaine chez les Hay, ayant vidé le sac contenant ses manuscrits sur son lit, James feuilleta ses carnets.

Le marché de la nouvelle littéraire se tarissait, et les éditeurs, en Angleterre comme en Amérique, délaissaient les feuilletons – dans l'esprit de Dickens – qui l'occupaient depuis des années. Ses deux derniers romans, *Reverberator* et le plus récent, *La Muse tragique*, dont la sortie remontait à trois ans, s'étaient mal vendus. Le recueil de nouvelles publié aussi en 1890 sous le titre *Les Papiers d'Aspern* n'avait pas connu plus de succès.

Trois autres de ses livres allaient prochainement être publiés : son essai sur l'art, *Picture and Text*, en juin ; puis une compilation de textes écrits en hommage à des amis auteurs récemment disparus, *Essays in London and Elsewhere*, allait sortir au cours de l'été ; après cela viendrait un recueil de nouvelles, *La Vie privée et autres récits*.

Donc aucun roman important. Or ses recueils d'essais et de nouvelles ne faisaient ni beaucoup de bruit, ni rentrer suffisamment d'argent.

Il avait le sentiment que le monde littéraire était passé à côté de lui. Ou plutôt peut-être de s'en être éloigné lui-même. C'était précisément la raison qui l'avait poussé l'année précédente, avant d'envisager d'en finir avec la vie, à se lancer dans une carrière de dramaturge qu'il espérait plus fructueuse financièrement, et aussi dans une certaine mesure socialement.

Sa première pièce, *L'Américain*, librement adaptée de son roman du même nom (si librement qu'il avait commencé par l'intituler *Le Californien*), avait été jouée plusieurs semaines en tournée en province, avant et après les soixante-dix représentations londoniennes. James s'était bien amusé. Il avait commencé par lire les quatre actes de sa pièce à la troupe comme le faisaient les auteurs-metteurs en scène français. Il avait assisté aux répétitions, apporté du bouillon, du poulet et des déjeuners nourrissants aux comédiens pendant la longue période préparatoire. Il les avait encouragés. Il avait plaisanté avec eux. Bref, il avait participé et s'était intégré. Il les avait fait rire avec ses bons mots – dont certains avaient été ajoutés à la pièce qui évoluait sans cesse.

Cela le changeait agréablement des longues années d'isolement auxquelles il avait dû s'astreindre pour écrire sa foison de nouvelles et de romans. Mais tout ce travail pour quoi ? Certes, il gagnait suffisamment d'argent pour louer le charmant et lumineux appartement du 364 De Vere Gardens où il vivait depuis 1886. Mais cela ne l'empêchait pas de s'inquiéter. À Londres, il avait renoncé à la plupart de ses sorties pour passer plus de temps à écrire. C'était son nouveau credo : se consacrer totalement à son art et, pour ce faire, ne plus accepter les dîners en ville cinq soirs par semaine, ni les incessantes invitations à séjourner dans des manoirs anglais ou des domaines irlandais lancées par ses riches connaissances toujours prêtes à s'entourer de gens d'esprit ayant de la conversation.

Pourtant cette solitude, qu'il avait appris à aimer, n'avait pas porté ses fruits : il n'avait gagné ni en renommée, ni en dollars, ni en livres sterling.

Il n'avait bien sûr jamais couru après l'argent et la célébrité ! Jamais ! Il n'était mû que par l'amour de la littérature… Seulement il avait espéré qu'avant l'âge de cinquante ans, il parviendrait à une sécurité financière suffisante pour… Pour quoi, au juste ? Peut-être pour s'acheter un cottage en Angleterre au bord de la mer. Une petite maison de campagne, rien de plus, qui ne l'empêcherait pas de garder son appartement à Londres. Un petit coin confortable où il pourrait recevoir ses amis du monde littéraire, son frère William avec sa famille quand ils étaient en Angleterre. Un refuge discret où inviter ses jeunes amis – Paul Bourget, par exemple, ou Edmund Gosse.

Et pour finir, après tout le travail fourni sur *L'Américain*, la troupe avait totalement réécrit le troisième acte jugé « sinistre » – pour les citer – et fait de son œuvre une comédie pas très réussie.

À Londres, la pièce avait bénéficié d'un deuxième souffle grâce à la présence du prince de Galles à une représentation, ce qui avait poussé les producteurs à jouer les prolongations et à présenter à partir de la cinquantième une nouvelle version abrégée et remaniée. Une fois encore, James avait rempli la salle en battant le rappel de ses amis et connaissances de la bonne société et du monde littéraire, mais la réception était restée tiède, au point que James avait dû se rendre à l'évidence et à l'avis de la critique : la pièce en laquelle il avait placé tant d'espoirs avec sa sœur Alice était un échec. Il avait renié ses racines littéraires pour écrire une pièce « bien faite » et transformé un roman sérieux en mélodrame échevelé. Le grand critique dramatique A. B. Walkley avait écrit : « Mais comment, monsieur James ? Tant d'agitation "entre le dîner et le train de banlieue" ? » James devinait que le même Walkley était l'auteur anonyme d'un autre article assassin qui l'accusait de n'avoir pas montré grand-chose d'autre qu'un « Américain de pacotille bardé de couleur locale, exhibant un accent à couper au couteau, et affligé d'un monstrueux manteau ainsi que d'un tic de langage incessant ».

Edward Compton, le producteur et acteur principal, s'était en effet surpassé dans son imitation de l'accent américain – plus tard, au fil des représentations, James avait compris qu'il avait abusé de ce tic de langage (par la faute de Compton qui lui avait assuré qu'il était important de donner aux personnages une caractéristique verbale). La petite phrase en question « *That's what I want t'see*[1] », revenait à peu près toutes les trois répliques dans la bouche de l'Américain campé par Compton dans la dernière version expurgée, amputée, châtrée de sa pièce.

Quant à l'énorme pelisse marron, Compton avait réussi à l'imposer entre les répétitions et la tournée en province. « Pour donner aux spectateurs une impression directe de la vraie nature de cet Américain », avait-il affirmé après les premières représentations hors de Londres. Une tragique erreur. Un critique avait même dit espérer dans son article que tous les Américains ne dépeçaient par les bisons pour se couvrir de leur toison entière. Un autre journaliste avait comparé les boutons géants du manteau à des cupcakes au chocolat.

Les remarques les plus positives des critiques concernaient la tête d'affiche américaine, Mlle Elizabeth Robins, dont le jeu était jugé « un brin moins somnambulesque » dans les dernières représentations. Ils l'avaient tout d'abord trouvée « à la limite de l'hystérie, pour ne pas dire folle à lier ». La pauvre comédienne, très mal choisie pour ce rôle d'observatrice, de femme passive et sans passions, avait tout essayé, de la surexcitation la plus totale à l'abattement d'une femme sous laudanum, pour finir par ce jeu « un brin moins somnanbulesque ». Récemment acclamée pour ses rôles de Hedda et de Nora dans les pièces étrangement bien accueillies d'Ibsen, cette crucifixion la réduisait en larmes après chaque représentation.

James aurait volontiers pleuré avec elle.

Un critique anonyme de l'hebdomadaire *The Era* avait résumé cette première incursion de Henry James dans le domaine théâtral de la façon suivante : « Nous sommes aussi impatients que les tenants de l'école moderne de voir le théâtre s'ouvrir aux hommes de lettres, mais à condition que les auteurs qui y viendront ne laissent pas la littérature à la porte ».

La vérité de ce commentaire avait fait plus de mal à James qu'il ne voulait l'admettre. Il se souvenait d'avoir écrit à Henrietta Reubell en 1890 au tout début de la difficile aventure de *L'Américain* – « J'ai écrit une longue (et très bonne) pièce en quatre actes qui, je l'espère, fera ma fortune ».

Longue, elle l'était, certes, mais James avait bien dû finir par admettre qu'elle n'était pas si bonne. Par bien des côtés, elle était même plutôt mauvaise.

Il avait aussi écrit à son ami Robert Louis Stevenson, qui vagabondait sur une île lointaine du Pacifique sud : « Mon zèle dans cette affaire n'a d'égal que mon indifférence », tout en se contredisant avec enthousiasme un peu

1. « C'est ce que j'veux voir. »

plus bas : « j'ai trouvé que la forme s'ouvrait devant moi comme s'il y avait un royaume à conquérir ». Pour finir par un ultime retournement : « un royaume, en vérité, régi par ces brutes ignorantes d'administrateurs et ces stupides cabotins d'acteurs[1] ».

Et plus récemment, alors qu'il était immobilisé par la goutte avant son départ pour Paris, il avait écrit à Stevenson :

Ne me jugez pas trop durement : la nécessité, simplificatrice et dégrisante, a posé brutalement sa main sur moi et j'ai dû tenter de gagner autrement l'argent que je ne gagne pas avec la littérature. Si mes livres ne se vendent pas, il semblerait que mes pièces, elles, le pourraient. Je vais donc, le rouge au front, en écrire une demi-douzaine[2].

En ce vendredi soir du mois d'avril 1893, une semaine et un jour seulement avant son cinquantième anniversaire, James comprit qu'il ne maîtrisait pas l'art de l'écriture dramatique. Et pourtant, dans de l'appartement privé prêté par les Hay, il avait sorti de son sac de voyage trois comédies entières ainsi qu'un drame écrit pour une comédienne ayant depuis dépassé l'âge d'un rôle qui ne pouvait convenir qu'à elle, des notes très poussées portant sur cinq autres projets de pièces et une version quasi définitive des trois premiers actes d'un drame qui devait s'intituler *Guy Domville.*

Il avait noté la liste de tous les noms possibles pour le personnage éponyme de sa pièce, fils de bonne famille rappelé de son monastère et sommé de choisir entre les ordres et le devoir de perpétuer sa lignée à travers le mariage et la procréation. James avait aussi dans ses carnets les notes originelles prises à Venise quelques années plus tôt retraçant l'anecdote du novice obligé de renoncer à ses vœux pour transmettre son nom.

Situation où s'est trouvé jadis le membre d'une antique famille vénitienne (j'oublie laquelle), devenu moine et arraché presque de force à son couvent, ramené dans le siècle pour empêcher la famille de s'éteindre. Étant le denier rejeton, la nécessité de son mariage s'imposait[3].

1. Lettre de Henry James à Robert Louis Stevenson du 18 février 1891, in *Une amitié littéraire, Correspondance et textes,* traduit par Malika Durif, Verdier, 1987.

2. Lettre du 12 janvier 1891, *op. cit.*

3. Henry James, *Carnets,* traduit par Louise Servicen, Gallimard, coll. « Folio », 2016.

James avait depuis longtemps abandonné le titre *Héros* envisagé pour la pièce qu'il voulait tirer de cette histoire, et il avait ajouté plusieurs couches dramatiques – pour ne pas dire mélodramatiques – à ce choix crucial du personnage principal. L'étude des deux longues pages de noms notés dans son carnet l'avait conduit à opter pour « Domville ». Il lui avait fallu plus longtemps pour trouver le prénom – il avait par exemple songé à « Boy », qu'il trouvait joli – mais au cours des derniers mois, « Guy » avait fini par s'imposer. Guy Domville. Bien entendu, l'action ne se passait plus à Venise.

La question était de savoir si l'acte héroïque du protagoniste – un homme très viril – serait de consentir à un mariage sans amour (mariage arrangé par un vil manipulateur répondant au nom diabolique de Devenish), ou de résister à la tentation en renonçant à la vie de famille, à l'amour, aux enfants ainsi qu'à la perpétuation de son noble patronyme pour retourner dans les ordres et se vouer au célibat.

Allongé sur son lit chez John Hay, seulement éclairé par le rond de lumière de sa lampe de chevet qui tombait sur ses mains pâles et ses carnets, James imagina que la double renonciation à la fin de la pièce tirerait des larmes aux âmes sensibles. Il voyait l'acteur dans son costume d'époque, prononçant haut et fort ces mots : « Monseigneur, je suis le dernier des Domville ! » Il n'y aurait pas un œil sec dans l'assistance.

Mais était-ce bien sûr ?

James se désespérait. Il aurait voulu que Sherlock Holmes revienne.

* * *

Le lendemain, le samedi matin, précisément une semaine avant l'anniversaire tant redouté, une fois son petit déjeuner terminé – Gregory avait remporté le plateau sans un bruit avec son habituelle célérité au premier coup de sonnette –, vêtu d'un élégant costume trois pièces brun à fines rayures, Henry James s'était installé à sa table baignée de soleil devant la fenêtre ouverte de son merveilleux appartement, et il avait écrit les lignes suivantes :

> Parmi les retards, les déceptions, les déboires de l'horrible profession théâtrale, rien d'apaisant comme de se rappeler que la littérature attend patiemment à ma porte, et que je n'ai qu'à soulever le loquet pour faire entrer la délicieuse petite forme – après tout, la plus proche de

mon cœur – avec qui je suis si loin d'avoir rompu. Dès que je la laisse entrer, les anciennes heures courageuses ressuscitent. Je les revis – j'ajoute encore une minuscule pierre au petit monument littéraire qu'il m'a été donné d'ériger[1].

James s'arrêta et relut ce qu'il venait d'écrire. Quelles inepties ! Des fadaises sentimentales. Il avait tout misé sur le théâtre pour faire fortune, et il n'y avait pas de petit loquet à soulever pour faire revenir sur la pointe des pieds ses chères et anciennes amours littéraires – financièrement peu satisfaisantes.

Et quelle vanité de se targuer d'avoir construit un « petit monument littéraire » pierre à pierre ! Flaubert avait réglé son compte à cette ambition avec une admirable concision en ces termes : « Les livres ne se font pas comme les enfants, mais comme les pyramides [...] et ça ne sert à rien ! et ça reste dans le désert ! [...] Les chacals pissent au bas et les bourgeois montent dessus. »

Au moment d'entrer dans la cinquantaine, après s'être adonné à la littérature de tout son cœur et avec une irréprochable constance, Henry James doutait fort en ces heures sombres que ses enfants littéraires lui survivent. Ou du moins pas de plus de quelques années dans le meilleur des cas.

Il n'avait même pas réussi, comme il l'aurait voulu, à se faire appeler « Maître » par ses pairs – ou à défaut par les plus jeunes de ses amis versés dans la littérature. Et lorsque, à son insistance, il arrivait qu'ils se plient à son désir, ce n'était que par dérision. Non, il ne construisait aucun « monument littéraire », aucun édifice « en apportant des grands blocs l'un par-dessus l'autre » avec patience. Et quant aux « monuments » temporaires qu'il avait construits à la sueur de son front, les chacals de la critique avaient en effet pissé dessus, et les pénibles bourgeois – surtout en Amérique – avaient escaladé ses pyramides pour graver leurs initiales à l'aide de clous et de canifs sur les pierres si minutieusement taillées.

L'année précédente encore, il avait écrit une nouvelle qu'il aimait beaucoup intitulée « La roue du temps ». Le personnage principal, encore un double de lui-même vu comme à travers une vitre, pensait à sa jeunesse lointaine le jour de son quarante-neuvième anniversaire. Ah, la jeunesse...

Il la regrettait, elle lui manquait, il aurait voulu lui faire signe de revenir ; mais ces changements dans l'atmosphère londonienne lui

1. Henry James, *Carnets*, *op. cit.*

faisaient comprendre qu'elle était partie à jamais. À cinquante ans, il éprouverait peut-être soudain une certaine consolation à regarder l'image floue dans sa longue vue, à contempler le paysage du sommet de la colline ; cinquante ans était un chiffre rond, grossier, stupide, qui l'emplirait probablement de suffisance et du sentiment de sa propre respectabilité. En attendant, quoi qu'il en fût, il était détestable d'avoir quarante-neuf ans[1].

Devant ce chiffre rond, odieux, de cinquante ans, qui se précipitait sur lui comme un train dans la nuit – indifférent, terrifiant, inexorable – il aurait pourtant donné n'importe quoi pour garder ses quarante-neuf ans jusqu'à la fin, ou, à défaut, vivre au moins encore quelques années immobiles.

James sentit à sa grande horreur qu'il était au bord des larmes. Peut-être que ce jeune goret rose américain de Teddy Roosevelt avait raison : peut-être était-il efféminé dans ses pensées comme dans ses écrits.

James mourait d'envie d'écrire à ses correspondants, mais il ne le pouvait pas, il se l'était interdit… Ce voyage en Amérique était un secret qu'il voulait cacher à tous ses amis et connaissances.

Que c'était bête tout cela ! Car Henry James était un homme de lettres dans tous les sens du terme. Il écrivait tous les jours au moins une lettre, mais le plus souvent plusieurs lettres à diverses personnes. Oui, homme de lettres au sens propre, auteur d'une correspondance qui lui permettait de rester en contact avec le monde extérieur.

Il éprouvait en cet instant un immense désir d'écrire à Constance Fenimore Woolson pour lui raconter ce qui lui était arrivé au cours des dernières semaines. Son amie avait eu cinquante-trois ans le mois précédent, en mars, et il lui avait envoyé à cette occasion une lettre astucieusement elliptique pour lui souhaiter son anniversaire tout en lui indiquant ce qu'il ressentait lui-même à l'idée de passer le cap des cinquante ans. Ils n'avaient jamais, autant qu'il s'en souvienne, discuté ensemble de ce sujet du vieillissement. Fenimore – écrivaine américaine, et, comme James, exilée volontaire en Europe depuis bien longtemps – était la relation la plus proche qu'il eût jamais entretenue avec une femme.

1. Henry James, « La roue du temps », traduit par Paul Veyriras, in *Nouvelles complètes*, © Éditions Gallimard, coll. « Bibliothèque de la Pléiade », vol. III, 2018.

Bien entendu, il n'éprouvait aucun sentiment amoureux pour Fenimore, et encore moins d'intérêt sensuel ou sexuel – la vue du corps d'une femme nue ne lui plaisait que dans quelques rares peintures et sculptures classiques. C'était le corps nu des hommes qui émouvait James dans une partie profonde, concrète mais incertaine de son être – depuis le jour où, à Newport, il avait accompagné son frère William dans l'atelier où se déroulaient des séances de dessin d'après modèles et où il avait vu leur cousin Gus poser nu pour les artistes. Restait que lors d'un séjour de plusieurs semaines dans une villa que Fenimore louait à Bellosguardo, dans les hauteurs de Florence, elle occupant le haut et lui un confortable appartement en bas, il avait pu concevoir ce que serait la vie avec une femme.

Ce que serait le mariage.

À la vérité, Fenimore était très masculine – extrêmement indépendante, auteur et poète à part entière, torturée mais d'une ambition formidable, prête à interrompre même les conversations les plus agréables avec James, alors qu'ils devisaient sur la grande terrasse de la villa Brichieri devant le soleil couchant, pour retourner à ses écrits. Mais elle était aussi incompréhensible, comme toutes les femmes. Il avait fallu des mois à James après le départ de Fenimore de la maison qu'elle avait louée à Oxford – dans cette Angleterre hivernale qui la déprimait tant – pour s'apercevoir qu'elle n'était venue que pour être près de lui pendant la dernière maladie de sa sœur Alice.

Étonnant… Il avait trouvé toute naturelle sa présence mélancolique plusieurs mois durant. Et ce n'était qu'après son départ d'Oxford, qu'elle avait quitté quelque peu exaspérée, pour ne pas dire franchement furieuse, qu'il avait pris conscience d'elle par son absence.

Dans un roman, Fenimore donnerait matière à un intéressant personnage d'excentrique, et la surdité qu'elle refusait d'admettre offrirait un bon ressort comique, car cela rendait toute conversation soutenue impossible, surtout dans les salons et les lieux publics. James se savait pourtant aussi excentrique qu'elle. Et même plus. Au moins, Fenimore, pour autant qu'il sache, ne renfermait aucun secret au fond de son âme.

Au moment de ce départ brutal, il s'était rendu compte non seulement que Fenimore avait passé tout ce temps à Oxford pour le soutenir mais que, une fois Alice disparue, elle s'était peut-être attendue à davantage d'attention de sa part.

Ils s'étaient souvent donné rendez-vous dans des villes européennes et même anglaises pour de plus ou moins longs séjours, descendant toujours scrupuleusement dans des hôtels différents, se retrouvant pour des promenades, pour dîner, aller au musée, ou parfois même au concert malgré la surdité de Fenimore qui appréciait néanmoins la musique. Attendait-elle plus que cela de sa part ?

Se pouvait-il qu'elle soit amoureuse de lui ?

James évitait autant que possible d'être vu avec elle par des amis communs. Ils se retrouvaient dans des villes peu fréquentées, dînaient dans des hôtels et des restaurants agréables mais où James savait qu'il ne rencontrerait personne. Il n'avait pas à proprement parler honte d'elle, car Constance Fenimore Woolson était l'une des meilleures et des plus intéressantes écrivaines américaines qu'il connaissait en Europe. Le fait était pourtant, il s'en rendait compte à présent, qu'il était terrorisé à l'idée qu'une tierce personne puisse supposer qu'il la courtisait, comme sa sœur Alice l'avait plus d'une fois laissé entendre, et ironiquement exprimé dans ses lettres à William et à d'autres membres de la famille : « Quant à Harry, il est encore parti conter fleurette à Fenimore Woolson sur le continent. »

Il avait pardonné ces plaisanteries à sa sœur si malade, mais il aurait été dans tous ses états si quelqu'un d'autre s'était permis de l'imiter, même – et surtout – son frère William.

À Bellosguardo cependant, il avait vécu d'une certaine manière avec Fenimore, sous sa houlette, bien installés qu'ils étaient dans leurs très semblables habitudes de célibataires dévoués à leur travail, et ces quelques semaines l'avaient changé. Henry James avait surtout mesuré à cette occasion la profondeur de sa solitude.

Un an plus tôt, en mai 1892, un mois après son quarante-neuvième anniversaire, donc, James avait rendu visite à Fenimore, alors qu'elle faisait ses malles pour quitter Oxford, puis il était rentré chez lui et avait écrit dans la foulée un passage de sa nouvelle en cours, « La roue du temps ». Il y racontait l'histoire d'un homme de quarante-neuf ans, Maurice Glanvil, qui avait rejeté à vingt ans une jeune femme sans beauté mais charmante, Fanny Knocker, et qui la retrouvait sur le continent longtemps après. La femme de Maurice était morte après un mariage sans véritable amour qui lui laissait peu de souvenirs, et il était resté veuf, père d'une fille pas très jolie.

Quand Maurice retrouvait Fanny à quarante-neuf ans, elle-même veuve d'un certain M. Tregent, il constatait à son immense surprise qu'elle était de ces rares femmes dont la beauté se révèle avec l'âge. Et elle avait un fils – un très beau jeune homme, juste un peu plus âgé que la fille très ordinaire de Maurice.

Dans la nouvelle, le fils de Fanny répétait la trahison d'autrefois et refusait d'épouser la fille de Maurice malgré le désir de leurs parents de les marier. La jeune fille était tout simplement trop laide au goût du beau jeune homme.

Mais le point d'orgue était le moment où Maurice apprenait qu'il était resté la passion secrète de Fanny Knocker Tregent. Un amour qu'elle n'avait jamais exprimé, jamais réalisé, mais qui avait guidé son existence.

L'année précédente, après sa visite à Fenimore dont il ne s'expliquait ni la mauvaise humeur, ni le départ précipité, James était rentré chez lui et avait écrit la scène où Maurice pense à cette passion dont il vient de prendre conscience, une découverte qui lui apporte « un plaisir presque à la hauteur de sa surprise ».

> Elle avait lutté, elle s'était résignée à tout, pliée à tout, mais elle avait pensé à lui chaque jour de sa vie. Elle avait accepté des obligations et les avait remplies, elle avait banni toute faiblesse et pratiqué toutes les vertus, mais jamais la petite flamme secrète ne s'était éteinte. L'image de Maurice avait fait écran, il était resté présent et elle n'avait jamais renoncé au tendre espoir de le revoir et de mieux le connaître. Elle n'avait jamais levé le petit doigt pour que cela advînt, mais le sort avait exaucé sa prière. Les femmes étaient capables de faire preuve d'un attachement aussi mystérieux, d'une fidélité aussi absolue et, par moments, cette vision si authentiquement sublime faisait battre étrangement le cœur de Maurice Glanvil. Désormais il croyait comprendre par quel miracle Fanny Knocker avait acquis sa beauté – un miracle fait de soumission héroïque, d'angoisse acceptée, de petits égoïsmes surmontés. Cela n'était pas arrivé du jour au lendemain, mais à force de vivre pour autrui. Elle vivait encore pour autrui ; elle vivait pour lui et il était en fin de compte incapable de rien voir d'autre. Le temps de la passion était terminé, mais le temps du dévouement se perpétuait[1].

Il avait écrit cette scène – et publié la nouvelle – animé par l'orgueilleuse satisfaction (bien cachée, sans doute aussi à lui-même) de savoir qu'il parlait de la grande passion muette que Constance Fenimore Woolson nourrissait à son égard. S'il n'avait pas compris entièrement la force de ce lien alors, il en prenait en cet instant toute la mesure.

1. « La roue du temps », *op. cit.*

Il se rendait compte aussi avec horreur qu'en écrivant ce passage, il avait peut-être parlé de lui-même. Peut-être révélé un besoin auquel il restait aveugle, non pas d'amour et de passion, non pas, à aucun prix, de désir, mais tout de même d'une chose élémentaire et forte – que Fenimore fasse partie de sa vie, qu'elle soit là pour le soulager de cette terrible solitude qui lui pesait tant, pour l'envelopper de son esprit presque masculin qui le comprenait si bien, et pourtant très féminin par sa persistance à rester près de lui.

Doux Jésus, songea Henry James ce samedi matin, une semaine avant son cinquantième anniversaire. *Il est temps que je me sauve d'ici.*

Il décida d'aller ajouter les quelques cendres d'Alice qu'il possédait à celles déjà déposées par Mlle Loring dans l'urne du caveau familial près de Boston. Ensuite il rentrerait là où il se sentait chez lui, dans son pays. C'est-à-dire en Angleterre.

Une chose maintenant était certaine : depuis que Sherlock Holmes avait disparu de sa vie, personne ne lui demandait plus de régler la difficile question de savoir si le détective était un homme réel ou un personnage de fiction – ce qui dans le dernier cas aurait fait de Henry James un personnage secondaire limité à un rôle de Dr Watson, faire-valoir admiratif des pouvoirs de déduction de son compagnon. Une fois Holmes parti, et occupé à faire Dieu sait quoi Dieu sait où, Henry James redevenait un être humain de chair et de sang. Certes doué et bourré de talent, mais humain.

* * *

On frappa quelques coups rapides à la porte, James cria « Entrez ! » sans réfléchir, et Clara Hay passa le seuil en virevoltant.

« Harry ! Venez vite, vous devez absolument voir ça ! » lança-t-elle, aussi joyeuse qu'une gamine. Elle attrapa sa main gauche dans les siennes pour l'obliger à quitter son fauteuil et tira l'auteur ébahi vers la porte. « Inutile de prendre votre manteau, Harry. On se croirait en été, et ce n'est qu'à quelques pas. Vous ne pouvez pas rater ça, c'est trop extraordinaire !

— Mais quoi ? Que se passe-t-il ? lâcha James alors qu'ils dégringolaient l'escalier principal vers la porte d'entrée que Benson tenait ouverte pour eux.

— Les Vernetti volants sont ici ! »

* * *

Une foule se massait sur la pelouse de Lafayette Square, et toutes les têtes se levaient vers un imposant hôtel particulier qui, Clara le lui rappela, était la demeure des Cameron. James vit d'ailleurs Lizzie Cameron presque au premier rang, s'abritant les yeux avec la main pour mieux voir (son époux, Don, n'était pas là car il travaillait à cette heure). James remarqua d'autres voisins de marque, surtout des dames de la bonne société rassemblées entre elles, un peu à l'écart d'un groupe de gens plus ordinaires, dont quelques balayeurs. Ces mondaines – James aperçut la jeune Helen Hay – sortaient même des jumelles de théâtre.

Tous les yeux se dirigeaient vers un même point. Clara tendit le doigt, et James mit lui aussi la main en visière pour voir la source de la curiosité générale.

Là ! Au sommet du toit haut et pentu, un homme et un jeune garçon avançaient en levant exagérément les pieds pour traverser la distance vertigineuse entre les groupes de cheminées. L'homme portait une sorte de hotte sur le dos, et de ce carquois dépassaient diverses brosses et goupillons de formes étranges.

« Des ramoneurs ? grommela James, surpris que Clara l'ait fait sortir pour une raison aussi futile.

— Regardez ! » s'écria-elle.

James dut reconnaître que la performance de l'homme et de l'enfant était assez impressionnante. Ils se déplaçaient en équilibre sur l'étroit faîtage à près de vingt mètres du sol, et la pente, très raide, n'arrêterait pas leur chute s'ils venaient à glisser.

Soudain, une clameur s'éleva de la foule, et James laissa lui aussi échapper un cri en voyant le garçon faire la roue ; l'homme, ayant enlevé sa hotte, se mit en équilibre sur les mains derrière l'enfant, n'ayant pour appui que les ardoises glissantes de chaque côté de l'arête.

L'allure des deux acrobates était pour le moins étrange. L'homme et le garçon – il n'avait pas plus de onze ou douze ans – étaient maigres comme des échalas et serrés dans des habits noirs de ramoneur plusieurs tailles trop petits pour eux. Un effet recherché, de toute évidence, car les chaussettes et les manches de chemise, ainsi visibles, étaient assorties : noires rayées de rouge pour l'homme, et de vert pour le garçon.

Autre bizarrerie, les cheveux du grand ramoneur formaient sur sa tête une crête iroquoise de couleur orange, tandis que ceux de l'enfant, hérissés en tous sens, étaient teints en vert vif. Le visage de l'adulte, blanchi à la craie, ressemblait au crâne d'un squelette, d'autant que les yeux charbonnés ressemblaient à des orbites creuses. De celui du garçon, blanc lui aussi, ne ressortait que la fine ligne rouge écarlate des lèvres. Un effet très inquiétant – du moins pour James.

Soudain, le garçon prit la hotte de l'homme-épouvantail et s'accroupit pour permettre à son partenaire de sauter par-dessus lui, ce qui fut fait en accomplissant un saut périlleux parfait. L'homme atterrit sur l'arête qui ne devait même pas faire dix centimètres de large, et se baissa. Sur quoi l'enfant lui grimpa d'un bond sur le dos.

La foule retint son souffle, et certains spectateurs du premier rang reculèrent, comme s'ils craignaient que les deux acrobates ne leur tombent sur la tête.

James eut l'impression de rêver quand il vit l'homme, dont les longs doigts blancs semblaient vraiment ceux d'un squelette, enlever les chapeaux de la cheminée triple au bout du toit. Travaillant vite, le grand ramoneur aux cheveux orange et son petit aide aux cheveux verts attachèrent solidement ces chapeaux à la base de la cheminée avec de la corde.

L'homme, ses chaussures noires semblant aussi souples que des chaussons de danse, sauta en l'air, jambes écartées pour franchir la maçonnerie de la cheminée triple, large de plus d'un mètre.

Le garçon s'élança, à vingt mètres du sol, les bras tendus devant lui comme ceux d'un plongeur se jetant dans la mer du haut d'une falaise. À la différence qu'il n'y avait pas d'eau sous lui, rien que le vide, et puis la terre, l'herbe, les trottoirs pavés. Un râle collectif s'échappa de toutes les gorges (James crut entendre le cri d'un gros animal, auquel se mêlait le sien en sourdine).

Le grand ramoneur aux cheveux orange rattrapa l'enfant en plein vol et le retint, les bras frêles du garçon toujours tendus en avant, les jambes en arrière, puis soudain l'épouvantail le fit tourner pour le mettre en position verticale au-dessus de l'étroite bouche de la cheminée dans laquelle il le fit entrer. James vit seulement alors que les deux ramoneurs étaient reliés par la taille avec deux cordes à nœuds, un peu comme des alpinistes sur le mont Cervin.

L'homme-squelette laissa filer le torse et les jambes du garçon entre ses longs doigts blancs, et ne le retint plus que par les chevilles, laissant seulement dépasser les pieds du haut de la cheminée. Quand le ramoneur lâcha les chevilles, la foule poussa encore un cri à l'unisson, puis James vit qu'il avait empoigné les deux cordes, une dans chaque main. Il les laissa descendre, d'abord l'une, puis l'autre, tout en se penchant de plus en plus en arrière, retenu par le gamin qui faisait contrepoids en s'enfonçant dans le conduit. L'acrobate finit par se pencher si loin en arrière qu'il sembla impossible qu'il parvînt jamais à se redresser.

James se détourna de ce spectacle.

« Stupéfiant, n'est-ce pas ? commenta Clara Hay. C'est tellement amusant !

— Extraordinaire », parvint à répondre James qui ne voulait en aucun cas blesser son hôtesse.

Ces quelques secondes lui avaient donné un violent vertige accompagné de nausées. *L'homme est vraiment une espèce insensée*, fut la seule pensée cohérente qui lui vint.

« Ils s'appellent les Vernetti volants, continua Clara sans remarquer la pâleur de James. Le père et le fils, d'après Lizzie Cameron. Cette semaine, ils ramonent les cheminées des plus belles maisons du square, seulement celles des plus grandes familles, et Lizzie attend avec impatience depuis lundi qu'ils s'attaquent à la sienne.

— Extraordinaire, répéta James sans relever la tête vers le spectacle qui tirait de nouveaux cris à la foule.

— Lizzie dit qu'ils sont très méticuleux, continua Clara, tournée vers le toit pour ne pas en perdre une miette. Ils ferment hermétiquement les pièces et couvrent tout de journaux avant de ramoner, et Dieu sait si dans ces vieilles maisons la suie s'accumule.

— Extraordinaire. » James trouva un refuge pour ses yeux du côté de la Maison-Blanche au bout de la place. « Je vais faire un petit tour, annonça-t-il. Je rentrerai dans l'après-midi ou dans la soirée, Clara. »

Clara ne répondit pas. Mains jointes comme pour la prière, bouche entrouverte, elle était totalement absorbée par l'absurde spectacle des deux trompe-la-mort qui se livraient à leurs acrobaties spectaculaires en haut du toit de Lizzie Cameron.

* * *

Par la suite, et encore plusieurs années plus tard, Henry James fut incapable de s'expliquer pourquoi il avait agi comme il le fit au cours des heures suivantes. *À supposer que j'aie réellement été maître de mon destin,* ajoutait-il chaque fois en son for intérieur. Sa mésaventure était en effet digne des péripéties rocambolesques d'un roman de Wilkie Collins ou de H. Rider Haggard.

Il n'eut pas besoin de repasser chercher son haut-de-forme et sa canne, car il avait pris le temps de les attraper au passage malgré la hâte de Clara à le faire sortir. Il tourna dans Pennsylvania Avenue, vers l'est, et marcha d'un pas vif, évitant de se retourner quand il entendait la foule pousser des oh ! et des ah ! dans Lafayette Square.

C'était précisément cet amour immodéré des sensations fortes de ses concitoyens, cet exhibitionnisme incarné par le numéro des Vernetti volants, qui avait fait fuir James et vivre si longtemps en Angleterre. Ce qu'il venait de voir défiait la raison : un ramoneur qui risquait la vie de son fils, si c'était bien son fils et non quelque orphelin dressé à accomplir des acrobaties insensées pour le plaisir de l'élite, applaudi par les Cameron, les Lodge, les Hay et même le sévère Henry Adams. James n'aurait pas été surpris d'apprendre que le président Grover Cleveland et sa femme eux-mêmes étaient sortis sur la pelouse de la résidence présidentielle, aussi curieux de ce numéro de cirque que les grands bourgeois de Lafayette Square.

L'Amérique était un pays resté en enfance. C'était un gros poupon rose et joufflu qui faisait joujou avec des armes terribles qu'il ne savait ni comment tenir, ni encore moins utiliser convenablement.

James héla un cab et demanda au cocher de l'emmener à la compagnie de navigation la plus proche.

Devant les locaux luxueux de la Norddeutscher-Lloyd, James demanda au cocher de l'attendre, puis il alla réserver un passage pour rentrer à Londres à bord d'un vapeur récent et rapide, le *Spree*, qui partait à dix-neuf-heures trente de New York le mardi suivant, 11 avril. Il passerait son anniversaire en mer.

Ce transatlantique allemand, comme le savait James, n'atteignait pas les records de vitesse d'autres paquebots comme le *City of New York* (cinq jours, vingt-trois heures et quatorze minutes) ou le *City of Paris* (cinq jours, vingt-trois heures et cinquante minutes), mais il était extrêmement luxueux. Les temps de traversée n'étaient d'ailleurs pas tous comparables, car les compagnies maritimes américaines et britanniques chronométraient les trajets vers l'est entre le phare de Sandy Hook à New York et celui de Roches Point, à l'entrée du port de Queensland, face à Cork, alors que la Norddeutscher-Lloyd et la Hamburg America Line partaient aussi de Sandy Hook mais prenaient pour destination le phare des Needles, face à Southampton.

Une fois en pleine mer, il ne serait plus pressé par rien, et il se réjouissait à l'idée de voyager avec une majorité de passagers germanophones, ce qui lui ôterait l'obligation de participer aux conversations (même s'il parlait allemand couramment).

Son billet pris, et sachant qu'il ne lui restait plus que trois jours pour régler ses affaires, James retourna à son cab et indiqua au cocher sa nouvelle destination.

La voiture le déposa à la gare, où il prit une place de première classe pour New York dans un train partant de Washington le lendemain après-midi, c'est-à-dire le dimanche. Il acheta aussi un billet aller-retour de New York à Boston, partant le lundi matin et le faisant revenir dans l'après-midi du mardi, ce qui lui donnerait amplement le temps d'embarquer sur le *Spree* en début de soirée.

Le même cab l'emmena ensuite à un bureau du télégraphe d'où il expédia un télégramme pour réserver une chambre dans le même hôtel huppé de New York où il était descendu à l'aller, puis un autre à un hôtel de Boston où il comptait passer la deuxième nuit. Il avait l'intention de ne contacter aucun de ses vieux amis, et William était en Europe avec femme et enfants. Il irait à pied au cimetière de Cambridge où il comptait déposer les cendres d'Alice en s'arrangeant pour éviter de passer devant la maison où il avait vécu avec sa famille et Tante Kate. Il ne voulait pas non plus voir la grande demeure de son frère William au 95 Irving Street. Le trajet serait choisi en fonction de ces exigences.

Pensant à son frère aîné, il lui envoya une dépêche à Florence et une autre à Lucerne – d'après le plan de voyage transmis par William quelques semaines plus tôt, il devait partir d'Italie pour la Suisse avec les siens vers cette date –, mais James savait que son frère respectait les plans de voyage aussi scrupuleusement que leur père en son temps : c'est-à-dire pas du tout.

Le contenu du télégramme aurait pu attirer à James un regard curieux du télégraphiste, mais cette idée ne fit que l'amuser.

> WILLIAM – SUIS ACTUELLEMENT EN AMÉRIQUE AVEC UN HOMME QUI SOIT SE PREND POUR SHERLOCK HOLMES SOIT EST RÉELLEMENT SHERLOCK HOLMES ET IMAGINE DONC ÊTRE UN PERSONNAGE DE FICTION STOP QUE FAIRE ? STOP MESSAGES À ENVOYER CHEZ JOHN HAY À WASHINGTON QUI FERA SUIVRE – HARRY

Voilà qui devrait donner matière à réflexion à son frère aîné qui le prenait toujours un peu trop de haut.

Enfin, sur un coup de tête, James loua les services d'un messager de la Western Union pour porter un mot en ville – ce qui fut fait pour la modique somme de quinze *cents*, papier et enveloppe compris. James inscrivit sur l'enveloppe l'adresse de la boutique de cigares où l'on pouvait joindre Holmes à toute heure, et écrivit sur la feuille blanche : « Je quitte Washington demain dimanche », puis il s'arrêta. Il ne voyait pas quoi ajouter d'autre. Le reste ne regardait pas Holmes. Il signa (s'arrêtant juste au moment où il allait ajouter pour une raison obscure le « Jr » qui n'avait plus cours depuis dix ans), écrivit « À l'attention de M. S. Holmes – personnel » sur l'enveloppe au-dessus de l'adresse du marchand de tabac, régla le prix de la course et donna au garçon de la Western Union un pourboire de dix *cents*.

Une fois toutes ces dispositions prises, James se fit déposer par son cab dans Constitution Avenue, à quelques rues au nord-est de Lafayette Square, voulant terminer à pied le trajet pour rentrer chez les Hay, et ainsi éviter de voir la fin des dangereuses acrobaties des Vernetti volants. Toute cette énergie vainement dépensée et ces vies mises en danger simplement pour ramoner des cheminées, cela le dépassait.

Il descendait l'avenue quand, arrivé à un carrefour, il s'arrêta net. Paralysé par le choc, n'y croyant d'abord pas, il dut se rendre à l'évidence.

Il venait de voir le Pr James Moriarty – un haut front blanc, quelques cheveux rares sur les oreilles, un col vieillot, une queue-de-pie noire et des mains blanches et maigres. L'homme avançait d'un pas vif sur l'autre trottoir et venait de tourner dans une rue perpendiculaire, s'éloignant vers le sud-ouest.

Ça ne te regarde pas ! songea James. *Ce n'est qu'un vieux professeur de mathématiques dont tu as vu la photo dans les revues scientifiques de la bibliothèque du Congrès. Non, ça ne te regarde absolument pas !*

James se répéta ces arguments trois fois comme un mantra, mais cela ne l'empêcha pas de tourner à droite et de commencer à suivre le Pr Moriarty de loin, prenant soin de rester discrètement de l'autre côté de la rue.

12

Un rat ! Une saleté de rat !

Henry James n'avait jamais « filé » personne, mais il découvrit vite que la technique était assez simple. Il lui suffisait de rester une centaine de mètres derrière Moriarty, sur l'autre trottoir, de presser un peu le pas quand le professeur tournait dans une autre rue et de se dissimuler dans l'ombre des boutiques les rares fois où sa cible s'arrêtait. La filature était d'autant plus facile que Moriarty ne se retournait jamais, ni n'hésitait sur le chemin à suivre. Si James entendait le tapotement régulier du bout de la canne à pommeau d'argent du professeur, il savait qu'il était trop près et ralentissait pour ajouter une trentaine de mètres à la distance qui les séparait.

Au bout d'environ une demi-heure de cette habile filature, James se rendit compte qu'il n'avait plus la moindre idée d'où il se trouvait. Il se souvenait d'avoir pris d'abord vers l'ouest d'après la direction du soleil, puis Moriarty avait tourné à gauche, vers le sud, puis de nouveau vers l'ouest, puis encore vers le sud, plusieurs fois de suite, ce qui les avait conduits dans un quartier de Washington qu'il ne connaissait pas. Il n'y avait plus de réverbères, plus de plaques de rue, et James éprouva un choc en s'apercevant qu'il n'y avait plus non plus de trottoir.

Loin des beaux quartiers, des demeures fastueuses et des jolies boutiques, il se retrouvait dans une zone d'entrepôts en briques décrépits et de taudis. Ici, les rues étaient si étroites et si sales qu'elles méritaient à peine ce nom. Un brouillard verdâtre et nauséabond flottait sur les toits, épais, mais pas autant que celui de Londres. James se demanda si la poursuite de Moriarty l'avait conduit dans le quartier que John Hay nommait « Foggy Bottom ».

Étrangement – et ce qui l'arrangeait bien pour ne pas attirer l'attention de sa cible – il y avait plus de monde et de véhicules dans ces ruelles boueuses qu'au centre de la ville. James remarqua que les passants se déplaçaient en groupe, et qu'il s'agissait presque exclusivement d'hommes. Il ne vit qu'une ou deux femmes mal vêtues, l'une prise de boisson et agressive, qui zigzaguait entre gens et tombereaux au milieu de la rue. C'était surtout une population d'ouvriers, mal vêtus, mêlée à une autre faune, plus inquiétante et voyante, portant des costumes à rayures assortis à des gilets bigarrés du plus mauvais goût.

Moriarty fendait la foule d'un pas régulier sans regarder ni à droite, ni à gauche. La multitude s'écartait devant lui comme les eaux de la mer Rouge devant Moïse.

Comprenant que ses vêtements, sa canne et même sa façon de marcher étaient trop repérables dans ce quartier, Henry James s'arrêta sur le bas-côté de terre battue qui tenait lieu de trottoir, se disant qu'il était plus que temps de faire demi-tour et de retourner dans un quartier plus civilisé.

Mais comment retrouver mon chemin ? De quel côté aller ? Et que faire si on s'en prend à moi ?

Alors que ces pensées effrayantes tournaient dans sa tête, James vit trois hommes aborder le Pr Moriarty. Ils ne se serrèrent pas la main, mais même à cette distance de presque deux cents mètres, James comprit que les quatre hommes se connaissaient. Ou plutôt que les malfrats connaissaient le professeur. C'étaient trois grands gaillards peu recommandables au homburg malpropre, aux chaussures coûteuses mais crottées et étrangement pointues. Ils avaient beau être de beaux spécimens – épaules larges, gros bras et ventre rebondi –, Moriarty était nettement plus grand qu'eux. Son visage émacié, son front protubérant, le dôme de son crâne parsemé de quelques mèches donnaient au professeur l'air d'un élégant squelette entouré de voleurs de cadavres.

Ils échangèrent quelques mots, puis tournèrent à gauche dans une allée. Se sentant observé par les groupes de malandrins autour de lui, James se décida à les suivre.

L'allée dans laquelle ils s'étaient engagés se révéla être un cul-de-sac. L'impasse était courte, et seul Moriarty et ses trois acolytes l'occupaient, se dirigeant vers un immense entrepôt sans fenêtres qui en fermait l'extrémité.

James s'arrêta à l'entrée de cette voie et recula pour se mettre hors de vue. Bien lui en prit car une seconde plus tard l'un des trois gaillards tourna la tête.

Lorsque James rassembla assez de courage pour jeter un nouveau coup d'œil dans l'allée, il vit que deux des hommes tiraient une lourde porte coulissante pour l'ouvrir. Un grondement de voix provenant d'un grand groupe – d'hommes ou d'animaux, c'était impossible à dire – s'échappa par l'ouverture, mais cela ne dura pas. Moriarty entra à la suite des deux premiers gaillards, puis le troisième regarda de nouveau derrière lui – sans voir James qui venait de reculer. L'instant d'après, la porte se refermait en roulant sur son rail. Il y avait une autre porte de taille ordinaire à une dizaine de mètres sur la droite, mais James ignorait si elle donnait sur le même hangar. Elle était d'ailleurs sans doute fermée à clé.

Sans bouger du coin de la rue, James tergiversait. C'était bien le meilleur terme, songea-t-il. Il tergiversait.

Que faire ?

Il pourrait quitter ce quartier sordide, ou, puisqu'il n'avait aucune idée du chemin à suivre, donner quelques sous à un gamin pour faire parvenir un message à Holmes par la boutique de cigares.

Mais son appel mettrait trop longtemps à atteindre Holmes pour permettre au détective de le rejoindre avant que le professeur ne ressorte de l'entrepôt. Et Henry James ne se sentait pas le courage d'attendre. Et puis Holmes lui avait menti en prétendant que le Pr James Moriarty n'existait pas. Il avait prétendu que ce grand criminel n'était qu'un produit de son imagination, inventé uniquement dans le but de justifier la prétendue mort de Holmes et sa disparition.

Or c'était faux. James avait pu constater que Moriarty était bien réel sur la photo datant de 1892 prise à la conférence de mathématiques de l'université de Leipzig, et maintenant il venait de le voir en personne.

Alors, que faire ?

Il pourrait battre en retraite et aller alerter un agent de police. Mais de quel crime pouvait-il accuser Moriarty ? James avait seulement vu le professeur marcher dans la rue – et tourner dans une impasse, certes, mais peu importait – et il ne connaissait rien d'autre de cet homme que sa très légitime qualité de mathématicien et physicien anglais. Ce serait James, plutôt, que la police risquait d'arrêter pour plainte abusive.

La décision logique et prudente aurait été de faire demi-tour pour sortir immédiatement de ce quartier dangereux (James avait dans l'idée qu'en se dirigeant vers le nord-est, il finirait par sortir de Foggy Bottom). Mieux valait certainement rentrer dans la confortable demeure des Hay, et cesser de penser au Pr Moriarty. S'il devait revoir Sherlock Holmes, il lui raconterait cette amusante anecdote et lui dirait qu'il avait croisé le vrai Moriarty à Washington.

C'était la seule chose sensée à faire.

James respira profondément deux fois, puis entra dans l'impasse. Il se dirigea vers l'entrepôt en espérant un peu plus à chaque pas que la porte coulissante ne s'ouvrirait pas. Et si Moriarty et ses trois acolytes sortaient au moment où il atteignait la porte ? On pouvait difficilement prétendre s'être perdu au bout d'un cul de sac.

La porte coulissante ne s'ouvrit pas.

James alla tenter sa chance avec la plus petite porte en bois à sa droite. Il posa la main sur la poignée métallique et pria pour qu'elle ne tourne pas. En toute logique, elle devrait être fermée. Cela ressemblait à une porte de bureau et non à l'entrée d'un endroit bruyant tel que l'entrepôt où Moriarty et ses canailles avaient pénétré. Dès qu'il se serait assuré que la porte était bien fermée à clé, James s'autoriserait à repartir, vite mais dignement, sachant qu'il avait fait tout ce qui était en son pouvoir pour découvrir ce que manigançait Moriarty.

La porte s'ouvrit.

James poussa l'huis, prêt à tourner les talons pour fuir s'il entendait du bruit ou voyait quelqu'un.

À l'intérieur, il faisait très sombre. Le rai de lumière grise venant de l'extérieur ne montrait qu'un raide escalier s'élevant droit devant lui. Une épaisse couche de poussière couvrait les marches, indiquant qu'il ne devait pas être souvent emprunté.

James entra et attendit que ses yeux s'habituent à l'obscurité.

L'étroit escalier s'élevait entre deux murs humides et sombres. Il se perdait vite dans l'ombre – il aurait aussi bien pu s'arrêter à mi-étage, tant on n'y voyait rien – mais une fois que James se fut accoutumé au manque de lumière, il s'aperçut qu'une lueur émanait d'une applique à gaz fixée au mur du premier palier.

Il entreprit de monter sur la pointe des pieds, tâchant de ne pas faire le moindre bruit, redoutant les craquements des vieux escaliers, mais il se rendit vite compte qu'à cette allure il lui faudrait une éternité pour arriver en haut. Et puis ces marches étaient massives. Elles ne grinçaient pas. La poussière, aussi, amortissait ses pas.

James prit le parti de monter normalement – enfin, presque, car il ne pouvait s'empêcher de faire d'abord peser son poids sur l'avant du pied. Dans la partie la plus sombre de la montée, et en l'absence de rampe, il appuya les mains à plat sur les murs de part et d'autre. À chaque marche, il explorait la suivante du bout de la chaussure avant de continuer. Cette précaution devint inutile quand il entra dans la zone chichement éclairée par l'applique à gaz.

Il ne trouva rien de particulier sur le palier, rien qu'un étroit espace sans porte ni fenêtre. Il vit qu'une autre volée de marches tout aussi raides s'élevaient en tournant vers la gauche, dominée par une autre lumière tout aussi pâle.

Il compta quatre paliers poussiéreux et mal éclairés avant d'arriver en haut et de voir une porte sur sa droite. La moitié supérieure était vitrée par du verre dépoli. James regarda vers le bas. Il ne vit que les empreintes de ses pas dans la poussière. Il posa la main sur la poignée de porcelaine ébréchée.

La porte était verrouillée. James tenta de la débloquer, tournant de toutes ses forces, et poussa même avec l'épaule. Il songea qu'il pourrait se servir de sa canne pour briser le carreau et entrer, mais il rejeta aussitôt cette idée. Le bruit de verre brisé pourrait attirer la bande du Pr Moriarty.

Il s'apprêtait à redescendre quand le mur de gauche, face à la porte, attira son attention. Une rumeur bourdonnait derrière.

C'était le vacarme indistinct d'une foule bruyante – comme les bavardages du public avant le début d'une pièce de théâtre. Mais moins policé, plus rude. S'il s'agissait de spectateurs, c'étaient ceux d'une vulgaire représentation de vaudeville.

Une trappe de visite rectangulaire se découpait dans la cloison de bois. James s'accroupit et vit deux larges loquets qui retenaient le panneau de bois dans les coins supérieurs. Il les fit pivoter en position horizontale : le panneau sortit de son logement et lui tomba dans les mains. La rumeur devint soudain beaucoup plus distincte ; de la lumière filtrait à travers ce qui semblait être un plancher. James remit le panneau en place et ferma les loquets, puis il se redressa pour aller tourner la manette qui éteignait l'applique à gaz.

La porte vitrée laissait passer juste assez de lumière pour lui permettre de retrouver la trappe et ses loquets. Les ayant de nouveau ouverts avec mille précautions, il retira le panneau et le posa par terre. Cela fait, il glissa la tête et les épaules par l'ouverture.

Il vit devant lui non pas un plancher mais de larges poutres – d'une largeur de bien cinquante centimètres – qui filaient face à lui et formaient l'assise de la charpente au-dessus d'un grand vide. Les poutres étaient espacées d'environ quatre mètres, et un peu plus bas sous elles s'alignaient des solives ordinaires supportant un grillage métallique. Un faux plafond de toile ou de papier mâché était accroché à ce grillage, jonché de petits amas blancs ressemblant à de la neige. James comprit qu'il venait de pénétrer dans les combles spacieux de l'entrepôt où Moriarty et ses hommes étaient entrés.

Le faux plancher n'avançait que de trois mètres devant lui et s'arrêtait sur le vide, laissant passer la lumière et le bruit. James entendit les vociférations d'une grosse voix qui tentait de dominer le brouhaha. Pour voir ce qui se tramait en bas, il n'avait d'autre solution que de ramper sur la poutre qui lui faisait face. Il laissa sa canne sur le palier et entreprit d'avancer à quatre pattes.

Il avait l'intention de s'arrêter avant de dépasser le faux plafond, mais cette position ne lui permettant pas de voir grand-chose, il continua encore un peu. Il dut s'exposer jusqu'aux genoux, et ne laissa que le bas de ses jambes et ses pieds dans l'ombre.

Il voyait enfin ce qui se passait dans l'entrepôt. À environ vingt mètres au-dessous de lui, sur un plancher de bois couvert de sciure, s'agglutinaient beaucoup de gens. Uniquement des hommes. Il dut s'agripper à la poutre en y plantant les ongles et en serrant les genoux, saisi par une horrible appréhension. Il y avait cependant peu de chances qu'il soit vu : l'entrepôt était brillamment éclairé par des lampes à arc chapeautées de métal qui, étant suspendues aux solives par de longues tiges, n'éclairaient pas le haut. Toute personne regardant en l'air devait être éblouie et ne rien voir dans l'obscurité des combles.

James s'allongea à plat ventre sur la poutre et tâcha de calmer sa respiration haletante tout en observant ce qui se déroulait en bas.

Il y avait une bonne centaine d'hommes, tous assis sur des barriques et des cageots et rassemblés par groupes. James leur trouva à tous des airs de bandits, mais en tâchant de repérer les différences entre les tribus qu'ils formaient, il en distingua une trentaine qui semblaient n'être que de simples ouvriers. Il entendit que ces hommes-là se parlaient surtout en allemand. Les autres gredins hurlaient à pleins poumons un anglais d'Amérique des plus vulgaires.

Ce public faisait face à une estrade. En voyant une balance métallique reléguée à l'arrière, James comprit que la matière neigeuse accumulée sur le faux plafond devait être du duvet de poule et que l'entrepôt avait servi à la préparation de volaille. Cela expliquant également la puanteur qu'il avait précédemment attribuée à l'hygiène douteuse de l'assemblée.

Deux personnes occupaient la scène. Le Pr James Moriarty, à l'arrière, avait pris place sur un siège à haut dossier. L'autre, un gros bonhomme, cigare au bec, chapeau melon incliné sur l'oreille à la manière des malfrats, criait pour obtenir le silence.

L'assistance finit par se taire et lui prêter attention.

« Parfait, tous les gangs les plus importants de la ville sont présents, et personne ne s'est encore entre-tué, beugla-t-il. C'est déjà un progrès ! »

Personne ne rit. L'un des ouvriers allemands traduisit pour les autres.

« Culpepper est pas là ! cria une voix dans la foule.

— Il s'est fait buter, Culpepper ! lança un autre. On l'a balancé de dix mètres de haut. L'est tombé pile sur sa grosse tête. »

Cette remarque déclencha l'hilarité générale. Le bonhomme sur l'estrade tâcha d'obtenir le silence.

« Bon ! En attendant que la bande de Culpepper arrange la succession, nous, on va avancer sur notre projet, et on les informera plus tard !

— Eh ben, c'est quoi, ce projet, à la fin ? cria un homme bedonnant dans les premiers rangs. Nous, tout ce qu'on a entendu, c'est qu'il va y avoir du flouze, mais on sait rien d'autre. »

Avant que le maître de cérémonie ait le temps de répondre, un gaillard sur le devant du groupe des Allemands cria :

« Je ne vois pas ce qu'on vient faire ici avec ces… ces criminels ! »

Tollé général et rires de la part des concernés, aux cris de « criminels » renvoyés à l'Allemand par dérision. Tous ne riaient pas, et ceux-là ouvrirent des crans d'arrêt.

Sur l'estrade, l'orateur fit de grands gestes pour rétablir l'ordre.

« Comme vous le verrez dans une minute, nous avons besoin des anarchistes pour…

— Socialistes ! corrigea l'ouvrier allemand qui venait de parler.

— Les socialistes-anarchistes, rectifia l'orateur. Pour que le plan réussisse, on a besoin d'eux. Le Pr James Moriarty va vous expliquer tout ça. »

Il fit signe à Moriarty qu'il lui donnait la parole et alla s'asseoir pendant que le professeur se levait et avançait posément vers le devant de la scène.

« Messieurs », commença Moriarty. Quelque chose dans son physique, sa maigreur, son visage émacié aux yeux enfoncés fit aussitôt tomber un complet silence sur l'assistance. « Aucun d'entre vous ne m'a encore vu, mais vous connaissez tous mon nom. Au cours des deux dernières années, mes conseils ont permis à toutes vos… organisations… de se remplir les poches comme jamais. »

Une rumeur sourde s'éleva, une approbation générale comme le comprit clairement James.

Moriarty n'eut besoin de lever que deux doigts, et le silence se fit.

« Le mois prochain, reprit le professeur d'une voix qui portait sans forcer, nous allons vous et moi, tous ensemble, récolter plus d'argent que vous ne pouvez rêver, une fortune encore inégalée dans la longue histoire de la criminalité. »

Le silence se prolongea, brisé par le cri vibrant d'un sceptique :

« Comment ?

— À midi tapant le 1er mai, dit Moriarty, le président des États-Unis va appuyer sur le bouton qui doit allumer l'électricité à l'Exposition universelle de Chicago et mettre en marche les attractions. Cent mille personnes doivent assister au spectacle. Une seconde après ce geste, le président Cleveland sera assassiné – abattu avec un fusil de précision par le plus grand tueur à gages de tous les temps. »

On aurait entendu voler une mouche.

« Dans le quart d'heure qui suivra, continua Moriarty, le vice-président des États-Unis ainsi que le secrétaire d'État et le procureur général seront tués eux aussi. L'excellente préparation de cette opération nous assure une totale réussite. Ensuite, dans un intervalle rapproché, les maires et chefs des polices de Chicago, Washington, New York, Baltimore, Philadelphie, Boston, Cincinnati et plus de huit capitales européennes seront aussi liquidés.

— Et en quoi ça va nous rendre riches ? » s'exclama une voix à l'arrière.

Moriarty sourit. Même depuis son perchoir, Henry James vit quelle expression vraiment terrible cela lui donnait et, tremblant, il dut se raccrocher à sa poutre.

« Nos amis anarchistes... socialistes... partout ici et en Europe, reprit Moriarty en désignant les ouvriers allemands, passeront à l'attaque à un certain signal pour mettre hors d'état de nuire les polices de Chicago, Washington, Boston, Londres, Berlin... toutes les villes que j'ai mentionnées tout à l'heure et d'autres. Les forces de police seront prises en embuscade à des endroits déterminés. Nos amis anarchistes auront un arsenal à leur disposition – des fusils, des pistolets, de la dynamite par kilos, des grenades – le tout orchestré à la seconde près. Ces attentats simultanés du 1er mai, en commençant par l'exécution publique du président des États-Unis d'Amérique, donneront aux événements de Haymarket Square des allures de petite répétition minable. »

Soudain, le nez chatouillé par le duvet accumulé partout autour de lui dans les hauteurs, James eut une envie irrépressible d'éternuer. Il se pinça le nez et pria pour que ça passe.

« Et nous... ? demanda un homme sous le choc qui ne sut comment continuer.

— Vous voulez savoir quel sera votre rôle ? » termina Moriarty.

Le sourire inquiétant revint sur son visage cadavérique. James vit, par-dessus la main qui tenait son nez, que dans les premiers rangs, les bandits reculaient pour mettre plus de distance entre eux et le professeur.

« Il suffit de couper les têtes de l'hydre de ces gouvernements oppresseurs… Les têtes de ces serpents, clarifia-t-il pour les moins éduqués. Il suffit de tuer les maires et les responsables de la police et du gouvernement pour créer un désordre infernal. Dans la confusion générale vous aurez le champ libre pour faire votre travail… Vous allez tout piller. » Il s'interrompit, et la langue qui passa entre ses lèvres ressembla à celle d'un reptile. « Mais pas au hasard, pas sans préparation. Vous visiterez en priorité les plus riches demeures de New York, Chicago, Washington et Boston et d'ailleurs. Les grandes banques. Les dépôts d'or. Vous suivrez un plan établi par moi et que je vais bientôt vous livrer… Un plan qui ne peut pas échouer. »

Un rugissement d'admiration monta.

« Putain ! cria un malfrat. Ce sera comme les émeutes de la conscription de New York, mais sans cette saloperie d'armée pour nous réprimer ! »

James se souvenait bien sûr de ce qu'avaient été les émeutes de 1863. Peu de temps après la bataille de Gettysburg, une conscription générale avait été imposée à New York – jusque-là, il n'y avait que des engagés volontaires dans l'armée nordiste – et les gangs de rue et les organisations criminelles, surtout chez les Irlandais, s'étaient soulevés lors d'une insurrection qui avait duré des jours. Les maisons des plus riches familles new-yorkaises avaient été mises à sac, les femmes violées, l'argent, les œuvres d'art et les meubles pillés. Des quartiers entiers avaient été incendiés. Une bande d'Irlandais avait mis le feu à un orphelinat pour enfants noirs juste pour le plaisir, et causé la mort de plusieurs d'entre eux.

« Ce sera les émeutes de New York, mais multipliées par mille, promit Moriarty en haussant la voix pour couvrir le brouhaha. Et vous avez raison… Cette fois, l'armée américaine ne sera pas rappelée des champs de bataille pour venir en renfort à la police locale et à la milice, dépassées par les événements, et moins bien armées. Le butin sera colossal. »

Il avait terminé : il retourna à son siège.

Et puis, au milieu du vacarme, un homme armé d'une carabine se leva d'un bond et leva le doigt vers la charpente, montrant exactement l'endroit où Henry James s'agrippait à la poutre, tâchant de se faire tout petit.

« Un rat ! hurla le bandit dans l'euphorie générale. Une saleté de rat ! »

Avant que James n'ait même le temps de songer à reculer, l'homme leva sa carabine et, la pointant droit sur lui à vingt mètres dans les airs, il tira. Cinq ou six de ses camarades armés sautèrent comme lui de leur chaise et tirèrent sur James.

13

« Lucan Adler abattra toutes les balances »

Henry Adams et John Hay s'étaient tous les deux fait installer le téléphone. Hay se servait énormément du sien, surtout dans l'exercice de ses fonctions au département d'État. Adams, au contraire, n'aimait pas beaucoup ce mode de communication, sauf pour deviser avec John Hay dans la maison contiguë. Ce qui revenait à se parler à travers deux murs et, vu l'abondance de grésillements et de parasites, il aurait probablement été plus facile d'ouvrir la fenêtre et de hausser un peu la voix.

« Vous cherchez surtout à vous défiler du dîner de ce soir, Henry, il me semble », protesta Hay après avoir écouté les excuses d'Adams pendant une minute.

Il était déjà assez tard dans l'après-midi du samedi.

« Eh bien… Il m'a semblé ne pas avoir été essentiel à notre dernière soirée, soupira Adams. Les convives perpétuellement déprimés n'ont pas leur place dans les réceptions inévitablement gaies de la haute société.

— Ce raisonnement exclurait d'emblée quatre-vingt-treize pour cent d'entre nous, s'amusa Hay.

— Ce qui améliorerait la qualité de la conversation d'une manière exponentielle.

— Très vrai, Henry, très vrai. Mais je vous en prie, venez ce soir. Nous serons entre hommes, et le dîner sera simple.

— Que sont devenues ces charmantes dames et votre ravissante fille Helen ?

— Nannie Lodge, Helen, Clara et Edith Roosevelt – qui est brièvement venue rejoindre son mari en ville – se sont toutes engagées à aller servir le café au buffet de gala des Filles de la Révolution américaine organisé en soutien à nos vétérans de la guerre de Sécession.

— Et où le banquet a-t-il lieu cette année ?

— Dans la rotonde du Capitole.

— Dans ce cas, soit elles vont geler, soit elles vont rôtir.

— Les deux, probablement.

— Lizzie Cameron va-t-elle aussi servir du café aux vieux donateurs gâteux ?

— Non, ce soir, elle va à l'opéra.

— Avec Don ? »

Hay rit.

« Depuis quand Lizzie attend-elle que son mari veuille bien l'accompagner à un événement culturel pour sortir ?

— Avec qui, alors ?

— Son cousin – Machin-chose. Le vénérable vieillard qui nous a tous endormis à la grande réception des Vanderbilt en novembre dernier.

— Vous avez bien dit qu'Edith Roosevelt participait au gala ? Ce qui me laisse supposer que le Gamin sera à votre dîner. Vous songez vraiment à jeter de nouveau dans l'arène Harry et Teedie ?

— Le Gamin déteste son diminutif d'enfant. Évitons de l'appeler "Teedie".

— Il déteste aussi que nous l'appelions "le Gamin", il ne le supporte que parce qu'il nous aime. Vous tenez vraiment à les revoir si vite à votre table, Hay ?

— Teddy s'en veut terriblement de s'être conduit comme un rustre à notre dernier dîner. »

Ce fut au tour d'Adams de rire.

« Je n'ai jamais vu Theodore Roosevelt faire amende honorable, ni regretter quoi que ce soit, surtout pas les victimes semées sur son passage.

— Très vrai. Mais Edith lui a probablement fait comprendre que des mots tels que "efféminé" et "lâche" n'étaient pas bien choisis pour s'adresser à l'un des plus grands hommes de lettres d'Amérique.

— Cela aurait été plus drôle il y a cinquante ans, ou même trente, remarqua Adams. Ils auraient déjà choisi les témoins, le terrain et huilé les pistolets pour le duel.

— Je verrais plutôt Harry laver son honneur à la pointe de l'épée, et c'est lui qui aurait eu le choix des armes !

— Ce qui irait bien avec son esprit au tranchant effilé.

— Mais je vous assure que Teddy est réellement désolé et qu'il m'a supplié de lui donner une chance de nous montrer qu'il sait se comporter correctement. Il tient à vous avoir pour témoin de sa bonne conduite, ajouta Hay.

— Comme c'est déjà arrivé… vers 1873 ou 1874.

— Sérieusement, Henry. Nous serons entre nous ce soir. Nous pourrons discuter politique – en toute civilité, bien entendu –, nous gratter, roter si l'envie nous en prend, jurer comme des soudards, boire comme des soudards, porter des toasts à la santé du beau sexe absent et rouler sous la table. J'ai invité le Dr Granger parce que… eh bien vous savez pourquoi. »

Adams le savait en effet. Le Dr Elias Granger était plus âgé qu'eux, ayant dépassé les soixante ans, et fortement endeuillé par la mort de sa femme, disparue quatre ans plus tôt. On pouvait espérer que dans un environnement exclusivement masculin, il retrouverait plus facilement la joie et la bonne humeur qui le caractérisaient autrefois. Dans les réunions mixtes, il ouvrait à peine la bouche comme s'il avait peur de peiner la défunte en parlant à une femme. Après sept ans de veuvage, Adams était bien placé pour le comprendre. S'il n'avait autant apprécié Lizzie Cameron et dans une moindre mesure Nannie Cabot Lodge, il n'aurait pas accepté les invitations à dîner non plus – du moins quand les épouses étaient présentes. Le temps ayant passé, il avait non seulement repris ses activités mondaines mais aussi l'organisation des fameux « petits déjeuners » – plus proches de midi que du début de matinée – où il conviait Lizzie, Nannie, et de nombreuses autres beautés washingtoniennes.

« Eh bien c'est tentant, et j'apprécie beaucoup notre vieil ami Granger, concéda Adams, mais…

— Avant de vous laisser poursuivre, interrompit John Hay, je veux ajouter que Clarence King sera là en plus grande forme que jamais.

— King ! s'exclama Adams. Je croyais qu'il était parti pour le Mexique ou le Chili, ou la Patagonie, en tout cas une de ces destinations riches en belles dames exotiques qu'il préfère.

— Je le pensais aussi, Henry, mais il est brièvement de retour, et a accepté de dîner avec nous.

— Qui d'autre y aura-t-il ?

— Teddy et James, bien sûr, King, Rudyard Kipling qui fait des infidélités à son Cosmos Club…

— Je viendrais volontiers pour le seul plaisir d'entendre Kipling raconter une histoire, mais chaque fois que Teddy est là, Rudyard ouvre de grands yeux énamourés et ne dit plus un mot pour l'écouter.

— C'est l'hommage d'un grand conteur à un autre, approuva Hay. Cameron était pris, mais Cabot Lodge sera de nouveau des nôtres…

— Esseulé pendant que sa femme reçoit les donateurs sous le grand dôme, commenta Adams.

— Exactement. Quant à Harry… vous ai-je dit qu'il était revenu vivre chez nous pour la fin de son séjour à Washington ?

— Non, marmonna Adams. Je ne le savais pas.

— Ce qui complétera la liste des invités. »

Adams s'éclaircit la gorge et posa la question qui lui brûlait les lèvres : « Alors… M. Holmes ne sera pas là cette fois ? »

Sans paraître remarquer sa gêne, Hay répondit simplement :

« Holmes ? Non. Figurez-vous qu'il a disparu. Il est sans doute rentré en Angleterre. En tout cas il n'est plus là et j'avoue que cela me soulage de ne pas avoir à l'inviter.

— Pourquoi cela ?

— Parce que ma fille Helen s'en est entichée ! Elle m'a demandé l'autre jour si un détective gagnait suffisamment bien sa vie pour faire vivre son épouse dans le confort auquel elle est habituée. Elle a aussi voulu savoir s'il arrivait que des grands détectives soient anoblis par la reine Victoria.

— Seigneur ! J'imagine qu'elle n'a pas dit cela aussi clairement.

— Je n'ai eu aucune difficulté à le comprendre, mon cher. Ah, j'oubliais… Saint-Gaudens sera là aussi, mais il devra nous quitter tôt, avant le cognac et les cigares : il doit sculpter une femme de sénateur.

— Elle pose la nuit ?

— Oui, dès que le sénateur est en déplacement.

— Eh bien… Je peux difficilement refuser s'il y a Kipling, notre cher Clarence King, Saint-Gaudens, Cabot Lodge sans Nannie – il parle rarement à table quand Nannie est là mais il ne manque pas d'esprit quand nous sommes entre hommes – et puis une place au premier rang pour le deuxième round entre le Gamin et Harry… C'est bon, je viendrai.

— Dans la joie et la bonne humeur ?

— Je pourrais me convaincre de mettre mon bonnet d'amuseur après la quatrième bouteille.

— Alors tâchez de faire diversion au cas où le jeune Theodore oublierait ses bonnes résolutions… on ne sait jamais », ricana Hay.

Ils riaient encore tous les deux en raccrochant.

* * *

Le coup de carabine, bien que tiré vingt mètres plus bas, assourdit James. Le souffle fit tressauter le faux plafond et voler des plumes de poulet tout autour de lui. La poutre sur laquelle il était allongé, bien qu'épaisse, vibra, touchée par une volée de plombs. James avait eu beau se faire le plus compact possible en épousant la forme rectiligne de son support, il devait dépasser encore un peu sur les côtés car il sentit un projectile déchirer sa manche gauche et égratigner son bras. Il serra les dents pour se retenir de pousser un cri.

« Raté ! cria un gangster en bas. Regardez ! À moi ! »

Deux coups de feu rapides, mais un claquement plus net et plus agressif. James sentit l'impact d'au moins l'une des deux balles dans sa poutre, à un mètre ou deux devant lui. La poutre fut secouée comme un arbre qui reçoit le premier coup de hache.

« Je l'ai eu ! » cria la même voix.

L'assistance poussa des hourras.

James osa jeter un coup d'œil en bas.

Tous, sauf les anarchistes, avaient quitté leur siège et formaient un grand cercle, se tapant dans le dos en riant, la séparation entre gangs rivaux oubliée. Un homme armé d'un fusil brandissait un gros rat mort par la queue et tournait sur lui-même pour se faire applaudir de ses comparses criminels.

« SILENCE ! »

La voix de Moriarty s'éleva avec une telle force et une telle autorité que Henry James faillit perdre l'équilibre et dégringoler de son perchoir. La foule se tut aussitôt.

« Grogan va passer voir vos chefs dans les semaines qui viennent avec des instructions précises pour l'opération du 1er mai. Il leur dira les armes à prendre, sachant qu'une partie sera fournie, quelles zones vous sont attribuées pour la liquidation de la police, il vous donnera vos positions précises dans les embuscades, et des informations sur les lieux où les anar… veuillez m'excuser… les socialistes auront déposé leurs bombes. Nous en avons terminé pour ce soir. Prenez soin de partir par petits groupes en vous dispersant au plus vite pour rentrer dans vos quartiers et rejoindre vos bars habituels. Il faut éviter que les flics vous ramassent ce soir, et surtout pas en groupe. Lucan Adler abattra toutes les balances – et je veillerai à ce que les mouchards ne soient en sécurité nulle part, même pas sous protection au quartier général de la police. »

James déplaça de nouveau la tête pour apercevoir Moriarty, mais Grogan, le gangster à chapeau melon qui l'accompagnait, était maintenant seul sur l'estrade. Moriarty s'était éclipsé.

* * *

James resta allongé sur sa poutre, de plus en plus ankylosé et endolori. Il attendit néanmoins qu'anarchistes et bandits soient sortis de l'entrepôt et aient disparu dans la nuit. Grogan fut le dernier à partir. Il referma derrière lui après avoir éteint les lumières, mais James patienta encore une heure, souffrant de plus en plus du bras gauche, et guettant les galopades des rats dans la charpente autour de lui.

Sa plus grande crainte était d'entendre des pas dans l'escalier. Il avait réussi à replacer le panneau derrière lui, mais toute personne montant jusqu'au dernier étage rallumerait la lampe à gaz, risquait de voir que la trappe n'était plus bloquée et de l'ouvrir dans son dos.

Au bout d'un long moment, n'y tenant plus, James recula en rampant le long de la poutre jusqu'à ce que ses semelles touchent le panneau. Il poussa avec le pied tout doucement, tâchant d'ouvrir la trappe sans faire trop de bruit.

Une fois qu'il se fut faufilé sur le palier noir d'encre, il entreprit de se remettre sur pied. Endolori, à moitié paralysé, il dut s'appuyer au mur et ne se redressa que lentement. Il attendit un peu pour permettre au sang de circuler, avant de tenter de se déplacer. Ses genoux et son dos étaient encore plus douloureux que son bras blessé. Il tâta sa manche pour examiner les dégâts et sentit à travers sa chemise déchirée qu'il ne s'agissait que d'une éraflure.

Aucune lumière ne passait plus par la porte vitrée. Était-il resté si longtemps sur sa poutre que la nuit était tombée ? Il songea à remonter la flamme de l'applique à gaz, mais se ravisa. Si quelqu'un faisait le guet en bas, cette lumière trahirait sa présence et ferait de lui une cible parfaite.

Il reprit son chapeau et sa canne qu'il avait laissés par terre.

Connaissant la raideur et l'étroitesse de l'escalier, James descendit prudemment, se tenant d'un côté au mur lépreux et s'aidant de l'autre de sa canne pour trouver les marches.

Il s'attendait à se faire agresser à chaque étage, mais la flamme tremblante des becs de gaz lui révélait chaque fois des paliers vides. Arrivé en bas, il s'arrêta devant la porte et eut besoin d'une ou deux minutes pour trouver le courage de la pousser. Une pensée terrible l'obligea à s'appuyer au mur : *Et si la porte avait été fermée à clé ? Si j'étais enfermé ?*

Elle s'ouvrit. Il sortit dans le crépuscule. Le cul-de-sac était désert.

Il n'y avait qu'une cinquantaine de pas de l'entrepôt à la rue, mais il avait si peur qu'on le surprenne qu'il eut l'impression de marcher cinq cents mètres.

Au bout, il tourna à droite, tâchant de se souvenir de la direction générale des quartiers plus sûrs. Il y avait du monde dans la rue – toujours des hommes, mais pour la plupart regroupés devant les rares saloons éclairés. James slaloma entre ces établissements, changeant non pas de trottoir, puisqu'il n'y en avait pas, mais au moins de côté. En évitant le milieu de la ruelle boueuse, il y avait aussi moins de crottin de cheval là où il mettait les pieds.

Tout en se hâtant, James s'étonnait d'avoir été aussi proche de ce ramassis de voleurs, de cambrioleurs, de violeurs, de pyromanes, et du Pr James Moriarty. Il avait eu peur, certes – surtout quand avait fusé l'alerte au rat et que les balles avaient sifflé autour de lui – mais au-delà de cette peur, il avait éprouvé un sentiment inattendu. Une sorte d'euphorie, une joie étrange et inexplicable. Était-ce l'attrait du danger ? De la nouveauté ?

Il se demanda si ce cœur battant, cette impression que le temps s'arrêtait n'étaient pas ce qu'il aurait éprouvé à la guerre s'il n'avait évité le service armé. Son frère Wilkie avait-il ressenti cette ivresse du danger avant d'être grièvement blessé ? Comment expliquer autrement l'empressement qu'avait montré Wilkie à retourner se battre avec son unité quelques mois seulement après la guérison de ses terribles blessures ?

Son frère Bob prétendait aussi avoir « gardé un bon souvenir » de son service pendant la guerre de Sécession. La toute récente expérience de James pouvait-elle se comparer à cette euphorie que ses frères avaient décrite, la passion de l'action ? James pensa à son cousin Gus – le rouquin dont il avait vu le beau corps blanc dénudé dans l'atelier le jour du cours de dessin. Gus avait-il connu cette même excitation extrême avant d'être tué par un tireur isolé ? Son corps n'avait jamais été retrouvé. Gus avait-il entendu le bruit du coup de feu qui avait fauché sa jeune vie ? Les anciens combattants affirmaient qu'on n'entendait jamais la détonation d'un tir immédiatement fatal car la science avait prouvé que la vélocité de la balle était supérieure à celle du son – mais James avait parfaitement entendu le tir de carabine juste avant que la poutre ne se mette à vibrer comme une cloche. Et il avait trouvé cela… grisant.

Il marcha longtemps, des heures, lui sembla-t-il, dans les dernières lueurs du jour. Ne se fiant plus à son sens de l'orientation, il prit pour cap les lueurs de la ville qui se reflétaient sur les nuages bas. Par là, il trouverait des réverbères, et la civilisation.

Plusieurs fois, des hommes se détachèrent des groupes et traversèrent pour aller vers lui. Chaque fois, James pensa : *Voilà, c'est la fin*, mais aucun d'entre eux ne l'aborda. Personne ne le sollicita, mis à part une belle de nuit outrageusement maquillée et dont le lieu de travail devait se trouver dans une ruelle malpropre qu'il croisa, où s'alignaient des stands aux parois de toile. Elle avait les joues barbouillées de rouge et des dents jaunes qui ressortirent dans l'extrême pâleur de son visage quand elle lui dit : « Alors, tu viens, chéri ? »

James lui répondit d'un vague signe et se dépêcha de traverser.

Il atteignit enfin une rue pavée. Des rails de tramway couraient au milieu de la chaussée, des réverbères éclairaient les coins de rue. Il poussa un soupir de soulagement. Il avait quitté les quartiers défavorisés.

Juste à l'instant où il se félicitait, trois hommes surgirent d'une ruelle et lui coupèrent le passage.

« Alors, mon gars, on s'est perdu ? » demanda le plus grand, crasseux et barbu.

Le deuxième homme, également grand mais plus lourd, arborait des favoris. James avait perçu l'éclat d'une dent en or quand le premier s'était adressé à lui. Ils portaient tous les deux des feutres à bord large, salis de sueur, incrustés de poussière et mangés aux mites. Le troisième homme en était à peine un : c'était un garçon de seize ou dix-sept ans, presque aussi grand que ses deux amis mais beaucoup plus maigre. Le visage de cet adolescent était dévoré par son nez et une longue frange grasse qui lui tombait sur les yeux. Ses dents proéminentes rappelaient celles du rat abattu dans l'entrepôt.

« Laissez-moi passer je vous prie », dit James en faisant un pas vers le barbu à la dent d'or.

L'homme s'écarta, mais son gros acolyte se mit aussitôt en travers du chemin de l'écrivain. James était encerclé. Il regarda autour de lui pour essayer d'apercevoir un agent mais ne vit personne, pas même des passants ordinaires, aucun homme honnête susceptible de se porter à son secours.

« Pas mal, les guêtres », remarqua le chef.

Pour ponctuer sa phrase, il se racla la gorge et envoya un gros crachat de jus de tabac sur le pied gauche de James.

Le deuxième homme avança la main vers sa manche déchirée.

« Tu saignes, mon vieux. Viens, on va te mettre un pansement. »

James tenta de se dégager par la gauche en descendant sur la chaussée, mais le premier homme le bloqua. Le cercle se resserrait, et James comprit qu'ils voulaient l'obliger à reculer dans l'ombre de la ruelle d'où ils étaient sortis. Il ne fit plus un pas.

Leur chef approcha si près que James sentit son haleine chargée d'ail et de whisky. Il lui fit les poches en finissant par le gilet.

« Putain ! Des guêtres, un haut-de-forme, une canne en argent, mais pas de montre. Elle est où, putain ?

— Je… l'ai perdue, dit James.

— Bon à rien ! ragea le second. Et ton portefeuille ? Tu l'as perdu aussi ton portefeuille ? »

James se redressa de toute sa taille, sa main droite se serrant autour de sa canne, tout en sachant qu'il n'aurait pas le temps de la lever pour se défendre.

Il sentit une pointe dure appuyer sur son ventre et vit que le plus jeune tenait un couteau.

« James ! » cria une voix familière venant de l'autre côté de la rue.

James et les trois voleurs tournèrent la tête avec un bel ensemble. James retint un rire – un rire nerveux – en voyant venir à la rescousse les deux hommes qu'il aurait le moins imaginé rencontrer. C'était Theodore Roosevelt accompagné de Clarence King, ce dernier un peu mieux vêtu que la dernière fois qu'ils s'étaient vus.

Alors que les deux hommes traversaient vers eux, le chef barbu – qui mesurait bien un mètre quatre-vingt-cinq – considéra le mètre soixante-quinze de Roosevelt et la plus petite taille encore de King.

« Je vous parie une bouteille qu'ils ont des montres, ces deux-là, dit-il.

— Pas pour longtemps », ricana son athlétique et crasseux partenaire.

14

Rugby et base-ball

En voyant arriver Roosevelt et King, le plus jeune des trois malfrats recula la lame dont il menaçait James et baissa le bras pour la tenir discrètement le long de sa jambe.

« James ! » répéta Roosevelt, ignorant les trois voyous. Le visage illuminé par un énorme sourire qui découvrait ses dents parfaites, il fit remonter son pince-nez en or. Ses yeux bleus brillaient de joie comme à l'idée de passer un bon moment. « Quelle chance de vous rencontrer ! King et moi, nous espérions justement tomber sur vous… Nous nous rendons chez Hay pour le dîner. »

Les yeux noisette de Clarence King, contrairement à ceux de Roosevelt, étaient froids. Alors que ce dernier n'avait pas de canne, King, lui, en portait une très belle que James avait déjà vue chez les Hay, à pommeau de pierre en forme de bec d'oiseau.

Les deux grandes brutes échangèrent des regards et le chef barbu fit un signe de tête à ses comparses, l'ordre de voler et peut-être de tuer les bourgeois qu'ils venaient de piéger à la lisière de leur coupe-gorge. Qu'ils aient ou non participé à la réunion de Moriarty, cela ne changeait pas grand-chose. James avait essayé d'avertir ses amis par des gestes peu subtils avant qu'ils traversent, mais il était trop tard à présent. Les six hommes étaient regroupés en un cercle assez serré à l'entrée de la ruelle sombre.

« Bonsoir, messieurs, dit le jeune Roosevelt aux malfrats, son grand sourire toujours aux lèvres. Merci d'avoir raccompagné notre ami, nous allons prendre le relais et nous charger de lui. »

Les deux gaillards se déplacèrent pour bloquer toute retraite à King et à Roosevelt. L'adolescent malingre était resté près de Henry James et avait déplacé son couteau, à présent bien visible.

Le chef palpa le torse robuste de Roosevelt de ses doigts crasseux pour explorer son gilet.

« Devrait y avoir une bonne montre au bout de cette chaîne, pas vrai, le bigleux ? dit-il en exhibant ses dents gâtées.

— Mais certainement, répondit le jeune Roosevelt d'un ton froid.

— Et un portefeuille dans ta poche », ajouta le barbu.

Le sourire de Theodore grandit encore. « Oui, et il va y rester. Passez votre chemin, et il n'y aura pas de bobos. »

Les deux grands gaillards éclatèrent de rire, et l'adolescent lâcha un ricanement déplaisant.

Le chef avança le bras, tandis que le deuxième homme sortait un couteau à lame courte, presque identique à celui que l'adolescent avait appuyé sur le ventre de Henry James.

« Ne me touchez pas », avertit Roosevelt.

Le chef devait bien peser dix kilos de plus que lui et le dominait d'une demi-tête.

« Et tu feras quoi si je te touche, le bigleux ? » demanda le malfrat, la main sur le gilet de Theodore et sa chaîne de montre.

Dans un allemand rapide et assez correct que James comprit parfaitement, Roosevelt répondit :

« Je te ratatinerai les couilles, je te ferai rentrer les dents dans le nez d'un coup de genou et je t'exploserai ta tronche de moineau. »

Theodore ôta son pince-nez et le rangea dans la poche intérieure de son gilet au bout de son ruban. Son sourire était nettement moins large, moins engageant.

Le chef rit.

« On est tombés sur des nains hollandais, les gars ! dit-il. On va en faire de la chair à pâté. »

Les deux grands gaillards avancèrent, et Roosevelt et King reculèrent. Pensant qu'ils cherchaient à fuir, le chef fit un pas de côté pour couper la route à Theodore.

Roosevelt en profita pour prendre son élan et lui lancer un coup de pied magistral entre les jambes, comme Henry James n'en avait vu que sur un terrain de rugby. Le bout pointu de la botte bien cirée de Theodore fit des ravages dans cette zone vulnérable. L'impact fut tel que James vit les pieds du chef des brigands se soulever de terre.

L'homme s'effondra en poussant un cri à peine humain, les deux mains sur les testicules.

Au moment où il basculait vers l'avant, Theodore le percuta en pleine face avec le genou. James entendit des craquements d'os et de dents.

Le haut du corps du malfrat repartit vers le haut. Alors que son visage ensanglanté revenait au niveau des yeux de Teddy Roosevelt, ce dernier retint le bandit par les épaules et termina par un puissant coup de boule qui toucha le front comme un maillet.

Le chef de la bande s'écroula, inerte, étalé sur le dos les bras en croix.

Le deuxième n'avait pas attendu pour attaquer. Il tournait autour de Clarence King en donnant de grands coups de couteau dans le vide pour le contenir avant de porter l'estocade.

King attendait, canne levée, le massif pommeau posé sur l'épaule, puis il frappa comme avec une batte de base-ball. Henry James n'avait jamais pratiqué ce sport étant jeune, mais son frère William si… et il adorait ça. La pierre en forme de bec trouva si bien sa cible que le nez et la pommette furent fracassés. Un geyser de sang jaillit, l'homme lâcha sa lame et tomba à quatre pattes.

Clarence King ne mesurait qu'un mètre soixante-dix et avait de la bedaine, mais sa passion pour l'alpinisme et les expéditions dans les mines lui avait musclé les bras et les jambes. Il assena un coup si puissant dans le dos du bandit que celui-ci fut projeté sur le ventre et s'étala dans l'allée, hors de combat.

Le grand adolescent, un gaucher, se trouva alors dans la position idéale pour poignarder Clarence King par le côté.

Henry James avait écrit à William juste avant Noël qu'il avait pris du ventre et que cela ne lui plaisait pas. Pour y remédier, il s'adonnait sérieusement à l'escrime, à raison de trois séances de deux heures par semaine. Il n'avait pas perdu un gramme, mais appréciait l'exercice.

Fort de cet entraînement, il leva sa canne et en donna un bon coup sur le poignet du garçon comme s'il enfonçait un piquet de tente. Il fut le premier surpris par cette frappe parfaite. Le choc fut franc et le couteau tomba.

On entendit une exclamation de douleur, mais le gamin était très rapide. Il se baissa pour récupérer son arme avant que James ait même le temps de lever une nouvelle fois sa canne.

King réagit, rapide comme l'éclair : il planta sa botte cirée sur la lame alors que le malfrat empoignait le manche. L'adolescent tira pour se dégager, ce qui cassa le couteau en deux.

« De la camelote ! commenta Roosevelt qui immobilisait le chef à terre, à cheval sur son dos. C'est le genre de couteau en toc qu'ils refilent aux Indiens dans les plaines. Ça ne vaut pas un clou. »

King, ayant fait passer sa canne dans sa main gauche, tira un cran d'arrêt de sa poche intérieure et l'ouvrit d'un geste du poignet. La lame était longue pour un couteau pliant : plus de quinze centimètres, et très effilée.

Il en appuya la pointe sous l'œil du jeune voyou qui lâcha un gémissement de terreur. James crut bien que King allait lui faire sauter l'œil de l'orbite, comme un vendeur de glace en été se sert de sa cuillère.

« Que ça te serve de leçon, mon garçon, siffla King. Quand on veut se battre au couteau, il faut prendre du bon matériel, ou on finit couturé comme un étudiant de Heidelberg. »

King fit descendre sa lame le long de la joue de son prisonnier et le sang jaillit.

Le garçon hurla, la joue grande ouverte, molaires visibles. Il plaqua les deux mains sur la plaie et s'enfuit.

En état de choc, James entendit le martèlement des pieds détaler dans la ruelle. Il sursauta en sentant une main sur son bras, mais ce n'était que Roosevelt.

« Joli coup, monsieur James.

— Oui, magnifique, approuva King qui frottait le pommeau de sa canne dans la terre battue pour le nettoyer.

— Vous avez la manche déchirée et vous avez saigné, observa Theodore. Ce jeune vaurien a eu le temps de vous toucher ?

— Non, répondit James avec une fermeté qui l'étonna lui-même. Je... Je suis tombé sur du gravier en descendant du tram tout à l'heure. »

King et Roosevelt échangèrent un regard, mais ne commentèrent pas. Ils laissèrent leurs deux adversaires au sol, l'un gémissant, l'autre inconscient.

King fit tournoyer sa canne toute propre.

« Nous allions chez Hay pour le dîner. Vous nous accompagnez, monsieur James ?

— Avec plaisir. »

Quelques centaines de mètres plus loin, les réverbères, plus rapprochés, éclairaient mieux les rues pavées et bordées de vrais trottoirs et de boutiques ouvertes. Voyant passer un cab assez spacieux pour les transporter tous les trois, Roosevelt le héla avec un sifflement qui fit tressaillir le cheval.

15

La panique de 93

Roosevelt, King et James arrivèrent chez Hay un peu en avance, et leur hôte, à la vue de James, demanda à Benson, son majordome, et à Napier, le valet, d'aider l'écrivain à monter dans sa chambre. Seul le Dr Granger était venu en avance pour boire un whisky et discuter un peu en tête à tête avec son vieil ami. Voyant le sang sur la manche de James, il lui proposa son aide.

« Il vaut mieux que j'y jette un coup d'œil.

— Ce n'est rien, protesta James.

— Je vais récupérer ma sacoche que j'ai laissée au valet tout à l'heure, et je monte avec vous. »

Roosevelt, qui avait remis son pince-nez, ne cacha pas son sourire.

« À ce que je vois, le Dr Granger ne se déplace jamais sans ses pansements.

— Le Dr Granger prend toujours sa sacoche avec lui », confirma Clarence King.

Dans sa chambre, James retira d'abord ses guêtres que Napier s'empressa de ramasser.

« Je vais les faire nettoyer, monsieur.

— Non ! Brûlez-les », ordonna James.

On aurait beau les frotter, il y verrait toujours l'ombre du crachat de mépris sur celle de gauche.

« Allons dans la salle de bains, elle est mieux éclairée, déclara le Dr Granger. C'est incroyable, cette chambre d'amis si bien installée, avec tout le confort moderne, l'eau courante et la lumière électrique. On n'arrête pas le progrès. »

La somptueuse salle de bains était aussi propre qu'une salle d'opération, et quand James eut retiré sa chemise déchirée et l'eut jetée dans un coin, le Dr Granger examina son bras.

« Comment vous êtes-vous fait cette entaille ?

— En descendant du tram. J'ai sauté un peu trop tôt, et j'ai roulé dans les graviers. »

James ne put que détourner les yeux en débitant ce mensonge.

Le regard bleu de Granger pouvait être aussi ironique que celui de Teddy Roosevelt.

« Je veux bien, mais il semblerait que ce gravier ait été mêlé à du plomb de chasse. »

Napier avait apporté une petite bassine en émail blanc, et le Dr Granger, armé d'une pincette, s'appliqua à extraire les plombs un à un. À chaque bruit sec d'un plomb qui roulait sur l'émail, James rougissait un peu plus. Le Dr Granger en retira douze, puis badigeonna de teinture d'iode les incisions et le reste de l'égratignure.

« Aucun muscle touché, indiqua-t-il. L'épiderme était à peine traversé. Cela ressemble fort à un accident de chasse, comme si vous vous étiez trouvé dans la trajectoire d'un tir éloigné.

— Je ne chasse pas », dit James.

Il voulut enfiler la chemise de soirée blanche que Benson avait sortie de l'armoire pour lui, mais le Dr Granger l'arrêta.

« Un instant. Vous risquez de salir la manche avec la teinture d'iode, et les plaies pourraient s'infecter. Tenez-vous tranquille encore un instant. Appuyez votre bras au lavabo si vous voulez bien. »

Granger prit du bandage et des ciseaux dans sa sacoche et, une minute plus tard, James se retrouva avec un généreux pansement.

« Comment vous sentez-vous ? demanda le Dr Granger.

— Je me sens surtout très bête. Et puis j'ai l'impression d'être une momie égyptienne, ajouta-t-il en montrant son bras bandé jusqu'au coude.

— Ne mettez pas votre chemise tout de suite », reprit le médecin.

Il remplissait une seringue avec un liquide sombre contenu dans une fiole.

« Attendez… Je ne crois pas que ce soit… »

Vaine protestation : le médecin prit son bras et lui fit la piqûre.

« Qu'est-ce que c'est ?

— Un petit cocktail pour réduire la douleur et éviter le tétanos », expliqua le Dr Granger.

James se maudit de ne pas avoir refusé plus vite. Il avait bien cru reconnaître la couleur de la morphine. À la fin de la maladie qui avait emporté Alice, il avait appris pour seconder Katharine Loring à administrer les fortes doses d'opiacé prescrites à sa sœur. Alice avait d'ailleurs poussé son dernier soupir, alors qu'elle était perdue dans ses rêves hallucinatoires, et Henry s'était juré de ne jamais laisser personne lui en donner. Trop tard.

Il fallait d'ailleurs reconnaître que la douleur s'atténuait. Il avait beaucoup moins mal. James pensa à Sherlock Holmes et à ses abominables injections, et se demanda si cette légèreté… ce bonheur, presque… survenait aussi après la prise des substances illicites dont le détective ne pouvait pas se passer.

« Si je raconte des bêtises pendant le dîner, dit-il, nous saurons qu'il faut blâmer votre seringue, docteur Granger.

— Si nous ne racontons pas tous des bêtises dès le troisième plat, nous blâmerons surtout Hay de ne pas nous avoir servi assez de vins et d'alcools. »

* * *

Alors que les derniers invités arrivaient, juste avant de passer à table, Hay trouva à James l'air préoccupé. Il l'entraîna dans le hall pour lui parler.

« Que se passe-t-il, Harry ? Quelque chose ne va pas ? »

James comprit à quel point il était transparent.

« Aussi étrange que cela puisse paraître, John, répondit-il à voix basse, il se trouve que je dois absolument prendre contact avec M. Holmes. C'est urgent.

— Sherlock Holmes ? Je pensais qu'il avait quitté la ville.

— C'est peut-être le cas, mais je dois absolument lui communiquer une information très vite. Il m'a laissé l'adresse d'un marchand de cigares à Washington qui transmettra. Donc si votre majordome pouvait me trouver un petit messager pour porter une missive…

— Faisons mieux : voyons si la boutique est reliée au réseau téléphonique. La communication serait instantanée.

— Pourquoi diable un marchand de cigares aurait-il le téléphone ? »

James réprima une bizarre envie de glousser.

Hay partait déjà vers son bureau.

« Je ne sais pas, Harry : nous vivons en des temps étranges. »

James connaissait l'existence de l'appareil téléphonique des Hay, mais il n'avait jamais vu son hôte l'utiliser. Il y eut quelques minutes d'échange avec une demoiselle du téléphone et le service des renseignements, puis, l'air enchanté, Hay lui passa le combiné.

« Vous avez M. Twill au bout du fil, dit-il. Le buraliste. »

Faisant preuve d'une parfaite discrétion, Hay quitta la pièce.

« Allô, allô, allô ? » dit James, se sentant très bête.

Quand M. Twill et lui eurent échangé leurs noms, James dit à son correspondant :

« Il paraît que quelqu'un chez vous reçoit et transmet des messages pour M. Sherlock Holmes. Il est absolument impératif... de toute première urgence, que je le contacte tout de suite. Ou que je lui parle par téléphone s'il se trouve dans vos locaux.

— M. Sherlock Holmes, monsieur ? répéta la voix fortement parasitée de Twill.

— C'est cela.

— Un Anglais ?

— Oui, exactement !

— Non, il n'est pas revenu à la boutique depuis qu'il m'a payé pour lui rendre ce petit service. Il nous envoie un gamin vérifier deux ou trois fois par jour. »

James poussa un soupir. S'il ne s'était pas senti aussi... euphorique... il aurait éprouvé une grande angoisse à l'idée de livrer à Holmes les informations incroyables qu'il avait surprises.

« Très bien, dit-il. Pouvez-vous noter un message et le faire parvenir à M. Holmes le plus vite possible ?

— Dès qu'il enverra son coursier.

— Bien. Le message est le suivant... Avez-vous un crayon et du papier ?

— Je suis prêt.

— Écrivez... » James dut s'arrêter une seconde pour trouver une formulation claire. « J'ai suivi le Pr Moriarty à une réunion ici à Washington aujourd'hui. J'ai entendu...

— J'y suis, vous pouvez continuer. "J'ai entendu..."

— J'ai entendu Moriarty confier ses plans pour le 1er mai à plusieurs... groupes. Il est absolument impératif que vous me contactiez immédiatement. Je dois prendre le train demain... le dimanche 9 avril, dans l'après-midi. Il est essentiel que nous nous entretenions avant mon départ. Signé James. Pouvez-vous me le relire, s'il vous plaît ? »

Twill obtempéra, James corrigea une ou deux erreurs, puis ils coupèrent la communication. L'écrivain éprouva quelques difficultés à raccrocher le combiné sur la fourche, puis, cela étant fait, il remit l'appareil sur son étagère.

* * *

Grâce à la morphine, ou du moins à ce médicament qui devait en être, le dîner sembla particulièrement agréable à Henry James. Il ne s'était même jamais autant amusé, et il rit de bout en bout sans pouvoir s'arrêter. Les événements qu'il venait de vivre auraient dû peser lourd sur son moral, or au contraire, le souvenir de sa grande aventure sur la poutre et de la bagarre de rue avec les malfrats, qui semblait avoir laissé Teddy Roosevelt et Clarence King totalement indifférents, le remplissait d'une joie et d'une énergie qu'il n'avait pas connues depuis des années.

Comme la dernière fois, Hay présidait le dîner et se chargeait de relancer la conversation – ce qui était rarement nécessaire. James tenait la place d'honneur à la droite de son hôte, et à sa propre droite était assis Rudyard Kipling qu'il connaissait de longue date. En 1892, au mariage de Kipling à Londres, James avait mené à l'autel la mariée, Mlle Carrie Balestier et, ce qui ne gâtait rien, les deux auteurs s'estimaient mutuellement. James avait du mal à comprendre pourquoi Kipling – qui dépeignait si bien la Grande-Bretagne, tant dans sa grandeur que dans ses abus – choisissait de vivre en Amérique.

Henry Adams était placé à côté de Kipling, ensuite venait Teddy Roosevelt. Augustus Saint-Gaudens faisait face à John Hay de l'autre côté de la table. James admirait au-delà de toute expression sa sculpture en mémoire de Clover Adams – non seulement pour sa facture magnifique, mais aussi pour l'immense courage qu'il avait fallu à l'artiste pour dépeindre le malheur absolu devant la mort sans vouloir l'atténuer par un sentiment d'espoir en une vie dans l'au-delà, aucun "sursis au chagrin", comme le formulait Edgar Poe, un auteur qu'il appréciait peu par ailleurs.

À la droite de Saint-Gaudens se succédaient Clarence King, le Dr Granger et enfin Henry Cabot Lodge qui complétait le cercle à la gauche de Hay.

Les invités rivalisaient d'esprit, mais Kipling et Roosevelt dominaient la soirée pour autant que James puisse en juger à travers l'effet perturbateur de l'adrénaline et de la morphine. Kipling, âgé de seulement vingt-sept ans, avait passé l'hiver enseveli sous la neige chez lui dans le Vermont avec sa femme Carrie qui venait de donner naissance à un enfant, ce dont tout le monde le félicita avec enthousiasme. James devait écrire plus tard : « Personnellement, Kipling me frappe par son génie, le plus immense que j'aie jamais rencontré (et que je distinguerais d'une belle intelligence). »

« Josephine a été bien inspirée de choisir le 29 décembre pour naître, dit le jeune auteur, ainsi elle complète joliment la séquence de nos anniversaires : le mien le 30, et celui de Carrie le 31. »

Le Dr Granger, dont le vin rougissait déjà le nez mais ne ralentissait pas encore la diction, demanda si l'arrivée du bébé les aidait à se tenir chaud dans leur maisonnette des environs de Brattleboro, baptisée Bliss Cottage – la Maison du bonheur – par les Kipling.

« Notre mignon nourrisson n'est pas encore assez grand pour nous procurer un apport notable de chaleur corporelle, répondit Kipling en riant, mais il est vrai que notre fille nous tient chaud en nous obligeant à la promener toute la nuit à travers la maison pour apaiser ses pleurs. »

La conversation méandreuse se poursuivit, mais les pensées de James revenaient sans cesse aux événements incroyables de la journée et à l'urgence d'en informer Sherlock Holmes.

Kipling et Roosevelt furent interrogés sur leur cher Cosmos Club, qui s'était installé de l'autre côté de Lafayette Park en réunissant deux maisons de la place : Tayloe House et Dolley Madison House. Ce club, exclusivement masculin et le plus influent de l'élite américaine, rassemblait sous son toit tous les intérêts de Kipling et Roosevelt, amis des lettres et grands passionnés de nature.

« On ne présente plus la modeste institution créée au Cosmos Club il y a cinq ans, j'ai nommé la National Geographic Society », dit Teddy Roosevelt avec un sourire entendu.

Kipling se mit à rire et, quand on lui demanda pourquoi, il expliqua :

« Quand notre ami Theodore s'est présenté au club pour demander à être accepté, il a été soumis à un examen par une vingtaine de membres expérimentés qui ont disposé plusieurs centaines d'ossements fossilisés sur une table de la grande salle à manger et lui ont demandé d'en identifier quelques-uns.

— Il a réussi ? » demanda Clarence King, qui bien sûr connaissait la réponse et souriait de toutes ses dents.

Kipling rit de nouveau. Un rire agréable, viril et profond, de l'avis de James, et jamais moqueur.

« Plus que réussi ! Pendant plusieurs heures, Theodore a entrepris non seulement d'identifier les os fossilisés, mais aussi de les classer par espèce éteinte ou encore vivante – il n'aurait pas pu mieux faire à moins de reconstituer un squelette avec du fil de fer, messieurs – et tout ceci accompagné d'une conférence sur les habitats et les habitudes alimentaires et reproductives de chaque animal.

— Depuis ce jour, Teedie est devenu une légende au Cosmos Club », compléta Hay sans se préoccuper de la grimace que faisait Roosevelt en l'entendant utiliser son surnom d'enfant.

D'autres anecdotes suivirent, James ajoutant les siennes, mais avant l'ouverture de la quatrième bouteille, Kipling supplia Roosevelt de raconter son histoire du « grizzli dans les buissons rencontré en plein cœur du Dakota ».

Roosevelt obtempéra de bonne grâce. Il alla droit au fait, ne donnant qu'un minimum de détails, et James lui trouva un humour irrésistible. L'animal, gigantesque, était un vieil ours tellement myope qu'il en était presque aveugle. Roosevelt, de son côté, avait perdu ses lunettes en dévalant une pente boisée à flanc de coteau, ce qui faisait qu'il n'y voyait pas grand-chose non plus. Son premier coup de feu manqua sa cible.

« Au lieu de lui transpercer le cœur, je l'ai blessé à l'arrière-train, indiqua Roosevelt en suivant la première règle de tout bon conteur, c'est-à-dire de ne jamais sourire en livrant son histoire. L'ours s'est sauvé dans une masse compacte de saules buissonnants, presque trop dense pour me permettre de m'y faufiler – surtout sans mes lunettes. Je n'avais pas une envie folle de m'enfoncer dans ces buissons et de me retrouver nez à nez avec le grizzli : je n'aurais pas eu le temps de lever mon fusil. Et inutile de préciser que l'animal n'était pas de très bonne humeur… »

Finalement, Roosevelt s'était résolu à essayer de déloger l'ours en battant la végétation avec le canon de sa Winchester, son gros couteau de chasse entre les dents. Cette image fit la joie des convives, et James se joignit aux rires.

« Un aveugle en traquant un autre, dit Roosevelt. Il faut croire que l'ours y voyait moins bien, ou que j'ai eu plus de chance. »

James apprécia l'anecdote sans douter un seul instant de sa véracité, mais il songea surtout que ni King ni Roosevelt n'avaient mentionné la bagarre contre ses agresseurs, qui n'avait eu lieu que quarante minutes plus tôt. Il s'interrogea sur l'étiquette en la matière : soit un gentleman ne devait pas mentionner une bagarre s'il en était sorti vainqueur, soit King et Roosevelt voulaient lui éviter tout embarras en se posant comme les sauveurs qui lui avaient évité d'être poignardé et dévalisé. James nota dans un coin de sa tête que si une telle mésaventure devait arriver à l'un de ses protagonistes, ce personnage devrait se conduire avec la même discrétion s'il allait dîner ensuite avec des amis.

Mais James doutait qu'il décrirait jamais une scène aussi violente.

La conversation s'était tournée vers l'actualité, mais les pensées de Henry James revenaient sans cesse à l'urgence d'avertir les autorités des plans d'attentat et de pillage généralisé du Pr Moriarty.

Autour de la table, on discutait finances – et plus précisément de la « panique de 93 » dont on parlait beaucoup sans la voir arriver. Une excellente occasion pour James de se replonger dans ses pensées sans paraître impoli. Les invités savaient bien, à l'exception peut-être de Teddy Roosevelt, que, étant écrivain, il n'avait pas d'argent à investir. Quand on n'avait pas un sou vaillant, on pouvait s'extraire sans peine des interminables discussions sur la solidité des placements.

Si je n'ai pas de nouvelles de Holmes, songeait-il, *je devrais peut-être aller trouver le chef de la police de Washington. Ou alors le président Cleveland lui-même.* Cette alternative ne lui plaisait guère.

Ce serait possible, pourtant. Autour de cette table, ils étaient plusieurs à avoir déjà dîné avec le Président – Hay, Cabot Lodge, et le jeune Roosevelt – peut-être même aussi Adams qui pourtant n'appréciait aucun des présidents récents. À travers eux, James avait la possibilité de faire organiser une rencontre en urgence dès le lendemain matin.

Mais pour dire quoi ? s'interrogea-t-il. *Que, caché dans la charpente d'un ancien abattoir à volaille, j'ai entendu le Pr James Moriarty – considéré par la plupart des gens, dont son pire ennemi, Sherlock Holmes, comme un personnage de fiction – exhorter la pègre et les anarchistes à préparer l'assassinat du président des États-Unis, de dix autres chefs d'État et d'une cohorte de hauts fonctionnaires en Amérique et en Europe pour faire main basse sur le monde ?*

« … la crise a pour origine la mauvaise récolte de blé qui a eu des effets désastreux sur la Bourse de Buenos Aires… », disait Cabot Lodge qui, comme tous les convives sauf Roosevelt, le Dr Granger et James, avait allumé un cigare.

Hay écarta cette supposition d'un geste.

« Pas du tout, le ralentissement est causé par la spéculation sur les chemins de fer.

— C'est bien possible, mais vous autres financiers, vous parlez de la “panique de 93” depuis novembre 92. Il faudrait que la Bourse baisse un peu plus vite, sans quoi les spéculateurs qui vendent à découvert vont être très déçus. »

Quel était le plan du grand Sherlock Holmes ? Allait-il attraper le bras du président Cleveland pour l'empêcher d'appuyer sur l'interrupteur général à l'Exposition universelle de Chicago à midi le 1er mai en criant « Baissez-vous, espèce d'abruti ! », comme l'avait fait, disait-on, le jeune capitaine Oliver Wendell Holmes avec le président Lincoln à Fort Stevens en 1864 ? James en doutait fort.

« Les prémices de la crise datent clairement de février avec l'endettement des compagnies ferroviaires et la faillite de la Philadelphia and Reading Railroad, admit Cabot Lodge.

— Cleveland a plutôt bien géré la crise du Trésor, ajouta Hay. Il a eu raison d'annuler le Sherman Silver Purchase Act quelques jours seulement après son investiture.

— Pour un démocrate – le seul élu à la présidence depuis bien longtemps – Cleveland me semble être un homme d'action, reconnut le Dr Granger.

— Il aurait pu s'attaquer à mon grizzli à mains nues, approuva Roosevelt. Rien que pour le volume, ils doivent boxer dans la même catégorie.

— Voyons, Theodore… », protesta Adams.

Je ne peux pas retarder mon départ demain, songeait James. *Si je reste, cela n'en finira jamais. Il n'y a pas d'autre solution que de lancer l'alerte générale sur les projets… de… du Napoléon du crime, comme l'a nommé le* Times *après l'annonce de l'accident des chutes du Reichenbach.*

J'ai l'impression d'être englué dans un de ces romans populaires trop violents que M. Haggard pond à la douzaine, et la seule façon de m'en dépêtrer, c'est de tourner le dos une bonne fois pour toutes à tout ce que j'ai vu et entendu aujourd'hui… tout ce que j'ai vu et entendu ces dernières semaines. Je ne veux plus que la réalité. Ou du moins, plus que de la littérature. Tout vaut mieux que ces aventures échevelées.

« On ne sait pas ce qui peut arriver si le mouvement de la libre frappe de la monnaie l'emporte, dit Hay. Surtout maintenant que les agriculteurs américains le soutiennent.

— Que se passera-t-il si le public et les banques en difficulté exigent de convertir leurs billets en or… ? marmonna Henry James.

— Dans l'Ouest et le Midwest, plus de trois cents banques ont déjà fermé, rappela Roosevelt.

— Dans l'Ouest et le Midwest, intervint Hay en faisant signe au valet de resservir du vin, il suffit de poser une planche sur deux tonneaux et par-dessus une boîte à cigares remplie de menue monnaie pour ouvrir une banque. »

Je dois partir demain, se répéta James, ressentant une soudaine douleur dans la poitrine et le bras gauche. *Demain sans faute ! J'achèterai une truelle de jardin en route pour enterrer les cendres d'Alice dans leur tabatière. J'avais aussi pensé les mettre à Newport près de la maison qu'Alice a fait construire à la pointe, et où elle a été si heureuse avec Mlle Loring, mais je pense que Katharine Loring en a plus qu'assez d'Alice. Non, ma petite sœur chérie, si caustique, si pressée de mourir, tu seras mieux dans la terre où reposent nos parents et Tante Kate.*

Il ne faudra pas que je manque mon train pour New York. Je ne veux à aucun prix que le paquebot allemand – le Spree *si je me souviens bien – parte sans moi. Une fois à bord, je pourrai me détendre, prendre le temps de réfléchir à ce que j'ai vécu ces dernières semaines, et démêler le vrai du faux. M. Sherlock Holmes devra se débrouiller sans moi pour élucider le mystère. Une chose est certaine : je ne suis pas à sa disposition comme l'était son fidèle Watson, à supposer que le bon docteur soit une vraie personne, et non un produit de l'imagination de Conan Doyle ayant pour unique fonction de servir de porte-plume à ses histoires. De bien piètres chroniques à mon humble avis.*

Un valet entra, apportant un papier plié sur un plateau d'argent. Il murmura quelques mots à Hay qui hocha la tête et désigna James.

C'était un télégramme, de Holmes, probablement. Trop impatient pour attendre, James l'ouvrit en le tenant sous le plateau de la table, et le lut. Il n'était pas particulièrement concis :

JAMES, SI CELA VOUS CONVIENT, RETROUVEZ-MOI JE VOUS PRIE LUNDI À 15 HEURES AU 436 BIS REVERE STREET À BEACON HILL, BOSTON STOP SI CELA NE VOUS CONVIENT PAS, CELA NE CHANGE RIEN, MÊME RENDEZ-VOUS MÊME HEURE STOP

LAISSEZ VOS BAGAGES À LA CONSIGNE DE LA NORTH UNION STATION DANS CAUSEWAY STREET CAR NOUS PRENDRONS UN TRAIN DE NUIT QUI PART DE CETTE GARE À DESTINATION DE CHICAGO LE SOIR MÊME STOP

HOLMES.

16

Il ferait envie même au bon Dieu

Sherlock Holmes appuya sur le bouton de la sonnette électrique ultra-sophistiquée de Henry Adams tard dans la matinée, environ une heure après le départ du train de James pour New York. Hobson ouvrit, et le grand majordome ne se montra guère plus accueillant que la fois précédente.

« M. Adams est dans son bain, annonça Hobson en faisant mine de lui fermer la porte au nez.

— J'attendrai », dit Holmes en se dépêchant d'entrer. Tendant son chapeau et sa canne au majordome en passant, il ajouta : « Je vais m'asseoir dans son bureau. »

Pendant que Hobson, déconfit, allait avertir son maître, Holmes entra dans le sanctuaire d'Adams et se servit une généreuse rasade de scotch coupé d'une goutte d'eau, puis s'installa confortablement dans un fauteuil devant l'immense étendue de cuir vert du bureau.

Il prit la visée avec deux doigts face à la résidence présidentielle. On voyait parfaitement par la fenêtre l'ancien bureau de la sœur de Cleveland – remplacée depuis par Mlle Frances Folsom, la jeune épouse du Président, âgée de vingt et un ans. Cette différence d'âge de plus de vingt-sept ans, Cleveland ayant quarante-neuf ans au jour du mariage, aurait pu choquer. Et si l'âge ne comptait pas, alors les circonstances, quelque peu inhabituelles, auraient pu perturber les gens. En effet, Cleveland n'était autre que l'exécuteur testamentaire du père de Frances, Oscar Folsom, et avait dirigé l'éducation de la petite orpheline à la mort de ce dernier. Il avait commencé par lui offrir le landau jaune dans lequel on l'avait promenée bébé, et n'avait cessé depuis de la couvrir de cadeaux.

Holmes avait assisté à la réunion de la commission de l'Inspection des vapeurs ce dimanche matin – seul l'ancien divisionnaire de la police métropolitaine William G. Brock manquait à l'appel, remplacé par le sergent Daniel O'Malley, chef des vingt-sept hommes de la garde de la Maison-Blanche – et tandis que M. Rockhill, l'interlocuteur du département d'État, se plaignait de n'avoir pas pu aller à l'église, Holmes demanda au vice-président Stevenson où il serait le 1er mai, vers midi, à l'heure où le président Cleveland devait appuyer sur le bouton qui déclencherait les réjouissances à l'Exposition universelle de Chicago.

Le vice-président réfléchit et consulta son agenda de poche.

« Eh bien, je serai à la résidence présidentielle à partir de dix heures trente, répondit-il, jusqu'au milieu de l'après-midi. La journée commence par une réunion avec les délégués des Philippines, ensuite il y aura un déjeuner en leur honneur, puis la cérémonie de signature de l'accord que nous devons passer avec leur gouvernement.

— Où la réunion et la signature auront-elles lieu, monsieur le vice-président ? » demanda Holmes.

Stevenson prit encore une fois le temps de réfléchir.

« Eh bien, nous signerons dans ce que nous appelons aujourd'hui la petite salle des Traités.

— Serait-ce par hasard une pièce dans l'aile nord dont la fenêtre donne sur le parc ? Celle qui est juste en face de la maison de M. Henry Adams ? Celle qui servit de bureau et de salle de réception à la sœur du président Cleveland pendant le premier mandat de M. Cleveland ?

— Eh bien ma foi oui, je pense », répondit le vice-président.

Holmes se tourna vers M. Drummond, le brillant chef du Secret Service au département du Trésor, et Daniel O'Malley. Le sergent O'Malley n'avait pas semblé particulièrement malin à Holmes lors de leurs premiers échanges.

« Nous avons reçu des informations fiables nous avertissant qu'un attentat allait être commis contre le vice-président Stevenson à la même heure que celui qui visera le président à Chicago. La petite salle des Traités est directement visible des fenêtres de M. Henry Adams, à moins de deux cents mètres.

— Voulez-vous que nous demandions à déplacer cette signature dans une autre pièce ? s'enquit le sergent O'Malley.

— Je suggère d'interdire la Maison-Blanche au vice-président et à ses invités toute la journée. Vous pourriez choisir une pièce intérieure des locaux du département d'État, mais en entourant ce changement de programme du plus strict secret. »

Voyant Drummond hocher la tête, Holmes eut la certitude que ce serait fait.

« Il suffirait d'un bon fusil de chasse pour atteindre une cible située dans la petite salle des Traités depuis la fenêtre des Adams, insista-t-il.

— M. Adams ne laisserait jamais entrer d'éventuels tireurs, objecta le sergent O'Malley.

— Le voisin immédiat de M. Adams est le colonel John Hay, indiqua le divisionnaire Moore de la police métropolitaine de Washington. Nous ne pouvons pas déranger des gens aussi importants simplement parce qu'ils sont proches de la résidence présidentielle.

— Bien sûr, concéda Holmes.

— Je vais étudier la question et nous en reparlerons la semaine prochaine », promit Andrew Drummond.

Holmes comprit que la maison des Adams allait être fouillée de fond en comble, les angles de tir analysés par des spécialistes, et il devina que le chef du Secret Service placerait des hommes à cet endroit le 1er mai bien qu'aucune responsabilité officielle de protection présidentielle ne soit dévolue à son département.

« Sergent O'Malley, s'enquit Holmes, avez-vous toujours l'intention d'envoyer un détachement de deux hommes de la garde de la Maison-Blanche avec le Président, comme c'est parfois la coutume ?

— Euh, c'est-à-dire…, bégaya O'Malley en regardant autour de lui comme s'il espérait qu'on lui souffle la réponse. Vous trouveriez que ça serait moins pire si j'en envoyais plus ou si j'en envoyais moins… ?

— Mieux ! aboya Holmes qui ne supportait pas qu'on maltraite la grammaire.

— Mieux plus, ou mieux moins que les deux habituels ? »

Le vice-président Stevenson jugea bon d'intervenir, adressant le plus léger des clins d'œil à Holmes.

« Nous savons que la Maison-Blanche est directement menacée, chef O'Malley. Le colonel Sebastian Moran est un tireur chevronné, un mercenaire, contrairement à ces… ombres… après lesquelles court la police. Il serait sans doute plus sûr de laisser les vingt-sept hommes de votre excellente garde de la Maison-Blanche à la résidence présidentielle ce jour-là. Après tout, vous avez pour mission de préserver la Maison-Blanche de toute intrusion, et non de suivre le Président pour le protéger dans ses déplacements extérieurs.

— C'est vrai, acquiesça O'Malley. C'est à la police de Chicago de protéger le Président. La ville qui l'accueille est tenue d'endosser cette responsabilité.

— Seulement partiellement », intervint le chef du Secret Service.

Holmes se tourna vers Drummond.

« C'est-à-dire ? » demanda le divisionnaire Moore.

Dans les instants qui avaient précédé le début de la réunion, Holmes avait pris Drummond à part pour lui demander s'il était vrai que Chicago avait le piètre honneur d'abriter la police la plus corrompue du pays. Drummond avait lentement hoché la tête.

« Maintenant que les derniers complices de Tweed ont été chassés de New York, et en attendant que de nouveaux politiciens véreux prennent leur place, Chicago est effectivement passé en tête de liste. La corruption coule dans les veines de la police aussi abondamment que l'alcool. Mais il reste de bons éléments dans les services, et sur plusieurs centaines de fonctionnaires, très peu seulement prêteraient leur concours au meurtre d'un président. »

Holmes avait approuvé.

O'Malley se hérissa.

« Et pourquoi la police de Chicago ne serait-elle pas chargée de la sécurité du Président ?

— Mais si, elle veillera sur lui depuis les portes de l'hôtel Lexington jusqu'à celles de l'Exposition universelle, expliqua Holmes. Cependant, une fois que la procession entrera dans l'enclos sacro-saint de l'Exposition – cette fameuse Ville blanche de Jackson Park – avec ses quarante ou cinquante autres personnalités importantes, le président du Brésil étant paraît-il le plus populaire, la responsabilité passera à la Garde colombienne.

— Qu'est-ce que c'est que la Garde colombienne ? » demanda O'Malley.

Ce fut Drummond qui répondit :

« C'est la police privée spécifiquement formée par Daniel Burnham pour l'Exposition.

— Et la police de Chicago ? insista Moore.

— Elle ne sera pas présente. Dans l'enclos de l'Exposition, la Garde colombienne aura tout pouvoir d'arraisonner, interroger et incarcérer – elle disposera même d'une jolie petite prison à côté du Midway Plaisance, mais sa tâche consistera essentiellement à récupérer les enfants perdus, à empêcher que l'abus d'alcool ne donne lieu à des désordres sur la voie publique et à renseigner courtoisement les centaines de milliers de visiteurs venus s'amuser.

— Combien de ces policiers privés seront-ils présents ? demanda le vice-président Stevenson.

— Un peu plus de deux mille, répondit Holmes.

— Deux mille ! explosa le divisionnaire Moore. Mais c'est une armée !

— Je pense que c'est bien l'objectif de Daniel Burnham, commenta Holmes. La Ville blanche sera électrifiée comme cela n'a encore jamais eu lieu, ni à Chicago, ni à New York, ni à Washington. Il y aura de belles illuminations dans les rues, des lanternes électriques un peu partout, des projecteurs mobiles, les devantures de magasin et les fenêtres brilleront de mille feux. Des cheminements éclairés parcourront les deux cent cinquante hectares de l'Exposition. Grâce à cela, ainsi qu'au plus haut pourcentage de policiers en uniforme et en civil jamais connu par rapport à la population, la Ville blanche sera l'environnement urbain le plus sûr au monde.

— Ce qui compte surtout, c'est que l'endroit soit sûr pour le président Cleveland pendant les quelques heures de sa présence, intervint le vice-président.

— Comment la Garde colombienne sera-t-elle armée ? » demanda Moore.

Holmes sourit.

« Eh bien, pour l'essentiel, les hommes disposeront d'un sifflet et d'une dague dans un fourreau. »

* * *

Henry Adams entra dans son bureau vêtu de sa robe de chambre et chaussé de pantoufles. Il fronça les sourcils en découvrant le détective, qui ne se leva pas.

« Je vois que vous avez pris vos aises, monsieur Holmes. »

Holmes se contenta de sourire.

« Et je ne doute pas que vous en avez profité pour fouiller dans mes tiroirs et mes placards.

— Uniquement pour me servir un verre qui m'a accompagné dans cette longue attente, monsieur Adams. Le whisky est excellent.

— J'espérais ne plus jamais vous revoir. »

Holmes hocha la tête.

Adams fit le tour de sa table de travail et hésita comme s'il se demandait si l'occasion méritait qu'il s'assoie ou s'il devait rester debout. Il s'assit.

« Je croyais m'être bien fait comprendre lors de notre dernier entretien, monsieur Holmes. Ne vous ai-je pas dit que nous n'allions plus nous rencontrer, ni en public, ni en privé ? »

Holmes sortit de sa poche l'une des cartes de visite portant les mots : « Elle a été assassinée » et la posa sur le buvard vert du sous-main d'Adams.

« Cela ne me concerne en rien », protesta Adams.

Il déchira la carte en mille morceaux et la jeta dans la corbeille.

« Ned Hooper m'a engagé pour découvrir qui envoyait tous les ans ces bristols aux membres encore vivants des Cinq de Cœur. Comme il n'est maintenant plus de ce monde, vous êtes, à travers votre regrettée épouse, le seul de ses parents auquel je puisse faire mon rapport.

— Vous avez reconnu vous-même n'avoir rencontré feu le frère de ma femme qu'une seule fois il y a deux ans, et ce pendant moins d'une heure. Je ne vois d'ailleurs pas ce qui vous donne le droit d'appeler Edward “Ned”, comme le faisaient les membres de sa famille et ses amis. Si vous voulez parler de lui, je vous prie de dire “M. Hooper”.

— Parfait. M. Hooper m'a payé pour que je mette mes talents de déduction à son service et que je découvre qui envoyait ces messages – et aussi, pour le citer très exactement : “Pour savoir si Clover s'est vraiment donné la mort volontairement, ou si elle y a été poussée par des moyens criminels.” En l'absence de M. Hooper, c'est à vous que je vais donner mes conclusions. »

Adams avait tourné le visage vers les fenêtres, mais à ces mots il jeta un regard à Holmes.

« Vous savez qui envoie ces messages depuis sept ans ?

— Oui. »

Une bûche carbonisée se brisa dans l'âtre. Adams entretenait toujours un feu dans la petite cheminée de son bureau, même au printemps quand la température se réchauffait. Holmes se demanda si l'historien était particulièrement frileux.

Après un assez long silence, Adams s'impatienta.

« Alors, vous allez parler, oui ou non ?

— Non. »

Le visage de Henry Adams s'empourpra, tandis que ses lèvres devenaient livides.

« Vous venez de me dire que puisque Ned s'était suicidé en décembre, vous vous sentiez tenu de me faire votre rapport, et maintenant vous refusez de me révéler l'identité de la personne qui nous persécute depuis six ans ? Vous avez un toupet extraordinaire ! Si j'avais quelques années de moins, monsieur Holmes… »

Holmes inclina la tête, prenant bonne note du courroux de l'érudit.

« J'ai découvert par déduction qui avait tapé et envoyé ces cartes, expliqua-t-il, mais je dois d'abord m'entretenir en privé avec cette personne. Or il ne m'est pas possible de le faire dans l'immédiat. Nous devons attendre la première semaine de mai.

— En résumé, vous jouez aux devinettes !

— Absolument pas. »

Sherlock Holmes rassembla le bout de ses longs doigts sous son menton, et son regard se perdit dans le lointain. Ses traits, si souvent impassibles quand il n'était pas agité par une vive stimulation intellectuelle, avaient pris l'expression de la plus profonde gravité. Sans être directement visé par sa réprobation, Henry Adams en éprouva un fort malaise.

« J'imagine que vous n'avez rien découvert d'autre sur le mystère de la mort de ma femme, qui n'a jamais été un mystère, d'ailleurs. »

Adams se reprocha aussitôt cette formulation maladroite, restant toujours et en toutes circonstances auteur et correcteur attentif de ses œuvres.

Holmes sortit de ses réflexions.

« Oh, si ! dit-il d'un ton presque désinvolte. Je sais au-delà du moindre doute que Clover… Mme Adams… a bien été assassinée. »

Le choc fut tel qu'Adams mit trente secondes à recouvrer l'usage de la parole.

« Assassinée ? Mais comment ? Par qui ? Et pourquoi ?

— J'aurai la réponse à ces trois nouvelles questions avant la fin de la quinzaine. Quant au “comment”, il ne fait aucun doute que sa mort a été causée par l'ingestion de ses propres produits de développement photographique à base de cyanure. Toutefois la question reste entière, car il reste à déterminer comment le poison a été administré.

— Donc en somme, vous êtes encore en train de jouer aux devinettes ! protesta Adams.

— Je ne joue jamais aux devinettes.

— Et avez-vous malgré tout la moindre idée d'un… d'un suspect, comme on dit dans les enquêtes fantaisistes qui vous mettent en scène ?

— Seules trois personnes peuvent être l'assassin, et vous êtes la troisième.

— Moi ! se récria Adams en se levant d'un bond. Vous êtes le plus odieux, le plus insupportable des… »

À court d'épithètes, Adams empoigna sa canne qui était appuyée à son fauteuil.

« Vous aviez le temps d'agir, vous connaissiez l'existence du poison et vous y aviez accès, poursuivit Holmes. Quant au mobile, le meurtre d'un conjoint est toujours motivé par des raisons fort compliquées, personnelles et obscures. Dans le cas présent, tout le monde sait que votre femme a toujours eu une tendance à la mélancolie. Même pendant votre longue lune de miel en Égypte et ailleurs, elle avouait dans sa correspondance à son père qu'elle était “reprise par sa vieille ennemie la mélancolie” – c'est ainsi qu'elle le formule, il me semble – au point qu'elle ne vous avait pas adressé la parole à vous, son nouveau mari, ou parlé à qui que ce soit d'autre pendant près de deux semaines. La persistance d'une telle mélancolie au cours des ans peut pousser à bout n'importe quel époux, et vous reconnaissez vous-même qu'elle était plus particulièrement abattue et envahie par une tristesse malsaine depuis la mort de son père en mars 1885. »

Henry Adams grinça des dents si fort que le bruit domina les crépitements du feu. Il brandit sa lourde canne comme une batte, les doigts blanchis tant il les serrait.

Holmes ne fit pas un geste pour s'écarter de l'homme, canne levée et vibrant de colère. La sienne était appuyée à un autre fauteuil à deux mètres. Il ne chercha pas à la récupérer et resta calmement assis, les yeux posés sur Adams, les mains croisées sur ses genoux.

Adams laissa retomber sa canne sur le tapis persan et s'écroula dans son fauteuil, se couvrant les yeux. Au bout d'un moment, il soupira.

« Vous devez certainement savoir que je n'ai pas… tué… ma très chère Clover que j'aimais tant.

— Oui, je le sais, assura Holmes, coudes posés sur les bras du fauteuil, menton appuyé au bout des doigts. Je dis simplement ce que tout bon officier de police aurait été en droit de croire, et surtout un procureur, pour peu qu'il soit compétent et consciencieux. Si l'enquête n'avait pas été menée de manière aussi superficielle à cause de votre statut social et de votre fortune, on aurait à coup sûr abouti à cette conclusion, et le jury vous aurait fort probablement condamné à mort si vous aviez été inculpé. »

Adams fut de nouveau réduit au silence, sidéré. Il jeta un regard à Holmes à travers ses doigts comme un enfant qui se cache au fond d'un placard, terrorrisé par des monstres.

« Vous aviez la possibilité d'agir, vous saviez où Mme Adams rangeait ses poisons mortels, et aucun domestique présent ce matin-là ne vous a vu partir à ce soudain rendez-vous chez le dentiste. Comme vous n'êtes pas allé chez le dentiste du tout, vous auriez pu rester à cent mètres de chez vous, du côté du parc, pour attendre l'arrivée de Rebecca Lorne à votre porte. C'est elle votre alibi, d'une certaine façon.

— Si vous pensez tout cela, alors pourquoi ne croyez-vous pas que je suis coupable du meurtre ? »

Holmes se leva et alla ouvrir le meuble où étaient rangées les bouteilles. Il se resservit un fond de whisky et versa une généreuse dose de brandy dans un autre verre qu'il posa devant Adams, sur le bureau, plutôt que de le lui tendre directement.

« Je vous sais innocent non seulement à cause des qualités que je vous connais, mais aussi parce que vous n'avez pas vu Rebecca Lorne devant votre porte, hésitant à frapper, comme vous l'avez affirmé dans votre déposition. En fait, vous avez vu Mlle Lorne sortir de chez vous en courant, laissant la porte grande ouverte, proche de la crise de nerfs. C'est elle, et non pas vous, qui a découvert le corps de Mme Adams.

— Comment le savez-vous ? demanda Adams, avant de prendre une grande gorgée de brandy.

— Je sais que vous vous êtes précipité pour aller chercher votre médecin, qui vit à cinq cents mètres, et que vous êtes revenu, toujours au pas de course, avec lui. Le Dr Charles E. Hagner a plus tard déclaré à la presse que la fiole de cyanure de potassium était toujours ouverte et dégageait ses vapeurs néfastes sur une table de l'autre côté de la pièce, à l'opposé de l'endroit où le corps de Mme Adams était tombé à terre, devant son fauteuil préféré, et qu'un verre à eau vide gisait sur le tapis près d'elle. Le Dr Hagner a aussi rapporté qu'à votre arrivée à tous deux, Mlle Rebecca Lorne attendait dans la chambre voisine de celle de Mme Adams, et qu'elle était dans un tel état nerveux qu'il a dû lui administrer un tranquillisant. Le rapport d'enquête a été rédigé par le lieutenant Hammond, arrivé sur les lieux avec deux de ses hommes une vingtaine de minutes après vous et Hagner. Il n'est cependant resté que quelques minutes, car vous avez demandé à ce que l'on vous laisse seul avec le corps de votre femme. Le rapport mentionne la position du corps et de la fiole de cyanure, que l'on avait refermée, mais il ne parle pas du verre à eau sur le tapis.

— La scène restera à jamais gravée dans ma mémoire, dit Adams, mais je ne me souviens d'aucun verre à eau par terre.

— La bouteille de poison se trouvait sur la table, assez loin de l'endroit où Mme Adams gisait sur le tapis avant que vous ne transportiez son corps sur le canapé. » Holmes se tapota les lèvres avec ses index réunis. « Tout le monde s'accorde sur ce point. Et pourtant, on a trouvé un peu de ce produit chimique près de l'endroit où est tombée votre femme. Votre gouvernante a précisé que le terrible liquide avait attaqué le bord du tapis et quelques centimètres de plancher. D'après ce que je sais, elle a dû demander à vos gens de couper la laine du tapis et de rénover la lame de parquet pour se débarrasser des taches. »

Adams s'empourpra de nouveau.

« Ma gouvernante a eu l'audace de discuter avec vous de… »

Holmes l'arrêta d'un geste.

« Malgré la brièveté de l'enquête, les domestiques ont dû faire des dépositions à la police pendant les tristes heures où vous étiez prostré dans votre malheur. Je sais que vous avez passé deux jours et deux nuits seul avec le corps et que vous n'avez annoncé ni l'heure, ni le jour de l'enterrement – le 9 décembre –, à vos trois amis survivants des Cinq de Cœur. Cette information sur le tapis et le plancher tachés se trouve dans les notes du lieutenant Hammond.

— Mais quelle importance, à la fin !

— Il y avait un verre à eau vide à côté du corps de Mme Adams, qui avait de toute évidence servi à contenir le poison. Le liquide a dû se répandre quand Mme Adams a lâché le verre, et salir le tapis et le plancher. Ce verre y était toujours quand vous êtes arrivé avec le Dr Hagner, mais avait disparu quand l'inspecteur Hammond est monté une demi-heure plus tard. »

Holmes se pencha vers Adams, son regard gris d'oiseau de proie posé sur lui.

« Quelqu'un a enlevé ce verre au cours de cette demi-heure… Votre gouvernante, Mme Soames, a dit à la police trois jours plus tard qu'il y avait seulement onze verres à eau dans le placard de l'office où ils sont rangés. Ce verre faisait partie d'un service de douze. »

Adams termina son brandy d'un trait.

« Mais qui aurait pu faire ça… ? Qui aurait pu prendre ce verre mystérieux que je ne me rappelle pas avoir vu ? La police, peut-être…

— Ce n'est pas dans les rapports.

— Je ne comprends pas… Je ne comprends rien à ce que vous me racontez sur ce verre à eau… et sur la fiole de cyanure, bégaya Adams. Qu'est-ce que ça change ?

— Pour faire boire quelqu'un, il est beaucoup plus facile de se servir d'un verre que d'une fiole », expliqua Holmes.

Le regard d'Adams devint un peu fou.

« Comment ça ? Vous pensez que quelqu'un a obligé Clover à boire ce terrible poison ?

— Oui, c'est ce que je crois. Ce qui nous amène à une question très pratique : Y avait-il habituellement des verres à eau dans la chambre de Clover ?

— Non, répondit Adams, atterré. Clover avait peur de laisser des auréoles sur les meubles.

— Dans la salle de bains attenante, alors ?

— Non plus. Il y a des verres dans nos salles de bains, mais pas ce genre de verre à eau. D'ailleurs celui de Clover était toujours là quand je suis allé dans sa salle de bains quelques jours plus tard.

— Depuis le moment de votre départ de la maison pour aller chez le dentiste et celui où vous avez fait demi-tour à cause des hurlements que poussait Mlle Lorne en sortant de chez vous… » – Holmes remarqua qu'Adams ne l'interrompait pas pour contredire cette nouvelle version des événements –, « Mme Adams aurait difficilement eu le temps de descendre pour aller chercher un verre à l'office… et tout cela sans être vue par Mme Ryan, votre cuisinière, qui s'affairait dans la cuisine à cette heure. Il lui aurait ensuite fallu remonter et retraverser la maison pour aller dans sa chambre noire, ouvrir la petite armoire fermée à clé où elle rangeait ses produits de développement, puis retourner dans sa chambre pour avaler le poison. »

Adams secoua la tête, en plein désarroi.

« Vous sous-entendez que… quelqu'un aurait monté le verre et pris la fiole de poison, et que cette personne attendait cachée quelque part à l'étage, et nous épiait pendant que je parlais à Clover avant de partir, attendant qu'elle soit seule ?

— C'est plus qu'envisageable.

— Et cette personne devait être Rebecca Lorne, que Clover aimait, en qui elle avait confiance, et qui m'a soutenu dans les jours qui ont suivi la…

le..., balbutia Adams. Cela ne pouvait être que Rebecca Lorne, parce qu'elle est la seule à avoir pu subtiliser ce verre entre l'arrivée du médecin et celle de la police.

— Il est presque certain que c'est elle qui a emporté le verre, en effet, approuva Holmes, mais elle n'est pas la seule suspecte du meurtre. Il pouvait y avoir quelqu'un d'autre. »

Adams dévisageait Holmes avec une telle intensité que le détective eut presque une sensation de brûlure.

« Clifton Richards, le... cousin... de Mlle Lorne est peut-être impliqué, ajouta Holmes. Il est possible qu'il se soit trouvé dans la maison et qu'il soit descendu par l'escalier de service pour sortir sans bruit, alors que Rebecca Lorne montait en courant par l'escalier principal pour mettre en garde Mme Adams.

— Pour la mettre en garde..., répéta Adams, médusé. Monsieur Holmes, ajouta-t-il, qui a tué ma femme ? Je vous en conjure... Si vous le savez, dites-le-moi.

— Je ne le saurai avec certitude que dans les quelques semaines à venir. C'est pourquoi je dois vous demander un service. »

Adams inclina la tête presque imperceptiblement.

« J'ai réussi à persuader John Hay et Cabot Lodge d'avancer de deux semaines leur voyage à l'Exposition universelle de Chicago. Ils assisteront ainsi à l'inauguration officielle du 1er mai, étant arrivés en train dans leur wagon privé un ou deux jours auparavant. Le sénateur Cameron sera aussi de la partie et séjournera dans son bateau de plaisance... le *Great Lakes Yacht*, c'est son nom... qui sera amarré au ponton de l'Exposition.

— Vous êtes en train de me demander d'aller à cette maudite exposition pour découvrir qui a assassiné ma femme et livrer la ou le criminel à la justice ?

— Exactement.

— Très bien, dans ce cas, j'irai avec Cameron, Hay, les Lodge et toute la compagnie. Pourtant, l'Exposition universelle de Philadelphie m'a paru mortellement ennuyeuse quand je l'ai visitée. »

Holmes ne cacha pas son sourire.

Alors qu'il s'apprêtait à prendre congé, Adams lui agrippa le bras.

« Mais qui aurait eu intérêt à tuer Clover ? Qui aurait pu vouloir la mort d'une femme aussi charmante, spirituelle, triste et solitaire ? »

Holmes se rassit et plongea la main en soupirant dans la poche intérieure de son veston. Il en sortit une petite enveloppe bleue nouée d'un ruban rose.

Elle avait été ouverte. Holmes en tira la feuille de papier à lettres et laissa à Adams le temps de mettre ses lunettes. Il la tint devant lui pour lui permettre de la lire à distance par-dessus le bureau.

Henry Adams reconnut sa propre écriture. Il poussa un cri inarticulé et avança brusquement la main pour arracher la lettre à Holmes.

« Non ! » s'écria ce dernier en la mettant hors de portée. Il la plia et la remit dans sa veste. « Je ne vous laisserai pas la déchirer comme vous l'avez fait pour le bristol, tout à l'heure.

— Cette lettre m'appartient !

— Légalement, oui. Même si elle était en la possession d'une autre personne.

— Mais pourquoi Lizzie… Comment avez-vous… Pour quelle raison vous aurait-elle donné cette lettre intime ? La plus grande folie de ma vie !

— Elle ne me l'a pas donnée, répondit Holmes. Elle ne sait pas que je l'ai prise. J'ai dû la lui emprunter. Quand mon enquête sera terminée, je la remettrai à l'endroit où elle la cachait.

— Votre enquête…, persifla Adams avec mépris. Une bonne excuse pour lire le courrier le plus intime. Pour entrer chez les gens nuitamment et voler…

— Je vous assure que je la rendrai d'ici à quelques semaines. Mme Cameron ne saura même pas que j'ai sorti cette lettre de sa cachette. Je voulais seulement savoir quel moyen de pression Rebecca Lorne et l'homme qui se fait appeler Clifton Richards utilisaient pour faire chanter Mme Adams.

— Vous me dites maintenant qu'on la faisait chanter ? s'exclama Henry Adams à bout de nerfs. Alors, c'est moi en fin de compte qui ai tué Clover. C'est moi la cause de la mort de ma bien-aimée !

— Non. Pour résoudre cette affaire, je me suis vu contraint de trouver et de lire cette lettre, mais je vous assure que je n'en ai retiré aucun plaisir. Et je n'ai rien vu de répréhensible dans ces lignes. C'est la lettre d'un homme terriblement triste qui a été quasi abandonné par une épouse submergée par la mélancolie, et pas seulement depuis quelques mois, mais depuis des années… Une lettre écrite lors d'une insomnie à une femme qu'il connaissait et admirait beaucoup. C'était de la folie, oui, mais une folie profondément humaine et compréhensible.

— Nous sommes allés chez les Cameron le 4 décembre au soir, rapporta Adams, comme en transe, le regard perdu au loin. C'est-à-dire deux jours avant le… la mort de Clover. Lizzie Cameron avait été malade, et Clover s'inquiétait pour elle. Elle savait… comme nous tous… que l'une des principales causes des souffrances de Lizzie est le mariage sans amour qui l'unit à Don. Clover trouvait cela très triste. Ce soir-là, nous avons emmené Rebecca Lorne chez les Cameron. Il faisait très doux, je me souviens, pour un mois de décembre.

» Pour faire plaisir à Lizzie, Clover lui avait apporté un grand bouquet de roses "Maréchal Niel" jaunes – on n'en trouve pas facilement en décembre à Washington – et elle est montée avec Rebecca dans la chambre de Lizzie pour lui offrir ces fleurs. Connaissez-vous le langage des fleurs, monsieur Holmes ?

— Très imparfaitement. »

Adams eut un sourire triste.

« Dans le langage des fleurs qui fait fureur aujourd'hui, les roses jaunes signifient "Je vous aime de toute mon âme". Voilà ce qu'elle a offert à Lizzie Cameron moins de quarante-huit heures avant sa mort.

— C'était à vous qu'elle destinait ce message… », murmura Holmes.

Adams branla du chef.

« Si Clover connaissait l'existence de la lettre impulsive et folle que j'avais envoyée à Lizzie au mois de juillet… cette lettre-là…, ajouta-t-il en désignant la poche de Holmes. Si Rebecca Lorne avait cherché à la déstabiliser en lui apprenant l'existence de cette lettre, ou même seulement la possibilité de son existence… et si Clover avait supplié Lizzie de lui dire si c'était vrai… et si Lizzie n'avait pas nié… »

Holmes tendit le bras au-dessus du bureau pour poser la main sur le bras d'Adams.

« Ne vous laissez pas emporter par votre imagination, Adams. Vous savez à quel point Clover avait bon cœur. Ce bouquet offert à son amie malade n'était certainement rien d'autre qu'une preuve de son affection. »

Mais Holmes savait qu'il y avait eu une confrontation à propos de la lettre ce soir-là. Clover avait demandé à Lizzie de lui révéler la vérité. Elle voulait savoir si une telle lettre avait été envoyée par « son Henry ». Lizzie, malade et de très mauvaise humeur, avait laissé libre cours à son ironie mordante sans toutefois nier. Elle s'était même moquée de ses visiteuses parce qu'elles insistaient pour voir un « document aussi étrange ». Holmes le savait car, non content de subtiliser la fameuse lettre qu'il avait découverte avec d'autres retenues par du papier collant à l'envers du fond d'un tiroir de la commode de Lizzie Cameron, il avait aussi emprunté son journal intime de l'année 1885 et y avait lu l'entrée de la première semaine de décembre. Le journal avait été remis à sa place, mais le détective avait l'intention de garder jusqu'à ce que l'affaire soit réglée la lettre du mois de juillet ainsi que d'autres, soustraites chez d'autres personnes par des méthodes tout aussi douteuses.

Holmes voyait qu'Adams était à bout. Voilà un homme qui était parti dans les mers du Sud après la mort de sa femme pendant plus de trois ans et avait parcouru cinquante mille kilomètres presque sans repos. Un homme qui avait fait jurer au grand sculpteur Saint-Gaudens de garder le secret du mausolée pour les vivants qu'il avait fait aménager à l'intérieur de l'extraordinaire sculpture dédiée non pas à la mémoire de sa femme, mais à la mémoire de son propre chagrin.

Holmes se leva et, chapeau et canne à la main, il sortit un dernier papier de sa veste.

« Hay m'a donné ceci, mais tous vos amis en ont pris connaissance, Adams. Clover… Mme Adams… a commencé une lettre à sa sœur Ellen juste après votre soi-disant départ chez le dentiste ce dimanche-là. Je me doute que vous la connaissez par cœur, mais je veux vous en lire un passage qui vous aidera peut-être à prendre un peu de recul :

Si j'avais la moindre force, la moindre qualité, je pourrais m'y appuyer pour retrouver goût à la vie. Henry est plus patient et aimant que je ne puis l'exprimer. Il ferait envie même au bon Dieu – il endure, il espère et désespère heure après heure… Henry est au-delà de toute expression, encore plus tendre et meilleur que vous tous, même.

Holmes replia le papier et le remit dans sa poche à côté de la lettre bleue.

« Elle a tracé ces mots, monsieur Adams, après avoir appris l'existence de votre lettre à Lizzie Cameron. Elle vous avait déjà pardonné. »

Adams se leva et posa un regard indéchiffrable sur le détective.

« Quand faut-il que nous nous revoyions, monsieur Holmes ? Quelle nouvelle épreuve insupportable me préparez-vous… nous préparez-vous à tous ?

— Nous avons rendez-vous à Chicago », répondit Holmes.

Sur quoi il sortit discrètement sans déranger le majordome.

Troisième partie

1

Jeudi 13 avril, 10 heures

J'avais l'intention d'introduire la partie de notre récit consacrée à l'Exposition universelle de Chicago en expliquant pourquoi Henry James – à l'encontre de son instinct et de ses habitudes – allait accompagner Holmes dans cet épisode de l'aventure du détective. Mais à la vérité, j'ignore pourquoi il le fit.

Nous connaissons tous des individus plus capables que d'autres de cacher leurs pensées, mais celles de Sherlock Holmes et de Henry James me sont demeurées en grande partie impénétrables, malgré ma longue expérience des hommes et des personnages. Le contrôle exercé par Holmes sur ses secrets et modes de réflexion s'explique facilement : le détective est un autodidacte, secrètement issu des rues de Londres, qui a passé presque toute sa vie à exercer son brillant intellect et sa volonté implacable, en un dangereux numéro d'équilibriste. L'esprit et le cœur de Holmes – à supposer qu'il ait un cœur – fonctionnent de manière trop étrange et compliquée pour nous être compréhensibles. Ou tolérables.

Mais les pensées et les sentiments de Henry James sont cachés derrière une armure psychique plus épaisse encore. À l'instar de Holmes, James a créé son propre personnage – celui de l'artiste, du maître, du célibataire uni seulement à son art – de toutes pièces et par la seule force de sa volonté, suivant peut-être le dicton de John Keats selon lequel « ce qui est créatif doit se créer soi-même ». Mais contrairement au détective, James a tenté de se dissimuler à lui-même ce qu'il y avait au fond de lui. Chaque mot qu'il a jamais écrit – dans ses lettres ou ses œuvres de fiction – menace de révéler une chose, aussi ténue soit-elle, que l'écrivain ne veut pas révéler. Ses efforts d'autodiscipline pour éviter de se dévoiler ont été terriblement efficaces. Il a si bien réussi à garder secrètes ses pensées intimes et les raisons de la plupart de ses décisions que nous nous retrouvons à l'extérieur de cette construction corsetée et en apparence contradictoire qu'est Henry James.

Quoi qu'il en soit, James avait donc décidé de suivre Holmes à Chicago, et je lui demande, ainsi qu'à vous, lecteurs, de me pardonner de faire un bond de deux jours dans la chronologie de l'histoire, avant de revenir à de précédents événements.

Le matin de leur deuxième jour à Chicago, Sherlock Holmes insista pour emmener James faire un tour en bateau afin de découvrir la nouvelle Ville blanche de l'Exposition colombienne depuis le lac Michigan. Le petit vapeur partait d'un embarcadère du centre-ville, non loin de l'hôtel où ils étaient descendus, pour une excursion de quatre-vingt-dix minutes.

« Je ne vois pas bien l'intérêt de cette sortie », déclara James, se tenant à côté de Holmes au bastingage.

Le *Columbus*, bateau à vapeur moderne à trois ponts, équipés de rangées de sièges, pouvait accueillir au moins trois cents passagers – une fois l'Exposition inaugurée, il ferait la navette toutes les heures entre le centre-ville et la Ville blanche, convoyant les visiteurs sur le site, puis les ramenant, épuisés, à leurs hôtels. Mais ce jour-là, il n'y avait qu'une cinquantaine de passagers à bord pour profiter du spectacle offert par la courte croisière jusqu'à Jackson Park, qui tous, à l'exception de James et du presque impassible Holmes, semblaient très excités d'apercevoir quelques bâtiments encore en construction.

« Je vous montre l'avenir », répondit Holmes.

La brume qui couvrait le bord du lac lorsque le bateau avait quitté l'embarcadère se leva au moment où ils approchèrent de Jackson Park où se tiendrait l'Exposition, et le soleil devint une présence presque tangible, réchauffant les touristes et éclairant le rivage avec l'intensité d'une torche. James savait que, techniquement, Jackson Park faisait partie de Chicago, mais ces presque deux kilomètres carrés en front de lac étaient jusqu'ici une zone marécageuse, sablonneuse et déserte, négligée par les spéculateurs immobiliers qui n'avaient cessé de repousser les limites de la ville vers la prairie en suivant l'extension du réseau de chemins de fer à l'ouest.

Pendant presque deux ans, les journaux américains s'étaient plu à rapporter les réactions horrifiées des célèbres architectes de la côte Est – les meilleurs du pays – choisis par le patron de l'Exposition, Daniel Hudson Burnham, en apprenant que, sous trente centimètres de sol tourbeux, partout dans la zone de Jackson Park, les terrassiers ne trouveraient que du sable et encore de la terre saturée d'eau. Burnham avait chargé ces fameux architectes de concevoir ce qui, pour la durée de l'Exposition, seraient les plus grands bâtiments d'Amérique du Nord, et de les ériger sur de la terre meuble – autant dire des sables mouvants –, plutôt que sur la pierre à laquelle ces architectes étaient habitués à New York et ailleurs.

Il fallait environ une heure aux voitures à cheval pour aller du centre-ville à Jackson Park, mais moins aux trains jaunes – surnommés les « wagons à bestiaux » par les habitants de Chicago – empruntant l'embranchement ferroviaire spécialement aménagé jusqu'aux portes de l'Exposition. Quand les spéculateurs avaient refusé de louer ou de vendre de l'espace aérien au-dessus des avenues menant au site, à moins d'empocher l'intégralité des profits, les ingénieurs du chemin de fer avaient conçu une ligne aérienne et des trains adaptés aux étroites ruelles allant du nord au sud, sans avoir besoin d'acheter le moindre espace.

Le *Columbus* mit environ vingt-cinq minutes à atteindre le lieu de l'Exposition.

« Grands dieux ! » s'exclama James.

En trois décennies passées à l'étranger, il avait contemplé assez de merveilles architecturales pour que la plupart des nouvelles constructions dont les Américains s'enorgueillissaient tant lui paraissent petites, laides et beaucoup trop fonctionnelles comparées aux beautés millénaires d'Europe. Il n'avait pourtant jamais rien vu de semblable à la Ville blanche. L'espace d'un instant, il ne put que regarder, bouche bée, depuis le bastingage.

« Mon Dieu », répéta-t-il au bout d'un moment.

L'ancienne zone marécageuse était métamorphosée : sur deux hectares traversés d'allées de pierre blanche se dressaient d'innombrables bâtiments blancs d'une taille stupéfiante, des sculptures s'élevant vers le ciel, des dômes géants, des ponts aux arcs élégants ; de vertes pelouses avaient été aménagées, ainsi qu'une île plantée d'arbres et des champs de fleurs.

Sous l'éclat du soleil, la Ville blanche semblait si incandescente que James dut plisser les yeux. Chicago était une cité relativement neuve – elle avait été largement rebâtie après le grand incendie de 1871 –, mais l'écrivain mesura à quel point elle était noire et sale, comparée à la vision qu'il avait devant les yeux. À Chicago, les grands immeubles de briques bloquaient la lumière, et les rues caverneuses étaient encore assombries par les rails du métro aérien. Si l'on exceptait les bords du lac, Chicago était une ville-canyon, obscure, bruyante et crasseuse. James savait que sa chère Londres était tout aussi sale

– voire davantage –, mais au moins avait-elle le bon goût de cacher sa crasse sous un épais brouillard la plus grande partie de l'année.

Silencieux jusqu'ici, Holmes se mit soudain à jouer les guides touristiques.

« Il y a quatorze Grands Monuments dans la Ville blanche. Celui dont nous nous approchons, appelé le palais des Manufactures et des Arts libéraux, a une surface de cent vingt mille mètres carrés. Son toit mesure cent vingt mètres de long et soixante mètres de haut. À lui tout seul il présente une surface à peindre de cinq hectares. En plus de ces Grands Monuments, on dénombre deux cents autres pavillons dans la Ville blanche, dont un pour chacun des quarante-sept États américains et pour les territoires. »

James sourit, amusé de profiter d'un guide personnel à l'accent anglais. Certains passagers se rapprochaient d'eux, le long du bastingage, pour écouter Holmes.

« Quand le président Cleveland appuiera sur le bouton le 1er mai, les dynamos de la Ville blanche fourniront trois fois la quantité totale d'électricité disponible à Chicago et dix fois plus qu'il n'en a été produit pour l'Exposition universelle de 1889 à Paris. Plus de cent vingt mille lumières à incandescence et sept mille lampes à arc éclaireront les boulevards, les pelouses, les allées et les fontaines. Il y aura très peu de coins d'ombre dans la Ville blanche. Les concepteurs ont par ailleurs engagé leurs propres forces de police – les deux mille membres de la Garde colombienne – non seulement pour arrêter ceux qui commettraient des délits ou troubleraient l'ordre public, mais pour intervenir avant que ces crimes ne soient commis. Aucune autre ville d'Europe ou d'Amérique ne met en œuvre une politique aussi éclairée.

— Qu'est-ce que c'est que cette immense chose très laide et inachevée, là-bas, au nord et un peu à l'ouest du palais des Manufactures ? demanda James, faisant un geste avec sa canne. On dirait qu'ils sont en train de construire la coque de l'Arche de Noé.

— Ce sera la réponse de la Ville blanche à cette tour Eiffel qui a fait grand bruit à l'Exposition de Paris, expliqua Holmes. Un certain M. Ferris est en train de dresser une roue géante, dont les trente-six cabines pourront accueillir jusqu'à quarante personnes chacune. Les passagers monteront à quatre-vingts mètres de haut, d'où ils auront – d'après la promesse de M. Ferris – une vue stupéfiante sur le lac Michigan, sur la Ville blanche et le Midway Plaisance avec toutes ses attractions, et sur Chicago. Ce que vous voyez là n'est que la structure de la moitié inférieure de l'immense roue. D'après ce que j'ai entendu dire, l'axe qui sera bientôt monté est la pièce métallique la plus lourde jamais forgée sur le continent. Il mesurera presque dix-huit mètres, pèsera quarante-six tonnes et devra être assez solide pour supporter le poids de la roue, des nacelles et des gens, soit six fois celui du pont à cantilever de Cincinnati au-dessus de l'Ohio dont vous paraissez si fiers, vous les Américains. Les promoteurs de la Ville blanche et M. Ferris promettent que la Grande Roue sera finie et en état de marche avant le milieu de l'été, au plus tard.

— D'où tenez-vous tous ces renseignements, Holmes ? Ça ne vous ressemble pas, de vous encombrer d'autant de faits et de chiffres. »

Holmes tourna le dos à la Ville blanche, s'adossa au bastingage et sourit.

« J'ai eu droit à une visite privée hier, quand vous étiez à l'hôtel au chevet de M. Clemens, et même un idiot est capable de se souvenir de certaines informations pendant une courte période. C'est ainsi que des étudiants sortent de Cambridge et d'Oxford avec les félicitations du jury, comme vous le savez certainement. »

James contempla la Ville blanche alors que le *Columbus* contournait de loin une jetée de huit cents mètres avançant dans le lac Michigan. Des ouvriers s'y affairaient à construire un trottoir roulant, dont on distinguait la forme d'abord linéaire puis circulaire.

« Il vous en coûtera dix *cents* pour emprunter le Trottoir qui vous emmènera du vapeur à l'entrée de l'Exposition, dit Holmes, sans tourner la tête pour le regarder. À mon avis, la plupart des visiteurs l'essaieront juste pour l'attrait de la nouveauté. »

James s'émerveilla devant les petits bassins et les voies d'eau aménagées partout dans la Ville blanche. On avait transformé un marécage en une version plus propre et plus aérée de sa Venise bien-aimée.

« Et tout ça en vingt et un mois, dit Holmes, comme s'il lisait dans les pensées de l'écrivain.

— Où le président Cleveland fera-t-il son discours inaugural et lancera-t-il les festivités ? » demanda James.

Holmes se tourna et pointa sa canne.

« Vous voyez, entre les colonnades du Péristyle, ce dôme qui s'élève à l'extrémité du bassin – dans l'alignement du haut piédestal où sera dévoilée l'immense statue de la république signée Saint-Gaudens ? Oui, ce bâtiment avec une sorte de pavillon à chaque coin. C'est le palais de l'Administration, et c'est de là que parleront le Président et les autres dignitaires. Ils seront tournés de ce côté – vers l'est, la statue et le lac –, et l'on peut supposer que toutes les allées, jusqu'au Péristyle, seront envahies par une foule d'Américains excités. »

Holmes tendit à James un petit télescope rétractable. L'écrivain porta l'instrument à son œil et le dirigea vers le dôme.

« Est-ce que ce sont des anges que je vois sur la terrasse supérieure de ce palais de l'Administration… juste sous le dôme ?

— Huit groupes d'anges, en fait. Qui soufflent dans des trompettes pour fêter la victoire de la Paix, même si je crains qu'ils ne soient un tantinet trop optimistes. En plus des centaines de lampes à incandescence qui dessinent les contours des parties supérieures du palais la nuit, cette terrasse que vous regardez est cerclée d'immenses torches à gaz conçues pour illuminer le dôme doré.

— Grands dieux, commenta James, orientant le télescope vers la myriade de ce qui ressemblait à de gigantesques palais de marbre, chacun festonné d'une multitude de statues, pinacles, tours, arcs, entablements et frises richement décorées. Je ne serais pas surpris que les habitants de Chicago veuillent venir s'installer dans la Ville blanche une fois l'Exposition terminée.

— Ils se retrouveraient sans abri au bout d'un an ou deux, sinon moins, compte tenu des violents orages que connaît Chicago », dit Holmes.

James baissa le télescope.

« Pourquoi donc ?

— Même si le fer et l'acier ont été largement utilisés sur le chantier – plus de dix-huit mille tonnes rien que pour les Grands Monuments, si j'ai bien compris –, sans parler du bois, ce qui ressemble à du marbre est en réalité du staff.

— Du staff ?

— Il s'agit apparemment d'un mélange exotique de plâtre, de ciment et de chanvre – ou autre matériau fibreux de ce genre –, peint pour ressembler à de la pierre. Tous les Grands Monuments, la plupart des pavillons des États et la grande majorité de la statuaire et des bas-reliefs que vous voyez sont faits de staff… un matériau très malléable, sous sa forme semi-liquide. Et plus léger que le bois. Trente mille tonnes n'en ont pas moins été nécessaires pour construire la plupart des bâtiments de la Ville blanche.

— Ils n'ont pas vocation à demeurer ? » demanda James, avec un pincement de déception.

Contre toute attente, il se surprit à éprouver de la fierté pour ce que ses compatriotes américains avaient créé en si peu de temps.

« Non. S'ils sont repeints régulièrement, ils dureront peut-être quelques années, mais laissés à la merci des éléments, tous ces incroyables édifices que vous admirez vont fondre et moisir comme le gâteau de mariage de Miss Havisham en un an ou moins. »

James rendit le télescope à Holmes, qui le replia et le remit dans sa poche. Le *Columbus* décrivit une grande courbe vers l'est, puis reprit la direction de la Ville noire en longeant le rivage. L'écrivain se disait que l'Amérique n'avait pas sa pareille pour créer des métaphores la concernant ; dans ce cas, la vision d'un bel avenir de marbre, sain et sûr, qui n'était en réalité qu'un rêve, sans aucun matériau solide pour le soutenir.

« Bon, dit James, encore déçu que sa Venise américaine ne soit qu'illusion. De toute façon, l'avenir de la Ville blanche n'est pas notre problème.

— En effet, acquiesça Holmes. Mais quoi qu'il advienne, tous nos problèmes seront terminés le 1er mai. »

2

Lundi 10 avril, 11 h 20

Trois jours avant son excursion en bateau à la Ville blanche, et le lendemain du jour où il avait quitté ses amis à Washington, James se trouvait devant le caveau familial au cimetière de Cambridge. Sa dernière visite ici remontait à un peu plus de dix ans : à l'époque, il était rentré en Amérique en toute hâte afin d'être au chevet de son père mourant, pour apprendre, à peine débarqué dans le port de Boston, que Henry James Sr était mort une heure plus tôt. Le jour de l'An 1882, James avait gravi seul la colline enneigée jusqu'à la tombe paternelle que l'on avait remplie de terre gelée dix jours plus tôt. William, qui n'avait pas pu rentrer d'Europe à temps, avait envoyé une lettre très intime à leur père, arrivée elle aussi après le décès. C'était une journée très froide – même si le ciel hivernal du Massachusetts était dégagé –, et James se rappelait les nuages fantomatiques de son haleine qui montaient dans l'air et ses orteils qui s'engourdissaient pendant qu'il lisait la longue missive. Elle commençait par « Cher vieux père » et contenait plusieurs pages de considérations métaphysiques, dans lesquelles James vit la poursuite des discussions, parfois houleuses, que William et leur père entretenaient depuis des décennies. Elle se terminait par : « Bonsoir, mon très cher vieux père. Si je ne vous revois pas, adieu !! Un bienheureux adieu !! » James était sûr de n'avoir pas pleuré ce jour-là, dix ans plus tôt, sans quoi les larmes auraient gelé sur ses joues.

Cette journée d'avril ne ressemblait pas du tout à la précédente. En hiver, il avait pu distinguer la blancheur d'un champ au loin, par-delà la rivière Charles. Cette vue était à présent bouchée par des arbres, mais à travers les feuilles agitées par la brise chaude, il aperçut des maisons et des magasins qui n'existaient pas en 1882.

Un an plus tôt, quand William était en Italie, il avait fait graver une urne de marbre pour accueillir les cendres de sa sœur Alice. Henry lut les mots choisis par William :

Ed essa da martiro
E da essilio venne a questa pace.

James reconnut aussitôt le passage – tiré du dixième livre du Paradis de *La Divine Comédie.* « C'est du martyr et de l'exil qu'elle est venue à cette paix. » La citation semblait appropriée à l'existence d'Alice, largement passée alitée et remplie de souffrances. Elle avait en effet envisagé la mort comme une échappatoire pendant les dernières années de sa vie, même si James savait – mieux que quiconque dans la famille – que la douleur et l'attente de la mort avaient été égayées, presque jusqu'à la fin, par le sens de l'humour malicieux d'Alice et son penchant pour la parodie. Quand William avait fait imprimer le journal intime de leur sœur, uniquement pour les membres de la famille et sans demander l'aval de Henry, ce dernier avait été stupéfait par les noms cités et tournés en ridicule. Il aurait largement expurgé le journal pour en retirer les insultes aux vivants (et à quelques morts récents), mais son frère aîné avait peut-être raison… peut-être était-il impossible d'expurger Alice.

Dans une main, James tenait l'élégante tabatière contenant la petite quantité des cendres de sa sœur qu'il avait subtilisées après la crémation en Angleterre, tandis que dans l'autre il avait une petite truelle de jardin qu'il avait achetée dans une droguerie non loin de leur ancienne maison de Bolton Street. Il avait cependant respecté son serment de ne pas aller voir la maison, maintenant que la famille l'avait désertée, ni de passer devant l'imposante demeure de William et de son épouse Alice, au 95 Irving Street, ici à Cambridge.

James avait le sentiment de ne pas avoir rendu justice à sa sœur. Son plan était très respectable : il avait voulu que l'un des frères (en l'occurrence lui), et pas seulement Mlle Katharine Loring, répande les cendres d'Alice, et ce dans un lieu où elle avait été heureuse. Sauf qu'il n'avait pas réussi à trouver un tel endroit – du moins, un tel endroit qui ne soit pas lié au « mariage de Boston » de sa sœur à Mlle Loring, ce qui excluait donc les deux maisons de Newport. James se rendait bien compte que cette jalousie tardive à l'encontre de Katharine Loring était idiote et égoïste. D'autant qu'il n'avait jamais éprouvé de tels sentiments du vivant d'Alice – se réjouissant seulement que quelqu'un ait réussi à faire apparaître un sourire sur son visage ou à lui arracher un rire. Mais depuis la mort de sa sœur, et après que Mlle Loring eut remporté ses cendres dans ce lieu sacré, le caveau des James, sa jalousie et son obstination à trouver le bon endroit pour les cendres subtilisées n'avaient fait que croître.

Il avait pourtant fini par renoncer. Sa sœur Alice James avait été unique, et ses cendres devaient toutes être ensemble… ou du moins pas trop loin. James n'avait pas l'intention d'essayer d'ouvrir l'urne de marbre.

S'assurant que personne ne l'observait, il s'agenouilla et creusa une petite tombe pour la tabatière. L'objet en ivoire lui avait été offert à la fin des années 1870 par Richard Monckton Milnes, lord Houghton, un ami de son père. Un homme énergique et amusant, avait dit Henry James Sr à son jeune fils, le « plus bel esprit de Londres, et un faiseur d'hommes… de beaucoup d'hommes ». Mais le lord avait déjà soixante-huit ou soixante-neuf ans quand Henry avait fini par faire la connaissance du mécène, qui avait l'habitude d'organiser des petits déjeuners et des dîners sophistiqués pour « capturer » des artistes et écrivains célèbres comme s'il s'agissait de papillons.

La tabatière d'ivoire, dont James n'avait pas l'utilité, hormis en tant qu'œuvre d'art, était sculptée de délicates petites silhouettes androgynes ; avec leurs tuniques ondoyantes, on aurait dit des saints ou des chérubins tout droit sortis d'un tableau du XVIIe siècle. Ce petit objet possédait un caractère spirituel, encore renforcé à présent qu'il contenait les cendres de sa sœur bien-aimée.

Alors qu'après avoir posé la tabatière dans le petit trou profond, James commençait à le combler de terre, il se remémora un dîner avec lord Houghton. Parmi les dîneurs figuraient Tennyson, Gladstone et le Dr Heinrich Schliemann, l'homme qui avait découvert et mis au jour la cité de Troie.

Ayant achevé son propre travail d'excavation et de comblement, Henry se releva – sentant un soudain élancement dans son dos toujours douloureux – et épousseta son pantalon. Il se rendit compte qu'il devrait dire une petite prière, mais il n'y en avait aucune dans son cœur ou son esprit à cet instant. Il avait déjà fait ses adieux à Alice – c'était le seul membre de la famille dont il avait accompagné la longue et difficile agonie. Il jeta un dernier coup d'œil à l'urne en guise de cérémonie.

Ed essa da martiro
E da essilio venne a questa pace.

* * *

Dans le cab qui l'attendait à l'entrée du cimetière, James se dit qu'il allait devoir décider que faire. Il n'y avait qu'une seule ligne de conduite raisonnable : son train pour New York quittait la vieille gare de Boston une heure plus tard. Le soir même, il embarquerait sur le *Spree* avec tous ses bagages. Il prendrait un excellent dîner et profiterait d'une bonne nuit de sommeil dans sa cabine de première classe, avant que l'élégant paquebot ne lève l'ancre le lendemain, direction Southampton (puis Londres, par le train, et enfin, il serait chez lui !).

Mais il y avait la question du fichu télégramme de Holmes, lui ordonnant de le retrouver à Beacon Hill cet après-midi-là, bien après le départ du train – comme s'il était un pion dépourvu de libre arbitre, que le détective pouvait déplacer à sa guise. Plus important encore, James devait mettre Holmes au courant de l'étonnante réunion de truands et d'anarchistes, en présence du Pr Moriarty, à laquelle il avait assisté au péril de sa vie. Ce n'était pas le genre de choses qu'on racontait dans une lettre – à supposer qu'il sache où trouver le détective –, encore moins dans un télégramme.

Il allait devoir se décider très vite. Le cocher du cab montrait des signes d'impatience, tout comme son cheval.

En toute logique, il n'y avait qu'un choix possible. James devait se sortir de ce cauchemar. Il devait se rendre à la gare, monter dans ce train pour New York, se faire conduire avec ses bagages jusqu'au paquebot et s'installer dans sa cabine de luxe sur le *Spree*. La raison lui criait qu'il était temps de rentrer chez lui, dans son appartement de De Vere Gardens, et de se remettre au travail sur la pièce qui allait lui rapporter une fortune.

« Cocher ! appela-t-il. À la gare centrale. Et en vitesse ! »

3

Lundi 10 avril, 15 h 38

Holmes consulta ostensiblement sa montre quand le cab – arrivant presque au galop – s'arrêta et que Henry James, le visage empourpré, en descendit.

« Vous avez presque huit minutes de retard, James. J'étais sur le point de me passer de vous et d'aller vaquer à mes affaires. »

James, qui venait de payer son cocher, rougit de plus belle.

« Comment osez-vous me reprocher mon retard à ce rendez-vous ? D'abord, vous m'insultez publiquement dans un télégramme en me demandant de venir si ça me convient ou *même si cela ne me convient pas*. C'était peut-être une tentative d'humour déplacé, mais ce n'est pas digne d'un gentleman communiquant avec un autre *via* la télégraphie publique. Quant à la ponctualité… pour commencer, vous vous souvenez fort bien que j'ai perdu ma précieuse montre la nuit où vous m'avez entraîné dans le cimetière de Rock Creek et d'autres endroits moins fréquentables ; j'en suis donc réduit à me fier aux horloges publiques, qui comme chacun sait ne sont pas fiables en Amérique. En plus j'ai dû foncer à la gare centrale de Boston pour récupérer mes bagages et les emporter dans la circulation dense jusqu'à cette nouvelle gare de North Union, qui ne se trouve pas vraiment au nord, mais à l'ouest du centre-ville. Ensuite, j'ai dû mettre mes bagages à la consigne de la gare, bondée à cette heure de la journée, puis me bagarrer contre les Bostoniens, qui sur l'échelle de Darwin ne se situent qu'un degré au-dessus des cannibales des mers du Sud pour ce qui est d'apprendre à faire la queue, afin de trouver un cab pour m'amener ici. Et je ne prendrai pas la peine de vous parler des projets importants auxquels j'ai dû renoncer, puisque… »

James s'arrêta en voyant le sourire de Holmes, et sentit sa colère s'intensifier.

« Comme de rater le départ du *Spree* demain ? demanda Holmes.

— Comment avez-vous… comment pouviez-vous savoir… où avez-vous…

— Hélas, qu'il s'agisse d'envoyer des messages ou de réserver simplement un passage sur un bateau, notre chère télégraphie n'est pas aussi privée qu'elle le devrait. Il reste des papiers et des copies de papier facilement accessibles à l'indiscret – surtout s'il entre dans le bureau du télégraphe juste après que l'envoyeur du câble en est ressorti. Et ça aide, de savoir lire à l'envers, un petit truc que j'ai appris dès l'enfance. »

James croisa les bras au-dessus de son ventre rebondi tout en s'efforçant de contenir les phrases et mots furieux qui fusaient dans sa tête.

Le cab n'était pas encore reparti, et Holmes interpella le cocher.

« Attendez ici encore une quinzaine de minutes, mon bon monsieur. »

Il lui tendit quelques billets pliés ; l'homme hocha la tête, effleura le bord de son chapeau et alla garer son véhicule le long du trottoir d'en face.

« Vous pensez que cette affaire ne prendra qu'un quart d'heure ? s'indigna James à voix basse, pour ne pas être entendu du cocher. J'ai raté mon train et mon bateau pour quelque chose qui ne prendra que *quinze minutes* ?

— Bien sûr que non, répondit Holmes. Comme promis, nous partons à Chicago dans… » Il consulta de nouveau sa montre. « … un peu moins de quatre-vingt-dix minutes. Mais notre problème immédiat, comme vous pouvez le voir, c'est qu'il n'y a pas de n° 426 bis ici… les maisons, de ce côté de la rue, passent du 426 au 428. »

James soupira, s'étonnant manifestement de la stupidité de l'homme que trop de gens qualifiaient de « génie ».

« L'usage, dans cette partie de Beacon Hill, veut qu'il y ait une petite chambre au-dessus du garage, expliqua-t-il. C'est à elle que correspond le "bis" des adresses postales.

— Ah, ah ! dit Holmes, comme si c'était lui qui avait fourni cette information très connue. Il y a un garage au bout de l'allée au 426. »

Alors que le détective s'engageait sur le chemin pavé, James le retint par la manche.

« Pour rejoindre l'appartement au-dessus du garage, le protocole exige que l'on emprunte un passage dédié, de l'autre côté. Venez.

— Quel protocole stupide, observa Holmes en le suivant à contrecœur. On voit le garage d'ici. »

Il tendit le bras gauche, alors qu'ils n'apercevaient déjà plus la bâtisse au bout de l'allée pentue.

Comme ils tournaient à gauche dans une autre rue – James les connaissait toutes, de la même façon qu'il connaissait la plupart des maisons, pour avoir passé sa jeunesse dans cette ville et avoir rendu de nombreuses visites à sa famille une fois adulte –, il agrippa le haut du bras de Holmes.

« J'ai des informations urgentes à vous transmettre, Holmes. Urgentes et sérieuses. Bien plus importantes que d'aller vérifier cette adresse, qui se révélera sûrement une impasse. Je dois vous raconter ce qui s'est passé il y a deux jours… »

Holmes retira délicatement la main que l'écrivain avait posée sur son bras.

« Je ne doute pas que vous ayez quelque chose d'important à me révéler. Mais chaque chose en son temps, mon vieux. Nous allons parler à la personne qui habite à cette adresse, puis nous repartirons à la gare, ce qui vous laissera tout loisir de me dire ce que vous avez à me dire. »

À cet instant, James faillit faire demi-tour et s'en aller. Son visage redevint aussi rouge qu'un peu plus tôt, et il jeta un regard meurtrier au profil de Holmes. Il se promit qu'il ne raconterait rien tant que l'Anglais ne le lui demanderait pas. Il connaissait les détails des plans du Pr Moriarty, il savait que de multiples assassinats ainsi que des émeutes menées par les anarchistes et par la pègre auraient lieu le 1er mai, mais si Holmes persistait à se conduire comme il le faisait, Henry James ne partagerait pas ces renseignements vitaux avec lui.

« Qui vit dans ces appartements au-dessus des écuries ? demanda Holmes, comme si c'était la chose la plus importante à apprendre aujourd'hui. Le personnel domestique ? »

James envisagea de se taire, mais son éducation exigeait qu'il réponde.

« Non. Comme en Angleterre, si une famille a les moyens d'employer des domestiques, ils habitent dans la maison principale, en général au dernier étage sous les combles. Traditionnellement, ces logements sont loués à vil prix à des gens cultivés, mais sans le sou. Des enseignants, par exemple, ou parfois des étudiants d'université, bien que ces derniers soient jugés trop instables pour ces quartiers tranquilles… à moins de pouvoir produire de nombreuses lettres de recommandation, bien sûr.

— Bien sûr », commenta Holmes.

Il avait trouvé l'escalier menant à la chambre ou aux chambres au-dessus du garage – occupé, à en juger par la forte odeur de fumier émanant de l'écurie au rez-de-chaussée –, et monta les marches deux à deux.

Après qu'il eut frappé plusieurs fois, ce qui donna à James le temps de monter plus doucement et de souffler un peu sur le palier, une petite dame aux cheveux gris entrouvrit la porte. Son œil droit était opacifié par la cataracte.

Holmes retira son haut-de-forme.

« Bonjour, madame. Mon nom est Sherlock Holmes, et voici mon associé, le Dr... pardon, M. James. Je suis un vieil ami de Mlle Irène Adler, la femme à qui vous faites suivre le courrier envoyé ici au nom d'une certaine Rebecca Lorne-Baxter, et je souhaite obtenir son adresse la plus récente.

— Vous avez dit vous appeler comment ? demanda la vieille dame.

— Ah... M. Sherlock Holmes, madame, répéta-t-il plus lentement. Et à qui ai-je le plaisir de m'adresser ? »

La dame marqua une pause avant de répondre.

« Mme Gaddis.

— Êtes-vous une ancienne institutrice, madame Gaddis ? C'est ce que suggère votre diction.

— J'ai enseigné pendant vingt-huit ans avant de prendre ma retraite avec des éloges, et ma maigre pension ne me permet même pas de louer ces deux petites pièces au-dessus d'une écurie nauséabonde, répondit Mme Gaddis. Mais votre nom n'a jamais été mentionné par la dame qui me paie cinq dollars par mois pour faire suivre son courrier, aussi suis-je au regret de refermer la porte, monsieur Holmes. »

D'un mouvement aussi délicat que possible, Holmes glissa son pied gauche dans l'embrasure et posa avec une apparente désinvolture la main sur le battant.

« Elle a forcément laissé des instructions concernant ma venue. Je sais à quel point Mlle Adler est joueuse. Un casse-tête ou peut-être une question vous permettant de m'identifier et de me transmettre son adresse ? »

Mme Gaddis plissa son bon œil.

« La dame qui me rémunère pour faire suivre son courrier – et je ne révélerai pas où je l'envoie, ni si c'est au nom de Mme Lorne-Baxter que vous avez mentionné – m'a effectivement avertie qu'un gentleman anglais ayant un fort accent du Yorkshire viendrait peut-être un jour frapper à ma porte, et que je devrais alors lui poser une question pour vérifier son identité. »

Holmes, qui tenait toujours son chapeau soyeux à la main, le plaça à quelques centimètres au-dessus de ses cheveux pommadés pour le soulever de manière symbolique.

« Je suis le gentleman en question, assura-t-il d'un ton joyeux visant à amener l'austère Mme Gaddis à coopérer davantage. Peut-être l'entendez-vous à mon accent.

— Un accent s'endosse avec autant de facilité qu'un manteau, répondit la dame, sourcils toujours froncés. Mais je vais vous soumettre la question de ma bienfaitrice… si je me la rappelle correctement. »

James faillit sourire en voyant une expression de panique traverser une seconde le visage de Holmes à l'idée de se retrouver dans une impasse à cause de la mémoire défaillante d'une vieille institutrice.

Mais l'âge n'avait manifestement pas altéré l'esprit de la dame autant que sa vision.

« Voici la question que je dois poser au visiteur anglais, déclara Mme Gaddis, la tirant de sa mémoire comme si elle descendait un vieux parchemin d'une étagère en hauteur. "Quels ont été les derniers mots que je lui ai dits lors de notre brève et ultime rencontre ?" »

Holmes rit.

« Ses derniers mots ont été : "Bonne nuit, monsieur Sherlock Holmes." Mais je ne l'ai pas reconnue à ce moment-là, parce que mon ami Watson et moi étions en train de déverrouiller la porte de notre appartement de Baker Street quand un jeune homme svelte, vêtu d'un manteau à pèlerine trop grand au col remonté et coiffé d'un melon les a prononcés en passant. Mlle Adler était comédienne et elle aime… ou aimait… les déguisements presque autant que moi.

— Les mots sont exacts, acquiesça Mme Gaddis, sans se dérider pour autant. Attendez ici, le temps que j'aille chercher l'adresse que j'ai notée quelque part. »

L'ancienne institutrice revint trente secondes plus tard – James eut juste le temps d'apercevoir, par-dessus l'épaule de Holmes, le petit appartement bien rangé, et presque accueillant –, et tendit une carte au détective.

« Je crois que nous nous sommes tout dit, monsieur Holmes. »

Le détective leva un doigt en guise de protestation.

« Pas du tout, lança-t-il gaiement. La simple politesse, pour ne pas parler de courtoisie, m'oblige à vous offrir un petit quelque chose en signe de reconnaissance pour le service que vous rendez à Mlle Adler, et pour m'avoir aidé à retrouver cette vieille amie. »

Mme Gaddis secoua la tête, leva la paume en geste de refus et ouvrit la bouche pour dire non quand Holmes lui tendit un billet de vingt dollars et le lâcha, de sorte qu'elle dut l'attraper.

« De toutes les professions qualifiées, le métier d'enseignant est le moins reconnu et le moins bien récompensé », déclara-t-il, ignorant les faibles tentatives de Mme Gaddis de lui rendre son billet.

Cette fois, il inclina son chapeau avant de le poser fermement sur son crâne, puis s'engagea dans l'escalier. James hocha la tête et sourit en témoignage d'une reconnaissance insincère avant de suivre Holmes.

* * *

Sur le trajet du retour à la gare de North Union, James demanda à voir l'adresse donnée à Holmes par l'institutrice en retraite. Elle se situait tout près de Dupont Circle, à Washington.

« Elle n'a donc jamais quitté la capitale, murmura-t-il. Je suis sûr que Henry Adams et John Hay l'ont crue partie pendant toutes ces années.

— C'est Adams qui m'a donné cette adresse postale à Boston. Et c'est de là qu'elle lui répond depuis des années. Apparemment, elle envoie ses lettres chez Mme Gaddis qui les poste dûment de Boston. Pour cinq dollars par mois, l'aidant à payer son loyer.

— Vous êtes sûr que Rebecca Lorne et Irène Adler sont… étaient… la même personne ?

— Absolument certain. Et quand bien même j'aurais eu des doutes, la question à propos des derniers mots qu'elle m'a adressés, à Londres, les auraient dissipés. Je crois que Watson a raconté cet épisode dans une nouvelle intitulée “Un scandale en Bohême”, un titre absurde, choisi parce que le bon docteur se sentait obligé de dissimuler l'appartenance du personnage à la famille royale britannique.

— Je m'étonne que votre ami Watson n'ait pas fait sortir de scène son roi pourchassé par un ours. »

L'espace d'un instant, Holmes posa sur James un regard vide, puis il éclata de ce grand rire haut perché, proche du croassement, que l'écrivain n'avait entendu que quelques fois et qui ne manquait jamais de le faire sursauter.

« C'était, je crois, le premier récit consacré à mes enquêtes… la première nouvelle mettant en scène le personnage de Sherlock Holmes, devrais-je dire… parue dans le *Strand*. »

James avait lu ce texte la semaine précédente, chez Clara Hay, dans le recueil des histoires de Sherlock Holmes. Ou de Conan Doyle… James ne savait pas très bien quelle description collait à la réalité, s'il y avait la moindre réalité là-dedans.

« J'ai toujours soupçonné qu'Irène Adler était restée à Washington, disait Holmes.

— Pourquoi ? »

Holmes rappela à James le bouquet de violettes blanches apparaissant comme par magie sur la tombe de Clover Adams tous les 6 décembre.

« Et pourtant, vous ne filez pas à Washington pour la confronter », dit James.

Ils approchaient de la gare de North Union, dans l'ouest de Boston.

« Non, répondit Holmes. Nous avons des billets pour Chicago et beaucoup à faire là-bas. De plus, l'adresse postale près de Dupont Circle ne sera sûrement pas son lieu de résidence. Rien qu'une autre impasse… »

James hocha la tête et fit un geste de la main, comme pour mettre de côté cette discussion à présent terminée.

« Puis-je à présent vous raconter ce que j'ai découvert à Washington samedi dernier ? demanda-t-il. Je vous assure que c'est de la plus haute importance.

— Nous arrivons à la gare, où nous devons retrouver quelqu'un. Vous me raconterez quand nous serons dans notre compartiment de première classe. Nous ne serons que tous les trois.

— Tous les trois ? » répéta James.

4

Lundi 10 avril, 16 h 10

Avec la nouvelle gare de North Union, Boston célébrait l'époque moderne, songea Henry James. L'architecture était imposante et le plan conçu selon des principes de bon sens : ici, au lieu d'attendre dehors dans le froid et l'humidité sous un large auvent comme dans les grandes ou petites gares londoniennes, le voyageur descendait une rampe à l'intérieur du gigantesque bâtiment, et son train s'avançait vers lui à un niveau inférieur bien chauffé et ventilé.

« Je dois aller récupérer mes bagages », déclara James à leur arrivée.

Mais Holmes lui avait pris des mains la poignée de tickets de consigne en disant : « Je vais trouver un spécialiste pour s'en charger à notre place », avant de disparaître un instant seulement dans la foule du grand hall.

« Vous êtes sûr… », commença Holmes.

Il vivait dans la terreur que sa malle ou certains autres de ses bagages, dont son sac contenant des débuts de nouvelles et les longues ébauches abondamment remaniées de ses pièces actuelles et futures, disparaissent au cours de l'une de ces aventures ferroviaires en Amérique. Il aurait été tellement plus heureux si ses bagages et lui s'étaient trouvés en sécurité à bord du *Spree* !

Holmes ouvrit la marche à travers la foule et descendit la rampe élégante jusqu'aux quais où des panonceaux indiquaient que leur train pour Chicago partirait quinze minutes plus tard.

« V'la pour vous, m'sieur Holmes, m'sieur James », claironna une voix à l'accent indéniablement cockney.

James fut surpris à la vue du jeune homme de petite taille, maigre comme un fil de fer, dont le sourire franc révéla des espaces vides là où ses dents définitives avaient été cassées à peine poussées. Il appartenait sans doute possible à ce groupe des « gamins des rues » de Londres connu avant même l'époque de Charles Dickens. Il était pourtant bien habillé d'un costume anglais en tweed, avec gilet et veste sur mesure, de knickers et de chaussettes de laine de qualité. Ses chaussures étaient bien cirées, et même sa casquette, qu'il avait ôtée d'un large geste en présentant à Holmes et James le chariot où s'empilaient leurs bagages, était neuve et de bonne fabrication, probablement écossaise.

« Donne ces tickets au porteur, là-bas, pour qu'il charge nos bagages dans le wagon, ordonna Holmes. Rapporte le sac de voyage de M. James – ses initiales sont dessus –, ainsi que ma mallette et ma petite sacoche marron.

— Tout de suite, m'sieur, répondit le jeune homme avant de disparaître dans la foule en tirant l'imposant chariot derrière lui.

— Vous faites confiance à ce drôle de gamin ? » demanda James.

Holmes lui adressa un étrange petit sourire.

« Plus que vous ne l'imaginez, James. Plus que vous ne l'imaginez. »

Le détective alla acheter quelques journaux et magazines pour le trajet, de sorte qu'ils n'avaient pas encore embarqué quand le gamin revint, tendant à James son sac de voyage et à Holmes ses deux bagages usés ainsi que de nouveaux reçus. Le garçon regarda l'écrivain droit dans les yeux, avec une expression qui frôlait l'insolence et ne montrait sûrement pas la déférence requise.

« Content de vous revoir, m'sieur James », dit-il.

En entendant le gamin prononcer « Jimes », James put presque nommer les rues, à portée d'oreille des cloches de l'église St Mary-le-Bow, d'où venait ce jeune cockney.

Il repensa à tous les porteurs et coursiers qu'ils avaient croisés ou employés au cours de ce périple, mais aucun ne ressemblait à ce jeune homme étonnamment bien habillé – et il était sûr de ne jamais l'avoir vu *avant* ce voyage. Aussi répondit-il fraîchement :

« Je ne crois pas que nous nous soyons déjà rencontrés, jeune homme. »

Nouveau sourire trop large, franc et aux dents manquantes.

« Mais vous m'avez vu et j'ai vu que vous me voyiez, m'sieur. »

James sourit, mais secoua la tête.

« Je ne crois pas. »

Cette partie du quai s'était vidée, alors que la plupart des voyageurs pressés avaient déjà embarqué dans les voitures de première classe pour rejoindre leurs compartiments. James et le garçon se trouvaient à trois ou quatre mètres l'un de l'autre quand le gamin s'élança vers l'écrivain – avec une telle assurance frisant l'agressivité que James se surprit à agripper sa canne à deux mains –, mais le garçon s'arrêta à un ou deux pas de lui, leva les bras en l'air comme pour célébrer une victoire et, si vite que l'œil avait du mal à le suivre, effectua deux sauts de main en arrière, avant d'enchaîner par un saut périlleux, son corps se retrouvant parallèle à la plateforme une seconde durant laquelle Holmes saisit les jambes écartées, qui s'enroulèrent autour de sa taille, et le tint à l'horizontale à la seule force de ses puissantes mains.

Puis Holmes émit une espèce de cri de jongleur, le garçon joignit les paumes, bras tendus devant lui comme s'il allait plonger dans l'eau plutôt que vers le sol de béton du quai, et, dans un déploiement de puissance dépassant l'imagination de James, Holmes agrippa les mollets rigides du garçon et le souleva plus haut que ses épaules. Avec un autre cri – James comprit que c'était un signal d'un acrobate à un autre – il envoya le garçon vriller dans l'air, le rattrapa par les chevilles et le tint verticalement, alors que les mains jointes du jeune homme touchaient presque le quai.

Enfin, Holmes mit un genou à terre, le garçon utilisa ce genou comme tremplin pour se propulser, rassembla les genoux pour décrire une rotation dans l'air et retomba délicatement sur ses pieds devant James, les bras au-dessus de la tête.

Ces acrobaties avaient ravivé la mémoire de l'écrivain.

« Grands dieux… vous deux… les ramoneurs sur le toit des Cameron… », dit-il dans un souffle.

Holmes eut un de ses brefs sourires ressemblant à un tic.

« Vous aviez une crête iroquoise orange ! » Il pointa un doigt accusateur vers Holmes. « Et vos cheveux à vous étaient verts et hérissés de pointes, ajouta-t-il à l'intention du garçon.

— C'est agréable d'être apprécié, m'sieur », lâcha le gamin avec un sourire.

James clignait encore des yeux comme un lézard aveuglé par le soleil. Il se tourna vers Holmes.

« Pourquoi ce nom, les Vernetti volants ?

— Ma grand-mère maternelle était une Vernet, répondit Holmes en prononçant le nom à la française. Les Vernet étaient des artistes. J'ai trouvé que les "Vernetti volants" possédait la touche acrobatique qui convenait.

— Mais dans quel but ? s'écria James. Les Hay m'ont dit qu'au cours de la semaine, les deux ramoneurs acrobates avaient fait la maison des Cabot Lodge, celle de Don Cameron – le jour où j'ai assisté à votre numéro – et même la leur, dans laquelle vous aviez séjourné…

— J'avais besoin de certains documents. De vieilles lettres, pour être précis, ainsi que du journal intime d'une certaine dame. C'est très pratique. Une fois que les ramoneurs ont disposé des journaux sur toutes les surfaces dans le boudoir de madame pour empêcher que la suie ne salisse tout, ils ferment la pièce à clé et demandent aux domestiques de rester à l'écart.

— Les cheminées des chambres sont minuscules…, commença James.

— Monsieur Henry James, dit Holmes, je suis très heureux de vous présenter Wiggins Deux. »

James se rappela le télégramme du frère de Holmes qu'il avait lu subrepticement – WIGGINS DEUX BIEN ARRIVÉ À NEW YORK AUJOURD'HUI.

« Qu'en est-il de Wiggins Un ? s'entendit-il demander.

— Oh, il a grandi au point de perdre toute utilité pour moi, répondit Holmes.

— En plus, mon frère est en taule, ajouta Wiggins Deux en riant.

— Pour quel crime ? demanda James.

— Ah… La sainte trinité, m'sieur. Effraction, vol et refus d'obtempérer. Il va y rester quelques années.

— Wiggins Deux répond aussi au nom de Moth, dit Holmes.

— Puisque je ne suis qu'un rase-mottes », précisa le garçon.

Un contrôleur descendit sur le quai et annonça à travers un nuage de fumée : « C'est le moment d'embarquer, messieurs. »

* * *

Wiggins Deux disposait de son propre compartiment de première classe à côté de celui que partageaient Holmes et James, mais le garçon resta avec eux jusqu'à ce que le train ait quitté les faubourgs de Boston et traverse un paysage de verts pâturages, de murs de pierre et de petites fermes blanches.

« Bon, je crois que je vais aller faire un tour à ce que les Yankies appellent le "wagon club" et me rapporter une pinte, lança Wiggins Deux en faisant coulisser la porte du compartiment.

— Ils ne vendront pas d'alcool à un garçon de votre âge, répliqua James.

— Oh, non, m'sieur, convint Wiggins en faisant cliqueter des pièces dans sa poche. Mais ils comprendront que je viens seulement chercher deux verres pour mon tuteur et son ami. »

Une fois qu'ils furent seuls, Holmes se pencha vers James, assis, abasourdi, face à lui sur la banquette.

« Vous aviez quelque chose d'important et de confidentiel à me confier, James. »

Pris au dépourvu, James eut besoin d'une minute pour ordonner les événements du week-end précédent en un récit succinct mais complet. Au moment de parler, pourtant, ses mots se bousculèrent.

« Vous avez donc vu le Pr Moriarty dans la rue, et vous l'avez suivi ? l'interrompit Holmes d'un ton stupéfait.

— Oui, c'est ce que je viens de vous dire !

— Comment saviez-vous qu'il s'agissait de Moriarty ?

— Parce que j'avais vu sa photographie dans un magazine de mathématiques à la bibliothèque du Congrès, lâcha James. Il a été pris en photo à Leipzig pas plus tard que l'année dernière, en 1892, donc j'ai compris que vous aviez menti deux fois – le Dr Watson et vous avez menti au monde en racontant que vous étiez mort avec le professeur aux chutes du Reichenbach, et vous m'avez menti en prétendant avoir inventé Moriarty. Pourquoi m'avoir menti, Holmes ? »

Le regard gris et calme du détective croisa le regard gris et assassin de l'écrivain.

« Si j'ai été amené à déformer quelque peu la réalité, je l'ai fait pour vous protéger, James.

— *Déformer quelque peu la réalité ?* répéta James d'un ton de dérision. Nier l'existence du Pr James Moriarty ainsi que ses projets d'assassinats et d'émeutes anarchistes me paraît déformer *plus qu'un peu* la réalité ! »

Holmes se contenta de hocher la tête avec lenteur, comme s'il n'admettait pas encore pleinement la gravité de ce manquement à l'honneur, à la confiance, à l'amitié… ce qui redoubla la colère de James.

« Le Pr Moriarty est un démon à forme humaine, Holmes ! Je l'ai *vu* ! Je l'ai *entendu* ! Il planifiait et organisait la mort de centaines de gens – des policiers dans des dizaines de villes, le président et le vice-président des États-Unis et Dieu seul sait combien d'innocents –, aussi tranquillement qu'un homme d'affaires annoncerait une nouvelle campagne commerciale à son personnel.

— C'est très bien dit, James, répondit Holmes avec un autre de ses brefs sourires. Très bonne formule, vraiment. »

James se contenta de grommeler. Il n'était pas d'humeur à supporter les compliments de Holmes.

« Poursuivez votre récit de cette rencontre de samedi », l'encouragea Holmes.

Plus tard, James fut surpris de voir à la montre du détective qu'il lui avait fallu une demi-heure pour raconter toute l'histoire. Il s'était légèrement empourpré, l'épisode où il avait dû se dissimuler pendant que les membres de la pègre tiraient des coups de fusil sur le "rat" étant plus pittoresque et moins vraisemblable que toute fiction qu'il ait jamais écrite.

James se prépara à un long contre-interrogatoire de la part du détective, mais Holmes lui demanda seulement :

« Qu'avez-vous ressenti ?

— Ce que j'ai *ressenti* ? » S'apercevant qu'il avait presque crié, James jeta un regard nerveux à la porte du compartiment et baissa le ton. « Je vous livre toutes ces informations – l'heure de l'assassinat, les projets de soulèvement de la pègre et de meurtres planifiés par les anarchistes aux États-Unis, à Londres et en Europe –, et tout ce que vous voulez savoir, c'est ce que j'ai ressenti ?

— Oui. Par exemple, quand vous avez eu l'impression qu'ils vous tiraient dessus, et que la détonation a fait vibrer la poutre sur laquelle vous étiez dissimulé. Qu'avez-vous alors ressenti, James ? »

L'écrivain resta silencieux un instant. Il savait que la question ne méritait pas de réponse – il y avait bien trop de questions plus importantes auxquelles il aurait pu ou dû répondre à propos de cette réunion de malfrats et des projets du Pr Moriarty –, mais il comprit aussi qu'il se la posait lui-même en secret depuis deux jours. Qu'avait-il ressenti pendant ce moment, cet événement le plus improbable, le plus absurde, le plus irréel de sa vie ? De la peur ? Oui, mais ça n'avait pas été la sensation dominante.

« Vivant, finit-il par répondre. Je me suis senti terriblement… vivant. »

Holmes lui adressa son plus large sourire et lui tapota le genou, comme si le grand écrivain était un chien de chasse qui lui avait rapporté un faisan intact.

« Dans ce cas, je crois que vous allez apprécier les deux prochaines semaines. »

5

Mercredi 12 avril, 8 h 05

Dès qu'il arriva à Haymarket Square, Holmes repéra l'inspecteur Bonfield de l'autre côté de la rue. La circulation des calèches et des charrettes de marchandises était dense dans Desplaines Street et les piétons nombreux. Holmes attendit une trouée entre deux véhicules pour traverser au petit trot et fut accueilli de l'autre côté par la poignée de main impatiente de l'inspecteur.

« Ça me fait très plaisir de vous revoir, monsieur Holmes, déclara Bonfield.

— Plaisir partagé, inspecteur. Et félicitations pour vos diverses promotions. »

Holmes s'était trouvé à Chicago en mai et juin 1886, à rassembler les preuves en vue du procès des anarchistes qui avaient organisé les émeutes de Haymarket durant lesquelles sept policiers et quatre civils avaient trouvé la mort. Bonfield était capitaine à l'époque, mais les informations qu'il avait apportées à la partie civile au procès des huit anarchistes lui avaient rapidement valu le grade d'« inspecteur » ainsi que la direction du service criminel de la police de Chicago. Bonfield avait aussi été détaché à l'Exposition universelle afin de former et de superviser deux cents policiers en civil qui, à eux tous, connaissaient les visages et les méthodes de tous les pickpockets, voleurs et escrocs de la région. Les membres de la « Garde colombienne », en uniforme bleu layette, étaient équipés de jolies petites épées décoratives. Les agents en civil de Bonfield portaient une matraque, un coup-de-poing américain et un pistolet chargé dans les poches de leur veste.

« La promotion était imméritée, répliqua Bonfield, qui parut à Holmes aussi discret, réservé et compétent que sept ans plus tôt. Tous les lauriers auraient dû vous revenir, monsieur Holmes. »

Le détective balaya le compliment.

« Je vois qu'une statue a été érigée pour commémorer le 4 mai, observa Holmes. Gardée par un policier en uniforme. »

Bonfield hocha la tête.

« Gardée vingt-quatre heures sur vingt-quatre, monsieur Holmes. Des vandales – soit des anarchistes, soit ces milliers de gens qui en sont venus à considérer les assassins anarchistes comme des héros – ont attaqué la statue à coups de massue, l'ont couverte de graffitis obscènes, l'ont peinte en vert, sans aucun respect. Si bien qu'on a dû poster un homme devant jour et nuit. »

Holmes sortit sa pipe et commença à la remplir. Henry James l'avait convaincu, ne serait-ce que pour le bien de ses amis américains, d'utiliser une marque de tabac plus onéreuse et moins agressivement aromatique tant qu'il se trouvait aux États-Unis.

« Vous ne devinerez jamais ce qui est prévu au cimetière de Waldheim le 4 mai », poursuivit Bonfield.

Jamais Holmes n'avait vu une telle expression de colère sur les traits de cet homme placide.

« Waldheim », répéta-t-il, allumant sa pipe avant de ranger son briquet dans sa poche de pantalon – à côté du presse-citron de calibre .38. « C'est bien là qu'ont été enterrés les quatre anarchistes après leur pendaison, n'est-ce pas ?

— En effet. À présent, c'est devenu un mausolée aux "courageux leaders syndicaux" qui nous ont tendu une embuscade, à mes hommes et à moi, il y a sept ans. Un monument aux assassins – ou martyrs, du point de vue de la presse populaire – va être inauguré ; à ce qu'on raconte, il serait plus grand que la statue de six mètres de haut en mémoire des sept policiers morts ce jour-là. On s'attend à ce que plus de huit mille personnes se rassemblent au cimetière de Waldheim pour la cérémonie. Nous n'attirerions pas dix citoyens si nous organisions un hommage aux policiers défunts.

— L'Histoire est un mécanisme pervers. Elle réclame le sang de martyrs – réels ou inventés – comme une machine a besoin d'huile. »

L'inspecteur Bonfield poussa un grognement et, voyant une brèche dans la circulation, descendit sur la chaussée et fit signe à Holmes de le suivre.

« Elle a été asphaltée depuis les émeutes et le procès, mais vous vous souviendrez que c'est ici… » La chaussure vernie de l'inspecteur se posa à un endroit sans rien de notable. « … que vous m'avez montré l'empreinte en forme d'œuf creusée dans le pavement de bois de l'époque, là où était tombée la bombe… » Bonfield fit quelques pas de plus au milieu de la rue. « C'est *là* que vous avez remarqué le cratère ovale marquant l'endroit de l'explosion de la bombe. En fixant le cordon rouge que vous nous avez fourni dans l'alignement de l'empreinte et du cratère, nous avons pu démontrer que la bombe avait été lancée de la ruelle, et non d'un endroit situé au sud de là où la police avançait, comme la défense a voulu le faire croire aux jurés. »

L'inspecteur Bonfield était tellement pris par ce souvenir qu'il ne remarqua pas le grand chariot de marchandises tiré par quatre chevaux qui fonçait sur lui. Holmes le prit par le coude et l'entraîna en sécurité sur le trottoir en face de la ruelle.

« La bombe a explosé juste sous les pieds de l'agent Mathias Degan, poursuivit Bonfield, semblant presque sous hypnose. Degan était un ami. L'éclat d'obus qui l'a tué n'était pas plus gros qu'un ongle, monsieur Holmes. Le médecin me l'a donné, et je le conserve dans mon bureau. Mais il a tranché l'artère fémorale de Mathias, qui s'est vidé de son sang ici même, sur les pavés en bois. Dans mes bras.

— Nous avons pu déterminer l'angle des tirs ayant causé la mort de six des sept policiers tués par balle, précisa Holmes. L'assassin était posté à cette fenêtre, là-haut. »

Il montra une fenêtre ouvrant sur Desplaines Street.

« C'est ce que l'accusation a soutenu, mais les jurés n'ont pas suivi, dit l'inspecteur Bonfield. Les éléments que vous avez apportés ont néanmoins prouvé que c'était Rudolph Schnaubelt, le menuisier, qui avait lancé la bombe sur le groupe de policiers depuis cette ruelle.

— Sans l'ombre d'un doute, confirma Holmes. Mais vous ne l'avez jamais arrêté. »

L'inspecteur Bonfield leva les mains.

« Comment voulez-vous qu'on l'arrête si on ne le retrouve pas, monsieur Holmes ? Nous avons suivi des pistes indiquant que Schnaubelt était à Pittsburgh, à Saint-Domingue, qu'il était mort en Californie, qu'il mendiait dans les rues au Honduras, qu'il vivait confortablement au Mexique. Ce torchon socialiste qu'est l'*Arbeiter Zeitung* a publié une lettre soi-disant envoyée par Schnaubelt et portant le cachet postal de Christiania en Norvège. Cet homme est un fantôme, monsieur Holmes.

— Schnaubelt s'est reconverti dans la fabrication de matériel agricole et vit dans l'aisance à Buenos Aires, dit Holmes. Il est arrivé en Argentine un mois après les émeutes de Haymarket Square et n'a cessé de prospérer depuis.

— Pourquoi ne nous avez-vous pas avertis ?

— J'ai envoyé par câble toutes les informations – dont les adresses professionnelles et personnelles de Schnaubelt – à votre divisionnaire de police au début de l'année 1887. Je n'ai pas reçu de réponse. J'ai envoyé un deuxième télégramme contenant les mêmes informations, et incluant aussi tous les noms d'emprunt utilisés par Schnaubelt… Toujours pas de réponse. »

Bonfield avait retiré son chapeau et semblait à deux doigts de s'arracher les cheveux.

Holmes jeta un coup d'œil à sa montre et sortit la pipe de sa bouche.

« Il se fait tard, inspecteur. Vous êtes mon agent de liaison pendant que nous reconnaissons l'itinéraire qu'empruntera le président Cleveland pour se rendre sur le site de l'Exposition. Après quoi, je dois effectuer une rapide visite de la Ville blanche. Mais il nous faut galoper si nous voulons rejoindre l'hôtel Lexington à temps.

— Pour le galop, laissons faire les chevaux. »

Bonfield siffla, et une élégante calèche noire, conduite par un agent en uniforme de la police de Chicago, apparut. L'homme sauta à terre et leur ouvrit la portière.

* * *

Deux équipages attendaient Bonfield et Holmes devant l'hôtel Lexington au croisement de la 22e Rue et de Michigan Avenue. Le premier était un grand *surrey* couvert, disposant de trois banquettes orientées vers l'avant, contrairement aux deux habituelles, et d'une quatrième dans le sens contraire de la marche. Il était rempli de policiers en uniforme.

Le deuxième, ouvert, paraissait beaucoup plus confortable. Il était conduit par un homme corpulent aux yeux bleu vif et à la barbe poivre et sel bien taillée qui ressemblait un peu à celle de l'ancien président Ulysses S. Grant. À voir ses mains, Holmes lui donna une soixantaine d'années, bien que son visage soit presque dépourvu de rides, mis à part quelques pattes-d'oie autour des yeux. Il était vêtu d'un confortable pantalon de velours côtelé et de bottines usées, mais aussi d'une veste d'équitation en laine d'aspect coûteux. On remarquait surtout le chapeau mou noir qu'il portait en arrière comme s'il voulait offrir son front pâle au soleil d'avril.

« Monsieur Holmes, annonça l'inspecteur Bonfield, j'ai l'honneur de vous présenter notre futur maire, M. Carter Henry Harrison. »

La poignée de main était ferme sans être écrasante.

« Je suis ravi, absolument ravi de vous rencontrer, monsieur Holmes ! dit Harrison.

— Futur maire ? s'étonna Holmes.

— J'ai été élu pour un cinquième mandat – non consécutif, j'ai honte de l'avouer – le 4 avril, mais je ne prendrai pas officiellement mes fonctions avant le 20. Washburne, mon prédécesseur, étant occupé à bouder en rangeant son bureau, j'ai sauté sur l'occasion de vous montrer l'itinéraire que nous suivrons avec le président Cleveland. »

Voyant un officier de police revenir vers eux, le maire se pencha pour dire à Bonfield :

« Oh, oh, voici McClaughry. »

Holmes comprit, en voyant les insignes du nouveau venu, qu'il s'agissait du chef de la police de Chicago. Le maire le confirma en faisant les présentations, ce qui donna lieu à une poignée de main encore plus enthousiaste.

« Monsieur Holmes, j'étais très impatient de vous rencontrer ! lança le divisionnaire McClaughry. Quand je dirigeais la prison de l'État de l'Illinois, à Joliet, j'ai créé le premier système de *bertillonnage** d'Amérique. Vous aussi, vous utilisez ce système, je crois.

— Pour être sincère, je connais et je respecte M. Bertillon, avec qui j'ai eu l'occasion de travailler à Paris, mais je trouve que nombre des catégories qu'il a établies pour l'identification des criminels – la longueur des os, le tour de front et tout ça – sont presque impossibles à utiliser. De sorte qu'à présent, je me concentre presque exclusivement sur les empreintes digitales.

— Aah ! » Le divisionnaire McClaughry paraissait quelque peu douché par le manque d'enthousiasme du détective envers le système de Bertillon. « Oui, eh bien, nous aussi, nous avons des relevés d'empreintes digitales. Plus de cinq cents à l'heure actuelle. Avez-vous votre propre fichier, monsieur, ou dépendez-vous de celui de Scotland Yard ?

— Scotland Yard n'a, hélas, pas encore pleinement adopté la dactylotechnie. Mais j'ai un assistant qui visite les prisons, et nous nous constituons nos propres fiches – avec la photo de l'individu d'un côté, l'empreinte de ses doigts et de sa paume de l'autre. Je dois posséder environ trois mille de ces fiches. »

Le divisionnaire McClaughry parut stupéfait par cette information.

« Bob, annonça Harrison, c'est le moment d'y aller. Vous pouvez monter avec nous si vous voulez, et Bonfield ira avec les agents.

— Non, je vais faire le trajet avec mes hommes, répondit McClaughry d'un ton guindé. C'était un très grand plaisir, monsieur Holmes, et j'espère que nous aurons l'occasion de nous revoir pour prendre le temps de discuter des méthodes de Bertillon et d'autres sujets de criminalistique. »

Une nouvelle poignée de main, et le divisionnaire retourna à son *surrey* bondé.

« Grimpez à côté de moi, monsieur Holmes, lança Harrison. Bonnie, installez-vous derrière avec M. Drummond. Vous connaissez Drummond, n'est-ce pas, monsieur Holmes ? »

Holmes salua de la tête le chef du Secret Service.

« Oui. Ravi de vous retrouver ici, monsieur. »

Drummond sourit et lui renvoya son salut.

« Bien, en route ! » Le futur maire effleura les deux chevaux avec son fouet.

« Je suppose que le président Cleveland descendra à l'hôtel Lexington, dit Holmes.

— Oui. L'établissement dispose de la plus vaste suite dans toute la ville. Mais si ç'avait été moi, j'aurais préféré un hôtel dans une rue pavée. »

Holmes avait remarqué que cette partie de Michigan Avenue avait un sol de terre jaunâtre.

« Espérons seulement qu'il ne pleuve pas le jour de l'inauguration, déclara Harrison. C'est le meilleur hôtel du quartier sud, et il a été construit l'année dernière, donc je comprends pourquoi il a été choisi. On ne devrait pas mettre plus de vingt ou vingt-cinq minutes pour rejoindre l'Exposition en descendant Michigan Avenue.

— Dommage que le divisionnaire McClaughry n'ait pas voulu faire le trajet avec nous, regretta Drummond, assis derrière le maire. Nous devons discuter des mesures de sécurité prises par la police de Chicago et par la Garde colombienne. »

Harrison pouffa de rire et baissa le bord de son chapeau pour se protéger les yeux du soleil.

« Le divisionnaire McClaughry est un type bien. Et un réformateur. Il m'a envoyé sa lettre de démission le jour où j'ai été élu.

— Pourquoi ? » demanda Holmes.

Harrison sourit.

« Toutes les choses que Bob veut réformer – le jeu, les pots-de-vin aux responsables politiques, l'alcool et le badinage avec les belles de nuit – sont plus ou moins mes passe-temps favoris.

— Le maire Harrison a un très fort soutien de la classe ouvrière, expliqua l'inspecteur Bonfield, assis derrière Sherlock Holmes. Même chez les gens de couleur. »

Holmes décida qu'il en avait assez entendu sur la politique locale.

« À combien se montent les effectifs de la police de Chicago, monsieur le maire ? s'enquit-il.

— Un peu plus de trois mille hommes. Des agents de la police montée escorteront le convoi dès le départ du Lexington, mais je devine qu'une foule de deux cent mille personnes suivra à pied ou en voiture.

— Et il y aura environ deux mille membres de la Garde colombienne sur le site de l'Exposition, dit Holmes.

— Plus deux cents agents en civil sous ma supervision, dans la Ville blanche et le Midway Plaisance, où nous supposons que les pickpockets et autres filous seront les plus actifs.

— Des agents triés sur le volet ?

— Sélectionnés non seulement au sein de la police de Chicago, mais dans tous les États-Unis, répondit l'inspecteur Bonfield.

— Et vos agents, monsieur Drummond ? » demanda Holmes.

Le maire intervint :

« Quand M. Drummond s'est présenté ce matin et m'a appris qu'il venait du département du Trésor, j'ai cru que mon compte était bon. Que tous mes arriérés d'impôts me rattrapaient.

— Vous ne perdez rien pour attendre, monsieur le maire », marmonna Drummond. À l'intention de Homes il ajouta : « Cinquante-cinq hommes du Service Secret seront déjà sur place quand le président Cleveland arrivera sur le lieu de l'Exposition. Dont huit tireurs d'élite, qui seront équipés des fusils militaires les plus récents. Six hommes sont affectés à l'escorte permanente du Président.

— Ils sont grands, j'espère, dit Holmes.

— Tous mesurent plus d'un mètre quatre-vingt-douze. Mais évidemment, aucun ne pourra se placer devant le Président quand il fera son discours inaugural.

— Combien y aura-t-il de véhicules dans le convoi ?

— Entre vingt et vingt-cinq, je dirais, répondit Harrison avec un nouveau sourire. M. Cleveland et son entourage immédiat seront dans un landau. Les notables de Chicago ne cessent de sortir du bois comme des cafards, et tous veulent figurer dans la procession avec le président Cleveland. Tout ce que je sais avec certitude, c'est que, quel que soit le nombre de calèches, je serai dans la dernière.

— Pourquoi donc ? demanda Holmes.

— Parce que c'est moi qui recevrai le plus d'applaudissements et d'acclamations de la foule, déclara Harrison, qui ne faisait manifestement qu'énoncer un fait, sans fanfaronnade. Je ne voudrais pas que le président Cleveland entende ça, il risquerait de se vexer.

— Le landau a-t-il une capote ? interrogea Drummond.

— Une capote pliable, répondit l'inspecteur Bonfield. Elle sera repliée pour que tout le monde puisse voir le Président, même des plus hauts immeubles. Sauf s'il pleut, bien sûr.

— Prions pour qu'il pleuve, commenta Drummond, se parlant à lui-même.

— Oh, monsieur le maire, dit Bonfield. M. Holmes m'a informé qu'il savait où se trouvait Rudolph Schnaubelt… le lanceur de bombe de Haymarket Square.

— Inutile de préciser qui c'est, bon sang ! Ce salaud m'a donné assez de cauchemars. Où croyez-vous qu'il soit, monsieur Holmes ?

— Je sais exactement où il est, répondit Holmes, avant de donner au maire les adresses de Schnaubelt à Buenos Aires.

— Sacré bon Dieu ! Bonnie, vous ne pouvez pas envoyer quelques-uns de vos gars là-bas pour attraper ce maudit serpent ?

— Nous n'avons pas d'accord d'extradition avec l'Argentine, monsieur le maire.

— Bon sang, je le sais bien. Je parlais d'aller le chercher. Une opération clandestine. De ramener ce foutu anarchiste ici à Chicago pour un procès équitable et une pendaison en place publique.

— Si les autorités argentines venaient à l'apprendre, ce serait la guerre, fit remarquer Bonfield.

— Ce serait bien triste que les États-Unis ne puissent pas battre un petit pays comme l'Argentine, commenta Harrison. D'accord, Bonnie, alors, on peut peut-être envoyer quelqu'un pour éliminer cette ordure. Bang ! Et prendre une photo du cadavre à transmettre aux journaux de Chicago. Net et sans bavure.

— Mieux vaut qu'on en reparle plus tard, dit Bonfield.

— Vous avez raison ! s'esclaffa Harrison. J'ai mon héros littéraire préféré dans mon attelage, à qui je peux poser des questions. Alors, monsieur Holmes, dans "Le signe des quatre", vous vous injectiez une solution de cocaïne à soixante-dix pour cent dans le bras ou le poignet quand vous vous ennuyiez. C'était vrai ?

— Une habitude que j'ai abandonnée après que mon ami le Dr Watson m'a convaincu que le jeu n'en valait pas la chandelle. »

Holmes ne vit aucune raison de mentionner qu'il s'était injecté la plus puissante drogue héroïque le matin même, et qu'il comptait le faire encore deux fois avant la fin de la journée.

« Ah, bien, s'écria Harrison. Alors, dites-moi, si vous êtes libre de le faire, pensez-vous que, dans cette même aventure, la ravissante Mme Morstan avait des vues sur vous ? Et qu'elle s'est rabattue sur le Dr Watson, pour finir par l'épouser ? »

Holmes leva les yeux vers le ciel bleu et soupira. Le trajet s'annonçait long.

6

Mercredi 12 avril, 15 h 20

« Puis-je vous apporter quelque chose pour vous soulager ? demanda James.

— Un six-coups de calibre .40 pour me faire sauter la cervelle, répondit Sam Clemens. Ou, puisque je suis un lâche patenté, un quelconque poison indolore au goût de jus de citron.

— Rien d'autre ? »

James était assis sur une chaise près de la fenêtre, à un mètre du lit où était couché Clemens, en chemise de nuit. Il y avait des médicaments et des verres à demi pleins sur la table de chevet, et une pile de journaux en désordre sur l'unique autre chaise.

« L'un des médecins qui m'a examiné assure que c'est seulement une mauvaise grippe et me prédit depuis onze jours une guérison pour le lendemain, expliqua Clemens entre deux quintes de toux. L'autre médecin affirme que c'est une pneumonie et qu'à mon âge avancé… cinquante-huit ans… je devrais régler ma succession et commencer à prendre mes mesures pour le cercueil. J'ai bonne envie de jeter ces deux charlatans dans une arène pour voir lequel en sort vivant. »

James sourit.

« Mais racontez-moi plutôt ce qui vous amène à l'hôtel Great Northern, M. Holmes et vous », ajouta Clemens.

Il reposa son cigare à l'odeur atroce le temps de prendre quelques gorgées d'un liquide coloré, dont le goût lui arracha une grimace.

« C'est Holmes qui l'a choisi », répondit James.

La chambre de Clemens, à un coin de l'immeuble, disposait de trois fenêtres en arrondi, que James avait ouvertes pour laisser entrer l'air frais du centre-ville de Chicago. L'hôtel se trouvait au croisement de Jackson Boulevard et de Dearborn Street, et c'était à peu près tout ce qu'il connaissait de la géographie de la ville.

« Il a entendu un employé demander à un groom de monter une carafe d'eau avec du citron à votre chambre, reprit-il. C'est comme ça que j'ai su que vous étiez là. Ça m'a surpris. Quand j'ai appris que vous étiez souffrant, j'ai voulu venir prendre de vos nouvelles.

— C'est fort aimable », dit Clemens, s'interrompant pour tousser encore une fois. Une profonde toux grasse, qui incita James à se pencher un peu plus en arrière. « J'ai l'intention de repartir à New York demain, monsieur James, même si je dois y aller les pieds devant. Je vais peut-être devoir vous demander de porter mon cercueil. »

Clemens but encore un peu du liquide coloré. Puis il prit la petite bouteille et remplit de nouveau son verre.

« S'agit-il d'un sirop pour la toux ? demanda James.

— Plus ou moins, répondit Clemens en avalant une autre bonne rasade. C'est du laudanum. De l'opium liquide. Un cadeau des dieux. Mon deuxième médecin n'hésite pas à m'en prescrire des tonneaux. Jusqu'ici, c'est le seul remède qui ait calmé ma toux. »

De mieux en mieux, songea James. *Holmes s'injecte la nouvelle drogue héroïque tous les jours et Clemens – Mark Twain ! – est en train de devenir dépendant au laudanum.*

« Avez-vous réglé votre affaire, ici à Chicago ? s'enquit-il. Lorsque nous étions à Hartford, vous nous aviez dit que vous aviez des gens à voir. »

Clemens prit un air dégoûté.

« J'ai fait le tour des investisseurs susceptibles d'être intéressés par la machine à composer de Paige, mais ils sont mesquins, James. Tellement mesquins. Ils insistent pour voir une machine en état de fonctionnement. Ils sont tellement obnubilés par leur quête de bénéfices.

— Et Paige n'a pas de modèle à montrer ?

— Il me répète presque toutes les semaines qu'il en a un en parfait état de marche. Mais quand je me précipite pour aller le voir, soit la machine tombe en panne, soit Paige a décidé de la démonter pour la perfectionner d'une mystérieuse manière. Il se trouve à Chicago pour ouvrir une deuxième usine de production, alors que la première n'a pas encore craché le moindre exemplaire qui tourne plus de deux minutes d'affilée.

— Avez-vous vu M. Paige depuis que vous êtes ici ? »

Clemens but encore une bonne quantité de laudanum avant de remplir son verre.

« Il s'est montré merveilleusement prévenant. Il est passé me voir au moins six fois, en restant chaque fois des heures à mon chevet.

— Et ? demanda James après un silence durant lequel Clemens regarda dans le vide.

— Vous vous souvenez que je vous ai dit que Paige aurait pu convaincre un poisson de sortir de l'eau pour aller faire quelques pas avec lui ?

— Oui.

— Eh bien, cette fois, il a convaincu le poisson de sortir de l'eau, de faire quelques pas avec lui, de grimper à un arbre et de caqueter comme un perroquet. »

Ne sachant que répondre, James attendit la suite, en s'efforçant de respirer l'air frais du dehors plutôt que celui de la chambre, empuanti par le cigare bon marché de Clemens.

« Je suis allé exiger – pas réclamer, ni demander gentiment, mais bien exiger – que Paige me rembourse immédiatement les trente mille derniers dollars que j'avais mis dans son projet. J'en ai besoin. Je les avais empruntés à ma petite entreprise d'édition pour les investir dans la machine à composer, et les circonstances m'obligent à récupérer cet investissement pour sauver ma maison d'édition. Je suis donc venu exiger trente mille dollars sur les cent quatre-vingt-dix mille que j'avais déversés dans le puits sans fond de Paige.

— Vous a-t-il remboursé ?

— J'ai fini par lui signer un nouveau chèque de cinquante mille dollars, grommela Clemens. Pour qu'il puisse procéder à ces “dernières petites améliorations”, avant que la machine à composer ne révolutionne le monde de l'imprimerie et ne fasse de moi un millionnaire. » Clemens fut pris d'une violente quinte de toux. Il reprit son souffle et but un peu de laudanum avant de poursuivre : « J'y ai laissé plus que des écailles, cette fois. Livy va me tuer.

— J'espère que ça finira par rapporter, dit James qui n'avait jamais investi dans quoi que ce soit d'autre que son talent.

— Au fait, où est votre ami Sherlock Holmes, ces jours-ci ? demanda Clemens.

— Aujourd'hui, il est allé rencontrer différentes personnes à la Ville blanche.

— Avez-vous déjà vu l'Exposition, James ?

— Pas encore.

— La Ville blanche… encore une chose dans cette vie que je ne verrai jamais », soupira Clemens. Puis, sans préambule, il demanda : « Holmes croit-il toujours qu'il est peut-être un personnage de fiction ? »

D'abord pris au dépourvu, James finit par répondre :

« Je crois que oui.

— Il a peut-être raison.

— Qu'est-ce qui vous fait dire ça ?

— J'ai lu les nouvelles du *Strand* et les novellas, et Sherlock Holmes m'est apparu comme un personnage particulièrement peu réaliste. Ses aventures m'ont semblé très artificielles.

— À New York, vous vous le rappelez peut-être, Holmes nous a expliqué qu'il n'était pas très satisfait de la présentation que fait Watson de lui et de son art de la déduction. Les histoires sont peut-être véridiques, mais écrites par un esprit médiocre.

— J'ai réfléchi, ces dernières semaines. Je doute qu'il existe un "Dr Watson". C'est ce Conan Doyle qui a créé un narrateur imaginaire pour raconter les histoires imaginaires d'un détective imaginaire.

— Holmes prétend que Conan Doyle est l'agent et l'éditeur de son ami Watson. Le Dr John Watson, qui n'aime pas la publicité, permettrait à Doyle de le représenter.

— Mais s'il s'avère que Holmes est véritablement un personnage de fiction et que ce grand complot criminel n'est qu'une fable ? Une illusion ? Qu'en est-il alors de vous et moi, monsieur James ?

— Comment ça ? demanda James, qui savait très bien où Clemens l'emmenait.

— Ça signifierait que nous sommes *nous aussi* des personnages de fiction dans cette affaire, conclut Clemens, le regard menaçant sous ses sourcils en désordre. Vous avez été choisi pour être son Sancho Panza… ou peut-être son Boswell… et moi pour ajouter une note comique.

— Jamais je ne serai son Boswell.

— Avez-vous déjà réfléchi, James, aux relations que vous entretenez avec les personnages que vous avez créés ?

— Je ne suis pas sûr de comprendre, mentit James.

— Au fait que pour eux, vous êtes Dieu, tout comme je suis le dieu du petit monde de mes personnages de fiction. Vous les créez. Vous les mettez à l'épreuve. Vous décidez des émotions qu'ils ressentent et quand il est l'heure pour eux de mourir. Je l'ai dit, nous sommes pour eux des dieux. »

James secoua la tête.

« Mes personnages ont une certaine vie autonome…

— Vraiment ? s'étonna Clemens, avant d'être secoué par une nouvelle quinte de toux. Vous voulez dire qu'en ce moment même, Isabel Archer[1] est en train de prendre le thé en Angleterre ou en Europe continentale ?

— Non, mais que le personnage d'Isabel possède des profondeurs que je n'ai pas explorées.

— Ce sont des galimatias d'écrivain, répliqua Clemens. Nous adorons prétendre que nos personnages ont des vies indépendantes… mais c'est faux. Vous le savez aussi bien que moi, James. Nous les déplaçons comme des marionnettes au Guignol. Avez-vous lu le moindre des mes livres, monsieur ?

— Je n'ai pas encore eu ce plaisir », répondit James, surpris par la question. Les écrivains ne demandaient pas à d'autres écrivains leur opinion sur leurs œuvres. Ça ne se faisait pas.

Clemens rit.

« Eh bien, j'ai essayé de lire les vôtres ! Déchiffrer votre prose, James, c'est comme traduire de l'allemand médiéval. On a quarante-deux wagons de marchandises chargés de subordonnées, poussés par un petit groupe laborieux de verbes-moteurs rejetés à la fin de la phrase. Lire vos livres, c'est comme écouter un homme perché sur une caisse en train de débattre avec lui-même, et qui se coupe la parole toutes les deux secondes pour se contredire. »

James eut un petit sourire.

« Mon frère William serait d'accord avec vous.

— Mais tout de même… en ce qui concerne Isabel Archer et quelques-uns de vos autres personnages… » Clemens laissa la fin de sa phrase en suspens. Il se tourna pour lancer à James un regard farouche. « Savez-vous *pourquoi* Isabel Archer a pris cette décision idiote et autodestructrice à la fin du roman ? Était-ce votre intention dès le début, ou votre personnage a-t-il acquis une certaine indépendance et pris sa décision désastreuse toute seule ? »

James leva les mains, paumes en l'air. Il n'avait pas du tout l'intention de discuter d'Isabel Archer, ni d'aucun autre de ses personnages ou de ses livres avec cet Américain à l'esprit embrumé par le laudanum.

« Soit on entend la voix de nos personnages dans notre tête, soit on ne l'entend pas, poursuivit Clemens, se parlant à lui-même. Vous vous souvenez

1. Isabel Archer est l'héroïne du roman *Portrait de femme*, de Henry James.

peut-être que j'ai publié il y a environ cinq ans un livre intitulé *Les Aventures de Huckleberry Finn* ?

— Je m'en souviens.

— Durant des mois – des années, en réalité, puisque j'ai laissé le livre de côté pendant longtemps – j'ai entendu la voix de Huck dans ma tête, aussi distinctement que celle de ma chère Livy m'appelant pour le dîner. Huck m'accompagnait quand j'allais me coucher le soir et m'attendait quand je me réveillais le matin. Et puis un jour… près de ce qui aurait dû être la fin de l'histoire, quand ils descendent du radeau pour la dernière fois et que Jim, l'ami esclave de Huck, a été capturé… Huck m'a abandonné. Il s'est fait la malle. Je n'entendais plus sa voix, ne pouvais plus voir à travers ses yeux. Je n'étais plus qu'un homme qui couchait des mots sur le papier.

— Qu'avez-vous fait ? demanda James, plus intéressé qu'il ne voulait le montrer par le sujet et la réponse.

— Je suis allé chercher Tom Sawyer dans *son* livre et j'ai fait de Huck le personnage secondaire superficiel qu'il était dans le bouquin de Tom Sawyer. Et c'est ainsi que j'ai laissé le plus important livre que j'aie jamais écrit se transformer en un autre de ces récits pour la jeunesse. Tout n'est que jeux, coïncidences et fin heureuse avec Tom, qui se retrouvait à prendre toutes les décisions, *alors qu'il n'aurait même pas dû figurer dans ce roman.*

— Ce genre de situation est tout à fait regrettable, dit gentiment James. Et je suis sûr que cela nous arrive à tous dans l'un ou l'autre de nos romans. »

Clemens secoua la tête.

« Avez-vous lu *Robert Elsmere* ?

— J'ai déjà entendu ce titre, mais je n'ai pas eu l'occasion de le lire.

— Le bouquin de Mme Humphry Ward a fait sensation et créé pas mal de raffut il y a environ cinq ans. Elle y prônait un christianisme fondé sur des considérations sociales et sur l'assistance au prochain plutôt que sur les Écritures et la théologie. Elle s'est fait beaucoup de farouches ennemis. »

James attendit.

« Bref, poursuivit Clemens après avoir toussé et expectoré, j'ai noté une phrase de ce long et parfois lugubre ouvrage, parce qu'elle n'est pas sans rapport avec le sujet dont nous discutons. Mme Ward a écrit – je m'en souviens parfaitement – : "Je ne peux pas concevoir un Dieu, ordonnateur suprême, qui conspirerait contre Sa création."

— Le propos ne me paraît pas très radical.

— Mais pour le monde et les personnages que nous créons, nous sommes Dieu, James. Et nous n'arrêtons pas de conspirer contre eux. Nous les tuons, nous les malmenons et les blessons, nous leur faisons perdre leurs espoirs et leurs êtres chers. Nous conspirons quotidiennement contre nos personnages. Mais dans le livre de Huck Finn, je n'ai pas eu cette force. J'ai perdu la voix de Huck, puis manqué de courage. À moins que ça ne se soit passé dans l'autre sens. J'aimais tellement Huckleberry Finn que je n'ai pas réussi à comploter contre lui et contre le reste de ma création comme je l'aurais dû. Si la voix de Huck était restée en moi – si j'avais eu le courage de l'écouter –, Jim aurait été capturé et vendu comme esclave sous les yeux de son ami et malgré tous les efforts de ce dernier pour l'empêcher, ou au moins, j'aurais eu la décence de tuer Jim et Huck – au lieu de faire intervenir Tom Sawyer dans l'histoire, pour qu'elle ait une fin de livre pour enfants. »

Clemens avait craché les derniers mots.

« Quel rapport avec la question de savoir si Sherlock Holmes est un personnage de fiction ? » demanda James d'un ton brusque.

Il détestait les écrivains qui se lamentaient sur leur sort.

Clemens rit jusqu'à ce qu'il se remette à tousser.

« Vous ne comprenez pas ? Vous et moi ne sommes que des personnages très secondaires dans cette histoire consacrée au Grand Détective. Notre petite vie et notre sort importent peu au dieu-écrivain, qui que soit ce salaud.

— Avez-vous une idée de qui il pourrait s'agir ? J'y ai réfléchi. Conan Doyle ne ferait jamais intervenir des contemporains vivants dans ses histoires… il ne citerait sûrement pas leurs vrais noms et ne les rendrait pas reconnaissables. Holmes m'a raconté que Watson avait dû déguiser le prince de Galles en roi de Bohême dans une nouvelle.

— Ce n'est pas forcément Conan Doyle, dit Clemens, le menton collé à la poitrine, alors qu'il versait la fin du laudanum dans son verre. Plutôt un esprit et un talent inférieurs aux vôtres et aux miens, et peut-être même – c'est dire ! – à ceux d'Arthur Conan Doyle. Et qui sait si l'histoire n'a pas été écrite à trente, cinquante, voire cent ans de distance ?

— Au moins, ça signifierait que nous serions encore lus dans trente, cinquante ou cent ans », constata James, s'efforçant de prendre un ton léger malgré son cœur lourd.

Il y eut un long silence, seulement rompu par les bruits de la rue, quinze étages plus bas, et par la respiration rauque et laborieuse de Samuel Clemens.

« Si nous ne sommes que des constructions fictionnelles, ajoutées pour tenir compagnie à la construction fictionnelle qu'est Sherlock Holmes, que faisons-nous à présent ? » finit par demander James.

Clemens rit une fois encore.

« Je repars demain. Je serai probablement trop mal en point pour regarder la parade de Grands Navires prévue ce week-end dans le port de New York, mais je donnerais cher pour voir ça. Non, monsieur, si le dieu-écrivain de cette histoire… un écrivaillon, à coup sûr, veut éliminer ce Sam Clemens, il devra le faire hors scène, comme Shakespeare a tué Falstaff. »

Moi aussi, il faut que je m'en aille, songea James. *Que je regagne mon autonomie. Que je reprenne possession de moi-même.*

« Quels sont vos projets pour demain ? demanda Clemens.

— Holmes m'a dit qu'il voulait m'emmener faire une excursion en bateau pour visiter la Ville blanche.

— Dans ce cas, profitez bien de ce que je ne verrai jamais, dit Clemens.

— Je passerai prendre de vos nouvelles en rentrant de ce tour en bateau. Et voir si vous avez besoin de quoi que ce soit.

— Vous pourriez demander au concierge – le petit, qui a un bec-de-lièvre – de dire au médecin de l'hôtel que j'ai besoin d'un nouveau flacon de laudanum. Et d'une paille. »

James hocha la tête.

« Quant à passer me voir demain, ajouta Sam Clemens, c'est inutile. D'une manière ou d'une autre, je serai sorti de cette histoire. »

7

Vendredi 14 avril, 10 h 06

Bien que la matinée soit grise et froide et que la pluie menace, Holmes avait loué un landau ouvert pour se rendre à l'Exposition. James se munit d'un parapluie. Le détective portait la grande écharpe rouge qu'il revêtait quand la température passait sous les vingt degrés. Le cocher, perché sur son siège, était emmitouflé de laine.

Holmes se montra aussi taciturne ce jour-là qu'il avait été volubile pendant leur excursion en bateau la veille. Quand James lui demanda s'il avait déjà emprunté ce chemin pour aller à la Ville blanche, Holmes répondit que Harrison, le maire de Chicago, l'y avait conduit le mercredi.

« Comment est-il ? demanda James.

— Bavard. » Après un instant de silence seulement perturbé par le bruit des sabots des chevaux et des véhicules qu'ils croisaient, Holmes ajouta : « Et étonnamment sympathique. Corrompu, sans aucun doute, mais très apprécié de ses concitoyens, je pense.

— Quel est l'objet de notre sortie d'aujourd'hui ?

— Nous devons déterminer l'endroit où se dissimulera Lucan Adler pour perpétrer son crime, dit Holmes presque dans un murmure.

— Je ne connais rien au fonctionnement mental des assassins, rétorqua James.

— Certes, mais j'ai pensé que vous aimeriez voir les lieux de l'Exposition avant de quitter Chicago demain.

— Nous repartons demain ?

— Vous, oui », répondit Holmes, et il rejeta son écharpe par-dessus son épaule.

Le trajet vers le sud de la ville parut interminable, même s'il prit moins d'une demi-heure.

« C'est par là que passera le président Cleveland ? » demanda James à voix basse.

Holmes fit oui de la tête.

James regarda tous les immeubles, les toits et les ruelles.

« Un assassin pourrait se cacher n'importe où.

— La police de Chicago placera un millier d'agents le long du chemin, afin que personne ne puisse se précipiter sur le véhicule, expliqua Holmes *sotto voce*. Il y aura des centaines d'autres policiers derrière le convoi, puisque d'après le maire Harrison, deux cent mille personnes environ suivront les voitures sur au moins une partie du trajet. » Holmes se pencha plus près de James. « Mais peu importe. Lucan Adler ne s'approchera pas armé d'un pistolet. Il utilisera un fusil. Probablement à très longue distance. »

James en eut froid dans le dos.

« Les deux derniers présidents assassinés ont reçu une balle de pistolet tirée de très près. »

Holmes secoua la tête.

« Lucan Adler ne procédera pas de cette façon. C'est un tueur professionnel, ne l'oubliez pas. Il a abattu onze leaders ou dignitaires étrangers au cours des deux dernières années.

— Ce n'est pas possible ! »

Holmes sortit un petit morceau de papier de la poche de sa veste, montrant une liste de noms et de pays.

« Mon Dieu, marmonna James.

— Sebastian Moran et lui ont manqué de peu assassiner Sa Majesté la reine Victoria en 1888. Et Lucan n'était encore qu'un adolescent à l'époque. Il ne travaille plus avec Moran. Lui et lui seul est responsable des assassinats figurant sur cette liste. »

James était sans voix.

Ils approchèrent du site de l'Exposition par le nord-ouest. Deux membres de la Garde colombienne, flamboyants dans leur uniforme de toile bleue, examinèrent le laissez-passer spécial que Holmes leur montra, puis deux autres gardes ouvrirent les portes.

Devant eux, le Midway Plaisance s'étendait sur presque deux kilomètres. James vit une pancarte indiquant qu'ils se trouvaient sur l'avenue des Nations.

Lorsque l'écrivain avait entendu parler du Midway Plaisance, il avait imaginé une fête foraine ou un carnaval tels qu'il les connaissait, quoique en plus grand. Mais les concessions et attractions qu'il découvrait avaient la taille de véritables villes.

Ils passèrent devant une cabane en rondins qui lui parut modeste en comparaison.

« C'est la cabane du redoutable Sitting Bull, dit Holmes. Malheureusement, M. Burnham, le directeur de l'Exposition, n'a pas pu avoir Sitting Bull, puisqu'il a été tué par l'armée il y a trois ans. Elle est donc occupée par le chef Rain In The Face, quand il ne participe pas au Wild West Show, le spectacle de Buffalo Bill, à l'extérieur du site de l'Exposition. Rain In The Face prétend avoir tué le général Custer, et ses compatriotes sioux ne contestent pas. »

James regarda des hommes vêtus d'épaisses robes en peau et en fourrure. Ils devaient avoir horriblement chaud, malgré la fraîcheur de la journée.

« Le village lapon, expliqua Holmes. Je n'aimerais pas être à leur place au mois de juillet. »

Des hommes à la peau mate, presque entièrement nus à l'exception de quelques feuilles autour de la taille, passèrent à proximité.

« Des cannibales, précisa Holmes. Du Dahomey.

— Quel profit tire l'Exposition de la présence de cannibales ?

— C'est une Exposition universelle. Daniel Burnham tente d'apporter le monde à un million d'Américains qui n'auraient jamais les moyens d'aller le découvrir.

— Quel genre d'homme est ce Burnham ?

— Séduisant. Autoritaire. Très occupé. Et déterminé. Très, très déterminé.

— Je suppose qu'il faut l'être pour bâtir un ensemble comme celui-là en si peu de temps. Mais il paraît loin d'être achevé.

— Il ne le sera même pas le 1er mai, mais du moins en aura-t-il l'air. Burnham fait travailler ses équipes littéralement jour et nuit. »

Un homme tenant en laisse une autruche traversa devant leur landau.

« Californie, précisa Holmes, ce qui n'éclaira en rien James.

— Grands dieux ! s'exclama l'écrivain quand ils passèrent devant ce qui ressemblait à un village autrichien entier, avec ses bâtiments en pierre, ses tours et auberges.

— Un bon endroit pour prendre une chope de bière et une *Schnitzel* quand la foire sera ouverte », dit Holmes.

James remarqua un grand espace vide devant lequel une pancarte annonçait en majuscules PARC DE BALLON CAPTIF.

« Qu'est-ce qui rend un ballon captif ? demanda-t-il.

— Des cordes. »

Alors qu'ils atteignaient le centre du Midway, James prit la mesure de la taille qu'allait avoir la roue de M. Ferris. Seule la moitié de l'édifice de quatre-vingts mètres de haut était terminée, mais son axe semblait aussi énorme qu'un séquoia géant en acier, posé à l'horizontale. Une palissade en bois de deux mètres protégeait le chantier. Soudain, l'un des ouvriers dans les hauteurs de la structure cria quelque chose, puis dégringola d'un niveau à l'autre telle une créature arboricole et prit appui sur le haut de la palissade pour sauter et atterrir pile à côté du landau à l'arrêt.

James eut la surprise de reconnaître Wiggins Deux – le jeune Moth –, vêtu du même bleu de travail que les autres ouvriers s'affairant à la construction de la roue de Ferris. Le garçon avait dormi sur un lit de camp dans la chambre de Holmes lors de leur première nuit à Chicago, et James ne l'avait pas revu – ni pensé à lui – depuis.

« Bien le bonjour à vous, m'sieurs, les salua Wiggins.

— Hello, Moth, dit Holmes. J'ai l'impression que tu as trouvé un emploi. »

Le garçon eut un large sourire.

« Pour sûr, m'sieur Holmes. Et avec un vrai salaire d'ouvrier. Le contremaître, il dit, “ce Moth, là, c'est rien qu'un avorton”, mais M. Ferris, qu'est venu superviser le contremaître, lui a dit “Je l'ai vu grimper, Baine. Il est plus singe qu'avorton, et plus fort que la plupart de vos gars. Donnez-lui du boulot sur l'échafaudage et la construction métallique. On a besoin de grimpeurs comme lui”, qu'il a dit. Et c'est comme ça qu'j'ai été engagé. Oh, et on m'appelle plus Moth, mais Monk, diminutif de “monkey”.

— Ça ne vous gêne pas ? demanda James, se penchant en avant en s'appuyant sur son parapluie pour voir le jeune homme à la gauche de Holmes.

— Au contraire, m'sieur Jimes, répondit-il en souriant. Les durs des rues de Londres m'appelaient Moth, le rase-mottes, et ça me plaisait pas tant que ça. Même si je reconnais que j'aimais bien la façon de parler de Moth. Mais Monk parlera peut-être de la même façon.

— Comment parliez-vous quand vous étiez Moth ? »

Le sourire édenté réapparut.

« Bon, alors mon contremaître, m'sieur Higgens, nous demande au déjeuner : “Comment que je peux séduire cette dame italienne qui vit dans mon immeuble et qui fait comme si j'existais pas ?" Et personne dit rien, parce que m'sieur Higgens, l'a un caractère de cochon, mais moi j'lui dis : "Mon maître accompli, m'sieur Higgens, vous devez fredonner un air de gigue sur le bout de votre langue ; accompagnez-le de vos pas en dansant une canarie ; animez-le en roulant vos prunelles, soupirez une note, chantez-en une autre, quelquefois une roulade du gosier, comme si vous vouliez avaler l'amour en le chantant, quelquefois du nez, comme si vous preniez une prise d'amour en flairant l'amour ; avec votre chapeau en forme d'auvent sur la boutique de vos yeux ; vos bras en croix sur votre gilet, comme un lapin à la broche ; ou vos mains dans votre poche, comme un personnage de l'ancienne peinture, en prenant garde… ça, c'est important, m'sieur… de rester trop longtemps sur un même ton, d'abord un fragment et puis un autre. Voilà les qualités, voilà les gentillesses qui séduisent les jolies filles, lesquelles seraient, je l'admets, encore séduites sans tout cela, et qui rendent gens de considération (voyez-vous, gens de considération) ceux qui s'y sont adonnés[1]." Et voilà comment j'ai conclu ma p'tite observation. »

Holmes rejeta la tête en arrière et éclata de ce rire sec qui ressemblait à un aboiement. James ne put que regarder le gamin, bouche bée.

« Tu iras loin, Moth… je veux dire, Monk, affirma Holmes, et il lui tendit un billet de dix dollars.

— Merci, m'sieur, répondit le jeune homme en glissant le billet dans sa casquette. Et j'espère que vous m'en voulez pas de pas repartir en Angleterre, mais de rester chercher fortune ici en devenant américain.

— Pas du tout. C'était un plaisir de travailler avec toi quand tu étais Wiggins Deux de Baker Street, mais l'heure est venue pour toi de montrer au monde ta vraie valeur.

— M. Ferris dit que ce sera sûrement pas la dernière roue qu'il construira. Même si les autres seront sûrement plus petites. Si je réussis bien sur les poutrelles d'acier ici, je voyagerai p't-être avec ses ouvriers dans d'autres États, ou même d'autres pays.

— Je te le souhaite, Monk », dit Holmes. Il demanda au cocher de repartir, puis se retourna pour crier au garçon : « Si jamais tu as besoin de quoi que ce soit – n'importe quoi, Wiggins – tu sais où me trouver. »

Le garçon sourit et hocha la tête.

1. Tirade du personnage de Moth dans *Peines d'amour perdues* de Shakespeare, traduit par F. P. G. Guizot.

« J'y manquerai pas. Et que Dieu vous garde, m'sieur Holmes. »

Lorsqu'ils eurent repris leur route et furent passés devant ce que Holmes décrivit comme le Village algérien, où des dames les observèrent de sous leurs voiles, puis devant une rue déserte qui, une semaine plus tard, serait une rue très animée du Caire, James dit :

« La tirade de *Peines d'amour perdues*. Où diable Wiggins a-t-il pu l'apprendre ?

— J'emmène mes garçons les plus prometteurs au théâtre, répondit Holmes. J'estime que s'ils étaient nés dans des milieux plus favorisés, nombre d'entre eux auraient fini députés. Quoique, à la vérité, la plupart sont trop intelligents et honnêtes pour le Parlement. »

James y réfléchit alors qu'ils passaient devant un gigantesque zoo, d'où montaient de puissantes odeurs animales. Il entendit un lion rugir et – peut-être – un hippopotame faire des bruits d'hippopotame. Il ne leva pas les yeux. Au loin, à l'ouest, une clameur joyeuse montait de là où se donnait le spectacle de Buffalo Bill, qui attirait des foules depuis qu'il avait ouvert quelques semaines plus tôt.

Leur landau tourna à droite, et un ensemble étourdissant d'immenses bâtiments apparut, traversé de canaux, de bassins, de ponts et d'étangs. Le plus grand lac se trouvait à leur gauche – James distingua l'Île boisée au centre –, et l'alignement des Grands Monuments à leur droite lui évoqua les falaises de Douvres.

« Nous sommes officiellement dans la Ville blanche, annonça Holmes. Nous venons de passer devant le palais de la Femme. »

James fut incapable de parler : il était surpris de se découvrir si impressionné par la beauté, la taille et l'agencement de la Ville blanche, qu'il avait imaginée comme un simple champ de foire. Il avait l'impression d'avoir fait un saut dans l'avenir – un avenir propre, blanc, sûr et sain.

« Il y a un peu plus de un kilomètre jusqu'au palais de l'Administration, devant lequel le président Cleveland fera son discours, dit Holmes tout bas, afin de ne pas être entendu du cocher. Un assassin pourrait se poster n'importe où d'ici jusque là-bas. »

S'appuyant sur son parapluie, James se tourna vers l'homme assis à côté de lui. Les yeux de Holmes brillaient d'excitation.

« Et j'ai besoin de votre aide, James, pour déterminer où Lucan Adler projette de perpétrer son crime le 1er mai. »

8

Vendredi 14 avril, 10 h 42

Le palais de l'Administration, où se terminait leur périple, était un carré de vingt-cinq mètres sur vingt-cinq, supportant un gigantesque dôme octogonal nervuré. De belle facture, il occupait une place d'honneur dans la Ville blanche, puisqu'il était situé entre l'entrée occidentale, où les trains dégorgeraient leurs passagers, et l'entrée orientale, par le Péristyle, qu'utiliseraient les visiteurs arrivant par bateau. Une esplanade pavée d'un demi-hectare entourait le palais. À l'est se trouvait le Grand Bassin, s'étendant jusqu'au Péristyle ; au nord, les vastes palais des Mines et de l'Électricité, séparés par une rue au bout de laquelle on apercevait le Lagon et l'Île boisée. Au sud se dressait un haut mur de façades – l'Annexe, la galerie des Machines et le palais de l'Agriculture –, interrompu seulement par le canal Sud, avec ses ponts élégants et ses promenades illuminées.

Deux hommes les accueillirent lorsqu'ils mirent pied à terre devant l'entrée est du palais de l'Administration.

« Monsieur James, dit Holmes, j'ai l'honneur de vous présenter le colonel Edmund Rice, commandant de la Garde colombienne et responsable de la sécurité de l'Exposition. »

James lui serra la main. Au cours du trajet, le détective lui avait raconté qu'Edmund Rice avait été décoré de la Medal of Honor à la bataille de Gettysburg, trente ans plus tôt : non seulement il avait résisté avec son bataillon à l'assaut des confédérés mené par le général Pickett, mais il avait été grièvement blessé pendant la contre-attaque.

Rice était un petit homme trapu, au crâne dégarni mais à la moustache luxuriante. La mine renfrognée qui semblait être son expression naturelle était trompeuse, comme James s'en aperçut bientôt. Malgré son sérieux, le colonel Rice faisait montre, par moments, d'un humour ravageur.

Grand, mince et d'une élégante simplicité, l'autre homme était le chef du Secret Service, Andrew L. Drummond.

« Juste ciel ! s'écria James. J'ignorais que les États-Unis avaient un service d'espionnage appelé le Secret Service, comme les Britanniques. »

Drummond sourit et expliqua qu'il dépendait du département du Trésor.

« Nombre de nos hommes sont formés à la sécurité, et notamment à la protection rapprochée, c'est pourquoi nous apportons notre concours lors de la visite présidentielle à l'Exposition.

— Pouvons-nous commencer ? suggéra Holmes.

— Commencer quoi ? » s'enquit James.

Il avait le sentiment d'être au mauvais endroit, avec les mauvaises personnes, à faire les mauvaises choses.

« Commencer à examiner les lieux afin de découvrir où Lucan Adler se placera le 1er mai pour assassiner le président des États-Unis.

— Pour deviner où il pourrait le faire », rectifia James.

Holmes lui adressa un sourire glacial.

« Je ne *devine* jamais. Vous devriez le savoir, depuis le temps. »

Sur les marches menant à la plus haute des deux terrasses du palais de l'Administration, Drummond effleura la manche de James et s'arrêta. James fit de même.

« Je tenais à vous dire, monsieur James, au cas où je n'aurais pas d'autre occasion de le faire, que je vous considère comme le plus brillant écrivain vivant. Pour moi, *Portrait de femme* est le chef-d'œuvre du XIXe siècle. »

James s'entendit marmonner « Fort aimable… très aimable de votre part… », avant de recommencer à monter vers la haute terrasse. Lorsqu'ils sortirent à l'air libre, sa mauvaise humeur matinale avait disparu.

Les anges et les torches qu'il avait vus dans le télescope de Holmes étaient trop grands et massifs de près. Les supports verticaux des becs de gaz illuminant le dôme la nuit devaient mesurer quatre mètres de haut, et les ailes des anges les dépassaient largement.

Quand Drummond fit un commentaire poli à propos de la statuaire, le colonel Edmund Rice retira le petit cigare non allumé qu'il tenait entre les lèvres.

« Ces fichus anges, dit-il. On a eu plus de mal à les hisser qu'à vaincre le siège de Vicksburg. Les sangles d'une statue ont lâché, et le machin est tombé de dix mètres : une aile s'est plantée dans le sol gelé tandis que le reste volait en éclats. »

Les quatre hommes se rassemblèrent le long du garde-fou oriental de la terrasse supérieure.

« Là en bas, indiqua le colonel Rice, dessinant un carré avec son doigt pour montrer la taille de l'endroit qu'il désignait, se trouvera l'estrade d'où le Président parlera. Nous ne laisserons pas plus de cinquante personnes monter dessus et… Drummond… M. Burnham a autorisé deux de vos agents à se tenir à côté et derrière le Président pendant son discours.

— Aucun tir ne viendra de *derrière*, fit remarquer Drummond.

— Pour des raisons de sécurité, nous fermons les deux toits-terrasses de ce palais de l'Administration, et si vous êtes d'accord, monsieur Holmes – le câble que nous avons reçu, M. Burnham et moi, stipulait qu'il fallait écouter et suivre vos conseils chaque fois que possible, je me demande bien pourquoi –, donc, si vous êtes d'accord, nous fermerons les terrasses de tous les bâtiments en ligne de mire et à portée de tir de là où parlera le Président.

— C'est-à-dire quels bâtiments, colonel ? » demanda Holmes.

Le commandant de la Garde colombienne – qui avait retiré sa veste d'uniforme et se trouvait en chemise et bretelles alors que les nuages se dissipaient et que la journée se réchauffait – pointa son cigare sur leur droite.

« La partie orientale de la galerie des Machines, là. »

Le cigare se déplaça sur la gauche.

« Le palais de l'Agriculture à côté. » Rice pointa droit devant. « Le Péristyle dispose d'une terrasse avec une promenade, que nous fermerons le temps de la cérémonie. »

Le cigare poursuivit sa course vers la gauche.

« L'énorme monstruosité qu'est le palais des Manufactures et des Arts libéraux. Une longue, très longue terrasse, presque comparable en taille au Grand Bassin devant nous. »

Il montra le plus proche des Grands Monuments, à leur gauche.

« La partie orientale du palais de l'Électricité a aussi une vue directe sur l'estrade où se fera le discours.

— Et il y a également les avenues, observa Drummond.

— Exact, acquiesça le colonel. Regardez bien et profitez de la vue, parce que le jour de l'inauguration, au moins cent mille personnes se presseront dans cet espace ouvert.

— Un tireur d'élite ne se cache pas dans une foule, dit Drummond. Nos deux derniers Présidents assassinés ont reçu une balle de pistolet tirée de près.

— Très vrai, confirma Holmes. Lincoln s'est fait tirer dessus à moins d'un mètre, et le président Garfield a été atteint d'une balle dans le dos, tirée à bout portant par Guiteau.

— Qui a utilisé un revolver British Bulldog, ajouta Drummond.

— Tout à fait. Une excellente arme. Mon cher ami le Dr Watson en possède une.

— En supposant que votre assassin potentiel…, commença le colonel Rice.

— Lucan Adler n'a rien de potentiel, colonel, répliqua Holmes.

— D'accord, nous supposerons que votre prétendu assassin cherchera un endroit suffisamment élevé, stable et isolé pour pouvoir utiliser un fusil. Une fenêtre ou une des terrasses. Je propose que nous inspections les quatre Grands Monuments et le Péristyle, dans le sens des aiguilles d'une montre, en commençant par la galerie des Machines, ici à notre droite.

— Excellente idée, colonel », approuva Holmes.

* * *

Le toit de la galerie des Machines était un mélange de coupoles, d'arches et d'ornements tarabiscotés dans le style renaissance espagnole. De l'avis de James – qu'il garda pour lui puisque personne ne le lui demanda –, tout tireur d'élite digne de ce nom mourrait terrassé par tant de mauvais goût avant d'avoir pu tirer un seul coup de feu. Mais le colonel Rice, Drummond et Holmes se concentrèrent sur la loggia du premier étage, qui courait sur toute la longueur du bâtiment face au palais de l'Administration, et d'où le Président et son groupe ne seraient que trop visibles.

« Un millier de personnes tiendraient dans cette loggia, murmura Drummond, comme s'il se parlait à lui-même.

— Bien tassés, on pourrait en mettre au moins cinq fois plus derrière ces colonnes corinthiennes, renchérit le colonel Rice.

— Un peu trop bondé et bousculé pour un tir au fusil », fit remarquer Holmes.

* * *

Se dirigeant vers le lac Michigan, le colonel Rice les conduisit ensuite au palais de l'Agriculture, un bâtiment de style romain coiffé d'un grand dôme, comprenant plus de quarante-cinq mille mètres carrés d'espace d'exposition. Le colonel leur montra la statue dorée signée Augustus Saint-Gaudens représentant une diane sur un pied, son arc bandé, perchée en haut du dôme.

« Elle était censée trôner au sommet du nouveau bâtiment de Madison Square Garden, grommela Rice, mais elle était fichtrement trop grande. Au moins, ici, elle sert de girouette. »

Avant qu'ils entrent dans le bâtiment, James contempla, ébahi, les dizaines de moulins à vent de toute taille et toute forme et faits de tous les matériaux possibles – bois, fer, acier – qui occupaient un espace près du bassin devant le palais de l'Agriculture.

« Cette armée serait trop nombreuse même pour Don Quichotte », dit-il.

Les trois autres le regardèrent sans faire de commentaire.

« Si vous avez faim, messieurs, lança le colonel Rice, alors qu'ils montaient les marches, le Canada a envoyé un fromage de vingt-deux mille livres qui sera exposé là en bas. D'après les Canadiens, mille six cents trayeuses se sont affairées à traire dix mille vaches pour produire les cent mille litres de lait nécessaires à sa fabrication.

— Des informations passionnantes, commenta Holmes qui, contrairement à James, n'était pas du tout essoufflé après tous ces escaliers. Et maintenant que je les ai apprises, je vais les effacer de ma mémoire. »

James pensa qu'il s'agissait d'une simple façon de parler, mais le colonel Rice s'arrêta et se retourna vers Holmes.

« Vous êtes capable de faire ça, monsieur ? De retirer des choses de votre mémoire ?

— J'y suis obligé.

— Pourquoi ?

— Je suis né avec ce que certains experts appellent maintenant une mémoire photographique. Pour mon malheur, je me souviens de tout. Il me suffit de regarder une page de magazine pour mémoriser chaque mot, chaque virgule et chaque point. Mais le cerveau est un petit grenier, comme j'ai un jour tenté de l'expliquer à mon associé, le Dr Watson. Compte tenu de ma profession, je dois faire attention à ce que j'y range. Quand j'ai la certitude qu'une information ne m'aidera pas dans mon travail de détective – savoir que le Soleil ne tourne pas autour de la Terre, par exemple, ou connaître les détails concernant ce gros fromage canadien – je la supprime tout simplement de ma mémoire.

— Vous la supprimez ?

— J'imagine un bouton de suppression rouge sur lequel j'appuie mentalement, et le souvenir disparaît. Sinon, mon cerveau serait un fourre-tout et non pas la belle machine à raisonner qu'il est.

— Un bouton de suppression, répéta le colonel Rice en secouant la tête. J'aurai tout entendu. »

9

Vendredi 14 avril, 14 h 45

M. Drummond, Holmes, James et le colonel avaient fait le tour des étages supérieurs du palais de l'Agriculture, du Péristyle, du gigantesque palais des Manufactures et des Arts libéraux et de la terrasse sud du palais de l'Électricité, et partagé un déjeuner rapide et tardif sous la tente de toile servant de cantine provisoire aux ouvriers.

Au coin nord-est du palais de l'Agriculture, Holmes avait désigné un pilier planté à l'extrémité de l'étroite terrasse. Un long câble descendait du pilier jusqu'à une balise lumineuse de deux ou trois mètres de haut, posée sur un îlot de béton à environ dix mètres de la digue.

« À quoi sert-il ? avait demandé Holmes. À retenir le palais de l'Agriculture par grand vent ? »

Le colonel Rice avait retiré son cigare de sa bouche pour sourire.

« Il y en a un autre exactement identique au coin sud-est du palais des Manufactures, en face. Quelqu'un a eu l'idée de suspendre les drapeaux de toutes les nations le long de ces câbles afin que les visiteurs débarquant des bateaux au bout du quai se sentent accueillis à bras ouverts.

— Et ce sera fait ? » demanda Holmes.

Rice secoua la tête.

« Les drisses ne coulissaient pas comme il fallait, le vent arrachait les drapeaux, et l'idée a été abandonnée. Les câbles n'ont pas encore été retirés, c'est tout. »

James fut très impressionné par le Péristyle, sa longue rangée de colonnes corinthiennes et son grand arc de triomphe sous lequel passeraient les visiteurs arrivant par le lac à l'Exposition.

« Le Péristyle relie le petit Casino, côté sud, au Music Hall, côté nord, dit le colonel Rice. Quarante-sept colonnes géantes… une pour chaque État et territoire. Il dispose aussi d'une terrasse, seulement accessible par un escalier à l'extrémité sud.

— Allons donc admirer la vue », proposa Holmes.

Au-dessus de l'arc, au milieu de la promenade du Péristyle – qui offrait en effet une vue extraordinaire à la fois sur la Ville blanche et le lac Michigan – ils se retrouvèrent précisément en face du palais de l'Administration où le Président ferait son discours.

« À combien estimez-vous la distance, colonel ? » demanda Holmes.

Rice plissa les yeux.

« Quatre cent quatre-vingts mètres. Pas plus de cinq cents.

— Sûrement trop loin pour qu'un tireur armé d'un fusil puisse viser et tirer avec précision », fit remarquer Henry James.

Rice, Drummond et Holmes échangèrent des regards. Le colonel fut le premier à parler.

« Les meilleurs fusils modernes ont une précision d'une dizaine de centimètres jusqu'à une distance de neuf cents mètres. » Il retira son cigare de sa bouche comme par respect pour une telle prouesse. Puis il se tourna vers Holmes. « Savez-vous quel type d'arme ce Lucan Adler a l'intention d'utiliser ?

— Oui, nous croyons le savoir. Il a assassiné quatre puissantes personnalités en Europe depuis l'automne dernier. Chaque fois, il s'est servi d'un Mauser modèle 1893, sans doute avec une lunette télescopique. Il ne laisse pas de douilles derrière lui, mais toutes les victimes semblent avoir été tuées par des cartouches de 7 mm. Le Mauser 93 – adopté par l'Espagne cette année, qui en a notamment équipé ses troupes à Cuba – a un mécanisme à verrou et un chargeur de cinq cartouches. »

Le colonel Rice fit la grimace.

« Je ne suis pas familier des Mauser, et encore moins de ce nouveau modèle. Connaissez-vous la vitesse à la bouche ?

— Sept cents mètres par seconde.

— Et la portée opérationnelle ?

— Un peu plus de mille huit cents mètres. Mille huit cent vingt mètres, pour être précis. »

Ces chiffres ne signifiaient rien pour James, mais le colonel Rice parut affecté d'une manière presque viscérale. Pour la première fois, l'homme trapu retira non seulement le cigare détrempé de sa bouche, mais aussi son chapeau melon pour frotter son crâne dégarni.

« Mon Dieu, murmura-t-il. Si nous avions eu un fusil pareil à Gettysburg. »

Holmes hocha la tête.

« Vous auriez pu viser des cibles individuelles dès que les Confédérés sont sortis des bois à un kilomètre et demi, de l'autre côté de la plaine. Cinq cartouches sans avoir à recharger. »

Rice souffla un grand coup.

« Bon, ça n'a plus d'importance. Votre Lucan Adler voudra se rapprocher le plus possible.

— Pourquoi donc ? demanda James. S'il peut atteindre sa cible à plus d'un kilomètre et demi ? »

Rice sourit.

« Un homme, c'est pas une cible en carton, dit-il, et James eut l'impression que l'erreur de grammaire était volontaire chez ce militaire qui avait fini la guerre au grade de brigadier général. En marchant à vitesse normale – trois kilomètres à l'heure –, un homme ferait deux pas dans le temps que mettrait la balle à l'atteindre. Le tireur raterait donc sa cible. » Il montra le palais de l'Administration, à l'ouest, au bout du Grand Bassin. « Bien sûr, le président Cleveland se tiendra immobile, et de face, et le tireur aura sûrement ajusté sa visée pour une élévation de quarante-cinq centimètres.

— Je ne comprends pas », intervint James.

L'agent Drummond leva les mains comme pour cadrer la zone cible devant le palais de l'Administration au loin.

« Cela signifie, monsieur James, que s'il veut atteindre le Président à la poitrine – et l'on admet que c'est une cible large – Lucan Adler devra utiliser sa lunette télescopique pour viser quarante-cinq centimètres au-dessus – disons, le haut du front.

— À mon avis, il serait préférable de tirer dans la tête, remarqua James dégoûté de s'entendre proférer une chose pareille.

— Nous bougeons la tête beaucoup plus qu'il nous semble, surtout lorsqu'on fait un discours, dit le colonel Rice. Bien, allons voir le palais des Manufactures, puis celui de l'Électricité et finissons-en. Ensuite nous irons déjeuner. »

Holmes, Drummond et James le suivirent sur la promenade du Péristyle sans prononcer un mot.

* * *

Le palais des Manufactures et des Arts libéraux était de loin le bâtiment le plus grand et le plus impressionnant qu'ils visitèrent. À l'intérieur, c'était le chaos – un chaos très bien orchestré, comme on s'en rendait compte lorsqu'on y prêtait attention. Des milliers d'appareils étaient sortis de leurs caisses, assemblés et mis en service. Au loin, James aperçut un élégant télescope qui devait mesurer au moins dix-huit mètres de haut.

« Vous auriez dû voir cette salle quand elle était vide », dit le colonel Rice, alors qu'ils attendaient que l'ascenseur Otis-Hale descende. La cabine semblait suspendue dans les airs au milieu des poutres d'acier à soixante mètres au-dessus d'eux. « Nous avons assisté à la première cérémonie d'ouverture l'année dernière, à la fin du mois d'octobre. Ce jour-là, cent quarante mille personnes se pressaient dans ce parterre de cent trente mille mètres carrés. Les menuisiers avaient dû construire une estrade capable de supporter cinq mille notables sur leurs petites chaises jaunes. L'ancien maire, M. Harrison, avait un siège sur cette plateforme, mais il a passé la plupart du temps à serrer la main des citoyens debout. Et il faisait un froid de canard… Les hommes avaient conservé leurs manteaux et leurs chapeaux, et les femmes, emmitouflées dans leur col de fourrure, gardaient les mains dans leur manchon en vison quand elles n'agitaient pas des petits mouchoirs blancs au rythme de la musique. Et la cérémonie n'en finissait pas… Au bout d'une heure environ, j'ai entendu un bruit semblable à l'avancée d'une armée, avant de comprendre que c'étaient les hommes qui tapaient des pieds pour se tenir chaud. Pendant toute cette cérémonie pompeuse, on voyait la buée de notre haleine. Au bout d'une demi-heure, je vous jure, des petits nuages s'étaient formés sous les treillis métalliques tout là-haut.

— Le public pouvait-il entendre les discours ? demanda James.

— Les dix personnes les plus proches du podium, sur l'estrade. L'espace est si fichtrement grand et sonore que les organisateurs avaient dû faire appel à d'anciens militaires que je leur avais fournis pour faire des signaux à bras avec des pavillons afin de prévenir les cinq cents musiciens de l'orchestre et les cinq mille choristes quand c'était à eux de jouer ou de chanter.

— Est-il sorti quoi que ce soit d'intéressant de cette journée ? demanda Drummond.

— Eh bien, un type qui publie des magazines pour la jeunesse a rédigé un serment que le bureau de l'Éducation a envoyé à toutes les fichues écoles du pays pour que, ce 21 octobre, tous les gamins de la nation jurent de servir leur patrie.

— Un serment ? répéta James, dubitatif.

— Je me souviens seulement du début, reprit Rice. "Je prête serment d'allégeance à mon drapeau et à la République qu'il représente…"

— Obliger les écoliers à prêter un serment national ne me paraît pas très américain, fit remarquer James.

— Non, renchérit Holmes. Ça fait plutôt allemand. Très allemand. »

* * *

Le trajet en ascenseur jusqu'au niveau de la galerie extérieure fut une surprise pour Henry James. Il en eut littéralement le souffle coupé. L'ascenseur ultrarapide conçu par l'entreprise Otis-Hale était une simple cage, ouverte sur trois côtés, qui s'élevait si vite à travers des anneaux de lumière électrique qu'on était pris de vertige tout en se sentant plus lourd. Quand l'appareil s'arrêta en haut et que les portes s'ouvrirent, James crut une seconde que ses pieds ne touchaient plus le sol de la cabine.

« Cet ascenseur devrait être une attraction à lui tout seul, commenta-t-il une fois qu'il eut repris son souffle.

— Je ne doute pas qu'il le sera, renchérit le colonel Rice.

— Je ne suis pas sûr d'avoir envie de le prendre plus d'une fois », dit Drummond.

La galerie extérieure du palais des Manufactures et des Arts libéraux faisait le tour du gigantesque bâtiment. À la place d'une balustrade en pierre ou en plâtre, une simple barrière grillagée servait de garde-corps, ce qui rendait la sensation d'altitude encore plus palpable. La vue était extraordinaire. James s'aperçut que si M. Ferris réussissait à construire sa Grande Roue, les visiteurs qui se tiendraient sur cette plateforme d'observation se trouveraient presque au même niveau que les cabines au point le plus haut de leur rotation.

Naturellement, Holmes, Drummond et Rice ne s'intéressaient qu'à la partie de la plateforme d'où un fou pourrait tenter d'assassiner un président.

« Il y a un énorme projecteur à trois des angles », remarqua Holmes comme s'il se parlait à lui-même.

Rice lui répondit tout de même :

« Oui, monsieur. De fabrication allemande, très puissants et précis. Ils seront utilisés pour illuminer les édifices, les fontaines, l'Île boisée et le reste le soir. Un seul suffirait à nous montrer un lapin à presque deux kilomètres de distance. »

Chacun des projecteurs avait un socle de soixante centimètres carrés et de soixante-dix centimètres de haut. L'acier était peint en laque noire.

Les quatre hommes se trouvaient au coin sud-ouest de la plateforme d'observation, celui qui offrait la meilleure vue sur le palais de l'Administration et l'estrade où se tiendrait le président Cleveland dans à peine plus de deux semaines.

Holmes s'accroupit et montra une serrure sur une face du socle du projecteur.

« Auriez-vous la clé, colonel ? »

Une fois encore, Rice sourit.

« Vous m'avez entendu cliqueter pendant les deux dernières heures. Sur cet anneau, j'ai la clé de toutes les serrures de ce site. »

En un instant, il trouva la petite clé qui ouvrait la trappe de visite.

Holmes se coucha à plat ventre pour regarder à l'intérieur, et Drummond fit de même, mais James, ne voulant pas salir son costume, se contenta de s'accroupir pour regarder par-dessus l'épaule du détective. À l'exception de plusieurs câbles épais émergeant du sol et de quelques supports en fer, l'espace obscur était vide. Ce logement de métal noir semblait avoir pour seule fonction de servir de base au projecteur de deux mètres de haut.

« Merci, colonel Rice, dit Holmes, se relevant et époussetant sa veste et son pantalon. Allons voir le coin sud-est, voulez-vous ? »

Les derniers nuages menaçants de la matinée avaient disparu, et les quatre hommes s'accoudèrent à la barrière métallique pour profiter du soleil printanier.

« Un tir sera plus difficile d'ici, dit Drummond. Ça rajoute quatre-vingt-dix mètres par rapport au coin sud-ouest où nous étions.

— Tout à fait, confirma Holmes. Et ce ne serait pas facile de stabiliser un fusil sur cette barrière métallique basse. Mais un homme qui se tiendrait sur le socle du projecteur… » Il pointa sa canne derrière lui sans se retourner. « … pourrait poser le canon de son arme sur les sillons de l'appareil.

— Combien mesure un Mauser 93 ? demanda le colonel.

— Un mètre vingt », répondit Holmes du tac au tac. Puis il eut un mince sourire. « Sans sa baïonnette. »

* * *

De tous les Grands Monuments qu'ils inspectèrent, le palais de l'Électricité fut celui qui plut le plus à James. Il jouissait d'une délicieuse terrasse arrondie qui donnait sur les bassins, les ponts et, côté sud-est, sur la façade du palais de l'Administration. Une grande et élégante statue de Benjamin Franklin se dressait à l'entrée de l'édifice, d'où émanait déjà une odeur d'ozone.

Holmes montra moins d'intérêt pour la terrasse que pour les huit hautes flèches s'élevant à différents coins de la structure.

« On peut y monter ? s'enquit Drummond.

— Bien sûr, répondit le colonel. Ces flèches mesurent cinquante mètres de haut, et les arcs ouverts au sommet offrent une des plus belles vues de tout le site. »

Regardant par la large ouverture de la flèche la plus proche du palais de l'Administration, Holmes visa vers le bas avec sa canne.

« Un tir légèrement de côté, mais le Président se tiendra seul sur le podium pour faire son discours, sans membre du Secret Service près de lui à ce moment-là. Les autres notables seront assis, n'est-ce pas ?

— Oui, confirma le colonel Rice.

— À moins de cent mètres, dit Holmes.

— Oui. »

Et ce fut tout pour le palais de l'Électricité. Après un déjeuner rapide et tardif sous une tente de toile, Holmes déclara : « Vous voudrez bien nous excuser une minute, j'espère, monsieur James », et il entraîna le colonel Rice et Drummond à l'écart pour un conciliabule d'un quart d'heure. James en profita pour boire un autre café. L'aparté terminé, Drummond s'approcha de lui.

« C'était un plaisir et un honneur de vous rencontrer, monsieur James. Si nos chemins étaient amenés à se recroiser, j'espère que vous ne trouverez pas présomptueux de ma part d'apporter quelques-uns de vos livres pour que vous me les dédicaciez. Ils constitueraient le clou de ma collection et un bel héritage pour mes enfants.

— Bien sûr, bien sûr », assura James.

Drummond lui serra la main, s'inclina légèrement et quitta la tente réchauffée par le soleil. James, voyant que la discussion de Holmes et Rice était terminée, les rejoignit.

« Il y a une chose que vous n'avez pas demandée ni mentionnée, monsieur Holmes, dit le colonel Rice en serrant la main du détective.

— Laquelle ?

— Quel que soit l'endroit choisi par votre Lucan Adler pour tirer, il faudra bien qu'il en reparte, ce qui lui posera un petit problème. Si un événement aussi terrible qu'un attentat contre le Président devait survenir, la Garde colombienne fermera immédiatement toutes les issues. Les sorties sont reliées par des lignes téléphoniques. Aucun bateau ne sera autorisé à quitter l'embarcadère. Votre homme est-il suicidaire ? Veut-il être un martyr de la cause anarchiste ?

— Pas le moins du monde. Lucan Adler n'a jamais commis d'assassinat sans avoir savamment planifié sa fuite. »

Le colonel Rice montra le boulevard longeant le bassin devant lequel ils se tenaient.

« Nous pouvons fermer les accès aux terrasses et aux tours comme vous l'avez demandé, mais ces espaces de parade et toutes les rues transversales seront remplis de centaines de milliers de gens paniqués. Et aucun d'entre eux ne sortira sans avoir été inspecté par la police ou ma Garde colombienne.

— C'est un vrai défi de réfléchir à une issue possible, n'est-ce pas, colonel ? » demanda Holmes.

Sans un mot de plus, il hocha la tête, effleura son chapeau et se détourna.

Henry James dit adieu au colonel Rice et suivit Holmes dans les rues de la Ville blanche pleines de grues, de gravats, de paille et de milliers d'ouvriers.

10

Samedi 15 avril, 8 h 30

Le cinquantième anniversaire de Henry James fut aussi froid, solitaire et sinistre qu'il aurait pu l'imaginer s'il avait écrit une nouvelle bourrée de pathos.

Il était resté éveillé une bonne partie de la nuit, à lutter contre des nausées qui l'avait fait se précipiter aux toilettes trois fois avant que l'aube ne commence à dessiner les contours des fenêtres de sa chambre d'hôtel. Au moment de régler sa note – il avait un billet pour le train de vingt et une heures à destination de New York – il savait que Sam Clemens était parti deux jours plus tôt, et le réceptionniste, quand il l'interrogea, lui apprit que M. Holmes avait quitté l'hôtel "de très bonne heure".

La pluie, seulement menaçante la veille, tombait maintenant en un déluge ininterrompu. L'air était si froid qu'on se serait cru en novembre plutôt qu'à la mi-avril. Même les élégants portiers se recroquevillaient sous leur parapluie et arboraient une expression grincheuse par cette journée sombre et glaciale.

En fin d'après-midi, la veille, quand Holmes et lui étaient revenus au Great Northern après leur étrange visite du site de l'Exposition universelle à travers les yeux d'un assassin, James avait eu la surprise de découvrir deux télégrammes qui l'attendaient.

Le premier lui était adressé par Henry Adams.

Joyeux anniversaire un peu prématuré Harry stop je sais que vous devez avoir hâte de repartir en Angleterre et à votre œuvre magnifique mais j'espère sincèrement que vous repasserez par Washington et serez mon invité quand votre affaire sera réglée

STOP NOUS SOMMES DE VIEUX AMIS HARRY ET JE SOLLICITE LE PLAISIR DE VOTRE COMPAGNIE PENDANT LES DEUX PROCHAINES SEMAINES AU NOM DE MA CLOVER BIEN-AIMÉE STOP JOYEUX ANNIVERSAIRE MON CHER AMI

James fut stupéfait. Il ignorait comment Adams avait découvert qu'il se trouvait à Chicago, et plus précisément où il logeait. De plus, ça ne ressemblait pas du tout à Adams de l'inviter à séjourner chez lui. Depuis la mort de Clover, il recevait rarement des hôtes dans sa grande maison.

Le deuxième télégramme venait des Hay.

TRÈS BON ANNIVERSAIRE HARRY PEUT-ÊTRE CÉLÉBREZ-VOUS CETTE JOURNÉE PARTICULIÈRE PENDANT QUE VOUS ÊTES EN TRANSIT, MAIS CLARA ET MOI ESPÉRONS SINCÈREMENT QUE VOUS ACCEPTEREZ LA PROPOSITION D'ADAMS ET REVIENDREZ SÉJOURNER À WASHINGTON AVANT DE RETRAVERSER L'ATLANTIQUE STOP NOUS AVONS TANT DE CHOSES À DISCUTER AVEC VOUS – EN PERSONNE STOP CABOT LODGE S'EST OCCUPÉ DE RÉSERVER UN TRAIN SPÉCIAL LE 29 AVRIL POUR L'INAUGURATION DE L'EXPOSITION ET S'EST PROCURÉ DES LAISSEZ-PASSER SPÉCIAUX POUR NOUS TOUS STOP CLARA ET MOI AIMERIONS BEAUCOUP QUE VOUS NOUS ACCOMPAGNIEZ POUR CETTE EXPÉDITION STOP BON ANNIVERSAIRE

James avait retenu Holmes dans le lobby avant qu'il ne remonte à sa chambre.

« Avez-vous prévenu les Hay et Henry Adams que nous étions descendus au Great Northern ? » lui avait-il demandé d'un ton sec.

Holmes avait paru un peu surpris par sa véhémence.

« Bien entendu, mon cher. Je pensais que vous voudriez que vos vieux amis sachent où vous étiez. Surtout juste avant votre cinquantième anniversaire. »

La colère de James avait redoublé en entendant ce dernier commentaire, mais il se refusait à satisfaire le sens de l'humour sardonique de Holmes en lui demandant comment il connaissait sa date de naissance.

« Et si nous dînions ensemble ce soir dans cet intéressant petit restaurant italien un peu plus bas dans Jackson Street ? avait proposé Holmes. Le concierge me l'a chaudement recommandé. Et nous ne nous reverrons peut-être pas avant quelque temps. »

James avait commencé par vouloir dire non, s'était arrêté, avait commencé à poser une question et s'était arrêté encore. Serrant dans sa main les télégrammes à propos de son anniversaire redouté, il avait jeté un regard noir à Holmes.

« Très bien, avait dit ce dernier. Je vous retrouverai sans faute dans le lobby à vingt heures. »

* * *

Durant la nuit, entre ses crises de nausées, James avait pesé sa décision. Il avait étudié les horaires des chemins de fer. Un train partait de North Station à vingt et une heures quarante-cinq pour Pittsburgh, où il pourrait prendre une correspondance pour Washington. Le train pour New York partait de la vieille gare du centre-ville à vingt et une heures ; dès son arrivée, il pourrait réserver un billet pour Portsmouth sur le *SS United States*, un nouveau paquebot transatlantique dont il avait entendu beaucoup de bien.

Finalement, ce fut la pensée de son appartement ensoleillé de De Vere Gardens, de sa table de travail qui l'attendait, des salons qu'il recommencerait à fréquenter, des maisons de campagne de la gentry où il serait invité… tout ça, et le sentiment de sécurité viscéral qu'il ressentait au milieu de ses livres qui l'incitèrent à choisir New York, puis un retour à la maison.

À la gare, il avait trouvé un porteur pour se charger de ses malles, empilées sur un chariot, et avait acheté son billet quand, dissimulé comme il l'était derrière un poteau de fer et sa montagne de bagages, il vit le Pr Moriarty longer les wagons de première classe de son train en regardant par les fenêtres.

Il me traque : telle fut la première pensée angoissante de James. Une pensée portant tout le poids de la certitude.

Deux hommes à la mine patibulaire vinrent dire un mot à Moriarty, qui les envoya chacun d'un côté des voitures. Moriarty embarqua et commença à parcourir les wagons de première classe. James observa sa progression de l'un à l'autre – un épouvantail à haut front et cheveux blancs, avec un manteau de croque-mort et de longs doigts d'étrangleur.

Il était parfaitement illogique que le Pr Moriarty soit à sa recherche. Il était sûr de ne pas avoir été vu le soir où il s'était caché sur cette abominable poutre au-dessus des têtes de Moriarty et de sa petite armée de voleurs et d'anarchistes. La seule personne à qui il en avait parlé était Holmes.

Mais Holmes avait sûrement informé Drummond, les chefs des polices de Chicago et de Washington, et Dieu sait combien d'autres gens en Amérique et en Europe pour qu'ils soient en alerte avant les assassinats et les soulèvements du 1er mai.

Vu comme ça, c'était tout à fait logique. James savait que Moriarty disposait d'un vaste réseau criminel en Europe et même aux États-Unis. Quelqu'un dans les forces de l'ordre – gangrenées par la corruption – avait prévenu un des sous-fifres du professeur.

Il était possible, bien sûr, que Moriarty fouille le train à la recherche de Sherlock Holmes, et, pour ce qu'en savait James, le détective pouvait fort bien être à bord et sur le point de se faire tuer, mais au fond de lui-même, Henry James sentait que le Pr Moriarty et ses tueurs le cherchaient lui, en cette matinée froide et pluvieuse.

Comme pour confirmer son intuition, Moriarty descendit du train et regarda trois autres malfrats s'avancer vers lui. Il avait posé les mains sur ses hanches en signe d'exaspération, et James observa ses très longs doigts aux très longs ongles jaunes, qui ressemblaient à de grandes araignées blanches sur le velours noir.

Moriarty donna des ordres à ses trois acolytes, puis se tourna brusquement dans la direction de James, mais ce dernier avait juste eu le temps de se baisser derrière sa masse de bagages. Il lui fallut trente secondes pour rassembler le courage de se redresser afin de jeter un coup d'œil, et il relâcha son souffle en voyant que Moriarty s'était remis à marcher le long du train en regardant par toutes les fenêtres aux rideaux ouverts.

« Dois-je charger vos bagages maintenant, m'sieur ? » demanda le porteur.

L'homme avait attendu patiemment, demeurant impassible devant la soudaine pâleur de James et son ridicule jeu de cache-cache.

« Non, non, répondit James. Trouvez-moi un cab, n'importe lequel, aussi vite que possible, et dépêchez-vous de charger mes bagages. Voici… pour votre peine. »

Il sortit un billet de son portefeuille et le lui tendit. Le porteur toucha sa casaque et répondit : « Tout de suite, monsieur. »

James resta caché derrière le chariot à bagages jusqu'à l'endroit où étaient stationnés les cabs, hocha la tête quand le porteur désigna une luxueuse calèche fermée, retint son souffle pendant que l'homme la chargeait avec une lenteur épouvantable et ne recommença à respirer que lorsque le cab s'éloigna en vitesse de la gare et du Pr Moriarty.

James, toujours à cran, faillit sursauter quand la trappe s'entrouvrit au-dessus de sa tête, juste assez pour ne pas laisser passer la pluie.

« Où allons-nous, monsieur ? lui demanda le cocher.

— À North Station, répondit James d'une étrange voix aiguë. Et vite, s'il vous plaît. Je dois attraper un train à vingt et une heures trente. Il y aura une récompense pour vous si nous arrivons à la gare en avance. »

Le cocher mania le fouet. Le cab fila au milieu de la circulation comme s'il participait à une grande course de chevaux. James dut s'accrocher des deux mains à la banquette pour ne pas être ballotté de droite à gauche. D'autres cochers et des piétons leur crièrent des insultes alors que le cab les éclaboussait en passant.

« Qu'allez-vous faire ensuite ? » avait demandé James à Holmes la veille, au dîner.

Holmes, fumant déjà après avoir expédié son repas, avait porté un doigt à sa langue pour en retirer un brin de tabac.

« Oh, j'ai plusieurs choses à examiner ici et là. Je devrais être occupé jusqu'à ce que nous nous retrouvions dans le train privé de M. Cabot Lodge le 28. »

James avait eu grand mal à se retenir de crier : *Je ne prendrai pas le foutu train de Lodge ! Et je ne serai pas votre Boswell. Et je n'apprécie pas d'être abandonné comme ça dans une ville inconnue la veille de mon anniversaire. Et je suis fatigué. Et je rentre chez moi.*

Il n'avait rien dit de tout ça, bien sûr. Par deux aimables télégrammes envoyés de New York avant le départ de son bateau, il transmettrait ses remerciements et ses regrets à Henry Adams et aux Hay.

Une fois que son cocher l'eut déposé à peu près en un seul morceau à North Station avec beaucoup d'avance et qu'il eut acheté son billet pour Pittsburgh avec correspondance pour Washington, Henry James s'installa dans son compartiment quasi vide et surchauffé. Le front appuyé contre la vitre fraîche, il regarda les canyons noirs de Chicago s'éloigner sous la pluie, puis détourna les yeux quand le train traversa une friche industrielle, parsemée de tas de scories et de masures sordides, qui ressemblait à une mauvaise imitation américaine d'un paysage à la Dickens.

Joyeux anniversaire, Henry James, songea-t-il, alors que le train s'éloignait des faubourgs pour gagner la campagne dans un fracas toujours plus assourdissant. *Tu as cinquante ans.*

En cet instant, il se prit à regretter de n'avoir pas fait ce qu'il était allé faire au bord de la Seine ce soir-là, ce qu'il avait eu l'intention de faire, s'était résolu à faire dans ce sombre fleuve. Ce soir-là aussi, il pleuvait.

Quatrième partie

1

Le lundi 24 avril, après sa visite éclair de plus d'une demi-douzaine de grandes villes américaines, Sherlock Holmes retourna à Washington et prit une chambre à l'hôtel où il avait établi ses quartiers avant de quitter la capitale, le Kirkwood House au coin de la 12e Rue Nord-Ouest et de Pennsylvania Avenue. Il avait conscience du danger, car si Lucan Adler le recherchait, il aurait certainement appris que sa proie y avait logé et aurait posté un homme à lui pour guetter son éventuel retour – mais à ce stade de son voyage en Amérique, Holmes se devait de commettre des imprudences. Il vaudrait mieux pour tout le monde qu'il parvienne à débusquer Lucan Adler avant le 1er mai, sauf peut-être pour lui-même.

En début de soirée, il se rendit dans les environs de Dupont Circle à l'adresse donnée par Mme Gaddis, l'institutrice à la retraite qui vivait au-dessus d'une écurie à Boston. Il s'agissait là également d'un risque calculé. Holmes pensait qu'il y avait peu de chances pour que Lucan Adler réside à cette adresse, mais il avait la certitude que le tueur y passait de temps en temps.

Il s'arrêta devant une belle maison en briques située dans une rue tranquille qui donnait sur le rond-point. Une femme minuscule répondit à la porte. Elle ne mesurait pas plus d'un mètre vingt et portait un uniforme de femme de chambre à l'européenne.

« Mme Rebecca Lorne-Baxter est-elle visible ? demanda Holmes en soulevant son chapeau.

— *Nie, ona nie jest teraz w domu*, répondit la petite femme de chambre.

— Ah, quel dommage, dit Holmes. Pourriez-vous lui donner ma carte et ceci, s'il vous plaît ? »

Il lui tendit sa carte de visite et une enveloppe contenant un bref message :

> Irène, auriez-vous l'amabilité de venir me retrouver demain soir (mardi) entre dix-neuf heures et vingt heures au mausolée de Clover Adams ? – S. Holmes

La femme de chambre prit tout cela sans prononcer un mot – pas plus en polonais qu'en anglais – et referma la porte.

Holmes rebroussa lentement chemin vers le rond-point de Dupont Circle, mais tant qu'il fut encore en vue de la maison, les cicatrices qui marbraient son dos le démangèrent comme si quelqu'un avait tracé une cible avec de la térébenthine à même sa peau.

2

Holmes arriva au cimetière de Rock Creek juste avant dix-neuf heures et dit au cocher de ne pas l'attendre. Quelle que soit l'issue de la soirée, il n'aurait pas besoin d'une voiture pour rentrer. Le soleil venait de disparaître derrière la forêt à l'ouest du cimetière, mais la douce lumière printanière n'était pas pressée de partir, et on pouvait compter sur encore au moins une heure de jour.

Il se rendit directement au mausolée de Clover Adams. Il avait pris avec lui sa canne-épée et son petit revolver presse-citron, tout en sachant cette précaution inutile pour se défendre si Lucan Adler se tenait en embuscade, muni d'un fusil longue portée. Or il avait précisément donné rendez-vous à Irène Adler le mardi dans le but de lui laisser une journée entière pour en informer Lucan.

Il avait appris à ses dépens, lors de sa cuisante expérience dans l'Himalaya, que l'on n'entendait effectivement pas le tir d'un fusil longue portée – en tout cas pas celui de trois balles chemisées d'acier. Elles vous transperçaient trop vite, puisque leur vélocité était supérieure à celle du son. Il avait d'abord senti trois chocs incroyablement puissants le heurter dans le dos et le flanc avant d'entendre les trois détonations, suivies de leur écho dans la montagne.

La réalité de ces blessures restait douloureusement présente pour Holmes qui s'était fait sa deuxième injection d'héroïne de la journée juste avant de quitter l'hôtel.

Dans ce cimetière, il n'entendrait pas l'écho du coup de feu.

Il atteignit sans encombre l'ouverture dans la haie du mémorial, mais s'arrêta un instant à l'extérieur du passage, voulant s'assurer que les rayons du soleil qui passaient à travers les arbres presque à l'horizontale n'annonceraient pas son arrivée en projetant une ombre trop longue. Voyant qu'il n'en était rien, il entra.

Il était le premier. Parfait, songea-t-il en traversant l'hexagone pour s'asseoir sur le banc du troisième côté, le plus proche de la statue de Saint-Gaudens, et le plus éloigné du passage dans la haie, ce qui le protégerait de toute personne cherchant dans son viseur les occupants de l'enclos. Si Lucan Adler voulait en finir avec lui ce soir, il devrait approcher pour l'avoir, assez près pour se parler.

Au bout de vingt-cinq minutes, alors que le jour baissait, une silhouette noire obscurcit l'ouverture de la haie. Elle approcha de Holmes dans la douce odeur d'herbe coupée que portait l'air du crépuscule.

Holmes se leva. Le passage du temps n'avait pas laissé de traces sur Irène Adler, qui lui sembla en tout point semblable à celle qu'il avait quittée. Elle avait gardé toute sa beauté, un charme infiniment plus subtil que ce que laissait entrevoir la photo du programme d'opéra qu'il avait montrée autour de lui. Contrairement aux habitudes, elle ne portait pas de gants, et sa robe à manches trois-quarts révélait ses avant-bras blancs. Elle tenait un petit sac à main de toile. Assez grand pour contenir un pistolet Derringer à deux coups, songea Holmes qui bannit aussitôt cette pensée. Que ce soit pour aujourd'hui ou pour plus tard, ou pour encore plus tard, cela n'avait plus d'importance. Il savait à présent combien les paroles de Hamlet étaient vraies quand il disait : « soyons prêts, voilà tout ».

« Sherlock… »

La voix d'Irène fit vibrer une corde dans les profondeurs de son être. Elle traversa l'enclos et lui tendit la main à l'américaine, mais il s'inclina et lui fit un baisemain.

« Bonjour, Irène. »

Il vit qu'il lui retenait la main beaucoup plus longtemps que ne le dictait la politesse, et, soudain gêné, il recula et lui désigna le banc à haut dossier où il avait été assis, à la place la plus proche de la sculpture.

« Voulez-vous vous asseoir avec moi ?

— Naturellement », répondit-elle.

Ils restèrent assis côte à côte en silence sans tout à fait se toucher pendant un long moment, peut-être trois ou quatre minutes. Holmes sentait l'humidité descendre sur la végétation derrière eux. Le crépuscule s'épaississait, mais les étoiles n'étaient pas encore visibles.

Ce fut Irène Adler qui commença.

« De quoi voulez-vous que nous parlions d'abord, Sherlock ? De nous, ou de ce jeu dans lequel nous sommes tous deux engagés ?

— Ce n'est pas un jeu, rétorqua Holmes d'un ton plus rude qu'il ne l'aurait voulu.

— Bien sûr que non. » Irène Adler baissa les yeux sur ses mains, croisées au-dessus du petit sac qu'elle tenait sur ses genoux.

« Parlons d'abord de nous, proposa Holmes plus doucement.

— Très bien. Qui se lance ?

— Je vous écoute, Irène. »

Elle tourna vers lui un visage faussement sévère.

« Comment se fait-il qu'il vous ait fallu près de deux ans pour venir me retrouver en Amérique ? »

Holmes s'empourpra sans quitter des yeux les mains d'Irène.

« Personne ne m'a dit que vous étiez retournée en Amérique. Personne ne m'a averti que vous attendiez un enfant. J'ai passé presque une année entière à aller de troupe en troupe dans les théâtres anglais pour essayer de vous retrouver.

— Quel benêt… »

Holmes ne put qu'approuver de la tête.

« Et vous qui vous êtes préparé depuis l'enfance à devenir le meilleur détective privé du monde », souligna-t-elle, mais cette fois d'un ton plus léger, s'amusant visiblement.

Holmes hocha de nouveau la tête en levant enfin les yeux vers elle.

« Je ne suis pas parvenu à vous retrouver non plus en Amérique », rappela-t-il d'une voix douloureusement contrainte.

Elle tendit le bras et posa la main sur les siennes.

« La raison en est simple : dès que j'ai appris votre arrivée à New York et à Boston – par le bouche-à-oreille du théâtre – j'ai aussitôt pris un bateau pour la France.

— Avec l'enfant, dit Holmes à voix basse.

— Oui, avec l'enfant, répondit-elle dans un murmure.

— Quand le colonel Moran vous l'a-t-il pris ?

— Lucan avait quatre ans. Le lendemain de son quatrième anniversaire.

— Comment avez-vous pu laisser faire ce… cet infâme personnage ?

— Le colonel Moran me tenait en son pouvoir. Et c'est le même moyen de pression dont Lucan se sert à présent. »

Oubliant ses bonnes résolutions, Holmes l'attrapa par les bras, puis fit remonter ses mains puissantes sur les épaules d'Irène, comme s'il allait l'attirer à lui… ou l'étrangler.

« Irène, vous êtes la femme la plus forte, la plus courageuse que j'aie jamais rencontrée. Comment un homme aussi méprisable que Sebastian Moran a-t-il pu vous contraindre à lui abandonner votre enfant… *notre* enfant ? »

Les deux derniers mots ressemblaient à un gémissement.

« Le colonel Moran a menacé de vous assassiner si je ne faisais pas ce qu'il me demandait, répondit-elle d'une voix blanche. Tout comme Lucan le fait à présent. »

Rendu muet par cette révélation, Holmes ne put que serrer plus fort les bras d'Irène. Il devait lui faire mal, sûrement, mais elle n'esquissa aucun geste pour se dégager.

Elle posa à son tour les mains sur le haut des bras de Holmes, dans une attitude qui leur donnait l'air de se consoler l'un l'autre.

« Vous vivez très imprudemment, Sherlock Holmes. Comme toujours. Cet imbécile d'ami médecin qui vous suit – ou alors Conan Doyle, je ne sais lequel des deux est responsable – vous expose sur la scène publique pour raconter vos petites victoires de détective de salon comme si vous étiez un héros. Et vous, vous continuez à rester assis devant votre fenêtre à la vue de tous. Vous déambulez dans la ville, perdu dans vos pensées, sans prendre garde à ce qui vous entoure. Vous rendez publique l'adresse de votre domicile, vos habitudes. La seule raison pour laquelle le colonel Moran – et ses acolytes – ne vous ont pas assassiné depuis longtemps, c'est moi, parce que j'accepte de me plier à leurs demandes. »

Holmes laissa retomber ses mains et resta pensif un long moment. Finalement, il reprit : « Mais l'enfant…

— L'enfant est un monstre, jeta Irène Adler d'un ton tranchant. Il est mauvais depuis sa naissance. »

La tête de Holmes partit en arrière comme s'il avait été giflé.

« Aucun enfant n'est mauvais de naissance, voyons. Cela prend… des années… de mauvais parents, de mauvaises influences…

— Vous n'avez pas donné le sein à cet enfant, et vu ses premières réactions…, rétorqua Irène Adler d'une voix totalement froide. L'une des premières choses qu'il ait faite fut d'arracher les ailes d'un papillon que je lui montrais. Et il y a pris du plaisir ! J'ai cru avoir donné naissance à un nouveau Coriolan.

— Mais même Coriolan fut éduqué par… » Il s'interrompit.

« Éduqué par *sa mère* ! compléta Irène Adler, visiblement au supplice. Volumnie se vantait auprès des dames romaines que son jeune fils Coriolan aimait faire du mal aux animaux, à tous les êtres vivants, même. Alors que je vous assure, jamais dans les quatre années que j'ai passées auprès de Lucan, je ne lui ai donné autre chose que de l'amour et je ne lui ai rien inculqué que le plaisir d'aimer et de respecter les autres. »

Elle détourna le visage et s'écarta un peu en glissant sur le banc.

Il se déplaça pour combler la distance et murmura :

« Je voulais simplement dire que Coriolan avait été formé par des valeurs romaines dépassées et néfastes. J'ai toujours pensé que c'était ainsi que Shakespeare l'entendait. »

Irène Adler eut un rire, mais un rire amer et triste.

« Cela ne vous rappelle rien, Sherlock ? Notre rencontre à Londres dans la troupe de Henry Irving qui préparait justement la mise en scène de *Coriolan*. Moi, vieille habituée des planches que j'étais, jouant la matrone romaine Volumnie à l'âge respectable de vingt-deux ans, et vous, à dix-huit ans, doublure de Coriolan, ayant fugué de Cambridge après seulement quelques mois d'études, un total ingénu.

— J'ai totalement oublié la pièce, avoua Holmes, mais pas un seul des instants que nous avons passés ensemble. »

Elle lui caressa la joue du dos de la main.

« Vous étiez tellement jeune, mon ami. »

Holmes l'enlaça. Elle tenta de résister une ou deux secondes, puis fondit dans ses bras. Vite, pourtant, elle posa une main sur la poitrine de Holmes et le repoussa fermement.

« Et maintenant, reprit-elle, il est temps de parler de ce jeu, qui n'en est pas un, dans lequel nous nous trouvons mêlés. »

Holmes eut du mal à recouvrer la voix, et quand il put parler, ce fut avec une émotion mal contenue.

« Si vous voulez.

— Par laquelle de ces horreurs allons-nous commencer ? demanda-t-elle avec l'intention, semblait-il, de prendre un ton léger, mais sans parvenir plus que Holmes à ne pas trembler.

— L'envoi des cartes de visite tous les ans le 6 décembre. »

Il vit aussitôt qu'elle n'avait pas la moindre idée de ce dont il parlait. Elle était fort bonne comédienne, mais Holmes avait maintenant de longues années d'expérience derrière lui et savait parfaitement détecter les menteurs à leur expression et à leurs yeux. Son incompréhension était sincère.

« Quelles cartes ? Je suis allée déposer un bouquet sur la tombe de Clover tous les 6 décembre – des violettes blanches, qu'elle adorait – et j'ai même envoyé quelques fleurs à Henry Adams ce jour anniversaire mais sans jamais mettre de carte.

— Ned Hooper, le frère de Clover, est venu me voir à Londres il y a deux ans – il n'est maintenant plus de ce monde. Il m'a proposé trois mille dollars si j'acceptais de résoudre le mystère d'une carte de visite que recevaient les quatre membres encore vivants des Cinq de Cœur tous les 6 décembre – et ce depuis 1886. C'est un simple bristol tapé à la machine, et qui porte toujours les mêmes mots : “Elle a été assassinée.” »

Irène Adler le regardait fixement.

« Quelle cruauté ! Jamais je ne ferais une chose pareille. Je ne vois pas non plus pourquoi Lucan se serait donné ce mal. Non, je ne crois vraiment pas que ce soit lui. »

Holmes hocha la tête.

« Je ne pensais pas qu'il s'agissait de vous, mais je me suis engagé à trouver qui est responsable, et je me dois de vous le demander par respect pour la mémoire de Ned, et l'avance de un dollar qu'il m'a payée en 1891.

— 1891… C'est l'année où la presse a annoncé votre mort, commenta Irène Adler d'une voix grave. Un accident survenu en Suisse, racontait-on, alors que vous vous battiez avec un certain Pr Moriarty dont personne n'avait jamais entendu parler. »

Holmes hocha de nouveau la tête.

« Je n'ai pas cru à votre mort cette fois-là, ajouta-t-elle, ni l'année suivante, quand Lucan s'est vanté de vous avoir tué au Tibet. »

Holmes sourit.

« Et pourtant, il a bien failli m'avoir. Il m'a tiré trois balles de fusil dans le dos à mille cinq cents mètres de distance. »

Elle eut l'air surprise.

« J'avais cru qu'il mentait. Comment avez-vous pu survivre ? Je connais la puissance des armes de Lucan.

— Je n'en sais rien. Mais parlons plutôt de Rebecca Lorne. » Ces mots claquèrent comme le levier d'un fusil à verrou qu'on arme pour faire entrer la munition dans le canon. « S'agissait-il d'un chantage ?

— Bien évidemment.

— Pourquoi avoir choisi Clover et Henry Adams ?

— Ils étaient riches. Elle était faible. À l'époque, en 1885, Lucan avait besoin d'argent pour aller en Europe. Rien n'était plus facile que de faire chanter le couple Adams. Clover était tellement perdue qu'il ne m'a fallu que deux jours pour devenir sa meilleure amie.

— Mais vous avez continué à la voir pendant sept mois, lâcha Holmes durement.

— Au bout de quelques jours, je me suis prise au jeu, expliqua Irène. J'aimais bien Clover. J'admirais son talent – c'était une bonne personne et une bonne photographe. Elle était beaucoup plus intéressante que son mari, un égoïste bouffi d'orgueil, qui utilisait tous les prétextes pour la rabaisser. Lui faire croire qu'elle était moins importante, moins capable – une moins-que-rien. Avez-vous lu le roman qu'il a écrit, *Esther*, qui est sorti peu de temps avant la mort de Clover ?

— Oui.

— C'est à l'évidence un portrait d'elle… pauvre Clover… et elle est décrite comme une femme de peu d'intelligence, artiste médiocre, conduisant sa vie en dépit du bon sens, et toujours dépendante des hommes, ayant besoin d'un chevalier servant pour l'aider à obtenir la moindre chose, le moindre succès. Si mon mari avait écrit un tel roman sur moi, il ne m'aurait fallu que deux balles pour lui régler son compte. La dernière pour abréger ses souffrances en tirant dans la tête, mais la première à un endroit qui lui aurait fait souhaiter une mort rapide.

— Intéressant, commenta Holmes, cette fois avec un vrai sourire.

— Donc, vous me demandiez pourquoi j'avais choisi de faire de Clover et son mari mes victimes », continua Irène.

Holmes hocha la tête.

« J'imaginais que ce serait le plus sûr moyen de me débarrasser de Lucan, expliqua-t-elle avec amertume. Mon "cher cousin Clifton". Un "simple gamin" ». Dans la pénombre, ses mains blanches se crispèrent. « Un simple gamin mais un scélérat… un scélérat qui exigeait plusieurs milliers de dollars pour aller en Europe où il voulait retrouver son héros, le grand chasseur de tigres, le colonel Sebastian Moran, et s'associer avec lui pour tuer je ne sais qui.

— Comment Lucan a-t-il appris l'existence de la lettre d'amour que Henry Adams a envoyée à Lizzie Cameron ? Car j'imagine que c'est sur cette lettre que vous vouliez appuyer vos menaces. »

Irène Adler toussota comme un petit chien qui s'étouffe.

« Bien entendu. Ce cercle d'amis était si petit, si incestueux, que, malgré sa jeunesse, Lucan se doutait qu'il y aurait des scandales faciles à débusquer. Une fois que je suis devenue l'amie de cœur de Clover, j'ai été admise dans son milieu fermé de dames de la haute société. C'est Lizzie Cameron elle-même qui s'est vantée auprès de moi d'avoir reçu cette lettre de Henry Adams. Lucan l'avait prédit, et nous n'avons pas eu à aller chercher bien loin. C'est donc l'une des plus proches amies de Clover, de celles qu'on devrait éviter à tout prix, qui m'a tendu en riant l'arme du crime.

— Pourquoi êtes-vous allée avec Clover, trente-six heures avant la tragédie, rendre visite à Lizzie Cameron, alors qu'elle gardait la chambre ?

— Je voulais que Lizzie nie l'existence de cette lettre. Je le lui avais demandé quelques heures auparavant. Elle s'était un peu fait prier, mais elle avait accepté.

— Et l'a-t-elle fait ?

— Non. Elle avait la grippe et elle était d'une humeur massacrante. Elle s'est moquée de la pauvre innocente en jouant sur les mots. Elle prétendait n'y rien comprendre, puis l'instant suivant sous-entendait par ses silences l'existence de cette lettre. J'ai failli étrangler de mes propres mains cette femme infernale dans son lit à baldaquin de satin. Clover est rentrée chez elle convaincue qu'elle avait manqué à tous ses devoirs envers Henry – qu'elle n'était pas une bonne épouse, comme elle le redoutait toujours. Elle était terrorisée par les rapports sexuels qu'elle trouvait très douloureux. Bref, elle a conclu de tout cela que l'infidélité des pensées de son mari et son intérêt pour Lizzie Cameron étaient en réalité causés par ses propres défaillances.

— Je ne vois pas en quoi il vous était utile de pousser Clover Adams au suicide. C'est cette question qui m'a toujours arrêté dans cette énigme.

— Ce n'est pourtant pas bien compliqué. Lucan avait trouvé d'autres moyens de financer ses agissements. Des financements réguliers, et dont il bénéficie encore à ce jour. Il n'avait plus besoin d'attendre qu'une épouse neurasthénique nous aide à faire chanter son mari.

— Lucan a-t-il empoisonné Clover Adams ? » demanda Holmes.

Le long silence sembla jeter un voile sur les dernières lueurs du couchant.

« Je n'en sais rien, avoua enfin Irène Adler. Je sais qu'il a mis le poison dans la chambre de Clover ce dimanche matin… et monté le verre pris à l'office. Je redoutais qu'il tente de se débarrasser d'elle – elle connaissait trop bien le "cousin Clifton" pour être sur ses gardes. J'ai couru chez elle ce matin-là, mais je l'ai trouvée morte par terre. J'ai entendu des pas dans l'escalier de service. Je pense que c'était Lucan qui partait. Pourtant je doute qu'il l'ait forcée à avaler le poison… Et même qu'il se soit montré. Il me semble qu'il a suffi qu'elle voie la bouteille de cyanure de potassium, inexplicablement sortie de sa chambre noire, et le verre trônant bien en évidence, pour perdre la tête. Elle a pu imaginer qu'il s'agissait d'une sorte de message que lui adressait son mari… ou un signe du ciel. » Après un nouveau silence, elle reprit : « Je me sens tout aussi responsable que Lucan de la mort de Clover Adams, même s'il ne lui a pas physiquement forcé la main. J'ai même ramassé le verre et je l'ai mis dans mon sac à main avant l'arrivée de la police.

— Quand vous dites que Lucan est financé, de qui voulez-vous parler ? Des anarchistes ? »

Irène Adler éclata de rire. Une hilarité qui cette fois ne sonnait pas faux. Holmes se souvenait de ce rire qu'il avait toujours trouvé très beau.

« Les anarchistes ne sont capables de financer personne, mon cher ami. Des anarchistes, voyons, ça n'a pas le sou. Certains sont de tels ivrognes, ou si dérangés, ou si paresseux qu'ils ne parviennent même pas à se faire embaucher dans les usines où ont toujours travaillé leurs pères.

— Alors qui ?

— J'ai vu Lucan samedi dernier. Il s'est vanté de vous avoir suivis dans tout le site de l'Exposition de Chicago, vous et l'écrivain que vous traînez partout. Vous êtes passé à moins de cinquante mètres du pavillon consacré à l'un des premiers employeurs du colonel Moran et de Lucan Adler – ce sont ces gens qui leur fournissent la liste des cibles à abattre – et il paraît que vous n'y avez même pas mis les pieds !

— Krupp ! lâcha Holmes après un temps de réflexion.

— Mais oui, bien entendu. »

Le colonel Rice avait beaucoup parlé de ce bijou de l'Exposition – très admiré du moins par la gent masculine. Le gros « bébé » de Krupp était un canon monstrueux de cent quinze tonnes, tellement grand qu'il lui fallait un bâtiment entier, situé entre le palais de l'Agriculture et le lac, pour être logé. Ce canon, construit dans l'usine de Fritz Krupp à Essen, était, disait-on, capable de tirer un obus d'une tonne à une portée de trente kilomètres, avec une force suffisante pour transpercer un blindage en fer forgé de quatre-vingt-dix centimètres. Holmes ne s'y était pas intéressé, le bâtiment n'ayant pas de vue sur le palais de l'Administration, et ne pouvant donc pas servir de cache à un tireur.

« Pouvez-vous m'expliquer à quoi ces attentats tous azimuts peuvent bien leur servir ? interrogea Holmes qui entendit la réponse éclater dans sa tête une fraction de seconde avant qu'Irène Adler ne la lui donne à voix haute.

— À déclencher une guerre.

— Où ça ?

— N'importe où. C'est égal pour eux, pourvu que les grandes puissances européennes y soient toutes mêlées. D'après ce que me dit Lucan, je pense qu'ils misent principalement sur une explosion dans les Balkans.

— Dans ce cas, pourquoi tuer un président américain ?

— Un simple galop d'essai. Des plus faciles. Les présidents américains sont toujours tellement… accessibles…

— Irène, savez-vous quel emplacement Lucan a choisi pour tirer ? Savez-vous où le tueur va s'embusquer ?

— Non, je ne le sais pas. »

Il l'empoigna de nouveau par le haut des bras et serra avec une force qui aurait fait demander grâce à un homme de bien plus ample carrure. Ne la quittant pas des yeux dans les dernières lueurs de cette soirée d'avril, il vit qu'elle ne mentait pas. Il la relâcha.

« Pardonnez-moi.

— Je sais qu'il s'attend à ce que vous découvriez sa position de tir », murmura-t-elle.

Holmes remarqua qu'elle ne frottait pas ses bras, pourtant certainement douloureux.

« Comment cela ?

— Il m'a avertie qu'il vous tuerait presque en même temps que le président Cleveland.

— Savez-vous quand ?

— Il ne l'a pas précisé, mais je connais Lucan. Il tirera sur Cleveland pendant son discours. Quand la foule fera silence et que tous les yeux seront tournés vers le Président. Un coup de génie, selon ses mots.

— Savez-vous comment il compte s'échapper ?

— Je ne sais pas comment il fuira de la cache d'où il compte tirer, mais je sais que ses commanditaires ont affrété un bateau, qui l'attendra sur le lac, non loin du bord. D'après Lucan, le *Zephyr*, propulsé à voiles et à vapeur, avec son moteur moderne et son équipage entraîné à la course en Allemagne, est beaucoup plus rapide que les embarcations qu'utilise la police sur les Grands Lacs.

— Ah ! Merci. Merci. »

Irène Adler porta la main à son médaillon, l'ouvrit et l'inclina pour voir l'intérieur dans la quasi-obscurité du crépuscule. Un instant, Holmes crut qu'elle y gardait un daguerréotype de lui-même, ou une mèche de ses cheveux, mais ce n'était qu'une montre miniature.

« L'heure de nous quitter est venue, monsieur Holmes, dit-elle doucement.

— Fâcheuse rencontre au clair de lune ? »

Elle lui sourit avec le naturel d'autrefois, du temps où il allait avoir dix-neuf ans.

« Mais ce n'est pas la lune inconstante que tu vois par-dessus la haie, mon triste Roméo, déclama-t-elle. C'est un réverbère qui éclaire l'allée pavée du cimetière. »

Il ne se leva que lorsqu'elle décida de le faire, puis il attendit. Elle attendit aussi, et enfin se tourna vers le passage plus clair qui permettait de sortir de l'hexagone. Il la suivit, un demi-pas derrière elle.

« Je vous raccompagne à votre voiture », annonça-t-il en lui présentant le bras.

Ils avancèrent à travers l'herbe humide, distinguant mal les pierres tombales, formes vaguement menaçantes et crépusculaires.

Des lumignons brûlaient aux coins de son élégante voiture couverte. L'image très réaliste de Lucan Adler surgit alors dans l'esprit de Holmes. Il le vit sortant le bras par la portière, et lui tirant une balle en pleine poitrine avec un Colt .45.

Holmes secoua la tête pour chasser cette pensée, repoussa le cocher empressé et aida lui-même Irène Adler à monter dans sa voiture vide.

« Quand nous reverrons-nous ? demanda-t-il, tenant la portière ouverte tandis qu'elle prenait place sur la banquette.

— Eh bien, à votre enterrement, ou à mon exécution, probablement.

— Non ! » protesta Holmes d'une voix si forte que le cheval effarouché fit fouetter sa queue, et que le cocher se retourna en haut de son siège.

Elle se pencha alors vers lui et l'embrassa passionnément sur la bouche. Sans lâcher le visage de Holmes qu'elle tenait entre ses mains, elle dit doucement :

Si nous avons la chance imméritée
D'échapper aujourd'hui au sifflet du serpent,
Nous ferons mieux avant longtemps…
Donnez-moi vos mains si nous sommes amis…

Holmes lui prit aussitôt les mains et les serra entre les siennes.

Et la Chance, ou la Providence prouvera sa reconnaissance[1].

Elle referma la portière et s'écria :

« Allez, cocher ! Roulez ! »

Holmes resta un moment immobile dans le noir, puis il retourna à la tombe de Clover Adams. Il s'arrêta à l'arrière du monument de granit et frappa sur la pierre avec le poing.

La paroi tourna sur ses gonds. Le chef du Secret Service au département du Trésor, Andrew L. Drummond, sortit de la sépulture et la referma derrière lui.

« Avez-vous tout entendu ? demanda Holmes d'une voix lasse.

— Oui, tout, répondit Drummond. Cela nous sera très utile. » Il saisit le bras de Holmes d'un geste plus volontaire et masculin que ne l'avait été celui d'Irène quelques minutes plus tôt. « Holmes, l'aspect personnel de ce que j'ai entendu… Je vous donne ma parole d'honneur, et je jure sur la tête de mes enfants… que jamais je n'en répéterai un mot à quiconque. »

Holmes haussa les épaules comme pour dire qu'il savait quel risque il avait couru en se montrant aussi vulnérable.

« Je vais faire rechercher et surveiller le *Zephyr* immédiatement », ajouta Drummond.

Holmes hocha la tête.

« Mais ne l'empêchez pas de jeter l'ancre aux abords de la foire de Chicago, conseilla-t-il de la même voix épuisée. Rien ne doit laisser deviner à Lucan que nous avons connaissance de son plan.

— Il faut pourtant arrêter Mlle Adler.

1. *Le Songe d'une nuit d'été*, William Shakespeare, traduit par François-Victor Hugo.

— Sûrement pas dans l'immédiat ! Sinon, autant envoyer à Lucan Adler un télégramme lui annonçant que nous savons tout. Faites-la suivre si vos agents sont très discrets – et quand je dis discret, j'entends qu'ils doivent échapper à la vigilance d'un homme aussi subtil que ce serpent de Lucan Adler. Mais mieux encore, laissez-la sans surveillance, libre de ses mouvements jusqu'à ce que… »

Comme il n'achevait pas, Drummond répéta :

« Jusqu'à ce que… ?

— Jusqu'à ce que je vous avertisse qu'il est temps d'agir. »

Là-dessus, Holmes tourna les talons et s'éloigna vers la sortie.

Derrière lui, Drummond souffla dans un sifflet de police, et plus d'une dizaine d'hommes – des ombres parmi les ombres – émergèrent de derrière les arbres, les pierres tombales, les rochers et les monuments pour rejoindre leur chef. Des voitures de police arrivaient. À la lumière de leurs lanternes, Holmes vit que les hommes étaient armés de pistolets, tout comme Drummond, et que plusieurs portaient des fusils. Ils n'auraient pas pu empêcher Lucan Adler de l'abattre – le tireur aurait été trop bien camouflé pour être repéré –, mais ils l'auraient pris une fois que le tir fatal aurait révélé sa position.

Holmes fut conduit à la confortable voiture découverte qui devait le ramener en ville avec Drummond.

Quand ils furent montés, Holmes surprit beaucoup Drummond en s'écriant, en souvenir d'Irène Adler :

« Allez, cocher ! Roulez ! »

3

Tôt dans la matinée du vendredi 29 avril, Henry Adams et Henry James se firent conduire en voiture à la gare principale de Washington pour prendre le train spécial que Henry Cabot Lodge avait affrété pour eux.

Le trajet n'était pas long, mais Adams le mit à profit pour avoir avec son compagnon une conversation qui, semblait-il, lui tenait à cœur.

« Harry, dit-il en se penchant vers le corpulent écrivain, je veux que vous sachiez, avant que nous ne retrouvions les autres, combien votre séjour dans mon humble demeure ces deux dernières semaines a compté pour moi.

— Mais pour moi aussi, Henry. Je penserai toujours avec tendresse à votre hospitalité et à nos conversations du soir.

— Êtes-vous parvenu à avancer un peu dans l'écriture de votre pièce ? »

James eut un demi-sourire.

« Oui, un peu. Puis je l'ai totalement réécrite. Et puis réécrite encore une fois. Et puis j'ai tout jeté. Mais j'ai commencé à développer une de mes nouvelles – une petite chose, l'histoire d'un précepteur désargenté qui a plus d'affection pour son jeune élève que les parents indifférents.

— Cela semble parfaitement plausible.

— Nous verrons ce que cela donne.

— Je vous remercie de m'avoir laissé vous parler à cœur ouvert de Clover après toutes ces années de silence – de sa vie comme de sa mort. Je vous en serai toujours reconnaissant. »

James sentit les larmes lui monter aux yeux.

« Ce fut un grand honneur, et c'est moi qui vous suis reconnaissant, mon cher ami. Je vous assure. »

Adams eut soudain l'air amusé.

« Vous rappelez-vous ce que vous avez écrit à Clover, en 1882, dans cette lettre que vous lui avez adressée juste avant le départ de votre paquebot pour l'Europe ? Et pourquoi c'était à elle que vous aviez choisi d'envoyer ce que vous nommiez votre “dernière lettre américaine” ?

— J'écrivais que je considérais Clover comme l'incarnation de son pays natal.

— Et savez-vous ce qu'elle m'a dit quand elle a lu ces lignes ? Je vous en ai déjà fait part dans un courrier que je vous ai envoyé il y a bien des années. »

Henry James n'avait pas oublié.

« Clover vous a dit que mon commentaire était, je vous le cite de mémoire, “un compliment des plus équivoques”, et qu'elle se demandait en conséquence si elle était “vulgaire, sinistre et invivable”. »

Les deux hommes rirent de bon cœur.

Adams tendit le bras. Supposant que son ami voulait lui donner une poignée de main, James lui présenta la sienne, mais Adams la prit et lui fit ouvrir la paume pour y laisser tomber un objet froid et lourd. James vit que c'était sa propre montre, la montre que lui avait donnée son père, et qu'il avait perdue la nuit si étrange passée avec Sherlock Holmes à l'intérieur du monument de Saint-Gaudens, le secret le mieux gardé d'Adams.

James s'empourpra, mais quand il leva les yeux vers Adams, il vit que ce dernier souriait.

« Clover et moi, nous vous aimerons toujours, Harry. »

James baissa le front mais ne parvint pas à cacher les larmes qui coulaient le long de ses joues, roulaient jusqu'à son menton et tombaient dans sa main ouverte où reposait la montre à laquelle il tenait tant.

4

Holmes arriva à la gare de Washington à l'heure indiquée et fut ébahi de voir ce que Henry Cabot Lodge appelait « retenir quelques wagons privés ». Il s'agissait d'un train entier privatisé pour leur usage exclusif. Après la locomotive, il y avait un wagon pour les domestiques, puis une voiture-restaurant luxueuse. Ensuite un bel espace faisait office de fumoir, où l'on pouvait converser et regarder défiler le paysage. À la suite, pas moins de quatre wagons encore plus luxueux pour loger le sénateur et ses invités.

Henry Cabot Lodge et sa femme Nannie occupaient une moitié de wagon à la queue du train. Le sénateur Don Cameron et sa superbe femme Lizzie disposaient d'un appartement tout aussi beau – une suite avec un cabinet d'aisance, dans un train ! – et les Hay d'un vaste compartiment comprenant une chambre où serait logée leur fille Helen. Clarence King avait préféré ne pas être du voyage, prétextant des réunions incontournables dans l'Ouest américain concernant ses mines, mais Augustus Saint-Gaudens avait accepté l'invitation de Lodge, de sorte que les trois célibataires – Saint-Gaudens, James et Holmes – se contentaient de plus petites cabines, mais chacune fort bien équipée et disposant d'un cabinet de toilette. En apprenant qu'ils n'auraient pour tous les trois que les services de deux valets – le wagon des domestiques était comble – James avait commenté avec un grand soupir : « Eh bien, à la guerre comme à la guerre, nous ferons avec. »

James avait accueilli Holmes assez froidement quand ils s'étaient retrouvés après deux semaines de séparation sans la moindre communication, mais le détective avait paru trop absorbé dans ses pensées pour remarquer la froideur calculée de l'écrivain. Au cours des premières heures de voyage, James vit avec irritation qu'il allait devoir briser ce silence lui-même s'il voulait parler à Holmes.

Il trouva l'opportunité de s'entretenir avec lui en privé après leur somptueux dîner, au moment où les dames se retiraient au salon du quatrième wagon tandis que les hommes se rendaient dans le fumoir pour le cognac et les cigares. James retint le détective dans la salle à manger et demanda aux domestiques d'attendre à l'extérieur qu'il leur fasse signe.

« Que se passe-t-il ? » s'enquit Holmes.

Le détective semblait toujours préoccupé, et avait à peine participé à la conversation au cours du repas, bien que Helen Hay ait tout fait pour le tirer de sa coquille en lui posant de nombreuses questions.

« J'ai revu Moriarty, chuchota James. Je vous ai envoyé un message par votre satané buraliste, mais il m'a été renvoyé encore fermé, avec une ligne griffonnée sur l'enveloppe indiquant que vous ne veniez plus prendre votre courrier à cette adresse.

— En effet », répondit Holmes. Il était en train d'allumer sa pipe en écume avec son beau briquet moderne, et soufflait de la fumée épicée qui se mêlait aux effluves de bœuf en daube du wagon. « J'ai beaucoup voyagé et je ne suis plus allé chercher mon courrier à la boutique de cigares. Où et quand avez-vous vu Moriarty ?

— Le jour où j'allais quitter Chicago pour me rendre à New York, répondit James avec impatience. Le 15. Le jour où vous vous êtes envolé Dieu sait où.

— Eh bien, où l'avez-vous vu, James ? Et que faisait-il ? »

L'écrivain trouva le ton de Holmes beaucoup trop désinvolte pour un sujet aussi grave.

« Il était à la gare centrale de Chicago et fouillait le train que j'allais prendre. Il me cherchait, Holmes, secondé par des malandrins de la pire espèce. J'ai eu le plus grand mal à fuir sans qu'il me repère. »

Holmes hocha la tête en tirant sur sa pipe.

« Qu'est-ce qui vous fait penser que le Pr Moriarty en avait après vous ?

— Eh bien, ce n'était pas vous qu'il cherchait : vous ne preniez pas le train du matin pour New York, que je sache. »

Holmes le concéda d'un mouvement de tête sans lâcher la pipe qu'il tenait entre ses dents.

« Moriarty et ses hommes avaient des intentions meurtrières, continua James. Ça se voyait dans leurs yeux. Et c'était moi la proie, je le sais. Ils ont dû entendre parler de ma petite escapade dans l'entrepôt où Moriarty a harangué les anarchistes et les voleurs. Par quelqu'un à qui vous en aurez parlé, peut-être, je ne sais. C'était moi qu'ils pourchassaient, Holmes, j'en suis absolument certain.

— Alors il est heureux que vous n'ayez pas pris ce train… »

James s'indigna.

« Quoi ? C'est tout ce que vous trouvez à dire ! On croirait que cette nouvelle ne vous fait ni chaud ni froid ! Où êtiez-vous passé ces deux dernières semaines ?

— Je suis allé à droite à gauche, répondit Holmes qui s'interrompit pour rallumer son énorme pipe.

— Et quelles mesures avez-vous prises pour empêcher Moriarty et sa bande de criminels et d'anarchistes de mettre à feu et à sang Washington, New York, Philadelphie, Chicago et toutes les autres villes dont je l'ai entendu parler, et qui seront pillées après l'attentat contre le président Cleveland ? L'armée va-t-elle intervenir ? Avez-vous averti les maires, les chefs des polices des villes concernées ? Je ne vois pas à quoi d'autre d'utile vous auriez pu occuper ces deux semaines. Et vous semblez avoir la conscience tranquille si j'en juge par votre évidente… indifférence face à la menace imminente de l'insurrection !

— Moriarty ne présente aucun danger », affirma Holmes en tapotant l'épaule de James comme un maître d'école rassure un enfant.

L'écrivain n'eut pas le réflexe de repousser cette main, mais il le regretta ensuite pendant des heures.

« Comment cela, Moriarty n'est pas dangereux ? s'écria-t-il. Pourtant, c'est lui qui doit être recherché en priorité ! Le Pr Moriarty est… Je ne fais que répéter ce que vous avez dit… Moriarty est le cerveau du soulèvement sanglant qui s'annonce. Je pense bien que votre premier devoir est de le trouver et de laisser à la police le soin de s'occuper de Lucan Adler qui n'est qu'un… qu'un gamin !

— Non, trancha Holmes. Notre premier devoir est d'empêcher Lucan Adler d'assassiner le Président. Il sera temps ensuite de régler son compte au Pr Moriarty. Je vous demande de me faire confiance, James. »

Abasourdi, Henry James ne cacha pas son incompréhension. Après un silence, il reprit :

« Et savez-vous comment faire pour empêcher cet attentat ? Savez-vous où le tireur va s'embusquer, comment il compte fuir, et… et avant tout, allez-vous parvenir à l'arrêter à temps ?

— Je le pense. Nous en aurons le cœur net dans moins de trois jours. D'ailleurs, je compte sur votre aide quand nous serons là-bas, James. » Il eut l'impudence de lui tapoter de nouveau l'épaule, puis alla ouvrir la porte de la voiture-restaurant pour la rendre aux domestiques en lui disant : « Vous venez rejoindre les autres au fumoir ? »

Henry James n'avait jamais de sa vie eu autant envie de tuer quelqu'un – sauf parfois brièvement son frère aîné William. S'il avait pu mettre la main sur un couteau de cuisine, il en aurait fait bon usage. Il suivit cependant Holmes dans le fumoir et prit un siège aussi loin du détective que possible dans le compartiment tout en longueur.

5

Le train express spécial de Henry Cabot Lodge arriva à Chicago le matin du 29 avril, tous ses passagers étant frais et dispos et d'excellente humeur. Tous, sauf Sherlock Holmes, plus que jamais perdu dans ses pensées.

Il était prévu que le train de Lodge resterait sur une voie de garage à moins de cinquante mètres de l'entrée ouest de l'Exposition. En arrivant au terminus, les visiteurs se déversaient par le grand portail de la gare sur l'esplanade face au palais de l'Administration d'où ils pouvaient s'égailler vers le reste de la Ville blanche. Les invités de Lodge seraient libres de leurs mouvements et auraient accès au train pour rentrer se reposer à n'importe quelle heure du jour ou de la nuit s'ils le souhaitaient. Les cuisiniers et le reste du personnel seraient sur le pied de guerre.

L'hébergement principal des invités serait cependant ailleurs. Leur premier arrêt ce matin-là fut au port de plaisance de Chicago : ils furent transportés jusqu'au yacht des Grands Lacs de Don Cameron, le majestueux *Albatross*, où on leur désigna leurs cabines, tout aussi luxueuses quoiqu'un peu plus petites que celles du train. Le yacht disposait aussi de quantité de domestiques qui avaient pour mission d'apporter des boissons fraîches et même des repas complets à toute heure. Cameron rassembla ses amis avant qu'ils ne partent pour l'Exposition et leur expliqua que des messagers étaient mobilisés pour leurs communications, au cas où certains d'entre eux décideraient de dormir dans le train ou d'aller y faire un tour pour se rafraîchir, et qu'il y aurait toujours au moins une si ce n'est deux vedettes à disposition pour les transporter jusqu'au ponton du Casino ou les y chercher, de nuit comme de jour.

Ils allaient pouvoir partir explorer la foire. John Hay et Henry Cabot Lodge avaient distribué à tous – même à la jeune Helen – le macaron des visiteurs invités, indispensable sésame qui donnait accès à toutes les attractions de la Ville blanche et de l'avenue monumentale du Midway Plaisance. Lodge expliqua que le directeur de l'Exposition, Daniel Burnham, l'avait averti qu'il y aurait encore beaucoup de petits travaux en cours – évacuation de gravats, démontage des rails temporaires, plantations de fleurs et même d'arbres à la dernière minute, et ultime couche de peinture blanche sur les gigantesques bâtiments –, mais que tout était fait pour que les visiteurs n'en soient pas incommodés.

En dernier lieu, Lodge leur conseilla de ne rien manquer sur le Midway Plaisance et son kilomètre et demi d'attractions. Burnham avait dit à Henry Cabot Lodge que tout était fin prêt sauf cette… « fichue » – le directeur de l'Exposition ayant utilisé un autre terme – Grande Roue de Ferris, dont le montage ne serait terminé qu'en juin. En attendant, l'avenue était bordée d'un village algérien et d'un autre tunisien, où l'on trouvait de la nourriture exotique tout en admirant des jongleurs et des danseuses de ces contrées lointaines ; un train rapide à propulsion hydraulique, le Barre Sliding Railway, devait tirer des hurlements ravis à ceux qui l'empruntaient ; le théâtre électrique offrait à des assistances de cent personnes un voyage dans les Alpes bernoises – fendant l'air frais des montagnes (réfrigéré grâce à l'électricité), les spectateurs survolaient cinquante kilomètres d'une reconstitution des sommets enneigés.

Il y avait aussi un ballon captif que Lodge ne recommandait pas à ces dames, ainsi qu'un village chinois, un village du Dahomey, un village turc, un village allemand, tous peuplés de centaines d'autochtones vêtus à la mode de chez eux. Côté culture, on trouvait sur le Midway Plaisance les arènes zoologiques de Hagenbeck placées à proximité du pavillon de musique hongrois où des ensembles en costume jouaient des airs tziganes. Non loin, le pavillon viennois avec ses orchestres et son café.

Il y avait une rue du Caire parfaitement reconstituée – peuplée d'Égyptiens en djellaba avec leurs chiens, leurs serpents, leurs singes – ainsi qu'un immense bâtiment consacré aux paysages du volcan Kilauea pour les amateurs de sensations fortes. Quand on souffrait trop de la chaleur, on pouvait aller barboter au Natatorium, une piscine couverte. Au cours de ce week-end, la Ville blanche ne serait encore éclairée que par ses becs de gaz et le clair de lune, mais Lodge promit que dès le lundi 1er mai, à l'issue de l'ouverture officielle par le Président qui devait appuyer sur le bouton magique, la Ville blanche et son parc d'attractions du Midway Plaisance deviendraient les lieux les plus extraordinairement lumineux de la planète.

Le 1er mai serait aussi le jour où ils pourraient quitter leurs vêtements d'hiver pour endosser les costumes et robes en lin plus légers. Ce fut donc vêtus presque pour la dernière fois de sombre qu'ils montèrent dans les vedettes qui les attendaient pour les emmener à terre. Sherlock Holmes quitta le groupe dès qu'ils eurent accosté. Il avait prévu de voir le colonel Rice, M. Drummond et le chef de la police de Chicago, Robert McClaughry.

Henry James, quant à lui, avait décidé de rester à bord de l'*Albatross* – le lac Michigan était si calme que le grand yacht ne tanguait pratiquement pas au mouillage. Il avait envie de faire une petite sieste dans sa cabine lambrissée d'acajou et capitonnée de soie et de velours.

Il s'éveilla un peu après la tombée de la nuit et vit qu'il était seul à bord avec l'équipage. Les autres étaient encore à terre, occupés par les joyeuses célébrations.

Une vedette à vapeur et un pilote l'attendaient. Alors que James approchait de l'échelle, l'homme de barre lui dit :

« Je vous amène au ponton de la Ville blanche, monsieur ?

— Non, répondit James, le cœur battant si vite qu'il avait le souffle court. Conduisez-moi au port principal de Chicago. »

6

Henry James avait décidé de partir sur les traces de l'insaisissable Pr Moriarty. Ses quelques heures sur le yacht de Don Cameron, pendant lesquelles il n'avait pas fermé l'œil, lui avaient permis de se convaincre que Moriarty et ses complices à la gare avaient en réalité recherché Holmes, ou peut-être quelqu'un d'autre, mais en tout cas pas lui. Après tout, il n'y avait aucune raison pour que Moriarty le pourchasse.

Il s'était persuadé qu'il s'agissait d'une coïncidence, et que rien ne le destinait à se trouver à la gare en même temps que le professeur diabolique. Rassuré, il se sentait de nouveau protégé par son anonymat, en tout cas en ce qui concernait le jeune Adler et son maître Moriarty.

Il demanda au pilote de la vedette de l'attendre à quai, même jusqu'à une heure très tardive, puis il monta dans un trolleybus pour rejoindre le centre obscur de Chicago, où il prit la ligne de métro aérien.

Il n'avait ni plan précis, ni arme, mais l'idée de rechercher Moriarty de nuit dans Chicago le remplissait d'une joie étrange. Une autre chose le rassurait : ses chances de croiser une nouvelle fois par hasard le chemin de Moriarty étaient si minces qu'elles étaient quasiment inexistantes, à moins de se trouver dans un mauvais roman feuilleton.

Le réseau de transport de Chicago par voie ferrée surélevée – déjà dénommé « L » à cette époque – n'avait été inauguré que l'année précédente, en 1892. Les premiers métros étaient composés de wagons en bois ouverts sur les côtés, ce qui exposait les voyageurs aux éléments, mais cet inconvénient était déjà réglé le jour où James emprunta la ligne du Lake Street Elevated Railroad. Il s'était procuré une carte du réseau à la première station qu'il avait trouvée et avait constaté que, à part la ligne du Chicago and South Side Rapid Transit Railroad, qui avait été étendue vers le sud pour desservir la 63e Rue et Stony Island Avenue, à l'entrée du bâtiment des Transports de l'Exposition universelle, les autres lignes s'arrêtaient avant le centre-ville.

Lors de leur premier séjour à Chicago, Holmes lui avait expliqué que cette particularité était due à une loi de l'État de l'Illinois qui exigeait d'obtenir l'accord de tous les propriétaires de commerces et d'immeubles d'une avenue avant d'y poser des rails.

James prit une ligne qui le menait vers le sud, mais il n'avait aucune intention de continuer jusqu'aux arrêts de Jackson Park et de l'Exposition, voulant éviter de tomber sur Holmes et les autres invités de Cameron. Bien entendu, Moriarty aurait pu se trouver aussi là-bas. Quoi qu'il en soit, James décida de sillonner la ville même de Chicago pour cette traque nocturne – la Ville noire, comme il l'appelait intérieurement.

Il descendit du « L » quelques rues avant la station de la 63e Rue qui l'aurait ramené à l'Exposition et marcha au hasard.

Il parcourut plusieurs centaines de mètres dans ce quartier mal éclairé avant de se rendre compte de trois choses : premièrement, il n'y avait pas d'éclairage public dans ce secteur de la ville aux trottoirs pourtant pleins de monde ; deuxièmement, il passait devant un nombre ahurissant de bars et de dancings d'où sortait une musique bruyante ; et troisièmement, il était la seule personne à la peau blanche depuis qu'il avait quitté la station.

Comprenant (avec une certaine inquiétude) qu'il était par erreur descendu du train aérien dans le quartier noir de la ville – il avait entendu Holmes en parler en utilisant le terme d'*Ebonyville*, la ville d'ébène – James fit brusquement demi-tour pour retourner à la station et s'aperçut trop tard qu'il avait tourné plusieurs fois sans prêter attention à son trajet. Pas de passage de voie ferrée à l'horizon, pas de rails aux carrefours qu'il traversait maintenant si rapidement qu'il n'était pas loin de courir.

Soudain, un homme portant un costume à rayures plutôt voyant et une cravate de couleur vive, et coiffé d'un élégant canotier, se dressa devant lui.

« Vous êtes perdu, monsieur ? Je peux vous renseigner ? »

James recula de trois pas, mais parvint à répondre :

« Seriez-vous assez bon pour m'indiquer où se trouve la station du "L" la plus proche sur la ligne de Lake Side ? »

L'homme sourit, découvrant de belles dents dont la blancheur contrastait avec la peau la plus noire que James eût jamais vue.

« Mais certainement, monsieur. » Il tendit le bras dans la direction d'où venait James. « Prenez la troisième rue à gauche, et vous ne serez plus qu'à deux cents mètres de l'arrêt.

— Je vous remercie », dit James qui se serait volontiers incliné bien bas pour le saluer tant il était soulagé.

Mais alors qu'il revenait sur ses pas à travers les rues remplies d'une foule de gens de couleur qui semblaient fêter quelque chose, il ne résista pas à l'impulsion de se retourner pour voir si son sauveur le suivait, animé par de mauvaises intentions.

L'homme au canotier n'avait pas bougé et, croisant son regard, lui adressa de nouveau son grand sourire et souleva son chapeau pour le saluer amicalement.

Ce geste ! Était-ce de l'insolence ? se demanda James qui eut aussitôt honte de cette pensée.

En vérité, même si Henry James se félicitait d'être un véritable cosmopolite (certainement plus dégourdi que la plupart des Américains) et se targuait de se sentir chez lui aussi bien dans les rues de Londres, de Paris, de Florence, de Venise, de Rome, de Zurich, de Lucerne que de Berlin, il n'avait jamais eu de réel contact avec les Noirs, sauf dans les hôtels où ils formaient une partie du personnel.

Il retrouva quoi qu'il en soit les quais du « L », un train arriva au bout d'à peine quelques minutes, et il repartit vers le nord.

* * *

James passa encore une heure et demie à sillonner la périphérie de terminus en terminus, empruntant les trolleybus pour atteindre des quartiers comme ceux de Douglas Park, Garfield Park, Humboldt Park et Logan Square (sa carte du réseau indiquait en petits caractères que la ligne aérienne du West Side ne serait pas terminée avant deux ans).

Ce changement de moyen de transport avait ses avantages : les trolleys étaient plus confortables.

Dans les quelques quartiers où l'éclairage public était suffisant – et où les passants sur les trottoirs et dans les voitures à cheval étaient blancs – James descendait et marchait pendant quelques minutes, guettant le crâne chauve de Moriarty et son regard effrayant.

Alors qu'il était dans l'un de ces quartiers populaires de l'ouest de la ville, il se rendit compte qu'il n'avait rien avalé depuis le déjeuner. À cette heure, certains cafés fermaient déjà, mais d'autres restaient très pleins. Il hésita à y entrer car il s'agissait d'une clientèle ouvrière comme l'attestaient les casquettes – gardées sur la tête même à table – les pantalons de velours ou de moleskine, et les gros godillots. Il y avait quelques femmes dans ces bars, mais à en juger par l'excès de rouge à joue et de fard, sans parler des robes très déshabillées, James conclut qu'il s'agissait de belles de nuit.

Il préféra finalement attendre d'être de retour au yacht et n'eut plus qu'à faire demi-tour pour rejoindre le dernier arrêt de trolley qu'il avait passé pour repartir dans l'autre sens.

* * *

Au cours de ce trajet, James entreprit de tirer au clair une énigme qui n'avait rien à voir avec Sherlock Holmes, ni avec Lucan Adler, ni avec le Pr Moriarty. Lors de son errance dans les transports publics, il avait vu au moins une douzaine de personnes qui lisaient le même livre.

Les lecteurs étaient des hommes simplement vêtus : mauvais costume en lainage, souliers usés mais bien cirés, chapeau de paille pour certains (aucun n'ayant l'élégance du Noir qui l'avait remis sur le droit chemin quelques heures plus tôt). Et ces hommes tenaient un livre devant leurs yeux, tout près, comme s'ils avaient mauvaise vue, alors qu'ils ne portaient pas de lunettes. D'autant plus étonnant qu'il pouvait se passer de longs moments sans qu'ils ne tournent de page.

Le livre qu'ils collaient ainsi à leurs yeux (fatigués et parfois clos) devait être profondément soporifique et c'était toujours le même.

Son titre était *Maggie, fille des rues*, et son mauvais brochage laissait supposer qu'il avait été édité sur les deniers personnels de l'auteur, un certain Johnston Smith.

Enfin, à l'approche du terminus sud-ouest du trolleybus, James s'enhardit à aller s'asseoir face à l'un de ces lecteurs et toussota. L'homme ne baissa pas son livre.

« Veuillez m'excuser, dit James, faisant enfin réagir l'homme qui de toute évidence piquait du nez. Je ne voudrais pas vous importuner, mais j'ai remarqué que beaucoup de passagers lisaient le même livre que vous. Puis-je vous demander si vous savez pourquoi il a autant de succès à Chicago ? »

L'homme eut un grand sourire, exhibant une denture incomplète jaunie de nicotine, qui donnait à penser que le costume raide et mal taillé qu'il portait était le seul en sa possession.

« J'attendais justement que quelqu'un me pose la question, répondit-il. Je n'en ai pas lu une ligne. On nous paye, moi et une vingtaine d'autres, simplement pour circuler dans le "L" et les trolleys de sept heures du matin jusqu'à la fin du service, à une heure du matin. Il paraît que le seul fait de nous voir le lire, ou de faire semblant de le lire, va donner aux gens envie de l'acheter.

— Depuis combien de temps vous et vos… collègues êtes-vous à la tâche ?

— Trois semaines, et personne avant vous ne m'avait interrogé. J'ai peur que notre patron ne soit bientôt ruiné. Je vais vite devoir chercher un autre boulot.

— Est-ce l'auteur, M. Johnston Smith, qui vous paye pour… assurer cette promotion ?

— Oui, c'est l'auteur, mais ça n'est pas son vrai nom. C'est un jeune gars de pas plus de vingt et un ou vingt-deux ans aux semelles plus usées que les miennes… Stephen Crane.

— Eh bien, je trouve la méthode intéressante. »

James se demandait si une telle campagne fonctionnerait pour ses propres livres dans les milieux londoniens plus instruits. Mais non… Le monde littéraire ne se déplaçait pas dans les transports publics à Londres, sauf sur le réseau ferroviaire, et aucun Londonien et aucune Londonienne n'accepterait de parler à un inconnu. Cela ne se faisait tout simplement pas.

« Je vais vous dire, reprit l'homme qui avait fermé le livre et l'avait posé sur ses genoux, j'ai déjà lu pas mal de bouquins, mais celui-ci n'est même pas un vrai roman.

— Comment cela ?

— D'abord, il n'a que quarante pages, et avec des grandes marges de chaque côté et des tas de feuilles blanches au début et à la fin.

— Une nouvelle qui se fait passer pour un roman… »

L'homme haussa les épaules.

« Tout ce que je sais, c'est qu'il me reste encore une heure à tenir avec cette saleté devant le nez jusqu'au dernier trolley. J'ai hâte de retrouver mon lit. Je n'en peux plus. J'ai des crampes dans les bras, mais Crane nous surveille. On le voit pratiquement tous les jours, et il ne plaisante pas. On s'est passé le mot entre nous. Si on ne se colle pas le livre bien sur les yeux ou qu'il nous prend à dormir, on se fait lourder en moins de deux. Alors par les temps qui courent où le travail se fait rare, on est bien content de se faire deux dollars par jour juste pour rester assis sur son derrière... »

James marqua sa compréhension d'un hochement de tête.

Le trolley s'arrêta dans un quartier qui semblait peu recommandable, et le conducteur et le receveur descendirent pour se rincer le gosier. Le terminus, sans doute.

James eut envie de faire quelques pas.

« Vous ne descendez pas là, j'espère, dit le lecteur rémunéré.

— Je remonte dans une seconde. »

Mais à l'instant où il mettait le pied dehors, il eut le regard attiré à cinquante mètres par un mouvement sous le seul réverbère qui semblait encore fonctionner dans la rue. L'éclat d'un crâne chauve, une queue-de-pie noire et un haut col vieillot, le mouvement de mains blanches et maigres d'étrangleur. Une vision furtive, aussitôt engloutie par la nuit.

Oubliant le trolley, James se rua derrière cette apparition.

* * *

Au-delà de la faible lumière du réverbère, il n'y avait que les ténèbres. Les baraquements et les taudis qui avaient formé la rue s'espacèrent tant qu'ils disparurent tout à fait au bout de quelques mètres. C'était comme si James avait poursuivi le Pr Moriarty à travers tout Chicago, et qu'il en sortait avec lui pour se retrouver dans la prairie.

Et puis James prit conscience d'une puissante odeur. Et avec cela, il eut l'impression, l'intuition atavique, que des centaines, si ce n'est des milliers de sabots massifs, piétinaient la terre et que des milliers d'yeux l'observaient dans le noir. La rue se terminait sur une clôture, et, assailli par cette puanteur suffocante, James distingua devant lui une grande masse noire, suante, soufflante et excrétante. Un troupeau.

Il avait atteint les abattoirs de Chicago. Plus un seul éclairage, public ou privé, ne perçait la nuit. Au loin, dans les parcs à bestiaux pleins, brillaient une ou deux lampes à gaz, mais elles étaient trop éloignées pour jeter la moindre lueur autour de James qui, dans ces îlots distants de relative clarté, distinguait l'étrange reflet noir de cornes.

Il choisit d'aller vers la gauche et avança courageusement dans une obscurité agitée par le souffle du bétail.

* * *

Il n'y avait plus sous ses pieds ni trottoir ni pavés. Du gravier seulement, de la terre battue. Au moins, le sol n'était pas boueux, ou pis, plein de la bouse qui remplissait à coup sûr les enclos à bestiaux sur sa droite. Il entendait les frottements et les piétinements des vaches endormies bousculées par celles qui avançaient vers les mangeoires.

James prit conscience qu'il allait... eh bien, qu'il allait beaucoup mieux. L'apathie et la colère qui l'avaient miné toute la journée s'étaient envolées pendant son équipée dans les quartiers dangereux de Chicago. Il avait perdu le crâne chauve et les longs doigts blancs de Moriarty depuis qu'il était entré dans cette zone d'entrepôts délabrés et d'immenses parcs à bestiaux, mais il n'en éprouvait aucune déception, ne s'étant pas vraiment attendu à trouver – et encore moins à affronter – le grand criminel.

Il avait l'impression que son âme était sortie de son corps, qu'elle le survolait et l'observait (le voyant très bien, alors qu'il faisait trop noir pour lire l'heure à une montre sans craquer une allumette). Avant cette équipée, il s'efforçait de s'imposer comme auteur dramatique, et voilà qu'il devenait à la fois acteur et spectateur, se regardant lui-même agir. Il improvisait, entièrement tourné vers l'action, un jeu à la fois physique et inspiré, audacieux, même. Si c'est là, songea-t-il, ce que ressentent les personnages qui évoluent dans les feuilletons à deux sous, cela me va.

Il avait bien du mal à se rappeler pourquoi, quelques semaines plus tôt, il avait voulu se jeter dans la Seine. Parce que ses livres se vendaient mal ? Vraiment ?

James eut envie de rire. Il avait beau en vouloir à Sherlock Holmes pour de multiples raisons, il comprenait soudain que le détective – que ce soit dans son incarnation réelle ou fictionnelle – avait été le sauveur de Henry James Jr. Par cette nuit étrange dans une ville inconnue, James se sentait plus jeune, plus fort – plus vivant. Il n'avait jamais ressenti cela – sauf dans son enfance, peut-être, et même alors, il lui semblait que son entrain juvénile n'avait été qu'un pâle reflet de lune de la personnalité solaire et énergique de son frère William.

Un dynamisme exaltant. C'était ainsi que James se formulait ce qu'il ressentait. Il était animé d'une faim nouvelle et revigorante, non seulement pour l'existence de tous les jours, mais aussi pour les péripéties d'une vie qu'il n'aurait jamais osé imaginer, et encore moins mener. Cette fois, il comprenait vraiment comment son frère Wilkie avait pu retourner au combat après avoir subi des blessures aussi graves et vécu des événements aussi tragiques – alors qu'il était transporté dans les dunes le lendemain de la bataille de Fort Wagner, l'un de ses deux brancardiers avait reçu une balle dans la tête, si bien qu'une pluie de cervelle et de fragments d'os avait aspergé Wilkie au moment où la civière tombait. Et pourtant, à peine guéri, il avait tenu à retourner à la guerre. De même pour leur frère Bob qui avait pourtant perdu la moitié de son régiment lors d'une autre bataille.

Un dynamisme exaltant. James comprenait maintenant pourquoi ces moments étaient la raison de vivre de Sherlock Holmes, et pourquoi le détective recourait à l'usage de la cocaïne, de la morphine et de l'héroïne pour supporter les journées mornes et vides qui le détruisaient entre deux affaires, deux dangers.

Qu'il ait bien vu Moriarty à la descente du trolley une demi-heure plus tôt ou non, James ne s'en préoccupait guère à cet instant. Il n'y pensait même plus.

Il fut tiré de ses pensées par des mouvements. Des formes noires avançaient vers lui. Des silhouettes hautes marchaient le long de la longue barrière des enclos. Des hommes.

Les yeux de James avaient amplement eu le temps de s'adapter à la vision nocturne car aucune lumière ne brillait à l'arrière des entrepôts sur sa gauche, ni à l'extérieur, ni à l'intérieur. Il vit donc parfaitement qu'il s'agissait de quatre hommes brandissant des matraques et des gourdins.

Il s'arrêta.

Levant sa canne élégante entre ses deux mains délicates, James regretta de ne pas avoir la canne-épée de Holmes.

Devait-il fuir ? Il rejeta cette idée, ayant plus peur d'être rattrapé par-derrière comme un animal de rodéo lors d'une course poursuite que de faire face à ces malfrats qui arrivaient vers lui si rapidement dans le noir.

Il ne se faisait aucune illusion sur leurs intentions et ne se préoccupait pas de savoir s'ils travaillaient pour Moriarty, une considération totalement accessoire vu les circonstances. Ses assaillants s'étaient déployés en éventail et lui barraient la route à moins de trois mètres. Et soudain, une voix éclata, venant d'une allée sombre à sa gauche.

« Vous, là-bas ! Arrêtez ! On ne bouge plus ! »

On leva le volet d'une puissante lanterne sourde ; un faisceau de lumière jaillit et tomba sur Henry James, la canne levée au niveau de la poitrine en position défensive, et sur les quatre attaquants en vêtements peu ragoûtants.

James ne s'était pas trompé en supposant qu'ils portaient des armes. C'étaient bien des gourdins, cloutés, souillés, de taille impressionnante.

« Pas un geste ! » tonna de nouveau la voix désincarnée.

James avait déjà obéi à l'injonction et ne bougeait plus d'un pouce, alors que ses quatre assaillants faisaient tout le contraire : ils avaient bondi comme un seul homme, deux d'entre eux sautant dans un enclos pour aller se perdre au milieu du bétail, les deux autres repartant en courant le long de la barrière pour se fondre dans les ténèbres.

Le projecteur ne tenta pas longtemps de les suivre et revint sur James en l'aveuglant. Cette lumière approcha, tenue par l'homme qui avait crié tel un dieu du haut des cieux, puis fut enfin baissée.

C'était un policier de Chicago. Il ne portait pas le beau costume de la Garde colombienne constituée par Burnham pour veiller sur l'Exposition, mais la veste à double rang de boutons cuivrés, le calot réglementaire, la grosse étoile épinglée du côté gauche. James avait devant lui un flic ordinaire, petit et gros, à l'œil méfiant et à la moustache luxuriante.

Bien que soulagé par son intervention, James se rendit compte qu'il n'avait pas eu peur. Pas peur du tout. Pas même quand les quatre malfrats avaient été sur le point de l'agresser. Comment était-ce possible ? Il ne se reconnaissait plus.

Ce n'était pas le moment de se poser des questions. Sentant que le sourire béat qu'il adressait au policier suspicieux ne convenait pas à la situation, James s'efforça de reprendre l'air sérieux.

Le faisceau de la lanterne réduit de moitié le balaya de haut en bas, passant de ses souliers noirs italiens de beau cuir à ses guêtres poussiéreuses, sa veste de bon faiseur, son gilet, son col, son foulard-cravate fixé par une épingle.

« Que faites-vous dans les abattoirs, monsieur ? s'enquit le policier d'une voix qui avait perdu toute vibration céleste. Ces hommes allaient vous dépouiller, de vos biens et probablement aussi de votre vie. »

James lutta contre l'étrange envie qui le reprenait de sourire de toutes ses dents à cet extraordinaire représentant de l'ordre avec son magnifique accent irlandais, sa non moins magnifique moustache cirée, et son encore plus magnifique matraque noire en bois qui, comme Holmes le lui avait appris, se nommait un *billy club* en Amérique.

James voulut répondre, mais le maître de l'interminable phrase moderne ne parvint qu'à bafouiller quelques informations disjointes. « J'étais... Je voulais... visiter Chicago... suis descendu du métro aérien... puis les trolleys... suis descendu pour marcher. Et puis soudain... il a fait tout noir. »

Persuadé qu'il avait affaire à un simple d'esprit, le policier lui parla de la voix lente et rassurante qu'on prend pour s'adresser aux petits enfants.

« Oui. Mais ça n'est pas un endroit pour vous, monsieur. »

James hocha la tête, se rendant compte que son sourire niais revenait sur son visage : *il n'avait pas eu peur*.

« Où logez-vous ? »

Il lui fallut quelques secondes pour comprendre la question du policier.

« Ah… Au… Non, pas au Great Northern cette fois… non… sur le yacht du sénateur… de Don Cameron. »

Le policier n'eut pas l'air de le croire. James se fit la réflexion que l'Irlandais n'était pas laid, sauf le nez, très rouge, en forme de pomme de terre. Il se mordit les lèvres pour se retenir de rire.

« Où est-il, ce yacht, monsieur ?

— Amarré près de la grande jetée de la Ville blanche. »

Il maîtrisait de nouveau sans peine les noms communs, les verbes et la syntaxe. (À dire vrai, ils ne lui avaient pas terriblement manqué. Il aurait accepté de les perdre pour conserver son euphorie.)

« Votre nom, s'il vous plaît…

— Henry James Jr », répondit-il aussitôt. Puis il réfléchit à ce qu'il venait de dire et se dépêcha de corriger. « Enfin, Henry James tout court maintenant. Mon père – Henry James Sr – est mort il y a onze ans.

— Comment êtes-vous allé à terre depuis le yacht du sénateur ?

— Par vedette à vapeur, jusqu'au port principal. J'ai demandé au pilote de m'attendre. »

Le policier tourna sa lanterne vers une montre bon marché qu'il avait tirée de sa poche.

« Il est plus de minuit. »

James ne sut comment réagir à cette information. Il douta soudain que le pilote l'ait attendu aussi longtemps. Peut-être que ses amis le croyaient perdu. Ou mort.

« Venez, monsieur James, dit le policier en lui enveloppant doucement les épaules avec le bras pour l'inciter à faire demi-tour vers l'allée sombre d'où il avait miraculeusement surgi. Je vais vous mettre dans un trolley qui vous ramènera. Les trolleys et le "L" cessent de rouler dans moins d'une heure. Même un samedi soir. Vous allez devoir rentrer directement et finir de visiter la ville une autre fois. »

Sans se formaliser de ce bras amical sur ses épaules, James retourna avec l'Irlandais vers des lieux mieux éclairés.

7

La veille de l'inauguration, les invités de Henry Cabot Lodge se séparèrent par petits groupes pour partir se promener dans l'Exposition et profiter du calme précédant la tempête de la cérémonie officielle. Henry James resta avec Henry Adams qui lui-même suivait partout Lizzie et Don Cameron. Mais, dans l'après-midi, Adams partit seul, comme il l'avait déjà fait la veille. Un rendez-vous avait été pris pour se rassembler à la jetée à dix-neuf heures et embarquer sur la vedette pour retourner au yacht. Ils devaient se rendre ensuite par le lac à une soirée chez le maire de Chicago, Carter Henry Harrison, un charmant et dynamique populiste de soixante-huit ans qui venait d'être réélu et avait charmé même la jeune Helen quand ils l'avaient rencontré dans la matinée.

Mais à l'heure dite à la jetée, Adams manquait à l'appel.

« Je pense savoir où il est, dit Holmes. Les attractions le passionnent tant qu'il a tendance à perdre la notion du temps. Partez sans nous, mais renvoyez-nous la vedette… Je serai de retour au ponton avec M. Adams dans moins de vingt minutes. »

Le sénateur Don Cameron intervint :

« Lizzie et moi allons attendre aussi. Nous rentrerons au yacht quand vous ramènerez Adams. »

Les autres embarquèrent, et Holmes suivit des yeux la puissante vedette qui labourait les eaux vers le groupe de bateaux de plaisance dont faisait partie le noble *Albatross*, arrêté non loin de l'USS *Michigan*, un navire de guerre à coque métallique.

Holmes avait découvert la galerie des Machines en compagnie d'Adams, et le vieil historien avait été fasciné par les dynamos et autres appareils destinés à produire de l'électricité. Techniquement, aucune des attractions de l'Exposition universelle de Chicago fonctionnant à l'électricité ne devait être mise en marche avant midi le lendemain, heure à laquelle le président Cleveland devait appuyer sur le gros bouton en or massif d'un manipulateur télégraphique posé sur un coussin de velours rouge. Cette action ferait non seulement se déployer un millier de drapeaux et de fanions, mais elle fermerait aussi le circuit qui alimentait la gigantesque machine à vapeur d'une puissance de trois mille chevaux construite par les usines Allis, abritée dans cette galerie.

Et puis, à force de fouiner et de poser des questions, Adams avait découvert l'existence de la dynamo la plus importante, celle qui alimentait déjà la Ville blanche en électricité et propulsait le train jaune qui desservait la foire. C'était la dynamo la plus grande du monde, et elle était presque cachée dans le bâtiment de l'Intramural Railroad Company, situé tout au bout de l'Exposition, derrière des arbres et des constructions plus hautes. Ce bâtiment technique recevait très peu de visiteurs et n'était occupé que par les machinistes qui surveillaient le fonctionnement de la centrale électrique. La pièce en fonte portant la bobine était plus grande que l'arche de l'entrée de l'hôtel particulier de Henry Adams, mais les roues de près de cinq mètres de hauteur, qui pourtant s'enfonçaient en partie dans des fosses creusées dans le sol bétonné, faisaient figure de géantes à côté du reste des machines et des hommes. Holmes avait aidé Adams à chercher cette dynamo le samedi, mais une fois qu'ils l'avaient trouvée, le détective avait admiré la machine à peine une minute, juste assez longtemps pour entendre un technicien crier à Henry Adams par-dessus le vacarme qu'en cet instant, la dynamo alimentait dix kilomètres de voies ferrées et seize trains circulant simultanément, puis il avait laissé Adams seul dans le bruit infernal et l'odeur d'ozone. Il se doutait que l'historien était retourné voir la dynamo du chemin de fer dans son bâtiment écarté et pratiquement sans fenêtres pour admirer la fantastique puissance de cette nouvelle source d'énergie inventée par l'homme.

Quand Holmes entra dans la galerie, il aperçut Adams dans l'ombre des poutres et des roues. L'historien devait mourir de chaud car il soulevait sans cesse son canotier pour s'éponger le front avec son mouchoir en lin – les lampes industrielles qui pendaient du plafond, dépourvues d'abat-jour, faisaient étinceler son crâne chauve dès que son chapeau quittait sa tête. Il discutait avec un jeune homme de grande taille vêtu d'un costume en laine beaucoup trop chaud, qui devait être un Indien d'Amérique, à en croire ses longs cheveux noirs, son nez busqué, sa peau cuivrée et ses yeux noirs. Adams lui tenait de grands discours, animé d'un enthousiasme juvénile.

« ... Ah, c'est extraordinaire, monsieur Slow Horse ! Les Grecs de l'Antiquité auraient été ravis de voir ce prodige et les Vénitiens nous l'auraient envié même au sommet de leur puissance. Chicago nous a apporté comme par provocation une chose infiniment plus audacieuse que l'art, plus importante que l'argent. Je ne sais si c'est un bien ou si c'est un mal, mais c'est l'avenir, monsieur Slow Horse ! Le mien, le vôtre, c'est certain... J'ai peur de ce qui nous attend, mais j'ai de l'espoir aussi. J'ai beau m'amuser à envoyer des cartes postales pour dénoncer l'artificialité du Midway Plaisance et les abus qui entourent sa construction, je ne me lasse pas de traverser la galerie des Machines et je veux revenir ici tous les jours pour contempler comme un vieux fou cette dynamo de l'avenir... »

Semblant prendre conscience d'être trop sentencieux, il souleva son canotier pour s'essuyer le front et s'adressa de nouveau à son interlocuteur, mais d'un ton moins docte, sans voir Holmes qui approchait derrière eux.

« Toutes mes excuses, encore une fois. Voilà que je recommence à vous abrutir de paroles. Et vous, que pensez-vous de cette dynamo et des merveilles encore immobiles de la galerie des Machines où je vous ai vu déambuler bouche bée tout comme moi, monsieur Slow Horse ? »

L'Indien réfléchit avant de prendre la parole d'une voix qui étonna Holmes par son volume.

« Je pense, monsieur Adams, que c'est la vraie religion, la Révélation de votre monde. »

Entendant qu'Adams se lançait dans une réponse qui menaçait d'être longue, Holmes attira son attention – il savait que l'Indien l'avait vu entrer dans la grande salle et ne l'avait pas perdu de vue un seul instant. Adams disait :

« La Vierge Marie était aux hommes du XIIIe siècle ce que cette dynamo et ses sœurs seront aux... »

Voyant enfin Holmes, il s'arrêta. Il retira de nouveau son canotier.

« Monsieur Slow Horse, puis-je vous présenter mon compagnon d'Exposition d'aujourd'hui, l'éminent Sher... enfin, je veux dire, l'éminent explorateur norvégien, M. Jan Sigerson. »

Au lieu de tendre la main, Holmes s'inclina brièvement, talons joints, vers le grand homme brun, presque à l'allemande. L'Indien répondit d'un petit signe de tête, mais sembla tout aussi peu enclin que Holmes à lui serrer la main. Sans savoir comment, Holmes avait la certitude que ce jeune homme était un Sioux – pas si jeune d'ailleurs, à en croire les ridules au coin de ses yeux. Il ne lui donnait qu'un ou deux ans de moins que lui, soit trente-sept ou trente-huit ans. Un Sioux, donc, et même un Sioux Lakota, de ceux que Holmes avait rencontrés dix-sept ans plus tôt, et plus précisément un *wičasa wakan*, c'est-à-dire un saint homme de cette tribu, un chaman ayant reçu la capacité d'accéder à des dimensions ignorées du commun des mortels.

« C'est un plaisir de vous rencontrer, monsieur Slow Horse, dit Holmes. Nous autres Européens, nous avons rarement l'occasion de voir de véritables *wičasa wakan* du peuple des Êtres humains libres naturels. »

L'Indien, dont le vrai nom n'était pas « Slow Horse », comme Holmes l'avait compris dès qu'ils avaient été présentés, regarda le détective avec une attention accrue, extrêmement surpris que cet homme blanc connaisse les termes lakotas exacts.

Henry Adams, tenant son canotier entre ses mains, recula de deux pas pour s'éloigner des deux hommes, ayant l'impression d'avoir devant lui deux grands aigles qui se jaugeaient du regard.

Holmes rompit cette évaluation le premier. Il se tourna vers Adams.

« Je vous demande d'excuser cette interruption, Henry, mais Lizzie et le sénateur nous attendent à la jetée principale, à l'arrêt Franklin des bateaux à vapeur. Nous risquons d'être un peu en retard pour le dîner du maire. »

Adams dit quelques mots à l'Indien pour prendre congé de lui, et Holmes s'inclina de nouveau, préférant encore une fois, sans raison consciente, ne pas toucher sa main nue.

« Ce fut un plaisir, monsieur Slow Horse, et j'espère sincèrement qu'un jour le *wasichu wanagi* ne vous causera plus d'ennuis. »

Holmes se demanda ce qui l'avait poussé à dire qu'il espérait que « l'esprit de celui qui prend le gras », c'est-à-dire « l'esprit de l'homme blanc » n'importunerait plus cet homme. Ce dernier, cachant mal sa surprise, ne répondit pas.

Gêné, Holmes sortit avec Henry Adams de l'atmosphère assourdissante du bâtiment du chemin de fer, mais s'arrêta au bout d'une centaine de mètres. Il toucha le bras de l'historien.

« Prenez la vedette avec les Cameron, je viens de me souvenir d'une dernière chose que je dois faire.

— Ah… » Adams semblait troublé, comme s'il avait vu ou perçu quelque chose d'inhabituel. « Allez-y, mais ne manquez surtout par le dîner de Harrison, ce serait très dommage… »

Holmes opina du chef, quoique n'ayant pas écouté un traître mot de ce que disait Adams. Il fit demi-tour et retourna au pas de course au bâtiment du chemin de fer.

L'Indien n'y était plus. Holmes courut sur les sentiers de terre battue et les étroites voies qui ramenaient à l'esplanade du côté de la gare, se disant que si cet Indien appartenait à la troupe de Buffalo Bill qui se produisait à l'extérieur de l'enceinte de ce côté-là, il passerait par cette porte pour quitter l'Exposition.

Il avait vu juste, et le rattrapa juste avant que l'homme ne passe les tourniquets métalliques de la sortie.

« Monsieur Slow Horse ! »

Le grand Indien se tourna lentement vers lui. Il n'eut pas l'air surpris de le revoir.

« Je..., bégaya Sherlock Holmes. Il y a quelque chose que je dois... si vous pouviez m'aider à... Pardon... Vous ne vous appelez pas vraiment Slow Horse, je crois.

— Non. Je m'appelle Paha Sapa.

— Collines Noires..., murmura Holmes.

— Et vous ne vous appelez pas vraiment Sigerson, poursuivit Paha Sapa. Vous n'avez même pas essayé de cacher votre accent anglais.

— Je m'appelle Sherlock Holmes. »

Il tendit la main et, après une hésitation, l'Indien la prit.

Holmes éprouva un choc d'une force exceptionnelle, comme il n'en avait jamais éprouvé, ou du moins pas depuis qu'il avait été frappé par les trois balles sur les pentes de l'Himalaya. Il comprit que Paha Sapa avait senti passer le même courant entre eux.

Quand leurs mains se séparèrent, l'énergie dégagée les entourait encore – bien plus puissante que le courant résiduel qui circulait dans la salle des dynamos.

« Je dois vous demander, Paha Sapa : comment savoir si je suis un être réel ou pas ?

— *Wicaśta ksapa kiŋ ia* », répondit Paha Sapa.

Holmes comprit à peu près : *L'homme sage parle...*

« Mais je ne sais pas encore si je suis un sage, termina Paha Sapa en anglais.

— Parlez quand même. Il est clair que je ne suis pas capable de répondre moi-même à cette question. »

Le regard de Paha Sapa le transperça – une sensation aussi physique que l'impact d'une flèche.

« Tous les hommes qui naissent du ventre d'une femme sont réels, dit Paha Sapa. Cependant certains d'entre eux le sont moins que d'autres. Ils ont une existence… mais ténue, faible en réalité. Les êtres les plus puissants sont ceux qui s'imposent à l'existence par les chants.

— Je ne comprends pas.

— Les six Grands-Pères ne sont pas nés du ventre des femmes, mais ils n'en sont pas moins réels. C'est moi et tous mes pères et grands-pères avant moi qui avons contribué à les rendre réels par nos chants. »

L'expression de Holmes parla pour lui : *Mais comment ?*

« Nous chantons leurs histoires. » Par la suite, Holmes ne se rappela pas si ces paroles avaient été prononcées en lakota ou en anglais. « Nous racontons leurs histoires, et surtout, nous apprenons aux autres à les raconter. » Paha Sapa s'interrompit une seconde avant d'ajouter avec une intensité particulière : « À les raconter, et *à les croire !*

— Oui, acquiesça Holmes sans trop savoir ce qu'il approuvait, mais persuadé de toute son âme que ce qu'il entendait était vrai. *Pilamayaye.* Merci. »

Il aurait voulu dire plus, mais les mots lui manquaient.

Il s'apprêtait à repartir quand Paha Sapa l'agrippa fermement par le haut du bras. Ce contact donna de nouveau à Holmes l'impression d'être au centre d'une dynamo en rotation.

« *Lucan, kte* », reprit Paha Sapa. *Lucan va te tuer.* »

Holmes sentit une main glacée se refermer sur son cœur, mais il parvint à la repousser.

« *Holmes, uŋktepi ! Yakte !* »

C'était presque un murmure, mais Holmes eut l'impression d'un cri de guerre fougueux lancé dans le vent de la prairie. *Holmes, tu dois le tuer. Toi, tu le tueras !*

« Oui », murmura Sherlock Holmes.

Paha Sapa sourit, et sa voix grave reprit les tons plus doux de la conversation.

« *Toksha ake čante ista wascinyanktin ktelo. Hecetu. Mitakuya oyasin !* »

Holmes comprit parfaitement : *Je te reverrai avec les yeux du cœur. Qu'il en soit ainsi. Par la parenté, nous sommes tous liés !*

« *Mitakuya oyasin !* » répondit Holmes. *Par la parenté, nous sommes tous liés !*

Les deux hommes partirent chacun de leur côté, et il fallut au moins deux minutes à Holmes pour se souvenir qu'il devait retourner à la jetée où le vapeur l'attendait.

8

La lune était pleine et encore visible dans le ciel pâlissant de la Ville blanche quand Sherlock Holmes arriva avec Henry James au palais des Manufactures et des Arts libéraux le lundi matin, avant six heures.

« Je ne comprends pas pourquoi vous me traînez ici..., ronchonna James, ensommeillé. Je n'ai rien à voir dans tout ça.

— Mais si, au contraire, dit Holmes. Vous êtes mêlé à ce qui arrive depuis le début, et c'est aujourd'hui que tout va se jouer. Vous devez assister au dénouement. Et puis j'ai donné votre nom à une certaine dame qui va vouloir la clé...

— Quelle dame ? Quelle clé ? » bégaya James. Il se tut en voyant le colonel Rice, M. Drummond et McClaughry, le chef de la police de Chicago, qui les attendaient au pied de cet immense bâtiment, le plus imposant de tous les palais de l'Exposition.

Rice déverrouilla la porte, les fit entrer et referma à double tour derrière eux. Menant la marche, Holmes se dirigea vers l'ascenseur Otis-Hale. Une fermeture grillagée interdisait l'accès du public quand l'ascenseur ne fonctionnait pas. Le colonel Rice l'ouvrit avec une clé qu'il tendit ensuite à Holmes. Ce dernier s'en servit alors pour ouvrir la porte de la cabine.

« Voyez, monsieur James, expliqua Holmes en la lui tendant, c'est la même clé qui ouvre les deux portes. Vous ne devez vous en servir que si une dame vient vous trouver et vous demande de l'emmener à l'étage du toit. Il se peut qu'elle se montre... persuasive.

— Mais je n'ai aucune idée de la façon dont on dirige... dont on contrôle... dont on fait fonctionner... cet engin », protesta James.

Drummond entra dans l'ascenseur et désigna une manette.

« Poussez vers la gauche pour monter. Plus on pousse à gauche, plus on monte vite. N'oubliez pas de ralentir en arrivant au toit, ou vous et votre passagère vous retrouverez sur la Lune.

— Un mécanisme automatique vous freine et vous fait arrêter même sans pilotage », précisa le colonel Rice qui craignait de toute évidence que James prenne au pied de la lettre la boutade de Drummond.

Pas du tout rassuré, James voulut remettre la clé dans la main de Holmes.

« Ne faites pas le gamin, gronda Holmes en refusant de la reprendre. Vous êtes déjà monté des milliers de fois dans des ascenseurs, monsieur James.

— Pas si souvent que ça », grommela l'écrivain.

En effet, il y avait peu de raisons d'installer des ascenseurs à Londres, ou à Rome ou à Florence, ses villes de prédilection.

Estimant visiblement que la question était réglée, Holmes rejoignit Drummond dans la cabine et lui demanda : « Combien de tireurs d'élite avez-vous mis en place ?

— Le président Cleveland refuse absolument que nous mettions des hommes armés sur les toits en pleine vue du public. Il dit que cela gâcherait ce jour de fête et rappellerait trop l'inauguration de la deuxième investiture de Lincoln avec ses toits hérissés de soldats.

— Soit, soit…, dit Holmes. Dans ce cas, combien de tireurs discrets, cachés à la foule, avez vous postés ?

— Douze. Allongés ou dissimulés aux derniers étages de tous les Grands Bâtiments se trouvant dans la ligne de mire directe de la terrasse sud de ce palais.

— Bien. Munis bien sûr de lunettes télescopiques ?

— Oui. Grossissement de vingt.

— Surtout, rappelez-leur qu'ils ne doivent pas tirer avant mon signal ou seulement si j'ai été abattu. Il faut éviter des échanges de tirs au-dessus des têtes de cent mille personnes.

— Qu'est-ce qui vous donne à penser que Lucan Adler choisira la promenade de ce bâtiment pour installer son poste de tir ? demanda le colonel Rice.

— J'en ai la certitude, c'est tout. Il s'installera à l'extrémité est de la terrasse. À mon avis, à côté ou derrière le projecteur allemand géant qui est fixé au coin.

— Une cible difficile à atteindre depuis nos postes de tir, remarqua le divisionnaire McClaughry.

— Justement, rétorqua Holmes.

— Mais nous ne le laisserons pas sortir vivant du bâtiment », affirma Rice.

Holmes approuva et se tourna vers James.

« Le public aura accès à la plateforme d'observation toute la matinée jusqu'à dix heures, dit-il lentement. Puis les hommes de la Garde colombienne du colonel Rice évacueront la zone des terrasses pour s'assurer qu'il n'y reste plus personne, et après cela, ils verrouilleront l'accès à l'ascenseur en fermant la porte grillagée et celle de la cabine, dont vous aurez la clé.

— Une clé que je dois donner à une inconnue ? compléta James d'une voix tremblante.

— Vous verrez que c'est la fameuse Irène Adler dont je vous ai montré la photo. Cheveux auburn. Menton décidé. Pommettes magnifiques. Et des yeux… des yeux d'un bleu si profond qu'ils en sont presque indigo. » Holmes tendit le bras. « Adieu, mon vieux. Merci pour tout. »

James lui serra la main et leva un œil inquiet sur les soixante mètres de colonne d'ascenseur qu'il allait devoir emprunter pour monter. Les quatre hommes quittèrent le bâtiment, et le colonel Rice referma la grande porte à clé derrière eux.

« Le palais des Manufactures et des Arts libéraux va ouvrir ses portes à son heure habituelle, récapitula Rice à l'intention de Henry James. Ensuite, à dix heures, mes hommes feront sortir les visiteurs du toit-promenade, et nous mettrons un écriteau indiquant que ces attractions, l'ascenseur et les terrasses, seront interdites au public entre dix heures et quatorze heures. Beaucoup de gens auront l'idée d'y monter pour mieux voir le Président, et c'est justement ce que nous voulons empêcher. Vous devez être là à dix heures précises. »

James contempla la grosse clé qui lui avait été confiée et la mit dans sa poche de gilet.

« Et que voulez-vous que je fasse en attendant ? s'enquit-il d'un ton quelque peu plaintif.

— Si j'étais vous, dit Drummond, je prendrais le vapeur pour retourner sur le yacht du sénateur et j'essaierais de dormir encore une ou deux heures. Assurez-vous simplement de vous faire réveiller à temps pour revenir à dix heures avec la clé dans la poche. Vous n'aurez rien à dire, ni à faire. L'écriteau sera mis en place pour annoncer la fermeture, la porte grillagée sera tirée et verrouillée, et le public déçu sera en train de sortir pour aller voir le Président depuis l'esplanade. »

Plus tard, James ne se souvint pas s'il avait répondu, ni même s'il avait hoché la tête avant de retourner à la jetée.

9

Le temps s'était couvert et avait fraîchi, et laissa présager de la pluie pratiquement jusqu'à l'arrivée du Président. Quelques minutes seulement avant le début de la cérémonie, comme par enchantement, le soleil sortit des nuages et baigna d'une belle lumière les spectateurs et les invités officiels.

Holmes entendait la rumeur de l'énorme foule qui s'était rassemblée sur l'esplanade autour du palais de l'Administration. Il y eut des applaudissements et des acclamations pour saluer le retour du soleil avant même que la procession des voitures présidentielles ne soit en vue. Caché dans le socle du projecteur géant situé au coin sud-ouest de la plateforme d'observation du palais des Manufactures et des Arts libéraux, le détective regardait à l'extérieur par une longue et étroite fente qu'il avait demandé à l'équipe du colonel Rice de découper dans le métal. Il parvenait à voir toute l'étendue de la terrasse jusqu'au coin sud-est, équipé d'un projecteur identique avec sa base métallique. Si Lucan Adler avait choisi un autre poste de tir, Sherlock Holmes, replié dans sa cachette exiguë en position fœtale, étouffant malgré la fraîcheur de l'air, serait le dindon de la farce et resterait impuissant pendant que le président des États-Unis se ferait tuer par une balle tirée d'ailleurs.

À moins qu'un garde du colonel Rice, armé d'un revolver, ou qu'un tireur de Drummond, muni d'un fusil, ne repèrent et n'abattent Lucan Adler avant qu'il ne frappe.

Holmes n'y croyait pas.

Sa montre, qu'il avait posée par terre dans la fine bande de lumière qui pénétrait dans la base du projecteur, marquait précisément onze heures quand l'orchestre attaqua *Hail to the Chief*, alors que le président Cleveland montait sur l'estrade d'où il devait donner son discours. Ankylosé par sa position rendue encore plus inconfortable par les câbles électriques qui remplissaient une partie de l'espace, Holmes surveillait l'extérieur sans détecter le moindre mouvement. Le Président était maintenant une cible idéale pour le Mauser 93 de Lucan – sans doute son arme de choix – qu'il aurait pu installer à une centaine d'autres endroits autour de l'esplanade. D'après les applaudissements saluant l'arrivée du Président puis les premiers discours – inaudibles pour Holmes –, il déduisit que la foule devait s'étendre tout le long des deux côtés du bassin et déborder jusqu'aux portes du Péristyle et peut-être même se masser sur la jetée elle-même.

Quand les spectateurs firent silence pour écouter l'officiant aveugle donner la bénédiction, Holmes, qui connaissait l'horaire à la seconde près, constata que la cérémonie avait déjà pris trois minutes de retard.

Après le désastre de la première inauguration de l'automne, qui avait duré des heures (par un temps glacial), Daniel Burnham et les autres responsables de l'Exposition avaient décidé de raccourcir cette ouverture officielle. Il n'empêche qu'il fallut attendre pratiquement une heure de laborieuses interventions, et la mise en musique d'une ode à Christophe Colomb mal écrite, entre l'arrivée du Président et le moment où le directeur général, M. Davis, se leva pour lui donner la parole.

À travers la fente de sa cache, Holmes vit s'ouvrir sans bruit la trappe de visite située à la base du projecteur jumeau à l'autre bout de la terrasse, alors qu'elle aurait dû être fermée à clé. Lucan Adler rampa hors de l'espace obscur et se pencha pour en sortir un long objet enroulé dans un tissu noir. Il retira cette protection, et, malgré la distance, Holmes s'aperçut que c'était bien un Mauser 93 avec son chargeur de cinq cartouches, muni d'une lunette de visée télescopique grossissant vingt fois sa cible.

Holmes ouvrit sa propre trappe d'un coup de pied, sortit de sa cachette et avança droit sur Lucan.

* * *

Henry James attendait depuis deux heures devant l'ascenseur fermé au public. Il avait entendu les protestations des visiteurs furieux de ne pouvoir monter sur la terrasse pour voir le Président, puis le grand hall s'était peu à peu vidé à l'approche du discours. Il ne percevait plus maintenant qu'une rumeur par les portes extérieures restées ouvertes, et il était seul.

Pas pour longtemps : quelques minutes avant midi, une femme bien mise, n'ayant pas beaucoup plus de quarante ans, approcha de lui. Elle avait les cheveux auburn, un menton décidé, les pommettes hautes, les yeux indigo.

« Seriez-vous par hasard le célèbre auteur Henry James ? »

Très étonné d'être reconnu, une chose qui ne lui arrivait jamais en Amérique, James répondit : « En effet, c'est moi. »

Il allait porter la main à son chapeau quand elle sortit de son sac en toile un revolver effrayant et massif qu'elle dirigea sur le ventre de James.

« Sortez la clé, ordonna-t-elle, ouvrez ces deux portes et faites-moi monter ! »

James se dépêcha d'obéir, si nerveux qu'il faillit laisser tomber la clé en s'escrimant sur la première protection grillagée qu'il eut beaucoup de mal à actionner. La nouvelle venue le serrait de près et le poussa presque dans la cabine en appuyant le revolver sur ses côtes.

« Au niveau de la terrasse supérieure, dit-elle. Vite ! »

James poussa la manette trop loin à gauche, si bien que la cabine fit un bond et partit comme une fusée. Il compensa en tirant vite à droite, mais toujours trop fort, ce qui les fit pratiquement arrêter à seulement douze mètres du sol.

« Mais bon sang, quel empoté ! » s'écria sa passagère qui l'écarta et prit possession de la manette qu'elle manœuvra elle-même.

* * *

Lucan Adler, qui avait hérité la maigreur de son célèbre père et son profil acéré, mais en encore plus décharné et plus aquilin, s'était embusqué derrière le large projecteur, le canon du Mauser calé sur un sillon métallique. Serré entre le garde-corps et le projecteur, Lucan ne présentait pas une cible facile pour les hommes de Drummond, à supposer qu'ils aient repéré le bref mouvement qui lui avait permis de sortir du socle et de se mettre en position de tir.

Lucan termina de monter sa lunette télescopique avec un petit tournevis qu'il rangea dans sa poche de chemise – il ne portait pas de veste – puis il fit le point sur le Président qui attendait pour parler que le directeur général ait terminé son laïus. Cela n'empêchait pas Lucan de surveiller aussi l'approche de Holmes du coin de l'œil, un sourire aux lèvres.

Quand Holmes ne fut plus qu'à vingt-cinq pas, Lucan dirigea le fusil sur lui et dit : « Stop. »

Holmes s'arrêta.

« Je peux tirer trois coups en moins de deux secondes », annonça Lucan Adler d'un ton bref.

Holmes fut surpris par la sonorité métallique de sa voix, très différente de celle de sa mère. Peut-être plus proche de celle de son père, mais Holmes se savait mauvais juge.

« Deux pruneaux dans le buffet de ce gros lard de Président, et le troisième dans ton ventre avant que tu aies fait cinq pas. Au moindre geste, je te tue d'abord. J'aurai tout le temps avant que l'idée leur vienne de regarder en l'air pour voir d'où venait la première détonation. »

Holmes l'en savait capable et ne doutait pas qu'il mettrait cette menace à exécution. Il resta immobile.

Le Président n'avait pas encore commencé son discours, mais la présentation de Davis tirait à sa fin. Holmes savait, et savait que Lucan savait, qu'une fois que Davis aurait passé la parole à Cleveland et que le Président serait sur le podium, il s'écoulerait encore au moins quatre-vingt-dix secondes pour la *Hail, Columbia* – la marche du Président –, puis encore du temps pour les applaudissements.

Un coup de feu tiré pendant ces quelques minutes ne serait entendu par personne dans le vacarme ambiant, et probablement pas non plus par les tireurs d'élite de Drummond.

Holmes vit qu'un câble était accroché à un pilier au coin du bâtiment, tout à côté de Lucan. Il descendait sur une centaine de mètres dans les airs jusqu'à une balise dans le lac. Le détective se doutait que Lucan installerait un dispositif quelconque à cet endroit, mais la simplicité du mécanisme était remarquable : une poulie montée dans un logement métallique qui la gardait bien à cheval sur le filin, soutenant des poignées en guidon de vélo, emmaillotées dans du caoutchouc pour rendre la prise plus sûre.

« Élégant », dit Holmes en indiquant avec le menton cette tyrolienne de fortune. Il savait qu'un puissant bateau attendait à l'ancre non loin du minuscule îlot de béton de la balise. « Mais les hommes du Secret Service surveillent déjà le *Zephyr* », ajouta-t-il.

Lucan Adler eut un haussement d'épaules méprisant.

« Le *Zephyr* n'était qu'un leurre. »

Davis termina de chanter les louanges du Président, et l'orchestre joua pendant que la chorale entonnait le *Hail, Columbia* accompagnant la montée de Cleveland sur le petit podium. Holmes ne tourna pas la tête pour voir ce qui se passait.

Lucan Adler leva le canon de son fusil, visant la poitrine de Holmes. « N'utilise que ta main gauche, dit Lucan, juste assez fort pour être entendu au-dessus du vacarme du chant patriotique. Enlève ta veste, ton gilet et ta chemise. Vite ! Si tu n'as pas fini dans trente secondes, je tire. »

Holmes eut du mal à ouvrir ses boutons et ses agrafes de la main gauche, mais avant la fin des trente secondes – un tiers du temps imparti à la musique et aux acclamations – il se retrouva torse nu devant Lucan.

Lucan contempla son œuvre.

« Deux trous de sortie. Bien regroupés vu la distance. Tourne-toi. Allez ! »

Holmes obéit, ce qui le mit face au projecteur dans lequel il était resté caché pendant six longues heures.

« Ah, le troisième point d'entrée n'est pas beau à voir, siffla Lucan. La balle est-elle toujours à l'intérieur ? Non, sans doute pas. Un humble berger tibétain l'aura extraite avec une cuillère rouillée, j'imagine. Ça doit faire encore diablement mal. Tourne-toi et regarde-moi. Tout de suite ! »

Holmes fit face au garçon, si jeune encore, mais au regard dur et fixe de cobra. Bras ballants, il attendit, le soleil chauffant son torse nu.

« Ce serait plus logique de te tuer avant Cleveland, raisonna Lucan, qui de toute évidence s'amusait beaucoup, mais ça me plairait de te laisser voir mourir le Président avant de t'expédier. Ça ne prendra que deux secondes. Qu'en dis-tu, monsieur le détective ? »

Holmes ne répondit pas. Derrière lui, les portes de l'ascenseur s'ouvrirent.

* * *

Henry James aurait voulu rester dans la cabine d'ascenseur, mais sa passagère – qui avait quelques centimètres de plus que lui et plus de force – le tira par le bras et l'obligea à la suivre le long de la terrasse vers le coin est.

Il vit Sherlock Holmes tout au bout, qui lui tournait le dos, ses cicatrices ressemblant à des cratères lunaires illuminés par le soleil, et Lucan Adler qui les mettait tous en joue avec un fusil.

« Tiens, bonjour madame Baxter, salua Lucan avec une ironie grinçante. Arrête-toi là à côté de mon cher vieux papa et baisse le canon de ton foutu Bulldog. »

Avançant encore de quelques pas pour dépasser Holmes et lui permettre de la voir, Irène Adler dirigea son pistolet sur le détective.

« Je ne veux pas baisser mon arme, répliqua-t-elle. Je veux la pointer sur son cœur. »

Lucan lâcha un rire, grinçant comme un clou sur le métal. Il dit d'une voix forte pour couvrir le bruit : « Et vous êtes Henry James, l'écrivain, que Holmes a traîné partout avec lui ce mois-ci comme un agneau au bout d'une laisse. Ne craignez rien, monsieur James, vous verrez le jour se lever demain. J'admire vos écrits. Vos livres sont pénibles à lire, mais j'aime souffrir. Je pense qu'il est bon de vous laisser continuer. »

La musique cessa. La foule poussa des hourras, puis la rumeur reflua comme une vague.

Le président Cleveland commença son discours. Il avait une voix sonore et bien posée, disaient les journaux, mais à cette distance on ne distinguait rien, hormis des couinements de souris suivis du crépitement des applaudissements.

« La cible d'abord », marmonna Lucan.

Il leva son Mauser qu'il appuya de nouveau sur le projecteur pour mettre le Président en joue. Holmes savait que Lucan avait dans sa lunette la poitrine et le ventre de Cleveland.

« Non, Holmes d'abord ! » s'écria Irène Adler en armant son Bulldog.

En la voyant tirer le chien en arrière, James réagit plus vite qu'il ne l'avait fait de toute sa vie. Il sauta sur Irène Adler et lui agrippa le poignet pour dévier son tir avant de réaliser, trop tard, qu'elle ne visait plus Holmes mais avait tourné son arme dans la direction de son fils.

La détonation assourdit James.

Au lieu de toucher Lucan Adler dans la poitrine comme elle l'aurait dû, la balle atteignit le jeune homme au pied. Lucan perdit l'équilibre et tomba au sol, mais roula sur lui-même comme un félin et se redressa sur un genou, Mauser toujours en main, qu'il pointa sur eux.

Holmes s'était élancé une fraction de seconde avant le coup de revolver, mais James vit qu'il ne parviendrait pas à atteindre Lucan à temps.

Jurant entre ses dents mais dominant la douleur, Lucan, avec une maîtrise parfaite, visa et tira.

James sentit la balle siffler à son oreille, puis Irène Adler poussa un cri et s'effondra face contre terre. Il eut la présence d'esprit de chercher des yeux le revolver, mais elle devait être tombée dessus, car il ne le vit pas.

Lucan visa Holmes, mais ce dernier arrivait sur lui et le repoussa d'un violent coup de pied. L'arme pesante tomba et glissa sur le pavage de la promenade.

Lucan Adler se baissa, et soudain une lame jaillit de sa manche à sa main droite. Sa chemise étant déchirée, James aperçut le mécanisme qui l'actionnait. Lucan lança un coup vers Holmes, cherchant à lui lacérer le ventre, et bien que le détective ait esquivé en s'arquant fortement en arrière, James vit du sang gicler.

Lucan Adler pivota sur lui-même, enjamba le garde-corps, attrapa le guidon de vélo, trancha d'un coup de lame la corde qui retenait la poulie, et se laissa emporter par son poids le long du câble.

Sherlock Holmes ne s'arrêta pas même une fraction de seconde. Alors que son sang volait encore, il bondit vers le garde-fou, le franchit et se jeta dans le vide à soixante mètres au-dessus du sol.

10

La foule invisible rugit comme pour saluer le suicide de Sherlock Holmes. Henry James courut jusqu'au garde-corps. À la périphérie de sa vision, il vit se déployer d'immenses drapeaux sur le palais de l'Agriculture et les bâtiments environnants et, juste devant lui, le voile de la gigantesque statue de la République dressée au bout du bassin tomber enfin tandis que les jets d'eau montaient vers le ciel. Et tout cela, parce que le président Cleveland avait vécu assez longtemps pour appuyer sur le bouton en or du manipulateur télégraphique sur son coussin de velours.

Plus tard, James songea que s'il avait vraiment été un gentleman, il serait d'abord allé voir s'il pouvait porter secours à Mme Irène Adler Lorne-Baxter, mais en cet instant il se moquait comme d'une guigne de la santé de la mère de Lucan Adler.

Il se pencha à la rambarde et ce qu'il vit lui arracha un cri.

* * *

Holmes n'était pas parvenu à sauter suffisamment loin pour atteindre la poignée caoutchoutée à laquelle s'accrochait Lucan Adler. Il s'était rattrapé d'une main au col de chemise du jeune homme, et de l'autre à sa ceinture.

Le col s'arracha, et la chemise craqua aux coutures, tandis que Lucan se secouait pour le faire lâcher prise. La chemise déchirée permit à James de voir le mécanisme sanglé à son avant-bras se déclencher une nouvelle fois et déployer la lame le long de la main du tueur.

Holmes se rattrapa en s'agrippant à Lucan et remonta comme un singe sur un arbre humain. Il saisit Lucan par le cou, lui faisant ployer la tête comme s'il voulait l'embrasser, et libéra sa main gauche qui passa de la ceinture de Lucan à son poignet droit pour bloquer la lame. Pas assez vite pour s'éviter une autre entaille. James vit de nouveau jaillir le sang… Holmes était une fois encore touché.

Affolé, Henry James regarda autour de lui. Il avait sans y prêter attention entendu le bruit de l'ascenseur qui descendait puis remontait, et arrivait de nouveau à l'étage de la terrasse. Mais cela ne l'alarma pas : Irène Adler était couchée à ses pieds, sans doute morte.

Les yeux de James se posèrent alors sur le Mauser. Il le ramassa – bon Dieu, c'était lourd – et il l'appuya sur le haut de la rambarde pour ne pas trembler pendant qu'il regardait à travers la lunette.

Tenant fermement le fût en bois sous le canon, il arma le levier bien huilé. Une munition intacte fut éjectée et roula sous le projecteur allemand. Il se pouvait que cela soit la dernière cartouche, mais il n'avait pas le temps de vérifier. Il ne se demanda pas non plus, s'y connaissant mal en armes à feu, si la visée télescopique n'avait pas été faussée quand le fusil était tombé.

Une seconde, il ne comprit pas ce qu'il voyait dans le cercle du viseur, puis l'image se précisa, bien que restant assez brumeuse. Holmes et Lucan tournoyaient sur eux-mêmes, accrochés à la poulie qui les retenait au câble. La chemise blanche de Lucan était en lambeaux et couverte de sang – le sang de Holmes, songea James. Le torse nu du détective était aussi blanc et lacéré que la chemise de son adversaire.

Ils auraient déjà dû être arrivés en bas, mais le matériel n'avait pas été choisi pour supporter un tel poids. La poulie glissait sur le câble par à-coups : elle dévalait une dizaine de mètres, ralentissait presque jusqu'à l'arrêt, puis repartait.

Les deux hommes se battaient comme des bêtes fauves. Profitant d'une descente, Holmes attrapa le poignet droit de Lucan et réussit à appuyer le mécanisme d'ouverture de la lame sur le câble. Il y eut des étincelles, la pièce se déforma, et le poignard fut mis hors de combat.

Lucan rattrapa le guidon avec sa main droite et libéra la gauche pour frapper la tête de Holmes. Ils se donnaient des coups de crâne, des coups de dents. Lucan tenta d'aveugler Holmes avec les doigts au moment même où celui-ci le saisissait à la gorge.

La sueur coulait du front de James dans ses yeux. Il les essuya et se colla de nouveau à la lunette. La poulie avait ralenti, et ils se balançaient dans le vide tout en combattant avec acharnement, puis la poulie se débloqua et se remit à rouler vers la balise qui formait un îlot dans les eaux du lac Michigan.

James ne vit plus que du blanc dans la lunette et pensa que c'était – que ce pouvait être – le dos de Lucan Adler. Il retint son souffle et appuya sur la détente. La crosse n'étant pas correctement calée contre son épaule, le recul le propulsa violemment en arrière et le fit tomber sur l'arrière-train.

* * *

Au bout de quarante mètres de la descente le long du câble, Holmes réussit à s'accrocher au guidon. Les deux hommes étaient face à face, Lucan souriait largement, et tous les moyens étaient bons pour faire lâcher l'adversaire : coups de coude, de poing, de genou.

Lucan était parvenu à redresser sa lame et la dirigeait de nouveau avec précision de la main droite, se tenant à la poignée de la main gauche. La prise de Holmes sur le guidon était moins bonne et l'empêchait de protéger son côté gauche.

« Crève, charogne ! » hurla Lucan en dirigeant un coup de lame vers le cœur de Holmes.

Des mots sortirent de la bouche de Holmes, que Lucan ne distingua pas – peut-être “Dieu me pardonne”, ou “Dieu te pardonne” –, mais rien ne pouvait arrêter le coup mortel.

À cet instant, une balle siffla en passant entre les deux hommes. Elle brûla un sillon dans le haut du bras de Lucan et égratigna le dos de la main de Holmes qu'il baissait pour se protéger.

L'impact fut juste suffisant pour détourner la lame de Lucan, qui au lieu de s'enfoncer dans le cœur de Holmes prit une direction tangentielle et coupa la chair comme un rasoir et fut arrêtée par une côte.

Holmes sortit le petit revolver presse-citron de la poche droite de son pantalon, l'appuya sous le diaphragme de Lucan à l'endroit où le muscle rencontrait l'os, pressa la poignée pour libérer sa drôle de sécurité et tira deux fois dans l'abdomen de Lucan Adler.

* * *

James entendit les deux autres détonations, mais crut percevoir le double écho de son propre tir. Drummond et quelques agents en costume gris accouraient vers lui. Deux autres s'arrêtèrent pour porter secours à Irène Adler, toujours inconsciente.

Drummond aida James à se remettre sur pied juste au moment où Lucan Adler, vingt mètres au-dessus du sol, lâchait prise et tombait. Holmes se tenait encore avec difficulté à la poignée de la poulie qui reprit de la vitesse vers la balise.

Lucan tomba bras en croix, tête en arrière, yeux levés vers le ciel, formant une figure christique qui frappa James. Il aurait dû tomber droit dans l'eau, mais il arriva trop près de la digue, et sa tête frappa le béton avec un bruit qui s'entendit jusqu'à la terrasse où James et les hommes de Drummond contemplaient la scène, impuissants.

Puis James vit que Holmes, alors qu'il était encore à une hauteur de dix mètres, lâchait la poignée, soit volontairement, soit par épuisement, et tombait dans l'eau, manquant de peu les blocs de béton qui protégeaient la base de la balise. James, Drummond et deux autres agents se penchèrent sur la rambarde pour tâcher de voir si Holmes remontait à la surface. Drummond se servit de ses jumelles, puis les passa à James.

Holmes ne remontait pas. Il ne remontait pas. Il ne remontait toujours pas. Puis soudain, ils le virent se hisser faiblement à bord du bateau à moteur que Lucan Adler avait amarré là. Ensanglanté, Holmes se laissa tomber sur le dos au fond du bateau et ne bougea plus.

Drummond reprit les jumelles et observa attentivement le détective.

« Je crois qu'il respire. Les bateaux de secours arrivent. »

Surgissant de derrière le gros cuirassé *Michigan*, huit vedettes des forces de l'ordre arrivèrent à pleine puissance – trois de la police de Chicago, et cinq de la Garde colombienne. Les embarcations ralentirent et se dirigèrent vers le bateau où Holmes se vidait de son sang. James vit un homme portant une sacoche médicale monter à bord.

Les jambes de James se dérobèrent sous lui. Il dut s'asseoir par terre, la respiration précipitée.

Drummond s'accroupit à côté de lui et lui enleva le Mauser d'une main tout en lui tapotant le dos de l'autre.

James laissa partir le fusil avec un mouvement de répulsion, se jurant de ne plus toucher à une arme à feu de sa vie. Il pensa encore une fois à ses frères, Wilkie et Bob, qui avaient vu la mort de si près pendant la guerre, et qui malgré leurs blessures et leur calvaire avaient tenu à reprendre les armes. Il pensa à son cousin Gus, qu'il avait trouvé si beau dans l'atelier de dessin, et dont le corps pâle constellé de taches de rousseur pourrissait dans la terre de Virginie après avoir reçu d'un combattant confédéré une balle semblable à celle que James venait de tirer. Non…

L'exaltation qui l'avait envahi dans les abattoirs de Chicago comme un whiskey américain trop fort s'était totalement dissipée. Que valait l'existence – celle d'un personnage de fiction ou d'une personne réelle – si le rôle impliquait de tuer un autre être humain ? C'était barbare. C'était mal. C'était indigne de Henry James. Et c'était tricher avec la vérité artistique et le dur travail de l'écrivain.

« Le corps de Lucan Adler n'est pas encore remonté à la surface », annonça un agent penché sur le garde-fou.

Drummond, toujours accroupi près de l'écrivain, répéta cette information comme si James était dur d'oreille.

« Je… je ne veux pas le savoir », gémit James, ramassé sur lui-même, en baissant le visage sur ses genoux.

11

On sait peu que l'Exposition universelle colombienne de 1893 avait sa propre infirmerie. Plus qu'un simple poste de secours, c'était plutôt un petit hôpital doté de personnel et de beaucoup de moyens, avec des escouades d'infirmières et cinq médecins à temps plein, dont l'un était une femme.

Sherlock Holmes était la septième personne qu'on y transportait – quatre femmes et deux hommes s'étaient déjà trouvés mal dans la cohue et la chaleur de la cérémonie. Deux médecins (dont aucun n'était une femme) se penchèrent sur le cas du détective et décidèrent d'appeler en renfort un chirurgien de l'hôpital général de Chicago, spécialisé dans les blessures thoraciques. Il arriva au grand galop emmené par une voiture de police, sirène hurlante – et jugea que les blessures n'étaient pas trop graves. Aucun organe vital n'avait été touché.

On fit des points de suture à Holmes dans le bas de l'abdomen, en haut du ventre, le long des côtes à droite, au poignet droit – siège d'une étrange brûlure de balle – au cuir chevelu et dans le dos. Il souffrait d'un traumatisme crânien, de fortes contusions à la tête et aux épaules, et on découvrit aussi qu'il s'était cassé deux doigts de la main droite dans l'« échauffourée », comme disaient les médecins qui n'étaient au courant de rien.

Peu de gens d'ailleurs entendirent parler de cet « incident » car ni Daniel Burnham, ni Davis, ni le maire de Chicago, ni le président Cleveland ne voulaient que l'on sache qu'un tueur avait failli donner une fin tragique à la cérémonie. Dans la foule, personne n'avait rien vu, ou presque. Ceux qui avaient été témoin de quelque chose avaient pensé qu'il s'agissait d'acrobaties loufoques faisant partie des célébrations. La presse ne fut pas informée.

Les invités de Henry Cabot Lodge acceptèrent de bon cœur de rester deux jours de plus à l'Exposition pour attendre que Holmes sorte de l'hôpital. Finalement, ce fut son traumatisme crânien qui le retint au lit le plus longtemps. Il fut en état de sortir le troisième jour, le torse bandé serré et le bras droit tenu dans une écharpe dont il se serait bien passé mais qu'il préféra garder encore un peu à cause de ses douleurs au poignet.

Andrew L. Drummond et Henry James allèrent voir Holmes à l'infirmerie, et James était présent quand Drummond apprit au détective que la chambre d'Irène Adler était située à l'étage du dessous. Une chambre gardée vingt-quatre heures sur vingt-quatre par deux hommes armés de la Garde colombienne.

« Comment va-t-elle ? demanda James, étonné car il l'avait crue morte.

— La balle a traversé son épaule gauche sans casser la clavicule ni toucher d'artère, lui apprit Drummond. Elle a eu beaucoup de chance. Elle a perdu un petit bout d'os, mais elle devrait vite être sur pied.

— Va-t-elle être poursuivie ? demanda Holmes du fond de son lit.

— Mais certainement ! s'exclama Drummond.

— Quelles charges va-t-on pouvoir retenir contre elle, au juste ?

— Eh bien le... la... Elle a... Ah, bon sang de bois !

— Mettez-la tout de même sous bonne garde. C'est une femme dangereuse. »

* * *

Henry James avait décidé de prendre le *United States* à New York pour retourner en Europe et de s'arrêter probablement en Angleterre, mais il n'excluait pas de rester à bord jusqu'à Gênes d'où il pourrait se rendre à Florence, et de là remonter vers le nord pour retrouver son frère William et sa famille à Lucerne. En dépit des objections sincères et répétées de James, les Lodge et les Cameron décidèrent de faire un crochet par New York pour déposer Harry avant de rentrer chez eux, et pourquoi pas de le regarder partir dans le transatlantique. Ils ne demandaient pas mieux, affirmèrent-ils, que de prendre une semaine pour permettre à ces dames de se lancer à l'assaut des magasins, et à ces messieurs de bavarder avec leurs amis de Wall Street et leurs agents de change.

À l'arrivée dans l'État de New York, leur train privé fit halte pendant trois heures à Buffalo pour changer de locomotive, ce qui donna le temps à tout le monde de déjeuner dans un bon restaurant et de se dégourdir les jambes.

James rentra seul avant les autres pour se reposer, et le valet qui l'accueillit à son arrivée au train lui annonça :

« Un monsieur vous attend dans votre compartiment, monsieur.

— Comment ça, dans mon compartiment ? s'indigna James.

— Il a insisté pour entrer en votre absence, monsieur, expliqua le domestique, contrit. Il a assuré qu'il vous connaissait et devait vous voir de toute urgence dès votre retour parce qu'il avait quelque chose d'important à vous dire. Je suis désolé si j'ai mal fait de le laisser s'asseoir dans votre cabine. »

James balaya l'excuse d'un geste impatient, fort mécontent.

Il entra dans sa petite mais luxueuse cabine et ferma la porte derrière lui avant de s'apercevoir qu'il y faisait noir comme dans un four : on avait baissé les stores et tiré les rideaux pour obscurcir la fenêtre. Il lui fallut quelques secondes pour distinguer l'homme assis dans le fauteuil du fond, près de la lanterne qui éclairait James pour lire. Encore une seconde, et il reconnut le visiteur.

Le Pr James Moriarty. Le peu de lumière se reflétait sur le front saillant de cette tête cadavérique, ses fines lèvres blanches, ses joues creuses et les touffes de poils blancs qui sortaient de ses oreilles pointues. Sa langue, reptilienne, pointait sans arrêt entre ses lèvres sèches. Les ongles de ses longs doigts étaient immenses, recourbés et jaunis par l'âge et la cruauté.

« Ah, monsssieur Henry James, enfin, sssssc'est vous ! » siffla Moriarty en se levant.

N'ayant même pas sa canne pour se battre, James se jeta sur la porte de la cabine et l'ouvrit, mais il s'arrêta en entendant derrière lui une voix qui ne lui était que trop familière.

« Vous ne me quittez pas déjà, James, j'espère. »

James pivota sur ses talons.

Moriarty ouvrit les rideaux et releva les stores, rendant au compartiment toute sa luminosité. Cela fait, il retira avec soin ses longs ongles jaunes un à un. Ensuite, il ôta son dentier, puis s'attaqua à son visage qui avait déjà changé de forme : il s'arracha des parties des joues et du front, du nez et du menton, qu'il faisait tomber au fur et à mesure dans une serviette dépliée pour cet usage. Le haut du front s'enleva d'une seule pièce avec la peau du crâne chauve, accompagné de désagréables bruits de ventouse.

Henry James, médusé, observa sans mot dire la métamorphose qui se termina par un long travail à la pince à épiler. S'étant enduit d'une sorte de crème, Holmes retira ce qui restait du « Pr Moriarty », de ses oreilles, de son visage, de son menton, de son cou. Tous les rembourrages et postiches s'empilaient sur la serviette étalée sur le haut de la commode.

« Vous ne trouvez rien à dire sur le plus beau rôle de ma carrière ? » s'étonna Holmes.

Il se regarda dans le miroir de James pour se recoiffer, puis remit son poignet droit dans son écharpe noire.

« Pourquoi ? » demanda James.

Holmes se frotta les mains comme s'il n'avait pas le bras en écharpe.

« Voilà près de cinq ans que mon frère Mycroft et moi donnons vie à cet être malfaisant que nous avons baptisé le Pr Moriarty. Nous avons d'abord simplement commencé par la rumeur de son existence dans les petites histoires du Dr Watson. Puis il y a eu des apparitions publiques.

— Et *La Dynamique d'un astéroïde ?* protesta James. Le livre a bien été publié, je l'ai vu.

— Oui, le livre est bien réel. Et scientifiquement exact… d'après ce que l'on m'a dit. Mon frère Mycroft et l'un de ses anciens professeurs de Christ Church, l'éminent Charles Lutwidge Dodgson, ont trouvé le sujet et la matière du grand œuvre mathématique du Pr Moriarty.

— Et les participations de Moriarty à de véritables conférences d'astrophysique, à Leipzig par exemple ?

— Mes performances, pourtant inspirées, sont passées totalement inaperçues, s'amusa Holmes. J'ai découvert il y a bien des années un phénomène très intéressant : quand on veut avoir la paix, il suffit de se rendre repoussant, par l'aspect, par l'odeur, par le comportement. Les gens vous fuient.

— Mais pourquoi vous donner tout ce mal ? demanda James, sidéré.

— C'est vrai… Cinq ans d'une supercherie complexe », concéda Holmes en se perchant sur l'accoudoir du fauteuil de James.

Le visage impassible, l'écrivain traversa la cabine pour aller s'asseoir sur le lit. Des bruits de voix indiquaient que les autres passagers revenaient de leur promenade dans Buffalo.

« Sous les traits de Moriarty, j'ai réussi à rassembler des bandits ordinaires et à les fédérer au sein d'une grande organisation criminelle. J'ai mis au point pour eux des coups exceptionnels – un demi-million de livres en certificats sur l'or émis par la Second Reserve Bank à Londres ; plus d'un million de livres en lingots d'or du dépôt de Berne, des centaines de milliers de dollars de la Farmer's Trust Bank de Kansas City, cinq cents millions de lires de la Banque centrale de Rome….

— J'entends, j'entends, interrompit James. Donc je suis en train de parler à un grand gangster. Un créateur d'organisations criminelles qui depuis cinq ans pille l'Amérique, l'Angleterre et le continent européen. Pourquoi ne vous a-t-on pas encore jeté en prison ?

— Parce que tous les coups fabuleux de Moriarty ont été orchestrés par Mycroft et Whitehall avec la complicité des sergents de ville et des établissements financiers concernés. Les certificats sur l'or étaient de magnifiques contrefaçons issues par le gouvernement de Sa Majesté, qui nous ont permis de remonter les réseaux criminels de plus de douze gangs à Londres, Liverpool, Birmingham, et même Cambridge…

— Et l'or ?

— Les criminels l'ont fait vérifier par des experts, mais Mycroft et ses collègues n'ont pris aucun risque. Les experts étaient des nôtres.

— Et les anarchistes ? insista James. J'en ai vu beaucoup à votre meeting à Washington, qui voulaient se faire appeler socialistes. »

Holmes secoua la tête, admiratif.

« Mais quel courage et quel sens de l'initiative vous avez montré ce jour-là ! J'étais dans l'impossibilité de vous révéler nos plans quand vous m'avez confié cette… information si importante.

— Ces plans ? Quels étaient-ils ?

— Le 1er mai, dans vingt-trois grandes villes et neuf pays, les forces de police ont refermé leurs filets sur les criminels et les anarchistes qui avaient fait serment de mettre le monde à feu et à sang.

— Et de quoi les accusera-t-on ? ironisa James, ne mettant qu'un centième de son mépris dans son sarcasme. Attroupement illégal ? Tenue négligée ?

— Quatre-vingt-quinze pour cent des criminels que nous avons recrutés et qui se sont rassemblés pour les émeutes et les pillages du 1er mai avaient déjà des mandats d'arrêt lancés contre eux. Et souvent dans plusieurs pays. En ce qui concerne les anarchistes, ceux qui se sont rendus sur les lieux désignés avec des bombes et des armes ont été incarcérés, et le reste mis sous surveillance.

— Donc, votre génial frère Mycroft et vous avez inventé de toutes pièces le Pr James Moriarty, vous vous êtes échinés à étayer la réalité de son personnage de mathématicien, vous en avez fait un Napoléon du crime, et puis vous avez prétendu que ce criminel imaginaire vous avait tué aux chutes du Reichenbach en Suisse. Tout ça, je suppose, pour vous rendre plus libre de vos mouvements et vous permettre pendant trois ans de rassembler les cambrioleurs et les anarchistes sous votre déguisement de Moriarty.

— C'est bien cela. Il n'y a pas grand-chose de plus. J'ai demandé à disposer de six mois après ma fausse mort aux chutes du Reichenbach pour aller voyager au Tibet et poser quelques questions au dalaï-lama. Le voyage s'est prolongé plus que je ne l'aurais voulu par la faute des dons de tireur du jeune Lucan.

— Ces trois balles qui vous ont atteintes..., dit Henry James lentement. J'ai vu la taille des cartouches... des balles... quand j'ai actionné le levier du Mauser et que l'une d'entre elles a été éjectée. Elle était énorme. Comment se fait-il que vous ne soyez pas mort ?

— Mais peut-être suis-je mort...

— Voulez-vous bien cesser de jongler avec ces billevesées métaphysiques dont vous m'abreuvez depuis que nous nous sommes rencontrés ? protesta vivement James en se dressant sur ses jambes. Allez-y, passez le reste de votre vie... mais est-ce bien une vie... à vous interroger, et à interroger tous ceux que vous rencontrez pour savoir si vous êtes réel ? Tôt ou tard, j'en suis sûr, un ivrogne dans un pub, puant l'urine et la sueur, vous donnera la bonne réponse.

— Une réponse, on m'en a déjà donné une qui me convient bien, répliqua Holmes d'un ton songeur. Il y a quelques jours. »

James garda le silence.

« Savez-vous que l'on peut se donner vie par les chants ? demanda Holmes. Et donner vie à d'autres en racontant des récits qui les concernent et en les transmettant, comme vous le faites. Et par l'écriture, Henry James, n'est-ce pas aussi ce que vous recherchez... ? À vous rendre plus réel à travers votre art ? »

James refusa d'écouter ces inepties.

« Et pourquoi, s'enquit-il d'un ton sec, étiez-vous à la gare centrale de Chicago avec des malfrats le samedi matin où je voulais aller à New York ?

— Je vous cherchais, James. Et les “malfrats”, comme vous dites, étaient des hommes du colonel Rice qui me les avait prêtés... Il y avait trop de voitures à visiter pour une seule personne avant le départ du train.

— Pourquoi étiez-vous grimé en Pr Moriarty pour me chercher, alors que je voulais justement échapper à cette folie... ce cauchemar... et rentrer chez moi en Angleterre ? »

Holmes se leva lui aussi.

« Ce matin-là, je voulais vous montrer mon déguisement de Moriarty et vous demander de retarder votre départ. De rester le temps que nous percions l'énigme qui nous intéressait tous les deux.

— Ah, parlons-en de cette énigme ! Vous n'avez même pas résolu le mystère que vous a présenté ce pauvre Ned Hooper avant sa mort. Les cartes tapées à la machine envoyées tous les 6 décembre. “Elle a été assassinée.” Vous n'avez pas oublié, je présume ?

— L'aventure n'est pas terminée. »

Sous le bandage, le poignet cassé de Holmes le faisait de toute évidence souffrir car il remua le bras dans son écharpe noire.

« Et voulez-vous savoir ce que je pense de votre aventure ? gronda James.

— Mais certainement, je vous écoute. »

Jamais de sa vie Henry James n'avait fait une chose pareille, pas même quand il se bagarrait avec William et Wilkie, pas même quand il était fou de rage. Pour la première fois, donc, il forma un poing bien fermé avec sa main droite et assena de toutes ses forces un direct sur le menton insolent du grand détective privé Sherlock Holmes.

Holmes fut projeté en arrière sur le lit, pris totalement par surprise. Quand il parvint à se rasseoir, il se frotta le menton de sa main valide.

« Je le méritais, sans doute, murmura-t-il. Je vous demande pardon, James. D'autant que j'ai appris à vous considérer comme un ami, une chose rare, sachant le peu d'amis que j'ai. »

James lui tourna le dos, sortit de la cabine et traversa le train pour aller retrouver ces dames dans la voiture-salon où il s'assit un moment, prétendant être le bon garçon inoffensif qu'il rêvait souvent d'être.

* * *

Holmes profita d'un arrêt à Albany pendant lequel John Hay et les autres voyageurs descendirent faire quelques pas pour aller voir Clara Hay qui avait préféré rester à cause d'une de ses migraines.

« Puis-je vous parler un instant en privé, madame ? »

Elle eut un sourire las et porta la main à sa tempe.

« J'ai un mal de crâne épouvantable, monsieur Holmes. Plus tard, peut-être ?

— Non, profitons de ces instants de tranquillité, madame Hay », insista Holmes en entrant dans le compartiment.

Il s'assit sur une chaise.

« Bien, alors je vais nous faire apporter du thé », soupira-t-elle.

Quand la domestique entra avec le plateau chargé de tasses et d'une assiette de scones et de sablés, Holmes s'adressa directement à elle : « Maintenant, vous pouvez sortir, Sally, et fermez la porte derrière vous. »

Choquée de recevoir des ordres de la part d'un invité de Mme Hay, Sally jeta un coup d'œil à sa patronne pour savoir si elle devait obéir. Mme Hay, de toute évidence choquée elle aussi, ou du moins très surprise, fit toutefois signe à Sally de les laisser. Ensuite elle s'assit sur un petit fauteuil garni d'une surabondance de coussins, aussi loin de Holmes que le permettait l'espace du compartiment, qui était relativement étroit, même dans un train de luxe.

« Que se passe-t-il, monsieur Holmes ? demanda-t-elle d'une voix faible. Ne pensez-vous pas qu'il serait préférable d'attendre John pour qu'il participe à notre conversation ?

— Non. »

Il prit sa tasse et sa soucoupe, ajouta un peu de lait et but une gorgée brûlante. Clara Hay l'observait avec méfiance, immobile comme si elle se trouvait devant un serpent à sonnette.

« Clara, dit Holmes, je sais que vous êtes l'auteur des cartes de visite portant les mots “Elle a été assassinée”. Il est préférable que vous arrêtiez de les envoyer, maintenant.

— C'est l'accusation la plus scandaleuse que j'aie jamais…, commença Clara, ses mains volant à ses joues.

— Votre époux et vous avez passé trois jours chez M. Clemens à Hartford l'année suivant la mort de Clover Adams. Vous êtes souvent restée seule, et Clemens se souvient que vous lui avez demandé comment utiliser son nouvel engin dactylographique.

— Ridicule…, protesta encore Clara Hay, même si elle ne put rien ajouter.

— J'ai retrouvé deux domestiques de M. Clemens qui se rappellent avoir entendu des bruits de machine à écrire sortir de la salle de billard, alors que Clemens et Hay vous avaient laissée seule tout l'après-midi pour aller se promener, Clara. Mais ce qui a achevé de me convaincre, c'est l'argent. Rien ne prouve mieux que ces cartes viennent de vous.

— De quel argent parlez-vous ?

— Au printemps 1891, peu de temps avant ma supercherie des chutes du Reichenbach et mon absence préméditée, Ned, le frère de Clover, m'a demandé d'aller en Amérique pour enquêter sur les “cartes mystérieuses” qui revenaient tous les ans à la date anniversaire de la mort de Clover. Je n'ai pas menti en disant que je ne lui avais pris qu'un seul dollar comme avance pour résoudre l'énigme quand j'en aurais le temps... trop tard pour le pauvre Ned, j'en suis navré... mais il m'a proposé trois mille dollars pour aller sur-le-champ en Amérique enquêter sur la mort de sa sœur.

— Ned n'a jamais disposé d'une telle somme..., murmura Clara Hay.

— C'est exactement ainsi que votre mari et Henry Adams ont réagi quand je leur en ai parlé. Ils étaient persuadés que Ned affabulait. Mais Ned m'a montré les trois mille dollars quand il est venu me voir chez moi au 221 b Baker Street. Il m'a supplié de les prendre et de le suivre en Amérique toutes affaires cessantes, en me promettant de rallonger la somme si je trouvais la solution de l'énigme. J'ai tout de suite pressenti que Ned Hooper n'avait pas un sou vaillant, même pas les fonds nécessaires pour aller en Angleterre. Quelqu'un lui avait donné de quoi me payer. Une personne qui avait besoin des services d'un détective. »

Clara Hay planta les yeux dans ceux de Holmes, le défiant du regard avec une fermeté dont il ne l'aurait jamais crue capable.

« Êtes-vous en train de me réclamer ces trois mille dollars, monsieur Holmes ? Maintenant que vous avez... “élucidé cette affaire insoluble”, comme le dit le Dr Watson dans les histoires qu'il vend aux magazines... Ou bien me réclamez-vous une plus grosse somme pour garder le silence ? J'ai mon carnet de chèques ici. »

Joignant le geste à la parole, elle ouvrit le tiroir d'un secrétaire à côté d'elle et en sortit chéquier et stylo.

« Tout ce que je souhaite, c'est que vous m'expliquiez ce qui vous a poussée à écrire ces messages, madame. Pourquoi, pendant sept ans, avez-vous tenu à ce que les quatre membres restants des Cinq de Cœur reçoivent cette carte tous les 6 décembre ?

— Parce que j'étais convaincue qu'il s'était passé quelque chose de grave, répondit Clara avec brusquerie. Je n'aimais même pas particulièrement Clover Adams, monsieur Holmes. Je la trouvais imbue de sa personne et condescendante, et je n'aimais pas sa façon de se conduire comme si tout lui était dû. Nous avions formé ce club des Cinq de Cœur, mais lors de nos thés quotidiens, devant la cheminée des Adams, Clover se prenait pour l'As de Cœur... Henry Adams et mon cher John parlent toujours d'elle ainsi depuis son suicide... et moi, je n'étais même pas le Cinquième Cœur. Ces messieurs taquinaient notre ami Clarence King, lui recommandant d'épouser enfin une de ces beautés à la peau brune des mers du Sud pour ajouter un Sixième Cœur à notre groupe, mais le Sixième Cœur, c'était déjà moi. La sixième roue du carrosse, plutôt, celle qui avait le moins d'esprit. Pas assez rapide, pas assez drôle. Pas assez cultivée pour suivre leurs discussions et ajouter mon grain de sel aux bons mots qui fusaient comme l'éclair… » Elle s'arrêta de parler, tel un jouet mécanique qui arrive en bout de course. Elle referma son stylo qu'elle avait brandi sous le nez de Holmes comme une dague ou un revolver, puis le rangea dans le secrétaire avec son gros carnet de chèques. « J'ai eu la nette impression que si cette Rebecca Lorne se donnait autant de mal pour devenir l'amie de cette pauvre Clover Adams, dans l'état lamentable où elle se trouvait, c'était que cette femme et son affreux petit cousin Clifton tramaient quelque chose de louche. Ils ne pouvaient qu'obéir à de noirs desseins. Et Clover était trop faible pour se défendre. Je suis encore certaine qu'ils sont la cause du suicide de Clover, si c'était vraiment un suicide. »

Un profond silence s'installa pendant plusieurs minutes. Puis Holmes reprit doucement la parole.

« Mais ce n'est pas la vraie raison qui vous a poussée à envoyer Ned Hooper à Londres pour retenir mes services moyennant une petite fortune et me demander de mener l'enquête sur les membres des Cinq de Cœur. »

Elle eut un mouvement involontaire, puis se redressa dans son fauteuil, le dos parfaitement droit. La réponse eut du mal à sortir tant sa gorge paraissait bloquée.

« Je ne vois… absolument pas… ce que… vous voulez dire… monsieur Holmes. »

Le détective plongea la main dans la poche de sa veste et en sortit quatre lettres, chacune encore contenue dans son enveloppe mauve, adressées de l'écriture ferme et masculine de John Hay.

« Je vous ai observée pendant les dîners auxquels j'ai assisté, madame Hay. J'aime regarder les gens, les étudier. Vous êtes une maîtresse de maison irréprochable, mais je vous ai aussi vue surveiller chacun des gestes de votre mari, chaque mot qu'il adressait aux femmes présentes autour de la table, jauger sa façon de leur parler, de les regarder. Surtout quand il s'agissait de Nannie Lodge, dans la chambre de laquelle ces lettres de M. Hay étaient cachées. »

Clara ne put retenir un cri étouffé.

« Comment avez-vous osé… voler une correspondance privée… en vous introduisant illégalement dans…

— Détrompez-vous, intervint Holmes avec un sourire. Je n'ai rien fait. J'ai simplement envoyé un jeune compère mince et athlétique, aux cheveux verts coiffés en pointe, à une certaine adresse, pour qu'il inspecte les coins habituellement choisis par les dames mariées pour cacher les lettres d'amour qu'elles reçoivent d'hommes mariés qui ne sont pas leur mari. Ces lettres – et d'autres, mais qui m'ont paru moins importantes, comme vous en conviendrez – étaient retenues par du papier collant au-dessous du tiroir de lingerie de Nannie Lodge. »

Précisément le stratagème utilisé par Lizzie Cameron pour cacher les lettres de Henry Adams chez elle, songea Holmes. *Les femmes sont fines, mais je raisonne trop comme elles pour m'y laisser prendre.* Un sourire lui vint aux lèvres. Toutes les femmes, sauf Irène Adler.

« Tenez », dit Holmes en lui tendant les quatre lettres.

Elle les accepta toutes comme Cléopâtre dut prendre l'aspic mortel sur son sein.

« Si je les lis..., commença-t-elle, hésitante.

— Vous n'en oublierez jamais le style et les images, avertit Holmes. Mais sachez que ce ne sont là que les mots et les images qu'utilisent dans leurs imprudentes lettres d'amour tous les hommes qui, la quarantaine venue, font face à leur mortalité. C'est un moment d'égarement. Une folie purement masculine. »

Clara Hay se livra alors comme si elle avait oublié la présence de Sherlock Holmes.

« John m'envoyait des lettres d'amour autrefois. Et des poèmes merveilleux et inédits. Et des fleurs. Et puis... j'ai pris du poids après la naissance des enfants... Un dimanche, en rentrant de l'église, j'ai entendu John rire avec ce rustre de Samuel Clemens de... de moi et de mon... Voilà ce qu'a dit mon très cher mari : "Clara n'est pas beaucoup sortie de l'hôtel pendant notre voyage à Chicago, mais côté appétit, elle a joyeusement englouti toutes les victuailles à disposition." »

Elle regarda Holmes comme si elle se rappelait soudain sa présence.

« J'aime John plus que tout au monde... J'ai construit ma vie autour de mon mari et de mes enfants... mais ce jour-là, j'aurais pu les tuer tous les deux, lui et cet idiot de Clemens, si j'avais eu un revolver. »

Holmes hocha la tête sans commenter.

Clara contemplait fixement les lettres, les tenant au bout de son bras tendu comme des serpents prêts à mordre.

« Nannie Lodge ne va-t-elle pas remarquer que les lettres ont disparu ? murmura-t-elle.

— Si, bien sûr, répondit Sherlock Holmes en s'autorisant un rare sourire. Elle le verra. Je vous le promets. Et puis… et puis elle va énormément s'inquiéter en se demandant où ces courriers sont passés. Je pense que vous pouvez compter sur un changement de comportement de la part de Nannie Lodge et de votre mari. Un changement durable, je pense.

— Donc je n'ai pas réellement besoin de les lire, murmura-t-elle.

— Non », confirma Holmes en joignant les mains en coupe, comme s'il s'apprêtait à recevoir la communion.

Il vit une étincelle de compréhension s'allumer dans les yeux de Clara Hay. Prenant les enveloppes les unes après les autres, elle les déchira en mille morceaux dans les mains de Holmes. Il les fit tomber dans un grand cendrier en cristal et prit son beau briquet pour les faire brûler. Malgré sa main bandée qui gênait ses mouvements, il ne laissa pas un seul fragment échapper aux flammes, et les quelques confettis restant trouvèrent le chemin de sa poche.

« Je vous laisse, madame, dit-il en se levant. Je vais aller dans les toilettes publiques de cette gare pour faire disparaître ces derniers bouts de papier qui n'intéressent plus personne. »

Elle posa sur Holmes un regard lumineux, puis avança de nouveau la main vers le tiroir où elle avait rangé son chéquier.

« Votre paiement… ?

— Je ne suis pas venu en Amérique pour l'argent. Je suis venu pour Ned. Et, je pense, aussi pour vous. Bonne journée, madame. Nous n'aurons peut-être plus l'occasion de nous reparler avant l'arrivée du train à New York. »

* * *

Henry James fêta joyeusement son départ avec ses compagnons, d'abord dans un bon restaurant de la 32e Rue, puis de nouveau au port, où le SS *United States* se préparait à lever l'ancre. Les remorqueurs trapus se mettaient déjà en position.

« C'est drôle que Holmes ne soit pas venu dîner avec nous ou ne se soit pas présenté à l'embarquement pour me dire au revoir, remarqua James, songeur, entre deux souhaits de bon voyage.

— Il a peut-être oublié l'heure du départ, répondit Henry Cabot Lodge. Il m'a toujours semblé avoir l'esprit très occupé.

— Ses blessures le font peut-être souffrir, avança la jeune Helen.

— Ou plus probablement, il s'est déjà lancé sur une nouvelle affaire, suggéra John Hay.

— Eh bien, dit le sénateur Don Cameron, un bras autour de la taille de sa femme Lizzie qui souriait à Adams, nous avons eu plus que notre dose de la compagnie de cet individu pour un bon moment. Mais vous, Harry, revenez-nous vite.

— Vous, plutôt, venez à Londres, à Paris ou en Italie pour me voir. »

Cameron et Lodge échangèrent des regards entendus.

« Avec la panique des banques et de Wall Street que nous voyons venir comme un raz-de-marée, déclara Henry Cabot Lodge, la plupart des grandes familles de New York, de Boston et de Washington vont bientôt devoir se serrer la ceinture et aller vivre pour pas cher en Europe. Et puis ils reviendront dans un an ou deux, quand la tempête sera passée. Ceux qui auront pu surnager, bien sûr.

— Voyons, mon cher, ne dites pas des choses pareilles ! se récria Lizzie Cameron en donnant une petite tape sur l'épaule de son mari. Pas d'idées noires pendant que nous souhaitons un bon voyage à Harry.

— Je trouve l'idée plutôt plaisante si elle signifie que je vais vous revoir bientôt à Londres », s'amusa James. Il souleva son chapeau et monta sur la passerelle, alors que retentissait le coup de sifflet final demandant aux derniers voyageurs de monter à bord, et aux visiteurs de descendre à terre. « Adieu mes amis ! » cria-t-il, tentant de se faire entendre malgré le hurlement strident de la vapeur sous pression.

Épilogue

Henry James détestait les épilogues et se refusait à en faire usage dans ses œuvres de fiction. Si la vie ne donnait pas droit aux épilogues, pourquoi les arts et la littérature s'en octroieraient-ils le privilège ? La vraie vie, comme il ne le savait que trop bien, n'était qu'une longue suite de tracas. Dans la vie, on n'avait pas le luxe des conclusions, et encore moins celui des rappels après le baisser de rideau.

Moi non plus, je n'aime pas les épilogues – tout comme vous peut-être – mais il y en a un à la fin de ce livre, et nous allons devoir nous en accommoder.

* * *

Henry James n'en pouvait plus d'ennui le dernier soir de la traversée en haute mer – le vapeur *United States* allait arriver à Portsmouth où il ferait escale avant de continuer jusqu'à Gênes, et James avait décidé de rester jusqu'au bout du voyage pour aller voir William, Alice et leurs enfants à Lucerne.

Le temps était idéal, la mer si calme que les passagers et même l'équipage s'en émerveillaient continuellement. Désœuvré, James n'avait pas envie de jouer au backgammon ou autres jeux de société abrutissants qui se disputaient dans les parties communes. Cela lui laissait la lecture – alors il lisait, soit dans sa plaisante cabine, soit sur l'agréable transat qui lui était réservé sur le pont, jambes enroulées dans une couverture, ou pendant le déjeuner, qu'il prenait seul. Le soir, il dînait à une table de personnes importantes où on l'avait placé, mais ces passagers n'étant importants que dans le monde des affaires, la conversation ne l'inspirait pas beaucoup, et il se contentait de quelques hochements de tête polis. Il réfléchissait beaucoup à sa pièce et s'agaçait du temps que lui faisait perdre cette traversée, alors qu'il aurait dû écrire.

Ce quatrième soir, donc, appuyé à la rambarde d'acajou du pont des premières classes, d'où il admirait le sillage du bateau et le magnifique spectacle des derniers rayons du couchant sur l'Atlantique, James eut un coup au cœur en s'apercevant qu'un autre passager s'était approché de lui.

« Holmes ! » s'exclama-t-il en regardant aussitôt de tout côté pour s'assurer que personne n'avait remarqué son éclat de voix déplacé.

Le détective n'avait plus le bras en écharpe, mais sa main droite était toujours bandée.

« Que faites-vous ici ? demanda James. Où allez-vous ?

— Eh bien, il me semble que ce navire s'arrête à Portsmouth avant de continuer vers Gênes », dit le détective posément.

Il semblait avoir maigri et était beaucoup plus pâle qu'en Amérique.

« Pourquoi ne m'avez-vous pas prévenu… ?

— Que j'avais pris un passage sur le même bateau que vous pour rentrer en Europe ? acheva Holmes à sa place avec son sourire furtif. Je me suis dit que vous ne seriez pas enchanté de me retrouver. J'avais l'intention de rester discret pendant la traversée jusqu'à votre port de destination, quel qu'il soit, et de ne pas vous révéler que j'étais à bord.

— Mais où vous cachiez-vous ? »

Holmes eut encore le léger mouvement de lèvres qui ne s'achevait jamais par un réel sourire.

« Si vous voulez connaître l'abjecte vérité, Harry, je suis resté terré dans ma cabine pendant quatre jours et quatre nuits, occupé à rendre tripes et boyaux tout en retenant des hurlements de gorille pris dans un feu de jungle. »

James recula d'un pas en entendant ce langage par trop imagé.

« Mais la traversée a été on ne peut plus calme. Une mer d'huile. Même les vieilles dames qui se sentent mal si leur tasse de thé remue un peu trop sont restées en pleine forme. »

Holmes hocha la tête, et James vit que de la sueur perlait sur son front malgré l'agréable fraîcheur et le courant d'air généré par le mouvement du bateau.

« J'ai décidé de me passer de ce médicament héroïque dont je me faisais plusieurs piqûres par jour depuis mon arrivée en Amérique, confia Holmes. Vous ai-je jamais donné le nom exact de cette solution d'héroïne ?

— Non. Je pensais que vous… Au fond je ne sais trop ce que je pensais…

— Peu importe, reprit Holmes. Je n'en ai pris que pendant deux mois, mais même ainsi, le sevrage de cette substance est une épreuve terrible. Il est possible que je voie le Dr Watson dans les mois qui viennent, et il m'en voudrait beaucoup s'il me retrouvait sous l'emprise d'un nouveau poison.

— Alors vous avez renoncé à l'usage de cette drogue héroïque pour de bon ?

— Absolument. Mais ce n'est pas de cela que je voulais vous parler, James.

— Eh bien ?

— Eh bien, après avoir passé quatre jours et demi et quatre nuits à être malade comme un chien, j'ai soudain recouvré mes esprits et j'ai compris pourquoi vous aviez l'air si défait et préoccupé pendant nos derniers jours en Amérique. »

James détourna la tête et sentit une aigreur lui monter dans la bouche.

« C'est à cause de ce que j'ai fait, bien sûr, dit-il enfin. Jamais je ne m'en remettrai.

— Et qu'avez-vous fait, au juste ? »

James retrouva un peu de sa pugnacité et fit face à Holmes, une étincelle dans ses yeux gris.

« J'ai tué un homme, Holmes, voilà ce que j'ai fait ! J'ai tiré sur un autre être humain, et je l'ai tué. L'homme était un criminel, et il méritait de mourir… mais je ne suis pas un bourreau. Je suis un artiste, un créateur, et non un… »

Il n'acheva pas.

« C'est bien ce que j'ai cru comprendre, dit Holmes. Et vous êtes fou. Vous auriez dû aller à la réunion de bilan qu'ont organisée Drummond, le colonel Rice et leurs collègues après ces désagréables événements, au lieu de vous faire excuser.

— Où voulez-vous en venir, Holmes ? »

Le détective lui montra sa main et son poignet bandés.

« Votre balle n'a tué personne. Elle a traversé la manche de Lucan Adler au moment où il allait me poignarder, et a probablement ralenti son geste et permis de me sauver la vie, puis elle a continué sa route en éraflant le dos de ma main, pour finir sa course dans le lac. Vous n'êtes pas responsable de sa mort ! »

Terrassé par le soulagement, James crut se trouver mal et eut envie de pleurer. Il retint ses larmes en serrant de toutes ses forces la rambarde entre ses mains et en se concentrant sur le soleil qui disparaissait à l'horizon.

« Je voulais aussi vous montrer quelque chose, reprit Holmes. En arrivant au bout de ma petite expérience de désintoxication, je me suis souvenu que j'avais oublié de vous parler de deux télégrammes importants que j'ai reçus à New York peu de temps avant que nous ne prenions la mer. »

Holmes sortit les deux dépêches de sa veste.

James, qui pourtant respirait librement pour la première fois depuis l'attentat manqué, eut peur de ce qu'il allait entendre.

« Le premier est de notre ami M. Drummond, envoyé à titre purement informatif, dit Holmes en dépliant le télégramme avec une certaine difficulté à cause de sa main bandée. Je vous le lis :

Suis au regret de vous annoncer qu'Irène Adler nous a échappé à l'infirmerie de l'Exposition le lendemain de votre départ de Chicago stop les gardes ont retrouvé ses cheveux coupés très court et l'un de leurs collègues attaqué, déshabillé, attaché et bâillonné, puis enfermé dans un placard stop Irène Adler est partie sans doute déguisée en homme et portant un uniforme de la Garde colombienne stop avis de recherche lancé pour une femme portant le bras gauche en écharpe stop elle pourrait être armée et est considérée extrêmement dangereuse stop Drummond. »

James fut pris d'un rire irrépressible. Holmes se joignit à lui, ce qui ne fit qu'amplifier l'hilarité de James. Il aurait été incapable de dire ce qui l'amusait tant. C'était simplement qu'il avait l'impression… de retomber les pieds sur terre.

« Le deuxième télégramme que j'ai reçu à New York juste avant le départ va vous ôter l'envie de rire, James, je vous assure. » Holmes déplia le papier et lut lentement, d'une voix un peu plus grave que d'ordinaire. « Il m'a été adressé par mon frère Mycroft, qui ne se préoccupe jamais de compter les mots malgré le coût. Je suis comme lui. Donc, de Mycroft :

Sherlock, il est impératif que tu continues jusqu'à Gênes à bord de l'*United States* puis que tu remontes vers la Suisse pour aller à Lucerne au plus vite stop j'y serai dans dix jours stop c'est une conférence d'importance internationale stop ta présence est essentielle stop Mycroft. »

Holmes replaça les dépêches dans sa poche, et les deux hommes échangèrent des regards fatalistes.

« Votre frère aîné et le mien, tous les deux à Lucerne, avec nous, commenta Henry James, consterné. Difficile à concevoir.

— En effet », répondit Holmes, lui aussi très abattu.

À cet instant, un jeune homme portant un gros manteau simplement posé sur les épaules et le visage caché par un grand feutre descendu bizarrement bas sur son front passa devant eux. Une voix claire les salua :

« Bonsoir, monsieur Holmes. »

James tourna vivement la tête mais n'aperçut qu'un menton décidé, une pommette haute et des cheveux châtain foncé coupés à la militaire sur les côtés et à l'arrière.

« Un ami à vous ? » s'enquit Henry James.

Le soleil avait disparu. Les lumières électriques du bateau s'allumèrent toutes ensemble, éclairant brillamment le pont, un peu comme le soir de l'inauguration de l'Exposition universelle de Chicago. Juste avant ce feu d'artifice, Sherlock Holmes avait eu le temps de voir, entre les pans du pardessus, que le jeune homme portait le bras gauche en écharpe.

Holmes prit Henry James par le bras et se pencha avec lui sur la rambarde. L'air marin était d'une fraîcheur enivrante.

« Il sera toujours temps de s'inquiéter de nos frères et de ce qui se passera à Lucerne quand nous y serons, dit-il d'un ton heureux que Henry James ne lui avait pas une seule fois entendu depuis qu'il avait fait sa connaissance par une nuit pluvieuse au bord de la Seine deux mois plus tôt. En attendant, mon ami, reprit Holmes, cette traversée pourrait se révéler beaucoup plus intéressante que nous ne l'imaginions. »

Juin 2013-octobre 2014

Remerciements

Je tiens à remercier les personnes suivantes de m'avoir aidé à écrire *Le Cinquième Cœur*.

Karen, mon épouse.

Richard Curtis, mon agent, à qui ce livre est dédié. « Je regrette de ne pas avoir un meilleur livre pour un homme de cette qualité. » (Dédicace de Robert Louis Stevenson à Henry James.)

Reagan Arthur et Michael Pietsch, mes éditeurs, qui m'ont encouragé à développer ce drôle de compagnonnage entre Sherlock Holmes et Henry James.

Joshua Kendall, mon nouvel éditeur, pour avoir su démêler les complexités que je suis capable de produire et pour ses suggestions merveilleusement utiles.

Gretchen Koss, responsable du service de presse ; Catherine Cullen, attachée de presse senior et Peggy Freudenthal, responsable de production éditoriale.

Mon indispensable et très respectée correctrice, Susan Brandanini Betz, dont les troubles obsessionnels autoproclamés (une obsession pour le mot juste, pour les faits, les dates et les noms exacts) ont si bien servi le roman.

Enfin, merci à mon ami et excellent sociologue Dan Peterson, qui m'a fourni les nombreux CD variés de « musique à écouter en écrivant de bons romans ». Les morceaux étaient superbes. Tout manquement à l'écriture d'un « bon roman » est entièrement ma faute.

Merci à tous.

Composition et mise en pages
Nord Compo à Villeneuve-d'Ascq

MIXTE
Papier issu de sources responsables
FSC® C003309

L'éditeur de cet ouvrage s'engage dans une démarche
de certification FSC® qui contribue à la préservation
des forêts pour les générations futures.

Pour en savoir plus :
www.editis.com/engagement-rse/

Imprimé en France par EPAC Technologies
N° d'impression : 4550414333920
Dépôt légal : octobre 2020